外国文学名著丛书

〔英〕约瑟夫·康拉德 / 著

黑暗的心 吉姆爷

黄雨石 熊蕾 / 译

"外国文学名著丛书"编委会

人民文学出版社

Joseph Conrad
HEART OF DARKNESS
据 New American Library, Inc. New York 1950 年版译出。
LORD JIM
据 The Uniform Edition, J. M. Dent & Son´s Ltd, London 译出。

图书在版编目(CIP)数据

黑暗的心 吉姆爷/(英)约瑟夫·康拉德著;黄雨石,熊蕾译.—北京:人民文学出版社,2021(2022.11 重印)
(外国文学名著丛书)
ISBN 978-7-02-016613-8

Ⅰ.①黑… Ⅱ.①约…②黄…③熊… Ⅲ.①长篇小说—小说集—英国—现代 Ⅳ.①I561.45

中国版本图书馆 CIP 数据核字(2020)第 170037 号

责任编辑	张海香
装帧设计	刘　静
责任印制	王重艺

出版发行	人民文学出版社
社　　址	北京市朝内大街 166 号
邮政编码	100705
印　　刷	北京盛通印刷股份有限公司
经　　销	全国新华书店等
字　　数	362 千字
开　　本	850 毫米×1168 毫米　1/32
印　　张	17.25　插页 3
印　　数	6001—9000
版　　次	2011 年 4 月北京第 1 版
印　　次	2022 年 11 月第 3 次印刷
书　　号	978-7-02-016613-8
定　　价	65.00 元

如有印装质量问题,请与本社图书销售中心调换。电话:010-65233595

生活的需要，人民文学出版社决定再度与中国社会科学院
国文学研究所合作，以"网罗经典，格高意远，本色传承"为
点，优中选优，推陈出新，出版新版"外国文学名著丛
。

值此新版"外国文学名著丛书"面世之际，人民文学出版
中国社会科学院外国文学研究所谨向为本丛书做出卓越
的翻译家们和热爱外国文学名著的广大读者致以崇高敬

"外国文学名著丛书"编委会
二〇一九年三月

约瑟夫·康拉德

出版说明

人民文学出版社自一九五一年成立起
读者介绍优秀外国文学作品的重任。一九
示中国科学院文学研究所筹组编委会，组织
宝权、叶水夫等三十余位外国文学权威专
书——"马克思主义文艺理论丛书""外国
书""外国古典文学名著丛书"。

人民文学出版社与中国科学院文学研
的原著、一流的译本、一流的译者"的原则迄
作。一九六四年，中国社会科学院外国文学
国外国文学的最高研究机构。一九七八年
名著丛书"更名为"外国文学名著丛书"，至
这是新中国第一套系统介绍外国文学作品
国文学名著翻译的奠基性工程，其作品之
之大，至今仍是中国外国文学出版史上之最
文学研究界、翻译界和出版界的最高水平。

历经半个多世纪，"外国文学名著丛书
然以系统性、权威性与普及性著称，但由于
书在市场上已难见踪影，甚至成为收藏对象
书难求。在中国读者阅读力持续增强的二
文明交流互鉴空前频繁的新时代，为满足

编委会名单
（以姓氏笔画为序）

1958—1966

卞之琳	戈宝权	叶水夫	包文棣	冯　至	田德望
朱光潜	孙家晋	孙绳武	陈占元	杨季康	杨周翰
杨宪益	李健吾	罗大冈	金克木	郑效洵	季羡林
闻家驷	钱学熙	钱锺书	楼适夷	蒯斯曛	蔡　仪

1978—2001

卞之琳	巴　金	戈宝权	叶水夫	包文棣	卢永福
冯　至	田德望	叶麟鎏	朱光潜	朱　虹	孙家晋
孙绳武	陈占元	张　羽	陈冰夷	杨季康	杨周翰
杨宪益	李健吾	陈　燊	罗大冈	金克木	郑效洵
季羡林	姚　见	骆兆添	闻家驷	赵家璧	秦顺新
钱锺书	绿　原	蒋　路	董衡巽	楼适夷	蒯斯曛
蔡　仪

2019—

王焕生	刘文飞	任吉生	刘　建	许金龙	李永平
陈众议	肖丽媛	吴岳添	陆建德	赵白生	高　兴
秦顺新	聂震宁	臧永清

目　次

黑暗的心……………………………………… *1*

吉姆爷……………………………………… *135*

黑 暗 的 心

黄雨石 译

译 本 序

约瑟夫·康拉德(Joseph Conrad,1857—1924),原籍(帝俄统治下的)波兰,其父是一位爱国诗人,曾翻译过莎士比亚及雨果的作品,后因在华沙参加波兰民族委员会的秘密政治活动,全家遭沙俄政府流放,其时康拉德年仅四岁。流放生活艰苦异常,康拉德十一岁时父母即相继去世,不得不由舅父收养。他多次表示愿上渔船工作,一八七四年终于离开波兰前往法国的马赛。幼年艰辛生活的经历以及始终不能安于异国环境的心情,使他患下严重的抑郁症。

一八七八年四月,他开始在一条英国船(马菲斯号)上工作,不久随船到达英格兰。其时他不过二十岁,勉强讲点不能成句的英语。此后十六年他一直在英国商船上工作,曾在不同的船上担任熏要职务。他于一八八六年正式加入英国国籍。据说康拉德到英国不久便立志要用英语写作,不到十年,他便写出了第一个英语短篇故事《黑人大副》,但未发表。他的第一部英语小说《阿尔麦耶的愚蠢》,于一八九二年脱稿。尤其令人奇怪的是,他在接连发表了几部作品后,竟然获得了英文散文大师的称号。

康拉德一生所写作品甚多,以中篇小说为主,其中有许多至今仍被文学史家视为英国中篇小说的典范。作品内容主要是他多年海上的亲身经历。康拉德自己曾说,他从来不会编造任何故事。但事实上,他也从来没有不加处理,照原样使用过他的素材。他的较重要的作品除这里所介绍的《黑暗的心》(*Heart of Darkness*, 1902)外,尚有《水仙号上的黑水手》(1897)、《吉姆爷》(1900)、《台风》(1902)、《诺斯特罗姆》(1904)、《间谍》(1907)、《在西方人的眼皮底下》(1911)等等。他在创作上的主要特征,是出色的环境描写,和细腻地刻画多半是处在海上险恶环境中的人物的心理活动。他的作品含有社会批判的因素。但由于他把人生看作是一场同自然力的斗争,即使胜利了,也毫无结果,因此,他不可能揭示出真正的社会矛盾。或者也可以说,因为这个缘故,他的全部作品,包括这里的《黑暗的心》,都带有浓厚的阴郁、悲观色彩。

《黑暗的心》是作者最重要的作品之一,在英国文学史上占有颇重要的地位。T. S. 艾略特的《荒原》的创作,便颇受这篇小说的影响①。这部作品写于一八九九年,以他一八九〇年的一次"灾难性的刚果之行"为主要依据。其中许多情节都属事实,甚至接回代理人一事也非虚构。这一趟旅行对他的思想产生了极大的影响。许多年后这趟旅行还始终像一个可怕的噩梦扰乱着他的神思。据说,他从此便怎么也无法忘却他那次亲眼所见人类堕落的可怕情景。因此,这部作品的主调是十分明确的。作者强烈谴责了帝国主义分子掠夺殖民地的无理和凶残,并以爱憎分明的态度描绘了那些白人的贪婪、无耻、愚蠢,下流、疯狂,同时表示了对被掠夺、被压迫的

---

① 不久前,美国拍摄的一部新影片《现代启示录》据说也是根据这部小说改编的。

黑人的深切同情。

我们看到整个故事是以"经理"和库尔茨之间的矛盾为中心的。但是,这两人之间的矛盾仅仅是情节发展的一条线索,是表面现象,透过它我们可以看到各种各样错综复杂的矛盾冲突:殖民主义的死硬分子(以经理为代表)和受蒙蔽的下层工作人员之间的矛盾,欧洲"文明"(以库尔茨等白人为代表)与非洲原始文化之间的矛盾(结局是貌似强大的欧洲"文明"被事实上具有强大生命力的非洲黑人原始文化所包围、瓦解、吞噬),西方与东方的矛盾,以及库尔茨本人内心深处的矛盾等等。这种种的矛盾交织在一起,使人感到这表面平淡无奇的叙述下面,埋藏着无比深刻的内容,发人深思,耐人寻味。

读康拉德的这部作品,有如考古学家发掘地下宝藏,掘得愈深、愈细、收获愈丰。细心的读者能理会到,书中许多乍看似乎无关紧要的细节描写(例如故事开头处马洛回顾一千九百年前罗马人入侵时伦敦还是一片"蛮荒之地"的情节),在掩卷细思之后,便觉它们与作品的中心内容息息相关、必不可少。这一点可说是此书在艺术手法上的一个突出成就。它让人感到,整个故事虽仅仅由马洛一人信口讲来,通篇结构却十分谨严,众多的暗笔、伏笔,使得故事前后紧密相连,往复呼应,处处给人以回味无穷之感。

书中值得注意的是被称为"经理"的那个人物,他无疑是个刻画得十分成功的资产阶级分子的典型。他唯一的能耐是不生病(因为"他的身子里面什么也没有"),唯一的本领是"能够让每日的官样文章照行不误",唯一的用心是不惜采取一切手段(直至置人于死地),踩着别人的头顶往上爬,唯一的工作是整天勾心斗角,耍着欺骗蒙混、阴谋陷害的手段——"让他哪怕仅仅只用一个小手指头去认真干点什么"那可绝对不成。他所信赖的只是那种"肚囊里除了一点稀屎浆子之外……什么也没有"的下属,(如那未来的"副经理"),在他的眼里整个世界的存在只有一个目的——为他的升官发财服务。

所以像库尔茨那样一个人,他当然是绝对无法容忍的——何况库尔茨似乎还对他和他的那位未来的副经理的地位形成了一种威胁。

可是,现在的问题是,对库尔茨这个人物究应如何评价呢?国外评论家似乎说法不一。一般认为作者本人的思想显然比较复杂而且矛盾,加上书中颇多象征性手法,因而对许多问题(其中包括库尔茨的为人,他再次企图逃往荒野的动机,他死前的叫喊:"太可怕了!太可怕了!"的涵义等等)都难于找到明确的解答。现代英国文学评论家 C.B. 科克斯在有关康拉德的一篇专论中甚至说:"如果我们一定要为库尔茨……的行为提出结论性的解释,那我们便只会损害康拉德作品的复杂的深意和他有意安排的含混结局"(《约瑟夫·康拉德》,朗曼有限公司一九七七年版第三十八页)。但经过反复探讨,我们觉得这些话似乎也不尽然。

关于库尔茨的为人,至少有几点是很清楚的:第一,从某种意义上讲,他是一个"正派人",至少他不像其他那些白人,一切只为自己打算(派助手送回大批象牙一事便可充分证明这一点);其次,他跑到那里去的时候,自己显然确有一番抱负,因为他所说的"这里的每一个站都应该像是设在大路边指向美好前景的灯塔……"等等,必是他的"肺腑之言",否则

"经理"决不至那样气急败坏,"嗓子眼给卡住连话都说不出来了"("你听听——这个蠢材!而他还想当经理!")。然而,和故事讲述人马洛的姨母一样,他当然也完全作了什么"光明使者","较低级的圣徒"等"大堆大堆这类废话"的牺牲品。

受着公司的欺骗宣传(什么"高尚和公正的伟大事业"等等)的迷惑,库尔茨不惜忍受着难以忍受的生活上的痛苦,历尽种种艰难险阻,多次冒着巨大的生命危险去为那个"事业"卖命,但最后他却发现不但这一切全属无稽之谈:这个所谓的"事业"只不过是彻头彻尾的白人对黑人进行惨无人道的残害和掠夺,他是完全受骗了;而且就因为他不辞辛苦,勤恳地为公司工作,结果却只招来了"这里的这些白人全都对他怀着极大的恶意!"

如果我们这样来看待这个人物,那许多原来觉得涵义不明的情节,便似乎并不是那么难以捉摸了。那"太可怕了!太可怕了!"的呼声不过是他在"细致地重温过自己的一生"后感到彻底幻灭,"恍然大悟"时对自己所属的白人社会所作的最后总结!他在"肃清野蛮习俗国际社"委托他撰写的那篇报告上最后补写的那个结尾,"消灭所有这些畜牲!"显然也只能是指那些白人而言。

另外,原作犀利、深刻的文笔,以及作者在作品中所表现的强劲有力、充沛真挚的感情,处处给人留下了难以磨灭的印象。

《黑暗的心》译文曾在一九八二年第二期《外国文学季刊》上发表,书名原译作《黑暗的内心深处》,这次重印曾经译者重作一次较全面的校改,但因原作文笔确较艰深,且颇多曲笔,译者限于能力,译文一定有不少不妥或甚至谬误之处,敬希诸位读者予以指正。

黄 雨 石

一九八三年十二月于北京

一

　　巡航帆艇"赖利号",连帆都没有抖动一下,就吃住锚链,稳稳停住。潮水已经开始上涨,风也差不多已完全平息,这船既然要向河下游开去,现在自然已别无他法,只好停下来等待退潮了。

　　泰晤士河的入海口,像一条没有尽头的水路的起点在我们面前伸展开去。远处碧海蓝天,水乳交融,看不出丝毫接合痕迹;衬着一派通明的太空,大游艇的因久晒变成棕黄色的船帆,随着潮水漂来,似乎一动未动,只见它那尖刀似的三角帆像一簇红色的花朵,闪烁着晶莹的光彩。在一直通向入海口的一望无际的河岸低处,一片薄雾静悄悄地漂浮着。格雷夫森德上空的天色十分阴暗,再往远处那阴暗的空气更似乎浓缩成一团愁云,一动不动地伏卧在地球上这个最庞大,同时也最伟大的城市的上空。

　　公司派来的那位主任就是我们的船长和东家。当他站立船头向着海那边瞭望的时候,我们四个人都热情地观望着他的背影。在整个那条河上,再没有任何东西能比他更显得充满海洋气息了。他那样子非常像一位领港,这在一个海员看来,就可算是安全可靠的化身。你简直很难想象他的工作竟不是在远处那一派通明的河口湾里,却是在他身后那昏黑朦胧的陆地上。

我在别的地方也曾说过,在我们之间存在着一种由海洋生活形成的纽带。它除了经过长时间的分离仍会把我们的心连在一起之外,还使我们彼此都能耐心听着对方信口讲出的故事——甚至对彼此不同的信念也都能容忍。那位律师——一位最招人喜爱的老人——由于他的年岁和许多其他的美德,占据着甲板上仅有的一块坐垫,现在还正躺在那里仅有的一条毯子上。会计早已拿出一盒多米诺骨牌,现在正拿牌垒房子玩。马洛盘着腿坐在船尾的右边,身子倚在中桅上。他两颊下陷,脸色发黄,背挺得很直,显得很能吃苦耐劳的样子,由于他两臂下垂,手心朝外,看上去真像一尊神像。主任看到锚链已吃住劲,便安心地向船尾走来,在我们身边坐下。我们大家懒洋洋地交谈了几句。接着整个那艘帆艇便完全寂静下来。由于这种或那种原因,我们没有开始玩多米诺游戏。我们都仿佛心事重重,对什么都缺乏兴趣,宁愿安静地向着远处呆望。那即将结束的一天,静谧而晴朗,显得一派安详。水面闪烁着宁静的微波——天空一碧万顷,寥廓而莹澈,显得是那样温和;连埃塞克斯沼泽地上空的浓雾也变得像一片雾翳或闪亮的薄纱,撒开它半透明的皱褶,从岸边林木茂密的高地上飘去,直到把低处的河岸全给掩住。只有向西覆盖在上游河道上的乌云,似乎因落日的来临而十分恼怒,每一分钟都变得更为阴森了。

最后,太阳循着一条弧线,以难以觉察的速度慢慢落了下去,它的刺眼的白光已变成了一团无光无热的阴暗的殷红,似乎那笼罩在人群上空的浓云的触摸已置它于死地,它现在马上要完全消失了。

刹那间,河水上的景象完全变了,那一派安详的气氛已失去原来的光辉,变得更为深沉了。那宽阔河道中的古老的河流,多少世纪来一直辛劳地为它两岸的居民服役,现在却在这一天将结束时,平静地躺卧着,它伸展出去的身躯,完全表现了一条伸向世界尽头的河道的恬静的威仪。我们在观望这可敬的河流时,绝非依靠这短暂的、一次来临便将永远离去的一天的红光,而是依靠那无数不可磨灭的记忆所射出的庄严的光辉。说真的,正像大家常说的,对于一个曾经带着崇敬和热爱的心情"追随着海洋"的人来说,没有任何东西比泰晤士河下游更容易使他回想起过去时代的宏伟精神了。潮汐涨而复落,永不停息地为人类服务,充满了关于被它护送回家休息,或者送往海上战场的人和船只的记忆。它熟悉整个民族为之骄傲的一切人,并曾为他们服务,其中包括弗朗西斯·德雷克爵士和约翰·弗兰克林爵士,他们不管曾受封与否,都可以称得上真正的骑士,伟大的海上游侠骑士。它载过所有那些名字像明珠般在时间的夜空中闪烁的船只,从那艘弧形的两舷中满载珠宝归来并受到女王陛下亲自拜访因而万古留名的"金鹿号",直到为进行其他征战活动一去永不复返的"瑞巴斯号"和"恐怖号"。它认识所有那些船只和船上的人。他们从德福特、从格林威治、从伊瑞斯出航——有探险家和移民;有皇家的船只和进行贸易的商船;有船长、海军将领;有从东方贸易中浑水摸鱼的神秘的"黑手",和东印度舰队受过委任的"将军们"。那些追逐黄金或者追求名望的人,手里拿着宝剑,常常还拿着火炬,也都是从这条河上出去的,他们是大陆上权势的使者,是带着圣火火种的人。有什么样伟大的东西不曾随着这河水的退潮一直漂到某个未知国土的神秘境地中

11

去!……人类的梦想、共和政体的种子、帝国的胚胎。

太阳落了下去,一片黑暗降临到河水上空,沿河两岸慢慢出现了灯火。在一片泥滩上,用三条腿架起来的查普曼灯塔射出了强烈的光。灯火和船只在河道上移动——一大片闪烁着的灯光在向上或向下航行。再往西在河的上游,那座硕大无朋的城市坐落的地方,天空仍然留着不祥的标记:阳光中的一片昏黑朦胧,群星下的一片死灰色的闪光。

"还有这个,"马洛突然说道,"至今也一直处在地球的黑暗深处。"

他是我们中间惟一一个仍然"追随着海洋"的人。要讲坏话么,我们最多也只能说他不代表自己的阶级。他是一个海员,但他同时也是一个流浪者,而其他大多数的海员却都过着一种,如果我们可以这样说的话,静止不动的生活。他们在思想上总感到自己仍是待在家里,他们的家也永远跟随着他们——那就是他们的船只;他们的国家也一样——那就是大海。一只船和另一只船十分相似,海面也始终是一个样子。在他们这种永远不变的环境中,外国的海岸、外国人的脸、随时变化的无比开阔的生活,不停地一掠而过,蒙上的倒不是任何神秘感,而是略含轻侮意味的愚昧无知;因为对于一个海员来说,除大海本身之外再无任何神秘的东西,大海是主宰他的生命的女主人,和命运一样难以捉摸。至于其他的一切,在经过几个小时的工作之后,偶尔上岸随便走走,或者找个酒店痛饮一番,便足以为他揭开整个一个大陆的秘密,只不过一般说来,他总发现那些秘密实际不值得去了解。海员们的故事都是简单明了的,它的全部意义都包容在一个被砸开的干果壳中。但是马洛这个人(如果把他喜欢讲故事的癖好除外)是很不典型的,对他来说,一个故事的含义,不是像果核一样藏在故事之中,而是包裹在故事之外,让那故事像灼热的光放出雾气一样显示出它的含义来,那情况也很像雾蒙蒙的月晕,只是在月光光谱的照明下才偶尔让人一见。

他的谈话似乎丝毫没有什么惊人之处。马洛向来如此。大家一声不响地听着。谁都好像连哼也懒得哼一声;但他仍然马上讲开了,讲得非常慢——

"我在想着很久很久以前的时候,在一千九百年以前,那时罗马人刚刚来到这里——就在前一天……这条河上开始出现了光明,自从——你说骑士们?是的;可是那光明完全像在平原上滚动着的火光,也像是云彩里的一道闪电。我们就生活在那闪光之中——但愿只要地球还会滚动,它也就不会熄灭吧!可是就在昨天这里还是一片黑暗。想一想这样一位司令官的感触吧!他指挥着一艘精美的——你们叫它什么来着?——三层桨座的战船,行驶在地中海上,他突然接到命令让他的船开往北方,让他火速穿过高卢地区去指挥一艘小艇,如果我们愿意相信书上的那些记载的话,那么,这些小艇便是罗马军团——他们当然一定都是些了不起的能干人——在一两个月之内大批大批地建造起来的。想一想他待在这里——这世界的尽头,铅灰色的大海,颜色像烟雾的天空,几乎像一架六角手风琴那样难以摆弄的一条船——船上满载着货物,或者订货,或者随便什么吧,沿着这条河向上游驶去。沙岸、沼泽、森林、野人,——很少有什么可以让一个文明人食用的食品,要喝就只有泰晤士河的河水。这里没有法勒里酒,没有可以上岸的码头。在无边无际的荒野中,只有一些像草里寻针一般难以寻觅的军营偶尔可见——寒冷、浓雾、风暴、疾病、逃亡和死亡——死亡随时都隐藏在空气中、水中和丛林之中。他们在这里一定曾像苍蝇一样一堆堆地死去。哦,是的——他终于成功了,而且毫无疑问,干得很出色,不过他却从来也没有认真想过这件事,只除了后来他也许不免对人吹牛说,当年他曾如何如何。他们敢于面对那片黑暗,当然是好样儿的。也许他所以能鼓起劲来,只是因为他的一双眼睛老盯着一个机会,认为只要他在罗马有一些较好的朋友,而他又能熬过了这可怕的气候,有一天他也许就可以被提升到拉文纳的舰队上去。或者设想一个穿着罗马公民服装的年轻人——他也许,你们知道,玩骰子玩腻了——跟着某一位行政长官或一位收税人或一个商人跑出来,打算到这里发横财来了。在一片沼泽地边登陆,步行穿过一片森林,在某一个离河岸较远的驿站上,他感到自己周围是一片蛮荒,彻头彻尾的蛮荒,——是在森林中、在丛林中、在野蛮人的心中活动着的荒野的神秘生命。而且谁也不可能真正进入那神秘境界中去。他只能生活在那不可理解的、同时也令人感到厌恶的环境中。这种环境也具有一种随时能打动他的心的魅力。这是一种由厌恶产生的魅力——你们知道,你们且想想那种越来越强烈的悔恨、力图逃脱的渴望、无能为力的厌恶、投降和憎恨吧。"

他停了一会儿。

"请注意,"他又开始说道,同时弯起一条胳膊,把手掌向外伸着,再加上他盘着两腿,那样子真像一尊会说法的菩萨,只不过他穿着欧洲人的服装,身子下面并没有一朵莲花罢了,——"请注意,我们现在谁也不会再有和他们完全相同的感觉了,使我们避免产生这种感觉的是效率——对效率的热衷。不过这些家伙实际上也算不了什么,他们并不是殖民主义者;他们的机构只不过是临时拼凑起来的,我猜想也就如此而已。他们是一些征服者,要干他们那一行,你只需要有残暴的力量就行;你具有那种力量,也没有什么可以吹牛的,因为你的强大只不过是由于别人弱小而产生的一种偶然情况罢了。他们看到既有东西可捞,便把凡能到手的一切全搜刮过来。这不过是一种依靠暴力,加上大规模屠杀的抢劫,然而人们却盲目地干下去——对那些要去对付黑暗的人来说,却也正应如此。所谓对土地的征服,其意义在大多数情况下不过是把一片土地从一些肤色和我们不同或者鼻子比我们稍平一些的人们手中抢夺过来,这绝不是什么漂亮事,你只要深入调查一下就会知道。惟一能使你安心的是一种观念。是这种征服背后的那个观念;不是感情上的托辞,而是一种观念;对这种观念的一种无私的信仰——这东西你可以随意建立起来,对着它磕头,并向它提供牺牲……"

　　他停住了。团团火焰在河水上漂动,极小的绿色的火焰、红色的火焰、白色的火焰,彼此追逐着,赶上去,合在一起,彼此交叉而过——然后又或慢或快地分开。在这愈来愈浓的夜色中,这个伟大城市的交通一直仍在这彻底不眠的河水上进行着。我们观望着,耐心等待着——在涨潮结束以前,我们没有任何事情可做;可是他却是在长时间的沉默之后,才又犹犹豫豫地接着说:"我想你们这些家伙一定还记得曾经有一回我当过一阵子内河水手。"我们知道自己是命里注定,在退潮开始之前,一定得听马洛讲一段他的没有最后结果的经历。

　　"我并不想跟你们讲我个人的经历,让你们感到厌烦。"他说,这句话透露出了许多讲故事的人共同的缺点,看来他们往往不能肯定自己的听众究竟最喜欢听哪类故事;"不过,为了让你们了解这件事对我的影响,你们应该知道我是怎么到那里去的,我看到了些什么,我又是怎么沿河而上,来到一个地方,第一次和那个可怜的家伙见面的。那是我的航程的最远点,也是我的经历的最高潮。这件事似乎照亮了我周围的一切——同时也照亮了我的思想。这件事也实在够阴暗低沉的——而且十分悲惨——不论从哪方面说,都没有什么不寻常的地方——而且也不是十分清楚。是的,不很清楚。但尽管这样,它似乎使我心里豁亮了。

"你们都还记得,我那时在印度洋、大西洋、中国海域一带跑了很长一段时间,刚刚回到伦敦。在东方的这次游历也算够长的了——总共差不多有六个年头,然后我就一直闲待着,跑到你们那里去妨碍你们工作,窜到你们家里去闲捣乱,我简直像是接受了上天的使命要对你们进行教化。开始一段时间倒也很不错,可是日子一长,我对长时期休息感到厌倦了。然后我开始想要找到一条船——我应该想到世界上最艰苦的工作。可是所有的船只甚至连看都不愿意看我一眼。后来我对这寻找船只的游戏也感到厌倦了。

"要知道在我还是个小不点儿的时候,我就对地图十分感兴趣。我常常会一连几小时看着南美,或者非洲,或者澳大利亚的地图,痴痴呆呆地想象着宏伟的探险事业。那时候地球上还有许多空白点,当我看到地图上某个对我特别具有诱感力的空白点(不过它们似乎全都如此)的时候,我就会把一个指头按在上面说,等我长大了一定要到那里去。我记得这些地点中还有北极。是啊,直到现在我还没到北极去过,但我目前还不着急。它对我的诱惑已经消失了。另一些地点分散在赤道两旁,两半球的各个经纬度上都有。其中有些地方我已经去过了,还有……是啊,咱们别谈这些了。可是还有一个地方——一个最大的,空白最厉害的,我们就这么说吧,地方——我一直急于想去看看。

"说实在的,当时它已经不再是一个空白点了。从我还是个孩子的时候以来,这里已经填满了河流、湖泊,和大大小小的地名。它已经不再是一个令人神往的神秘的空白点了——已经不再是一个可以让孩子做各种美梦的空白了。它已经变成一个黑暗地区。可是那里有一条河很特别,一条非常大的河流,你在地图上可以看到,像一条尚未伸展开的大蛇,头放在海里,身子曲曲折折安静地躺在一大片土地上,尾巴却消失在大陆深处。我在一家店铺的窗口的地图上一看见它,就让它迷住了,像蛇迷住了小鸟——一只愚蠢的小鸟。后来我想起了一家大康采恩,在那条河上做买卖的一家大公司。他妈的!我心里想,他们既然做生意,就不可能不在那条淡水河上使用船只——汽艇!我为什么不设法去搞条汽艇来指挥指挥呢?我沿着舰队街走去,脑子里总也抛不开这个念头。那条蛇已经把我迷住了。

"你们知道那是欧洲大陆的一家康采恩,那个贸易公司;不过,我在大陆上也有许多亲戚和熟人,他们说他们愿意住在大陆上,是因为那里生活便宜,而且那地方实际并不像外表看上去那么让人厌恶。

"我不得不遗憾地承认,我于是就去麻烦他们了。这样做对我来说完全是一个新的转变。你们知道,我过去办任何事情从来都不这样的。不论我想到哪里去干点什么,我总是靠自己的双腿走自己的路。那时候我自己都不相信怎么会变得那样了;可是,那会儿——你们知道——我感到无论如何,不论使他妈的正招儿还是歪招儿,我也一定要达到目的,所以我就跑去麻烦他们。男人们都说'我亲爱的老伙计',可结果什么忙也不肯帮。后来——你们能相信吗?——我竟然开始去找女人帮忙。我查理·马洛,为了找到一个工作,竟去找女人帮忙。我的天哪!可是,你们也知道,这全是那个念头给逼出来的。我有一个姨母,一个非常可爱的热心肠的女人。她写信给我说:'那种工作一定非常有趣。我一定想尽一切办法,一切办法给你帮忙。你这个想法实在太妙了。我认识公司里一位地位很高的官员的太太,还认识一个非常吃得开的男人,'等等。她已经下定决心,只要我喜欢干,就准备替我谋上一个内河船长的职务,不达目的决不罢休。

"我得到了船长的任命——那还用说;而且很快就得到了。看来那家公司曾得到消息说,他们的一个船长在同土人的一场扭打中被打死了。这就给我造成了一个机会,而我也因此格外急切地希望快去。但也只是在好几个月之后,在我想去找到那已死的船长的尸体的时候,我才听说,原来那场争吵是因为买几只鸡发生误会而引起的。是的,买两只黑母鸡。弗雷斯利文——这就是那个家伙的名字,一个丹麦人——他觉得自己在那笔交易中受了骗,就跑上岸去,用一根棍子使劲打那个村子的村长。哦,我听到这故事的时候,可丝毫也没有感到吃惊,有人还对我说,弗雷斯利文是个十分温和的,在两条腿的动物中从未有过的文明人儿。没问题,他准是这样的;可是你们知道,他在那边从事那个崇高的事业已经有两三年了,他也许感觉到不管怎样,他最后必须维持住自己的体面。因此,在一村人都吓呆了,站在一旁围观的时候,他却毫不留情地用棍子狠打那个老黑人,直到后来有一个人——我听说是村长的儿子——听到老人的喊叫声实在不能忍受了,于是就犹犹豫豫地用一根长矛扎了那个白人一下,长矛当然很容易就扎进他的肩胛骨里去了。全村的人马上都逃到森林里去,想着不知会有什么大难临头了,可另一方面,弗雷斯利文所指挥的那条汽艇,我相信是由船上的技师负责驾驶着,也万分惊恐地离开了那里。事后,一直到我去那里接替他的职务之前,对弗雷斯利文的尸体似乎谁也不感兴趣。但我可不能对这件事丢下不管;可是等我最后有机会去和我这位前任见面的时候,从他肋骨缝里长出来的青草已经高得足以掩住他的尸骨了。他的尸骨倒也完好无缺。这位神奇的人物自倒下以来没有任何人碰过他。整个村子已空无一人。所有的村舍都张着黑洞洞的大嘴,日趋朽坏,东倒西歪地立在已经倾倒的围墙之中。一点不错,一次巨大的灾祸曾经来临。村民却已经消失得无影无踪了。疯狂一般的恐惧将他们驱散,男人、女人和孩子全都穿过丛林逃走,再也没有回来。至于那两只母鸡后来怎样了,我也不知道。我想进步的事业终归会抓住它们吧。不管怎样,反正由于这一光辉业绩,在我几乎还没敢抱希望之前我就得到了任命。

"我发疯似的到处奔跑着进行准备,不到四十八小时,我已在横渡海峡,准备去和我的老板见面,签署合同了。几小时之后我来到了一个城市,这城市总让我联想起一座粉饰过的坟墓。完全是偏见,毫无疑问。我很容易就找到了那个公司的办公室。它是该城最大的一家买卖,我所见到的每一个人都满肚子是关于它的各种知识。他们打算在海外建立一个由他们统治的王国,通过贸易从那里赚来数不清的钞票。

"在一片阴暗中,我来到一条狭窄的寂静无人的街道,只见高大的建筑、无数安有百叶窗的窗户、死一样的沉寂、从石头缝中长出来的青草,左边右边都是庄严的马车拱道,巨大的双扇门死气沉沉地半开着。我找到这样一个门缝钻了进去,爬上了一道像沙漠一样凄凉、打扫干净但并未装饰一新的楼梯,然后推开了我来到的第一个房门。两个妇女,一胖一瘦,正坐在草垫椅子上织着黑毛线。那瘦个子站起身直冲我走来——仍然一直低头织着毛线——直到我想着她可能是一个梦游者,准备给她让路的时候,她才站住脚仰起脸来。她的衣服像伞面一样平整,她一句话没说就转身把我引进了一间候见室。我报了姓名,然后四下看看。房子中间是一张松木桌子,靠着四周的墙壁摆满了粗笨的椅子,房子的一头是一幅巨大的闪闪发亮的地图,上面涂满了彩虹所具有的各种颜色。红颜色面积最大——这种颜色无论什么时候谁都看得很清楚,因为我们知道,这表明在那些地方工作已经真正在进行了,蓝颜色的地区也不老少,一小块绿色,很少几点橘黄色,在东海岸还有一小片紫色,表明那里正是那些呱呱叫的进步的开路先锋在喝着呱呱叫的浓啤酒的地方。但是,我要去的并不是这些地方。我要进入一片黄色的地区。它位于正中心上。那条河就在那里——像一条蛇一样——迷人——凶恶。吱!一扇门被打开了,露出了一个满头白发但满脸热情的秘书的脑袋,一根皮包骨的食指招我走进了里面的密室。室内光线极暗,一张沉重的写字台趴在屋子中央。在那写字台后面,我慢慢看见了一个穿着礼服外衣的又白又胖的东西。这就是大老板本人。据我估计,他大约有五点六英尺高,可不知有多少百万英镑攥在他的手心里。他和我握握手。我想是由于对我的法语很为满意,他似乎模模糊糊地讲了一句法文:一路平安①。

"过了大约四十五秒钟,我和那位和蔼的秘书又回到了那间候见室,他又是伤感又是同情地让我签署了几份文件。我相信在许多条款中有一条是,我得保证决不泄露任何贸易机密。那当然,我不会泄露的。

"我开始感到有些不舒服,你们知道我对这类官样文章很不习惯,再说那里的气氛似乎让我嗅到了某种不祥的东西。这简直像是我在那里参与了某种阴谋——我也说不太清楚——反正是一种不太正当的勾当;因此,走出来的时候,我真感到高兴。在外面那间屋子里,那两个妇女仍然使足了劲在织黑毛线。更多的人不停地来到这里,那个年轻一些的妇女来回奔忙,领他们进去。年老的那个仍然坐在椅子上。她脚上的平纹布拖鞋蹬在一个脚炉上,怀里躺着一只猫。她头上戴着一件浆洗过的白色玩意儿,脸上有一颗疣子,鼻尖上架着一副银丝眼镜。她从眼镜上面瞅了我一眼。她那一扫而过、十分冷漠的目光使我气恼。有两个长着一副蠢相、满脸堆笑的青年被带了过来,她也同样带着仿佛无所不知的神态迅速而冷漠地瞅了他们一眼。她对他们似乎完全了解,对我也一样。我马上有一种莫名其妙的感觉。她似乎是那样的神秘莫测,又那样威力无穷。在我远远离开那里之后,我还常常想到那两个女人,她们守着黑暗的大门,仿佛在编织尸衣似的织着黑色毛线,一个不停地介绍,把人介绍到无人知晓的地区

~~~~~~~~~~
　　① 原文为法文。

去,另一个则用她那双无比冷漠的老眼望着那些愉快而愚蠢的脸。万福①,编织黑毛线的老女人。死神向你致意②。她瞅过一眼的人里,后来又再见过她的不多——连一半也没有,远远没有。

"还得去看大夫。'这不过是个形式罢了。'秘书安抚我说,那神态仿佛对我的一切悲伤都表示无限同情。于是一个帽子压在左眉毛上的年轻人,我想大概是一位办事员——尽管这些办公室里全都像死城的房子里一样安静,但是这个公司总该有几个办事员的吧——从楼上不知什么地方走了下来,领我前去找医生。他衣服破旧,吊儿郎当,上衣袖子染上了一块墨水,一条又长又大的围巾蓬松地围在脖子上,露着一个样子很像一只旧皮鞋鞋尖的下巴。现在去找医生还太早一些,我建议先喝一杯,他一听这话马上显出几分高兴的样子。当我们各自拿着一杯苦艾酒坐下的时候,他把公司里的买卖说得天花乱坠,后来我随便表示有点奇怪,既然那样他为什么不也出去干它一番呢。他马上变得十分冷静和稳重了。'用一句柏拉图对他的门徒们讲过的话,我并不像我外表看来那么愚蠢。'他直截了当地说,接着似乎以极大的决心喝干了那杯酒,就站了起来。

"那个老大夫摸了摸我的脉搏,显然脑子里正在想着别的什么事情。'好,可以去得的,'他懒懒地说,然后带着某种急切的神情问我,愿不愿意让他量一量我的头骨,我尽管不免有点吃惊,但仍然说可以,于是他就拿出一个像卡尺一样的东

---

① 原文为拉丁文,是专用于对圣母玛利亚的欢呼语。
② 原文为拉丁文。

西，前前后后，左左右右量出我的头骨的尺寸，并详细做了记录。他个子很小，胡子拉碴的，穿着一件像是工作服的破旧衣服，脚上穿一双拖鞋，我想他不过是个无害的废物罢了。'为了促进科学的发展，我常常请求决定到那边去的人让我量一量他们的头骨。'他说。'然后等他们回来的时候再量一量？'我问道。'哦，我从来没有再见到过他们。'他说，'再说变化是发生在头骨的里面，你知道。'他微笑着，仿佛听到了一个令人哑然失笑的笑话。'所以你决定上那边去了。太棒了。也很有趣。'他严肃地扫了我一眼，又在笔记本上记下了一笔。'你们家有疯癫病的病史吗？'他态度十分严肃地问。我感到很不高兴。'这个问题也和促进科学发展有关吗？''能够在当场，'他说，完全不理会我的恼怒，'观察许多人的思想变化，那对于推进科学的发展一定是很有好处的，可是……''你是一位精神病学家吗？'我打断他的话说。'每一个大夫都应该——多少懂一点精神病学。'那个古怪人物神色自若地说。'我有一个小小的理论，希望你们这些到那边去的先生们一定帮我证实一下。我们的国家占有这么多属地，自然能获利无穷，而我希望从中分得的利益就只是这么一点罢了。我把财富全留给别人。请原谅我向你提出这些问题，不过你还是前来让我检查的第一个英国人……'我马上明白地告诉他，我可是一点也不典型。'我要是个典型的英国人，'我说，'我就不会像这样跟你谈话了。''你的话我完全不懂，也许还是很错误的。'他说着大笑了几声。'除了暴露在日光下之外，要尽量避免任何不愉快的刺激。Adieu。你们英国人是怎么说来着，嗯？再见。啊！再见。Adieu。在热带地区，一个人保持冷静比什么都重要……'他伸出食指警告

说……'冷静些,冷静些。再见。'①

"现在还有一件事得办——去和我的好得不能再好的姨母告别。她见到我高兴得不得了。我端着一大杯茶——这是多少日子我都不可能再喝到的最后一杯高级茶了——在一间看来再舒适不过的房间里(一位太太的会客室一般都收拾得多么干净,你们也可以想到的),我们安静地坐在火炉边谈了很久。在这次谈心的过程中,我才慢慢完全明白,她曾向那位高级官员的太太推荐我(天知道,她还向多少别的什么人介绍过我),说我是个了不得的具有非凡才能的人物——对公司来说将是一件巨大的财富——一个绝非每天都能找到的人才。我的老天哪!而我现在要去干的,不过是指挥一条装有一分钱一个的汽笛、价值两分半钱的江轮罢了!而且看来我也算是公司里的'工作人员',带大写字母的工作人员,你知道。这些工作人员就仿佛是光明使者,或者仿佛是某种较低级的圣徒。那时候,大堆大堆这类的废话,有印成书的,有用嘴讲的,正纷纷出笼,而这位好得不能再好的女人正好就生活在那一派胡说八道的狂澜之中,几乎都被冲得站不住脚了。她谈到'一定要让那几百万无知的人慢慢戒掉他们那些可怕的习俗。'到后来,说真的,她让我实在受不了了。我吞吞吐吐地说,那公司的目的主要是为了赚钱。

"'你忘了,亲爱的查理,那些工人拿的钱可都不是白拿的。'她高兴地说。妇女对许多事情竟如此不明真相,实在让人觉得奇怪。她们生活在她们自己的世界中,过去从来没有过这样一个世界,将来也不会有。这个世界整个说来是过于

---

① 原文为法文。

美好了,如果她们真要建立起这么一个世界,那它等不到第一次太阳落山就会彻底瓦解。自从上帝创造世界以来,我们男人一直与之和平相处的某些该诅咒的生活现实必然起而作乱,把它彻底砸烂。

"在这段谈话之后,我姨母和我拥抱一番,告诉我要穿上法兰绒上衣,并且一定要经常写信等等——然后我就走了。在大街上——不知道由于什么缘故——我忽然有一种奇怪的感觉,觉得自己是个大骗子。尤其奇怪的是,我这个人一向如此,一旦接到通知,要我在二十四小时之内离开这个世界的某一个地方,我就会立即照办,几乎不会比大多数要过马路的人考虑得更多一些,而现在,在这么一件十分普通的事情面前,我却居然——不能说是犹豫,至少是有些发憷了。对这个情况,我能对你们作出的最好的解释,恐怕只能说是因为,大约有那么一两秒钟的时间,我感觉到仿佛我现在不是要去一个大陆的中心,而是要出发前去地球的中心。

"我乘坐一艘法国轮船离开了英国。这条船每到一个该死的港口都要停泊一阵,据我理解,目的是要把一些士兵和一些海关人员送上岸。我一路观望着海岸线。站在船头看着海岸线在自己的眼前滑过,真有点像是思考着一个无法破开的谜语。海岸就躺在你的面前——微笑着,皱着眉头,向你招手欢迎,宏伟、卑下、无味或者野蛮,永远默默无语,却作出一副对你耳语的神态:来吧,快来看看。这海岸线几乎看不出有任何特点,仿佛还正在形成之中,只给人一种单调、阴森的感觉罢了。那巨大的丛林边缘,过深的暗绿色几乎已变成了黑色,沿边镶着一条笔直的、仿佛用直尺画出来的白色浪花组成的流苏,沿着那在爬行着的迷雾下失去光华的碧海远远地向前伸去。太阳光是那么强烈,陆地看去闪闪发光,在蒸汽下显得湿淋淋的,这里,那里,在层层白色的浪花中,忽然出现几个灰不灰、白不白的污点,污点上方也许正飘扬着一面国旗。已存在了几个世纪的居民点,在一直无人探索过的一片荒凉的背景中,仍显得不过大如针尖。我们的船隆隆前进,停下,抛下几个士兵;然后又向前进,抛下几个海关人员,让他们到那看上去已被上帝抛弃的荒野中,靠着一个难以寻觅的铁皮棚子和一根旗杆,在那里收税;然后再送去更多的士兵——也许就是为了保护那些海关人员。我听说,有些人已经淹死在那片白浪中了;不过他们淹死不淹死,似乎无关紧要。他们被扔在那里就算完事,我们却仍然继续前进。海岸每天看来全都是一个样子,仿佛我们根本没有移动;可是我们走过了许多地方——许多贸易点——它们的名字不外叫什么大巴萨姆或者小波波之类,这些名字似乎更应该属于那些在一个令人可怕的背景前演出的可悲的闹剧。作为一个普通乘客的闲散,我和同船人毫无接触而形成的孤单,一片油腻腻、懒洋洋的海面,千篇一律的阴森、单调的海岸,似乎让我处于一种令人伤感的、毫无意义的幻觉之中,完全脱离了生活的真实。偶尔可闻的一阵海浪声,像一位教友在演说,对我倒是一个莫大的安慰。这声音是某种自然的产物,自有它的理性,和它的意义。偶尔从岸边开来一条小船,使我暂时和现实有所接触。划船的都是些黑人。你从很远的地方就能看到他们的白眼珠闪闪发亮。他们呼喊着,歌唱着,满身流汗,脸上仿佛戴着十分可笑的面具——这些家伙;可是他们有骨头,有肌肉,有一股狂野的活力和强烈的活动能量,同他们的海岸边的浪头一样,自然而真实。他们待在那里,并不需要得到任何人的许可。看着他们，使人感到莫大的安慰。有一个时期，我感到自己现在已属于一个一切都直截了当的世界——可是这种感觉总不能长久存在。总会出现点什么，把这种感觉吓跑。记得有一次，我们遇上了在海岸边抛锚的一条军舰。海岸上连一个草棚子都没有，可是那艘军舰却正在炮轰岸上的丛林。真仿佛是法国人正在那里进行一场大战。船上的旗子像一片破布似的耷拉着，在船舷低处伸出一大排口径六英寸的大炮炮口；油光光、黏糊糊的海浪一会儿懒懒地把船抬起，一会儿又让它落下，不停地摇晃着它的单薄的桅杆。它停在由大地、天空和海水组成的一片寥廓的空间里，不知为了什么，向着一个大陆开炮。嗵，那六英寸的大炮又响了；一小团火光冲出去，又消散了，一团白色的烟雾很快消失了，一颗很小的炮弹发出一声微弱的尖叫，然后什么事也没有了。当然也不可能发生任何事情。这种做法只让人感到几分疯狂；让人看着，感到既滑稽又可悲；尽管船上有人很严肃地告诉我，那边有一个土人——他把他们叫做敌人！——的营地隐藏在海岸上什么地方，但这也不能消除我的那种感觉。

"我们把寄到那条船上的信件交给他们（我听说在那条孤独地待在那里的船上，由于热病的侵袭，人们正像耗子一样以三天一个的速度在慢慢死去），然后又向前进。我们又拜访了一些名字十分滑稽可笑的地方；在那里，就如同在一个热不可挡的墓道里宁静而带泥土味的气氛中，死亡和贸易在欢快地跳舞；我们一直沿着没有一定形式的海岸前进，那里的危险的浪花仿佛是自然本身为了阻止外来的侵袭者而设立的防线；一条条的河流，生命中的死亡之流，流进流出，它们两边的河岸已经化为烂泥，已成为浓稠泥浆的河水不停地摧毁着一些已被扭曲的红树,使得它们似乎止不住在一种完全无能为力的绝望中对着我们痛苦地扭动身子。在任何地方我们停留的时间都很短,不可能留下特殊的印象,可是一种随时存在的模糊的压抑感却越来越沉重地压在我的心头。这仿佛是在一个类似噩梦的环境中进行的一次十分无聊的旅行。

"又过了三十多天,我才见到了那条大河的河口。我们在离公司管理机构所在地不远的地方抛锚停下。可是我的工作还得等到再航行二百多英里之后才能开始。所以一有机会,我便立即出发,向上游三十英里的一个地方赶去。

"我搭上了一条很小的海轮。船长是一个瑞典人。他知道我也是个水手,便邀我到驾驶台上去。他是一个瘦小的年轻人,皮肤很白,脾气很坏,留着长长的头发,走路老是拖着脚步。在我们离开那个可怜的小码头时,他轻蔑地向着海岸那边一甩脑袋。'一直就住在那边?'他问道。我说:'是的。''那些官员可真是一帮好人,不是吗?'他接着说,相当准确但显然有些恼怒地讲着英语。'真是滑稽,有些人为了一个月挣到几个法郎,简直什么都肯干。我不知道内地的情况又会怎样?'我对他说,我很快就会见着了。'是这……样!'他大声说。他拖着脚横走了几步,始终警惕地注视前方。'不要太肯定了,'他接着说,'前天我就救上来一个在路边上吊的家伙,他也是个瑞典人。''自己上吊!天哪,那倒是为什么呢?'我叫喊着说。他仍然警惕地注视着前方。'谁知道呢,也许这里的太阳让他受不了,也许是这个鬼地方。'

"最后我们驶入一段开阔的河道。前面是一排峭壁,岸边是一些河水冲积的土丘,一座小山上有一些房屋,另有一些铁皮顶的房屋修建在一大片乱山洼中,或者悬挂在半山坡上。

高处不停地传来阵阵激流声,回荡在这片有人居住的荒野上。那里有许多人,大多数是光着身子的黑人,像蚂蚁一般来回移动着。一个小码头直伸到河中心。太阳忽然迸发出一阵强光,让人一时间什么都看不见了。'你们公司的一个站就在那边,'那个瑞典人指着石山边像军营一样的三间木头房子说,'我一会儿派人把你的东西送上去。你说是四个箱子,对吧?就这样吧。再见。'

"我来到一个躺在深草中的锅炉边,看到那里有一条上山的小路。这条路每遇到大岩石就从旁绕过,它还躲过了一辆轮子朝天躺在那里的小型火车车厢。有一个轮子已经脱落。那东西看上去完全像一个死去的动物的尸体。我再向前走几步,又遇到更多的扔在那里朽坏了的机器,还有一堆生锈的铁轨。左边,一片树林的荫凉下似乎有些黑色的东西在有气无力地活动。我眨巴了几下眼睛,看到那条小路十分陡峻。右边忽然传来一阵号角声,我看到一些黑人在奔跑。紧接着一声沉重的爆炸声,震动了脚下的大地,一阵白烟从峭壁上升起,然后就算完事了。那岩石的外貌似乎看不出有任何变化。他们是在修建铁路。那山崖并没有任何妨碍,可是这无目的的爆炸却是他们所进行的全部工作。

"在我身后出现的一阵轻微的哐啷声,让我转过头去。六个黑人排成一排前进着,吃力地往那条小道上爬去。他们都直着身子慢慢走着,头上顶着装满泥土的小筐。他们每走一步便发出一阵哐啷声。他们腰里系着一些黑色的破布,破布头在他们身后像尾巴一样摆动着。我可以看见他们的每一根肋骨,他们手脚上的关节都像绳子上的疙瘩一样鼓了出来;每个人的脖子上都戴着个脖圈,把他们全拴在一起的铁链在他们之间晃动着,有节奏地发出哐啷声。山崖上又发出一阵爆炸声,使我马上想起我曾见到的那条向一片陆地开火的军舰。这同样是一种不祥的声音,可是不管你想象力如何丰富,也不可能把这些人叫做敌人。在这里他们被称作犯人,而他们所触犯的法律,却是像开花的炮弹一样无缘无故从海上飞来的不解之谜。所有那些人的干枯的胸脯一起喘着气,使劲张开的鼻孔翕动着,无神的眼光全都望着山上。他们从我身边经过,距我不到六英寸,谁也不曾看我一眼,充分表露了苦难中的土人的死一般的冷漠。在这些生番后面,另有一个却已曾受过教化,他是各种新势力发生作用后的产物,他手里横提着一支长枪,神情忧郁地慢慢走着。他那制服上衣的一个纽扣敞着,看见路上有个白人,他便连忙把他的武器扛到肩上去。这只不过是出于谨慎,因为从远处望去所有的白人差不多全都一个样,他弄不清我究竟是谁。他很快就看清我是谁了,于是咧开大嘴作了一个白人式的带着流氓气的微笑,并对他所看管的人扫视了一眼,似乎表明他完全相信,在白人给予他的崇高的信赖中也有我的一份。当然不管怎么说,我也是这个正在进行的高尚和公正的伟大事业的一部分。

"我不再往上,而是转身朝左往下走去。我的意思是不让那些用铁链锁住的人看到我爬上山去。你们知道,我并不是一个特别温和的人;我也曾不得不动手自卫。我有时也只能用进攻来进行自卫——那是惟一有效的自卫方法——,完全不去考虑,根据我糊里糊涂闯入的这种生活的要求,将需要付出什么样的代价。我曾经见到过暴力的魔鬼、贪婪的魔鬼,还有欲壑难填的魔鬼;可是,上天作证!这些拿人——我说的是人——当牲畜使唤的魔鬼,可真是些强大的、贪婪之极的红了眼的魔鬼。可是当我站在那座小山边的时候,我已经预感到,在那阳光耀眼欲花的土地上,我很快便将结识一个代表着愚蠢的贪婪和残酷、衣服破烂、装模作样、目光短浅的魔鬼。这个魔鬼究竟会阴险毒辣到什么程度,我得等过几个月,再走完一千英里的路程之后才能知道。这时我仿佛已受到某种警告,惊愕地在那儿站了一会儿。最后,我斜着向山下走去,走向我刚才看到的那片树林。

"我躲开了山坡上什么人正在挖掘的一个巨大的地洞,这洞是干什么用的我完全无法想象。不管怎样,那既不是一个采石场,也不是一个沙坑。它就是那么一个大地洞。这可能和为了让那些罪犯有工作可干的某种慈善事业有关。我不知道。接着我差点掉进一条只能算作山边的一个小瘢痕的狭窄的山沟。我发现大量从老远运来供居民点使用的管道全扔在那条沟里。其中连一节完好的也没有了,全给砸得稀巴烂。最后我终于来到了那片树下。我是想在那黑的阴凉中散步片刻;可是我刚走进那片树林,马上感到仿佛是跨进了地狱中的一个最阴暗的角落。那激流显然离这里很近。一种不间断的、单调的、一直往前冲去的声音使得树林里那令人悲伤的寂静(这里没有一丝微风,没有一片摇动的树叶)中充满了神秘的声响——仿佛行进中的大地的沉重的脚步声忽然变得清晰可闻了。

"黑色的身躯蹲着,躺着,有的坐在两棵树中间倚在树干上,有的趴在地上,有的身子一半显露在阳光中,一半没在阴影里,显露出各种不同的痛苦、认命和绝望的姿势。山崖上又传来一声爆炸声,我脚下的土地紧跟着轻轻摇动了几下。那边的工作正在进行着。工作!这里正是一些参与那件工作的人最后前来躺着等死的地方。

"他们都死得很慢——这是很明显的。他们不是敌人,他们也不是罪犯,他们现在已不属于尘世所有——他们只不过是疾病和饥饿的黑色影子,横七竖八地倒在青绿色的阴影中。通过有期限的合同,他们让人完全合法地从海岸深处各个角落里弄来,迷失在这难以适应的环境中,吃着他们从来不曾吃过的食物,他们生病,失去了工作能力,然后才能获得允许,爬到这里来慢慢死去。这些半死的形体和空气一样自由——也几乎和空气一样单薄。我慢慢看出了树下一对对眼睛发出的微弱的光。后来我偶一低头,看到了近在手边的一张脸。黑色的骨头全伸展开,一个肩膀倚在树上,眼皮慢慢地掀起,一对深陷的眼睛翻上来望着我,显得那样巨大而空虚,眼窝深处有一种已无视力的白光正在慢慢消失。这个人看来很年轻——差不多只是个孩子——可是你们知道,他们的年龄是很难看出的。我一时也没法有什么别的表示,只好从口袋里掏出一块我从那个好瑞典人那里带来的饼干递给他。手指慢慢收拢,抓住了那块饼干——此处再没有任何别的动作或表情。他的脖子上系着一小段白羊毛线——他这是干什么?他从什么地方弄来的?这是一个标记——一种装饰——一个符咒——还是一种向神许愿的表示?这东西是否表示了他的某种思想?这一小段来自海外的白色绒线,绕在他那黑色的脖子上看上去实在刺眼。

"离开那棵树不远,还有两捆支支棱棱的骨头抱着膝盖坐在那里。其中有一个把下巴支在膝盖上,呆望着,那样子非常可怕,简直令人难以忍受;旁边他的那个兄弟幽灵把额头搁在膝盖上,仿佛已疲惫得无法支撑了;所有其他的人,也都以各种各样的姿态,扭曲着身子倒作一片,形成一幅大屠杀或者大瘟疫之后留下的情景。我惊愕地站在那里看到,他们当中有一个人用双膝双手支起身子,一步步爬到河边去喝水。他用手捧起水来喝着,然后就在阳光中坐下,把两腿盘起来放在自己的面前,过不一会儿,他便让他那毛茸茸的头耷拉到胸前去了。

"我不愿再在那片阴影中游荡了,于是匆匆朝站上赶去。在离开那片建筑物不远的地方,我遇见了一个白人。他的外貌是那么意想不到的典雅,一开头我真以为是什么鬼魂显灵了。我看到了浆过的高领、白色的袖口、一件淡黄色的羊毛上衣、雪白的裤子、一条干净的领带,还有一双擦得雪亮的皮靴。他没戴帽子。头发从中间分开,抹上油,刷得亮光光的,一只大白手举着一把带绿线条的阳伞,耳朵后边还夹着一支蘸水钢笔,那神态实在惊人。

"我和这个奇迹般的家伙握了握手,当即知道他是公司的会计主任,而且知道一切账目都在这个站上核算。他现在出来待一会儿,他说,'是为了呼吸一点新鲜空气。'他的语调让人听着非常奇怪,也明显带着长期过案牍生活的痕迹。正是从他的嘴里我第一次听到了另一个家伙的名字,不然的话,我就不会跟你们提起他了,那个家伙跟我这一时期的经历可是无法分开的。再说,我对眼前这个人倒也十分尊敬。真是这样,我尊敬他的领子、他的大袖口,和他的刷得很光亮的头发。他的外表的确和理发馆橱窗里的模特儿一模一样。可是在这片一般人都感到意志无比消沉的土地上,他竟能保持如此堂皇的外表,这是何等的决心。他的浆过的领子和笔挺的衬衫的前胸都可以说是某种性格的伟大体现。他已经离家在外快三年了;后来我止不住问他,他怎么还可能穿出这么漂亮的内衣来。他当时不禁微微有点脸红,接着却非常谦虚地说:'我在这里教站上的一个土著女人念书。真不容易。她原来对她的工作十分不满意。'这么说,这个人的确还干出了一点成绩。他对他的账本也真是关心备至,全都摆得整整齐齐。

"站上的一切全都乱七八糟——领导关系,各种事务,连建筑物本身也全都如此。一串串八字脚的满身尘土的黑人经过这里又向前走去;各种手工业产品,破烂的棉花、念珠、铜丝川流不息地被送进那黑暗深处,然后细水长流地换回珍贵的象牙。

"我必须在那个站上再等待十天——这简直像是永无尽期了。我住在院子里一间小木屋里,可是为了逃脱那混乱的环境,我有时候只好跑到那个会计主任的办公室去。他那间办公室是用横木板拼起来的,拼接得十分粗糙,所以当他弯着腰在那张很高的写字台上工作的时候,他身上从头到脚都是一道道阳光。要向外看看也用不着打开那宽大的百叶窗。屋子里也非常热;肥大的苍蝇可怕地嗡嗡叫着,它们倒是不叮人,只是拼命地撞来撞去。我一般都坐在那里的地板上,他却一尘不染,有时还略略洒上点香水坐在他的高凳上工作着。有时他也站起来活动一下。当一个病人(据说是从内地来的一个生病的公司代理人)睡在一张带轮的矮床上给放到他的办公室里来的时候,他只是很温和地表现出一点苦恼神情。'这病人的呻吟,'他说,'扰乱了我的注意力。在这样一种气候条件下,没有高度集中的注意力,要想算账不出差错,可是太难了。'

"有一天,他头也不抬地对我说:'进入内地以后,你无疑会遇见库尔茨先生的。'我问他库尔茨先生是谁,他说他是一位第一流的公司代理人;看到我对他的解释感到失望,他于是放下笔,又接着慢慢说:'他是个非常出色的人物。'经我一再询问,他告诉我,库尔茨先生正负责一个贸易点,一个非常重要的贸易点,设在那边一个真正的象牙产地,在'那边的尽头处。他一个人送回来的象牙等于所有其他站的总和……'说完他又拿起笔来,那病人已经病得连哼哼声都听不到了。在偌大一片宁静中只听到苍蝇的嗡嗡声。

"忽然从外面传来许多人一起说话的声音和沉重的脚步声,而且越来越大。有一个运输队进站了。在木板房的板壁外面,开锅似的响起了各种嘈杂的吵闹声。所有的脚夫都争着一起讲话,在这吵嚷声中,你还可以听到总代理人悲哀的声音:'算了吧。'这一天他已经含着眼泪这样悲叹了十多次了……他慢慢站起身来。'这吵闹声多可怕。'他说。他横穿屋子慢慢朝那病人走去,接着又走回来对我说:'他可是听不见了。''怎么!已经死了?'我吃惊地问道。'不,还没有。'他神色自若地说。接着,他朝着外面院子里混乱的嘈杂声一晃脑袋说:'在你生怕把账记错的时候,你没法儿不痛恨这些野人——简直要对他们恨死了。'他沉思着呆了一会儿。'你见到库尔茨先生的时候,'他接着说,'请替我带给他一句口信,告诉他这里的一切。'——他看了看他的桌子——'都非常令人满意。我不愿意给他写信——通过我们的这些信差,你永远不知道经过总站时信会落到什么人手里去。'他用他那双温和的鼓出的眼睛对我呆呆看了一会儿。'哦,他前程远大,非常远大,'他接着又说,'不要多久他一定会成为我们公司的一位人物,上面的那些人,——欧洲的董事会,你知道——

已经决定要提拔他了。'

"他转身去干他的工作,外面的吵闹声已经停息了。我打算马上走出去,可我又在门口停下了。在一片持续不断的苍蝇嗡嗡声中,那个准备运送回家去的公司代理人躺在那里,满脸通红,已完全失去了知觉;另外那位,俯身在他的账本上,正在为他的完全正确的交易正确地计算着账目;而在那房子前面台阶之下不到五十英尺的地方,我却可以看到那死亡之林的一动也不动的树梢。

"第二天我终于同一个由六十人组成的队伍离开了那个站,准备再走过一段两百英里的行程。

"关于那段行程,没有必要给你们讲很多了。反正是东一条路,西一条路,到处都是路;人踩出来的崎岖的道路网展开在那一片荒漠的土地上,穿过很深的野草,穿过被烧过的野草,穿过丛林,在一条阴森的山沟里上来又下去,遇到一个冒着火焰的炽热的火山,上去又下来;一片荒凉,又是一片荒凉,看不见人,也看不见一间草房。这里的居民很久以前都已经全逃光了。是呀,如果有一天,一大群神秘的黑人,带着各种可怕的武器,突然出没在迪尔和格雷夫森德①之间的大路上,把大路两旁的英国佬全抓去给他们搬运笨重的行囊,我想用不了多久,那一带所有的农庄和村子马上就会空无一人了。只是眼下这个地方连住房也看不见一间。不过,我也曾路过几个被抛弃的村子。那里的一些用草编成的半倒的墙,完全像孩子的玩意儿,看着令人觉得十分可悲。一天又一天,这六十双光着的脚在我的身后噼噼啪啪地走着,每一双脚负担着

---

① 均为英国地名。

六十磅的重载。扎营,做饭,睡觉,拔营,开拔,一个正扛着重载的脚夫会忽然倒下,他于是也就在路旁的深草中安息了。在他的身旁会放着一个倒空的水葫芦和他使用过的一根长棍。四周和上空都是一片寂静。也许在某一个宁静的夜晚,远处会传来一阵阵颤动的鼓声,低一阵,高一阵,巨大的颤动声,微弱的颤动声;这难以理解的声响,有所呼吁,也有所暗示,带着狂野的气息——也许和一个基督教国家的钟声具有同样深刻的意义。有一回,一个敞开着制服上衣的白人,带着一个由一些高瘦的桑给巴尔人组成的武装护送队在路边扎营,他非常好客,喜气洋洋——不用说还喝得有几分醉了。他说,他正在查看道路的保养情况。我不能说见到过任何道路或任何道路的保养,除非把那个前额上露着枪窟窿、让我真的一步窜出去三英里远的中年黑人的尸体叫做一种具有永恒意义的改进。我也有一个白人伙伴,他倒不是个坏家伙,可就是一身贼肉,而且老是在离水和阴凉处好几英里的酷热的山坡边,动不动就要人命地晕倒了。你们知道,举着你自己的上衣,拿它像一把伞似的挡住一个人的脑袋,等待他慢慢缓过来,够多么让人心烦。有一次我止不住问他,到底干什么跑到这儿来了。'当然是弄钱哪,你想还有什么呢?'他轻蔑地说。紧接着,他又发起烧来,我们只好用一根木杠,下面拴着一个吊床把他抬着走。因为他体重二百二十多磅,为这事,我和那些脚夫不知没完没了地争吵过多少次。他们唠叨着,偷偷跑掉,半夜里扛着他们搬运的东西逃跑——简直是要造反了。因此有一天晚上,我配合着各种手势做了一次英文演说,在我面前的那六十双眼睛显然对我的手势是全都明白的,第二天早晨我又让人抬起那个吊床在我们的前面出发,一切都很正常。可是一小时之后,我却在一片丛林里发现了那一整套设备——人、吊床、哼哼声、毯子、恐怖。那根沉重的木杠把他那可怜的鼻子的皮都给蹭掉了。他十分愤怒,希望我处死一两个人以示儆戒,可是那些脚夫却连影子也看不见了。这时我记起了那个老大夫的一句话——'如果能够在当场观察许多人的思想变化,那对于推进科学的发展一定是很有好处的。'我感到我已经变得对科学研究很有用处了。不管怎样,这一切全都毫无意义。十五天之后,我又看到了那条大河,于是一颠一簸朝着总站跑去。总站在那条河的一个河湾附近,四周全是灌木丛和森林,一边以一片散发臭味的烂泥作为它的美丽的边界,另外三面全被长得乱作一团的矮树丛包围着。中间有一个无人修整的缺口就算是它惟一的门洞。你只要对这地方看上一眼马上就会知道,在这儿负责的必定是个完全不负责任的混蛋。一些手里拿着长棍的白人懒洋洋地从那个建筑物中走出来,溜达过来对我看一眼,然后又不知蹓到什么地方去,便再也看不见了。他们中有个身体强健,留着黑胡子的容易激动的家伙,我刚一告诉他我是谁,他马上就口若悬河,同时夹杂着许多不相干的叙述,告诉我,我的船已经沉在那条河的河底了。我当时真是惊呆了。什么,怎么搞的,为什么?哦,一切'都没有问题'。'经理他本人'就在这儿。一切全都没问题。'每一个人的表现都无懈可击,无懈可击!'——'你一定得,'他激动地说,'马上去见经理,他正等着!'

"我对那条船沉没的真实意义一时还没能完全明白,我想现在我是明白了。可是,我并不敢肯定——完全不敢肯定。这件事实在是太愚蠢了——我现在再回想一下——愚蠢得简直超出了常情。尽管如此……可在当时,我却只不过感到,那是件让人非常气恼的麻烦事。那条汽船给搞沉了。他们在两天前忽然匆匆忙忙把那条船向上游开去,经理也在船上,由一个自愿临时充当船长的人负责驾驶,可是船开出去不到三个小时,船底撞在礁石上给完全撞碎,它也就在靠近南岸的河边沉了下去。现在我的船既然没有了,我便止不住问我自己,那我该怎么办呢?事实上,要把我负责指挥的那条船从河里捞上来,那我要干的事可太多了。第二天我就不得不开始工作了。打捞起那条船,把它一块块搬到站上,然后再进行修理,总共需要好几个月时间。

"我第一次和经理见面的情景,实在奇怪之极。那天早晨我已经步行了二十多英里路,可是他竟没有让我坐下。他的肤色、面容、神态和声音都显得非常平庸。他中等身材,个头很一般。他长着一双常见的那种蓝色的眼睛,不过也许有点特别地冷淡,另外他真能够让他的眼神像一把斧子犀利而有力地落在一个人身上。不过甚至就在那时候,他身体的其余部分又似乎在表明他并无此用意。除此之外,只是在他的嘴唇上有一种难以捉摸的、隐隐约约的表情,一种偷偷摸摸的表情,——一点微笑——又不像是微笑——我现在还能记得那样子,可我说不清楚。这是一种无意识的表情,这个微笑,尽管每到他说完几句什么话的时候,它也会忽然加强一下。那表情总是在他讲完一段话的时候出现,仿佛它是用在他讲的那些话上的一个印记,它能使他讲的哪怕是最普通的一句话也变得让人绝对无法理解。他是个普通的买卖人,从很年轻的时候起就受雇在这一带工作——没干过什么别的。大家谁都服从他,可是他既不能引起别人的爱戴,也不能引起别人的恐惧,甚至也得不到别人的尊敬。他只能让人有一种极不舒服的感觉,这话对了!极不舒服。也不是明显的不信任——就是极不舒服——如此而已。你不能想象这么一………………一个工作班子会有多么高的效率。他没有组织才能,没有创新的才能,甚至也没有发号施令的才能。光是看看站上的可悲状态,情况就非常明显了。他没有知识,也没有才智。他所以会爬上现在的地位——为什么?也许就因为他从来不生病……他在这里三年一期已经干了三期了……因为在这个健康情况普遍恶化的环境中,强健的体格本身就是一种力量。在他请假回家探亲的时候,他总要闹得尽人皆知——大摆排场。像上了岸的水手——也略有不同——但只是在外表上。这一点从他的一些偶然谈话中也可以听得出来。他从来没有过任何创见,可是他能够让每日的官样文章例行不误——这就是他的全部本领。可是他确实伟大,他的伟大完全表现在这么一件小事上——谁也没法说,到底什么东西能够控制住像他这样一个人。他从未向人泄露过这个秘密。也许他的身子里面什么也没有。这类怀疑总让人只能怀疑一下罢了——因为那里的情况是没有办法从外部进行核对的。有一次好几种热带病几乎使所有站上的'代理人'全都倒下了,这时却有人听到他说:'凡到这里来的人根本就不该有内脏。'他说完这话又用他那微笑作为印记把它给封起来,仿佛那是一个由他看管着的通往黑暗的大门。你想着似乎看到了什么,可是他已经又把它给封上了。吃饭的时候由于一些白人总是彼此吵闹,争着要坐上席,弄得他十分恼火,于是他下令特制了一个特大的圆桌子,另外还特别盖了一间屋子专放这张桌子。这就是站上的饭厅。他坐在哪里哪里就算是首席——其余的座位全都不分上下。你感到这是他的一种不可改易的信念。他既不是很有礼貌,也不算很无礼。他为人非常沉静。他容许他的'听差',一个从海岸边来的养得过肥的年轻黑人,当着他的面,以近于挑衅的无理态度对待某些白人。

"他一看到我就开始讲个没完。说我在路上耽搁得太久,他等不及了。只好没等我到场就开始干起来。河上游的许多站必须马上运进物资去。事情已耽搁了这么久,他现在根本不知道谁还活着,谁已经死了,他们现在的情况怎样——等等。他对我的解释根本不予理会,手里玩着一根火漆棒,一再重复说,现在情况'非常严重,非常严重'。又说,谣传一个非常重要的站现在正遇到了危险,它的站长库尔茨先生也生病了。他希望这些话不是真的。库尔茨先生是一位……我感到非常疲倦,也非常烦躁。绞死库尔茨吧,我心里想,我打断他的话说,我在海岸边曾听人谈到过库尔茨先生。'啊!那边他们也在谈论他。'他喃喃地自言自语说。接着他又开始讲起来,一再告诉我,库尔茨先生是他的最好的一位代理人,是一位非同一般的人物,对整个公司具有无比巨大的重要性,因此我可以理解他是多么不安。他说他是'非常,非常地不安'。的确,他坐在椅子上扭捏了好半天才大叫着说:'啊,库尔茨先生!'以致把手里的火漆棒都给捏碎了,而且这件意外还似乎使他不禁呆了一会儿。他需要知道的第二件事是,'这需要花费多少时间'……我又一次打断了他的话。你们知道,我当时肚子饿极了,而且又老是站着,我简直有点越来越难以忍耐了。'我怎么知道?'我说,'我对那条沉掉的船连看也没看过一眼呢——毫无疑问,得几个月。'这些谈话在我看来全都毫无用处,'几个月,'他说,'好吧,让咱们说,在三个月之后咱们就可以开始航行了。对。有三个月时间,这点活儿应该能干得了的。'我匆匆从他的屋里跑出来(他一个人住在一间用泥垒起的、还带着阳台的房子里),一边自言自语,咕哝着我对他的看法。他是个光会耍贫嘴的笨蛋。但后来我收回了这句话,因为他对干那点'活儿'所需要的时间,估计得竟是那么绝对准确,这真有点让我吃惊。

"第二天我就开始了我的工作,不再和它,就这么说吧,和那个站打交道了。我似乎感到,只有这样我才能够不脱离生活中能使我不致完全泄气的东西。即使这样,你有时还必须四面多看看;然后我看到了那个站,看到那些人毫无目的的在院里的阳光下来回溜达。我有时不禁怀疑,这一切到底是为了什么?他们手里都拿着一根可笑的哭丧棒,从这里蹓到那里,像一群失去信心的香客,让鬼魅给迷在这一圈乱树丛中了。'象牙'这个词儿在空气中,在人的耳语和叹息中震响,你简直觉得他们是在向它祈祷。这里到处都可以闻到一种愚蠢的贪婪的气息,完全像从尸体上发出的臭味。天哪!我一生中还从未见到过如此缺乏真实性的东西。那外在世界,那包围着大地上这一小块地方的寂静的荒野,我却觉得它像罪恶或者真理一样,无比伟大,而且不可战胜,现在正耐心地等待着这种疯狂的侵袭最后结束。

"哦,那几个月的日子!行了,没有关系。后来又发生了许多事情。有一天晚上,有一个草棚子,里面装满了印花布、花棉布、香料珠,还有我不知道的一些什么东西,忽然着火了。那火来得那么突然,你简直会想到是地球忽然裂开,放出报复的火焰,烧去了所有那些乱七八糟的东西。我那时正靠在我那艘已全被拆卸的轮船边,安静地抽着烟斗,我看到他们在火光中蹦来蹦去,高举着他们的胳膊,接着还看到那个身体强壮的留胡子的男人,手里拿着一只水桶匆忙向河边跑去,还再次向我肯定说,每一个人的'表现都无懈可击,无懈可击',他用水桶舀起了大约半桶水又匆匆跑了回去。这时我却注意到,他那水桶底上已捅了个大窟窿。

"我慢慢向上面蹓去。完全不必着忙。你瞧,整个那间草棚子已经像一盒着火的火柴一样化为乌有了。这火从一开始就完全无法救。火头伸得老高,谁也无法接近,把什么都同时给点着——并给烧得坍了下去。那棚子已经变成了一堆通亮的灰烬。在不远处,他们正在鞭打一个黑人。他们说火是他引起来的;可能真是这样吧,他被打得没命地惨叫。几天之后,我看见他坐在一片小树阴下面,已经是半死的样子,还在希望慢慢恢复。后来他站起身走了出去——那无声的荒野又一次对他敞开了怀抱。当我从黑暗中向那火光走去时,我发现我前面有两个人在谈话。我听到他们说到库尔茨的名字,接着又说:'利用这次不幸事件。'两人当中有一个就是那个经理。我对他说了声晚安。'你过去见到过这种事吗——嗯?真是令人难以相信。'他说着慢慢走开了。另外那个人还留在那里,他是一位第一流的代理人,一位年轻的先生,留着八字胡,长着一只鹰钩鼻,有些保守。他和别的代理人不大接近,他们说他是经理派来监视他们的密探。至于我,几乎从未跟他说过一句话。现在我们却谈开了,不一会儿,我们慢慢溜达着离开了那尚在嘶嘶发响的灰烬。接着他邀请我到他的住处去,那是站上主要建筑物中的一间房子。他划着了一根火柴,我马上看到这个年轻的贵族不仅有一只镶着银边的衣箱,而且还独自享用着一整根蜡烛。在那个时候,按理只有经理才有权使用蜡烛。泥土墙上悬挂着当地的草垫,一大堆长矛、非洲梭镖、盾牌和各种刀剑都作为战利品挂在墙上。这家伙被委任的工作是烧砖——我听见别人是这么说的;可是在这个站上不论哪里连一块砖头的碎块也看不见,可是他在那里已经待了不止一年了——他正等待着。看样子是因为缺点什么,使他根本无法烧砖,我不知道缺的是什么——也许是稻草。不管怎样,在那里当然是找不到稻草的,可是似乎也不可能从欧洲送稻草来,所以我也就不很明白他到底在等什么。也许是某种特殊的创造能力。不管怎样,他们,一共是十六个或者二十个外来移民,全都在等待着什么;说句老实话,从他们对待这工作的态度来看,那不像是一件让人感到不惬意的差事,虽然据我看,他们所干的惟一事情是生病。他们依靠彼此愚蠢地在背后进行攻击和搞阴谋诡计来消磨时间。在整个站上到处都可以嗅到阴谋活动的气味,不过,当然,实际上全都毫无结果。这和这里其他的一切——比方像整个公司伪装的慈善性质、他们的谈话、他们的管理制度、他们假装工作的样子——一样,全都是虚无缥缈的。在这里惟一一点真实的感情,是希望被委派担任一个贸易站的负责人。到了那里,他就可以得到象牙,而且可以按规矩分成。他们永远只在这个问题上彼此耍阴谋,彼此诽谤和痛恨——可要想让他们哪怕仅用一个小指头去认真干点什么——哦,那可不成。上天作证!不管怎么说,这个世界总有个什么道理,允许一个人偷走一匹马,却不能让另外一个人对拴马的绳子看上一眼。要么就把马干脆偷走。好极了。他这么干了。也许他会骑马。可是有时候要是一个人对拴马的绳子看上那么一眼,就可能会使世上最仁慈的圣徒马上火冒三丈。

"我完全想不出,他为什么对我那么友好,可是,在我们正谈着的时候,我猛地想到这家伙必定有什么目的——很显然他是要从我嘴里捞到点什么消息。他一再说到欧洲,说到他认为我一定认识的那些人——提一些问题,想让我谈谈我在那个坟墓之城认识的一些熟人,等等。他的一双小眼睛像两块云母片似的发着光——充满了好奇的神色——尽管他一直都尽量装出几分傲慢的神态。一开头我很有点吃惊,可我很快又变得非常好奇,很想知道他到底想从我这里听到些什么。我根本无法想象,我身上到底会有什么东西值得他花费这许多工夫。最后看到他发现自己全然是徒劳无功,那一定是非常有趣的。因为,说实在的,我满肚子里装的就只有一股冷气,头脑里,除了关于我那条可怜的汽船的问题之外,也空无所有。非常明显,他把我看成了一个完全不知羞耻的信口胡说的家伙。后来他生气了,为了掩盖他的发疯一般的气恼,他打了几个哈欠。我站起身来了。然后我注意到,在一块门板上有一幅很小的油画,画着一个披着衣服、蒙着眼睛的妇女,手里拿着一支燃烧着的火炬。背景非常阴暗——差不多是一片漆黑。那女人的神态显得非常庄严,可是那火炬的光照在她脸上的效果却让人感到某种不祥之兆。

"我望着那幅画停了下来,他彬彬有礼地站在一旁,手里举着一个空香槟酒(专为安神之用)瓶子,上面插着一根蜡烛。我问起这画的来历,他说这画是库尔茨先生——一年多以前就在这个站上——画的,他那时待在这里,等待有适当的交通工具前往他的贸易站去。'请告诉我,'我说,'这位库尔茨先生到底是谁?'

"'他是内陆站的站长。'他眼睛望着远处,简单地回答说。'非常感谢,'我大笑着说,'你是总站负责做砖的。这谁都知道。'他沉默了一会儿。'他真可以说是一位奇才。'他最后说。'他可说是怜悯、科学和进步的使者,鬼知道他还可能是些什么别的。我们,'他忽然大声说,'为了更好地指导欧洲委托给我们的这一事业,比方那么说吧,我们需要更高的智慧,需要广泛的同情和单一的目的。''这话谁说的?'我问。'他们许多人都这么说,'他回答说,'有人甚至写出书来谈这个问题;所以他就来到了这里,作为一个十分特殊的人物,这一点你当然知道。''为什么我当然知道?'我真感到有点意外,于是打断他的话说。但他完全不理我。'是的,他今天是我们这里最好的一个贸易站站长,明年他就会当上副经理,再过两年……我敢说,两年之后他会担任什么职务,你完全知道。你属于新的一派——道德派。当年特别把他派到这里来的那些人现在又推荐了你。哦,不要否认了。我是相信我自己的眼睛的。'现在我开始完全明白了。我亲爱的姨母的一些吃得开的熟人的态度,在这个年轻人身上产生了意想不到的效果。我几乎忍不住大笑了。'你看过公司的内部通讯吗?'我问道。他一句话也讲不出来。这真是太有趣了。'要是库尔茨先生,'我非常严厉地接着说,'当了经理,那你就没有机会当了。'

"他忽然把蜡烛吹灭了,我们俩于是一同走了出来。月亮已经升了上来。黑色的人影懒洋洋地来回走动着,往那个灰烬上倒水,同时从那里传出一阵嗤嗤声;月光下可以看到一股股蒸气往上冒,那个挨打的黑人还躲在附近什么地方哼哼。'这畜生惹下了多大的麻烦。'那个留着小胡子不知疲劳的人朝我们走过来。'他是活该。犯罪——惩罚——狠揍!不能手软,不能手软。这是惟一的办法。这才可以制止将来再发生重大火灾。我刚才还和经理这么说来着……'他这时看到了我的那个伙伴,立即一声不响低下头去。'还没有上床休息,'他装出非常热情的样子卑躬屈节地说,'这是很自然的。哈!危险——激动。'他马上消失了。我向河边走去,我那伙伴一直跟着我,我听到他用刺耳的声音在我耳边低声说:'全是一帮笨蛋——去他们的蛋吧。'那些外来移民三三两两聚在一起,指手画脚,在讨论什么问题。他们中有几个手里还拿着他们的棍子。我真相信他们上床睡觉的时候都抱着这些哭丧棒的。篱笆外面,树木像一群鬼怪站在月光之下,透过那轻微的摇动,透过这可悲的庭院中的微弱声响,大地的沉寂深深沁入人的心脾——带着它的神秘、它的伟大、它的隐秘生活的可怕的现实。那个被打伤的黑人在不远处低沉地呻吟着,接着发出一声深沉的叹息,使我立即转身躲开了那里。我感到有一只手挽住了我的胳膊。'我亲爱的先生,'那家伙说,'我不希望别人误解我的意思,特别是你。因为你一定会在我之前很久,有幸见到库尔茨先生。我不能让他对我的态度有任何错误的想法……'

"我任他一直说下去,这个纸糊的梅菲斯特[①],我感到我只要用指头一捅就可以把他给捅穿,然后我将发现,在他的肚囊里除了一点稀屎浆子之外,可能什么也没有。你们瞅见了吗?他一直就计划着要在这个经理下面慢慢当上一名副经理,我看得出来,库尔茨的到来让他们俩都很有些不安。他急促地讲着,我根本无意去阻止他。我把一边肩膀倚在我的破

---

① 欧洲传说浮士德博士故事中的魔鬼名。

船上,那船已经被拉到岸边土坡上来,现在躺在那里像从河里捞起的一个大动物的尸体。我的鼻孔里充满了那泥土——真正的原始泥土的气味,天哪!眼前是那原始森林的深沉的寂静;在那黑色的溪水上可以看到一小块一小块的水面在发着光。月亮已经在一切东西上面铺上了一层薄薄的银色——在茂密的乱草上、在烂泥上、在比庙宇的墙壁还要高的密集成片的树丛上,也铺在我通过一个阴暗的缺口看到它闪闪烁烁、闪闪烁烁、一声不响向前流动着的河水上。所有这一切是那么伟大,充满希望,寂静无声,而那个人却一直不停地在我身边唠叨着关于他自己的事。我不能明白,这面对我们的一片寥廓所表现的沉静,意思是对我们有所呼吁,还是要进行威胁。我们这些胡乱窜到这里来的,到底都是些什么人呢?我们能够控制住这无声的荒野吗?还是它将控制住我们?我能感觉到那个不能言语的、也许甚至完全聋哑的东西是何等巨大,巨大得令人难以捉摸。那里面究竟有些什么东西?我可以看到从那里运出了少量的象牙,我还听说库尔茨先生也在里面。关于那地方我已经听说得够多了——上帝知道!可是那些话并不能构成任何明确的形象——那情况不过像有人告诉我说,那里有一位天使或者有一个魔鬼。我对它相信的程度完全和你们中也许有人相信火星上住有居民一样。我认识一个苏格兰的做船帆的工人,他就肯定认为,非常地肯定,火星上也有人。你要是问他那些人是什么样子,怎么行动,他便会仿佛有些不好意思地咕哝说,他们'都趴在地上走路'。如果你稍微笑一笑,他就会——尽管他已经六十岁了——动手要跟你玩儿命。我可没有意思为库尔茨去跟谁打一架,可是,在他的问题上,我已经接近于对人撒谎了。你们知道,我对撒谎深恶痛绝,简直不能忍受,这不是因为我生性比别人直爽,而只是因为谎言使我非常害怕。谎言带有死的意味,带有死亡的气息——这正是这个世界上我最深恶痛绝的东西——我极希望把它忘却。它让我感到可怜和作呕,仿佛咬了一口腐烂的死耗子。我相信这也是天性使然。是啊,我让那个年轻的蠢材愿意怎么想就怎么想,想象着我在欧洲不知有多大的靠山,这实际是等于撒谎了。顷刻之间,我变得和别的那些被愚弄的外来移民一样,也在那里装模作样了。而这只不过是因为我有一种想法:这样做对于我当时一直还没见到过的库尔茨多少会有些帮助——你们当然明白。当时他对我还只不过是一个空洞的名字。我始终还没见到过叫这名字的那个人,就和你们现在一样。你们能看见他吗?你们能看见这个故事吗?你们能看见任何东西吗?我仿佛是在对你们讲一个梦——完全是白费力气,因为对梦的叙述是永远也不可能传达出梦的感觉的,那种在极力反抗的战栗中出现的荒唐、惊异和迷惘的混杂感情,以及那种完全听任不可思议的力量摆布的意念,而这些才真正是梦的本质……"

他沉默了一会儿。

"……不,那是不可能的;你也不可能把你一生中某一时期对生命的感受转述出来,你无法转述——那构成生命的真实和意义的东西——它的微妙的无所不在的本质。这是不可能的。我们在生活中也和在梦中一样——孤独……"

他又停了一会儿,仿佛在思索什么,然后又接着说——

"自然,你们这些家伙现在了解到的情况比我当时还要多一些。我这个人你们知道……"

这时,到处已是一片漆黑,我们这些听故事的人几乎彼此已完全看不见了。他坐得离我们很远,我们不见其人只闻其声已有好长时间了。别的人谁也没有讲过一个字。也许他们全都睡着了,可是我却非常清醒。我一直在听着,我仔细听着每一句话和每一个字,希望能从中找到一个线索,让我理解这个似乎并非假人之口,而是在河水上空重浊的夜空中自己形成的故事,为什么会引起了我的淡淡的悲愁。

"……是的——我让他讲下去,"马洛又接着说,"关于我背后到底有什么靠山的问题,让他愿意怎么想就怎么去想。我就是这么办的!可事实上,我背后什么靠山也没有!我背后只有我正倚着的那条可怜的、破旧的、已被拆卸的汽船。而他却滔滔不绝地谈着什么'每一个人都必须前进','而且一个人来到这里,你当然知道,他绝不是到这儿看月亮来的'。库尔茨先生是一位'全面的天才',可是,即使是一个天才,工作时能有'适当的工具——有才志的人'来帮助他,他也会发现工作将容易进行多了。他始终没有动手做砖,嗨,这里有一种非人力所能克服的困难妨碍着他——这我完全知道;要说到他去给那位经理做秘书工作,这是因为'没有任何一个头脑清醒的人,会毫无理性地拒绝他的上司的信任的'。明白了吗?我明白。我还需要些什么?我真正需要的是铆钉,天哪!铆钉。有铆钉我才能进行工作——才能把船上的洞补上。我需要的是铆钉。在海岸那边有成箱成箱的铆钉——许多箱——堆得老高——箱子都绷开了——撒得到处都是!在山边上的那个站的庭院里,你每一秒钟都会踢到一个扔在地上的铆钉。有些铆钉还滚到那个死亡之林里去了。如果你愿意弯腰去捡,你可以很快就把你所有的口袋全给装满——可是在这个真正需要铆钉的地方,却连一个也没法找到。我们有可以使用的钢板,可就是没有任何东西能把钢板铆上。每星期,那个性情孤独的黑人信差,都会肩上扛着邮包,手里拿着棍子从我们的站跑到海岸那边去。从海岸那边来的运输队,每星期有好几次把各种贸易商品运到此地——让你一看就吓一跳的磷光闪闪的印花布,一分钱一大堆的玻璃球,印着令人难以捉摸的斑斑点点花纹的棉布手绢,等等——可就是没有铆钉。只要三个脚夫,就可以运来能让那条汽船重新下水的全部铆钉。

"他跟我越来越亲近了,可是我想,我毫无反应的态度最后一定使他非常生气,因而他感觉到有必要告诉我,不管是上帝还是魔鬼他都毫不畏惧,更不用说人了。我说这一点我看得很清楚,可是我所需要的,的确就只是一定数量的铆钉——而且库尔茨先生要是了解这里的情况,他真正需要的也只是铆钉。现在每星期都有信送到海岸那边去……'我亲爱的先生,'他大叫着说,'我只是照录经理口述的信件。'我要求给我运来铆钉。对于一个聪明人来说——总有办法的。他改变了态度;变得非常冷淡,忽然大谈起河马来;他奇怪我睡在那汽船上(我日夜不停地在进行我的修理工作)怎么能完全不受干扰。这儿有一头老河马,这东西有一个很坏的习惯,每天夜里都跑上岸来,在这个站附近一带到处游逛。那些外来移民常常一齐跑出来,把他们能找到的每一支枪的枪弹都打在那头河马身上。有人甚至还通夜坐着等它出现。可是他们的一切努力全都白费。'那牲畜的生命有符咒保护着,'他说,'可是在这里,你只能说某些牲畜受到符咒的保护。人可不行——你明白我的意思吗?——这儿没有任何一个人的生命能受到符咒的保护。'他在月光下站了一会儿,让他的细小的鹰钩鼻子微微歪在一边,云母片似的眼睛一眨不眨地闪着光,然后简单地说了声晚安就走开了。我可以看出他很是不安,而且颇有些感到莫名其妙,这就使我比前几天感到更有希望了。我离开这家伙,走向我作为靠山的有势力的朋友,那条砸坏压歪的、破破烂烂的、罐头盒似的汽艇,对我实在是一件莫大的安慰。我爬到船板上去,船板在我脚下发出的响声,就像在街沟里踢亨特利和帕尔默公司的空饼干桶的声音一样;这船在制作上很不结实,样子也不很好看,可因为我已经为它付出了足够的辛勤劳动,我便爱上它了。它对我的用处是任何有势力的朋友都比不上的。它使我有机会出来跑一跑,看看我到底能干点什么。不,我并不喜欢工作。我也宁愿成天闲待着,尽想些可以办到的好事情。我不喜欢工作——没有人喜欢——可是我喜欢工作里所包含的内容,——那个让你发现自我的机会。发现你自己的真实——对自己来说,而不是对别人来说的真实——发现任何别的人永远也无法知道的东西——他们只能看见外表,可永远也无法弄清它的真实意义。

"我忽然看到在船尾的甲板上坐着一个人,两条腿悬挂在一片烂泥上面,但我丝毫也没有感到吃惊。你们知道,在那个站上我已经和那里为数不多的几个技工交上了朋友,另外那些外来移民自然是非常讨厌他们的——原因我想不外是由于他们缺乏教养。眼下的这个人就是技工班长——他的本行是做锅炉——他是一个非常好的工人。他的身材又高又瘦,脸色发黄,却长着一双非常有神的大眼睛。他看上去总显得心事重重,脑袋光得和我的手心一样;可他的头发在往下落的时候似乎又都扎在他的下巴颏上,而且来到这个新地方又大为繁荣起来,因为他的大胡子直拖到了他的腰边。他是个鳏夫，有六个很小的孩子（他为了到这里来，便把他们都交给了他的一个妹妹照看），他最感兴趣的活动是放鸽子，他对养鸽子十分热心，而且也是个行家。他可以整天跟你谈鸽子。工作结束之后，他有时从他的住房跑来跟我聊聊他的孩子和鸽子；工作的时候，因为他常常必须在烂泥中爬到汽船底下去，他总用他专门带来的一块白餐巾似的包袱皮把他的胡子给包起来。包袱皮两边有两个环，可以挂在耳朵上。天晚的时候，你可以看到他蹲在河沟的岸边非常仔细地洗他那个包袱皮，然后郑重其事地把它摊在树丛上晾干。

"我拍了一下他的肩膀，喊着说：'我们马上就会有铆钉了！'他立即爬起来，站在我的身边大叫着：'不可能！铆钉！'仿佛他根本不相信自己的耳朵。接着他声音很低沉地说：'你……嗯？'我不知怎么忽然变得像疯子一样了。我把一个指头放在鼻子边神秘地点了点头。'那你真是太幸运了！'他叫喊着，把一只手举到头上，用指头捻得啵的一声响，同时抬起了一只脚。我于是拉着他跳起舞来。我们在那铁甲板上乱蹦乱跳。船身发出了一阵可怕的哐啷声，河沟那边的处女森林送回了雷鸣般的回声，直滚过那已入睡的站上的房舍。那声音一定把住在那些破屋子里的某些外来移民给惊得坐起来了。一个黑色的身影挡住了经理住处被烛光照亮的门洞，接着又消失了，然后又过了一两秒钟，那门洞本身也消失了。我们停了下来，于是被我们的脚步声驱走的宁静，现在又从那片大地的各个角落流了回来。那巨大的青绿色的屏障，那由无数繁茂的、纠缠在一起的树干、树叶、树枝、树杈和藤蔓组成的高墙，一动不动地耸立在月光之下，仿佛是由无声的生命进行的一次纷乱的袭击，一股由植物组成的滚滚巨浪越涌越高，形成一排巨大的浪头,正准备朝这条河流这边压过来,让所有我们这些微不足道的人永远失去他的微不足道的存在。但是它并没有移动。忽然,从远处传来一阵巨大的拍水声和鼻息声,仿佛有一条鱼龙在那条大河里进行月光浴。'不管怎么说,'那个锅炉工人心平气和地说,'我们为什么不应该弄到铆钉呢?'为什么,真的!我想不出有任何理由我们不该弄到铆钉。'三星期之内铆钉就会来了。'我极有把握地说。

"可是铆钉并没有来。铆钉没来,来的却是侵袭、祸害和灾祸。这一切是在接下去的三个星期中分作几批来到的,每一批领头的都是一个穿着新衣服和黄皮靴、骑着驴的白人;他高坐在驴背上,一会儿朝左一会儿朝右不停地跟那些毕恭毕敬的外来移民点头打招呼。一大帮吵吵闹闹、脚上打泡、脸色阴沉的黑人紧跟在驴后边;顷刻间便丁零哐啷往站上的院子里扔满了大堆的帐篷、野营小凳、铁箱子、白衣箱和棕黄色的包裹,于是整个站上在那混乱情景之外,更增加了一种神秘气氛。他们前后一共来了五批,他们那仿佛刚抢劫了无数服装店和食品店正匆匆逃跑的可笑神态,让人想到,他们也许是要把掳掠来的赃物弄到荒野中平分去了。这种无法摆脱的混乱状况本身倒没有什么,可是人的愚蠢行径总让人觉得那是强盗们在分赃。

"这一帮勇于献身的人自称是埃尔多拉多探险队,我相信他们一定都曾发誓对外严守机密。不过他们的谈话全是些卑鄙下流的海盗语言:莽撞而毫不坚强,贪婪而缺乏胆略,残暴而毫无勇气;在整个他们这一帮人中,丝毫看不到明智的远见或严肃的目的,而他们似乎也根本不知道,要在这个世界上干好任何一件事,这两样东西是必不可少的。从大地的胸怀里强挖出一切财富,是他们的惟一宏愿,而在他们这种行为背后绝没有任何高尚的宗旨,一如夜半撬开保险柜的小偷一样。这一崇高事业的经费从何而来,我不知道;不过这帮人的总头目正是我们经理的叔父。

"他的样子从外表看很像一个买卖不佳的屠户,他的昏昏欲睡的眼睛露出奸诈的神色。他十分得意地用他那两条短粗的腿顶着他那肥大的肚囊,在他们那一帮人像苍蝇一样钻到站上来的时候,他除了和他的侄子谈话之外,跟谁也不交一语。你可以看到他们俩整天东逛西逛,头挨着头没完没了地在进行密谈。

"我已经完全不再为铆钉发愁了。一个人干这种蠢事的能量比你想象的要有限得多。我说,去他妈的!——一切听其自然!我现在可以有更多的时间思索,因而不免有时就想到了库尔茨。我对他并不十分感兴趣。完全不,可尽管这样,我仍然总希望能够知道这个人,带着他那些道德观念来到这里,是否真能爬到最高的位置上去,以及爬上去后,他又将如何进行工作。"

二

"有一天傍晚,我摊开身子躺在汽艇的甲板上,却听到了一阵越来越近的说话声。这是他们叔侄俩在河岸边散步。我仍把头枕在胳膊上,可正当我迷迷糊糊眼看要入睡的时候,我却听到有人仿佛就在我的耳朵边说:'我跟一个三岁孩子一样从来不会伤害别人,可我也决不能听人对我发号施令。我是经理——不是吗?我是奉命把他送到那边去的。这简直让人不可思议。'……我现在才明白,他们俩正站在河岸上我的汽艇的船头边,就在我的脑袋底下。我没有动,我没有想到要动;我困极了。'是让人特别讨厌。'叔父生气地说。'他自己要求公司把他送到那边去,'另外那个人说,'意思是要想显显他多有能耐;我因此才得到了把他送去的命令。你瞧瞧,这个人看来来头不小。这不是太可怕了吗?'他们俩都同意,这实在很可怕,接着又讲了一些听来十分奇怪的话:'随便呼风唤雨——就一个人——董事会——牵着别人的鼻子'——一些荒唐句子的片断勉强冲进了我的昏昏欲睡的头脑,所以等到那叔父再说话的时候,我差不多已经完全清醒了。他说:'这里的气候条件也许能为你排除这一困难的。就他一个人在那边吗?''是的,'经理回答说,'他派他的助手沿河而下,给我送来一张条子,上面竟写着这样的话:让这个可怜的家伙离开这里吧,以后千万别再往我这儿派人了。我宁可一个人待着,也不愿意要你派来的人跟我在一起。这是一年多以前的事。他竟敢如此无理,你能想象吗?''那以后还有过什么新情况吗?'另一个人哑着嗓子问道。'象牙。'侄子一晃脑袋说,'大批的象牙——刚采下的——大批的——从他那里送来的,实在让人气恼。''同象牙一起送来的还有什么?'那个粗嗓子问道。'清单,'是那侄子的,好比说吧,有如炮弹一样的回答。然后是一阵沉默。他们说的是库尔茨。

"这时我已经完全清醒了,可因为躺在那里十分舒服,我仍然一动也没动,也不觉得有必要改变一下我的姿势。'那象牙是怎么从老远送来的呢?'那个年纪大一些的咕哝着说,他看来正感到十分气恼。另外那个解释说,象牙是由原来跟着库尔茨的一个办事员,一个英国籍的混血儿领着一队小划子送来的;看来最初库尔茨曾打算自己回来,因为那会儿站上已经完全空了,既没有任何商品,也没有储存的食物了,可是在走出来三百英里之后,他忽然又决定自己仍然回去,于是他就坐上一个由四个人划着的独木舟往回走,让那个混血儿继续沿河而下,送回了象牙。有人竟然会有这般行径,这似乎使那两个家伙十分诧异。他们不能理解,他究竟是出于什么动机。至于我,却仿佛第一次真正见到了库尔茨。那一瞥的形象是非常鲜明的——独木舟,四个划船的野蛮人,和那个忽然转身逃开公司总部,逃开安逸生活,逃开——也许是——思家之念的孤独的白人;他把他的脸转向荒野深处,朝着他的空无所有的荒凉的站上走去了。我不知道他的动机是什么。也许他只不过是一个有血性的男子汉,他热心工作就只因为他喜欢工作。你们知道,他们一次也没提过他的名字。他只是

57

'那个人'。至于那个按我想一定曾以高度的细心和巨大的勇气指挥了那次艰苦航行的混血儿,他们在提到他的时候永远称他是'那个混蛋'。那个'混蛋'曾报告说'那个人'害过一次重病——到现在身体还没有完全恢复……在我下边谈话的那两人接着向远处走了几步,然后便在不远的一段距离中来回走着。我听到'军火站——大夫——二百英里——现在只剩一个人——不可避免的耽搁——九个月——没消息——只是一些奇怪的谣传'等片断的语句。后来正在那经理讲话的时候,他们又向我靠近过来,他说:'据我知道,除了有那么一个到处奔跑的商贩——一个命都不要的家伙,还没有任何人从土人手里弄到过象牙。'他们现在说的又是谁呢?根据我所听到的一些片段来判断,我猜想这人大概就在库尔茨的那个区活动,而且经理对他是极不喜欢的。'除非把这些家伙绞死一两个作个榜样,我们就不可能完全避免不公正的竞争。'他说。'当然,'另外那个人咕哝着说,'把他给绞死!为什么不可以?在这里,什么事情——任何事情都可以干得。我就这样说;在这里,你知道,我说是在这里,没有任何人能危害你的地位。为什么?你能经受住这里的气候——你比他们当中哪一个都更能熬。危险是在欧洲;可是在我离开那里的时候,我已经尽量想办法——'他们朝远处走去,声音听不清了,接着他们的声音又高了起来:'这一连串出乎意外的耽搁并不是我的过错。我已经尽了我最大的努力。'那个大胖子叹了一口气。'太可悲了。''还有他那些该死的荒唐的谈话,'另外那个人接着说,'他在这儿的时候简直差点儿把我给烦死了。他说,这里的每一个站都应该像是设在大路边指向美好前景的灯塔,它们当然是贸易中心,但同时还应该负起增进人道主义、改善生活和施行教化的责任来。你听听——这个蠢材！而他还想当经理哩！不成,这是——'这时他由于过分激动,嗓子眼给卡住说不出话来了。我不禁微微抬起头来。没想到他们离我竟是那么近——就在我的身子下边。我可以把唾沫吐在他们的帽子上。他们都两眼朝地,正低头沉思。那经理用一根细树枝在捽着自己的腿,他的足智多谋的亲戚抬起头来:'你这次出来一直都很好?'另外那个人忽然一惊:'谁?我?哦!简直像是有鬼神保护——鬼神保护。可是别的那些人——哦,我的天哪!全都生病了。他们还都死得特别快,我简直来不及把他们从这儿运出去。——简直让人难以相信!''嗯哼。就是这样,'他叔父咕哝着说,'啊,我的孩子,你就信赖这一切吧——我说,坚信这一切。'我看到他伸开他的一只短粗的像鱼鳍一样的胳膊作了个要把那里的森林、溪流、泥土和江河全都包括进去的姿势——他似乎要在这夕阳辉映的大地面前,假借一个欺骗性的挥手的姿态,向潜伏在那里的死亡,隐藏在那里的邪恶,和那无边无际的黑暗深处发出罪恶的呼吁。这情况是如此令人惊异,我止不住一跳站起身来,扬头向着森林后边眺望,仿佛我相信,对他这种阴森可怖的信赖的表示,那边一定会作出某种回答。你们知道,一个人有时总不免会有些非常愚蠢的想法的。和这两个人默然相向的那高度的宁静,正以预示不祥的耐心等待着这次疯狂袭击的结束。

"他们俩忽然一起破口大骂——我相信,完全是出于恐惧——然后假装根本不知道我的存在转身朝站上走去。这时太阳已经很低;他们两人尽量凑近,肩并肩往前走,仿佛劳累之极地拖着两个长短不同的可笑的影子往山上爬去,可在那影子慢慢从他们身后的深草上压过的时候,连一片草叶也没有被它压弯。

"过了几天,埃尔多拉多探险队走进了那片颇有耐心的荒野,它很快也就像海浪吞没潜水员一样把他们吞没了。很久之后,有消息传来,说所有的驴全都死掉了。至于那些比驴更下贱的动物下场如何,我就不知道了。毫无疑问,他们一定也和我们别的人一样,得到了应有的下场。我没工夫去打听。由于我可能很快就能见到库尔茨,心情颇有些激动。我说很快,只是相对而言。从我们离开那条小溪,正好又过了两个月,我们才来到库尔茨贸易站下面的河边。

"沿河而上的航程简直有点儿像重新回到了最古老的原始世界,那时大地上到处是无边无际的植物,巨大的树木便是至高无上的帝王。一条空荡荡的河流,一种无边无际的沉默,一片无法穿越的森林。空气是那样的温暖、浓密、沉重和呆滞。在那鲜明的阳光下,你并没有任何欢乐的感觉。一段段漫长的水道,沿途荒无人烟,不停地向前流去,流进远方的一片阴森的黑暗之中。在银灰色的沙滩上,河马和鳄鱼紧挨着一同躺在阳光之下。越来越宽广的河水,越过一群群草木茂密的小岛,在这条河道上,你会像在沙漠中一样迷失去路,而因为急于想找到中心水道,你却只是整天在大大小小的沙洲上冲撞,直到最后,你禁不住想到你已经被鬼迷住,从此将和你所熟悉的一切永远隔绝——来到了这某一个地方——非常遥远——也许完全是另外一个世界了。有时,在你绝没工夫思索自己的问题的时候,忽然间,往事却回到了你的心头;但它是以一种纷扰喧闹的梦境出现的,衬托着这个由植物、水和宁静组成的离奇世界的压倒一切的现实,你感到它完全不可思议。这种生命的宁静和平静并无丝毫相似之处。这是一种不可抗拒的强大力量正酝酿着一种深不可测的意图时的宁静。它用一种急于要报复的神态观望着你。后来我慢慢对它完全习惯了;我也就再看不见它了;我没有时间。我必须不停地试探着河道的位置;我必须设法,主要是靠灵感,寻找已被淹没的河岸的标记;我得注意没在水中的岩石;暗藏在水中的一个该死的老树桩就非常可能把我那个罐头盒似的汽艇破腹开膛,把船上的移民全给淹死,我多次完全凭运气危险地躲过了它们,慢慢也就学会了在我的心还没有彻底泄气之前紧紧咬住牙关;我还得注意哪里有枯死的树,当晚可以去砍来供第二天烧蒸气之用。当你必须注意这类事情,这类只是在表面发生的一些事件的时候,现实——我说的是现实——自然就会暗淡无光了。内在的真实始终是隐藏着的——这倒是很幸运,很幸运。可是我却照样能感觉到它;我常感到它的神秘的宁静正注视着我,看我表演我那套猴把戏,正像它也观望着你们这些家伙,看着你们——为了,你们叫它什么来着?两分半钱一跟头——在你们各自的钢丝上表演一样。"

"说话尽量客气点,马洛。"一个很粗的声音抱怨说,我因而知道除我之外,听故事的人中至少还有一个是醒着的。

"我请你原谅。我忘记了那点钱所买到的东西里还包括一阵心痛。说实在的,只要咱们的把戏耍得好,价钱有什么关系?你们的表演就很好。我这套把戏耍得也不坏,因为我在那第一次的航行中总算保住了我那条船,没让它沉下去。直到今天我还觉得,那真是一个奇迹。你简直可以想象,这等于是让一个蒙住眼睛的人,开着一辆大汽车闯过一段十分危险的道路。实话对你们说吧,那一趟航行真让我不知多少次满头冷汗,浑身发抖。归根到底,对一个海员来说,要让那个本该老漂着的玩意儿,在他的驾驭下把底儿给蹭穿了,那可是一件不可饶恕的罪行。也许谁也不会发觉你的罪行,可是你自己却永远也不会忘记那噌的一声——嗯?那等于是在你自己的心上挨了一拳。你将永远记得它,梦见它,夜里醒来也想着它——直到多少年后——一想起来还止不住浑身冷一阵热一阵地冒汗。我不打算跟你们吹牛,说那条汽船一直都是漂着的。有好几回,它不得不贴着河底慢慢蹭去,还有二十个吃人的生番围着它噼噼啪啪溅着水推着。我们在路上招收了那么几个人给我们当水手。真是好样的——那些吃人的生番——只要你不招惹他,他们能跟你合作得很好,我对他们非常感激。再说,当着我的面,我从来也没见他们谁吃过谁:他们带着好些已腐烂的河马肉,弄得那荒野的神秘气氛都让我闻着发臭了。呸!我现在都还能闻到那股味道。我船上载着经理,还有三四个拿着棍子的外来移民——全都完好无缺。有时,我们来到河岸边一个贸易站,靠近未开发地区的边缘,于是就有些白人从他们歪歪斜斜的棚屋中跑出来,兴奋而惊异地手舞足蹈,对我们表示欢迎,那样子看起来都非常奇怪——仿佛他们是被什么符咒给禁锢在那里了。于是,象牙这个词儿又会在空气中震荡一阵——接着我们又驶入静寂中去,沿着空荡荡的河道,绕过无声的河湾,穿过蜿蜒的河道高耸的岸壁,汽船螺旋桨沉重的拍打引起空洞的回声。树木,成千成万的树木,高大,粗壮,一直向高处伸去;在它们的脚下,这只满身泥浆的小汽艇紧贴着河岸逆流而上,像一只小爬虫,懒懒地爬行在高大门廊的台阶上。这情景让你觉得自己非常渺小,非常空虚而迷惘,可是这种感觉也并非完全是一种压抑感。

不管怎样,即使你很渺小,你那只满身泥污的爬虫却仍然在向前爬着——这正是你对它的要求。那些外来移民设想它将爬到什么地方去,这我不知道。不过我敢打赌,他们准设想它将爬到他们能指望捞到点什么的地方去！至于对我来说,它正爬向库尔茨——别无其他目的;可是当船上的蒸气管开始漏气的时候,我们可是爬得真够慢的了。一段段河道在我们的面前展开,然后又在我们的身后消失,那情景真仿佛是岸上的森林都缓缓走过来,跨过河水,挡住了我们的退路。我们一步一步更深入到黑暗的腹地去。那里非常宁静。夜里,有时会从树林的屏障后面响起一阵阵隆隆鼓声,一直传向河的上游,微弱的余音经久不息,仿佛在我们头顶上的高空中回荡,一直延续到天明。这鼓声所表示的究竟是战争,是和平,还是祈祷,我们无从知道。黎明,以一阵自天而降的凄凉的清寒作为先导,来临了;伐木工人仍然睡着,他们的篝火已临近熄灭;这时一根小树枝折断的声音也能让你一惊。我们是史前大地的游荡者,我们所在的这个地球,外貌完全像一个未知的天体。我们简直可以假想,我们是前来接收一份可诅咒的遗产的第一批人,必须以极深的苦痛和极大的辛劳作为代价,才有可能消除掉它将带来的灾祸。可是,正当我们十分艰难地绕过一个河湾的时候,眼前却可能突然出现一大片芦苇墙,茅草尖屋顶,一阵突然爆发的狂喊,在一片浓密、低垂、一动不动的枝条下,许多只黑色的手臂在挥动,许多双手在鼓掌,许多只脚在跺地,你可以看到无数摇晃着的身躯和转动着的眼睛。汽艇沿着这一片黑色的不可理解的狂乱情景慢慢前进。这些史前人是在诅咒我们,是在向我们祈祷,还是在欢迎我们——谁知道呢？我们已被切断了对我们所在环境进行理解的通路;我们好似幽灵一般地滑过去,很像是一些面对着疯人院暴乱的头脑清醒的人,百思不解,又暗自感到惊恐。我们所以不能理解,是因为我们已经离得太远,无法记起了,因为我们是在地球开始时期的黑夜中旅行,那段时间早已过去,几乎没有留下任何痕迹——也没有留下任何记忆。

"这片土地似乎完全没有泥土气息。我们全都习惯于观看被征服的戴上镣铐的怪物,可是在那里——在那里,你却可以看到一个完全自由的怪东西。它不属于尘世所有,这些人也一样——不,绝不能说他们是无人性的。是啊,你们知道,最糟的就是这个——怀疑他们并非没有人性。你会慢慢染上这种怀疑的。他们嚎叫着、转着圈作出种种可怕的鬼脸;可是真正让你激动的,正是这种认为他们也——和你我一样——具有人性的想法,他们这种狂野和热情的吼叫使你想到了你自己的远祖。丑陋。是的,的确是很丑陋;可是如果你是个真正的人,你自己就会承认,那可怕的无所顾忌的吵闹声,在你心中也能引起极端微弱的共鸣,你也隐约感到,那声音似乎包含着某种你——你这个离开地球开始时期的黑夜已经那么遥远的人——也能够理解的意义。为什么不能呢?人的思想能够想象一切——因为一切都包容在人的思想之中,过去的一切以及将来的一切。但那里究竟有些什么?欢乐、恐惧、悲愁、虔诚、勇气、愤怒——谁知道呢?——但是真实——剥去了时间外衣的真实。让傻子张大着嘴去惊慌失措吧,人是能够理解的,可以面对着它连眼睛都不眨一下。可是,他至少必须和岸上的那些人一样尚不失其为人。他必须凭他自己的真实感情——自己天生的力量——去面对那个真实。凭原则是不行的。身外之物,衣服,漂亮的遮体布片——受到一次强烈的震动便会飞掉的布片。凭这些可不成;你需要的是一种经过慎重考虑的信念。那鬼叫一般的咆哮是对我发出的呼吁——对吗?那很好;我听见了;我承认,可是我也有我的声音,好也罢坏也罢,我讲的话是谁也不能压制下去的。当然啰,一个傻子,一味害怕,情操高尚,他永远是安全的。谁在咕哝着什么来着?你们奇怪,我为什么没有跑上岸去,跟他们一起去喊叫和跳舞吗?是呀,没有——我没去。你们会说,是情操高尚吗?情操高尚,去他娘的吧!我没有时间。我不能不忙着用白灰泥和一条条撕开的毛毯子,帮着把那漏气的蒸气管道包住——情况就是这样。我必须随时留意行驶的情况,躲开水里的树桩,不管使什么招好赖让这个罐头盒能够向前开去。在这些事情里面,有足够明显的真相,不是非要比我更聪明的人才能看得明白的。每隔一阵,我就得注意看看担任司炉的那个野人。他是一个经过改良的标本,能看好一个立式锅炉的炉火。他就在我的下面,说句真话,看着他就像看着一条穿着漂亮短裤、戴着插有羽毛的帽子、用两条后腿走路的狗一样让你获得教益。几个月的训练对这个确实不错的家伙是有效的。他显然鼓足了勇气斜着眼去看那蒸气压力表和水位表——他的牙齿也是用锉子锉过的,这个可怜的家伙,羊毛似的头发剪成非常奇怪的式样,两边的脸颊上还各有三个作为装饰的伤疤。他原本应该到岸上和他们一起去鼓掌、跺脚的,而现在他却在这里劳苦地工作,成了一种奇怪的巫术的奴隶,学到了起教化作用的知识。他有用,是因为他受到了教导;而他所知道的却是——如果那个透明的管子里的水没有了,锅炉里的魔鬼就会渴得受不了,因此大发脾气,马上进行可怕的报复。所以他始终不辞劳苦,一面添火,一面随时恐惧地观望着那个玻璃管(他有一个临时性的护身符,用破布做的,拴在胳膊上,还有一根磨光的骨头,和手表一样大小,平贴着穿在他的下嘴唇上),就这样,那长满树木的河岸慢慢从我们身边滑过去,那一阵短促的吵闹声也就被留在我们身后了,于是又是无数英里的寂静——我们就这样爬行着,爬向库尔茨。可是河水中的树桩越来越密了,极浅的河水危机四伏,那锅炉里仿佛真装有一个正发脾气的魔鬼,弄得不论是我,还是那个司炉工都没有片刻的时间去理会自己烦乱的思绪了。

"距内陆站大约五十英里的地方,我们来到一间芦苇棚屋前面,那里还有一根歪斜的忧郁的旗杆,上面悬挂着几缕破布,当年那玩意儿必定是一面随风飘扬的旗子,现在已不复辨认了。此外还有一堆堆得很整齐的木材。这是我们完全没有料想到的。我们爬上岸去,在那堆木头上,还发现了一块木板,上面写有已变得很模糊的铅笔字迹。经过反复辨认才能认出那写的是:'给你们预备的木头。赶紧上行。靠近时要十分小心。'下面有个签名,可完全认不出来——不是库尔茨——这个名字要长得多。赶紧上行。往哪儿?沿河往上?'靠近时要十分小心。'我们方才可并没有这样做。这警告指的绝不是这儿,因为我们必须先靠近了才能找到这牌子的。上面一定出了什么事情。可是,是什么事呢——有多严重?那可是个问题。我们对这个愚蠢的电码式的留言发了一通牢骚。围绕着我们的丛林一声不响,也不容我们看得更远。房子的门洞上悬挂着一块已撕碎的红斜纹布帘子,老是噼里啪啦打在我们的脸上。屋里的东西已经完全搬走,可是我们可以看得出来,不久前这里曾住过一个白人。屋里还留有一张粗糙的桌子——也就是用两根木桩支起的一块木板,在一个阴暗的角落里还堆着一些垃圾。我在门口拾到了一本书。书的封面已被扯掉,书页也已被翻得又脏又烂,可是书脊却用白棉线很仔细地重新装订过,那白线看上去还非常干净。这可是个不同寻常的发现。书名是《驾船技术探索》,是一个名叫陶尔或陶森——反正差不多是那么个名字——的人写的。他是皇家海军的一位船长。书的内容看来非常枯燥,附有好些说明性的图表和令人讨厌的数字表格,是六十多年前出版的。我尽可能小心翼翼地拿起了这件令人惊异的老古董,惟恐它会在我手里溶化掉了。在书里,那个陶尔或者陶森十分认真地探索了船上的锚链等等的最大拉力,以及其他一些类似的问题。这不是那种让人一拿起便不忍释手的书,不过你一眼就能看出,它有一个非常单一的目的:对正确的操作方法表示诚挚的关心。这就使得这本几十年前印成的平凡的书,从一个非专业性知识的角度给人以极大的教益。那位朴实的老水手和他关于锚链和绞盘的谈论,让我完全忘记了四周的丛林和那些外来移民,沉入一种因终于接触到无可怀疑的真实而唤起的甜蜜感觉之中。这里竟会有这样一本书,这已经够让人感到惊奇了;可是更让人惊异的,是书页上边还有用铅笔写下的显然和正文有关的笔记。我简直不能相信自己的眼睛!那笔记还全是密码! 是的,看来非常像密码。想一想,怎么可能会有人把那么一本书弄到这样一个鬼不生蛋的地方来,研究它——写下笔记——而用的却是密码! 这可真是太神了。

"我一直模模糊糊仿佛听到一阵令人厌烦的嘈杂声,我抬起头来,看到那堆木头已经全部搬走,经理在全体外来移民的帮助下,正在河边朝我大声叫喊。我把那本书塞进口袋里。告诉你们,当时让我放开那书,可真有点像是有人强拉着我离开一个真正知心的老朋友的家。

"我开动那条跛脚船再往前驶去。'准是那个可怜的商人——那个捣蛋鬼。'经理叫喊着说,回头恶狠狠地看着我们刚离开的那个地方。'他一定也是个英国人。'我说。'他要是不小心,单凭是英国人并不能保证他不遇到麻烦。'经理脸色阴沉地说。我于是装作很天真地回答说,在这个世界上谁也不能保证不遇到麻烦。

"河水流得更急了,我们的汽船似乎随时都可能咽气,船尾的螺旋桨有气无力地慢慢拍打着,我发现我自己正踮起脚、屏住气十分关切地在静听着下一次的拍打声。因为说句清醒的真心话,我随时都在等待着那可怜的玩意儿了账。这简直有点像观看一条生命的回光返照。可是我们仍然向前爬行着。有时候我选定前面不远的一棵树作为标尺,来测量我们朝库尔茨前进的速度,可总是不等我们靠近,我就已经找不见它了。把一双眼睛长时间老盯着一样东西,任何一个最有耐心的人也难以办到。经理表现出了一种美妙无比的听天由命的神态。我当时非常气恼,并且在心里暗暗跟自己辩论,我到底要不要去公开和库尔茨谈谈;可是,在我还没有得出任何结论之前,我已完全明白,我的谈话或者我的沉默,说实在的,不管我采取任何行动,都不过是白费劲。一个人知道点儿什么,或者不知道点儿什么,又有什么关系?一个人有时总会有这种一闪而过的明智想法的。这件事的本质问题深深地隐藏在表面现象之下,非我所能理解,也非我的力量所能干预。

"第二天临近黄昏的时候,我们估计离开库尔茨的贸易站大约还有八英里。我希望赶快前进——可是经理摆出一副显得极其严肃的神态对我说,再往上航行非常危险,太阳已经快落山了,现在,只有就地停泊下来,等第二天早晨再起航,才是最明智的办法。他还指出,如果我们接受靠近时要十分小心的警告,那我们就只能在白天往那边靠近——而不能在黄昏时候或者天黑以后。这番话当然很有道理。八英里路对我们来说,就是将近三个小时的航程,再说在那段河道的上游,我也真看到一些令人起疑的波纹。不管怎样,再次的耽搁简直使我烦恼已极,但这也实在毫无道理,因为既然几个月都过去了,又何必在乎这一个晚上呢?我们现在已有了充足的木材,的确应该小心为上,我于是就把船开到河心停了下来。那里的河道狭窄、笔直,两边是像铁路路基一样的高岸。早在太阳完全落下去以前,浓密的暮色便已流入了这一带的河谷。河水平稳而急速地流动着,但沿河两岸却只见到毫无声息的静止。那应该带着它的藤蔓不停摇动的葱郁的树木,那乱草丛中的每一丛生长着的灌木,直到它的最细小的枝条,甚至最柔软的叶片似乎都已经化作石头了。这不是睡眠状态——这情况似乎极不真实,仿佛因一时出神,全呆住了。四周听不见任何最微弱的声音。你惊愕地四面观望,止不住怀疑你自己的耳朵是不是完全聋了——接着黑夜突然来临,让你的两眼跟着也完全失明了。在清晨大约三点的时候,有些大鱼在河水中跳跃,那巨大的噼啪声能让你惊跳起来,仿佛听到了一声炮响。太阳升起以后,你只见到处是一片暖和的发黏的白雾,比黑夜更为彻底地让你什么也看不见。那雾始终一动也不动,就停留在那里,像一种固体的物质包围着你。也许到八九点钟,这雾会像打开一扇百叶窗一样忽然散开。那时我们就可以看到大片高大的树林,连成一片的无边的丛林,还看到太阳像一个发光的小球悬挂在它们的上空——一切都是全然静止的——然后那白色的百叶窗,仿佛在抹过油的槽道中滑行一样,又一次平稳地滑落下来。我下令把往回收的锚链再放出去一些。那锚链发出的一阵低沉的嘎嘎声还没有完全停止,突然一阵叫喊,仿佛从那无限凄凉中发出的一阵巨大的叫喊声,慢慢升到了半透明的空中。叫声停止了。一阵混乱的哭喊声,夹杂着野人的不谐调的吼叫,震荡着我们的耳鼓。仅是这事态发生的突然已经使得我帽子里的头发全直立起来了。我不知道别人当时有什么反应:在我听来,那混乱而凄怆的吼叫声来得那么突然,而且似乎是从四面八方同时发作,我真以为是周围的浓雾突然一齐尖叫起来了。最后,紧接着是一声几乎让人无法忍受的突然爆发的尖叫,一发即止,使得我们全都以各种各样愚蠢的姿态呆住了,拼命竖起耳朵,向着那几乎同样可怕、同样令人难以忍受的寂静倾听。'我的上帝!这是什么意思呀——'在我身边有一个外来移民咕哝着说——他又矮又胖,长着土红色的头发和红色的胡须,穿着一双弹力靴,一身红色的睡衣,裤管塞在袜子里面。另外还有两个人张大嘴呆了足有一分钟,然后突然冲进一间小仓房里去,马上又发疯似的冲出来,站在那里两眼发直,恐惧地到处张望,手里拿着已经'上膛'的温切斯特式步枪。我们当时能看见的,只是我们乘坐的汽船,它轮廓模糊,仿佛马上就要融化了,还有就是围绕在它四周的一圈雾蒙蒙的大约两英尺宽的水面——此外便什么也看不见了。就我们的听觉和视觉所及,整个世界已无处找寻,就那么荡然无存了。它不见了,消失了;就那么忽然飞走,没有留下半点儿声息,半点儿痕迹。

"我往船头跑去,下令赶快收紧锚链,做好准备,在必要时立即起锚前行。'他们会对我们发动攻击吗?'一个充满恐惧的声音低声问道。'在这一片大雾中,我们全会让他们给杀死的。'另外一个声音喃喃说。一张张脸紧张地扭动着,手在微微发抖,眼睛已经忘记眨动了。把这些白人的表情和我们船上黑人水手的表情对比一下,实在非常有趣,黑人对这一带地方同我们一样生疏,尽管他们的家离这里只不过八百英里。那些白人,自然心情十分不安,还露出一副滑稽的神态,显然让狂乱的吵闹声给吓坏了。那些黑人则是一副警惕的,很自然的关注的表情;他们的脸色基本上是平静的,他们中有一两个在往回收锚链的时候甚至还咧着嘴笑了。他们咕咕哝哝彼此讲了一两句话,仿佛这就使他们对眼前的事得到了满意的解释。那领头的,一个膀大腰圆的年轻黑人,披着一件深蓝色的带流苏的衣服,长着两个大得可怕的鼻孔,头发非常巧妙地往上梳成一个个油亮的发环,这时正站在我的身边。'啊哈!'我说,只为表示一点友善的意思。'抓住他们,'他大声说,眼里的血丝在扩张,尖齿闪闪发光,'抓住他们,把他们交给我们。''交给你们,干吗?'我问道,'你们要拿他们怎么办?''把他们吃掉!'他非常简单地说,把一只胳膊倚在栏杆上,带着庄严的沉思的神态向远处的浓雾观望着。毫无疑问,要不是我忽然想到他和他的伙伴们一定都饿得要死了,我当时肯定会给吓坏的:至少在最近一个月中,他们一定愈来愈感到饥饿难忍了。原来跟他们说好,雇用期是六个月(我不相信他们中有任何人会有任何明确的时间概念,正像我们在无数世纪以前一样。他们仍然属于时间的初始阶段,可以说,我们还没有继承下足够的经验来教会他们这一点),不过,当然啰,现在既然有了根据海口那边某种可笑的法律写下的文书作为依据,至于他们依靠什么活着,谁耐烦去过问呢。是的,他们来的时候曾带来一些腐烂的河马肉,但不管怎样,那也不可能维持很长时间,即使那些外来移民不曾在一阵讨厌的吵嚷声中把相当数量的肉扔到河里去的话。这看来好像是一种不讲理的压迫行为;可这实际上是一种合法的自卫。不论在醒着、睡着,还是吃饭的时候,你没法不随时都闻着死河马肉的味道,同时还要维持住你那随时都可能丧失的生命。除此之外,他们每星期还能得到三段铜丝,每段大约有九英寸长,作为报酬;从理论上讲,他们可以拿这种现金到河边的村子里去买他们的食物。你们可以想到结果会怎样。要么找不到村子,要么只能找到一些抱敌对态度的村民,要么就是那位经理,他跟我们一样靠罐头过活,有时还能额外吃上一只公羊,但他出于某种往往令人难以理解的理由,不肯让轮船停泊。所以,除非他们能把铜丝吞下去,或者用铜丝做成圈套到河里去抓鱼,否则我就看不出他们的这极高的工资对他们会有什么实际用处。我必须说,工资倒是付得十分及时的,不愧是一个守信誉的大贸易公司的派头。此外,我看见他们仅有的食物——尽管看起来完全不像可以吃的东西——是几小块肮脏的深紫色的东西,好像半熟的面团,他们把那东西用树叶包着,有时拿出来吞一小块,可是吞下的量是那样的少,让人不能不感到他们那样做完全只是为了做做样子,并不真是为了那个十分严肃的目的:维持生命。他们为什么没有以撕裂心肝的饥饿的魔鬼的名义,抓住我们——他们和我们的比例是三十个对五个——痛痛快快饱餐一顿,我现在想起来,还觉得简直无法理解。他们都是些身材高大的强壮的男人,不大会去考虑什么后果问题,尽管当时他们的皮肤已经不再是那么光亮,肌肉不再是那么板结了,他们还是具有足够的勇气和力量的。我看这里是某种起抑制作用的东西,某种能阻止某些可能行为的人性的奥秘在发生作用。我带着迅速增长的强烈兴趣观望着他们——不是因为我想到,也许不要多久,我就会被他们吃掉。尽管我向你们承认,就在那时我已经发现——仿佛忽然从一个新的角度看到——那些外来移民看上去是多么不卫生,而我希望,是的,我真希望我的外表绝不会是那样——应该怎么说呢?——那样——让人一看就倒胃口:这一点荒唐的虚荣心,和当时弥漫在我生活中的如梦如痴的感觉,是完全相适应的。也许我那时正有点儿发烧。一个人总不可能一天到晚老把手指头按在自己的脉搏上。我常常有'一点低烧',或者有点别的什么毛病——被荒野开玩笑地挠了一爪,或者说是一次必将来临的严重攻击前的一个无关紧要的前奏罢了。是的,我用你们看待任何一个人的态度看待他们,急于想知道他们的冲动、动机、能力和弱点,以及他们在遭到不可抗拒的肉体上的考验时可能作出的反应。忍耐!什么样的忍耐?那是出于迷信、厌恶、耐心或者恐惧——还是出于某种原始的正义感?任何恐惧也经不住饥饿的冲击,多么强大的耐心也不可能抵消饥饿的痛苦,在饥饿的面前根本就不存在厌恶的心情;至于什么迷信、信念,或者你们所说的什么原则,它们比微风中的草灰更加分文不值。你们知不知道,长时间饥饿的可怕折磨、它所带来的使人发疯的痛苦、它所引起的阴森的思想,和它那冷酷的、时刻存在的凶残是一种什么样的滋味?啊,我可知道。它能让一个人把他的一切力量全使出来去和饥饿进行斗争。和这种长时间存在的饥饿相比,家里死人,或灵魂遭到毁灭,也都比这个好受多了。实在可悲得很,但这是实情。他们那些家伙也同样没有任何人世间的理由应该有所犹豫。忍耐！我还不如指望一条在战死者的尸体中奔跑的鬣狗表现出这种忍耐呢。然而，这却是摆在我面前的一个事实——这个令人眼花缭乱的事实，像深海面上的泡沫，像深不可测的奥秘外表的一点微波一样清晰可见，而且比——我现在回想起来——从一片白茫茫的雾气后边传来，在那河岸边由我们身边扫过的野人的嚎叫声中所包含的那种无比凄婉、十分离奇和难以理解的情调，更加神秘得多。

"有两个移民正用急促的耳语在争吵着，应该向哪边的河岸靠近。'左边。''不能，不能；那怎么行呢？向右，向右，当然！''情况看来非常严重，'我身后传来经理的声音，'如果在我们到达以前，库尔茨先生出了问题，那可真要让我伤心死了！'我对看了他一眼，丝毫也不怀疑他是十分认真的。他那种人，不论对什么事都希望大面上能过得去。这就是他的忍耐。但听到他咕哝着说，要赶快开船前进的时候，我根本没有答理他。我知道，他也知道，这是完全不可能的。我们只要一离开河底，那我们就会完完全全飘在空中，飘到太空中去。我们就无法弄清我们到了什么地方——无法弄清我们是在向上游还是下游，或者是在横着行驶——一直到我们再靠近这边或那边的河岸的时候——即使那样，一开头我们也还会弄不清那是哪一边。当然，我根本没有开动。我不打算把我们的船给撞毁。你无法想象出，还有什么地方比在这里遇上船祸更为可怕的了。不管你会不会马上淹死，我们反正会不是这样就是那样迅速地送掉性命。'我命令你冒一切危险前进。'他在片刻沉默之后接着说。'我拒绝冒任何危险。'我简单地回答。这正是他所期待的回答，尽管我说话的声调可能让他颇为吃惊。'那好吧，我必须尊重你的判断，你是船长。'他装出十分客气的样子说。我为了对他的话表示赞赏,立刻侧过身去,看着远处的大雾。这雾会延续多久呢?前景看来十分不妙。我们现在要朝着在凄凉的乱树丛中搜刮象牙的库尔茨靠近,不料竟遭到了这么多的艰难险阻,简直仿佛他已变成被符咒迷住、沉睡在神奇的古堡之中的公主了。'他们会进行攻击吗,照你看。'经理用一种表示信赖的声音问道。

"我不相信他们会进行攻击。这有几个很明显的理由。雾太浓是其中之一。如果他们坐上他们的独木舟离开河岸,那他们也会和我们现在如果随便轻举妄动一样完全迷失方向。此外,按我判断,我还认为两岸的密林显然无法穿过——可是里面却有许多双眼睛,它们能看见我们。河岸边的丛林无疑非常浓密,可它后面的乱草丛看来是可以穿过的。无论如何,在浓雾暂时消失的那一刻,在整个河道上我没有看到任何独木舟——至少肯定没有一条和我们的船在平行的位置上。但是,真正使我感到不能设想他们会进行攻击的,是那声音——就是我们刚才听到的那阵喊叫声的性质。其中并没有预示即将采取敌对行动的凶猛气味。尽管那声音来得那么突然,又那么粗野和凶恶,它给我的印象只是一种难以抗拒的悲伤情调。由于某种原因,我们的汽船的出现使那些野人心中充满了无限悲伤。我当时解释说,如果真有危险,那只可能是由于我们触动了一种巨大的突然迸发的人的激情。甚至极端的悲哀最后也可能以暴力形式表现出来——不过在大多数情况下,它总表现为一种冷漠……

"真可惜你们没有看到那些外来移民两眼发直的神情!他们没有勇气微笑,甚至也没有勇气来责骂我;可是我相信,他们——也许由于恐惧——一定以为我发疯了。我发表了一篇郑重其事的演说。我的可爱的伙计们,光烦恼是没有用的。要注意观察?是呀,你们也许可以想到,我正像猫儿注视着耗子似的密切注意着,寻找浓雾消失的迹象;可是当时我们真像是埋在了几英里深的羊毛里,我们的眼睛对任何别的东西都已经不起作用了。那雾和棉花真是十分相似——让人憋气、发热,简直要闷死人。此外,我讲的那些话,尽管听来仿佛有些离奇,却绝对符合事实。我们后来称作进攻的那次行动,实际不过是企图把我们轰走。那行动远不是进攻性的——甚至也不是一般所说的防御性的;那只是在完全无可奈何的情况下采取的行动,本质上纯粹是为了自卫。

"我必须说,在浓雾消失了大约两小时之后,事态进一步发展了,发端的地方粗略地说,离开库尔茨的贸易站大约还有一英里半的路程。我们刚刚蹭着河底勉强绕过一个河湾,我却看到在河中心有一个很小的小岛,或者说只不过是一个绿草覆盖的土丘。一眼望去,河中只有这么个小岛;可是在我们更深地进入那段河道以后,我发现那岛实际只是一条长形沙洲的一端,或者也可说是河中心一直向前伸去的一连串小沙丘中的第一个。沙丘颜色很暗;这隐没在水面下刚刚接近水面的一串小岛,看上去恰似隐伏在人的皮肤下面的脊梁骨。我当时认为,我同样可以在沙洲的左边或右边行驶。我当然对两边河道的情况都一无所知。所有的河岸看来都完全一样,深度似乎也差不多;但因为有人告诉过我,那个站是在河的西岸,我自然把船向西边的那条道驶去。

"船几乎还没有完全开进去,我就发现那条道比我原来想象的要狭窄得多。这时,在我们的左边是那条很长的连绵不断的沙洲,右边则是一排长满乱七八糟刺丛的又高又陡的河岸。刺丛上面耸立着一排排密集的大树。河水上空到处垂挂着大树的浓密的枝叶,一根大树枝从远处伸过来横在河水上。那时已是下午三四点钟光景,树林的外表看上去十分阴沉,把一片宽广的影子投在河水之上。我们就在这阴影中向前航行着——你们可以想象,速度非常缓慢。我把船贴近岸边驶去——从测水杆的情况看,靠近河岸边的水最深。

"我的一个饥饿的、耐着性子的朋友就在我下边的船舷边一次次测量着水的深度。我们那条船完全像一只带甲板的驳船。甲板上面有两间柚木房子,门窗俱全。锅炉在船的前端,机器却都在船尾。在这一切之上是一个轻巧的顶棚,由几根柱子支撑着。通风筒直伸到顶棚外面。通风筒前面有一间用薄木板搭起的小房子,那就是驾驶室。驾驶室里有一张矮榻,两个小凳子,一支已经装好子弹的马蒂尼·亨利来复枪倚在一个角落里,一张很小的桌子和驾船的舵轮。这房子前面是一个宽大的门,左右各有一面宽阔的窗子,所有的门窗当然一般都是敞开着的。我白天就蹲在门前面那顶棚的前沿上。晚上,我便躺在那矮榻上睡觉,或者说试图睡觉。从海岸那边某个部落来的一个身体强壮的黑人,曾受过我的前任的训练,他现在是船上的舵手,他耳垂上戴着一对铜耳环,从腰到小腿都用一块蓝布包裹着,自己总以为很了不起。他是我所见过的那种最缺乏定见的傻瓜。他驾船的时候,你要是在他身边,他总摆出一副自己不知有多大能耐的架势;可他只要一看不见你,便立刻处处缩手缩脚,心慌意乱,不到一分钟就拿那条跛脚汽船毫无办法了。

"我低头看着测水杆,看到它每往水里扎一次露出水面的部分便更多几分,心里感到非常苦恼,而这时,我却看到我那测水员忽然丢下工作,直着身子躺在甲板上了,而且他甚至连那个测水杆都懒得拿上船来,只是用一只手抓住它,任它在水上漂动。与此同时,就在我下面,我站在那里也能清楚看到的那个司炉,现在也在炉子前面坐下来,抱住了自己的头。我感到非常吃惊。这时我还得迅速地转眼注视着河面,因为就在船行进的航道上又出现了一个大树桩。许多棍子,细小的棍子到处乱飞——密密麻麻的:它们从我的鼻子前面嗖嗖飞过,落在我的脚前,还有些扎在我身后的驾驶室的墙上。而整个这段时间,河面上、河岸上和树林里却一直很安静——十分安静。我只能听到螺旋桨沉重的拍水声和那些玩意儿的啪啪声。我勉勉强强躲过了那个树桩。箭,我的天哪!我们受到攻击了!我赶快跑进去把对着河岸那边的窗子关上。那个笨蛋舵手,两手抓在舵轮把柄上,高高抬起膝盖,使劲往地上顿脚,还不停地龇牙咧嘴,活像一头被勒紧缰绳的马。该死的东西!我们的船摇摇晃晃地溜过去离河岸已不到十英尺了。我必须探出身子去把那沉重的百叶窗给拉上,这时我却看到,在和我同样高度的一片树林中,有一张脸正凶猛地、一动不动地看着我,接着忽然间,仿佛挡在我眼前的一块面纱被突然揭去,我看到那阴暗的刺丛中到处是光着的胸脯、胳膊、腿和闪光的眼睛,——那一片丛林里挤满了棕色的、闪着光的、活动着的人体。那里的树枝摇晃着,摆动着,沙沙发响,一支支的箭也就从那里飞了出来;紧接着我把百叶窗关上了。'向正前方航行。'我对那个舵手说。他呆呆地昂着头,脸向前伸;但他的眼睛转动了几下,仍然不停地抬起脚来又轻轻放下,嘴里还直吐白沫。'别乱动了。'我愤怒地嚷嚷着。我简直还不如去告诉一棵风中的树,叫它不要摇动。我冲了出去。在我下面,铁皮甲板上有许多双脚在来回奔跑;许多人的叫喊声乱成一片;有一个声音尖叫着说:'你不能把船往回开吗?'我看到前面水面上有一个 V 字形的水纹。什么?又一个树桩?一大排箭落在我的脚边。那些外来移民已经用他们的温切斯特式步枪开火了,可他们只不过是把铅弹胡乱扔在那边的树丛中而已。顿时间,一大片烟雾升起来,向后慢慢飘去。我望着那烟雾咒骂了几声。现在我已经看不见那水纹或者木桩了。我站在门口,从门缝里偷望,箭如飞蝗一般飞来。这箭头可能上过毒药,可是它们看上去倒像是连一只猫也伤害不了的样子。那片丛林开始嚎叫起来。我们的伐木工人发出一声冲杀的喊叫;就在我身后响起的来复枪声把我的耳朵都震聋了。我扭转头看了一眼,当我一纵身向舵轮冲去的时候,我的驾驶室里还充满着乱七八糟的声音和一片烟雾。那个愚蠢的黑人,为要推开窗子向外发射马蒂尼·亨利来复枪,把什么都给打翻了。他站在那个宽阔的窗口,瞪眼向外望着,我大声叫着,要他退回来,同时匆匆一扭舵盘,矫正了航道,没让船朝一边歪去。我现在即使想回头也毫无回旋余地了。那树桩就在前面不远那团该死的烟雾下面,片刻也不能再耽搁,我只得把船向河岸边挤,直接对着河岸冲去,我知道那里的水比较深。

"我们缓缓向高悬在头顶上的一大片枝头冲过去,弄得被折断的树枝和撞落的树叶四处乱飞。岸上射来的成排的箭已经停止,我原就想到,他们在把一批箭使完之后总要停一阵的。我向后一扬脑袋,躲过了闪着光嗖的一声穿过驾驶室的一支箭,它从这边窗口进来又从那边窗口飞了出去。那舵手正乱晃着他那支已经没子弹的来复枪,向着岸上大喊大叫,我越过他的身体向前望去,隐约看到一些人弯着腰奔跑着,跳跃着,向前滑行着,一会儿清楚,一会儿又模模糊糊,接着又忽然完全消失了。在那扇窗子前面有一件什么很大的东西飞过来,那支来复枪立即掉到了水里,那人迅速往后退了几步,带着一种非常奇怪的、难以理解但又十分熟悉的神态扭头朝我看了一眼,然后就倒在我的脚边了。他的头的一边在驾驶轮上磕了两下,一根看来像藤条的长棍噼里啪啦甩过去打翻了一个小凳子。他那神情很像是从岸上什么人手里夺过了这根棍子,因而失去重心倒下了。眼前的薄雾已被风吹开,我们也完全躲过了那个树桩,朝前望去,我现在可以看到再往前大约一百码我就可以让船外行,离开河岸了。可是我这时感到脚里又热又湿,忍不住低头看一眼。只见那人已滚过来仰身躺着,两眼直盯着我,两手紧抓着那根藤杖。那是一根长矛的木杆,不知是从窗口扔进来的还是扎进来的,直接扎进了他肋下的腰边,矛刃可怕地扎出一股热血,随即埋在肉里看不见了;我的鞋里灌满了血;在舵轮下面的甲板上,有一小摊血积在那里,发出紫红色的闪光;他的眼睛里射出一股可怕的光。大批箭的攻击又开始了。他不安地看着我,两手抓住那长矛,仿佛那是一件什么宝贵东西,惟恐我会从他手里夺走了。我好不容易才从他身上移开我的视线,集中注意去驾驶。我用一只手在头顶上摸到了拉汽笛的绳子,接连急速地拉响了汽笛。一片混乱的愤怒的喊杀声立刻被打断,接着一阵充满恐惧和高度绝望的喊叫声——战栗着的拖得很长的哭泣声,从树林深处传了出来,你简直会认为,他们大约是看到整个世界的最后一个希望也彻底消失了。那丛林中也立刻是一片混乱;雨点般的箭已完全停止,几支散射的箭发出几声尖厉的嗖嗖声——然后便是一片沉寂,于是我又清楚地听到了螺旋桨懒洋洋地打水的声音。在我使劲把舵向右打去的时候,那个穿着红睡衣的外来移民,神情十分激动地出现在门边。'经理让我来告诉你——,他打着官腔正要说下去,却突然停住了。我的上帝。'他说,呆呆地看着那个受伤的人。

"我们两个白人站在他的身边,仿佛让他那闪着光的有所探索的眼神给纠缠住了。我现在要说,瞧他那眼神,你感到他像是马上要用某种我们所不能理解的语言,向我们提出一个什么问题;可是结果他一个字没讲就死去了,没有动一下手指头,任何地方的肌肉都没有颤动一下。只是在他临死的最后时刻,好像是要对某种我们所看不见的信号或我们所听不到的耳语作回答,他重重皱了一下眉头,使他那黑色的已死去的脸露出了某种不可思议的阴暗、沉思和威胁的神态。他那若有所思的眼神所显露的光泽很快变成了一点空虚、无神的闪光。'你会驾船吗?'我问那个公司代理人。看样子他毫无把握,我立即抓住了他的一只胳膊;他马上明白,我的意思是不管他会不会也要让他去干。跟你们实说吧,我早已受不了,非去把我的鞋袜换掉不可了。'他已经死了。'那家伙仿佛十分感动地低声说。'那毫无问题。'我说,发疯似的扯开我的鞋带。'另外还有,我想库尔茨先生这会儿恐怕也已经死了。'

"在那时这是一个压倒一切的思想。我当时感到无比失望,好像忽然发现,我一直努力追求的一件东西原来是虚无缥缈的。要是我千里迢迢跑到这儿来的主要目的原来就只是为了和库尔茨先生谈几句话,我的烦恼心情大约也不过如此了。和他谈谈——我把一只鞋扔到河里去,这时我突然发现这的确正是我一直期待着的一件事——和库尔茨进行一次谈话。

我奇怪地发现,我从来也没有想象过他在干些什么,你知道,而只是想他正在说些什么。我从来也没有对自己说过'啊,现在我已经不可能见到他了',或者'现在我已不可能跟他握手了',而只是说'现在我已不可能听到他的谈话了'。这个人让人感到他只不过是一个声音。这当然不是说,我从来不曾把他同某些行动联系在一起。不是早有人以各种不同的嫉妒或赞赏的声腔告诉我,他搜集、用货品交换、骗取或者偷窃来的象牙,比所有其他代理人弄来的加在一起还要多吗?问题的实质不在这里。问题的实质是:他是一个具有特殊才能的人,而他的许多才能中最最突出的,同时还能让人感到它的真实存在的才能,是他讲话的口才,他的那些言语——那种表现的才能,那种令人迷惑、给人教益的最高尚也最下流的才能,那搏动着的智慧之光,或者说,那来自无法穿透的黑暗深处的欺骗性的自然流露。

"另外那只鞋也向河神或河鬼那里飞去了。我想,天哪!一切全完了。我们来得太晚;一根长矛、一副弓箭或者一根木棍,已使他完全消失——使他的才能也消失了。我将永远也听不到那家伙的谈话声了——我的悲哀带有惊人的强烈感情,简直不次于我注意到丛林中那些野人悲声嚎叫时所表现的情绪。即使我的某种信念破灭了,或者我忽然失去了生活目标,我也不可能像现在这样感到孤单和凄凉……是谁那么厌烦地大声叹息,是谁?觉得荒谬吗?是啊,荒谬。我的上帝呀!一个人就应该老是——来,给我一点烟丝……"

在深不可测的寂静中他停了下来,接着一根火柴被划着了,火光照出了马洛的脸,干瘦、疲惫、空虚,满是向下垂的皱纹,眼皮也往下耷拉着,但同时却显出一副聚精会神的样子;

当他使劲嘬着他的烟斗的时候,随着那点小小火光的闪动,那脸似乎忽而从黑夜中走了出来,忽而又退了回去。火柴熄灭了。

"荒唐!"他叫着说。"给人讲点儿什么,最怕的就是这个……你们现在都坐在这儿,你们每个人都像装有两个锚的船一样,各有两个很好的地址可供你们停泊,这边街口有一家肉铺,那边街口住着一个警察,呱呱叫的胃口,体温正常——你们听见了吗?从年初到年底体温都一直正常。可你们说,荒唐!让荒唐——见鬼去吧!荒唐!我亲爱的伙计们,对一个纯粹出于一时激动刚把一双新鞋扔到河里去的人,你们能指望他怎么样呢!现在回想起来,我当时没有痛哭一场真是一件怪事。一般说来,我对自己的坚强毅力是很为自豪的。当时一想到我已失去了倾听天才库尔茨讲话的百年难遇的机会,我真感到说不出的难过。当然,我完全弄错了。那个机会还正等着我。哦,是的。我早已听够了,我倒也是对的。一个声音。他的确就只是一个声音罢了。我听到——他——它——那个声音——别的一些声音在说话——它们全都只不过是一些声音罢了——对那段时间的记忆本身也一直在我身边萦绕,不可触摸,像一阵漫无边际的闲扯的即将消失的余响,愚蠢、残暴、肮脏、野蛮,或者就是简简单单的下流,没有任何意义。声音,声音——甚至那年轻女人自己——呐——"

他又沉默了很长一段时间。

"最后,我终于用一句谎言埋葬了他死去的才能的鬼魂,"他忽然又开始讲起来。"年轻女人!什么?我刚才说到女人吗?哦,她和这个没有关系——完全没关系。她们——我说女人们——都和这事无关——也不应该参与其事,我们必须帮助她们，让她们始终停留在她们自己的那个美好的天地中，免得让我们这个世界变得更糟糕了。哦，她一定得排除在外。你们应该听到从土里挖出来的库尔茨还在说着：'我的未婚妻。'这你们就该明白，她是完全被排除在外的。还有库尔茨先生的宽大的额头！他们说有时候，人的头发还会继续生长下去，可是这个——啊——这个额头，却光得十分出奇。荒野曾拍打过他的头，你们瞧，它完全像个球一样——一个象牙球；它曾抚摸过他，——瞧！——他已经枯萎了；荒野曾经占有他，钟爱他，拥抱他，钻进他的血液里去，消融了他的肌肉，通过某种不可思议的入伙仪式已让他明确属它所有了。他是它的被惯坏的经常撒娇的宠儿。象牙！我想是的，大堆的象牙，像山一样堆着的象牙。那个破旧的泥巴房子都快让象牙给撑破了。你们准会想到，在整个那一带地方，不管地上还是地下，已经再没有一只象牙了。'大多数都是化石。'那位经理曾经带着轻蔑的神气这样说过。那象牙并不比我更像化石；看来那些黑人有时是把象牙往地下埋，可是很显然，他们不幸没能把这些象牙埋得更深一些，从而可以挽救库尔茨先生的厄运。我们把整个汽船都装满了象牙，甲板上也堆了许多。这样只要他眼睛还能看见，他就可以满心欢喜地看着它们，因为直到他的最后时刻，他仍然异常喜爱这种宝贝玩意儿。你们可惜没听到他说：'我的象牙。'哦，是的，我听他说过。'我的未婚妻，我的象牙，我的贸易站，我的河流——我的——'，一切都属他所有。这让我不禁屏住气，总觉得马上会听到那荒野发出一阵将使天上的恒星都为之摇晃的惊天动地的大笑声了。一切都属他所有——这倒无关紧要。重要的是我们得知道，他自己是属于谁的，有多少种黑暗的势力在争夺对他的所有权。只是在想到这个问题的时候,你才止不住周身打起寒颤来。不必再想这个问题了——这是不可能的,对任何人也不会有什么好处。他已经在那个地区的魔鬼之中坐上了头几把交椅——我说的是实际情况。你们是无法理解的。你们怎么能理解呢?你们脚下有坚实的整齐的道路,四周有好心的邻居,他们随时准备鼓起你们的勇气,或者对你们发动进攻,你们小心翼翼地来往于那肉铺和警察的家门之间,随时对流言蜚语、绞刑架和疯人院怀着神圣的恐惧。你们怎么能够想象,一双不受约束的脚会把一个人带到多么奇特的原始时代的地区去呢?通过凄凉的道路,绝对的凄凉,那里没有一个警察;通过寂静的道路,绝对的寂静,在那里你听不到任何一个好心的邻居低声警告你注意社会上的舆论。这些很细小的事情实际关系至大。在那些外力全都不存在的时候,你就只能一切都依靠你自己原有的力量,依靠你自己可能树立起来的信仰。当然你也可能由于过于愚蠢而不致犯下错误——由于过于迟钝,甚至根本就不知道自己受到了黑暗势力的攻击。按我想,从来就没有一个傻瓜拿他的灵魂和魔鬼做过交易:不是傻瓜太傻,就是那魔鬼太鬼——我不知道是哪一种情况。再不然,你也可能是一个了不得的无比高尚的人物,除了来自天上的光辉和声音,你对其他一切都完全如聋似瞎。这样,地球对你来说只不过就是一个立足点,但是这情况对你究竟有利还是有害,我也说不清了。可是我们大多数人,既不是前一种人,也不是后一种人。地球对我们来说是一块生活的地方,在这里,我们对各种景象、声音,还有气味,我的上帝!都必须忍耐——比方说,吸进死河马肉的臭味而不受到感染。在这儿,你们瞧见了没有,你自己的力量发生作用了,还有你的信念,相信自己有能力挖出一些不显眼的洞把那玩意儿埋进去——这是你勇于献身所产生的力量,不是对自己献身,而是献身于一种意义模糊的、累断脊梁骨的事业。那实在是够困难的了。请注意,我不是在向大家道歉,甚至也不是在作什么解释——我只是为了——为了——库尔茨先生——为了库尔茨先生的鬼魂,在对自己说明这个问题。这个来自乌有乡黑暗深处的已归化的鬼魂,在他完全消失以前,对我所表示的惊人的信赖,使我感到莫大的荣幸。这是因为他能够对我讲英语。原来库尔茨本受过部分英国教育,而且——他自己就非常直爽地说过——他是从来不会乱用他的同情的。他母亲是半个英国人,他父亲又是半个法国人。可以说全欧洲曾致力于库尔茨的成长;后来,我还听说,肃清野蛮习俗国际社还曾委托他写一份报告,以作为该社未来工作的指南,这自然是再合适不过了。那个报告他也已经写了出来。我见到过。我读过一遍。文笔优美,到处洋溢着动人的才华,我想只是调子太高一些。他居然有时间密密麻麻地写了十七页!但那一定是在他——咱们就这么说吧——在他精神失常以前写的,他还因此常常去主持一些最后以十分荒谬的仪式作为结束的夜半舞会,这仪式——根据我在不同时间听到的情况而不得不得出的结论——是奉献给他的——你们明白吗?——奉献给库尔茨先生本人的。但那篇报告可写得非常漂亮。不过,开头的一段,由于我已经知道了后来发生的许多情况,现在回想起来,却是一种不祥之兆。他一开始就提出一种理论,说我们白人,从我们现在已经达到的发展水平来看,'在他们(野人)的眼中必然显得像是一些超自然的生物——我们是带着神的力量前去接近他们的',等等。'我们只要简简单单运用一下我们的意志力,就可以发挥出一种实际上没有止境的有益的力量',等等。从这一点出发,他接着更大加发挥,我也完全被他的理论给弄得神魂颠倒了。报告的结论可谓无比宏伟,只不过,你们知道,很难记住。它给我留下的印象是一种充满无比庄严的慈悲心的、非同一般的博大胸怀。这使得我立即感到热情激荡。那正是能言善辩——或者说辞藻——激动人心的高尚的辞藻所能产生的无穷力量。其中没有一个字涉及实际问题,从而打乱他流水般的词句的迷人魅力,除了出现在最后一页上的一段说明也许可以看作是对某一方法所作的解释,显然是很久以后草草补上的,笔画显得非常零乱。这段说明很简单,但在这篇向一切利他主义精神发出动人呼吁的最后部分,它却像晴空中忽然出现的一阵闪电,照亮了一切而又十分可怕:'消灭所有这些畜生!'最奇怪的是,后来他似乎完全忘记了这个极有价值的补充说明,因为后来,当他可说是有些清醒过来的时候,他一再请求我一定要保存好'我的小册子'(他是这样称它的),因为可以肯定,这小册子对他将来的前途一定会大有用处的。他把全部情况都告诉了我,此外,按照后来发生的情况,我还得尽力保卫他身后的名声。这一点我已经做得很够了,因而我具有不容争辩的权利,可以把它,如果我愿意的话,随同人类进化的垃圾,这里且用一个比喻的说法,和在进化的车轮下被压死的死狗一起,扔进永远再也无人去翻动的进步的垃圾箱里去。可是在当时,你们瞧,我不能那样做。他让人总也忘不掉他。不管你说他是个什么,他反正是非同一般。他有力量迷惑住或者恐吓住一些初民社会的人,使他们举行更为荒谬的巫术舞蹈,以表示对他的崇敬。他还能够让那些外来移民的渺小灵魂充满痛苦和不安:他至少有一个忠心耿耿的朋友,他在这个世界上已征服了一个既不属于初民社会,也非一心为自己谋私利的人物。不,我没法忘掉他,虽然我也不准备肯定说,这家伙完全值得我们为找回他而付出的那许多生命的代价。我一直对我那死去的舵手非常怀念,甚至在他的尸体还躺在驾驶间里的时候,我已感到了失去他的痛苦。也许你们会认为我这样怀念一个野人未免荒唐,他的价值顶多抵得上撒哈拉沙漠中的一粒沙子罢了。是啊,你们有没有看到,他是干过不少工作的,他驾驶过那条船;接连几个月他一直和我在一起——一个助手——一件工具。这是一种伙伴关系。他为我驾过船,我不能不多方面照顾他,我曾为他能力不足而感到忧虑,这样就在我们之间形成了一根微妙的纽带,可我只是在这纽带忽然断裂的时候才感觉到它的存在。他在受伤时投向我的饱含深情的信赖的眼神至今还留在我的记忆之中——那仿佛是在一个无比崇高的时刻,忽然肯定了我们之间的遥远的血缘关系。

"那个可怜的傻瓜!他要是不去管那个窗子不是很好吗!他不能控制自己,不能控制住自己,像库尔茨先生一样,只是一棵在风中摇晃的树木。我一换上一双干拖鞋,就把他往外拖,当然我先使劲拔出了扎在他身上的那根长矛,这一行动,我承认我是紧闭着双眼干的。他的两只脚后跟一同在门口低矮的台阶上跳动了一下;他的肩膀整个压在我的胸前;我从背后死命把他搂住。哦!他真沉,沉极了;按我想,全世界再没有谁像他那么沉的了。接着我不管三七二十一把他推下船去。流水马上吞没了他,仿佛他只不过是一束干草,我看见他的身体在河水上滚了两滚,随后就永远无踪迹可寻了。所有的外来移民和经理当时都在驾驶室旁边棚子下面的甲板上,像一群激动的喜鹊彼此叫个没完,并且还惊愕地低声咕哝着,认为我不该那样无情,立刻就那样把他处理掉。他们愿意让那尸体在船上多留一会儿到底是为什么,我说不清楚。也许是打算给他涂上香膏。可是,我还听到在甲板的那一头另外一个人低声讲了几句听来非常不祥的话。我的那些伐木工人朋友也同样对这件事感到不满,而他们倒似乎还更有理由一些——尽管我承认那理由本身是令人不能接受的。哦,绝对不能!我拿定主意,如果我那死去的助手必须被吃掉,那也只能让他去喂鱼。他活着的时候是一个次等的助手,现在他死了,却很可能变成了上等的诱惑,说不定还会惹出一场乱子来。再说,我当时还急于要自己去驾船,那个穿红睡衣的家伙,看样子对干这一行是个毫无希望的笨蛋。

"那简单的葬礼一结束,我马上就抓住了舵轮。船靠近河心偏右的航道半速前进着,我一面驾船,一面倾听着我身边的谈话。他们已经放弃了库尔茨,他们已经放弃了那个贸易站;库尔茨已经死了,那个贸易站已经被烧掉——等等。那个红头发的移民,因想到我们至少已为可怜的库尔茨报了仇,显得十分激动。'我说!在那边那个丛林里,我们肯定已对他们进行了一次无比光荣的大屠杀。嗯?你们说是不是?你们说说?'这个身材矮小、神经质的嗜血的乞丐,说着说着真的跳起舞来了。可方才他一看到那个受伤的人却几乎昏了过去。我止不住脱口而出地说:'不管怎样,你们倒是扬起了一片无比光荣的烟雾。'从那丛林梢顶被轰击和摇动的情况判断,我早看出他们射出去的子弹全都太高了。你必须用肩头抵住枪托,用眼睛瞄准,才有可能击中任何目标;而这些家伙却是把枪托杵在屁股上闭着眼睛乱放一气。至于他们的撤退,我认为——我肯定是对的——完全是因为被汽笛声给吓坏了。而他们一听到我的这番话,马上忘掉了库尔茨,全冲我嚎叫着,提出愤怒的抗议。

"站在舵轮边的经理,热情地低声对我说,不管怎样,在黑夜来临以前,我们一定要让船远远离开河岸,停到河心去,可正在这时我却看到在远处的河边有一块白地,还看到了一些房子的轮廓。'那是什么?'我问道。他惊异地一拍手。'那个站到了!'他叫喊着。我马上把船往河边驶去,仍然半速前进。

"我从望远镜里看到,在一个小山坡上点缀着不多几棵树木,地面干干净净,没有任何乱草。小山顶上一溜破烂的房屋已经一半埋在深草中;尖屋顶上的许多大窟窿像张着的黑嘴;背景处是一片乱树丛和树林。四周没有任何围墙和篱笆;可是看来过去显然有过,因为在房子附近还有十来根细木桩并排立着,木桩很粗糙,每根桩子顶上还装饰着一个雕刻的圆球。桩子之间的栏杆,或者是别的什么作围墙的东西,现在已经不见了。当然这一切的四周完全被森林包围着。河岸上一片空旷,只是在水边上,我看到有一个白人,戴着一顶像车轮一样的帽子,不停地晃动着一条胳膊在向我们打招呼。仔细上上下下朝森林的边缘望去,我几乎肯定看到那里有人在活动——这里那里都有许多人影在走动。我小心地把船开过去,然后停住机器让它自动向下游滑去。岸上的那个人开始喊叫,催我们赶快靠岸。'我们刚才受到了攻击!'经理大声叫着。'我知道——我知道。没事儿!'那个人大声回答,那样子似乎要多高兴有多高兴,'快开过来,没有问题。我非常

高兴。'

"他那样子让我想起了什么——想起了我在什么地方见到过的一个滑稽形象。在把船向岸边靠拢的时候,我心里一直琢磨着:'这家伙到底像个什么呢?忽然间我想起来了。他像古典戏剧中的丑角。他穿的衣服原来也许是用棕色的荷兰棉布做成的,可是现在打满了补丁,色彩鲜明的蓝色、红色和黄色的补丁——背上是补丁,前胸是补丁,胳膊肘上是补丁,膝盖头上也是补丁;上衣上有一圈带色的条纹,裤脚上镶着红色的花边;在阳光的照耀下他显得非常轻快,也无比干净,因为你可以看到所有那些补丁补得多么漂亮。一张没有胡子的孩子气的脸,皮肤很白,说不出有任何特点,鼻子正在脱皮,上面是一双较小的蓝色的眼睛,在他那开朗的脸上欢笑和愁容交替出现,仿佛是大风吹过平原时的日光和阴影。'请注意,船长!'他大叫着,'昨天夜里在这儿打进过一个树桩。'什么!又是一个树桩?我承认当时我什么脏话都骂出来了。我差点儿把我那只跛脚船给捅上个窟窿,从而结束掉我那趟迷人的航行。那丑角站在河岸上向我举起了他那翻鼻孔的小鼻子,'你是英国人?'他满脸含笑问道。'你呢?'我站在舵轮边大声叫喊着。笑容马上消失了,他摇摇头,仿佛对我的失望感到很抱歉。接着,他又露出了笑容。'没关系!'他打起精神说。'我们来得不晚吗?'我问道。'他就在那边。'他回答说,把头向着小山那边一扬,接着脸色忽然又阴沉下来。他的脸完全像秋日的天空,一时一片阴霾,一时又无比晴朗。

"经理在那些武装到牙齿的外来移民的陪同下,步行到那所房子边去,这时,那家伙上船来了。'我说,这情况我可不高兴。那些土人全都躲在乱树丛里。'我说。他热情地向我保证说,那绝没问题。'他们都是些头脑简单的人,'他补充说,'是啊,我很高兴你们来了。我一直尽一切力量让他们不要到这里来。''可你刚才说没有问题呀。'我叫着说。'噢,他们没有什么恶意。'他说;他看到我瞪眼看着他,于是又自己改正说:'也不能完全那么说。'接着他又非常轻快地说:'我的天哪,你这驾驶室真该好好清洗一番了。'紧接着他又奉劝我,一定要让锅炉里保持足够的蒸气,万一出现了麻烦,可以拉汽笛。'一声汽笛的尖叫,要比你们所有的来复枪还管用得多。他们都是些头脑简单的人。'他重复说。他就这么连珠炮似的唠叨着,我简直完全插不进嘴去。他似乎因为过去沉默的时间太多,现在要着实弥补一下,而且他真的还大笑着自己表示,实际情况真是这样。'你难道不跟库尔茨先生讲话吗?'我问。'你永远也不能跟那个人讲话,你只是听他讲话。'他既严肃又兴奋地大声说。'可是现在……'他摇晃了一下胳膊,转眼之间又变得无比消沉了。过了一会儿,他忽然一跳向我冲过来,紧抓着我的两只手不停地摇动着,嘴里絮絮叨叨地说:'水手,同行兄弟……荣誉……高兴……真快乐……自我介绍一下……俄国人……一个主教的儿子……坦波夫政府……什么?烟草!英国烟草,呱呱叫的英国烟草!呐,真是哥们儿。抽烟?天下哪有不抽烟的水手。'

"一袋烟带给他极大的安慰,慢慢我了解到,他很小时就曾从学校跑出去,跟着一条俄国船出过海;后来又跑掉了;在英国船上干过一阵子;现在已经和他的主教爸爸和解了。这一点他谈得很详细。'可是一个人年轻的时候总应该出去见见世面,获得更多的经历,增长一些见识,扩大你的眼界嘛。'

'在这儿?'我打断他的话说。'这个你却也没法说！在这儿我遇上了库尔茨先生。'他说,表现出孩子气的严肃和责怪的神情。从那以后,我就再也不开口了。听他的口气,他曾说服在海岸边开设贸易点的一个荷兰人,供给他一些食品和货物,他于是完全像一个初生的婴儿,带着轻松愉快的心情走向荒野深处,根本没有想到他可能会遇到什么危险。他沿河上下,游荡了差不多两年多时间,和外界的一切人和事都断绝了联系。'我实际并不像我看着那么年轻,我已经二十五岁了。'他说,'一开头好多次老范·休吞总让我见鬼去,'他显得十分高兴地叙述着,'可是我老盯着他不放,今天谈,明天谈,直到最后他真担心我会把他那条心爱的狗的后腿给谈掉了①。他只好决定给了我一些不值钱的东西和几支枪,并且对我说,他希望从今以后再也不会见到我了。他真是个好心肠的老荷兰人,那个范·休吞。一年以前我曾托人带给他少量的象牙,这样等我将来再回去的时候,他就不能说我是个贼。我希望他已收到了。至于别的事情我全都不在乎。我在这里给你们预备了一堆木头。那边那个就是我从前住的房子。你看见了吗?'

"我把陶森的那本书给他。他当时那样子真像要跑过来吻我一下,可是又自己忍住了。'这是我还留下的惟一一本书了,我以为这本书也丢掉了呢。'他高兴之极地看着那本书说,'你知道一个人单独到处流浪,常常会遇到许许多多意外的事。有时候你的小船可能会翻了,有时候由于看到当地人

---

① 在英语口语中,说一个人唠叨得太多,常说他能把狗或驴的后腿都给说掉了。这里是利用这句成语开玩笑。

十分愤怒,你得想法赶快逃开。'他翻开那本书来看着。'你那笔记是用俄文写的?'我问道。他点点头。'我还以为那是密码呢。'我说。他大笑了,接着又变得十分严肃起来:'为了不让那些人到这边来,我可真费了不少力气。''他们想弄死你吗?'我问道。'哦,不!'他大声说,但马上又忍住没有说下去。'他们为什么要进攻我们呢?'我进一步问道。他犹豫了一会儿,接着十分不好意思地说:'他们不愿意让他离开这里。''他们不愿意?'我十分好奇地说。他点了点头,仿佛其中充满了神秘感和智慧。'我对你说吧,'他大声说,'这个人大大扩大了我的眼界。'他摊开双臂,直盯着我,那双蓝色的小眼睛已经完全睁圆了。"

三

"我呆呆地看着他,真感到说不出的诧异。那人就站在我的眼前,穿着一身花花绿绿的衣服,仿佛是刚从某个滑稽剧团里逃跑出来的,热情,令人难以捉摸。他本身的存在似乎就是不可能和无法解释的,完全令人迷惑不解。他真是一个不解之谜。他是怎么存活下来的,怎么可能一直干了那么久,怎么可能到现在还依然活着,他为什么没有立即消失掉,所有这些都让人不可思议。'我稍稍前进几步,'他说,'然后又稍稍前进几步,直到后来,我已经走得太远,简直不知道怎么才能回转来了。没有关系。有的是时间。我总能对付的。你得尽快把库尔茨弄走——要赶快——我告诉你。'一股青春的光彩笼罩着他的五光十色的破衣服、他的凄凉而孤独的生活以及他的无意义的流浪所带来的寂寞心情。接连几个月——接连几年——他随时都有失去生命的危险;可是他仍然愉快地、糊里糊涂地活着,简直像是有一种不可摧毁的力量,而实际上却只不过是因为他年纪轻,初生牛犊不怕虎罢了。我止不住对他怀有近于崇拜——近于嫉妒的心情。某种魅力引诱他前进,也保护着他,使他一直安然无恙。他对那个荒野肯定并无任何要求,只不过是希望找到一个可以呼吸、可以让他奋勇前进的空间罢了。他的要求就只是存在下去,冒着最大的危险,忍受着最严峻的艰苦生活的考验前进。如果曾经有人被一种绝对纯洁、毫无算计、完全不切实际的冒险精神所控制,那么,那个人大约就是这个穿着五颜六色衣服的青年了。我真是忍不住羡慕他,竟然具有这样一种谦卑而天真的热情。这热情仿佛完全消融了他心中关于自我的一切念头,使得你,甚至就在他跟你说话的时候,也会忘掉就是他——站在你眼前的这个人——曾经经历过他所讲述的那一切。尽管他对库尔茨的崇拜,我是丝毫也不感兴趣的。他从来没有仔细想过这件事。他既然遇上了库尔茨,于是就带着一种强烈的命该如此的想法接受了那个现实。我得说,我觉得这恐怕是他所曾遇到的一切事情中最危险的一件。

"他们不可避免地碰在一起了,简直像是两只失去动力的船只在水上漂荡,最后彼此蹭到一起来了。我想库尔茨需要有个人听他讲话,因为有时在树林里宿营的时候,他们常常彻夜谈天,当然更可能是库尔茨一个人整夜讲个没完。'我们什么都谈到了,'他说,仿佛回想起这件事还感到无比兴奋,'我忘掉了世界上还有睡眠这件事。一夜的时光好像不过一小时就过去了。我们什么都谈!无所不谈!……也谈到爱情。''啊,他还跟你谈到过爱!'我说,感到十分有趣。'不是你所想象的那种爱,'他几乎是很激动地大声说,'他只是一般地谈谈。他让我明白了许多事情——许多事情。'

"他举起了两只胳膊。我们那会儿正在甲板上,我的伐木工的领头人,原来正在离我们不远的地方闲逛,这时却转过脸去用一双沉重的闪闪发光的眼睛望着他。我向四周看看,不知道为什么,但我可以肯定地告诉你们,我感到我从来,从来也没有发现这片土地、这条河流、这丛林、这光彩夺目的圆形天空,竟会是那样令人绝望,那样一片阴森,那样让人感到不可思议,那样对人的弱点完全失去了同情之心。'那么,自那以后,你当然一直都和他在一起吧?'我说。

"情况恰恰相反。看样子他们的交往由于各种原因时常中断。他骄傲地告诉我,库尔茨生过两次大病,全都靠他勉强给养好了(他提起这事的时候,仿佛那是个什么重大的冒险活动),可是一般说来,库尔茨总是一个人到处跑,跑进遥远的密林深处去。'他常常回到这个站上来,我不得不一天又一天地等着他,一直等到他回来,'他说,'啊,等他几天是完全值得的——有时候是这样。''他都干些什么呢?到处去探索,还是怎么?'我问道。'哦,是的,当然。他发现了许许多多的村庄,还有一个湖——他弄不清那是在哪个方向;打听得太多是非常危险的——可是他外出的目的多半是为了找象牙。''可是那时候,他已经没有商品去和人交换象牙了。'我表示反对说。'可那会儿他还有不少子弹呢。'他眼睛望着远处回答说。'那么,打开窗子说亮话,他是到处去进行抢劫喽。'我说。他点了点头。'不是一个人干,当然不是。'接着他叨叨了几句关于那个湖四周的村落的情况。'库尔茨能让那个部落里的人都跟着他跑,是吗?'我试探地问道。他稍稍有点不安。'他们都非常崇拜他。'他说。他讲这话时声调十分特别,我不禁带着探索的眼光看着他。看到他似乎急于想谈而又怕谈到库尔茨的神情,我感到十分奇怪。这个人实际上塞满了他的生活,占据着他的思想,左右着他的情绪。'你还能希望怎么样呢?'他脱口而出地说,'他是带着雷和电到他们那里去的,你知道,这类东西他们可从来没有见到过,而且非常可怕。他能让人感到非常可怕。你不能像评论一个普通人那样来谈论库尔茨先生。不,不能,绝不能!现在——你怎么也想不到——我不怕告诉你,有一天,他还要一枪把我打死呢——但我仍然从不议论他的是和非。''用枪打死你!'我叫喊着,'为什么呢?''是这样的,我有很少一点象牙,是住在我附近的那个村子的村长送给我的。你知道因为我常常帮助他们打猎。是啊,他要那点象牙,什么道理也不肯听。他公然说,我要是不肯把那点象牙给他,而且从此离开那一带地方,他就要用枪把我打死;因为他可以那样做,而且很想那样做,而且在整个世界上就没有任何东西能够阻止他杀死一个他高兴杀死的人。他说的这也全是真话。我把象牙给了他。我不在乎!可是我并没有离开。没有,没有。我不能离开他。当然我一定得非常小心,直到过了一段时间,我们才又变得非常友好了。他接着犯了第二场病。在那以后,我只好不再去招惹他了;可是我完全不在乎。他大部分时间住在湖边的村子里。他来到河边的时候,有时对我非常好,可是有时我还是小心为上。这个人吃的苦头实在够多了。他对这一切十分痛恨,可不知怎么就是脱不开身去。我一遇机会总是恳求他,趁现在还来得及的时候赶快离开这里;我还提出愿意和他一起回去。他有时说好,可结果却仍然待在这里不肯走;然后又出门寻找象牙去了,一连好几个星期都不露面;一和那些人搞在一起他就忘记了自己——忘掉了他自己——你知道。'嗨!他已经疯了!'我说。他马上愤怒地表示抗议。库尔茨先生绝不可能疯。就在两天之前,如果我听他谈过话,我就决不敢随便说出这种话来。在我们谈话的时候,我已经拿起我的望远镜,正向河岸那边望着,我扫视着树林的两边和那房后的情况,我模模糊糊地感觉到,那十分宁静、一点声息也没有——

像那山上的破房子一样寂静无声——的丛林里,似乎有人来往,这使我感到十分不安。这个可怕的故事与其说是有人讲给我听的,不如说是通过伴随着耸肩摇头的感叹、断断续续的话语、最后以一声长叹作结束的暗示,是我自己感觉到的,但从周围的自然景象上却看不出发生过这个故事的任何迹象。树木像人工模型似的纹丝不动——像关闭着的牢门一样沉重——它们带着一种蕴藏着无限知识、耐心等待和凛然不可侵犯的安详神态向外观望着。那个俄国人向我解释说,就在最近,库尔茨先生还到河边来过一趟,后面跟着他从湖边那个部落邀集来的一帮打手。他已经有几个月不露面了——我想他是去接受别人的崇拜吧——后来完全出人意外地又跑了回来,看那样子,完全像是准备到河对岸或河的下游去进行一次抢劫。很显然,弄到更多象牙的欲望已压倒了他的——我应该叫它什么呢?——不那么追求实利的种种抱负。不管怎样,他的身体忽然变得更糟糕了。'我听说他病倒在那里没人管,我又去看他——试试再尽我的一点力量。'那个俄国人说,'哦,他的情况很糟,非常糟。'我把望远镜转向那所房子。那里看不到任何生命的迹象,可是那里的那些破败的屋顶,用泥垒起来的长排的墙壁,却从深草中伸出头来向外张望,墙壁上还有大小不一的三个方形窗孔:这一切从望远镜里看去仿佛都近在手边。接着我猛地一转望远镜,不料那已不成其为围墙的一根木桩却跳进了我的望远镜的视野。你们记得我刚才对你们讲,我老远看到一些似乎是用来作装饰的东西,对照着那地方的荒凉景象使我感到颇有些奇怪。现在我忽然清楚地看到它了,而我第一眼看到它的反应是,仿佛要躲开一个人的拳头似的把头向后一甩。接着我又用望远镜从一个木桩看到另一个木桩,我现在明白原来我完全弄错了。那些圆球状的东西并不是什么装饰品,而是象征性的标记;它们的含义十分明白却又令人不解,让人吃惊又更使人不安——是引人思索的素材,同时也是一只凌空俯视的老鹰的食物;不过最后必然做了那些肯耐心地往木桩顶上爬去的蚂蚁的食粮。这些悬在木桩顶上的人头,要不是它们的脸全都向着房子那边,一定还会具有更丰富的表情。其中只有一个,我最初看到的那个,脸朝着我这边。我当时并没有像你们想象的那么害怕。我刚才说我向后一躲身子,那其实不过是止不住一惊罢了。我本来想,那些圆球一定是木头做的,你们知道。我特意回头再去看那第一个人头——他仍旧挂在那里——深黑、干枯、眼睛紧闭着——仿佛倚在木桩顶上已经睡着了,那已经干缩的嘴唇露出一线白色的牙齿,正在微笑,对着那永恒睡眠中的一些没有尽头的可笑的梦境不停地微笑。

"我这绝不是向你们泄露商业秘密。事实上,那经理后来说,库尔茨先生的办法把他在那个区域的生意全给毁了。关于这一点,我说不出什么意见来,可是我希望你们完全明白,挂在那里的那些人头并不曾带来任何真正的利益。那只是表明,库尔茨先生在满足他的各种欲念的时候,缺乏节制,在他身上缺乏一点什么东西——一点极不重要,但在迫切需要的时候,却无法在他的宏伟口才中找到的小东西。他自己是否知道这个缺点,我也说不清。我想对这个问题他最后必然已经明白——只是已经太晚了。可是这个荒野早就发现了他的这个毛病,并对他所进行的荒唐的袭击作出了可怕的报复。我想它曾在他耳边低语,对他说了许多他过去从不知道的关于他自己的情况,告诉了他许多直到他和这巨大的荒凉世界打交道以前,他连想也未曾想到过的事情——而那耳语一定对他具有不可抗拒的诱惑力。它在他的身体内部大声回响着,因为他的身子已是空心的了……我放下望远镜,那个刚才看来近在身边,我几乎可以和他交谈的人头,忽然一下离开我,跳到我似乎永远不可能到达的远方去了。

"那位库尔茨先生的崇拜者现在有点垂头丧气了。他用一种匆忙的、含糊不清的声调明确告诉我,他不敢把那些——我们且叫它象征吧——拿下来。他并不害怕当地的土人;只要库尔茨先生不讲话,他们是谁也不敢动的。他在土人心中的地位是一般人无法想象的。他们的帐篷围绕着他的住处,他们的首领每天都要去给他请安。他们甚至趴在地上……'我完全不想知道,他们接近库尔茨先生的时候,都采用一些什么样的仪式。'我大叫着说。说来也真奇怪,我当时忽然有一种感觉,仿佛这类细节,会比悬挂在库尔茨先生窗外高竿上的人头更令人难以忍受。不管怎样,那也不过是一种野蛮景象罢了,而我却似乎忽然进入了某一个没有光线、充满微妙的恐惧感的地区,在那里纯粹的、简单形式的野蛮主义是积极的信仰,而且它——很明显——完全有权存在于光天化日之下。那个年轻人惊异地看着我。我想他始终也没有想到,库尔茨先生并非我所崇拜的偶像。他忘记了,我从来没有听到过任何一段关于,关于什么来着?关于爱、正义、生活之道——或如此等等的问题——的动人心弦的独白。如果说到趴在库尔茨先生的脚下,那他和所有那些最野蛮的人一样也早已趴下了。我不知道当时的具体情况,他说:这些人头都是些叛乱分子的头。我突然一阵大笑简直把他给吓坏了。叛乱分子!再往下我还可能听到什么样的新名词呢?有人把他们叫做敌人,叫做罪犯,叫做壮工——现在他们又成了叛乱分子了。这些叛乱分子的头挂在木桩上我看着可都够老实的。'你不了解,这种生活对于像库尔茨那样的人,是一种什么样的折磨。'库尔茨的最后一个门徒大声说。'是啊,还有你,是吗?'我说。'我!我!我是个头脑简单的人。我没有什么伟大的思想。我不希望得到别人的任何东西。你怎么可以拿我去和……?'他由于感情激动再也说不下去,而且忽然完全瘫倒了。'我不明白,'他哼哼唧唧地说,'我一直尽了我最大的努力,让他活下来,这已经够了。所有这些事情我并没有参与。我没有能力。在这里,好几个月都找不到一滴药水,或者一口可以让病人吃的食物了。他被人可耻地抛弃。像他这样一个人,这样一个具有崇高理想的人,实在可耻!太可耻了!我——我——已经接连十个夜晚没有睡觉了……'

"他的声音慢慢消失在沉静的黄昏中。那些树林的拖长的影子,在我们说话的时候,已慢慢滑到山下来,远远越过了那破烂的房屋,越过了那一排象征性的木桩。那一切都已进入一片阴暗之中,而我们在河下的那块地方却还停留在太阳光下;和岸上那块空地平行的这段河道,现在还闪耀着一种明净而耀眼的光彩,只是上游和下游的河湾已经都隐藏在浓密的暮色中了。河岸上看不见任何有生命的东西。那边的丛林一动也不动。

"忽然之间,从那排房子的角上转出来一群人,他们仿佛是从地下钻出来的。他们都紧挨在一起,在齐腰深的野草中走动,在他们中间有人抬着一个临时做成的担架。紧接着,从那空旷的野地上发出一声刺耳的尖叫,像一只直接飞向大地心窝的响箭划破了那宁静的空气;于是,仿佛变魔术似的,许多人——许多光着身子的人——组成的人流从那阴森的、有如陷入沉思的森林中倾注到那片空地上来,他们手里都拿着长矛、弓箭和盾牌,行动野蛮,眼里露着凶光。那边的丛林摇动着,野草也跟着晃动了一阵,然后一切又归于平静,似乎都全神贯注地盯住了。

"'现在他要是不对他们讲几句应该讲的话,我们就全完了。'站在我胳膊肘边的那个俄国人说。抬着担架的那一簇人在离轮船还有一半路的地方,像忽然化作石头一般也停住了。我看到担架上的那个人坐了起来,他又高又瘦,在那些抬担架的人的肩背上举起了一只胳膊。'让我们希望,这个一般谈爱谈得很好的人,这回会找到个什么特殊理由,饶了我们的性命吧。'我说。我对当前这种危险处境感到十分厌恶,仿佛现在只能听从那个凶恶的阴魂摆布,乃是一件十分可耻而又无法逃避的事。我什么声音也听不见,可是通过望远镜却看到那只细瘦的胳膊挥动了几下,下巴上下活动了一阵,那个幽灵的眼睛从那骷髅的眼窝深处发出阴森的光,而那骷髅还非常滑稽地在那里连连点头。库尔茨——库尔茨——在德文中这个字的意思是短小——对吧?是的,这个名字和他的生命中——以及他的死亡中的其他的一切一样真实。他看上去至少有七英尺高。他身上盖的东西已经滑掉,仿佛刚从一条裹尸布中暴露出来,显得既可怜又可怕。我可以看到他的两排肋骨都在起伏活动,也看见他在挥动着他那只皮包骨的胳膊。那情景真仿佛是用古老的象牙雕刻成的一具具有生气的死神的偶像,向着一群用晶亮的古铜铸成的寂然不动的群众,在威胁地挥动着他的手。我看见他张大了嘴——显出一副非常奇怪的无比贪婪的神态,仿佛要一口把所有的空气,所有的泥土和他面前所有的人全都吞进肚子里去。一阵低沉的声音模模糊糊向我耳边传来。他一定是在大声喊叫了。他忽然把身子向后一仰。抬担架的人于是又往前走,那担架也跟着摇晃了几下,而差不多就在这时候,我注意到那一大群野蛮人,看不见任何明显的后退的迹象却都慢慢消失了,仿佛原先忽然把他们吐出来的那树林,现在又长长地吸一口气把他们全都吸了回去。

"在担架后面跟着的几个外来移民,替他拿着武器:两支长枪、一支重型来复枪和一支带转轮的轻型卡宾枪,这便是那位可怜的朱庇特的雷火和闪电。经理在他的头边走着,这时弯下腰去和他讲了几句话。他们把他安置在一间很小的舱房里——那里仅够放一张床和一两个小凳,你们知道。我们带来了他的已积存很久的书信,因此,撕开的信封和摊开的信纸扔得满床都是。他一只手软弱无力地在那些书信中乱摸着。他那仿佛火光四射的眼睛和他那安详恬静的神态,使我非常吃惊。那根本不像是久病虚弱的样子。他似乎并没有任何痛苦。这个干瘦的人影看来很安静,而且心情愉快,仿佛这时人世的各种情绪,他都已品尝够了。

"他哆哆嗦嗦地拿起一封信,望着我的脸说:'我很高兴。'有什么人给他写信谈到我了。显然又是那种特殊的推荐。他毫不费劲,简直像连嘴唇都没有动一下发出的洪亮的声音使我感到十分惊讶。声音!一个声音!它是那样严肃、深沉,能使得屋宇震响,而那个人本身却似乎连喘气的力气都没有了。不管怎样,他的确还有足够的力量——无疑是勉强支撑着的——差点把我们全给了账了,这情况你们一会儿就会听到了。

"那经理一声不响出现在门洞边;我马上走出去,他也就紧贴在我的身后把门帘拉上。那个被那些外来移民投以好奇眼光的俄国人现在正向河岸上观望,我也随着他的眼神向那边望去。

"远处,衬着一片阴暗的树林,可以隐隐约约看到一些黑色的身影在移动,靠近河边有两个深棕色皮肤的人倚在长矛上,站在阳光下,他们头上裹着样子非常奇特的斑斑点点的兽皮,神态英武,但又像两座雕像似的一动也不动。在岸边的阳光下,一个神情粗野、衣着花哨的鬼影一般的女人在走动。

"她迈开稳重的步子向前走着,身上穿着带条纹和花边的衣服,她骄傲地踏着岸边的泥土前进,满身佩戴着的野蛮人的装饰品闪闪发光,叮当作响。她把头扬得很高,头上的发式很像一顶钢盔;她小腿上直到膝盖边都缠着铜裹腿,手上直到肘边戴着一副铜丝手套,深褐色的脸上有一个大红点,脖子上戴着无数根玻璃球的项链;她浑身挂满了许多不可思议的物件,有符咒,有巫师送的礼物等等。她每走一步那些东西都会闪闪烁烁,不停地摆动。她身上戴的东西恐怕得有好几只象牙的价值。她显得既野蛮又无比高贵,眼神既狂野又威严;在她那不慌不忙的步伐中,既有某种不祥的威胁,又有一种庄严的气概。在忽而降临到整个那片悲伤的土地上的宁静之中,那无边的荒野、那充实而神秘的生命的巨大身躯,似乎正凝望着她,思虑万千,仿佛它所观望的正是它自己的神秘而热情的灵魂。

"她走到轮船前面来,面对着我们一动不动地站着。她的长长的影子直拖到河边。她脸上露出一种悲伤而凶猛的神情,狂野的悲伤与无法诉说的痛苦以及某些正在进行挣扎、尚未形成的决心所带来的恐惧交融在一起。她不动声色地站在那里,看着我们,和那荒野本身一样,似乎正在为某种不可思议的目的进行思索。整整一分钟过去了,她向前走了一步,随着是一阵低沉的叮当声,黄色的金属发出一阵闪光,那身带花边的衣服也摇摆了几下,而她却像忽然失去勇气似的又停了下来。站在我身边的那个年轻人咕哝了一声。我身后的那些外来移民也低声嘀咕了几句。她呆呆地望着我们,仿佛能使那一眨也不眨的毫不畏缩的眼神关系着她的生死存亡。忽然间她张开光着的双臂,僵直地往头顶上举去,似乎她忽然有一种不可遏制的欲望,想要摸一摸头顶上的青天,而就在这时,迅速围过来的阴影已经遮遍大地,扫过河谷,把那汽船也拉入它的阴森怀抱中去。顷刻间,眼前的一切已被一片坚实的宁静所笼罩。

"她慢慢转过身,向前走去,沿着河岸走进了左边的丛林。在她消失在昏暗的丛林中之前,她只回过头来对我们看过一眼。

"'她如果提出要上船来,我想我真会一枪打死她的,'那个满身补丁的家伙神经质地说,'接连两个星期以来,我每天都冒着生命危险阻止她进屋里去。有一天她终于进去了,因为我从储藏室里找出这些破布片来补了我的衣服,她因此大吵大闹。我也确有点不怎么样。看来准就是为了这个,她像发疯似的跟库尔茨吵了一个小时,还老是对我指指点点的。我听不懂那个部落的土话。那对我倒是一件幸事,我想那天库尔茨实在病得太重,顾不了那许多了,要不然真不知会发生什么麻烦。我不理解……不——这实在让我受不了啦。啊,行了,现在这一切都已经过去了。'

"就在这时候,我听到从窗子后面传来库尔茨低沉的声音:'快救救我!'——'你是说,救那象牙。''不要跟我说这个。救救我。''嗨,我曾经不得不救过你。''你现在是在破坏我的一切计划。病!病!并不像你们想的那么严重。没有关系。我一定还得实现我的理想——我还会回来的。我要让你看看我们能干些什么。你和你那些到处兜售的不值一文钱的馊主意——你们干扰了我的计划。我会回来的。我……'

"经理走出来了。他屈尊地挽着我的胳膊把我拉到一边去。'他的情况已经很不好,很糟糕。'他说。他感到有必要叹口气,可是忘了为求得一致也应该摆出一副悲哀的样子来。'我们已经为他尽了我们的一切努力,不是吗?可是有一件事我也不用隐讳,库尔茨先生给公司带来的好处远不如他所造成的损失。他不明白,要采取强烈手段现在时机还远远没有成熟。小心谨慎些,再小心谨慎些——那是我的原则。我们现在还必须小心谨慎。这个地区在这段时期内肯定将会对我们完全封闭起来。真是不幸!总的讲来,公司的生意将受到损失。我不否认他弄到了相当数量的象牙——大多数都是化石。不管怎样,我们一定得把这批象牙救出去——可是,你看看我们目前的处境多么危险——为什么?因为这个方法是不健康的。''你把这个,'我眼睛看着河岸说,'叫做"不健康的方法"?''毫无疑问,'他生气地大叫着,'你说不是吗?'……

"'根本就说不上是什么方法。'停了一会我低声说。'一点不错。'他显得十分高兴。'这一点我早就料到了。这表明他丝毫没有判断能力。我有责任把这情况向有关方面汇报。''哦,'我说,'那家伙——他叫什么名字来着——那个负责做砖的,他会替你写一份读来十分动听的报告的。'他惊愕得半天说不出话来。我似乎从来也没有在如此龌龊的空气中呼吸过,我于是在思想上转向库尔茨,以求得到一点安慰,完全就为了得到一点安慰。'不管怎样,我认为库尔茨的确是一个不同一般的人物。'我郑重其事地说。他不禁一惊,冷冷看了我一眼,非常安静地说:'他曾经是。'然后就转过身去。我得宠的时间已经结束了。我发现我已经被看作是和库尔茨一伙,也是赞成那种时机还不成熟的方法的:我也很不健康!啊!如果一个人非做噩梦不可,至少自己能有个选择噩梦的机会,那也是好的。

"我实际是转向了那片荒野,并不曾转向库尔茨,库尔茨,我不得不承认,可以算作是已经给埋葬掉了。有一段时间,我感到我也已被埋葬在一个充满离奇的机密的巨大坟墓之中。我感到有一种无法忍受的重压压在我的心头,我嗅到了那潮湿的泥土气息,也感觉到了那看不见的由胜利带来的腐败,以及那无法透过的深夜的黑暗。那个俄国人在我肩膀上轻轻拍了一下。我听到他低声咕哝着,吞吞吐吐地说:'同行哥们儿——我不能对你隐瞒——准会影响库尔茨先生名声的那些情况。'我等待着。很显然,对他来说,库尔茨先生并没有被埋进坟墓;恐怕在他看来,库尔茨先生还应属于那种永远不死的人物之列。'行哪!'我终于忍不住说,'快讲出来吧。要说,我也是库尔茨先生的一个朋友——差不多是这样。'

"他在作了一大套庄严的说明之后才对我讲,要不是因为我们'是同行',他会不顾一切后果把那些情况全给隐瞒起来的。'他一直怀疑,这里的这些白人全都对他怀着极大的恶意——''你的话一点儿不错,'我说,立即想起了我曾偷听到的某些谈话,'那经理认为你就应该给绞死。'这消息使他十分不安,一开始还使我感到很有趣。'那我最好赶快一声不响离开这里吧,'他十分认真地说,'我现在已经不能再给库尔茨帮什么忙了,他们很快就会找到某种借口的。有什么东西能阻拦他们呢?在离这儿不过三百英里的地方就有一个兵站。''是啊,听我一句话吧,'我说,'你要是在近处这些野人中有什么朋友的话,也许你最好去找他们吧。''我有好多朋友,'他说,'他们都是些头脑简单的人——我也没有什么要求,你知道。'他站在那里咬咬嘴唇,接着又说:'我也不希望这里的这些白人遭到什么不幸,可当然我心里想的是库尔茨先生的名声,不过你是我的同行哥们儿,所以——''没问题,'过了一会儿,我说,'在我这儿库尔茨先生的名声是绝对安全的。'我不知道我说这话有几分真实性。

"他放低声音对我说,是库尔茨命令他们对汽船发动进攻的。'他有时痛恨有人想把他弄走——可是过不久……这些事我真弄不明白。我是个头脑简单的人。他想那样可以把你们吓跑——那你们就会以为他已经死了,不再去找他了。我没有办法阻止他。啊,上个月真让我吃够苦头了。''行了,'我说,'他现在没问题了。''是的。'他低声咕哝着,显然并不十分相信。'谢谢你,'我说,'我会留神的。''可一定别说出去——嗯?'他不安地请求着。'如果这儿有人……那对他的名声的影响可是太大了……'我十分严肃地向他保证,我一定谨慎。'离这儿不远有一只小船和三个黑人在等着我。我得走了。你能不能给我几颗马蒂尼·亨利来复枪的子弹?'我说可以,并立即给了他一些,当然是十分机密的。他对我眨眨眼,然后自己动手抓了一大把我的烟丝。'同行哥们儿——你知道——呱呱叫的英国烟丝。'他走到驾驶室的门口又转过身来——'我说,你有没有多余的鞋给我一双?'他举起一条腿来,'你瞧。'光脚上用几根疙疙瘩瘩的绳子拴着一双鞋底,像穿草鞋似的。我找出了一双旧鞋,他赞赏地看了一眼就塞在左胳肢窝里了。他的一个口袋(鲜红色的)装满了子弹,另一个口袋(深蓝色的)插着'陶森的探索',等等。他似乎感到自己现在已是装备精良,完全可以再去和那荒野进行一番较量了。'啊!我永远,永远也不可能再遇到这样一个人了。你应该听他给你念几首诗——还是他自己的诗,他告诉我是他自己写的。诗!'回想起那些愉快的情景,他止不住两眼滴溜溜直转。'哦,他大大充实了我的思想!''再见。'我说。他和我握握手就消失在夜色中了。有时候我问自己,我到底是否真见到过他呢?——是否真有可能见到过这么一个奇人!……

"当晚午夜刚过,我忽然醒来,马上想起了他的那番警告,在那繁星满天的黑暗之中,那警告所包含的危险似乎显得颇有几分可信之处,使我不得不决定爬起来,到各处去听听风声。那边的小山上燃着一堆篝火,原贸易站房后的一个拐角处被照得暗一阵亮一阵的。一个公司代理人带着我们的几个黑人在放哨,他们因此都拿着武器,守卫在象牙旁边;可是在那边的树林深处,摇曳不定的红光,在四周乱立着的形似巨大廊柱的浓稠黑暗之中,好似一忽儿出现在地面,一忽儿又钻入地下,表明那里正是库尔茨先生的那些崇拜者的营帐所在,他们正带着不安的心情在通夜守望。一面大鼓发出的单调的隆隆声,使夜空中充满了被压抑着的巨响和经久不息的震颤。

从那漆黑的、望去平如墙壁的森林那边,传来许多人各自念诵着某种奇怪咒语的嗡嗡声,有如从蜂房中传出来的一直不停的群蜂营营,对我的尚未完全清醒的神志竟产生了一种奇特的麻醉效果。我相信我当时倚在船边的栏杆上已经睡着了,直到最后,一阵突然爆发的叫喊声,一种长期被压抑着的神秘而愤怒的突然爆发,让我在无限惊异中惊醒过来。这声音马上又停止了。而那低沉的嗡嗡声却仍然继续着,使人感到那仿佛是一种安抚人心的、可以听得见的寂静。我随便朝那间小舱房里看了一眼。屋里燃着一盏灯,可是库尔茨先生不在了。

"要不是我当时根本不相信自己的眼睛,我想我一定会发出一声惊叫来的。可是一开始我真是完全不相信,这似乎太不可能了。事实上我是被一种毫无内容的恐怖,一种纯抽象的,和任何明显的肉体上的危险毫无关系的恐怖给吓呆了。这种情绪所以能对我产生如此巨大的力量,是由于我受到了一种——我应该称它什么呢?——精神上的震惊,仿佛有人把一件无比怪异、人的思想所无法容忍、人的灵魂所万分厌恶的东西,忽然出乎意外地塞到了我的手中。自然这种感觉只不过延续了几分之一秒,紧接着就出现了那种普遍的、有关生死存亡的危险感,我甚至还感到很可能马上要出现一次大搏斗、大屠杀,或其他类似的情况,而这些,相比之下,我反倒十分欢迎,并觉得对我是一种安抚。事实上,正是这种情况使我立即定下心来,因而我没有大声告警。

"有一个代理人穿着一件包得很严实的大衣,在甲板上离我不到三英尺远的一把椅子上睡着了。远处的叫喊声并没有把他惊醒,他轻轻打着呼噜;我让他仍然睡在那里,自己跳上岸去。我没有出卖库尔茨先生——上天让我永远不能出卖他——命中注定我必须忠于我所选择的噩梦。我急切地希望,完全由我一个人单独去对付这个幽灵——直到今天我也还弄不清自己为什么会那样满心嫉妒,不愿让任何人来分享那次特别阴森可怕的经历。

"一爬上河岸,我就发现了一条可寻的足迹——草丛中的一条宽广的有人走过的痕迹。我还记得我当时十分高兴地对自己说:'他根本不能走路——他是用两手两脚在爬行——我等于已经抓到他了。'草上满是露水。我紧捏着拳头快速地大步向前走着。我想我当时一定还模糊想到,我已压在他身上,狠狠打了他一顿。现在我也说不清了。我一时间转了许多愚蠢的念头。那个织着毛线、抱着一只猫的老女人也闯进了我的记忆,这等时候,在这么一件事的另一端竟坐着这么一个人。我还看到一大排外来移民,从他们顶在屁股上的温切斯特步枪里,把铅弹倾泻到对面的半空中去。我心想,我可能永远也不能再回到汽艇上去了,并且想象着,我将没有任何防身武器,长时间孤独地生活在那些树林里,直到老死。都是些这类愚蠢的念头,你们知道。我还记得,我把那鼓声和我心跳的声音也给弄混了,每当它有规律地停歇片刻的时候,我还感到十分高兴。

"我一直沿着那条道走去,有时停下来听听。那天夜色非常晴明,深蓝色的天空,闪烁着露滴和星光,到处一动也不动地立着一些黑色的东西。我仿佛觉得前面有点什么动静。那天晚上,我莫名其妙地对什么事都觉得胸有成竹。接着,我离开那条道儿,绕开去跑了大半个圆圈(我完全相信,我当时一定止不住暗笑了),这样我就可以跑到我见到的什么东西的前面去,如果我真见到什么的话。我得赶到前面去拦住库尔茨,好像我们正在做一个什么孩子游戏。

"我和他撞上了,要不是他先听到了我的脚步声,我很可能会绊倒在他身上了;可是他及时地站了起来。他又细又长,摇摇晃晃,模模糊糊地站在那里,像是从地下冒起的一股蒸气,一声不响,浑然一团似的在我面前轻轻摇晃着;而在我身后的一些树林之间,一堆堆的篝火在燃烧,从树林深处还传来许多人说话的低沉的声音。我刚才非常机智地把他堵截住了;可当我实际挡在他面前的时候,我似乎忽然清醒了一些,更确切地体会到了我们所面临的危险。现在这危险还完全没有过去。他要是大叫起来呢?尽管他已经站都站不住了,可是在他的声音里却还蕴藏着相当大的力量。'走开——赶快藏起来。'他用一种深沉的声音说。那声音听来可怕极了。我向后望了一眼。我们离最近的一堆篝火不过三十码。一个黑色的影子站起来,迈开两条黑色的长腿,摆动着他的黑色的长胳膊在一排火光前面走动。他头上有两只角——我想是羚羊角。他是个术士或者巫师,这毫无疑问,可看来却真像魔鬼。'你知不知道,你这干的是什么事吗?'我低声问道。'完全知道。'他提高嗓音回答了这么几个字,那声音在我听来,似乎很遥远,但仍很响亮,好像是通过话筒发出的喊叫。我心里暗想,他要是闹起来,我们就全完了。很显然,现在不是动拳头的时候,更不用说,我压根儿也不可能下狠心去打那么个干瘪的骷髅——那么个到处流浪、受尽折磨的幽灵。'你这一去就从此完了,'我说,'彻底地完蛋了。'一个人,你知道,有时就会那么忽然福至心灵。我这句话完全说在点子上了,虽然事实上,那时候他早已无可挽回地彻底完蛋了,但也正在这时,我们亲密关系的基础开始奠定下来,而且将长期存在下去,永远存在下去,直到最后——甚至还要更久。

"'我有许多庞大的计划,'他吞吞吐吐地喃喃说。'我知道,'我说,'可你要是喊叫,我就用这个砸烂你的头——'但在附近既找不到棍子也找不到石头。我于是改正我的话说:'我就一下把你掐死。''我现在正要开始进行许多伟大的事业,'他请求说,那充满怀念之情的声调和迷惘的神情,使我不禁感到一阵透心凉,'再说,由于那个愚蠢的混蛋——''不管怎样,在欧洲你的胜利已经完全肯定了。'我毫不含糊地对他说。我当然并不想真掐死他,你们也了解——再说那样做实际也不会真有什么用处。我极力想打破那符咒——那荒野加之于他的沉重无声的符咒——的魔力,似乎正是它,想要通过唤醒他已被遗忘的兽性的本能,让他重新记起他过去的那种能够得到满足的魔鬼般的热情,把他拉入它无情的怀抱。我完全相信,正是那符咒驱使他走出房间,跑向这森林的边缘,跑向这丛林,这闪闪的火光,这隆隆的鼓声和这念诵着离奇咒语的嗡嗡声;正是那符咒引诱着他的无法无天的灵魂,使它越出了人的灵感所能容许的限度。另外,你们有没有看到,当时我们所面临的危险,还不只是可能吃一闷棍,尽管我当时也随时对这种危险百般警惕,而是这个,是我现在不得不跟这个人打交道,可我又没有办法以任何至高或至下的东西的名义来打动他的心。我甚至不得不跟那些黑人一样,只能求助于他——他自己——他自己那洋洋得意的、不可思议的堕落。天下没有任何东西在他之上或者在他之下,这一点我完全知道。他已经把地球从他的脚下蹬开了。这个该死的家伙!他已经把地球全给踢成碎片了。他完全遗世而独立,站在他面前,我都不知道自己是站立在地上还是飘浮在空中。我刚才已经告诉你们,我们说了些什么——重述了我们所讲过的一些话——可那有什么用呢?那不过都是些老生常谈,是大家在日常生活中互相交换的一些熟悉而又模糊的声音。那又怎样呢?在我看来,在这些话的背后,隐藏着我们在梦中听到的一些话语,在噩梦中说出的一些言语的可怕的暗示。灵魂!如果有任何人曾经和自己的灵魂进行过搏斗,那就是我。而我也并不是在和一个疯子争吵。不管你们相信不相信,他的神志肯定是完全清醒的——他的神志无比强烈地完全集中在他自己身上,这一点不假,然而却仍然是清醒的:我惟一的希望也就在这里——当然除了那会儿我当场把他弄死,但那样做也显然不好,因为那将不可避免地要发出一阵声响。可是他的灵魂却是发疯了。由于长时间孤独地待在荒野中,它曾进行过深刻的反省,哦,天哪!我告诉你们,它确实是疯了。我因此也不得不——我想也由于我自身的罪孽吧——忍受一切折磨窥测了它内心深处的隐秘。天下再没有任何动人的言词,能比他最后一次真正的肺腑之言更能让人失去对人类的信心了。我看得出来,我也听得出来,他也是正在跟他自己进行斗争。我看到了一个不知节制、没有信念、无所畏惧,然而却又盲目地跟自己进行着斗争的灵魂的不可思议的奥秘。我倒始终还能保持冷静的头脑;可是当我最后让他伸直身子躺在那张长榻上的时候,我擦了擦额头,两条腿竟止不住抖个不停,仿佛我刚才下山时背上背着半吨重的重载。而事实上,我只不过是搀扶着他,他的一只干瘦的胳膊搂在我的脖子上,而且他的体重已经和一个小孩子差不多了。

"第二天中午我们开始起航,大群大群的土人像流水一样从树林后面拥了出来,其实在那树木的帷幕后面我早已明确感到了他们的存在;于是顷刻间,那空地上,那附近的山坡上,到处都布满了裸着的、呼吸着的、颤动着的、青铜色的身躯。我把船向上游开过一段,然后向下游掉转头来,这时,两千只眼睛都紧盯着那个噼噼啪啪打着水转身的凶猛的水怪,用它的可怕的尾巴拍打着水,一口一口向空中吐出阵阵黑烟。在靠近河边头一排人的前面站着三个人,他们身上从头到脚涂满红色的泥土,不停地来回走动着。当我们的船又来到他们跟前的时候,他们转身面对河水,使劲顿脚,连连点动他们戴角的头,摇晃着红色的身子;他们向着那凶猛的水怪投来一捆黑色的羽毛、一张拖着尾巴的花纹斑驳的兽皮——那样子很像一个干枯的葫芦;他们一阵接一阵同声喊出一串串不似人语的离奇的话音;而那突然被打断的大片人群的低沉的喃喃声则像是根据某种对魔鬼的祷词作出的回答。

"我们把库尔茨抬进了驾驶间:那里空气更好一些。他躺在长榻上,总是呆呆地朝窗外观望着。岸上是打着旋涡的人流,那个头发像钢盔、面颊呈棕色的女人快步走出,一直来到了河边。她举起手来,大声嚷了几句什么,于是那狂野的人群马上一起跟着她发出一阵语音清晰的迅速而急促的吼叫。

"'你能听懂他们说的是什么吗?'我问道。

"他仍然睁着一双炯炯发光、充满怀念之情的眼睛越过我的身体朝远处观望着,脸上露出迷惘和怨恨相互交织的感情。他没有回答,可是我看见一丝微笑,一种含义不明的微笑,出现在他的已经没有血色的嘴唇上,那嘴唇不要一会儿就会因抽搐而扭动了。'我听不懂?'他喘着气慢慢说,简直仿佛有一种什么超然的力量,勉强从他的嘴里掏出了那几个字。

"我拉了一下鸣笛的绳子,我所以这样做,是因为看到甲板上那些外来移民都已经拿出枪来,摆好架势,准备好好取乐一番了。听到那猛然发出的一声尖叫,一种难堪的恐惧马上使得岸上的那个楔形队伍开始骚动了。'别拉!别把他们吓跑了。'甲板上不知是谁很不高兴地叫着说。我一次再次地拉响汽笛。他们马上散开,开始逃跑,他们跳跃着,弯着身子,东逃西窜,竭力逃避随着那声音飞来的恐怖。身上涂着红泥的那三个人脸朝下趴在河岸边,似乎已经中弹给打死了。只有那个既野蛮而又无比高贵的女人连眼皮也没眨一下,她隔着那条阴森的、闪光的河流,悲伤地向我们举起裸着的双臂。

"紧接着甲板上的那帮蠢材开始了他们的寻欢作乐的活动,但由于阵阵浓烟,我什么也看不见了。

"棕色的河水从黑暗深处匆匆流出,以两倍于上行时的速度,把我们送往海口;库尔茨的生命也在迅速流动,从他的内心深处流出,愈流愈远,愈流愈远,直流进无情的时间的海洋。经理看来十分平静,他现在再没有什么性命交关的忧心事了。他用一种意味深长的满意的眼神同时偷看了我们两人一眼:这'事情'的结果没法让他更满意了。我已看出,不要多久我就会成为'不健康方法'的惟一拥护者了。那些外来移民一直对我冷眼相看。我已经是,咱们姑且这么说吧,和那个死人一伙了。说来也真奇怪,我不知怎么就接受了这个完全不曾料到的伙伴关系,而且在这个遭到这帮下流、贪婪的鬼魅袭击的神秘土地上接受了这个强加于我的噩梦。

"库尔茨发表过不少宏论。声音!一个声音!它直到最后仍是那样的深沉。他曾经能够以宏伟辩才的帷幕掩盖住他心中的空洞无物的黑暗,而现在当他那种能力已完全消失的时候,那声音却依然存在。哦,他斗争过! 现在,来往于他疲惫的头脑的废墟之上的仅只是一些阴暗的形象——一些奴颜婢膝围绕着他的辩才——永远不会消失的尊贵而崇高的辩才——旋转的财富和名声的形象。我的未婚妻、我的贸易站、我的前途、我的主意——高尚的情操有时正可以借这些题目作偶然的吐露。那个真正的库尔茨的阴魂,还曾多次跑到这虚假、空洞的皮囊的睡榻边来探望,而这皮囊的命运将是很快被埋进这原始土地上的一个土丘。这个灵魂所曾探索过的种种神秘,既引起一种魔鬼般的热爱,也引起了非尘世所有的仇恨情绪,现在这爱和恨正在进行争夺,两方都企图占有这浸透各种原始情绪,热衷于虚假的名声、不光彩的荣誉,热衷于各种徒有其表的成功和权势的灵魂。

"有时他的孩子气简直让人觉得可厌。他梦想着当他从他打算成就一番伟大事业的某个无名的可怕的地方归来时,将会有许多帝王在车站列队迎候。'你只要让他们看到,你有个什么办法真能给他们赚钱,那他们就会无止境地承认你的才能,'他有时会说,'当然,你必须注意你的动机——动机要纯正——永远如此。'彼此毫无差异的一段段河道,一个又一个看来完全相同的单调的河湾,随同它们的已有几世纪之久的大片森林,从我们的船边滑过,耐心地观望着从另一个世界来到这里的这条泥船上的一帮人——变革、征服、贸易、屠杀和福音的先驱。我向前望着,一边驾着船。'关上那个窗子,'有一天库尔茨忽然说,'看到外面的情景,让我实在受不了。'我把窗子关上。一阵沉默。'哦,可我还会要让你心碎的!'他对着看不见的荒野叫喊着说。

"我们的船坏了——这原是我早已料到的事——不得不在一个小岛的一角停下来进行修理。这次耽搁是让库尔茨的信心发生动摇的第一件事。有一天早晨,他给了我一包文件和照片,这些东西全用一根鞋带捆在一起。'替我把这点东西保存着,'他说,'那个该死的蠢材(指那个经理),只要我一转脸就能把我的箱子整个翻遍了。'那天下午我又去看他。他闭着眼睛仰身睡着,我就一声不响退了出来,但我却听到他在低声咕哝:'活得正派,死,死……'我仔细听着。可他没有再说下去。他是在睡梦中预习一次讲演,还是在念着从报纸上看到的一个文句呢?他一直在给报纸写文章,并且还打算再写:'为了向人们宣扬我的思想,这是一种责任。'

"他本身就是一种无法穿透的黑暗。我看着他的时候,简直像是从悬崖上观看着一个躺在那永远不见阳光的悬崖之下的人影。可是我没有太多的时间去照顾他,因为我正帮着机械工人拆开漏气的汽缸,矫直连接杆,或干些其他类似的活儿。我每天都生活在一个乱七八糟的由铁锈、钢锉、螺母、螺栓、扳子、锤子、摇钻组成的地狱般的环境里——这些东西我全都非常厌恶,因为一切全都不顺手。我还常常得跑到那个小翻砂间去,我们很幸运,船上还有这套设备;除非累得两腿发颤,实在站不住了,我一直都在那堆可悲的破烂中拼命地工作。

"有一天晚上,我拿着一根蜡烛走进屋里去,却听到他用微微有些颤抖的声音说:'我现在是躺在这一片黑暗中等死。'不免让我大吃一惊。我把蜡烛举到离他眼前大约一英尺的地方,强使自己低声回答说:'哦,别胡说了!'同时站在他的床边,完全呆住了。

"当时他脸上出现的变化,哪怕与这种变化略有点近似的情况,我也从来没有见到过,并且希望永远也不要再见到了。哦,我并非感到悲伤。我只是完全着魔了。仿佛是一块面纱忽然被人撕开了。我在他那象牙般的脸上看到了一种混合着阴沉的骄傲、无情的力量和胆怯的恐怖的表情——一种强烈的全然无望的表情。在那恍然大悟的决定性时刻,他曾细致地重温过自己的一生,连同一切欲望、诱惑和屈服吗?他耳语似的对着某一神像,某种幻影发出叫喊——他一共叫了两声,那声音只不过像喘息一样微弱:

"'太可怕了!太可怕了!'

"我吹灭蜡烛,离开了那个小房间。那些外来移民正在食堂里吃饭,我也在经理对面坐了下来,他抬起头向我投来询问的眼光,我机智地给他来了个相应的不理。他安详地向后仰着身子,脸上带着他可以用来封住他那深不可测的下流心胸的特殊微笑。阵阵飞来的小苍蝇聚集在灯上、桌布上、我们的手上和脸上。忽然间经理的听差在门口伸进他那傲慢的黑脑袋,用一种刺耳的轻蔑的声音说:

"'库尔茨先生——他死了。'

"所有的外来移民都跑出去观看。我一动没动,仍继续吃我的饭。我相信他们一定认为我像畜生一样冷漠无情。但不管怎样,我倒是吃得很少。屋里有一盏灯——你们知道,有那么一点光亮——外边到处是他妈的一团漆黑。我再也没有走近那个非同一般的人物;他可是对他自己的灵魂在这个地球上所进行的一切冒险活动作出了自己的判断。那声音已经不存在了。此外又还曾有过什么呢?可是我当然知道,第二天,那些外来移民在一个满是泥浆的地洞里,埋进了个什么东西。

"而且他们差点儿连我也给埋掉了。

"可是,你们也看得出来,我没有马上就跟库尔茨去。我没有去。我仍然留下来要做完那个噩梦,再次表现一点我对库尔茨的忠诚。命中注定。我命中注定了的!生活实在是个滑稽可笑的玩意儿——无情的逻辑作出神秘的安排竟然只为了一个毫无意义的目的。你能希望从中得到的最多也不过是对你自己的某些认识——而它又来得太晚,因而只不过是一种难以消解的悔恨。我曾经和死亡进行过搏斗。这是你所能想象到的一种最无趣味的斗争。那是在一片无法感知的灰色的空间进行的,脚下空无一物,四周一片空虚,没有观众,没有欢呼声,没有任何光荣,没有求得胜利的强烈愿望,也没有担心失败的强烈恐惧,在一种不冷不热、充满怀疑的令人作呕的气氛中,你既不十分相信自己的权力,同时也更不相信你对手的权力。如果这就是最高智慧的表现形式,那么生命必定是一个比我们某些人所设想的更为神秘得多的不解之谜。我当时等于已经得到了说出我的一切想法的最后机会,可是我十分羞愧地发现,我恐怕根本没有什么话可说。这就是为什么我肯定库尔茨是个非同一般的人物的原因。他有他自己的话要说。而且他说出了他要说的话。因为我自己曾走到那边缘上去向外探望,所以我能更好地理解他那无力看见眼前的烛光、却又宽广得足以包容整个宇宙的呆滞的目光所包含的深意,那目光的锐利完全足以穿透一切在黑暗中跳动着的心。他总结了一切——他作出了判断:'太可怕了!'他确是个非同一般的人物。不管怎样,这是某种信念的表现;这里面有热情,有信心,在他那耳语般的声音中包含有颤抖着的反抗的呼号,它具有只让人偶一瞥见的真理的可怕的面容——一种欲望和仇恨的离奇的混合。我现在记得最清楚的并不是我当时所处的困境——一种没有明确形式、充满肉体痛苦的一片灰色的幻景,和一种因看到一切事物——甚至那痛苦本身——都正趋于消灭而产生的冷漠的轻蔑。不!我所生活过来的似乎完全是他所处的困境。一点不错,他曾经跨出了他的最后一步,在我被允许收回我的犹豫不决的脚步的时候,他却跨出了那悬崖的边缘。也许整个差别就在这里;也许,一切智慧,一切真理,一切诚意,恰好全都包容在我们迈过那不可见的世界的门槛时那无比短暂的片刻之中。也许是!我常想,我的总结不应该仅是一句表示冷漠的轻蔑的言词。他的叫喊显然更好——好得多。这表明了一种肯定的态度,一种道义上的胜利,这胜利是以无数的失败、可厌的恐惧和可厌的得意心情作为代价的。可它仍然是一个胜利!这就是我直到最后,甚至不止最后,——比如很久以后在我又一次听到一个声音,不是他本人的声音,而是由一个像水晶山崖般半透明的纯洁的灵魂向我投来的宏伟辩才的回声的时候——我始终仍忠于库尔茨的原因。

"不,他们没有把我埋葬掉,尽管我十分惊诧地模糊记得有那么一段时间,我仿佛穿过了一个不可思议的既无希望也无欲望的世界。我终于发现自己又回到了那个坟墓城,怀着无比厌恶的心情观看着所有的人匆匆从大街上跑过,目的不过是为了去彼此偷盗几个小钱,去吞下他们那点恶心的饭食,去喝下他们的几杯不卫生的啤酒,去做他们的毫无意义的愚蠢的梦。他们干扰着我的思想。他们是些捣蛋鬼,由于我感到他们肯定不可能知道我所知道的许多事情,他们对生活的知识我认为全不过是些令人恼怒的欺人之谈。他们的神态，虽说实际不过是深信一切平安无事，各干自家营生的普通人的神态，却也让我十分反感，因为那颇像是站在巨大危险面前的一头蠢猪，只由于自己根本不能理解危险的存在，还在那里洋洋自得。我并不想走过去教导他们几句，可是我真有点忍不住，想要对着这些自以为了不起的蠢材纵声大笑。我敢说，我当时的身体情况不是很好。我在街上到处乱窜——有许多事情要办——常忍不住对一些十分可敬的人物嗤之以鼻。我承认我的行为是不可原谅的，可是在那些日子里，我的体温几乎很少有正常的时候。我亲爱的姨母一直想给我养养元气，而事实上似乎全不相干。当时的情况并不是我的元气需要养一养，反倒是我的想象力需要安抚一番。我一直保存着库尔茨给我的那捆信件，不知道到底该拿它怎么办才好。他妈妈不久前已经死去了，我听说她原来一直靠他的未婚妻照顾。一个脸刮得很光、戴一副金边眼镜的男人，有一天摆出一副官员的架势，前来拜访我，对我提出了许多问题，一开头说话老是拐弯抹角，后来更客客气气地逼问我他称之为文件的一些东西的下落。我当时很有些吃惊，因为为这个问题我已经和那个经理发生过两次争吵了。我已明确拒绝交给他那包东西中更小的一捆信件，现在对这个戴眼镜的人我也仍是这个态度。最后他摆出一副凶神恶煞的样子对我进行威胁，愤怒地争辩说，公司有权获得关于它的'领地'的一切情报。他还说：'由于库尔茨先生的伟大的才能，和他置身其中的那种环境的艰苦情况，他对于那个未曾经人探索过的地区的知识必然非常全面，而且具有特殊价值；因此……'我明确告诉他，库尔茨先生的知识，不管多么全面，和商业问题或者公司的管理问题完全没有关系。接着,他又提出科学研究这个大题目来。'这将是一个无法估量的损失,如果……'等等。我把关于'肃清野蛮习俗'问题的报告交给他,事先扯掉了最后的补充说明。他急切地接过去,可最后却带着一副轻蔑的神情对着它嗤了几下鼻子。'我们认为我们有权得到的不是这个。'他说。'那就不用想得到任何别的东西了,'我说,'剩下的都是些私人信件。'他威胁着要到法院告我,然后就走了,我从此再也没有见到过他。可是两天之后,另外一个人自称是库尔茨的表兄,又来找我,他急于想知道他这位亲爱的表弟临死时候的具体情况。无意之间,他让我了解到,库尔茨基本上一直是一位伟大的音乐家。'本来他很快就可以一举成名了。'那个人说,一头灰色的长头发披在一圈油光光的大衣领子上,我相信他准是一位风琴手。我没有理由怀疑他所讲的话;可是直到今天我也仍然说不清库尔茨的职业到底是什么,或者他到底有没有过固定的职业——他最大的才能又是什么。我曾经把他看作是一个有时给报纸写写文章的画家,或者是一位能绘画的记者,可是甚至他这位表兄(他在和我谈话时一直吸着鼻烟)也无法明确地告诉我,他过去究竟是——干什么的。他是一位无所不包的天才,在这一点上我完全同意那位老伙计的意见。谈到这里,他在一方很大的棉布手绢上呼噜噜使劲擤了一下鼻子,然后带着老年人的激动心情告别走了,顺便带走一些毫无价值的家人之间的信件和一些笔记。最后,一位急于想知道他的'亲爱的同事'的命运的记者也来了。这位客人告诉我,库尔茨的正当职业,应该说是'站在人民一边'进行政治活动。他长着一对毛乎乎笔直的眉毛,支棱着的头发剪得很短,用一副很宽的带子拴着一副眼镜,因一时谈得高兴,竟对我说库尔茨实际上根本不会写什么文章——'可是天哪,那个人可真能讲话。他曾经让许多庞大的集会完全为他倾倒。他有信心——你瞧见没有?——他有坚强的信心。他可以让自己对什么都相信——不管什么东西都行。他完全可以在一个极端主义的党派里作一位了不得的领导人的。''你说什么党派?'我问道。'任何党派都成,'那人回答说,'他是一个——一个——极端主义者。'我是否也那样认为?我表示同意。他忽然又十分好奇地问我知道不知道'他到底是在什么力量的引诱下跑到那边去的?''我知道的。'我说,马上递给他那份著名的报告,希望他,如果认为合适,就拿去发表。他匆匆看了几眼,嘴里不停地咕哝着:'能行。'于是就拿着这份战利品匆匆走了。

"这样一来,最后我就只剩下为数不多的一捆信和那姑娘的一张照片了。她的样子我看着很漂亮——我是说她的表情很美。我知道人也可以有办法让阳光撒谎,可是现在你感到,不论你如何摆弄光线或摆弄她的姿态,似乎也都不可能在她的面容上装点出那么一副微妙的诚恳淳朴的神态。她似乎已准备好在思想上毫无保留、无所怀疑、彻底放弃对自己的任何考虑来安心倾听。我最后决定,我一定要去找她,亲自把那些信件和她的那张照片交给她。由于好奇吗?是的;可也许是由于别的一些感情。曾经属于库尔茨的一切:他的灵魂,他的肉体,他的贸易站,他的各种计划,他的象牙和他的前途,都经过我的手了结了。现在就剩下对他的记忆和他的未婚妻了,我愿意把这些也全交出去,交给过去,在某种意义上说,由我亲自把他尚留在我身边的一切交给实际上是我们所有人的共同命运的那最后两个字——遗忘。我无意为自己辩护。我自己究竟真需要什么,我毫无明确概念。也许那只是下意识的忠诚思想的一种冲动,或者是那隐藏在人生现实中的某种具有讽刺意味的必然性的具体体现。我不知道。我也说不清楚。可是我去了。

"我原以为对他的记忆,也一定像在每个人的一生中慢慢聚集起来的那些对死者的记忆一样——不过是一些迅速掠过并最终归于消失的影子投在人的头脑中的一些模糊印象罢了;可是当我来到那又高又大的大门前,站在那由两排高大的房子组成的,像精心管理的墓地上的甬道一样宁静而又堂皇的街头的时候,我却看到了一个幻象,看到他躺在担架上,贪婪地张开大嘴,似乎要把整个地球连同地球上的人类一起吞下去。他当时在我眼前又活了起来;完全和他过去活着的时候一样地活着——一个无厌地贪求光辉的外貌、探索着可怕的现实的影子;一个比夜的影子更黑的影子,雍容华贵地披着令人眼花缭乱的辩才的外衣。这个幻景似乎和我一起走进屋里去——包括那担架、那抬担架的鬼影一般的人伕、那由一些绝对服从他的崇拜者组成的狂野的人群、那昏暗的森林、那延伸于两个迷茫的河湾之间的闪光的河道,以及那鼓声、那像心脏——被征服的黑暗的心脏——跳动般地压抑着的有规律的鼓声。这正是那荒野获得重大胜利的时刻,这是一种侵略和报复性的冲击,而我仿佛感到,为了挽救另外一个灵魂,我一定得独自把它反击回去。我对他在那边很远的地方说过的一些话的记忆,他曾讲过的那些断断续续的言词,现在,随同在我背后、在一片火光中、在容忍一切的森林里活动着的带角的形象,以其不祥的、令人可怕的纯朴又一次在我的身边震响。我记起了他那低声下气的请求,他的荒唐可悲的威胁,他的规模巨大的邪恶欲望,以及他的卑下、狂乱和暴风雨般烦乱的灵魂。过不多久,我似乎又看到了他,有一天强打起精神的愁苦神态,那一天他曾对我说:'所有这些象牙实际都是我的,公司没有为它付一文钱,是我冒着极大的生命危险去搜罗来的。我恐怕他们将来一定会把这些象牙说成是属他们所有。哼!这是一个打不清的官司。你认为我应该怎么办——抵抗?嗯?我只不过是要求公道罢了。'……他只不过是要求公道罢了——只不过要求公道。我在二楼一个红木门前按了按门铃,而当我站在那里等待的时候,他却似乎从窗子里面呆呆地望着我——用他拥抱着、同时又谴责和厌恶整个宇宙的无比广阔的眼神呆呆地望着我。我似乎听到他在低声喊叫着:'太可怕了!太可怕了!'

"这时天已经黑下来。我得在一个高大的会客室里等待着,这会客室有三个从顶棚直通到地面的长窗子,看上去很像三根用布幔遮着的光亮的大柱子。屋里家具的闪着金光的屈腿和椅背,在眼前呈现出一些轮廓不清的曲线。高大的大理石的壁炉,显露出纪念碑似的冷漠的白色,屋子的一角蹲着一架大而不当的钢琴;它平整的表面闪耀着黑色的光亮,那样子简直像一口深黑色的磨光的石棺。一扇高大的门打开——又关上了。我站了起来。

"她向前走来,一身黑色的衣服,淡淡的头发,在黑暗中向我飘了过来。她仍然十分悲伤。现在离他死去的时候,或者说,自从他死的消息传来,已经是一年多了,可是她那样子却似乎将永远记住这件事,永远悲伤下去。她抓住我的双手,低声说:'我早听说你要来了。'我注意到她已经不很年轻——我是说已经不是一个小姑娘。她在忠诚待人、坚守信仰和忍受痛苦方面,都具有一个很成熟的人的能力。屋里显得越来越暗,仿佛那个阴郁的黄昏的凄凉光线都聚集在她的额头上了。这淡淡的头发,这苍白的脸,这纯真的眉宇,似乎被一个灰色的光环环绕着,而那双黑色的眼睛,则透过那光环在向我观望。她的眼光是那样的朴实,深刻,诚恳,和善。她高昂着悲伤的脸,仿佛正对她自己的悲愁感到自豪,又似乎在说,我——只有我知道,如何恰如其分地对他进行悼念。可是,就在我们正握着手的时候,一种可怕的凄凉神态已出现在她的脸上,使我感到,她正是那种决不肯做时间玩物的那一类人物。对她来说,他只不过是昨天才死去。哦,天哪!她给予我的这个印象是那样的强烈,以致我似乎也感觉到,他只不过是昨天才死去——不,就在刚才才死去的。我在同一瞬间看到了她和他——他的死亡和她的悲伤——我看到了他临死时她的悲伤。你们理解吗?我看到他们俩在一起——我听到他们俩在一起。她刚才泣不成声地说:'我可一直还活着。'而我的注意倾听着的耳朵,却似乎——夹杂在她的充满绝望和悔恨的语调中——清楚地听到了他发出永恒诅咒的那声总结性的叹息。我问我自己究竟到那里干什么去了,因为我心中感到无比恐怖,仿佛我无意中闯进了一个非人所宜见的充满残酷而荒唐的神秘的处所。她挥挥手让我在一张椅子上坐下。我们俩都坐了下来。我把那包东西轻轻放在一张小桌子上,她把她的手放在上面……'您很了解他。'她伤心地沉默了片刻之后喃喃说。

"'在那种地方亲密关系发展得很快,'我说,'我对他的了解,可以说不亚于任何两个男人之间可能有的了解。'

"'您也非常崇拜他吧,'她说,'了解他而不崇拜他,是根

本不可能的,是不是这样?'

"'他是一个非同一般的人物。'我并非很坚定地说。随后,由于看到她的祈求的眼神呆望着我,似乎正等待着更多的言词从我嘴里流出,我只得又接着说:'了解他的人谁也不可能不——'

"'爱他。'她急切地替我把话说完,使我不禁惊愕地呆住了。'太对了!太对了!可是您想一想,谁也不能像我一样了解他!我已经完全得到了他高尚的信赖。我比谁都更了解他。'

"'您比谁都更了解他。'我重复着她的话。也许她真是那样。可是随着我们所讲的每一句话,房间里越来越暗了,只有她的光滑、白皙的额头仍然被永远不会熄灭的信念和爱的光辉所照亮。

"'您曾经是他的朋友,'她接着说,'他的朋友,'她声音更大一些地重复说,'既然他把这东西交给您,并让您来见我,那您就一定是他的朋友。我感到我可以和您谈谈,哦!我一定得畅快地说一说。我要让您——您这个曾听到他临终遗言的人——了解,我是完全对得起他的……这不是骄傲问题……是的!我是很骄傲,因为我知道我比地球上任何人都更了解他,他自己也对我这样说过。可自从他妈妈死去以后,我就没有一个人——没有一个人——可以——可以——'

"我静听着。夜色越来越浓了。我甚至不能完全肯定,他给我的那包东西有没有弄错。我十分怀疑,他要我保管的会不会是另一包文件,也就是在他死后我看到经理曾在那盏油灯下仔细检查过的那包。那姑娘不停地谈着,十分肯定我对她的同情,并以此来安抚她自己的痛苦。她如饥似渴地谈着她和库尔茨订婚的事,我听说她家里的人全都不赞成。因为他太穷或别的什么原因。真的,我说不清他是否一生都十分穷苦。他使我有理由相信,主要是由于不能忍耐那比较贫困的生活,他才跑到那边去的。

"'……凡是听到他谈过一次话的人,谁能不和他交上朋友呢?'她继续谈着,'他依靠他所具有的最高尚的品德把人吸引到他身边来。'她非常严肃地看着我。'这是一位伟大人物的天赋。'她接着说,而这时似乎还有各种各样其他的声音伴随着她那低沉的话语声,也就是我曾听到过的那些充满神秘、凄凉和悲愁的声音——河水的淙淙声,在微风中摇动着的树叶的飒飒声,人群的嗡嗡声,从远处传来的无法理解的叫喊的微弱回声,以及从永恒的黑暗那边飘来的耳语般的话语声。'可是您听他讲过话!您知道!'她大声叫着说。

"'是的,我知道。'我说,心里出现了某种绝望的感情,但同时又对她所具有的信念,对那个伟大的、具有实际效用的幻景表示无上崇敬,那幻景正以非尘世所有的光彩照亮那片黑暗,那正为自己的胜利庆幸的黑暗,而在这黑暗面前,我完全没有能力保卫她,甚至也不能自卫。

"'对我来说——对咱们来说,'她显得十分慷慨地改正自己的话说,'这是多么大的损失!'但接着她又低声说:'对整个世界来说,也是如此。'靠着那黄昏仅剩的一点余光,我可以看到她闪闪发亮的眼睛里充满了泪水——一直不肯滴下的泪水。

"'我曾经非常幸福——非常幸运——非常骄傲,'她接着说,'太幸运了。在很短的一段时间中也太幸福了。可我现在却是非常不幸——永生的不幸。'

"她站了起来,她的淡淡的头发似乎把黄昏的余晖全都收集起来,因而显得金光闪闪。

"'而所有这一切,'她悲伤地继续说,'所有他的诺言,所有他的伟大,他的博大的思想,他的高贵的心,现在却没有任何东西留下了——什么也没有留下,只除了一点记忆。您和我——'

"'我们将会永远记得他的。'我有些犹豫地说。

"'不!'她大叫着说,'这一切全都归于消失是不可能的,这样一个人的生命在已牺牲之后会什么都不留下,只剩下一点悲哀,这是不可能的。您知道他曾经有过多么宏伟的计划。那些计划我是知道的——我也许不完全理解——可是也有别的人知道。一定会有些什么东西遗留下来的。至少,他所讲的话并没有完全死去。'

"'他的话将会永远留在人世。'我说。

"'还有他所树立的榜样,'她仿佛自言自语地低声说,'所有的人都非常推崇他,他的每个行动都闪耀着他的善良的光辉。他的榜样——'

"'一点不错,'我说,'还有他的榜样。是的,他的榜样。我把那个给忘了。'

"'可是我没有忘。我不能——我不能相信——现在还不能。我不能相信,我永远再也见不到他了,任何人都再也见不到他了,永远,永远,永远。'

"她举起她的胳膊,仿佛要拉住一个正从她面前退走的人,两臂因用力前伸而失去颜色,在窗口愈来愈暗的狭窄的光亮中只看到她交抱着的一双苍白的手。永远再见不到他!我当时就非常清楚地看见他了。只要我还活着,我将永远看见这个能言善辩的幽灵,同时我还会看见她,一个悲伤的、我十分熟悉的魂灵,她现在这姿态和另外一个同样也很悲伤的女人的姿态就十分相似,那女人曾浑身佩戴着全然无用的符咒,在那地狱的河流——黑暗之流的闪光中,伸出她的光着的棕色的双臂。这时她突然声音很低地说:'他像他活着一样光辉地死去了。'

"'他最后的结束,'我说,一种说不出的愤怒在我心中激荡,'不论从哪方面来说,都无愧于他的一生。''可是我没有在他的身边。'她低声说。一种无限的同情立即压住了我的怒气。

"'一切我能够做的事情……'我咕哝着说。

"'啊,可是我对他的信仰超过了世上任何人,超过了他的母亲,超过了——他自己。他需要我!我!他的每一声叹息、每一个字、每一个手势、每一个眼神,我都将无比珍惜。'

"我感到心里一阵冰凉。'请不要。'我用一种压抑着的声音说。

"'请原谅我。我——我——多少日子以来,我都默默无声地过着悲痛的生活——默默无声……您是和他在一起的——一直到最后?我常想到他当时的孤独。没有一个像我一样理解他的人在他的身边。也许没有任何人去听着……'

"'一直到最后。'我回答说,声音有些发抖。'我听到了他所说的最后一个字……'我忽然恐惧地呆住了。

"'说给我听听,'她用一种令人心碎的声音低声请求着,'我需要——我需要——有点什么——什么东西——让我——让我可以靠它活下去。'

"我几乎忍不住要对她大叫一声:'您自己听不见吗?'眼

前的黑暗正以一种坚定的耳语声在我们的四周重复着他的话,而且完全像刚刚刮起的微风的第一声耳语,似乎正威胁着要越变越大了:'太可怕了!太可怕了!'

"'他最后的一句话——依靠它活下去,'她坚持说,'您难道不明白我爱他——我爱他——我爱他!'

"我勉强打起精神来,缓慢地说:

"'他所说的最后一个字是——您的名字。'

"我听到一声轻微的叹息,紧接着我的心完全停止了跳动;一声无比欢欣而又十分可怕的喊叫,一声表明不可思议的胜利和无法诉说的痛苦的喊叫,使我的心完全停止跳动了。'我知道——我肯定就是这样的!'……她知道。她可以肯定。我听到她在哭泣,她用双手捧住了自己的脸。我仿佛感到,不等我来得及逃出去,整个这间房子就会完全坍下来,天也会直接塌下来压在我的头上了。可是什么事也没有发生。天不会为这点小事塌下来的。我不知道,如果我让库尔茨得到了他应该得到的那点公正,那天就会塌下来吗?他不是曾说过,他所需要的只是公正吗?可是我不能那样做。我不能告诉她,那未免太阴暗了——整个儿都太阴暗……"

马洛停止了,他形象模糊、沉默地单独坐在一边,那样子完全像入定的菩萨。有好一阵,谁也没有动。"退潮早已开始,我们都快错过时间了。"船长忽然说。我抬起头来。远处的海面横堆着一股无边的黑云,那流向世界尽头的安静的河流,在乌云密布的天空之下阴森地流动着——似乎一直要流入无边无际的黑暗深处。

吉 姆 爷

熊 蕾 译

译 本 序

进入二十世纪后,英国的传统小说创作受到了不断冲击和严重挑战。写小说不再是创造引人入胜的故事,不再是在引人入胜的故事里塑造栩栩如生呼之欲出的虚构人物形象。勇于探新的年轻一代作家急于宣泄自我,表达个人对工业化社会的所见所闻所想,不惜摈弃传统手法,从语言、结构和叙述手法,都采用了新的形式,如当今已被认可并推崇的心理独白、意识流、结构主义,等等。因此,当时英国一些坚持传统小说写作的著名小说家,如高尔斯华绥、班纳特,甚至包括较早一点的托马斯·哈代,都不仅没有守住阵地,连他们已取得的累累实绩也被淹没了许多。用我们常用的辩证法说法,这也许该称之为一种倾向掩盖了另一种倾向吧。

康拉德似乎是一个很有代表性的例外。他是目前已有定论且声誉很高的英国现代派作家。他不仅写故事,索性采取更古老的文学表现手法——讲故事。所不同的是,他的故事不是由民间艺人来讲,而是由一名他虚构出来的名叫马罗的水手从容道来。他的几部传世之作,如中篇小说《水仙号上的黑水手》和《黑暗的心》等,都是这样讲出来的。值得注意的是,他创作长篇小说《吉姆爷》时,依然请那个马罗水手来讲,于是《吉姆爷》成了一部前无先例的讲出来的书。这使批评家们难以接受,指责康拉德说:根本无法指望任何人老是讲个没完没了,而别人就一直有耐心听到底。

对这个并不太难回答的问题,康拉德考虑了十六年才做出反应。这是康拉德的耐心。他先得看看读者接受情况如何。只要读者欢迎,《吉姆爷》就不会被人忘记,作者的辩护也才有底气儿。康拉德也不无担忧,怕不慎重的争辩反会使他被拉入传统的写作之列。他和当时新派小说家,如詹姆斯·乔伊斯,弗吉尼亚·吴尔夫和E.M.福斯特等人没法相比。他们都是学者派小说家。他只是一个水手。他因为对海上生活情有独钟,从波兰来岛国英格兰当水手。他的母语是波兰语;通过刻苦学习,英语的眼力不错,笔力还可以,口语却相当夹生。据说他写小说出名后进出上层社会的社交圈子时仍很木讷。他是那种大智若愚的人物。他硬是把他母语中斯拉夫语系消化进英语中,或者说把英语单词写进斯拉夫语系中,创造了一种新的英语文体。他让一个又一个子句和短语套在一个母句中,像一串串葡萄,嘟嘟噜噜的,让人读着喘不过气儿来,以致如今仍有相当的读者嫌康拉德烦气。康拉德很清楚他的优势是丰富的海上生活。他太爱大海了,以独特的眼光收集了许多海上生活的故事;他太爱水手这一行,用常人没有的穿透力体会着人与大海的依恋关系。扬长避短是聪明人的行为。

十六年之后,《吉姆爷》在美国出版,康拉德借写前言的机会,重提那笔旧账,并用轻描淡写的口气回答批评他的人说:只要故事讲得有趣。

在进一步试解康拉德创作《吉姆爷》方方面面之前,不妨把本书中的故事梗概说一说:主人公吉姆的一生似乎只在为一个失误活着,为另一个失误去死。实际上,他一生只犯了一个刻骨铭心的错误:本能的一跳。在这本能的一跳之前,他在帕特纳号上做大副,年轻有为,雄心勃勃,决心在这个世界上混出个模样。在一次远航中,满载一船香客的帕特纳号将要沉没时,他对以船长为首的船上官员不顾乘客性命,拼命去争夺有限的几只救生艇的行为,极为鄙视,不屑和他们为伍。他决意和一船香客共患难。但是,在最后的关键时刻,他被恐惧和混乱吓破了胆,那致命的一跳在本能的驱使下终于发生:他到底还是跳到了他曾经厌恶过的同伴中。但帕特纳号并没有沉没。一船香客由一艘法国商船解救。吉姆和他的同伴成为航海史上最没有责任感的丑闻人物,法庭因此判他们失职罪,没收所有航海证件。吉姆为逃避舆论,从一地躲到另一地,最后和一群几乎与世隔绝的土著人和睦相处,赢得尊敬,成为"爷";但在正得意时,他又犯下错误,引咎请罪,演出一幕悲剧。

作者在这里似乎在探讨本能的行为和行为的结果之间的问题。在本能支配下犯的失误一般容易博得人们的原谅,尤其容易在自己良心上求得平衡:我并非故意。但是吉姆不能这么简单地对待自己。他惧怕公众舆论,也无法原谅自己,因而躲了一个地方又一个地方。有批评家说吉姆的这种行为是感觉到了文明社会的威胁。吉姆是一个掌握了相当现代技术的文明人,反倒害怕得要躲避现代文明?这种解释似乎不大适合说明吉姆的这种逃遁行为。

一般说来,能成为作者代表性作品的,其中都有作者的自传成分和最希望阐述的思想,如曹雪芹之于《红楼梦》,托尔斯泰之于《战争与和平》,狄更斯之于《大卫·科波菲尔》,等等。康拉德是一名优秀的水手,一干十六年,当过水手、二副、大副,最后当上了船长。一个水手能实现的目标,他全做到了。他对水手这个行业有很深刻的理解:超人的勇敢,面对强大的对手(大海)毫无畏惧;严密的纪律,任何时候都要服从以船为单位的集体;坚忍不拔的毅力,任何环境下都力争最后的胜利,不达目的决不罢休;强烈的责任感,无论何时何地都要记住水手的职责。这最后一点尤其要多说几句。这是西方十八世纪发源于哲学、流行于文学的一个命题。随着封建社会的急速消亡,佃户不再仅仅是对地主负责,爵爷也不再是绝对服从君主。在资本主义一天天壮大发展的环境里,以人为中心的社会结构正在成熟,因此做人的责任也就空前重要了。英国十九世纪著名小说家乔治·爱略特、安东尼·特罗洛普,甚至二十世纪的存在主义法国作家萨特,都利用小说探讨过"责任"并造成了很大的影响。

吉姆是康拉德苦心经营的一个水手精英。吉姆被剥夺航海权利,不啻丢掉了他精神上的和物质上的整个王国。一艘在茫茫大海上行进的船,是水手的乌托邦。水手是乌托邦里的主宰,纪律,道德和责任。一次成功的航行意味着他对乌托邦的一次成功的统治。然而,这一切全让那本能的一跳毁了,可谓多年的经营毁于瞬间。这本能的一跳对于别人,如帕特纳号上的船长以及别的水手,只是本能的一跳。但对于心气儿极高的吉姆来说,它是一个致命的错误;它不只破坏了他做水手的信念,更搅乱了他做人的准则。于是,康拉德给他的主人公吉姆打了一个形象生动、富有哲理的比喻:"一只美丽的蝴蝶可以落在一小堆脏土上一动不动,可是一个普通的人决不会待在他的粪便上一动不动。"

更何况吉姆本来是不打算一辈子当一个普通人的,而这下似乎他连普通人也做不成了!由此看来,吉姆的逃遁行为不是躲避什么,而是寻找什么。他渐渐明白他是那种继续朝前走的人,在走的道路上寻找失去的什么东西。

有的批评家又由此认为康拉德笔下的吉姆是一个道德自我完成的形象。这虽不失为一家之说,但这中间有一个关键问题需要弄清楚:道德的是非。"道德自我完成"的提法毫无疑问包含了"是",是褒誉的、赞扬的、提倡的。最著名的例子是托尔斯泰名著《复活》里的涅赫留朵夫。此公因早年的荒唐生活把一个纯洁少女推到犯罪的道路;等他修炼得满腹仁义道德时,又决意吃苦受罪,拯救别人的同时也拯救自己。吉姆显然不属涅赫留朵夫一类文学形象。他没有拯救的对象。他的错误并非故意铸成。他的道德只是水手的道德,还没法用普通意义上的社会道德来衡量。吉姆只是按照作者设计的人生朝前走。

吉姆按照康拉德的设计走着,终于走进了一个远离文明社会的土著人群体里并暂时停留下来了。吉姆发现土著人需要乌托邦式的统治,需要原始的侠义和勇敢,需要水手的人格和道德。吉姆激动了,兴奋了,在土著人面前尽情地展示着他作为水手的所有魅力和魄力,使世仇的宗族结盟,使反叛的对手称臣,最终赢得了所有土著人的尊敬和爱戴,被他们尊为"图安",也就是开化人类眼中的"爷"。他在他们中间活得如鱼得水,找回了他在广阔海洋上掌船前进的那种君主式的威仪和信心。他这时的感觉是这样的:"当有人使你天天都明白了你的存在对另一个人来说是必要的——你瞧,是绝对必要的,那你就对你的行为有不同的看法了。"

康拉德不动声色地给我们讲着他的主人公吉姆的故事,让读者看到了吉姆的一种自觉性,一种从我做起的行为,一种由职业道德演化出的做人境界,使吉姆这个人物渐渐显示出了一种不凡的力量,为他最后的那种沉默中的爆发积蓄了巨大的动力。这不仅来自康拉德讲故事的高超艺术,也来自康拉德的身世。他的祖国在历史上曾多次遭受异族的侵略和压迫。他父亲是一个积极的民族主义者,曾因参加波兰独立运动被沙皇政府流放。康拉德儿时就从父亲身上感受到了革命者必具的自觉性和自律精神。起义的失败也使他日后认识到缺乏普遍的自觉性和自律精神,个别的自觉性和自律精神往往会夭折和流产。因此,从我做起的先导作用尤其重要。

白人吉姆做了土著人的"爷",似乎远离了他曾拉下的粪便——那本能的一跳。然而他忽略了一个人生的常识性现象:人要吃饭就要排泄,这是一种反复终生的行为,在某个特定时刻定睛看去,谁又都可能永远待在自己的粪便上。对于狂热的理想主义者来说,众人习以为常的视点,往往会成为他们的盲点。他的盲点必须把众人的视点吸引住才有基础;否则,踩着这样的盲点,他就会干出盲目的悲壮举动。

白人布朗的海盗帮袭击土著人失利,被土著人围困起来,死到临头。出于对土著部落的安定团结(也许还有对白种人的潜在的认同?),吉姆爷凭借他的身份和影响,请求酋长多拉明放布朗海盗帮一条生路,并以他的生命担保布朗帮不会再来袭击土著人。然而布朗帮在撤出包围后趁土著人不备立即杀了回马枪,致使许多土著人丧生,酋长多拉明的儿子也在劫难逃。吉姆爷对同种人的轻信给他带来致命的一击,本能一跳的错误从他的记忆里再度出现,逼迫他重新审视他的生活：为了一次冲动的一跳这么一个小问题，他已经从一个世界隐退了，而今另一个他亲手造就的世界，又在他头顶上塌下来，破灭了！

布朗是一个劣迹累累的海盗头目，是一个蹲在他的粪便上再不打算离开的人。但是远离自己粪便的吉姆爷不愿意顾及这点。他属于继续朝前走的超前人物，既然不肯在第一次犯下的错误上滞留，当然更不会在第二个错误上蹲下。为了已赢得的"爷"的尊严和权威，他义无反顾地朝前走，走到了酋长多拉明跟前，面对冷冰的枪口，脸不变色心不跳，将命补过。随着酋长多拉明的枪声，吉姆爷的大块头身躯轰然倒下了。饮弹的吉姆爷这时不过二十四五岁。

值吗？读者不禁会问。这是吉姆爷的塑造者康拉德应该回答的问题。康拉德在给我们讲故事，说"值"与"不值"只是让那个水手马罗动动嘴唇的事——稍稍一动即可。但在这点上，康拉德十分珍惜水手马罗的唾沫，真仿佛就是多说这么一两个字，马罗就会口干舌燥似的。实际上，这里涉及了康拉德的一个重大的创作原则。

我在英国诺丁汉大学英语系进修时，有幸聆听过著名学者阿诺德·卡特教授分析康拉德的作品。他说，康拉德的作品好比葱头，读者尽管读下去，剥了一层又一层，满怀着希望要剥出康拉德在下一层隐藏了什么，但等把葱头剥到最后时，读者看到的仍是葱头！是非曲直呢？康拉德不管不顾地留给读者了。

康拉德的著名水手马罗何尝不是这样把故事娓娓道来？只要故事有趣。这话讲得太有味道了。

苏福忠

作 者 注

这部小说刚成书时,就有议论说,我没有收住。有些评论家认为,这部作品以短篇小说开始,结果却超出了作者的驾驭能力。有一两位发现了这一事实的内在证据,似乎颇觉有趣。他们指出了叙述形式的种种局限。他们的论点是,无法指望任何人老是讲个没完,而别人就一直听着。他们说,这不大可信。

经过差不多十六年的思索,我对此还是不大以为然。无论在热带还是温带,总有人一坐半夜,"轮着讲长长的故事",这是众所周知的。而这里只不过是一个故事,且屡屡中断,好让人松口气;至于听众的耐性,那就必须接受这么一个假设,就是故事的确有趣。这是必要的预先假设。倘若我不相信它的确有趣,我根本就不会动笔。若仅仅说到体力上有没有可能撑得住,我们都知道,议会里有些发言可远远不止三个小时,而几乎快有六个钟头了;可是这本书里凡是马罗叙述的部分,我敢说,用不了三个小时就可以大声念完了。此外——虽然我已毫不含糊地去掉了所有这类无关紧要的细节——我们可以假定,那一夜总得有些茶点吧,像一杯不管什么样的矿泉水之类,好让讲述人讲下去。

不过,说正经的,实情是,我的初衷倒是想搞个短篇,只讲那艘朝圣的轮船的事;不讲别的。那可是个本本分分的念头。然而写了几页之后,我也不知怎么就不满起来,有一阵子便把它们放到了一边。直到已故的威廉·布莱克乌先生要我为他的杂志写点东西,我才把它们又从抽屉里拿了出来。

直到那时我才看出,这条朝圣船的事,对于一个无拘无束、信马由缰的故事来说,倒是个挺好的开头;而且可以想见,这也是能够以一种单纯而敏感的性格来渲染整个"生存情绪"的一个事件。但所有这些最初的心情和精神的躁动在当时还很朦胧,而且过了这么多年,好像也没有变得更清晰些。

我放在一边的那几页在主题的选择上倒也还有其分量。但全书是经过认真改写的。我当时坐下来写的时候,就知道它会是一部长篇,虽然我未曾预见到它会在《马加》杂志上登了十三期。

时常有人问起我,在我的书中,我是否最喜欢这一本。无论在公开场合还是在私下里,哪怕是在一位作者与他的作品的微妙关系上,我都非常反对偏爱。从原则上讲,我不会有所偏爱;但我也不至于因有人偏爱我的吉姆爷而感到悲哀和气恼。我甚至不会说我"搞不明白……",决不会!可是有一回,我迷惑而且惊讶了。

我的一个朋友从意大利回来,他在那儿曾同一位不喜欢此书的女士交谈过。对此我当然挺遗憾,但是使我惊讶的是她不喜欢的理由。"你知道,"她说,"简直都是病态。"

这番话令我苦苦思索了一个钟头。最后我得出了结论:即使考虑到主题本身与妇女正常的感受力格格不入而在判断上应当宽宏大量一些,那位太太想来也不会是意大利人。我也说不上她究竟是不是欧洲人。不管怎样,拉丁气质的人总不会把对失去了的荣誉的强烈意识看成是病态。这种意识也可能是错的,也可能是对的,还可能因矫情而讨嫌;而且我的吉姆或许也不是很普通的那种典型。但是,我可以向读者们大胆保证:他不是冷漠反常的思考的产物。他也不是北方迷雾中的人物。一个阳光灿烂的早晨,在东方一个开敞锚地平平常常的环境里,我看到他的形状飘过——富有魅力——不可忽视——云山雾罩——一言不发。就该是这么个样子。为他的意义寻觅适当的字眼,则是我的事,而且要尽我所能有的同情。他是"我们当中的一个"。

第 一 章

他差个一两英寸不到六英尺,体格健壮,他直冲你走来,双肩微向前耸,头朝前倾,而从眼底向上的凝视令你想到一头正冲过来的公牛。他的声音低沉、响亮,他那样子表现出一种顽固的自负,但并不咄咄逼人。他好像不得不如此,而且他显然对自己同对别人都是那样。他整洁得一尘不染,从头到脚,穿得一身雪白。他在东方各港口靠给轮船货商拉生意为生,很有人缘。

一个在水上兜生意的人不需要通过天底下任何一门考试,但是他必须具有抽象意义上的能力,而且要在实际中表现出来。他的工作是,只要有船要进港停锚,就跟其他同行比着从船帆、蒸气、木桨底下跑过去,做出兴高采烈的样子同船长打招呼,硬塞给他一张卡片——轮船货商的名片——当船长第一次上岸观光时,坚定而又不事张扬地把他领到一间庞大的、山洞一样的铺子,里面摆满了船上的吃喝用品;在这里你可以买到一切使你的船经得起风浪而且航行得顺顺当当的用品,从一套锚缆钩链到装饰船尾雕刻的一套金叶,应有尽有;在这里,船长会受到从未同他谋过面的船货商兄弟般地接待。这里有凉爽的客厅、安乐椅、成瓶的酒、雪茄烟、文具、一本港口条例,还有好客的热情,那热情足以溶化掉水手心头在三个月的航海生活中堆积起来的盐分。只要轮船待在港口,这位兜生意的人就会天天登船拜访,使这样开始的联系继续下去。对船长来说,他像朋友一样忠实,像儿子一样孝顺,有约伯的耐心,有女子的无私奉献精神,又有酒友的兴致。随后账单就送来了。这真是个美好而又有人情味的职业。因此水上兜生意的好人才实在难得。如果一个水上兜生意人既具有抽象意义上的能力,又有在海上长大的优势,他就值得老板出高价雇佣,还得哄着点儿。吉姆的工资一向不菲,而且受到的百般迁就足够买到魔鬼的忠贞。然而他还是黑着心地忘恩负义,会突然抛下差事,一走了之。他给他的老板们讲的理由一看就站不住脚。他一转身,他们就骂,"该死的傻瓜!"这是他们对他那细腻的感受力的批评。

对做水边生意的白人和船长们来说,他就是吉姆——没别的。他当然还有一个名字,可是他很怕那名字被叫出来。他的假身份漏洞就像筛子眼一样多,但他隐姓埋名隐瞒的倒不是身份,而是一个事实。当那桩事实将他的假身份曝光时,他便突然离开他当时所在的那个码头,转到另一个码头——一般是越走越往东。他只围着海港转,因为他是个被大海流放了的水手,也因为他有的是抽象意义上的能力,只适于在水上拉生意而做不好别的。他按部就班地朝着升起的太阳撤退,那桩事实无心地却又无可避免地追着他走。就这样,若干年来,有人相继在孟买、加尔各答、仰光、槟榔屿、巴达维亚见过他——在每个驻足之处,他只是在水上拉生意的吉姆。后来,他对不堪忍受的重负那敏锐的感知力驱使着他永远离开了海港和白种人,甚至把他赶到了原始森林里时,他选来藏匿他那可悲才能的那个丛林村庄中的马来人,给他的单音节的假名字加了一个头衔。他们管他叫吉姆团,就像有人可能叫他吉姆爷一样。

他原本生在一个牧师家。很多出色商船的船长都来自这些虔诚恬静的人家。吉姆的父亲对于不可知的事物了解得很透彻,那是为了住茅舍的平民百姓的道德炮制出来的,却不会打扰由准确无误的上帝安排住在深宅大院里那些人心灵的平静。那座小教堂在一座小山上,透过杂乱的树叶看去,有一种长满了苔藓的岩石的那种灰色。它立在那里已有几百年了,不过周围的树木或许还记得安放第一块基石的情景。下面,牧师住宅的红色正面在一块块草坪、花床和一棵棵杉树的掩映下透出暖暖的亮色,房后是一片果园,左边是铺了地面的马栏,花房的玻璃顶棚紧靠着一面砖墙倾斜下来。这块教产归这一家已经好几代了;但是吉姆还有四个兄弟,所以,在他看了一些供假日消遣的文学作品,明确了要以海为业之后,他就立即被送上了一艘"远洋商船队指挥员训练舰"。

他在那儿学了一点三角学,知道了怎样走过上桅帆桁。谁都喜欢他。在航海术比赛中他名列第三,在得第一的快艇上他划尾桨。他头脑清醒,体魄健壮,精明出众。他的位置是在前桅楼,他常常带着注定要在危难中挺身而出的好汉的不屑神情,从那里俯视那被棕色的河流切成了两大块的大群平静的屋顶,而散布在周围平原边上的工厂的烟囱一个个细得就像支铅笔,笔直地竖着,衬着脏兮兮的天空,像火山一样喷着烟雾。他可以看到大船出港,宽体渡船来来往往,小船远远在他脚下浮动,还有远处若隐若现的壮丽海景,心中充满了对冒险世界中的动荡生活的希望。

在底舱,在二百种声音的嘈杂中,他会忘却自己,想象着自己已经在经历消遣性文学作品中的海上生活。他看到自己正从即将沉没的船上救人,在飓风中砍掉桅杆,游过巨浪,留下一条白线;要不就看到自己在一场海难后成了孤零零的幸存者,赤着脚,半裸着,走在光溜溜的礁石上,找寻着贝类来充饥。他想象过自己在热带海岸上与野蛮人对峙,在外海平息船上的哗变,在大洋中的一只小艇里让绝望的人们鼓起勇气——永远都是忠于职守的榜样,像书中的英雄那样毫不退缩。

"出事了,快来。"

他跳起来。水手们正拥上舷梯。可以听到上面有一大堆人急匆匆走来走去的脚步声和喊叫声,而他刚出舱口,就呆住了——好像是傻了。

那是一个冬日的黄昏。暴风自午后刮得更猛了,使河中的船只全部停驶,现在又带着飓风的力量狂吹,发出一阵阵呼啸,轰隆隆就像一门门大炮隔着海打出的礼炮。一帘帘雨幕急速地倾斜而下,又迅疾流走,这当间儿,吉姆看到了一系列恐怖的场面:怒潮翻腾,零乱的小艇在岸边颠簸着,飞雾中的楼房了无生气,宽体渡船笨重地撞着铁锚,庞大的栈桥起落不定,溅满了浪花。又一阵狂风似乎把这一切全都要吹走。大气中弥漫着飞动的水。飓风之所以如此猛烈,风的呼啸和无情的天翻地覆之所以如此愤怒且不遗余力,似乎都是冲着他,这使他吓得透不过气来。他呆住了。他好像晕头转向了。

有人撞到他身上。"快艇人员就位!"水手们从他身边匆匆跑过。一艘进港避风的小商船撞上了一条已抛锚的多桅帆船,训练舰上的一位教官看到了这起事故。一群水手爬上栏杆,围在吊艇架旁。"撞船了。就在我们前面。西蒙斯先生瞧见了。"谁推了他一下,他一个趔趄靠到后桅上,抓住一根绳子。用链条固定住了的这艘陈旧的训练舰,它全身颤抖,迎着风轻轻低下头,那勉强支撑着船体的链条以低沉的声音,喘着气,吟出它年轻时在海上的歌。"下水!"他看到已坐好了人的快艇正沿栏杆往下迅速地下落,便急忙跑过去。他听到哗的一声。"放行;脱挂!"他俯下身来。船边的河水翻腾着,吐出一道道白沫。天正暗下来,还看得见快艇在巨浪和狂风的冲击下,有一会儿走不动了,与训练舰并肩上下颠簸。他隐约听到艇上有人喊道:"划呀,你们这帮小畜牲,你们不是要救人吗!那就快划!"突然间快艇扬起了船头,随着高举的木桨跃过一个浪头,突破了狂风与巨浪对它的拘束。

吉姆觉得有人牢牢地抓住了他的肩膀。"太迟啦,小伙子。"训练舰的舰长看到这小伙子好像要从船上跳下去,便一把将他拉住,吉姆抬起头来,眼里满含意识到失败的痛苦神情。舰长报以同情的微笑。"下回再交好运吧。这次你会学得聪明点儿。"

一阵刺耳的喝彩声迎回了快艇。它摇摇摆摆地带回来半船水,两个精疲力尽的人在船底的垫板上漂着。那天翻地覆和狂风与大海的威胁现在在吉姆看来,实在微不足道,他更加后悔刚才被它们的气势汹汹吓成那个样子。现在他知道这是怎么回事了。他似乎一点儿也不怕飓风了。他还能对付更大的危险呢。他做得到的——比谁都好。一点儿也不怕了。然而,那天晚上他意气消沉地独自深思时,快艇的头桨划手——一个脸盘像少女、有一双灰色大眼睛的小伙子——却成了底舱的英雄。人们围着他热情地问这问那。他叙述着:"我刚刚看到他的头在浮动,就赶紧把挽钩伸到水里。钩子钩住了他的短裤,我差点从船上翻下去,我以为我就要翻下去了,幸亏西蒙斯老头儿丢开了舵柄,抓住了我的腿——船都快被淹没了。老西蒙斯真是个好老头儿。我一点儿也不在乎他冲我们发脾气。他拽住我的腿时,一个劲儿地骂我,可那只是他叫我别松开挽钩的方式而已。老西蒙斯可真来劲,是吧?不,不是那个标致的小个儿,是那个有胡子的大块头。我们把他拖上船来时,他还直叫苦呢:'唔,我的腿呀!唔,我的腿呀!'还直翻白眼。想不到这么条大汉竟像姑娘家一样晕了过去。你们有谁给挽钩刺一下就会晕过去吗?——反正我不会。它刺进去这么深。"他拿出挽钩比画着,他把它带下来就是为了这目的,而且果然引起了一番轰动。"不,哪儿的话!钩住的不是他的肉——是他的短裤。不过血当然流了不少。"

吉姆认为这是一种无聊的虚荣心的表现。那场飓风造就了徒有其表的英雄主义,就如同它本身也是虚张声势一样。无情的天翻地覆乘他不备而来,无端阻挡了他慷慨赴难,他对此感到愤怒。要不是为了这一点,他倒挺高兴自己没有登上那艘快艇,因为那成就反正也不大。他觉得他比那些上了艇的人更开了眼界。有朝一日,当所有的人都退缩了——他相信总会有那么一天的,那时就只有他知道如何对付狂风与大海的虚张声势了。他知道该怎么看待这一切。冷静以待,它就微不足道。他可是不露声色,这本是件令人震惊的事,但其最后的结果是,在人们的不知不觉中,在那群闹哄哄的水手之外,他更加确信自己的冒险热情,而且是多方面的勇气,并为之洋洋得意。

第 二 章

经过两年的训练,他到海上去了,走进了他在想象中如此熟悉的领域,奇怪的却是碰不到一件冒险的事。他曾多次出海。他懂得了存在于天水之间的那种奇异的单调:他得忍受人们的指摘,大海的暴虐,还有为了混饭糊口每天做的那份工作的枯燥——而其惟一的酬劳就是完全爱上那工作。他很难接受这种酬劳。然而他没有退路,因为再没有比海上生活更诱人、更令人清醒、又更令人无奈的了。而且他的前景很不错。他彬彬有礼,不急不怒,肯于听话,对自己的职责了解得很透彻;所以没过多久,尽管他还很年轻,也没有经受过在光天化日之下暴露出一个人的内心世界、真正的气质和本质的那些变故的考验,却居然担任了一艘很不错的商船的大副;那些变故不仅对别人,也会对他自己显露出他的抗拒性和他所掩盖起来的秘密的真相。

这期间,他只有一次又见识了大海那不遗余力的愤怒。那真相并不像人们所想的那样常常显露出来。冒险与飓风的危险有各种程度,具有恶毒用意的暴力只是偶尔才表现得明明白白——那是一种压迫着人的理智和心灵的说不出来的东西,这些事故的那种错综复杂的关系,或者说这些大自然的狂怒,带着恶意冲他而来,以无法控制的力量,还有肆无忌惮的残酷,企图打消他的希望也打掉他的恐惧,使他不再有疲劳的痛苦也不再有休息的渴望;那是要粉碎、破坏、灭绝他的一切所见所闻所爱所喜与所恨,以及一切珍贵和必需的——阳光、记忆、未来;那是要以夺去他的生命这个简单而可怕的行动将整个宝贵的世界从他的眼前彻底扫除掉。

他的苏格兰船长后来提起那个星期就会说,"天哪!我真不知道这艘船是怎么挺过来的!"在那个星期的开始,吉姆被一根掉下来的桁杆砸得动不了,躺了好几天,晕晕乎乎,糊里糊涂,毫无希望,饱受折磨,就像在一个深渊的底层,不得安宁。他对结果如何并不在乎,在他清醒时,他过高地估计了他的淡漠。人们看不见那危险时,它就同人的思想一样十分模糊。恐惧渐渐淡化成影子;而幻想,这个人类的大敌和一切恐惧之源,由于得不到刺激,便在枯竭的情感中消沉。除了自己船舱受过颠簸之后的混乱,吉姆什么也没看见。他狼狈地躺在那一小片荒芜中,暗自庆幸自己用不着到甲板上去。但是时不时地又有一阵按捺不住的极度痛苦传遍了他的全身,使他在毯子下面喘着粗气,扭来扭去,接着,一个摆脱不掉这种感觉的极度苦恼的现实,可以说是那种无谓的残忍,使他内心充满了绝望的向往,想逃之夭夭,不惜任何代价。然后天又好起来,他也就不再想了。

然而他却一直都一瘸一拐的,所以船到了一个东方港口之后,他不得不去了医院。他康复得很慢,船走后,他被留了下来。

白人病房中,除他而外只有两个病人:一个是一艘炮艇的军需官,他从舱口摔下来,跌断了腿;另一个是邻近某省的铁路承包商之流,得了一种奇怪的热带病,他把医生当成蠢驴,却偷偷大吃特吃他的泰米尔仆人以不倦的忠诚悄悄带进来的成药。他们彼此讲述自己的生平,打打纸牌,或者就打着呵欠,穿着睡衣,在安乐椅上懒洋洋地躺上一天,一句话也不说。医院在一座小山上,窗户总是大开着,从窗外吹进来的和风给这间光溜溜的房间里带来天空的温柔,大地的沉闷,以及东方的海洋那令人着迷的气息。风中夹着香味,使人想到永久的休息,那是没有终止的梦境所带来的。吉姆每天都要远望,他的视线越过花园的灌木丛,越过城里的屋顶和长在岸边的棕树的阔叶,望向锚地,那是通向东方的大道,——在锚地,花环般的小岛星罗棋布,沐浴在节日般的阳光下,那里的船只犹如玩具,那欢快活泼的景象就像假日里的一场盛大的露天演出,头上是东方的天空那永久的恬静,整个空间直到天水相交之处都充满了东方的海洋那含笑的和平。

他刚能不用拐杖走路,马上就下山进城去寻找回家的机会。当时没有什么机会,他只好等待,这期间,他自然和在港的同行们有了交往。这些人可以分成两种。一种人,人数极少也难得见到,他们过着神秘的生活,保持了一种未曾磨灭的精力,具有海盗的脾气和梦幻者的眼神。他们好像生活在错综复杂的计划、希望、危险和探索中,走在文明的前面,在大海的深处;只有他们的死才可算是他们怪诞的一生中似乎确实合乎理性的成功。另一种是大多数,都和他一样,因为某些意外被抛到那里,留在当地,成了当地船上的管事。他们现在很怕到本国的船上效力,因为那里的条件更苦,对职责的要求更严,而且还有海上风暴的凶险。他们已经与东方海天那永恒的平静融为一体了。他们喜欢短距离的航行,喜欢甲板上那舒适的座椅,喜欢大群的本地水手,喜欢显示他们是白种人。

想到辛勤的工作他们就不寒而栗,他们得过且过,老是差点就要被解雇,老是差点就要被聘用,为中国人、阿拉伯人、混血儿效力——只要过得自在,哪怕是给魔鬼干都行。他们永远谈论的是运气的好坏;某某人如何在中国沿海得到管理一艘船的差事——挺安逸的;这个人如何在日本某地谋到了一份美差,那个人在暹罗海军中混得很不错;在他们的一切言谈中——在他们的举止、神情、性格中——可以看出那个弱点,那个堕落之处,那就是决心要安安稳稳地得过且过。

吉姆起初觉得这帮嚼舌头的家伙看上去是水手,实际上还不如影子。但是后来他发现那些人也挺够味的,他们只冒这么一点危险,只有这么一点辛苦,却好像过得挺好。最后,先前的藐视渐渐为另外一种情绪所取代;他突然间抛弃了回家的念头,在帕特纳号船上担任了大副一职。

帕特纳号是一艘当地的轮船,和那些小山一样古老,瘦得像只猎犬,锈迹斑斑,比没人要的水罐还不如。它归一个中国人所有,包租给了一个阿拉伯人,指挥这艘船的则是个叛逃到新南威尔士去的德国人,特别爱当众咒骂自己的祖国,但是他显然又是依靠俾斯麦那已占上风的政策的力量,才对所有他不怕的人那样残酷无情,以他那紫色的鼻子和红色的八字胡,摆出一副"铁血"的威风。这条船的外壳油漆好、里面粉刷过之后,就有大约八百名朝觐客被赶到船上,当时船正停在一个木码头边,冒着蒸汽。

他们从三条通道拥上船来;他们为信仰和对天堂的希望所驱使而拥入,他们光着脚,不断地挪着步,一声不吭,一言不发,义无反顾地拥入;然后他们离开甲板四边的围栏,向前后疏散,从大敞着口的舱门蜂拥而下,在舱里的各个角落都挤得满满的——就像注满水池的水,就像流进缝隙中的水,就像默默地上升、直到和池边齐平而就要溢出的水。八百个男男女女怀着信仰和希望,怀着热情与回忆,从天南地北,从东方的各个角落,穿过丛林中的小道,顺河而下,沿着浅滩摇着舢板,乘独木舟过了一个又一个岛屿,历尽艰难,阅尽奇观,受着莫名恐惧的煎熬,由一个愿望支撑着,齐聚在那里。他们来自荒野中孤独的茅舍,来自人口稠密的村庄,来自海边的寨子。在一个理想的召唤下,他们离开了他们的森林,他们的领地,离开了他们的统治者对他们的保护,离开了他们的富庶或贫穷,离开了他们年轻时就已熟悉的环境,也离开了他们父辈的坟地。他们风尘仆仆,汗流浃背,浑身污垢,衣衫褴褛地来了——他们当中有主持家庭聚会的强者,也有挣扎着前行、不抱生还希望的瘦弱老人;有睁着无所畏惧的眼睛好奇地探望的年轻小伙,也有披散着长长头发的含羞的姑娘;胆怯的女人将头包得严严实实,只露出一双眼睛,她们把熟睡的孩子用肮脏的头巾裹起来,松松地扎个结,紧紧地抱在怀里,而这些孩子在不知不觉中,也就成了一种严守信仰的朝觐者。

"看看这群畜牲。"那位德国船长对他的新大副说。

一位阿拉伯人,也就是这次虔诚之旅的领袖,是最后来的。他慢步走上船来,身着白色长袍,头缠包头,潇洒而庄重。一串仆人跟在他身后,扛着他的行李;"帕特纳号"解开缆绳,驶离码头。

船朝着两个小岛之间驶去,斜穿过帆船的锚地,在一座小山的山影里转了半个圈,然后又紧贴着一排布满白沫的暗礁航行。那个阿拉伯人高声背诵着海上旅人的祷文。他恳求至高无上的安拉施惠于这次旅行,请他保佑他们的辛劳和他们内心神圣的目的;轮船在暮霭中沉重地击打着海峡平静的水面;在这条朝觐船后边的远处,有个螺旋桩形的灯塔,那是不信教的人筑在一处浅滩上的,发出的灯光像是在对这条船眨眼,仿佛在嘲笑它为了信仰跑这么一趟。

它驶出海峡,穿过海湾,航向继续保持在"一度"。它在宁静清朗的蓝天下直向着红海驶去。天上骄阳似火,万里无云,它沐浴在灿烂的阳光里,那阳光扼杀了一切思想,使人心窒息,使一切生机与魄力枯萎。在天空那邪恶的辉煌中,蔚蓝深邃的大海保持着沉静,纹丝不动,没有水波也没有涟漪——仿佛粘住了,停滞了,死去了。"帕特纳号"带着轻微的咝咝声,滑过那亮闪闪、平整整的水面,喷出的烟在空中飘成一条黑绸带,白沫在身后的水面上留下一条白绸带,那白沫随即就消失了,好像一艘轮船的幻影在没有生命的海上画出的一道幻影。

每天早上,太阳仿佛在其自转中也同朝觐船的进展保持着同样的速度,总是在距船尾同样的距离默默地浮出来,发出光芒,在中午追上它,将其火一般的光线集中起来,向那些怀着虔诚目的的人们倾射而去,在落日时又滑过去,神秘地沉入海中,夜复一夜,总是沉在前行的船舷前方的同样远处。五个白种人住在船的中部,与搭船人是隔离的。白顶的篷布将甲板从船头到船尾统统遮住,显示出在烈焰般的大海中还有这么一群人存在的,只有一阵隐约的低吟,一阵低沉悲哀的耳语声。一天天就这样过去,静寂,酷热,沉重,仿佛掉进船后一个永远敞着口的深渊似的;而在一缕黑烟下那么孤独的这艘船,在明亮的广袤中坚定地走着自己的路,冒着黑黑的烟,好像被从天上朝它掉下的一团无情火烧焦了。

夜幕降临,有如对它的祝福。

第 三 章

整个世界静得奇妙,星星和它们发出的宁静的光芒,似乎在向大地保证着永久的安宁。新月弯弯,低垂在西边,好像是从金棒上削下来的一片薄薄的刨花,而眼前的阿拉伯海平静而清冷,像一片冰,平整地伸向漆黑的地平线那完美的圆边。推进器不停地转着,好像它的节奏也成了这个安宁的宇宙的一部分;"帕特纳号"的两边各有两个深深的水旋,持久而阴郁地映着没有波纹的闪烁,在其笔直的分成几叉的浪脊中,裹着几个吐着沫、发出低低的咝咝声的漩涡,还有几朵小浪花,几个涟漪,些许波动,它们在船走过之后留下来,将海面搅动一下,溅起的水花轻轻落下,最后平静下来,化入海天苍穹的静寂之中,而移动着的船身的黑点则永远处于它的中心。

吉姆在舰桥上,对大自然的静谧所呈现出来的无限安宁与平和充满信心,就像对母亲安详亲切的面孔所体现出来的爱有绝对把握一样。在船篷下面,怀着严苛信仰的朝觐者们在垫子上、毯子上、光溜溜的木板上睡着,在每一层甲板和所有的角落里,盖着染过的布,裹着肮脏的破衣烂衫,头枕着小包袱,脸压在弯着的小臂上:这些男男女女,还有小孩,将自己完全托付给了白种人的智慧和勇气,相信他们不信神的力量和他们轮船的铁壳;老的少的,强的弱的——在睡眠这个死神的兄弟面前，都平等了。

船走得很快，带起一阵风迎面刮来，不断地穿过高高的上甲板舷墙之间那长长的黑暗，吹到一排排倒卧着的躯体上；东一盏西一盏用短链挂在梁木下的球形灯闪着几许暗淡的火焰，一团团模糊的光投下来，随着轮船不停地震动微颤着，在这些光影中，可以看到一个朝上翘的下巴，两只紧闭的眼皮，一只戴有银戒指的深色的手，包着烂布的瘦削肢体，向后仰的头，一只赤足，光光的、突出的喉头，好像要让刀子来割。殷实人家用沉重的箱子和布满灰尘的垫子为自家人搭起了棚子；穷人们则一个挨一个地睡，全部家当捆成一个破布卷，枕在他们的头底下；孤独的老人双腿蜷起，睡在他们祈祷用的毡子上，双手捂在耳朵上，脸夹在两个臂肘中间；一位父亲耸着肩，头枕在膝盖上，萎缩在一个男孩的身边打着盹，那孩子仰面躺着，头发乱蓬蓬的，一只胳膊发命令似的伸出来；一个女人从头到脚盖着一床白被单，好像一具死尸，她的两只胳膊各搂着一个赤裸的婴孩；那阿拉伯人的行李就堆在船尾，高高低低的一大垛，上边有一盏货舱灯摇来摆去，后边影影绰绰地是乱糟糟的一摊东西：闪着光的大肚铜壶，一只甲板座椅的踏脚，鱼叉的锋刃，靠在一堆枕头上的一把旧宝剑的直鞘，一把锡咖啡壶的壶嘴。这神圣的旅程每走一英里，船尾栏杆上的尾航拖曳式计程仪就定时当地敲一声。这群熟睡的人们头上有时会飘出一声微弱而克制的叹息，那是梦呓的宣泄；在船的深处也会突然迸发出短促的金属撞击声，有铁铲粗粝的摩擦声，有猛地关上炉门时砰的一声，那声音爆发得真无情，好像下面操持这些神秘家什的人都是怒火填膺：而这时细细高高的船身却在平稳地向前开进，光光的桅杆不摇不动，在不可企及的宁静苍穹之下,继续劈开大海的平静。

吉姆从船这边到那边来回踱着,在广袤的寂静中,他的脚步在他自己听起来很响,好像是望着他的繁星发出的回声;他的眼睛寻着海平线望来望去,似乎是如饥如渴地凝视着那永远达不到的境地,直望进去,却看不见正在来临的事件的影子。海上惟一的影子,是黑烟的影子,从烟囱里浓浓地喷出,就像一条巨大的飘带,其末端不断地在空中消散。两个马来人默默地、几乎一动不动地把着舵,一人把着舵轮的一边,那舵轮的铜边在罗盘柜射出的椭圆形光影里断断续续地闪着光。在光照亮的部分,时不时地出现一只手,黑色的手指一会儿松开舵轮转动的把手,一会儿又把它们握紧;一节节轮链在轮轴槽里摩擦得很厉害,发出刺耳的响声。吉姆看一看罗盘,再向四周看看够不着的海平线,又伸伸懒腰,悠闲地扭扭身子,直到骨节都响起来,完全是富家子弟的做派;那不可战胜的平和仿佛给了他无穷的胆量,他感到这辈子无论碰到什么事,他都不会在乎。他不时地懒懒看一眼舵机箱后面一张三腿桌上由四枚图钉钉着的一幅海图。这张纸标着海的深度,图面在一盏绑在立柱上的嵌有牛眼透镜的提灯照耀下,显得很有光泽,好像闪着微光的水面一样光滑。图纸上放着平行规和分规;一个小小的黑叉标出了头天中午轮船的位置,一条铅笔画的直线直指丕林,代表着这艘船的航道——那是通向圣地,通向获救的希望,得到永生的回报的心灵之路——而笔尖指着索马里海岸的一支铅笔一动不动地躺在那儿,就像浮在遮篷船坞中的一根光溜溜的船桅。"这船走得多稳。"吉姆想道,颇感到惊异,对海天这样的安宁不无感激。在这样的时候,他满心想的都是英雄行为:他喜欢这些梦,喜欢他想象出来的业绩给他的成就感。它们是人生最美好的经历,是人生的秘密真理,也是人生隐形的真实。它们具有了不起的男子气概,有着朦胧的魅力,它们以英雄的步伐从他面前经过;它们带走了他的灵魂,使它着魔般地沉醉于一种无限的自信。他什么都敢直面相对。这念头使他非常高兴,他禁不住微笑起来,而眼睛仍冷冷地直视前方;他偶尔回头望望,就看到船驶过后在海上画出的一道白痕,如同图上铅笔所画的黑线一样直。

灰渣桶摇荡着,上上下下地撞着锅炉舱的通风机,发出当啷当啷的响声,而这只锡桶的响声又提醒了他,快到他交班的时候了。他心满意足地叹了口气,同时又有些遗憾,因为他不得不就要离开那宁静,那滋养了他想象中的冒险自由的宁静。他也有点儿困了,觉得一阵快活的倦怠传遍四肢,好像体内所有的血液都变成了温乎乎的牛奶。他的顶头上司不声不响地走上来,他穿着睡衣睡裤,睡衣敞着。他的脸红红的,仍是半睡半醒的样子,左眼半闭,右眼直愣愣地瞪着,他把大脑袋垂向海图,又睡眼惺忪地搔起肋骨。他那裸露的肉看起来有点儿恶心。他的光溜溜的胸脯闪着光,松软而滑腻,好像睡梦中他的脂肪都随着汗流了出来。他说了句行话,声音粗哑而呆板,就像一把木锉刀锉着木板边发出的那种刺耳声响;他的双下巴的皱褶垂下来,就像一个用细线系在下巴骨上的袋子。吉姆愣怔了一下,他的回答毕恭毕敬;但是那可憎的肉乎乎的形象就好像第一次在暴露无遗的时刻被看清,永远刻在他的脑海里,有如所有隐匿在我们所热爱的这个世界上的丑恶下流的事物的化身:在我们的内心,为了我们的灵魂得救,我们相信我们周围的人,相信我们耳濡目染的一切,相信吸进我们肺里的空气。

金刨花似的薄薄的月亮慢慢沉下去,在黑沉沉的海面上消失了,星光更亮,半透明的苍穹盖在这块平坦的圆盘般的暗淡大海上,静得更加深沉,超越天宇的永恒好像也离地球近些了。船行得很平稳,人们简直感觉不到它的前行,好像她是一颗拥挤的行星,跟在成群的太阳后面飞快地穿过漆黑的太空,在可怕而平静的孤寂中,等待未来的创造。"下面简直热得没法说了。"有人说。

吉姆笑了,头也没回。船长背朝着他,动也不动:这是那叛逃者的把戏,故意做出不知道你的存在的样子,除非他觉得合适了,他才转过来死瞪着你,然后滔滔不绝地喷着唾沫星子讲出一大堆莫名其妙的脏话,就像是下水道里喷出来的脏水一样。现在他只是生气地咕哝了一声;副轮机手在舰桥舷梯口,两只湿乎乎的手掌搓着一块脏兮兮、油腻腻的抹布,脸不变色地继续诉着苦。水手们在上面开心得要命,他们在这世界上有什么用,打死他也不知道。那些可怜的轮机手无论如何也得让船走得动,而且其它事情他们也干得来;嗬,老天哪,他们——"住嘴。"那德国佬漠然地喝了一声。"啊是!住嘴——等到哪儿出了岔儿了,你就跑来找我们了,是不是?"另一位又继续说。他觉得自己都快被煮熟了;但是不管怎样,无论他有多大罪过,他也不在乎了,因为这三天他尝够了坏小子死后才去的那种地方的滋味——老天,他可知道那是怎么回事了——而且下面那该死的轰鸣声已经把他变成了十足的聋子。那台几经修补、乱七八糟、金玉其外败絮其中的废铁堆在底下乒乓乱响,好像一部旧的甲板绞车,只是还要差;他日日夜夜以上帝创造的这条生命,守着转速五十七转的这堆巴掌大的废物冒险,究竟是为了什么,他也讲不清。他想必生来就不要命,天哪。他……"你在哪儿喝的酒?"德国佬问,很蛮,但还是一动不动,在罗盘柜的灯光下,活像个猪油雕成的笨拙的人像。吉姆继续笑对着向后退去的海平线;满怀慷慨的激情,想着自己是多么优秀。"喝酒!"副轮机手含讥带讽地重复着:他两手搭在栏杆上,整个人就像个影子,两腿直晃。"不是你给的,船长。你太小气,看在老天爷的分上。你宁可让一个好人快点死,也不肯给他一滴酒。那就是你们德国人所谓的会过日子吧。捡了芝麻,丢了西瓜。"他伤感起来。轮机长在十点左右给他喝了一点酒——"就一点,上帝保佑!"——老轮机长是个好人;可是要把这老狐狸从床铺上请下来——就是有五吨的起重机也办不到。办不到。起码今晚办不到。他像个小孩子似的睡得正酣,枕头下面还有一瓶上好的白兰地。"帕特纳号"船长厚厚的喉结低低地发出了一阵咕噜声,德语"猪"的音节随着这阵咕噜声忽高忽低地飘出来,就像微动的空气中一叶飘忽不定的羽毛。他和轮机长共事已有好几年了——同为一个快活、精明的中国老人效力,他戴一副角质框架的大眼镜,令人可敬的花白发辫中还编着缕缕红丝线。帕特纳号船籍码头区的人们都认为,这两个人在厚颜无耻地挪用公款方面,"狼狈为奸,真做绝了"。从外表上看,他们很不般配:一个目光呆板,充满恶意,身体曲线是松软而且肉乎乎的;另一个精瘦,瘦得身上尽是坑,脑袋挺长,皮包骨头,就像一匹老马的头,两颊深陷,太阳穴也是凹进去的,深陷的双眼目光冷漠而呆滞。他曾经由于海难流落到东方的某个地方——也许在广州,也许在上海,也许在横滨;他可能并不想记住确切的地点,也不想记住他那艘船出事的原因。

二十多年前,他曾被船上开除过,顾及他还年轻,人家也没声张,这对他可能反而更糟,因为他想起这段往事,几乎一点难过的意思都没有。后来,航运业扩展到这些海域,最初他这行的人很稀罕,过了一阵他就"混上来"了。他特别爱用一套忧郁的含含糊糊的话让陌生人明白他是"这儿的大行家"。他走动的时候,就像一架骷髅在衣服里松松地摇来摆去;他走路只不过是游荡,他就喜欢这样在甲板上围着轮机房的天窗游荡,吸着掺了杂物的烟叶,也吸不出个味儿来,那烟叶是在一根四英尺长的樱桃木烟斗的铜嘴里,他那严肃的傻样,就像一个思想家要从一个真理的模糊闪现中发展起一个哲学体系时一样。他平常决不肯请人喝他自家的藏酒;但那天晚上却破了例,他的副轮机手,一个笨头笨脑的瓦平小子,这才由于这意外的款待,加上酒劲,变得特别兴奋、不顾脸面、喋喋不休。那个新南威尔士德国佬可气极了;他像一根排气管似的直喷气,吉姆虽觉得这场面挺逗的,却巴不得马上就能下去:最后那十分钟的值班真难熬,就像炸药点燃了导火索,却要延迟爆炸一样;那些人不属于英雄冒险的世界;不过他们也还不坏。即使是船长本人……看到这一堆喘着气,还发出咯咯笑声和一连串莫名其妙的脏话的肉,他的喉头就犯恶心;但是他实在懒得去费劲讨厌这一点和其它别的事。这些人的素质倒无关紧要;他和他们混在一起,可他们不能与他交心;他跟他们呼吸着同样的空气,但他却与众不同……船长会不会揍那副轮机手?……这生活很好过,他对自己太有把握了——太有把握,用不着……冥思苦想与站着偷偷打瞌睡的分界线,要比蜘蛛网里的一根丝还细呢。

　　副轮机手一下子又将话题转到他的酒的来源和他的胆

量上。

"谁醉了?我吗?没有,没有,船长!那么说可不行。你早该知道啦,轮机长小气得连一只麻雀都舍不得灌醉呢,老天爷。我这辈子喝酒就没醉过;能让我醉的酒还没酿出来呢。我可以跟你对着喝,我喝烈酒,你喝威士忌,一杯对一杯,老天爷,我会照样像黄瓜一样清醒。如果我认为我醉了,我就从船上跳下去——我这条命也不要了,老天爷。我会的!马上跳下去!我不会下舰桥的。这样的晚上,你让我上哪儿去呼吸新鲜空气去,啊?在上面和甲板上那帮讨厌鬼吗?可能吗?不管你怎么着吧,我反正不怕。"

德国佬朝天举起两只重重的拳头,摇了摇,没说话。

"我不知道什么叫害怕,"副轮机手还在往下说,带着深信不疑的热情,"我不怕在这条烂船上做那些烂活,老天!你倒真走运,这世上还有一些我们这样不要命的家伙,不然哪儿有你待的地方——你跟这条老船,船板就像棕色的纸——棕色的纸,天保佑啊?你当然挺自在——你从它身上变着法儿赚钱;可我呢——我落下什么了?一个月就这么可怜的一百五十块钱,找你的去吧。我想满怀尊敬地问问你——听着,是满怀尊敬地——谁不想扔掉这样一个烂差事?不安全,老天爷保佑我,真不安全!可我又是条什么也不怕的好汉……"

他松开了栏杆,摆足了架势,好像要在空中展示他的勇气是什么样,有多大似的;他那细嗓音拖着长声尖叫着飞向大海,他踮着脚尖走来走去,以加重他讲话的语气,突然间他头朝下栽了下去,好像什么人从背后打了他一棒。他滚下去时说了声"该死!";他的叫声过后是片刻的寂静:吉姆和船长不由自主跌跌撞撞地扑向前去,随即站住了脚,站得笔直,愣愣地望着那水波不兴的平静海面,不胜惊异。然后他们又抬起头来仰望星星。

怎么了?发动机呼哧带喘的撞击声还在继续。难道地球的航程受到了阻止?他们搞不懂;突然间,那平静的大海,那无云的天空,都在静止中显得不保险了,这实在可怕,因为它的平静是在张开血盆大口等待着的毁灭的边缘上。副轮机手笔直地反弹起来,又瘫下去,成了模模糊糊的一团。那一团带着深深的悲哀闷声说:"那是什么呀?"一阵隐隐约约的声音,好像雷声,好像极遥远的雷声,也说不上有声音,也就跟颤动差不多的动静,缓缓地过来了,轮船随之抖动起来,仿佛那雷声发自大海的深处。舵轮边那两个马来人的眼睛望着白人直发光,但他们的黑手还是紧握着把手。按自己的航道行驶的尖尖的船体似乎从头到尾连续抬起了几英寸,就好像船变软了,然后又僵硬地安静下来,继续其劈开这平滑海面的工作。船身的颤抖停止了,那隐隐约约的雷声也突然停下来,好像轮船穿过了一条窄窄的颤动着的水带,和一条窄窄的发出嗡嗡声的气流带。

第 四 章

　　大约一个月以后,在法庭回答尖锐的提问时,吉姆很想老老实实地将这番经历如实相告,讲到这条船的时候,他说:"不管底下是什么,它反正轻而易举地过去了,好像一条蛇爬过一根棍子一样。"这个比喻不错:问题是针对事实的,举行这次正式审问的地点是在东方一个港口的警察厅。他高高地站在证人席上,感到两颊直发烧,虽然那是一间凉爽高大的房间;吊在天花板上的拉风扇的大架子高高地在他头顶上轻轻地来回摇着,下面,一张张黑色、白色、红色的面孔,一张张专注出神的面孔上,很多双眼睛在注视着他,好像所有那些整整齐齐地坐在一排排条凳上的人都被他的声音迷住了似的。他的声音洪亮,震得他自己的耳朵直响,这是世界上惟一听得到的声音,因为那些逼出他答案的明明白白的问话,似乎在他心中成了痛苦和难堪——尖锐而无言地扑向他,像是对一个人的良心发出可怕的责问。法庭外面,阳光灿烂——里面却是使你发抖的大风扇的凉风,使你发烧的耻辱,还有那戳得你发痛的聚精会神的目光。庭长的脸刮得干干净净,莫测高深,夹在两个海事顾问的红脸中间,像死人一样苍白,一直望着他。光线从天花板下面一扇宽大的窗户射下,投在这三个人的脑袋和肩膀上,在这只有一半有光照到的大法庭里,他们三人的形状清晰得可怕,而相形之下,听众似乎成了瞪着眼睛的影子。他们要事实。事实!他们跟他要事实,好像事实可以解释一切!

"当你确定你们撞到水里漂着的什么东西之后,譬如说是浸满了水的沉船吧,你的船长命令你上前边去看看有没有什么损害。你当时是不是认为有可能是那一撞的力量造成的呢?"坐在左边的那位顾问问道。他有一把稀疏的马蹄式的胡子,高高的颧骨,两个胳膊肘撑在桌上,粗糙的双手紧握着放在面前,沉思的蓝眼睛瞧着吉姆;另一位顾问是个大块头,很瞧不起人,身子靠着椅背,左臂直伸着,指尖轻轻地敲着一张吸墨纸:中间的庭长挺着背坐在那宽大的扶手椅上,头微微歪向肩膀,双臂交叉在胸前,墨水架旁边的花瓶里插着几朵鲜花。

"我没这么想,"吉姆说,"对我的吩咐是,别喊任何人,也别声张,以免造成恐慌。我以为这样小心是有道理的。我拿了一盏挂在帆布篷下的灯,上前边去了。打开船首尖舱的顶盖之后,我听到那儿有飞溅的水声。我把灯尽着灯绳放到最低,看见船首尖舱已经被水淹了一大半了。当时我就知道,水线以下肯定有个大窟窿。"他顿住了。

"是啊。"那位大块头顾问说,对着吸墨纸报以一个梦幻般的微笑;他的手指不停地敲着,碰到纸却没出一点动静。

"我当时没想到危险。我可能有点儿吃惊:这一切就这么静悄悄地发生了,发生得这么突然。我知道这船上除了隔开船首尖舱和前舱的水密隔板之外,再没有别的隔断了。我回去报告了船长。我碰到副轮机手,他正从舰桥的梯子底下往上爬:他好像晕晕乎乎的,告诉我他觉得他的左臂断了;我在船头时,他从梯子上往下走的时候从最上边一级滑了下去。他大喊道:'我的天呀!那个烂隔板马上就要挡不住了,那玩意儿就会像铅块儿一样从我们脚下沉下去了。'他用右臂将我推开,在我前面爬上梯子,一边爬一边喊。他的左臂就垂在他体侧。我及时地跟上去,正赶上看到船长向他扑过去,将他打得躺倒在地。他没再打他,冲他弯下腰来,生气地跟他说话,可是声音很低。我猜他是在问他究竟为什么不去把发动机停掉,却在这甲板上胡闹。我听见他说,'起来!快跑!快!'他还骂了句什么。副轮机手顺着右舷梯滑了下去,飞快地跑过天窗,跑到左舷的机舱升降口。他一边跑,一边呻吟着……"

他说得很慢;可他回忆得很快,而且非常生动;为了让这些想要事实的人更明白些,他还可以将那个副轮机手的呻吟像回声一样再现出来。在最初的反感过去之后,他已经认识到,只有详尽而精确的陈述,才能把这些事令人震惊的表面背后的真正恐怖传达出来。那些人如此热切地想知道的事实是看得见、摸得着的,是感觉得到的,有它们在空间上和时间上的位置,因为它们的存在需要一艘一千四百吨的轮船和二十七分钟的时间;它们构成了一个整体,有特点,有外在的细微差别,有看一眼就会记住的复杂的一面,此外还有别的,还有无形的东西,还有一种有所指向的内在的毁灭之魂,就像一个可恶的躯体内有一个邪恶的灵魂一样。他很想说明这一点。这不是一桩普普通通的事,这其中的每一点都极其重要,幸好他把每一点都记住了。为了真相的缘故,可能也是为了他自己的缘故,他想继续说下去;虽然他说得从容不迫,但他的思绪却老是萦绕着一圈圈的事实打转转,那事实从四周向他涌来,吞没了他,把他同别人分开:就像一只被人用高高的木桩圈起来的动物,四处冲撞,在黑夜中烦躁不安,试图找到一个薄弱环节,一个裂缝,一个可以攀缘之处,一个它可以挤出去逃掉的出口。这种可怕的心理活动使他在讲话中不时要踌躇一下……

"船长继续在舰桥上走来走去;他似乎挺镇静的,只是他磕绊了好几次;有一次我站着跟他说话,他却直走过来往我身上撞,好像他全瞎了。对我跟他讲的话,他也没有明确的答复。他低声自语;我只听见了几个字,听着好像是,'该死的蒸汽!''讨厌透了的蒸汽!'——都是同蒸汽有关。我想……"

他开始扯远了;一个与法庭审讯有关的问题将他的话打断,好像一阵阵痛,他感到极度沮丧和疲乏。他正要讲到那一点,他正要讲到那一点——现在却被无情地打断了,他只好回答是或不是。他老老实实地答上一句简单的"是的,我是这么做的";他有漂亮的面孔,高大的身材,年轻而忧郁的眼睛,他的双肩虽直挺挺地从证人席露出来,但他内心的灵魂却在痛苦中挣扎。他被迫又回答了一个很实在却又很无聊的问题,然后又等着。他的嘴干得一点味觉都没有了,就好像他一直在吃灰尘,后来又觉得又咸又苦,好像喝了海水。他擦了擦潮湿的额头,用舌头舔了舔干裂的嘴唇,脊背感到一阵冷颤。那大块头的顾问已耷拉下眼皮,继续无声地、心不在焉地、意气消沉地敲着手指;另一位顾问的眼睛从紧握着的太阳晒黑了的手指上望过来,似乎闪出慈祥的光芒;庭长的身子又向前倾过来;他那苍白的脸垂在靠近鲜花的地方,然后又侧过来,垂向座椅的扶手,用手掌托住太阳穴。大吊扇的风旋转着吹下来,吹到人们的头上,吹到用大幅的料子包在身上的黑脸膛本地人身上,吹到坐在一起、热得难受、穿着合适得紧裹着身子的卡其制服、将圆形软帽放在膝上的欧洲人身上;法庭的印度仆役们身着扣得紧紧的长长的白外套,腰扎红腰带,头裹红包头,光着脚踮着脚尖沿着周边的墙飞快地跑来跑去,不声不响地像鬼一样,又像很多猎狗一样机警。

在回答的间隙,吉姆的眼睛四处张望,停在了一个白人身上,他没和别的白人坐在一起,他一脸疲倦,愁云满布,但安详的眼睛却闪出率直、兴趣和清朗的光。吉姆又回答了一个问题,真想叫出来,"这有什么用!有什么用!"他轻轻地踏踏脚,咬咬嘴唇,越过人们的头顶往别处看。他的目光与那白人的对上了。投向他的目光不像别人的那样是痴迷的凝视。那是聪明有意志力的举动。下一个问题还没问,吉姆简直忘乎所以了,居然好整以暇地思考起来。这家伙——他想道——这么看着我,好像他能够看见我肩头有什么人或什么东西经过似的。他以前见过这个人——也许是在街上。他肯定他从没跟他说过话。他已经有日子没同人说过话了,有好多天了,他只是默默地、不连贯地、没完没了地同自己谈话,就好像独处一间牢房的囚犯,又像在荒野中迷路的行路人。此刻他在回答一些虽有目的、但却无关紧要的问题,可是他又怀疑在他的有生之年,他会不会再畅所欲言。他自己老老实实陈述的声音使他对自己的定见更加确信,那就是,对他来说,讲话再也没有用了。坐在那儿的那个人似乎了解他毫无希望的困难。吉姆看着他,随即坚决地把目光移开,好像是做了最后的诀别。

后来有很多次,在世界一些遥远的地方,马罗都愿意记起吉姆,将他记得很全面,很详细,而且还要讲出来。

他的回忆也许是在饭后,在静止不动的枝叶掩映和鲜花覆盖的游廊里,在苍茫的暮色中,只有几星点着的雪茄烟头的闪光。每张长长的藤椅上都坐着一个静静倾听的人。一点小小的红光不时突然闪动一下,火光展开,照到一只软弱无力的手的手指上,照出一张处于极度安闲状态中的脸的一部分,或者闪出一道通红的光,露出罩在一块平静的额头阴影中的一双忧郁的眼睛;只要吐出第一个字,马罗那躺在藤椅中的躯体就一动也不动了,好像他的魂已经飞回到过去的岁月中,正从过去的岁月通过他的嘴来讲话。

第 五 章

"啊,是的。我听了那场审问,"他回答道,"直到今天我还是不明白我为什么去的。如果你们这帮家伙向我让步,承认我们每一个人都有一个熟悉的魔鬼,那我也愿意相信我们每一个人都有一个守护天使。我想要你们承认这一点,是因为不管怎样,我也不喜欢感到自己与众不同,而且我知道我有那家伙——我是说魔鬼。当然啦,我还没有亲眼见过他,但是我有旁证。他就在那儿,而且充满了恶意,他才把我拖进那种事里去。你们问是哪种事吗?那还有啥,就是那回审问的事啊,那件卑鄙的事——你们想不到有人会让一个卑微讨厌的本地人到法庭的游廊去给人下绊吧?——用这种迂回曲折、出人意料、实在是鬼鬼祟祟的手段,让我碰到有弱点的人,有不祥之处的人,有无形的瘟疫的人,天哪!而且还叫这班人看到我就什么都说,把他们最隐秘的知心话都说出来;就好像我没有私房话要跟自己说似的,就好像——上帝保佑我!——我自己的秘密还不足以使我的灵魂受到伤害,直到我注定命终为止似的。我究竟做了什么,受到人们这样的另眼相待,我实在很想知道。我敢说,我自己的问题绝不比别人少,而我的记忆力同这山谷中一般的朝觐者也是一样的,所以你们瞧,我并不特别适合容纳别人的忏悔。那为什么单找我呢?没法说——除非就是为了在饭后消磨时光。查理,我亲爱的朋友,你的晚餐好极了,吃得这帮人连安安静静地打几把桥牌都觉得太激烈了。他们懒洋洋地躺在你这些舒舒服服的椅子上,心里想着,'甭费劲了。让那个马罗讲好了。'

"讲!那就讲吧。讲讲吉姆少爷还是挺容易的,在饱餐一顿之后,在海拔二百英尺的地方,手头有一箱上等的雪茄,在一个空气清新又有星光的美好晚上,就连我们当中的人精也忘了我们在这儿只是经过默许而不是受到欢迎的,我们得在十字路口的路灯下找出我们的路,当心每一分钟宝贵的光阴,当心所走的每一步路,因为走出去就不能反悔,我们相信我们总能设法体面地走出去——不过终究还不是这么有把握——还别指望跟我们肘碰肘的那些人能帮上多少忙。当然啦,这里那里总有些人,对他们来说,这一辈子就像饭后一支烟;得过且过,快活,空虚,也许有某种虚幻的奋斗来刺激一下,可还未见结果,那虚幻的奋斗就被忘记了——还未见结果呀——即使碰巧真有结果的话。

"那次审问,我的眼睛第一次与他的对上了。你们要知道,凡是与海有联系的人都在那儿,因为那些日子里,自打那封来自亚丁的神秘电报引得我们都叽叽喳喳起,那件事就一直沸沸扬扬的。我说神秘,因为从某种意义上来说是这么回事,虽然那里面包含的事实是挺明白的,一件没有比这再明白、再丑恶的事实了。整个码头上,人们除了这个不谈别的。早上我在我的舱里穿衣服时,头一件事就是听到隔壁配餐间里我的帕西人仆人杜巴什一边喝人家给他的茶,一边用别人听不懂的话跟司务长喋喋不休地谈论'帕特纳号'。一上岸,我碰到的一些熟人第一句话就是,'你听说过比这更甚的事吗?'不同性格的人,有的会玩世不恭地一笑,有的会显出悲哀的样子,也有的会说出一两句骂人话。素不相识的人仅仅是为了抒发一下他们对此事的感想,也会亲切地攀谈起来:城里每一个该死的二流子都会就这个话题跑到别人家里讨到酒喝;在港务局,在每家船舶经纪人那里,在你的代理人那里,你到处听见人家说这件事,听白人说,听本地人说,听混血儿们说,甚至在你拾级而上的石头台阶上,也能听到蹲在那儿的光着半个身子的船夫说——天哪!你们知道,对于他们的下落,有些人感到愤怒,也有不少调侃,还有没完没了的议论。这种局面持续了两个多星期,在人们开始普遍感到,不管这件事怎么神秘,结局都是悲剧的时候,有一天早晨,天气很好,我正站在港务局台阶上的背阴处,就看见四条汉子沿着码头朝我走来。我纳闷了好一阵,这伙怪人是从哪儿冒出来的,然后突然间,我可以这么说,我跟我自己大喊了一声:'他们到啦!'

"他们果然到了,其中三个跟一般人一样,还有一个的腰围却奇大无比,任何有生命的人都不该有那么大的腰围,他们刚刚上岸,上岸前在代尔轮船公司一艘外洋轮上美美地用了一顿早餐,那艘轮船大约在日出后一个钟头进的港。错不了;我一眼就认出'帕特纳号'那个兴高采烈的船长:他是我们这个老地球上这一整条该死的热带地区最胖的家伙。而且,大约九个月前,我还在三宝垄碰到过他。他那艘船正在锚地装货,他则在咒骂德意志帝国的专制体制,整天泡在啤酒里,日复一日地待在德将酒馆的后院,德将每瓶酒要一荷兰盾,眼皮都不带眨的,最后他也把我招到一边,那张皮革样的小脸皱成一团,推心置腹地说,'生意归生意,但是这家伙,船长,他令我实在恶心。呸!'

"我从背阴处看着他。他正急匆匆地走着,走在别人前边一点,阳光照在他身上,把他的大块头勾勒得很吓人。他使我想起一只驯熟了的小象在用后腿走路。他那一身打扮也是绝妙之极——他穿了件肮脏的睡衣,是有鲜绿色和深橘色竖道的那种,光着脚蹬一双烂草鞋,戴一顶不知什么人扔了的圆礼帽,脏兮兮的,起码比他的脑袋小了两号,用一根破绳线系在他的大脑袋顶上。你们要明白,像他那样的人要借衣服是根本借不到的。得,他心急火燎地过来了,目不斜视,走过我面前时跟我只隔着三英尺,满心无辜地急急忙忙走上港务局的楼梯,去说明情况,或者说去报告,你们爱怎么说都行。

"他显然首先是跟船务主任说的。阿齐·卢斯维尔刚刚进门,据他自己说,他正要把他的主任科员狠狠训斥一顿,来开始他那艰巨的一天。你们当中想必有人知道他——一个挺随和的葡萄牙混血儿,小个儿,脖子细得可怜,老是出其不意地从船长们那里讨到点儿什么吃的——一块咸猪肉啦,一袋饼干啦,几个土豆啦,诸如此类的。我想起来,有一次出航,我从船上航海储备剩下来的物品中,给了他一只活羊:倒不是我要他帮我什么忙——你们知道,他不会这么做的——而是因为他孩子般地相信他有索要东西的神圣权利,使我心里很受感动。他的信心是那么执着,几乎可以说得上是美好了。那个种族——其实该说那两个种族——以及那种气候……不过,算了吧。我知道哪儿有我终生不渝的朋友。

"得,卢斯维尔说,他正在狠狠教训他——我想是有关奉公守法的道德吧——就听见身后有一种压抑的骚动,他回过头来,用他自己的话说,只见一团圆滚滚的庞然大物,就像一个条纹棉法兰绒包着的一千六百磅重的大糖桶,倒立在办公室宽敞的地板地中间。他说他吓了一跳,好一阵都没明白过来那是个活物,却呆坐在那儿纳闷,那东西为什么给运到他的办公桌前,又是怎么运来的?通前屋的拱门底下挤满了人,有拉风扇的,有扫地的,有警察的印度仆役,有港口汽艇的艇长和水手,都伸长了脖子,几乎每个人都搭在另一个人的背上。乱成一团。这时那家伙已经设法将他的帽子从头上拿了下来,往前挪了挪,冲卢斯维尔鞠了鞠躬,卢氏告诉我,那情景真令人难受,他听了好一会儿,都搞不明白那个突然冒出来的家伙到底要什么。那家伙说话的声音粗哑而悲伤,却无所畏惧,阿齐慢慢才恍然大悟,原来这是在讲'帕特纳号'案件的过程。他说他知道了他面前的人是谁之后,马上就感到很不舒服——阿齐很有同情心,很容易乱了方寸——不过他还是鼓足了劲儿,喊道:'住嘴!我不能听你说。你必须去见总代理。我实在不能听你说。你要见的人是艾略特船长。这边请,这边请。'他跳起来,绕过那个长长的柜台跑过去,又推又搡的;那家伙起初吃了一惊,但很顺从,也没反抗,只是到了艾略特的办公室门口,某种动物的本能使他缩了回去,他像一头吓坏了的阉牛那样鼻子喷着气。'干吗!怎么啦?放开我!干吗呀!'阿齐也不敲门,一下子把门撞开。'帕特纳号船长到,先生。'他喊道。'进去吧,船长。'他看见那个老头正在写字,猛一抬头,夹鼻眼镜都掉下来了,他却砰地一下关上门,逃回自己的办公桌前,那儿还有几份文件等着他签字呢:但是他说,那边爆发出来的吵闹声那么凶,他简直无法集中精神,连自己的名字怎么拼都想不起来了。两个半球都算上,阿齐是最敏感的船务主任。他说他当时感觉自己好像把一个人活活扔给了一头饥饿的狮子。吵闹声实在很大,我在楼下都听到了,而且我有理由相信,连广场对过的室外乐台都听得到。艾略特老爹的话一串一串的,又能喊——而且他还不在乎他在跟谁喊。就是面对总督本人他都会这么喊。他曾经告诉过我:'我已经爬得不能再高了;我的养老金也没问题。我还攒了几镑钱,如果他们不喜欢我对责任的看法,那我马上就打道回府。我老了,而且一向怎么想就怎么说。我现在关心的,就是在我死前把女儿们都嫁出去。'在这一点上他有点走火入魔。他的三个女儿都很出色,只是她们跟他长得像极了,如果哪天早上他醒来的时候感到她们的婚姻前景暗淡,那么全办公室的人都会从他的眼神里看出来,而且会战战兢兢的,因为,他们说,他肯定会逮住谁骂一顿当早餐的。不过那天早上他却没把那个叛国者吃掉,而是——如果我可以继续用这个比喻的话——他把他嚼成一小块一小块的,姑且这么说吧,然后——哇!又吐了出来。

"所以没过多久,我就看见他庞大的躯体匆匆忙忙走下来,一动不动地站在外面的台阶上。他在靠近我的地方停下来是为了好好地想想:他那发紫的大脸颊直抖。他咬着他的大拇指,过了一会儿,他苦恼地往旁边看了看,看到了我。和他一起上岸的其他三个家伙聚成一小团,在稍远处等着。有一个菜色脸、很卑下的小个子,一只胳膊吊着吊腕带,另一个高个子穿了件蓝色法兰绒外衣,干巴巴的跟木屑一样,比扫帚把粗不了多少,灰白的唇须垂下来,东张西望的,一副满不在乎的傻样。第三个是个身材挺拔,肩膀宽宽的青年,他双手插在衣袋里,背朝着另外两个人,他俩看上去谈得正上瘾。他直望着空荡荡的广场对面。一辆全是灰尘和百叶帘的破旧的出租马车,停在那伙人对面不远的地方,赶车的把右脚跷到膝盖上,仔仔细细地查看起自己的脚趾来。那个年轻人没有动,连头都没晃一下,还是直盯着阳光。这是我第一次看见吉姆。他那种漠然和拒人于千里之外的神气,只有年轻人才会有。他站在那里,四肢匀称,脸盘白净,一动不动,简直是阳光沐浴过的最有希望的小青年了;看着他,了解他所知道的一切而且还多些,我很气愤,就好像我看破了他在试图装模作样地从我这里捞点什么似的。他真没必要显得这么无懈可击。我暗自忖度着——得,如果这种人也会干出那种错事……我感觉仅仅出于羞耻,我也真能把帽子扔到地上,跳上去践踏,我曾见到一艘意大利三桅帆船的船长这么干过,因为他的饭桶大副在一个满是船的锚地做前进双锚系泊时,将锚具搞得乱七八糟。看见他在那儿悠然自得的样子,我自问——他是个笨蛋吗?他麻木不仁了吗?他似乎随时都要开始吹起口哨来。而且听好了,对其他两个人的行为我可一点也没在意。他们的为人同大伙对那件事的说法倒挺相称,那是官方要追究的事。'楼上那老疯子、老杂毛居然骂我是狗。''帕特纳号'的船长说。我说不上来他是否认出了我——我宁愿认为他认出来了;但是无论如何我们的视线对上了。他瞪着眼——我微笑;从那扇打开的窗户里传到我耳中的骂人话中,狗要算最轻的了。'是吗?'我说,竟无法控制住自己的舌头,真奇怪。他点点头,又咬起拇指,以几乎听不见的声音咒骂着;然后他抬起头来,以一种恼怒、激动的傲慢神情看着我——'呸!太平洋大着呢,我的朋友。你们这些该死的英国佬,把你们最坏的招数都使出来好了,此处不留爷,自有留爷处:在阿皮亚,在檀香山,我人头都熟着呢……'他思谋着打住了,我用不着费力,心里也能描摹出在那些地方跟他'熟络'的都是些什么人。

咱明人不说暗话,我自己就跟那帮人中间的不少'熟络'过。有时候,一个人就得随遇而安。我就经历过这样的时候,而且我此刻也不想对我的需要装出一副道貌岸然的样子,因为那班缺乏道德——道德——我该怎么说呢——修养的坏家伙,或者出于其它某种同样深刻原因,那班坏家伙中有不少人,要比平常那些体面的奸商双倍地有教益,二十倍地有趣,你们这些人总是请这些奸商在你们的桌旁就座,倒不是真有这个必要——而是出于习惯,出于怯懦,出于好意,出于一百种上不得台面的、自欺欺人的理由。

"'你们英国人都是混蛋。'我这位爱国的弗兰茨堡或斯德丁的澳大利亚人继续说,我现在实在想不起来波罗的海沿岸哪个体面的小港口因为做了那个宝贝的落脚之处而受到了玷污。'你们想叫什么?啊?你们告诉我呀?你们并不比别人强,那个老杂毛他妈的竟拿我开涮。'他那厚厚的躯干就在他两条柱子一般粗的腿上抖起来;从头抖到脚。'你们英国人一向拿那种事他妈的大惊小怪——任何一点小事都大做文章,因为我不是生在你们那个该死的国家。把我的证书拿去好了。拿去。我才不要这证书呢。像我这样的人用不着你们那没用的证书。我啐它。'他吐了一口。'我要做美国公民。'他喊道,烦躁不堪,怒火中烧,两脚滑来滑去,好像要让他的脚踝摆脱某种无形而神秘的、不肯放他离开那个地方的羁绊似的。他弄得自己浑身发热,子弹一样的脑袋顶上直冒气。我离不开的原因倒没有什么神秘:好奇心就是最明显的情绪,它使我待在那儿,要看看一篇详细说明对那个年轻人的影响。他两手插在口袋里,背朝着人行道,目光越过广场的草地盯在马拉巴饭店的黄门廊上,一派只待朋友准备好,就去散步的劲头。他当时就是那个样子,挺讨厌的。我等着看他被击倒,看他惊慌失措,看他被戳穿扎透,像被针钉透的甲虫一样痛苦地蠕动——我又怕看到这场面——你们明白我的意思吧。天下最可怕的事,莫过于看到一个人给人看破,而看破的不是他的犯罪,却是比犯罪还严重的弱点。最普通的意志就能防止我们成为法律意义上的罪犯;但是要避免未知的或者已经有人怀疑上了的弱点,就如同在世界上的某些地方你怀疑每一丛灌木中都有致人死命的毒蛇一样——要避免深藏不露,受到注意或没受到注意,祈祷上帝要克服或决意不把它当回事的弱点,要避免大半辈子都在压抑或没去理会的弱点,我们没有一个人能够保险。我们上赶着去做找挨骂的事,去做让我们上绞架的事,而那种精神却可以幸存——经过怒骂,经过绞索幸存下来,老天爷!而有些事——它们有时看上去也够小的——却把我们有些人彻底毁了。我看着那个年轻人在那儿。我喜欢他的模样;我了解他那模样;他来路挺正;他和我们是同类。他站在那儿,代表着他那个血统的人,代表着那些绝不聪明也不风趣的男男女女,可是他们的存在就是以诚实的信仰和天生的勇气为基础的。我不是指军事上的勇气,也不是指民事上的勇气,不是指任何一种特殊的勇气。我指的就是那种正视诱惑的本能——一种说不上理智的急切,天晓得,但是没有装模作样——一种抗拒的力量,你们不明白吧,不潇洒,要是你们愿意的话,但是非常可贵——这是一种在外在和内在的恐怖面前,在自然的威力面前,在人的引诱腐蚀面前不假思索的神佑的坚定——支持着它的是一种信仰,这种信仰不为事实的力量所左右,不受榜样的传染,不理会观念的恳求。去它的观念吧!它们都是些荡妇,浪子,敲击着你心灵的后门,每一个都会拿走一点儿你的生命力,每一个都会带走一块你对几条简单道理的信念,而你若想活得体面,死得痛快,就得抓住这几条道理不放!

"这和吉姆没有直接关系;只是他在外表上是那种典型的给人良好印象的傻瓜,我们在生活中喜欢感觉到有这种傻瓜在我们身边来来去去,这种人不会为理智的异想天开和神经的——我们姑且这么说吧——错乱而心神不安。他是那种凭长相你就会把船交给他的人——从比喻意义上,从专业意义上都可以这么说。我说我就会,我应该知道的。为了这刺激人的营生,我这辈子为航海这一行培养的年轻人还不够多啊!这一行的全部秘密短短一句话就可以概括,但是必须每天重新灌输到年轻人的脑袋里,直到他们每天一睁眼就想着它——直到他们的每个青春梦境里都有它!大海一向对我挺好,但是当我想到所有经我手带过的这些小伙子,有的现在已长大成人,有的此刻已淹死,但他们都是干航海的好料,想到他们,我就觉得我也对得起大海了。假如我明天回国去,我敢打赌,不出两天,某个太阳晒得黝黑的年轻大副就会在这一处或那一处的船坞门口超过我,一个清新深沉的声音就会从我的头上飘过,问道:'您还记得我吗,先生?哈!我就是小某某呀。是如此这般一条船。这是我的首航。'我就会想起一个不知所措的小小子,不比这把椅子的背高,还有个妈妈或是姐姐在码头上,非常安静却又难过地朝着正从两个码头外端之间缓缓滑行而出的轮船挥着手帕;要么就是某位体面的中年父亲,早早就和儿子来了,要送送他,结果待了一上午,因为他显然对起锚机很感兴趣,他待得太久了,最后不得不爬上岸去,根本来不及道别。船尾观察水色的领航员拖着长声对我喊道,'用靠码头缆把船拴住一会儿,大副。有位先生要上岸……上去吧,先生。差点儿就把你带到塔尔卡瓦诺去了,是吧?现在你上吧;别慌,慢走……好的。到了前边那儿再松开。'那些拖轮像地狱的火坑似的冒着烟,停住,把那条老河搅得昏天黑地;岸上那位先生正掸着膝上的土——厚道的茶房刚把他拉下的伞扔给他。一切都很妥当。他已经向大海做了他那点儿奉献,现在他可以打道回府,就当没这回事儿了;而那个心甘情愿的小牺牲者不到第二天早晨就会晕船晕得一塌糊涂。慢慢地,当他了解了这一行所有的小秘密和那个大诀窍之后,大海要他生也好,死也好,他就会适应了;在这场傻瓜游戏中大海永远是赢家,而那个参与其事的人会很高兴有一只年轻的手在他背上重重拍一下,还听到一个愉快的年轻水手的声音:'您还记得我吗,先生?我是小某某。'

"我跟你们说,这挺好;它告诉你,这辈子你至少干了一回正经事。我就给人这么拍过,拍得我还一哆嗦,因为那一巴掌挺重,但就因为那诚心诚意的一下子,我一整天都挺痛快,睡觉都感到这世界不那么寂寞了。我会不记得小某某!我告诉你们,我应该知道什么样的长相对路。我本来就会在一瞥之下将船交给那个年轻人,然后睡觉,两眼都——老天爷!可是那不保险。在那个念头中有着深深的恐惧。他看上去纯得就像一块新金币,可是在铸造他的金属中掺了某种邪恶的合金。掺了多少?少得不能再少了——最少的一滴稀稀的、该死的东西;最少的一滴!——但是他使你——瞧他站在那儿满不在乎的样子——他使你怀疑没准他压根儿就不过是黄铜罢了。

"我真是无法相信。我跟你们说,我曾想看到他因为这一行的荣誉而痛苦地蠕动。那两个可有可无的家伙看见了他们船长,便朝我们缓步走来。他们一边溜溜达达地走着,一边聊天,我才不在乎人家是不是看得见他们。他们相视而笑——可能在互相开着玩笑吧,谁知道。我看出他们当中有一个断了一只胳膊;至于那个长着灰唇须的细高挑儿呢,他是轮机长,而且从哪方面来说都是个声名狼藉的小人。他们是无名鼠辈。他们走近了。那船长死盯着他两脚之间:他似乎由于某种可怕的疾病,由于一种未知毒药的神秘作用而肿得不成样子。他抬起头来,看到那两人在他面前等着,便张开嘴,他那浮肿的脸扭得奇形怪状,带着嘲笑的表情——我想他要对他们说话了——然后他似乎突然想到了什么。他那厚厚的紫嘴唇没发出一声就闭拢了,毅然决然地蹒跚着走向那辆马车,猛地一拉门把手,那不耐烦中带有一种盲目的凶狠,我简直以为整个马车连马带车厢都要翻倒了。车夫吓了一跳,也顾不得琢磨他的脚底板了,登时一副惊恐万状的样子,双手握住缰绳,从他的座位转过来看着这个庞然大物使劲儿想挤到这车里来。小小的车子剧烈地摇晃着,那低下的脖子的鲜红后颈,那正用着劲儿的大腿之肥大,那污秽的有着绿色深橘色相间竖道的后背挤得之用力,那又花又肮脏的一大团整个儿往里拱的劲头,既滑稽又可怕,使人觉得真不可思议,就像人们在发烧时产生的那种既吓人又迷人的怪异而又清晰的幻觉一样。他没影儿了。我心里一半料定车顶会裂成两半,轮子上的车厢会像成熟的棉荚那样爆开——但是它只是随着压扁的弹簧咔嗒一声陷了下去,一片百叶帘突然格格响着掉了下来。他的肩膀又露了出来,堵住了那个小小的缺口;他的脑袋探了出来,好像涨大了,像个受人控制的气球一样摇着,满头大汗,怒气冲冲,喋喋不休。他恶狠狠地用一只像一团生肉似的圆滚滚红通通的拳头去够那马车夫。他冲他咆哮着,要他把车赶起来,继续走。去哪儿?大概是去太平洋吧。马车夫鞭子一甩,小马打了个响鼻,前腿抬了一下,然后飞奔而去。去哪儿了?是阿皮亚?是檀香山?他有六千英里的热带可以消遣,我没听到那个确切地址。那匹打着响鼻的小马一眨眼就把他抓进了'永生',我再没见到过他;而且,自从我看着他坐进那辆破旧的小马车,在一团白白的灰尘中拐了个弯逃之夭夭以后,我不知道还有谁看见过他。他走了,不见了,消失了,潜逃了;而且真够荒唐的,好像他连那马车也带走了,因为我再也没有碰见过一只耳朵有裂缝的栗色小马,也没再碰见过一只脚老是痛得没精打采的泰米尔马车夫。太平洋的确是大;但是不论他是否找到了用武之地,事实依然是他像个骑着扫帚把的女巫一样飞入了太空。胳膊吊着吊腕带的那个小个子追起那辆马车来,哀声喊着,'船长!我说,船长!我——说!'——但是他跑了几步就突然站住了,耷拉着脑袋,慢慢地往回走。听到车轮吱嘎吱嘎地尖叫,那年轻人原地转过身来。他没再有别的动作,别的姿势,别的表示,只是朝着马车离去的新方向,直到它摇摇摆摆地驶出了视线。

"所有这一切发生的过程要比讲述它们的时间短得多,因为我是在用缓慢的语言向你们解释视觉印象当时的效果。紧接着,阿齐派来照顾一下'帕特纳号'上那几个可怜弃儿的混血科员来了,正赶上这场面。他热切地跑出来,帽子也没有戴,左顾右盼地,对自己的使命很尽心。主要人物已经跑了,就这一点而言,这使命的失败已成定局,但是他还是虚张声势地走近其他人,而且几乎立刻就跟吊着胳膊的那小子大吵起来,那小子正想找碴儿跟人吵呢。他不想被人呼来喝去的——'反正不能让他,妈的'。一个目空一切的喝墨水的小杂种说出的一堆谎话可吓不倒他。他才不受'那种什么也不是的东西'欺负呢——假使他讲的'居然'是真的!他高声喊出他要去睡觉的愿望、要求和决心。'你若不是个没人瞧得起的葡萄牙人,'我听见他叫道,'你就会知道我该去的地方是医院了。'他那只完好的胳膊握着拳头,伸到另一位的鼻子底下;周围聚起了一群人;那混血儿虽然狼狈,却极力显得很有尊严的样子,试图解释他的来意。我没等看到结果就走掉了。

"但是刚巧那时我船上有个人在住院,开庭前一天我去医院探望他,在白种人病房里看到那小个子躺在床上翻来翻去,胳膊上着夹板,很浮躁。使我大为惊讶的是,那个长着白色八字胡的细高挑儿竟也设法进了医院。我记得我看到他在那场吵架还没完时就偷偷溜掉了,半跳半走地,还极力装出不害怕的神气。看来他对那港口并不陌生,在窘境中也能够找路子径直去集市附近马利安尼开的弹子房和酒吧。马利安尼那个难以形容的浪子过去就认得这个人,还在一两处别的地方帮他做过坏事,在他面前可以说毕恭毕敬,他就把他藏在他那名声很坏的小陋屋楼上的一间房子里,供给他一瓶又一瓶的酒。他大概有些模模糊糊地感到自身的安全有问题,想藏起来。然而很久以后马利安尼告诉我(有一天他上船来非要跟我的茶房打听一些香烟的价钱),他还肯为他做更多的事而不问任何问题,以酬谢他多年前对他的不大光彩的恩典——这是我从他的话里听出来的。他一再捶着他那壮实的胸脯,黑白分明的大眼睛转来转去,闪着泪花:'安东尼奥绝不忘恩——安东尼奥绝不忘!'究竟是什么样的不道德的恩典我不得而知,但不管是什么,他有了一切便利条件独处一室,有一把椅子,一张桌子,墙角有个垫子,地板上有一堆掉下来的墙灰,他心中怀着无名火,靠马利安尼给他的酒来振作精神。这状况持续到第三天傍晚,他发出了几声可怕的叫喊之后,发现自己不得不从一群蜈蚣的身边逃开,好求得安全。他撞开房门,为了宝贵的生命,一步就跳下那个破破烂烂的小楼梯,正压在马利安尼的肚子上,连忙爬起来,兔子似的蹿到了马路上。第二天一早,警察从垃圾堆里把他掏了出来。起初他以为人家要把他带去绞死,还像个英雄般地为自由挣扎了一番,但是当我在他的床边坐下来的时候他已经安静了两天了。他那瘦瘦的青铜色的脑袋,再加上两撇白胡子,在枕头上显得很美很安详,就像个饱经战火却仍有孩子般心灵的士兵的头,只是他那无神的目光隐隐透出一丝惊慌,就像一块玻璃后面悄悄蹲伏着一种难以名状的恐怖。他实在太安详了,我不由忽发奇想,希望听听以他的观点怎样来解释那件尽人皆知的事。我无法解释我为什么想去挖掘这件事的可悲细节,这件事毕竟同我没多大关系,无非是一个不光彩的劳命的圈子和对某种行为准则的忠诚,多多少少使我成了这伙人的一分子。你们可以称之为一种不健康的好奇心,随你们便;但是我很清楚我要找到什么。也许我是下意识地希望自己找到什么,找到某种深刻的、可以弥补的原因,某种宽厚的解释,某种令人信服的借口的影子。我现在明白了,我当时希望的是不可能的事——因为那赌注是押在人所造就的最顽固不化的鬼魂上,是在那不安的疑虑上,它像雾一样升起,像虫子一样见不得人又咬得人生疼,比确定无疑的死亡更令人寒心——那是对一种规定的行为准则所赋予的神圣权力的怀疑。这是能把人绊倒的最硬的东西;是那种能让人惊慌地大叫,又能使人悄悄干一些小小不言的邪恶勾当的东西;是大灾祸的真正阴影。我难道相信奇迹吗?我干吗这么热切地期望?我希望为那个年轻人找到某种借口的影子是为了我自己的缘故吗?我以前从未见过他,可是单单是他的长相就使人在对他的弱点有所了解之外,更有了对他这个人的关心——使这事具有神秘感和恐怖感——好像暗示我们所有的人都面临毁灭的命运,而我们的青春——想当年——不也和他的青春很相像吗?我恐怕这才是我多方搜寻的隐秘动机。不错,我是在寻找奇迹。过了这么久,现在回想起来,我惟一感到奇妙的事就是我居然会傻到那个份儿上。我实在希望从那个备受打击而名声扫地的病号那里得到某种符咒,祛除那个怀疑的鬼魂。我想必是有点儿不顾一切了,因为在不冷不热、彬彬有礼地寒暄了几句,他也像任何规规矩矩的病人一样懒懒地顺口答了腔之后,我便急不可待地提起了'帕特纳号',把这个词放在一句委婉的问话里,就仿佛包在一团乱丝里。我这是出于私心的委婉;我不想吓着他;我对他毫不关心;我既不生他的气,也不可怜他:他的经历对我无关紧要,他的灵魂是否得到拯救于我也毫无意义。他已经在许多不大的罪恶勾当中变老了,再不能激起厌恶或怜悯了。他诘问般地重复道,'帕特纳号'?好像在努力缩短回忆的过程,然后说:'不错。我是这船上的一个老手。我看到它沉下去。'我正要对这样一句愚蠢的谎言发火,却听他安详地补充道,'那条船上尽是爬虫。'

"这使我愣了愣。他是什么意思?他那玻璃般的眼睛里隐含的那丝不安的恐怖似乎停住了,带着畏怯的渴望直盯入我的眼睛。'他们在午夜到凌晨四点那一班把我从铺上喊起来,去看它下沉。'他以一种思索的语气继续说道。他的声音一下子响得可怕。我真懊悔干了件蠢事。病房里看不见一个戴着雪白的翼式头巾的护士小姐飘然走过;但是那边一长排空空的铁床中间有个在锚地某船的事故中受伤的伤号坐了起来,他皮肤棕褐,面容憔悴,额头上草草绑着一圈白绷带。我的这位来了情绪的病号突然间伸出一条细得像麻秆一样的胳膊,抓住我的肩膀。'只有我的眼力好,看得见。我的视力是出了名的。我想他们就为了这个才喊我的。他们谁也没有我的眼尖,但是他们还是看出船要沉了,就一起唱起来——像这样。'……一阵狼一样的嚎声刺入我灵魂的最深处。'噢,让他闭嘴吧。'那位因事故受伤的人很不耐烦地高声叫道。'你是不相信我吧。'另一位以一种说不出来的自负神气继续说。'我告诉你,在波斯湾的这一边,再没有第二双像我这样的眼睛。你看看床下边。'

"我当然立刻就蹲了下去。我不信有谁会不这么做。'你能看见什么?'他问。'什么也没有。'我答道,真觉得难堪极了。他以一种野性十足、横扫一切的不屑仔细审视着我的脸。'不过如此,'他说,'但是假如是我来看,我就能看见——我的眼睛没比的,我告诉你。'他又抓住我,拉着我弯下身子,带着他要把心里话掏出来的急切。'千百万粉红色的癞蛤蟆。我的眼睛没比的。千百万粉红色的癞蛤蟆。这比看着一条船沉了还要糟。我可以一整天看着船沉下去,还抽着我的烟斗。他们干吗不把我的烟斗还给我?我在看这些癞蛤蟆的工夫就要抽烟。那条船上尽是这玩意儿。得有人看着它们,你知道。'他开玩笑似的眨了眨眼。他头上的汗滴到他身上,我的制服紧贴着我湿乎乎的脊背;下午的凉风猛烈地吹过那一排床,窗帘硬硬的皱褶直直地动起来,碰得铜拉杆丁当直响,那些空床的盖单也给吹得贴着光溜溜的地板无声地飘来荡去,我一阵冷颤凉到了骨髓。那间光光的病房吹过的这阵热带的和风,竟和故乡一座旧谷仓里冬天的狂风一样凄凉。'别让他再嚎了,先生。'那位伤号从远处用一种压抑的愤怒喊道,喊声在墙壁之间回荡,就好像一声颤动的呼唤沿着一条隧道传过来。那只抓着我的手用力扳住我的肩膀;他不怀好意地斜眼看着我。'满船都是蛤蟆,你知道,我们不得不赶紧悄悄地撤走,'他以极快的速度耳语着说,'全是粉红色。全是粉红色——和看门狗一样大,一只眼睛在头顶上,难看的嘴巴周围全是脚爪。喔! 喔!'他像遭了电击似的急促地抖动起来,显露出平铺的盖被下那颤动着的瘦腿的线条;他松开了我的肩膀,向空中的什么东西伸去;他的身子抖得很厉害,就像弹过一下的竖琴弦;我在往下看时,隐含在他眼中的恐怖之光冲出了他那玻璃般的凝视。他那有着高贵而安详的轮廓的老兵面孔,一下子就在我眼前变了形,在小偷般的狡猾、过分的谨慎和绝望的恐惧的腐蚀下而变形。他克制住一声呐喊——'嘘!他们现在在那底下干什么呢?'他问,手指着地板,声音和姿势都极度小心,我虽然反感,却也顿然明白了他的意思,不禁对自己的聪明非常恶心。'他们都睡着了。'我答道,仔细注意着他。果不其然。那正是他想听到的;能使他安静下来的正是这些话。他长吸了一口气。'嘘! 安静,镇定。我在这儿是个老手。我知道他们这些畜生。谁先动一动,我就砸烂他的脑袋。他们太多了,这船可走不了十分钟。'他又喘了口气。'快,'他突然喊道,又同样尖叫着继续道,'他们都醒了——他们有千百万哪。他们在踩着我呢!等一等!噢,等一等!我要像打苍蝇一样把他们成堆地打死。等等我!救命!救——命!'一阵没完没了持续不断的嚎叫使我狼狈到家。我看到远处那个伤号无奈地将双手举到缠着绷带的头部;一位围裙围到下巴的敷裹员出现在病房通走廊的门口,看上去就像从望远镜的小头看到的物体一样。我承认我没招了,也就不再瞎折腾,从一扇长长的窗户跳出去,逃到外面的走廊上。那嚎叫还像复仇一样追逐着我。我转入一个没有人的楼梯拐角,周围突然间变得寂静无声,我在寂静中走下溜光闪亮的楼梯,那寂静使我得以整理一下散乱的思绪。到了下面,我遇到一位住院外科医生,他正穿过院子,他把我喊住。'来看你的部下吗,船长?我想我们可以让他明天出院。不过,这些傻瓜还是不知道照顾他们自己。我说,那艘朝觐船的轮机长住在我们这儿呢。病得真离奇。最厉害的一种酒精中毒。他在那个希腊人还是意大利人的酒吧里酗酒,整喝了三天。你想还能怎么样。听说一天四瓶那种白兰地。要是真的,那可够意思。我想那里面都包上锅炉铁了吧。那脑袋,啊!那脑袋当然是糊涂了,不过奇怪的是,他的疯话中似乎也有某种条理。我正要把它找出来。最非同寻常的是——神志错乱到如此地步,竟还有逻辑的思维。依照旧例,他应该看到的是蛇,可是他看见的不是蛇。如今旧例也不那么灵了。呃!他——呃——看到的是蛙类。哈!哈!不,老实说,我以前还从来没有对酗酒引发的神经质病例这么感兴趣过。你不知道吧,经过这样的狂乱,他早该完了。啊!他真够行的。还在热带呆过二十四年。你真该瞧瞧他去。真是个有派头的老酒鬼。是我所见过的最不寻常的人——当然是从医学的角度

看。你不去吗？'

"我一直像平常那样很有礼貌地显出很有兴趣的样子，不过听到他这样说，就做出遗憾的神气，嘟囔着说，没工夫了，便匆匆握手告别。'我说，'他在我身后喊道，'他可不能出庭受审。你认为他的证据非有不可吗？'

"'绝对用不着。'我从门口大喊着回答他。"

第 六 章

"当局显然持同样意见。审问没有延期举行。为了满足法律的要求,审问如期举行,旁听的人很多,无疑是因为它确实引起了人们的兴趣。对事实——我是指那一件最重要的事实——没有什么含糊的。'帕特纳号'是怎么受的伤已经查不出来了;法庭也不打算查明;旁听者中也没有人关心这一点。然而,我不是告诉过你们,在港口的海员都来了,做水上生意的也都有代表出席。无论他们是否了解到这一点,吸引他们到那儿去的,纯粹是心理上的兴趣——期望着对人类情感的一些实质性暴露,看看这些情感的强度、力量、恐怖能到什么程度。这些自然无法暴露出来。对惟一能够而且愿意到场的那个人的审问,老是无聊地围着那个众所周知的事实兜圈子,翻来覆去的提问就像是要知道一只铁箱里边装着什么,却老拿锤子敲它的外边一样。然而,一场正式的审问也玩不出别的花样来。其目的不是这件事的带有根本性的那个'为什么',而是那个浮浅的'如何'。

"那个年轻人本来是可以告诉他们这一点的,而且虽然这正是旁听者的兴趣所在,可是对他提出的问题却不能不使他离开了那在我看来是惟一值得了解的事实。你不能指望这样组成的权威去探查一个人的灵魂所处的状态——或者说仅仅是他的肝脏的状态！他们的任务就是抓后果,而且,坦白地说,一个心不在焉的司法官和两个海事顾问干其他任何事也干不出什么好来。我没有说这些家伙是傻瓜的意思。法官还是很有耐心的。其中一位顾问是一艘帆船的船长,他的胡子有点发红,生性虔诚。另一位就是布莱尔利了。大块头布莱尔利。你们当中想必有人听说过大块头布莱尔利吧——蓝星轮船公司一流轮船的船长。就是他。

"他似乎对推给他的这份荣耀极度厌倦。他这辈子从来没犯过错误,没出过事故,没遇过灾祸,逐步高升的过程中从没碰过钉子,他好像是那种走运的人,根本不知道优柔寡断为何物,更别说失去自信了。才三十二岁,他就有了跑东方贸易的一流船了——而且更重要的是,他对此看得很重。那在世界上简直没比的,我想如果你们直截了当地问他,他就会承认,在他看来,再没有一个像他这样的船长了。选中了他,真是幸得其人。凡不是指挥这艘时速十六海里的钢体奥萨号汽船的人,实在都是可怜虫。他在海上救过许多生命,将许多船从危难中解救出来,有一只保险商送给他的金天文钟,还有一副某国政府送的望远镜,上面还有题词,纪念他这些功劳。他清楚地记得自己的功绩和得到的酬劳。我倒是很喜欢他的,虽然我认识的一些人——而且是随和、友好的人——无论如何也受不了他。我一点也不怀疑他自认为比我强得多——确实,就算你是东方和西方大一统的皇帝,在他面前你也无法无视你的卑微——但是我找不出真正受了冒犯的感觉。他并没有因为任何我尽力做了的事而看不起我,也没有因为我这个人而看不起我——你们不明白吗?我人微言轻,就因为我不是地球上那个走运的人,不是指挥'奥萨号'的孟塔格·布莱尔利,没有带题词的金天文钟和镶银望远镜来证明我航海本领的杰出和我的锐不可当;我没有任何功绩和酬劳令我念念不忘,只有一条黑猎狗近乎崇拜的爱,这真是最奇妙的事——从来没有这样一个人被这样一条狗爱到这样一种程度。毫无疑问,这一切都落到你头上就够叫人恼火了;可是当我想到,这世上还有十二亿多少可以算做人类的同类和我一样在这样命中注定的不利之中,我就觉得,看在那个人身上某种说不清道不明却又吸引人的气质的分上,他对我的那种讨人喜欢的瞧不起人的怜悯,我也可以忍受了。我从来没有弄清楚这种吸引力是什么,但是我也有嫉妒他的时候。人生的痛苦对他那得意的灵魂的刺激,就像一根针划过一块岩石的光滑表面。这真让人嫉妒。当我看着他在那位态度谦虚、脸色苍白的主审法官的一边时,他对我和世上摆出的那副自满自足就像花岗岩的表面一样硬。那之后不久他就自杀了。

"也难怪吉姆的案子让他厌倦,当我近乎恐惧地想着他对那位正在受审的年轻人有多么轻蔑时,他可能正在默默地审判他自己呢。判决结果肯定是明显的有罪,他带着证据的秘密跳了海。如果我对人有所了解,那件事无疑重要之极,是那些唤起反思的许多小事当中的一桩——引起人生的某些思考,一个不习惯于这样思考的人会感到这种念头令他无法活下去。据我所知,那不是金钱的原因,也不是因为喝酒,更不是因为女人。他跳海时距审判结束还不过一个星期,距他出海离港不到三天;就好像正是在大海中间的那一处,他突然看到另一个世界敞开了大门接纳他。

"然而这并不是一时的冲动。他那位头发灰白的大副,是一位一流的水手,是个对陌生人挺好的老家伙,但是对他的船长却是我所见过的最牛气的大副,他讲起那段故事就满眼含泪。好像那天早上他来到甲板上时,布莱尔利一直在海图室写东西。'当时是差十分四点,'他说,'值中班的当然还没下班。他听到我在舰桥上跟二副说话的声音,便叫我进去。我不乐意进去,这是真话,马罗船长——我受不了可怜的布莱尔利船长,说来也惭愧;我们从来不了解人究竟是怎么回事。他升得快,超过的人太多,并不只是我自己,而且他还有一种该死的本事让你觉得自己渺小,单是他说"早安"的神气就让你受不了。除非是公事,我从不跟他搭碴,先生,而且跟他说话时我要费尽力气,才不会骂出口。'(这里他太抬举自己了。我常常奇怪布莱尔利怎么能在一半以上的航程中忍受他这种态度。)'我有老婆孩子,'他继续说道,'我已经在公司干了十年,总盼着换个船长——我真傻。他说,就像这样说道:'进来,琼斯先生,'那声音派头十足——'进来,琼斯先生。'我进去了。'我们来定一下船的位置。'他说着向地图俯下身子,手里拿着把分规。按常规,刚值完班的官员在下班前就干了这件事了。不过我什么也没说,看着他画了个小叉标出船的方位,写下日期和时间。我此刻还能看见他写着那笔干干净净的字:八月十七日晨四时。年份要用红墨水写在海图的上端。他从来没有一张海图用过一年,布莱尔利船长做不到。那张图现在在我这儿。他写完了,就直起身来,俯视着他刚做的标记,冲自己微笑了一下,然后抬起眼来看着我。'再走三十二海里,'他说,'我们就没事了,那时你可以变变航向,往南偏二十度。'

"'那次航行我们正经过赫克特北岸。我说,"好吧,先生。"不明白他干吗这么小题大做的,因为不管怎样,我也得通报他之后才能改变航向。正在此时,钟敲了八下:我们出来,到了舰桥上,二副在下岗之前照常说道——"记录航程七十一海里。"布莱尔利船长看了看罗盘,又四下望望。天空黑暗但很清澈,群星朗朗,就像寒带的霜夜一样清明。他突然有些微叹着说:"我现在到船尾去,我来替你把计程仪调到零,那就不会有错了。沿着这个航道再走三十二海里,你们就安全了。让咱们算算看——校正计程仪要加百分之六;也就是说,照表上走三十海里,你马上就可以向右舷转二十度。白走也没有用——是不是?"我从来没有听到他一口气说这么多话,何况在我看来这些话似乎并没有什么意义。我什么也没说。他走下舷梯,那条日日夜夜无论他走到哪儿都不离他脚跟的狗,鼻子先往前滑了一下,也跟了过去。我听到他靴子跟在后甲板踢嗒踢嗒的声音,然后他停下来,对狗说——"回去,罗佛。上舰桥去,乖!走——回去。"然后他从黑暗中向我喊道,"把那条狗关在海图室里,琼斯先生——行吗?"

"'这是我最后一次听到他的声音,马罗先生。这也是活着的人所听到的他讲的最后的话,先生。'说到这儿,那老伙计的声音直抖。'他恐怕那可怜的畜生跟着他跳下去,你不明白吗?'他打了个寒战又说道。'是的,马罗船长。他给我调了计程仪;他——你会相信吗?——他还给计程仪加了一滴油。加油器他就留在旁边。五点半,副水手长拿着水龙软管到船尾去清洗;没一会儿他就停下手跑上了舰桥——"请你到船尾来一下好吗,琼斯先生,"他说,"有件怪东西,我不想碰它。"那是布莱尔利船长的金天文钟,用链子仔细地挂在栏杆上。

"'我一看到它,心就一沉,我就明白了,先生。我的腿都软了。就好像我看到他跳下去似的;我都能说出他此刻已离船多远了。船尾计程仪标明走了十八又四分之三海里,主桅旁边的四个系索铁栓不见了。我猜他是把它们放在口袋里帮助他往下沉;可是,天哪!对一个像布莱尔利船长一样的壮汉来说,四个系索栓又算得了什么呢。也许他对自己的自信在最后有点动摇了。我想这是他这一生惟一的一次显得有点狼狈;但是我随时都要替他辩护,因为他一旦跳下水,就没打算游一下水,而如果是偶然失足落水,他会有足够的勇气抱着万一的希望游上一天,漂在水上。是的,先生。他比谁都强——他自己也这么说过,我就听他说过一回。他在那个中班写了两封信,一封给公司,另一封给我。他就那个航道给了我许多指示——尽管我干这一行时,他还没出校门呢——对于如何在海上指挥我们那帮人也给了无数的暗示,以便我可以把"奥萨号"一直带下去。他的信就好像是一个父亲写给他的爱子的,马罗船长,而我可比他大二十五岁呀,我初尝咸海水的时候,他还穿着开裆裤呢。在给船主们的信里——信没封口,好让我看看——他说他一向为他们尽职——直到那一刻——而且即便在那时他也没有辜负他们的信任,因为他把船交到了一个最能干的海员手里——他指的是我,先生,指的是我呀!他对他们说,如果他一生中这最后一举没有带走他们对他的信任,那么在填补由于他的死而造成的空缺时,就请他们斟酌一下我忠心的服务,以及他热情的推荐。还有许多这类话,先生。我简直无法相信自己的眼睛。它令我感到浑身发冷,'那个老伙计非常不安地继续说道,还用一只像软膏刀那么宽的拇指的指尖把右眼角的什么抹去了,'你会以为,先生,他跳海只是为了给一个倒霉鬼最后一次表现自己获取高升的机会。由于他走了这条可怕、鲁莽的路而造成的震惊,想到自己成了一个由那样的机会造就的人,我有一个星期都几乎昏昏沉沉的。但是不用怕。"皮良号"的船长调到了"奥萨号"上——是在上海上的船——那是个华而不实的小个子,先生,穿一件灰格衬衣,梳着个中分头。"哦——我是——哦——你的新船长,琼——哦——琼斯——哦——先生。"他真是泡在香水里——浑身香得腻人,马罗船长。我敢说,是我看着他的神气让他直打结巴。他嘟嚷着说我自然会失望——我最好马上就了解到,他的大副已被提升为"皮良号"的船长了——他当然与此事无关——想必公司最了解情况——抱歉。……我说,"你别在意老琼斯,先生;管他妈的呢,他已经习惯了。"我一眼就看出,我让他那听惯了文雅话的耳朵是多么吃惊,我们第一次坐在一起用午餐时,他开始以一种极讨厌的样子挑剔这船上这也不是,那也不是。除去在夫妻斗嘴的木偶戏里,我从没听到过这样一种声音。我紧咬着牙,眼睛死盯着盘子,尽力保持着平静;但是最后我不得不说话了:他踮着脚尖跳起来,发起了脾气,就像一只小斗鸡。"你会发现,你要对付的人,同已故的布莱尔利船长可不一样了。""我已经发现这一点了。"我说,心里非常郁闷,但还是装作忙于吃牛排的样子。"你是个老流氓,琼——哦——琼斯——先生;而且,你在公司里也是以老流氓而知名。"他尖着嗓门冲我说道。那帮该死的洗瓶子的小子站在旁边听着,笑得嘴都咧到两只耳朵边去了。"我可能够坏的,"我回答道,"但是我还没坏到看见你坐在布莱尔利船长的椅子上而无动于衷的程度。"说着我就放下了刀叉。"你自己倒想坐在这里呢——这才是要害所在。"他冷笑着说。我离开了客厅,

201

把我的破烂收拾到一起,不等装卸工来搬第二趟,我连人带行李都已经到了码头上了。是的。漂流——在岸上——卖了十年命之后——六千英里之外,还有个可怜的女人和四个孩子靠着我的一半薪水糊口。是的,先生!我宁可不顾这些,也听不得有人骂布莱尔利船长。他把他的夜用望远镜留给了我——就在这儿;他还希望我照顾他的狗——就是这条狗。喂,罗佛,可怜的孩子。船长在哪儿呢,罗佛?'那狗仰起头看着我们,黄眼睛里满是悲哀,它凄凉地叫了一声,就爬到桌子底下去了。

"这一切都是两年多以后发生的,是在那条破旧的火皇后号船上,这位琼斯主管那条船——也是凭一次滑稽的事故——是从马德生那儿讨的差使——他们大家都管他叫疯狂的马德生——你们知道吧,就是那个没找到事由时,老是在海防闲逛的那位。那老伙计带着鼻音又接着说了——

"'嗳,先生,如果说世上没有人记得布莱尔利船长了,那这儿可有人记着他呢。我给他父亲写了一封很详尽的信,却没有得到一个字的回音——既没有一句谢谢,也没有骂一句见鬼!——什么都没有!也许是他们不想知道吧。'

"看着那位眼泪汪汪的老琼斯用一块红色的棉布手帕揩着他的秃头,还有那哀叫着的狗,和那肮脏的苍蝇横飞的小舱竟是惟一缅怀布莱尔利的纪念堂,这给人们心目中的布莱尔利的身影平添了一层无法表达的、自惭形秽的悲怆,这真是命运在他死后对他那自以为无比辉煌的信念的报复,那信念几乎骗了他一辈子,使他不曾有过真正的恐惧。几乎!也许是完全吧。谁说得出引诱他自杀的又是怎样自鸣得意的看法呢?

"'他干吗要这样鲁莽行事呢,马罗船长——你能想象吗?'琼斯问着,两只手掌紧合在一起。'为什么?我不知道!为什么?'他拍着他那满是皱纹的低平额头。'除非他又穷又老又满身是债——而且从来没出过风头——要不就是疯了。可他不是那种会疯的人,他可不是。你要信得过我。一个大副对他的船长不了解的地方,都是不值得了解的。他年轻,身强力壮,生活又好,无忧无虑……我有时候坐在这儿想啊想的,想得我的头都嗡嗡叫起来了。总得有个理由吧。'

"'你可以相信,琼斯船长,'我说,'反正不是太能令你我不安的事。'我说;这时,仿佛一道灵光突然闪过他那乱纷纷的脑子,可怜的老琼斯最后竟说出一句深刻得出奇的话来。他擤了擤鼻涕,悲苦地向我点着头:'唉,唉!无论你还是我,先生,向来都没有这么自命不凡啊。'

"了解到他的结局,我当然不免会想起我和他的最后一次交谈,因为在那之后很快就发生了这事。我最后一次跟他谈话,是在那次审判还在进行期间。第一次休庭之后,他在街上碰到了我。他很激愤,我惊讶地注意到这一点,因为他平素屈尊俯就跟人交谈时,神气都十分冷静,还带点儿开心的宽容,好像有跟他对谈的人存在是个天大的笑话。'为了那场审判,他们找到了我头上,你瞧,'他开始说起来,抱怨了好一阵,说天天上法庭有多么不方便。'天知道会审上多久。我想得要三天吧。'我听着他说,没吭声;当时只觉得这又是他显摆的一个好办法。'有什么用?你想不出比这更傻的方式了。'他继续生气地说。我说这也是别无选择。他以一种憋了半天的激怒打断了我。'我一直感到像个傻瓜。'我抬眼看了看他。这可太不像布莱尔利说的话了——尤其不像在讲到布莱尔利时说的话。他突然停住,拽住我的衣襟,轻轻拉了拉。'我们干吗要折磨那个年轻人?'他问道。这问题正跟我的一些念头不谋而合,想到在我眼前逃之夭夭的那个叛国者那副样子,我立即答道,'要了我的命我也不知道,除非是他听天由命。'看到他听我说出这番话也表示有同感,我很吃惊,这话原本只可意会的。他气愤地说,'是啊,就是嘛。他难道不明白他那个混蛋船长已经一走了之了?他还指望什么?什么都救不了他。他完啦。'我们默默地走了几步。'干吗受这份窝囊气?'他喊道,带了一种东方人表达方式的活力——这是你在子午线以东五十度的地方惟一可以见到的那种活力。我非常奇怪他的思路,但是现在我十分倾向于认为那完全是天经地义的:实际上,可怜的布莱尔利一定是在想着他自己。我当时向他指出,尽人皆知,'帕特纳号'的船长早把他的窝预备得好好的了,几乎在哪儿都可以设法脱逃。而吉姆就不一样了:政府暂时把他留在海员之家,他兜里连一个子儿也没有。要逃跑可得花钱哪。'是吗?不一定吧,'他冷笑着说,我又说了句什么,他说——'那好吧,就让他往地底下爬二十英尺,待在里面好了!看在老天爷的分上!我会的。'我不知道他的口气何以惹恼了我,我说,'像他那样面对审判也是要有勇气的,因为他明知如果他跑掉,也不会有人去追他的。''去他娘的勇气!'布莱尔利咆哮道。'让一个人挺起腰杆来的那种勇气根本没用,我对这样的勇气根本不屑一顾。你还不如说这在现在是一种怯懦———一种软弱。我告诉你吧,我敢出二百卢比跟你赌一百卢比,让那个穷光蛋明天一早就逃掉。如果那家伙不为所动,他就是个正人君子——他会明白的。他一定明白!这种该死的曝光太让人震惊了:

他坐在那儿,而那些乌七八糟的本地佬、小船长、印度水手、司务长们就来作证,那证据足以让一个人被羞愧之心烧成灰。这太可怕了。怎么,马罗,你不以为,你不觉得这很可怕?作为一个海员——啊——你现在不觉得吗?如果他一走了之,这一切立刻就会停止。'布莱尔利说这番话的时候,有一种很不寻常的激动,说着好像就要去掏他的皮夹子。我止住他,冷静地说,在我看来,这四个人的怯懦似乎不是什么大不了的事。'而我想,你还自称为海员吧。'他愤愤地说。我说,我是自称为海员,也希望自己当之无愧。他听我说完,大手臂一挥,做了个姿势好像我就没了个性似的,好像把我推到了芸芸众生之中。'最糟糕的就是,'他说,'你们这帮家伙都没有尊严感;你们对你们该是什么样都认识不足。'

"我们一边说一边慢慢走着,说到这儿就在港务大楼的对面停下脚步,就是在那儿,'帕特纳号'那位大块头船长消失了,就像一片羽毛被飓风吹得无影无踪。我微笑起来。布莱尔利继续说道,'这真丢脸。我们中间什么人都有——有的简直是流氓中的流氓;但是,该死的,我们必须保持职业的体面哪,不然我们和这么多四处流浪的家伙就没什么两样了。我们是受到人们信任的。你明白吗?——受到信任!老实说,我一点也不在乎所有那些初次走出亚洲的香客,但是一个体面的人即使是对满船一捆捆的破布,也不会那样行事的。我们不是一个有组织的整体,惟一把我们维系在一起的,就是那种体面。这样一种事破坏了人的信心。一个人在整个海上生涯中,可能碰不上一次需要显示刚强的机遇。但是当那个机遇来临时……啊哈!……如果我……'

"他忽然住了口,又换了个口气说,'我现在给你二百卢比,马罗,你只要跟那家伙谈谈。他真该死!我但愿他从来没上这儿来过。事实上,我倒以为我们家有些人知道此事。他家老爷子是个牧师,我现在还记得,我去年在埃塞克斯我表兄家的时候,曾见过他一次。如果我没弄错,那老人似乎还挺喜欢他这个当海员的儿子的。真可怕。我自己不能跟他谈——可是你……'

"这么着,由于吉姆的关系,我在布莱尔利把他的真假面目都交付给大海之前几天,看到了一眼他真实的一面。当然啦,我没答应陷进去。他最后说'可是你'的口气(可怜的布莱尔利也是按捺不住),就好像我跟昆虫一样不起眼似的,引起我对那个提法的愤怒,因为受了这个刺激,还有点别的缘故,我心里开始很有些肯定那场审判对那位吉姆是个严厉的惩罚,由他来面对这件令人十分反感的案子——实际上也是出于他自己的意愿——具有一种补过的性质。对此我以前并不这么有把握。布莱尔利生气地走了。当时他的心境对我而言比现在更像个谜。

"第二天,我去法庭晚了,便独坐一处。我当然忘不了同布莱尔利的谈话,而此刻他们两人都在我眼前了。其中一个人的举止带有忧郁的傲慢,另一位则是轻蔑的厌烦;而这两个人的神态不大可能谁比谁更真切,我就知道其中的一位不是真的。布莱尔利不是厌烦——他是恼怒;果真如此,那么吉姆可能也不是傲慢了。据我分析,他不是傲慢。我想他是绝望了。就在那时,我们的目光相遇了。我们的目光相遇,他看我的眼光打消了任何我可能产生的想同他讲讲话的意图。无论是根据哪一种假设——傲慢也好,绝望也好——我感到我对他都没什么帮助。这是审判的第二天。那次目光相交之后没过多一会儿,法庭就再次休庭,第三天再审。白人马上便蜂拥而出。在那之前已有人叫吉姆下堂,所以他得以同第一拨人一起离开。通过门口的光线,我看到他宽宽的肩膀和头部的轮廓,当我和一个人——一个随口跟我讲话的陌生人——一边谈着话一边慢步走出来时,我还能从法庭里看到他双肘撑在游廊的栏杆上,背朝着稀稀拉拉走下那几级台阶的小小人流。还有嗡嗡的嘈杂声和靴子的踢踏声。

"下一桩案子,我想是对一个放债人攻击殴打的事;被告——一位德高望重的村民,有一把直溜溜的白胡子——就坐在门外的一张凉席上,他的儿子、媳妇、女儿、女婿,此外我想还有半个村子的人,或蹲或站地围在他身旁。一个身材苗条、肤色黝黑的女子裸着一部分后背和一个黑肩膀,鼻子上戴了一个细细的金环,突然扯着嗓门,以泼妇般的腔调讲起话来。跟我一起的那个男子本能地抬起头来看了看她。当时我们正穿过大门,从吉姆那结实的脊背后面走过。

"那只黄狗究竟是不是村里人带来的,我不得而知。总之,那儿有条狗,悄没声地在人们的腿裆间穿来穿去,当地的狗都是那个样子,我的同伴被它绊了一下。那狗一声不吭地跳了开去;那男子稍稍提高了嗓门,慢慢笑道,'瞧那只丧家犬。'之后又有好多人冲进来,就把我们分开了。我往后靠墙站了一会儿,而那个陌生人则设法挤下了台阶,不见了。我看见吉姆转过身子。他上前一步,挡住我的路。就剩我们两人了;他用那种固执的坚决神气瞪着我。我明白我是被拦住了,姑且这么说吧,就好像是在一个林子里。这时游廊已是空荡荡的,法庭里的嘈杂声和活动都已停止;整个房子一片寂静,而在房中远远的深处,却有一个东方的声音哀哀哭泣起来。

那狗在门口正要偷偷溜进去,却匆匆坐下来,去找跳蚤了。

"'你跟我说话来着?'吉姆非常低声地问,身子前倾,说不上是朝着我,倒是对准了我的样子,你们明白我的意思吧。我马上就说,'没有。'那冷静的口吻中有点什么在提醒我,要我当心。我看着他。这真像森林中的一次相遇,只是这番遭遇更捉摸不定,因为他可能既不想要我的钱,也不想要我的命——反正不是我能够干脆交出来,也不是我能以清白的良心加以捍卫的东西。'你说你没有跟我说过话,'他说,很冷静。'但是我听到了。''那是听错了。'我反驳道,一片茫然,但目光始终不离开他。看着他的面孔,就像看着一声霹雳打响之前越来越阴沉的天空,乌云在不知不觉中层层凝聚,在爆发之前的宁静中,空气越来越紧张,很有些神秘。

"'据我所知,在你听力所及的范围内,我还没有开过口。'我肯定地说,这也完全是事实。我对这次遭遇的荒唐也有点生气。现在想起来,我生平还没有像那次那么想打人——我是说真打;用拳头打。我想我当时朦朦胧胧地预感到就要出现这种结果的气氛了。倒不是他在使劲儿地威胁我。恰恰相反,他并不主动,这很奇怪——你们不知道吧?但是他矮了一截儿,虽然他不是特别高大,可一般说来,他看上去很有能推倒一堵墙的气概。我注意到的最令我放心的现象,就是那种迟缓沉重的犹豫,我以为这是对我的态度和口气中显而易见的诚恳的回敬。我们俩脸对着脸。法庭里正在审理那桩攻击案。我零星地听到几个字:'好吧——水牛——棍子——在我的极度恐惧中……'

"'你盯着我看了一早上,那是什么意思?'吉姆最后说。他仰脸看了看,又低头往下看。'你以为就为了顾忌你的敏感,我们就都得眼睛朝下不成?'我尖锐地反驳道。对他的胡说八道我可不会相让。他又抬起眼来,这次继续直视我的脸。'不。那倒没什么,'他庄重地说,那神气像是自己在斟酌着这句话的真实性——'那倒没什么。这我受得了。只是'——说到这里他讲得快了些——'我不会让任何人在法庭之外骂我。刚才有个家伙和你在一起。你跟他说话来着——噢,对——我知道;这很好。你跟他讲话,可你却有意让我听见……'

"我告诉他说,他是在一种非常的偏执状态之下。我不知道这是怎么产生的。'你以为我对此不敢怨恨。'他说,带着隐隐的痛苦。我的兴趣足以使我觉察出最细微的感情色彩,但是我还是一点也不明白;然而我不知道在这些话中,也许仅仅是说那句话的语调中,有什么突然打动了我,使我为他找出了种种可能的借口。我不再对我的不期而遇感到恼火。这在他那方面来说,是某种误会;他是在犯傻,而我的直觉却感到他办的这件蠢事带有一种令人作呕的、不幸的性质。为了体面起见,我急于结束这个局面,就像一个人急切地想打断某种无缘无故的、引人讨厌的体己话似的。最可笑的是,在所有这些挺高尚的考虑中,我感到一阵恐惧,怕这次遭遇可能——不,是很像——要以某种无法解释的、很不体面的大吵大闹结束,那会让我很不堪。我可不想做一个被'帕特纳号'的大副搞得乌眼青青之类而成为三日名流的人。他极有可能对自己的行为不管不顾,或者不管怎么说,在他自己看来,他怎么做都有理。不是魔术师也能看得出来,他对某种事气得要命,尽管他神态安详,甚至不露声色。我不否认,我极愿意不惜任何代价使他平静下来,只要我知道怎么办。可我不知道,这你们可以想象得到。那真是一团漆黑,没有一丝光亮。我们无言地对峙着。他忍了十五秒钟的样子,然后走近了一步,我则做好了挡开一击的准备,虽然我想我连一条肌肉都没有动过。'假使你有两个人的块头,有六个人的劲儿,'他说得非常柔和,'那我会告诉你我对你怎么想。你……''住口!'我喊道。这使他停了停。'在你告诉我你对我怎么想之前,'我很快地继续说下去,'你可不可以先说说,我究竟说了什么,做了什么?'接下来又是一阵停顿,这当儿他愤怒地打量着我,而我则拼命地回忆,只是法庭里在激烈地、滔滔不绝地对欺骗的指控进行抗辩的那个东方的声音,却让我分心。然后我们几乎同时说起来。'我马上就让你看看,我不是,'他说,口气像是有什么危机。'我声明我不知道。'我在这同时急切地抗议。他想用他那轻蔑的一瞥将我压垮。'此刻你看我不怕了,你就想溜掉,'他说,'那现在谁是丧家犬——啊?'我这才明白了。

"他的目光将我的五官扫过来扫过去,好像要找一个把他的拳头打下去的地方似的。'我不允许任何人……'他含糊不清地低声说,很吓人。这确实是一场讨厌的误会;他完全不能自持了。我无法让你们明白我当时有多么震惊。我想他从我脸上的表情也看出了我的一些情感,因为他的神情也变了一点儿。'老天爷!'我都有点儿结巴了,'你别以为我……''但是我肯定听到了。'他坚持说,自这可悲的局面开始以来他第一次提高了嗓门。随后他又带着一丝轻蔑接着说,'那么说,不是你说的喽?好得很;我会找到那一位的。''别冒傻气了,'我在狂怒中大喊,'根本就不是那么回事。''我听见了。'他又说了一遍,带着一种不为所动的冷静的固执。

"可能会有人笑话他的固执己见。可我没有。唔,我没有!从来没有人因为自己天然的冲动而将自己暴露得这样一览无余。一个词就剥去了他的谨慎——对于我们内在的体面来说,那谨慎可比我们肉体的仪表更重要。'别犯傻。'我重复道。'可是那个人说了,你不否认吧?'他说得明明白白的,毫不退缩地直视着我的脸。'不,我不否认。'我说,也直视着他。最后,他的眼顺着我的手指指点的方向往下瞧去,先是没弄明白,然后是一阵困惑,后来是又惊奇又害怕,好像一条狗成了怪物,好像他以前从来没见过狗似的。'谁也没想到要侮辱你。'我说。

"他打量着那可怜巴巴的畜牲,它像尊雕像似的动也不动:它坐在那儿,双耳直耸着,尖尖的嘴朝着门口,突然间像机器一样扑住一只苍蝇。

"我望着他。他那被太阳晒脱了皮的白皙面孔的红润在颧骨的绒毛下突然加深了,扩展到额头,直延伸到他鬈曲的头发的发根。他的耳朵更红得厉害,就连他那清朗的蓝眼睛也因为涌上头部的血液而暗淡了许多。他的嘴唇微微噘起,抖着,好像眼泪就要流出来了。我看得出,他是因为过分的屈辱而一个字也说不出来。也是因为失望吧——谁知道呢?也许他期待着他要给我的那一记重锤来恢复元气,恢复平静?谁知道他指望从这次爆发中得到什么解脱呢?他想指望什么就够天真的了;而他在这种情况下还没来由地大发了一顿火。他狂热地希望用这种方式能为自己做某种辩白,他对自己是坦诚的——更不用说对我了,可是星辰偏偏跟他做对。他的喉头模模糊糊地响了一下,就像一个人头上挨了一击,没有晕过去,也差不多了。怪可怜的。

"我一直跟到大门外才再次赶上他。最后我还不得不紧跑几步,但是当我气喘吁吁地在他身边责备他要逃跑时,他却说,'绝没有!'并立刻被迫转过身来。我解释说,我绝不是说他在逃避'我'。'没有逃避任何人——任何这世上的人。'他神色固执地肯定说。我强忍着没有指出,就算是我们当中最勇敢的人也分明有一个例外;我想他自己很快就会发现的。在我想着说什么的当儿,他耐心地看着我,可我那时找不到话可说,他就又往前走了。我跟着他,因为怕丢了他,我就急急忙忙地说,我不想给他留下一个错误的印象,以为我——以为我——我直结巴。我想把这句话说完,而这话的傻劲儿却又惊住了我,可是话语的力量与其意思或其结构的逻辑是毫不相干的。我傻里傻气的低语似乎令他高兴。他打断了我,带着需要极大自制力的客气平和,不然那就需要精神上有一种惊人的弹性,他说——'都是我的错。'我对他的表白惊奇极了:他好像是在提到某件微不足道的事。难道他不明白那其中可悲的意义吗?'请你多包涵,'他接着说,有点儿忧郁,'法庭上所有这些瞪着眼睛的人似乎那么傻——傻得简直不出我所料。'

"这番话突然间使我对他有了新的看法,真让我奇怪。我好奇地看着他,与他那满不在乎却又莫测高深的眼睛对视着。'我受不了这种事,'他爽快地说,'我也不想受。在法庭上就不同了;我不得不挺过去——而且也能挺过去。'

"我不能假装说我当时就理解了他。他当时让我对他的了解就像浓雾中偶然露出来的丝丝光亮——有一些零零碎碎的生动的但却瞬息即逝的细节,不能叫人对那个地方有一个完整的概念。它们勾起了人们的好奇心,却不能满足这种好奇心;它们对于把握方向是没有用的。总的来说,他是在让人误入歧途。那天晚上他离开我以后,我对他下了这个结论。我已经在马拉巴旅馆住了好几天,经我一再邀请,他就在那里和我一起用了晚餐。"

第 七 章

"一条走外洋的邮船那天下午到了,旅馆的大餐厅有大半间都是人,他们的口袋里装着一百镑一张的环游世界的船票。人群中,有看上去习于家居的夫妇,在旅途中已经彼此厌倦了;也有大大小小的聚会,和形单影只的人,或者庄重地用餐,或者在闹哄哄地大吃大喝,而所有的思考、谈天、玩笑乃至愤怒,都一如在他们家里那样随便;对于新印象接受得那么明智,就像他们放在楼上的行李箱似的。从此以往,他们就好标榜自己曾经到过这儿,到过那儿了,就和他们那些贴了标签的行李一样。他们会珍视他们作为人的这一特色,将他们旅行包上用胶粘上的票签作为文字证据保留下来,这也是他们的事业有改善的惟一永久的痕迹了。面孔黝黑的仆人们悄没声息地走过空阔光亮的地板;时不时会听到一个女孩的笑声,同她的心地一样纯真而空洞,要么在杯盘声突然沉寂之际,听到某位富于机智的健谈者故意拖长音调说出的几个词,加油添醋地讲述最近船上可笑的风流韵事,博得一桌人的欢笑。两位四海漂泊的老处女穿戴得勾魂摄魄,苛刻地逐条审读着菜价单,用褪了色的嘴唇彼此耳语着,脸色呆板而怪异,就像两个服饰艳丽的稻草人。喝了一点酒,吉姆打开了心扉,口也松了。我注意到,他的胃口也挺好。他好像把我们开头相识的那段情节封埋起来。就好像那件事在这个世界上是不成问题了。在我面前的,始终是这双蓝蓝的、孩子气的眼睛,直视着我的目光,这张年轻的面庞,这副能干的肩膀,这个在成簇地长着的漂亮头发的发根下面露出一道白印的宽宽的古铜色额头,这副使我一见就生出无限同情的相貌;这种坦诚的样子,这毫不做作的微笑,这洋溢着青春的认真劲儿。他是那种很周正的人;跟咱们是一类。他谈得很冷静,带有一种镇定的坦诚,他的神态安详,那可能是出于男子汉的自制,也可能是出于没有廉耻,麻木不仁,惊人的不自觉,或是非凡的骗术。谁知道!从我们的口气上看,我们倒好像是在谈论一个第三者,一场足球比赛,或是去年的天气。我的心思在种种猜测中飘来荡去,直到话题一转,我得以在不冒犯他的情况下,评论说,这场审问想必很令他难受吧。他突然隔着桌布伸过来他的手臂,抓住我那只放在盘子边上的手,直瞪瞪地盯着我。我着实被吓了一跳。

"'一定很不好过吧。'我结结巴巴地说,被这种无言的表情弄得不知所措。'那真是——地狱。'他迸发出一种压抑的声音。

"这个动作和这些话引得邻桌两位穿着考究、经常环球旅行的男士放下他们的冰布丁,吃惊地抬头张望。我站起身来,我们就走入前面的走廊喝咖啡、抽雪茄去了。

"在八角形的小桌上,蜡烛在玻璃球里燃着;一丛丛硬叶花木将一套套舒适的柳条椅隔开;一对对圆柱淡红色的柱身将一长溜透窗而入的亮光留住,其间灿烂而又阴郁的夜色就像一幅华丽的帷幕般垂挂着。显示轮船夜间停泊的锚灯在远处一眨一眨的,仿佛将坠的星星,锚地那边的小山就好像裹在雷云中的团团黑块。

"'我不能逃走,'吉姆开始说,'船长跑了——对他来说那挺好。我不能跑,也不想跑。他们想方设法都脱了身,但在我就行不通。'

"我聚精会神地听着,坐在椅子上不敢动一动;我想了解——而直到今天我还是不了解,我只能揣测。他同时可以既自信又压抑,就好像某种与生俱来的无可指摘的信念事事遏制着萦绕在他内心的真理一样。他开始说起来,那口气分明是一个人要承认他不能跳过一堵二十英尺高的墙一样,他说他现在永远回不了家了,这番话使我想起布莱尔利说的,'埃塞克斯的那位老牧师似乎还很喜欢他这个当海员的儿子呢。'

"我说不上来吉姆知不知道他特别'受喜爱',但是他提到'我爸爸'的那种审慎的口气使我相信,那位善良的乡村老牧师大约是世界上有史以来为养一大家子而操心的人里面最好的好人了。这一点虽然从未明说,但却以一种对此不应有任何误解的急切所暗示出来,这实在是非常真实而且动人的,可是又给这故事的其他因素遥相增添了一种深切的人生意味。'此刻他已从家乡的报纸上了解了一切啦,'吉姆说。'我再也无颜面对那可怜的老头子了。'听到这话,我连眼睛都不敢抬一下,直到我听见他接着说道,'我永远也无法解释。他不会理解的。'这时我才抬眼望去。他正抽着烟,思考着,过了一会儿,他振作了一下,又说起来。他立刻就发现了一种愿望,即我不会将他和他在那罪行——我们姑且就这么称呼它好了——中的伙伴们混为一谈的。他跟他们不是一类;他完全是另外一种人。我没有表示反对。我无意为着徒有其表的真理去剥夺他仅存的微乎其微的一点体面。我不知道他还有多自信。我不知道他在耍什么花枪——如果他是在耍花枪的话——而且我怀疑他也不知道;因为我相信没有人会明白他要逃避了解自己的阴影时为自己所找的狡猾的遁辞。他在琢磨在'那场愚蠢的审问结束之后'他该做什么时,我始终一言未发。

"显然他和布莱尔利一样对法律规定的那些程序很不以为然。他承认,他不知道往哪儿去,这分明是他在自言自语,而不是在同我说话。证书没了,事业毁了,要离开也没有盘缠,要留下又看不出能找到什么工作。要是在家他也许能找到什么差使;但是那就意味着要找他家里人帮忙,那他可不干。除了当水手,他看不出有什么出路——也许可以在汽船上得到一个舵工的位置。当个舵工总可以吧……'你想你会干吗?'我毫不留情地问。他跳起来,走向石头栏杆,向夜空望去。过了一会儿他回过来,高耸在我的座椅前,年轻的脸上充满了一种把情感强压下去的痛苦。他已经非常明白,我不怀疑他有驾驶一条船的能力。他声音有些微颤着问我,'我干吗要说那个?我对他向来"好得没边儿"。我甚至没笑话过他,就是在'——说到这里他开始含糊其辞了——'那个错误把我弄成昏头昏脑的傻瓜时也没有。'我热情地插话道,对我来说,这样的错误没什么好笑的。他坐下来,思索着喝起了咖啡,把一小杯咖啡喝得一滴不剩。'这并不是说我有丝毫要承认我是个傻瓜的意思。'他说得清清楚楚。'是吗?'我说。'不错,'他带着安详的决断肯定说,'你知道你会干出什么事来吗?你知道吗?你不会以为自己'……他咽了口什么……'你不会以为自己是

个——是个——人见人嫌的讨厌鬼吧?'

"说了这句话——以我的名誉担保——他探询地抬起头来看着我。这看来是一句问话了——一句千真万确的问话!然而他并不期待着回答。我还没醒过闷儿来,他倒又说上了,眼睛直视着他前方,就好像要把写在夜的躯体上的东西读出来似的。'一切都在各就各位。我却没有;没有——那时还没有。我不想开脱自己;可是我要解释一下——我希望有人理解——有人——至少有一个人!你!为什么不可以是你?'

"那情景很庄严,却也有点儿荒谬,它们向来如此,一个人单枪匹马想把他认为应有的道德观念从火里拯救出来的那些奋斗就是这样,对一种约定俗成的规则这样重视是可贵的,这仅仅是游戏规则之一罢了,但因其对自然本能具有无限的力量,因对违反这规则所受的可怕的惩罚,它的效力同样是很可观的。他开始十分安详地讲起他的故事。德尔轮船公司的那条汽船在海上落日的余晖中,把在一条小船上漂的这四位救了起来,上了汽船才过了一天,别人就对他们侧目而视了。胖船长编了套故事,别人也没做声,这故事最初就被人认可了。你既有运气将这些可怜的上帝的弃儿救出来,即使不是从残酷的死亡中,那也至少是从残酷的苦难中救出来,你就不会对他们盘问来盘问去的。随后,有工夫想一想了,德尔船上的要员们就会想到,这件事颇有'可疑之处';但是他们当然会把他们的怀疑憋在心里。他们将沉到海里的帕特纳号汽船的船长、大副和两个轮机师救了上来,照理说,对他们来讲那就足够了。我没问吉姆他在船上那十天的感觉究竟如何。从他对那一段的叙述来看,我不妨妄加推断,他的发现——对他自己的发现——使他有几分震惊,他无疑是在试图对惟一能够欣赏这件事的强大震撼力的人把它解释清楚。你们必须明白,他不是要把它的重要性化小。我对这点很有把握;而这正是他的与众不同之处。至于他上岸后,听到对他在其中扮演了这样一个可怜的角色的事有那样一个预见不到的结论时,他经历了怎样的感受,他一点也没对我讲,也很难以想象。我不知道他是否感到他没有立足之处了?我不知道。但是他无疑很快就设法找到了新的立脚点。他在岸上待了整整两个星期,在海员之家等待着,由于当时有六、七个人在那儿,所以我听到一点关于他的情形。他们的意见很没劲,好像是他除了有别的缺点,还是个爱发脾气的蛮子。他这些天是在游廊上打发的,埋在一张长椅里,只是在吃饭时或在夜深了才从他那坟墓般的地方走出来,独自在码头游来荡去,神游于周围的环境之外,彷徨着,沉默着,就像一个无家可归的游魂。'那段时间,我想我没有同一个活生生的人说过三个字。'他说,使我对他非常同情;他马上又接着说:'其中有一个家伙肯定是脱口说了我下定决心不要听的话,而我又不想大吵大闹。不想!起码那时候不想。我太——太……我没那份心情。''那么那个隔板毕竟还是挡住了。'我说,挺高兴的。'是啊,'他喃喃地说,'挡住了。可是我对你起誓,我觉得它在我手底下胀起来了。''把旧铁板绷得变了形,有时却还站得住,这可非同寻常啊。'我说。他躺倒在椅子里,两腿僵直地伸出来,双臂耷拉着,轻轻地点了几下头。你们再也想不出比这更伤心的景象了。突然间他抬起脑袋;坐起身来;拍打起自己的大腿。'唉!失去了一个多好的机会!天哪!失去了一个多好的机会!'他冲口而出,但末了那声'失去了'真像是痛苦万状的哀号。

"他又沉默了,带着一种热切向往那失去的荣誉的沉闷、恍惚的神情,鼻孔也在一瞬间张大了,嗅着那浪费掉了的机会的醉人气息。如果你们以为我不是为此而惊讶,就是被震住了,那你们可就错看了我,而且错得不止一端!唉,他是个想入非非的乞丐!他会屈服的;他会放弃的。从他望向夜空的一瞥,我可以看出他整个内心世界都乱了,一门心思幻想着不顾后果的英雄气概。他没有闲情逸致去后悔他的所失,他一心一意自然而然关心着的是他未能得到的。我注视着他,与他相隔才三英尺,而他却好像离我非常遥远。每过一瞬,他对那不可能的浪漫业绩的世界就陷得更深。他终于到了那最深处了!他满脸都是一种怪怪的无比幸福的神情,在我们之间燃着的烛光中,他的眼睛闪闪发亮;他肯定是微笑了!他已经陷到了最深处——最深处。那是一种心醉神迷的微笑,无论是你们的脸上——还是我的脸上——都不会有这种微笑,我亲爱的小伙子们。我急忙把他的魂招回来,说,'你的意思是说,你要是一直不离船就好了!'

"他转向我,他的眼睛突然间显得惊奇,而且充满了痛苦,一张面孔迷乱、惊慌、难受,好像他从一颗星星上跌落了下来。无论是你们还是我,都不会以这副样子面对任何人。他抖得厉害,就好像一个冰冷的指尖触到了他的心脏似的。最后,他叹了一口气。

"我并没有发慈悲的心绪。他这样充满矛盾的不检点挺让人恼火的。'你没有先见之明,真是不幸!'我不怀好意地说;但是这不讲信义的箭落下来时,已是无害的了——就像一支精疲力尽的箭落在他的脚边,也是那么回事,而且他都想不到去把它捡起来。也许他连看都没看见。过了一会儿,他舒舒服服地躺着,说,'算了!我跟你说那个隔板鼓起来了。我正在下层甲板的角铁旁举着我的灯,这时一片像我手掌那么大的铁锈从那块板上掉下来,完全是自己掉的。'他的手在额头上抹了一下。'那东西动静挺大,像活物似的跳起来,而我正瞧着。''这使你感觉很不好吧。'我随意地说道。'你以为,'他说,'我就想着我自己吗,而我身后单是前中舱就有一百六十人,都熟睡着——船尾还有更多;甲板上也是——都睡着——一点也不知道——人数是当时所有船只的三倍,即使时间来得及的话。我站在那儿的时候就料到铁板会破开,水会把他们淹没,而他们仍然躺着……而我又能怎么办呢——怎么办?'

"我很容易想象出他在那洞穴般的地方,在那挤满了人的黑暗中是怎样一幅情景,那盏大灯的光只照出隔板的一小部分,而板的另一面则承受着海洋的重压,他耳中听到的又是那些睡得不省人事的人们的呼吸声。我可以看见他瞪着那块铁,被掉下来的铁锈吓了一跳,不堪明知死神在逼近的重荷。我想这是船长第二次派他到前面去,我以为船长是想支使他离开舰桥。他告诉我,他的第一个冲动就是大喊,马上把所有那些人都从睡梦中叫醒,陷入恐怖;但是他被自己无能为力的感觉所压倒,竟没能哼出一声。我想,这就是人们说的舌头不听使唤吧。'太干了。'这是他讲到那情景时的简洁提法。当时他没吭一声,就从一号舱口爬出去,上了甲板。挂在那儿的一面风帆碰巧荡到他身上,他还记得,那帆布在他脸上轻轻一碰,却险些将他从舱口的梯子上打下去。

"他承认,当他站在前甲板上,看着另一群熟睡的人们时,他的膝盖抖得厉害。那时发动机已熄灭,正在放气。那深沉的隆隆声使得整个夜空像低音琴弦一样震颤起来。轮船也随之而发抖。

"他不时看到有个脑袋从席子上抬起来,或者一个模糊的影子坐起来,睡眼蒙眬地听一阵,又躺下去,倒在高高低低、杂乱无章的箱子、排气管和通风管之间。他知道,所有这些人都没有足够的知识懂得要注意那奇怪的噪音。对于那群无知而又虔诚的人来说,这铁造的船,这些长着白脸的男人,所有这些景象,所有这些声响,船上的一切,都一样奇怪,也和所有他们永远不能明白的事一样,是可以信赖的。他由此想到,这一点真是万幸。有这种想法真是可怕。

"你们得记住,他和处在他那种境地的其他任何人一样,相信那艘船随时都会下沉;那挡住海水的鼓起来的、锈蚀的铁板最终会像一个已损坏了的大坝一样,突然就抵挡不住了,使潮水一下子奔涌而入。他一动不动地站着,看着那些倒卧着的躯体,有如一个知道自己命运注定要毁灭的人,在察看沉默的死亡伴侣。他们是死了!他们是无可挽救的了!现有的小船或许可以够他们一半人用,但是没有时间了。没时间了!没时间了!似乎他不值得去开口,不值得动动手或脚。不待他喊出三个字,或挪上三步,他可能已经在被拼命搏斗的人弄得白得吓人的海水里挣扎了,周围响彻痛苦的呼救声。已经没救了。他完全可以想象即将发生的一切,手提着灯,靠在舱口,他纹丝未动,就把一切都在心里过了一遍——直至最后一个恼人的细节。我想,在他对我讲这些他在法庭上未能讲出来的事时,他又过了一遍。

"'我看得很清楚,就如同我现在看着你一样,我已无能为力了。我的四肢似乎一点气力也没有了。我想我不如就那么站在那儿,等着。我觉得我也没有多大工夫了……'排气突然间停止了。那噪音本来叫人心神不宁,但是寂静一下子又让人闷得受不了。

"'我想,等不到我淹死,我就会憋死。'他说。

"他声称,他没有想到要救自己。他脑子里形成的惟一念头,也是逝去过又重新形成的惟一念头,就是:八百个人,七条小船;八百个人,七条小船。

"'好像有人在我脑子里大声说话,'他有点儿激动地说,'八百个人,七条小船——而且没时间了!想想吧。'他隔着小桌靠向我这边,我则试图避开他的直视。'你以为我怕死吗?'他问的声音激愤而低沉。他那只摊开的手砰地一下拍下来,震得咖啡杯都跳了起来。'我随时可以起誓,我不怕——我不怕……老天爷在上——不怕!'他挺直了身子,双臂交叉;他的下巴垂到了胸前。

"透过高高的窗户,隐隐传来杯盘轻轻相碰的声音。一阵人声嘈杂,几位男士兴致勃勃地走出来,进了走廊。他们有说有笑地回忆着开罗驴子的趣事。一位圆咕隆咚、脸色红润的环球旅行者正在嘲弄一个面孔苍白、神情急切、两条长腿走路轻飘飘的小青年,说他在市场上买的东西不值。'不,说实在的——你真以为我上当到那份儿上了吗?'他非常认真而又小心翼翼地问。这伙人走了开去,走着走着又坐到椅子上;火柴划着了,在片刻间亮了一下,照出些不带任何表情的脸,和夺目的白色衬衫前襟;很多谈话的嗡嗡声夹着盛宴的奔放,在我听来很是荒谬,无限遥远。

"'一些船员正睡在一号舱口,我伸手就可以够到。'吉姆又开始了。

"你们要知道,他们在那条船上还保持着卡拉什式的值夜规则,所有的水手都睡通宵,只是舵手和值班员换班时有人叫。他有意抓住离他最近的土著水手的肩膀,将他摇醒,但是他没有做出来。不知什么原因,他的双臂垂在身体两侧,举不动了。他不是害怕——啊,不是!他只是不能罢了——就这么回事。他也许是不怕死,但是我要告诉你们,他怕的是紧急情况。他那乱七八糟的想象激发出种种惊慌失措中的恐怖,人们相互践踏着蜂拥而出,可怜的尖声叫喊,挤翻了的小船——都是他听说过的海难中发生的可怕事故。他可能是要坐以待毙,但我怀疑他是想在不增加任何恐怖的情况下,安安静静地在一种平和的状态中死去。某种赴死的慷慨倒不怎么特别稀罕,但是你很少碰到一个把灵魂包在决断这层穿不透的铠甲中的人,会准备为一场明知要输的战斗奋争到底,随着希望的渺茫,求平和的心愿就会变得愈加强烈,直至最终胜过求生的欲望。我们在座的,有谁没有看到过这情景,或者也可能亲身体验过那种感觉——这种极度交瘁的情感,努力的徒劳,这对安息的渴望?那些与超常力量搏斗的人非常了解这一点,——那些在大船遇难后,在小救生船上漂流的弃儿们,在沙漠中迷了路的漂泊者,跟没有思考力的自然力或群氓愚蠢的残忍作斗争的人们。

第 八 章

"他一动不动地站在舱口,时时期待着感觉到船在他脚下沉下去,水流从他背后涌入,将他像木屑一样抛起,他这样站了有多久,我可说不上来。没有多久——大概就两分钟吧。有两个他瞧不清楚的人睡眼蒙眬地聊起天来,而且他也说不上在哪儿,他听到一阵奇怪的难以捉摸的脚步声。在这些隐约的声响之上,是一场大灾难来临前那可怕的沉寂,是撞车之前的那一刻难耐的寂静;这时他想到,也许他还来得及一路跑过去,将那些拴在帆布带上的绳索砍断,以便船沉下去时那些小救生艇可以漂走。

"'帕特纳号'的舰桥很长,所有的救生艇都在那上边,一边有四条,另一边有三条——最小的一条在左舷,与方向舵几乎并排。他以明显想让人相信的急切向我保证说,他一直非常小心,让这些救生艇可以随时效命。他知道他的职责。我敢说就这一点而言,他是个够份儿的水手。'我向来相信要做最坏的准备。'他说,急切地注视着我的脸。我点头表示赞同这个稳妥的原则,随即将我的视线移开,回避着这人身上的那种微妙的不稳妥。

"他脚步踉跄地跑起来。他不得不从别人腿上迈过去,免得绊到别人的头。突然有人从下面抓住他的衣服,从他的肘下又传来一个痛苦的声音。他右手提灯,灯光照在一张仰起来的黑脸上,那人的眼睛和他的声音同样恳求着他。他把他所懂的语言都调动起来,才明白话里有水这个词,还以一种执拗的、祈祷般的、近乎绝望的腔调重复了好几遍。他一激灵,要抽身走开,却感到一只胳膊抱住了他的腿。

"'那乞丐就像个溺水的人一样死缠着我,'他令人难忘地说,'水,水!他说的是什么水?他知道什么?我尽量平静地命令他放手。他正拦着我,时间已很紧迫,其他人开始骚动起来了;我需要时间——把拴救生艇的绳索砍断,让它们漂起来的时间。他又抓住了我的手,我觉得他要喊起来了。我突然想到,这就足以引起一片惊慌了,我猛地用我那只没被抓住的胳膊把灯砸在他的脸上。玻璃当啷一声,光也灭了,但是这下子他松了手,我就跑开了——我想到救生艇那儿去;我想到救生艇那儿去。他从我背后跳起来追我。我转过来面对着他。他不肯保持安静;他要喊;等我明白他要的是什么时候,我已经把他扼得半死了。他想要点儿水——是喝的水;他们喝水是严格限量的,你知道,而他还带着个小男孩儿,那小孩儿我已注意过好几回了。他的孩子病了——而且口渴。我路过时,他看见了我,就求我给他点儿水。就是这么回事。我们在舰桥下面,周围一片黑暗。他一直抓着我的手腕;简直摆脱不了他。我冲进我的舱位,抓起我的水壶,塞进他的手里。他走掉了。直到那时,我才发现我自己也是多么需要喝水。'他靠在一只胳膊肘上,一只手遮住了眼睛。

"我感到脊梁骨一阵发凉;这一切有点怪怪的。遮着他眼眉的那只手的手指微微有些颤抖。他打破了这短暂的沉默。

"'这些事一个人一辈子也就碰上一回……唉!好吧!当我终于上到舰桥时,那些乞丐正把一条小船从垫木上解下。一条小船哪!我正往上跑时,肩膀上却重重地挨了一下子,差点儿没打着我的头。那也没拦住我,而轮机长——此时他们已把他从铺位上叫起来了——再次抬起了小船踏脚板。不知怎的我已无心对任何事感到惊奇了。所有这一切似乎很自然——而且可怕——可怕。我避开了那个可怜的疯子,抱起他离开了甲板,就好像他是个小孩子似的,而他就在我的手臂环抱下悄声说起来,"别!别!我以为你和那帮黑鬼是一伙儿的呢。"我一把放开他,他在舰桥上打了个滚,从下面撞到那个小个子——二副——的腿。船长也正忙着折腾那条小船,他向四周看了看,就直冲我走下来,像头野兽一样咆哮着。我像石头一样没有退缩。我稳稳地站在那儿,就像这个,'他用指节轻轻敲了敲他座椅旁边的墙,'就仿佛我已经二十次地听到了这一切,看到了这一切,经历了这一切。我不怕他们。'我收回拳头,他也一下子停住脚步,喃喃地说——

"'啊!是你呀。快搭把手。'

"'这就是他说的话。快!好像谁还能来得及似的。"你不准备干点儿啥吗?"我问。"干哪。撤走。"他回过头来吼道。'

"'我觉得当时我没明白他是什么意思。这时另外那两位已经爬起来了,一起冲向那条小船。他们脚步咚咚,他们气喘吁吁,他们推推搡搡,他们诅咒那条小船,诅咒那条大船,互相诅咒——还诅咒我。都是轻声低语地。我没动,也没讲话。我看着大船的倾斜。它平静得就像在干船坞的船架子上似的——只是像这样。'他举起手,手掌朝下,指尖向下弯去。

'就像这样。'他重复道。'我可以看见前面的海平线,就像一口钟一样清晰,就在船头柱的顶部;我可以看见远处的海水黑黑的,闪着光,而且很平静——平静得有如一口池塘,死一般的平静,大海从来就没这么平静过——平静得令我不忍目睹。你们有没有见过一艘船头朝下漂着,靠一块腐蚀得难以支撑的旧铁板来撑着下沉?你们见过没有?啊,是的,撑得起来吗?我想到了那个——我想到了一切致命的事;可是你能在五分钟内把那个隔板撑起来吗——或者就说五十分钟吧?我到哪儿去找愿意下到底舱去的人呢?还有木料——木料!如果你看到了那隔板,你有那份儿勇气抡第一下木槌吗?别说你有:你没见到过那情景;谁也没有那胆量。算了吧——要干那样的事,你必须相信有机会,至少有千分之一的机会,有一线机会;而你不会相信这一点。谁也不会相信的。你以为我站在那儿是条狗,但是你又会怎么做呢?怎么做!你说不清——谁也说不清。打一个来回得有时间。你要我怎么办?把这些人吓得乱成一团有什么好处呢?我单枪匹马救不了他们——谁也救不了他们。看看这儿!这就和我坐在你面前的这把椅子里一样真确……'

"他每说几个字,就很快地喘口气,匆匆往我脸上瞟一眼,好像他在悲愤中还注意着他那番话的效果。他不是在对我说话,而只是在我面前说着话,是在同一个无形的人辩论,是在同与他的存在相对立却又不可分离的一个同伴辩论——是在同他的灵魂的另一个所有者辩论。有些问题超越了一场法庭审问的作用:这是对生命的真谛的一场难以捉摸而又意义重大的争吵,并不需要判决。他需要一个盟友,一个帮手,一个同谋。我感到我也许有被包围,被蒙蔽,被引诱,被恫吓的危险,介入了一场不可能解决的争论,如果必须对受支配的各方都要公平——对有其道理的良善之辈,对迫不得已的宵小之辈——就要做出决断。你们没见过他,听他的讲话也是间接的,所以我无法对你们解释我的感觉的复杂性。我似乎是在被用来理解不可思议的事——我不知道还有什么事比这种感觉更令人不快了。我在被用来看到隐藏在一切真理中的习俗,以及虚假中本质的真诚。他一举引起了所有各方的同情——有永远朝向日光的一方,也有像月球的另一半一样永远偷偷在黑暗中苟活,只是时时从边缘露出一线可怕的惨淡光芒来的一方。他使我摇摆不定。我承认这一点,我完全承认。那原因很模糊,很没意义——你们怎么说都行:一个迷失的青年,芸芸众生中的一个——而他又是我们一类的人;一次事故,就和一个被水淹了的蚂蚁窝一样完全没有什么重要性,然而他的态度中的神秘感却抓住了我,好像他是他那一类当中的一个出类拔萃的人,好像这其中隐含的朦胧的真理重要得足以影响人类对自己的观念似的……"

马罗停了停,又吸了吸他那快要灭了的方形雪茄烟,让它重新燃起来,他似乎完全忘了这故事了,却又突然重新开了腔。

"当然是我的错啦。一个人实在犯不着感兴趣。这是我的一个毛病。他的毛病是另一码事。我的毛病在于我对偶然相遇的人,对外在的东西,没有鉴别力——分不清那是捡破烂的人的煤斗还是下一个人的好衣服里子。下一个人——是啊。我遇见过这么多人啦,"他继续说,有片刻的悲哀——"遇见过他们,也有一种——一种——影响力,姑且这么说吧;例如就像这家伙——而我每一次看到的只是人。这是一种混乱的民主性质的见解,可能比完全盲目要好些,但对我而言可没有任何好处,我可以向你们保证。人们期待着他人看重他们的好衣服里子。但是我对这些事从来不能产生热情。唉!这是个缺点;是个缺点哪;接着就来了个柔和的夜晚;有好多人,连惠斯特牌都懒得打——故事也懒得听……"

他又停了停,也许是等待一声鼓励的话吧,但谁也没开口;只有主人,仿佛很不情愿地履行着一种职责似的,喃喃地说——

"你可真妙啊,马罗。"

"谁?我吗?"马罗声音低沉地说。"啊,不!可他倒是挺妙的;不管我费多大劲儿想把这个故事讲好,还是漏掉了无数细微之处——它们太细微了,很难用没有色彩的言词传达出来。这还因为他那么简单,却反而使事情复杂化——这个最单纯的可怜虫!……天哪!他真令人惊奇。他坐在那儿告诉我说,正如我面前看到的他一样,他不会害怕面对任何事——他也很相信这一点。我告诉你们,那真是难以置信的纯真,太过分了,太过分了!我暗暗注视着他,就好像我怀疑他有意要好好嘲弄我一番似的。他相信,只要光明磊落,'光明磊落,记住!'就没有他应付不了的事。自从他才'这么高'的时候——'还完全是个小小子呢。'他就在准备应付在陆地和海上让人挠头的一切困难了。他骄傲地坦言他有这种远见。他一直在细细地勾画危险的情况和防御措施,期待着最坏的情况,预演着他的最佳表现。他一定是自命不凡到了极点。你们能想象得到吗?一次又一次的冒险,如此这般的荣耀,功德圆满的进步!还有每天都在内心深处自封的睿智感。他忘了他自己;他两眼放光;他每说一个字,我的心在他这种荒唐劲儿的冲击下,在胸腔里就变得越发沉重。我没有心情大笑,为了不笑出来,我就硬生生地板起了面孔。他显出恼火的样子。

"'天有不测风云哪。'我用安抚的口气说。我的迟钝激得他轻蔑地'呸'了一声。我想他的意思是不测风云奈何他不得;除非是不可思议的事本身,他那完美的准备是打不倒的。他这次是冷不防地上了当——他悄声对自己咒骂着海水和苍穹,咒骂着那艘船和那些人。一切都背叛了他!他被诱入那种具有高尚情操的屈从心境,使他连一根小手指都没举起来,而那些对实际的需要洞若观火的人却乱成一堆,满头大汗地拼命搬着那救生船。就在最后一刻,出了岔子了。他们在紧张慌乱中,好像不知怎的就把最前边那块救生船垫木的滑栓紧紧地塞住了,随即又对这个要命的事故束手无策。那景象想必是挺有意思的,这帮乞丐在一条安安静静地漂在沉睡着的寂静世界里一动不动的船上卖力地干着,那么拼命,争分夺秒地要放开那条小船,时而四肢着地匍匐爬行,时而绝望地站起来,拖着,推着,恶毒地互相咆哮着,恨不得杀人,恨不得哭泣,只是出于对死的畏惧才耐着性子没有相互扑上去掐脖子,而那死神默默地站在他们身后,就像一个不为外物所动、冷眼旁观的监工。啊,是的!那景象想必很有意思。他全都看在眼里,他可以轻蔑、痛心地谈论这件事;我断定他凭着第六感觉了解到一切细节,因为他对我发誓说,他当时与他们保持着距离,既没看他们,也没看那小船一眼——瞥都没瞥一眼。我相信他。我倒是认为,他正忙着注意大船那危险的倾斜,那是在最为万无一失的情况下发现的令人心悬的威胁——那是悬在他那富有想象力的脑袋上吊在一根头发丝上的剑,这使他迷乱了。

"在他眼前,世上的万物都不动了,而他可以毫无妨碍地给自己想象出那种情景:黑暗的天际线突然向上一摆,大片的海面突然歪过来,那是迅速的、悄没声息的抬升,是残酷的抛扔,是在无底深渊的掌握之中,是没有希望的奋争,永远靠近他头顶的星光就像坟墓的穹顶——那是对他的年轻的生命的叛逆——结局只有黑暗。他可以想象!天哪!谁不能呢?你们须要记住,以那种特异的方式而言,他是个炉火纯青的艺术家,是个有才赋的可怜鬼,具有迅速观察的本事和先见之明。展现在他面前的景象使他从脚跟到脖梗都化成冰冷的石头;但是他脑子里却有思想在炽烈地跳动,那是种跛了、瞎了、哑了的思想在跳动——是一种带有缺损的旋转。我不是告诉过你们,他在我面前自我剖白,就好像我有着捆绑或释放他的权力?他挖得很深很深,希望我认为他无罪,其实这对他并无用处。这是那样一种案例,即无论怎样庄重的欺骗也不能减轻其罪过,无论是谁也帮不了忙;就连他的造物主似乎也爱莫能助,只好让犯罪者自己想办法了。

"他站在舰桥的右舷一侧,尽可能远离为救生船而发生的争斗,那争斗还在继续,既带有疯狂的躁动,又带有一种密谋性的偷偷摸摸。那两个马来人此时还守着舵轮。你们自己描摹一下那其中的演员们吧,感谢老天爷!那是海上独特的一幕场景,四个人不顾一切地拼命使劲却又不敢声张,三个人一动不动地看着,头顶上的天篷遮盖着数百人深深的无知,他们带着倦意,带着梦想,带着希望,却被一只无形的手抓住,陷入毁灭的边缘。他们就是到了毁灭的边缘,我对此毫不怀疑:从那艘船的状态看,这是对可能发生的事故最贴切的描述了。小船旁边的那帮乞丐有一切理由惊恐万状到混乱不堪的地步。坦白地说,要是我在那儿,为了赌那艘大船在每一秒钟结束前,还有机会浮在水面上,我连一个假便士的赌注都不会出。而它却仍然浮着!那些熟睡的朝觐客注定要完成他们的朝觐全程,不过是去另一个终点的苦痛罢了。仿佛他们认为慈悲的全能的天帝为了他们谦卑的对神祇的承认而需要他们在地球上再多留一会儿,并且俯看着对大海示意:'你不可!'假如我不知道旧铁板会有多硬,那他们的逃脱会是件非常难以解释的事而令我烦恼——旧铁板有时会像我们在街上不时遇见的一些汉子的精神那么刚硬,他们疲惫得形影相吊,却还承受着生活的重压。据我想来,这二十分钟里那两位舵工的行为,也不亚于一种奇迹。他们也在从亚丁带来为审判作证的各种本地人当中。其中一位很难为情,他非常年轻,脸光溜溜的,黄黄的,很快活,显得比他的实际年纪还小,我清楚地记得布莱尔利通过翻译问他的情景,问他当时怎么想的,那翻译跟他对谈了一小会儿,带着庄重的神情转向法庭——

"'他说他什么也没想。'

"另一位有一双耐心的、老是眨着的眼睛,一块洗得褪了色的蓝棉手帕将他的灰发扎住,还巧妙地打了个结,他的脸陷成几个窟窿,他那棕色的皮肤被筛网般的皱纹衬得更黑了,他解释说,他知道船上出了什么麻烦事了,但是没有命令;他不记得下过命令;那他怎么能离开舵轮?对继续提出的几个问题,他宽宽的肩膀晃了晃,声称,他当时绝没想到那些白人会因为怕死而要弃船。他现在也不相信。可能有什么秘密的原因吧。他很知情地喋喋不休地说着,下巴一个劲儿地动。啊哈!秘密的原因。他是个很有阅历的人,他想要那位白人老爷知道——他朝向布莱尔利,而布氏连头都没抬起来——他多年来在海上为白人效力,对很多事情都很了解——突然间,他激动地抖着,令我们目瞪口呆地滔滔不绝地讲出一大堆怪里怪气的名字,有已过世的船长的名字,有人们已遗忘的本地船的船名,都是些熟悉的名字,但是他发音很怪,就好像口不能言的时光老人之手多少年来一直在抚弄这些名字。他们终于让他打住。法庭一片寂静,——这寂静至少保持了一分钟才打破,接着又轻轻化成深沉的窃窃私语声。这段插曲是第二天开庭的轰动点——打动了所有的听众,打动了除吉姆以外的所有的人,吉姆阴郁地坐在第一排板凳的一端,从没抬起头来看看这个特别而该死的证人,他似乎掌握了某种神秘的辩护理论。

"就这样,这两个本地水手就守着那条已经失却能反映舵效应的最低航速的大船的舵轮,而且假如他们注定要死的话,死神来临时,也会发现他们还守在那儿呢。那些白人半眼都没瞧他们,可能已经忘记了他们的存在。可以肯定吉姆就记不起这回事了。他只记得他无能为力;他无能为力,因为他孤零零的。除了和船一起沉下去,没有别的办法可想。为此而造成混乱是没有用的。有用吗?他站在那儿等待着,不吭一声,想到某种英雄般的慎重,便越发坚定起来。轮机长小心翼翼地跑过舰桥,拽着他的衣袖。

"'来帮帮忙!看在上帝的分上,来帮帮忙吧!'

"他踮着脚尖跑回那小船旁边,又直接跑回来拽他的衣袖,又是恳求,又是咒骂。

"'我相信他都要亲我的手了,'吉姆凶蛮地说,'接着他又唾沫星子乱溅地直冲着我的脸低声说,"假如我还有工夫,我就要把你的脑壳敲碎。"我推开了他。突然他又抓住了我的脖子。这该死的!我揍了他。我看都没看就出了手。'你难道不想救你自己的性命吗——你这可恶的胆小鬼?'他抽泣着说。胆小鬼!他竟说我是个可恶的胆小鬼!哈!哈!哈!哈!他竟说我是——哈!哈!哈!……'

"他已经靠回到椅子背上,这会儿笑得浑身直抖。我这辈子也没听到过那样痛心疾首的声音。它就像一种疫病,将所有关于驴子、金字塔、市场及其他事情的好兴致一扫而空。整个阴暗的走廊里那些声音都停顿了,一张张疙里疙瘩的苍白面孔齐刷刷地转向我们这边,周围静得如此深沉,一只茶匙掉在走廊的马赛克地板上发出清脆的丁当声,听来都像一声细小而柔和的尖叫。

"'你可别这么笑了,周围这么些人哪,'我劝他道,'他们听了不好,你知道。'

"他最初好像没听见,但是过了一会儿,他瞪着眼,完全没有看到我,却似乎是在探测某种可怕景象的最深处,同时满不在乎地喃喃着——'啊,他们会以为我喝醉了。'

"这之后,从他那神气看,你会以为他再不会吱声了。但是——别担心!他现在再不能停止说话了,正如他不能仅凭着自己的意志而停止生存一样。"

第 九 章

"'我当时在对我说,沉吧——你这该死的!沉吧!'随着这些话,他又讲开了。他想讲完。他实在孤单得厉害,就在脑子里用诅咒的口吻构想出与那条船讲的话,同时又享受到目击这些场景的特权——在我看来——这都是些下流喜剧的场景。他们还在弄那个滑栓。船长在下命令。'到下面去,把它抬起来';其他人都磨磨蹭蹭地不想干。你明白,如果大船突然沉下去,在那条救生船底下压得瘪瘪的可不是事。'你为什么不去——你又最壮?'小个子轮机手带着哭腔问。'真他妈的!我块头太大了。'船长气急败坏地说。这情形真有趣,连天使看了都会哭。他们无所事事地站了一会儿,轮机长突然再次冲向吉姆。

"'来帮帮忙,伙计!你疯了吗,要把你惟一的机会抛开?来帮帮忙吧,伙计!伙计!看这儿——看哪!'

"吉姆终于向船尾望去,因为那人一个劲儿地指着那儿。他看见一团沉静的黑云已经吞没了三分之一的天空。你们知道这些飑云在每年的这个季节是怎么在那儿形成的。你们首先看到地平线越来越暗——别的什么也看不到;然后升起一团不透光的云,就像一堵墙。从西南方飞过来的云气,由病态的白光勾勒出一道笔直的边,将整个天河的星星全部吞没;它的影子映在水面上,将大海和天空搅成一团朦胧的深渊。一切都静止不动了。没有雷,没有风,没有声响;连闪电都不闪一下。然后在这阴沉沉的广阔中出现了一道生动的弧线;黑暗像波浪般暴涨一两下,涌过去,突然间风雨交加,迅猛异常,好像是从一个什么实心的东西里冲出来的。在他们没注意的时候,就上来了这么一团云。他们刚刚注意到它,而且完全有理由推想到,如果说在绝对的静止中,大船才有机会在水面再漂几分钟的话,那么大海稍一搅动,它马上就会完蛋。它冲着这片飑云涌出来之前的浪涌的第一下点头也可能是它的最后一下,会变成直向下栽,可以说,会延长为一种长长的下潜,向下,向下,直到海底。所以才有因他们的恐惧而产生的这些新的闹剧,才有这些表现出他们极端怕死的新的滑稽动作。

"'是黑黑的,黑黑的,'吉姆带着一种阴郁的沉着继续说,'它从背后向我们偷偷袭来。这可恶的东西!我想本来在我脑后还有某种希望。我不知道。但不管怎样这会儿全完了。看到我就这样陷入绝境,真让我疯狂。我很生气,好像我掉进了陷阱似的。我掉进了陷阱!我记得,那一夜还很热。一丝风都没有。'

"他记得这么清楚,他在我面前的椅子里喘着气,似乎流着汗,噎着了。这无疑让他疯狂;它再次将他击倒——是以说话的方式——但是也令他回想起当时让他跑到舰桥上去的那个重要目的,那个已从他心里遗忘的重要目的。他本想将所有的救生艇都放下船。他挥动刀子,乱砍起来,好像什么也没有看见,什么也没有听见,船上的人谁也不认识似的。他们认为他毫无希望地昏了头,糊涂了,可是又不敢大声反对他这样毫无意义地浪费时间。他干完了,又回到他开始站的那个地方。大副就在那儿,迫不及待地一把抓住他,凑近他的脑袋,疾言厉色地低声说道,好像要咬他的耳朵——

"'你这个蠢货!你以为那帮畜生到了水里,你还能有活路吗?好嘛,他们会从这些小船上打你的脑袋。'

"他在吉姆的臂肘旁绞着手,没人搭理他。船长双脚紧张地老是在一个地方踏来踏去,嘟囔着说,'锤子!锤子!我的上帝呀!拿把锤子来。'

"小个子轮机手像孩子一样啜泣着,虽然手臂折了,还有别的毛病,却似乎在这伙人里表现出的懦怯最少,事实上,他还鼓起了足够的勇气,跑了一趟轮机房。说句公道话,这在他可是非同小可。吉姆告诉我说,他像一个无路可走的人露出了不顾一切的神情,低低地呜咽了一声,就冲走了。他马上就手脚并用地爬了回来,手里拿着把锤子,停也没停一下,就扑向那个滑栓。其他人立刻放过了吉姆,跑过来帮忙。他听到锤子咚咚的敲击声,还有松了的垫木掉下来的声音。小船放下来了。直到那时他才回过头来看看——直到那时。但他还是保持着距离——保持着他的距离;他和这些人没有任何共同之处——这些有锤子的人。什么共同之处也没有。他很可能认为自己和他们之间隔着一段不可逾越的空间,隔着不可克服的障碍,隔着一道无底深渊。他尽可能离他们远些——在那条船的范围内。

"他的脚像有胶粘着似的远远地站在那儿不动,他的眼睛盯着那伙人模糊的身影,他们一起弯着腰,都处在恐惧的折磨下,奇怪地摇晃着。舰桥上安装的一张小桌上有个支架,支架上拴着盏手提灯——'帕特纳号'中部没有海图室——灯光照在他们正在使劲的肩膀上,照到他们弯弯的、摇动着的脊背上。他们推着小船的船头；他们往外推着，推入夜色；他们推着，不再回头看他。他们已经放弃了他，好像他的确离得太远了，与他们的隔膜太没有弥合的希望了，以至于不值得说一句动听的话，不值得瞥一眼，也不值得给个手势。他们没有闲心回过头来看看他那被动的英雄气概，来感受他那不合作态度的刺激。那救生船很沉；他们推着船头，顾不上喘口气说句打气的话；但是，将他们的自制力像风中的糠皮一样吹散了的那阵恐慌，却将他们拼命的努力变得有点傻气，要我说，倒很适合一出闹剧中插科打诨的小丑来扮演。他们用手推，用头顶，用全身的重量推，为了宝贵的生命，他们用整个心灵的力量推——只是他们刚把船头完全推出吊艇架，就不约而同地都松开手，争先恐后地往里跳。结果自然是小船一下子摇起来，又把他们赶了回来，无可奈何地挤在一起。他们呆呆地站了片刻，用他们所能想起来的所有骂人话恶狠狠地低声对骂了一阵，又重新来过。一连来过三遍。他忧郁地深思着，向我描述那经过。那幕滑稽勾当的每一个动作都没逃过他的眼睛。'我厌恶他们。我憎恨他们。可我却不得不把那一切都看在眼里，'他淡淡地说，带着阴沉的关注瞥了我一眼，'可曾有人受过这样可耻的折磨吗！'

"他双手抱着头，待了一会儿，就像一个被某种难以启齿的伤害逼得疯狂的人。这是些他无法对法庭解释的事——甚至也不能对我解释；但是假使我不能时时理解那些言谈之间的停顿的话，那么我也不配来听他倾诉衷肠了。在这种对他的刚强的攻击中，有一种充满怨毒而卑鄙的报复心理，是有意的嘲弄；在他受的考验中有一种戏谑的成分——在死亡或耻辱来临之际以一种滑稽的装模作样造成的羞辱。

"他谈到的事我还没有忘,但是过了这么久了,我无法想起他的原话了:我只记得他能奇妙地设法将他心中闷着的怨恨化在对事情经过的平铺直叙中。他告诉我,他有两次相信他的大限已到,就闭上了眼睛,但是两次他都不得不又睁开。每次他都注意到茫茫的寂静更加黑暗。沉默的云的影子从苍穹投到船上,似乎将船上富有生机的一切音响都扼杀了。他再也听不到天篷下面的那些声音了。他告诉我,每次他闭上眼睛,脑海中就闪现出那群排在那儿等死的躯体,就像日光一样分明。当他睁开眼睛时,又要看到那四个人疯了一样为那条死筚的小船拼命的朦胧争斗。'他们一次又一次被甩到船后,站起来互相对骂一番,然后突然间又一齐冲上去……简直能让你笑死。'他垂着眼评论道;然后抬起眼盯着我的脸看一会儿,凄婉地笑笑:'看到这些,我应该快活一生了,天哪!因为到我死前,那滑稽的景象还会在我眼前重现很多次。'他的眼睛又垂下来。'看到听到……看到听到。'他重复了两次,中间的间隔很长,茫然地望着。

"他振作了一下。

"'我决心闭上眼睛,'他说,'可是我不能。我做不到,我也不在乎谁知道这一点。让他们先体验体验那样的事再开口吧。让他们体验体验——干得更好些——就这么回事。第二次我的眼皮很快地睁开,嘴也张开了。我已感到船动了。它的头刚刚往下栽了栽——又轻轻抬了抬——而且很慢!老是这么慢;又老是这么一点一点地。有好几天了它都没动得那么厉害。云已跑到了前头,这第一阵浪涌似乎是涌在一片铅的海上。在那阵涌动中没有任何生机。但却把我脑子里的什么东西打倒了。你会怎么办?你对自己很有把握——是不是?假如现在——就是此刻——你觉得这所房子动了,就在你的座椅下面动了动,你怎么办?跳!老天爷保证!你会从你坐的地方一下子跳起来,跳到那边的灌木丛里。'

"他的手臂猛地向石头栏杆外的夜色甩去。我保持着平静。他一动不动地看着我,很严厉。那可没错:我正在受到威吓,我最好还是不动声色,以免一个动作或一个字不对头,我就会陷进一种无法摆脱的境地,非得对我在这种情况下采取什么立场表态不可。我可不愿意冒那种险。别忘了他就在我面前,他实在和我们这班人太像了,可不能让他变成危险分子。但是如果你们想知道,我告诉你们也无妨,我当时的确很快地看了一眼,估摸了一下到走廊前的草地中央那黑乎乎的一团有多少距离。他高估了我。我只能跳到离那灌木丛还差几英尺的地方——我只对这一点比较有把握。

"他的想法是,最后的时刻已经来临,他就没动。如果说他的脑子在胡思乱想的话,那他的脚却仍如胶粘着似的站在舱板上。也就在这时,他看见小船旁边那伙人中的一个突然往后退去,双臂举起在空中抓着,踉踉跄跄地,然后瘫下来。他倒没真的倒下来,只是轻轻地滑跌,成了坐的姿势,整个人蜷了起来,两肩顶住轮机房天窗的一侧。'这是那个蠢货。一个形容枯槁,脸色苍白,唇须凌乱的家伙。是第三轮机师。'他解释说。

"'死了。'我说。我们在法庭上听说了一些与此有关的情况。

"'他们是这么讲的,'他带着忧郁的冷漠说道,'我当然是根本不知道。心力衰竭。那个人抱怨不舒服已有一阵了。激动。过度劳累。鬼才晓得。哈!哈!哈!显而易见,他也并不想死。天哪,不是吗?如果他不是上了别人的当,赔了自己一条性命,那就毙了我!上了当——这是恰如其分的说法。上了当丢了命,老天爷保证!正如我……啊!假如他保持不动;假如他们去催他从铺位上起来,说船就要沉了的时候,他只是叫他们见鬼去!假如他只是袖手旁观,把他们臭骂一顿!'

"他站起身来,挥着拳头,瞪着我,又坐下了。

"'错过了一个机会,呃?'我喃喃道。

"'你干吗不笑?'他说,'真是见鬼的玩笑。心力衰竭!……但愿有朝一日我也心力衰竭。'

"这话惹恼了我。'是吗?'我以深深的讥讽口吻叫起来。'是啊!你难道不明白吗?'他喊道。'我不知道此外你还能希望什么。'我生气地说。他完全不理解似的瞥了我一眼。这支箭也没射着目标,而且他也不是那种很在意流矢的人。相信我,他太没有城府了;打击他可不公平。我很高兴我发出的飞箭没射中目标,而他甚至就没听到拉弓的动静。

"当时他当然不会知道那人已死了。接下来的一分钟——他在船上的最后一分钟——发生了一大堆乱糟糟的事,引起阵阵激动,这一切就像海水拍击着岩石一样冲击着他。我打这个比喻是有考虑的,因为根据他的叙述,我不得不相信,他始终保持着一种奇怪的感到被动的幻觉,仿佛他没有行动,而是忍气吞声地受着那班恶势力的摆布,他们挑中了他来做他们那恶作剧的牺牲品。第一件临到他头上的事是那沉重的吊架终于向外摆去,发出轧轧的巨响——那轧轧声似乎从甲板透过他的脚底钻进他的身体,沿着脊椎直到他的头顶。接着,那飑云已经很近了,另一阵更厉害的浪涌将那被动的船身往上一抬,煞是吓人,使他透不过气来,惶恐万状的尖叫声像刀子一样同时扎着他的脑子和他的心。'放手!看在上帝的分上,放手!放手!它要走了。'这之后,吊艇滑车索冲过垫木,天篷下面的很多人开始惊慌地讲起话来。'这些叫花子一旦爆发,他们的狂喊足以把死人惊醒。'他说。接下来,随着溅起的水浪,那救生船当真下到了水里,传来人们在船里跌跌撞撞、踢踢踏踏的空洞噪音,夹杂着混乱的喊声:'解开挂钩!解开挂钩!推!解开挂钩!要想逃命就推呀!飑云就要追上我们了……'他听到风在他头顶上空隐隐作响;他听到在他脚下一声痛苦的叫喊。旁边一个迷茫的声音开始咒骂一只旋转钩。大船从船头到船尾开始嗡嗡响起来,就像个被人捅了的蜂窝,而后,就以他给我讲述这一切时的那种安详——因为当时他的态度、脸色、声音都很安详——他继续说,连一点儿警告都没给,'我绊到他的腿了。'

"这是我第一次听说他动过了。我不禁一声惊呼。终于有什么东西使他动了起来,但究竟在哪一刻,是什么原因将他从兀自不动的状态中拉出来,连他自己也不明白,就像被连根拔起的大树不知道吹倒它的是哪阵风一样。所有这些都临到他头上:各种声响,各种景象,死人的两腿——老天!这狰狞的玩笑正像鬼一般硬塞进他的喉咙,但是——注意——他不打算承认他的食管有任何吞咽的动作。他怎么把他的幻觉强加给你,这真是奇特。我听他讲时,就如同听一个施展起死回生妙术的故事。

"'他滚到船边,滚得很轻柔,这是我记得我在船上看到的最后一眼,'他继续说,'我不在乎他干了什么。他看上去好像要爬起来;我想他是要爬起来,当然啦;我预料他会从我身边冲过栏杆,跟着其他人跳进小船里。我可以听见他们在乱冲乱撞,就在下面,一个声音好像飞箭一样大喊着'乔治'。接着是三个声音一起喊。传到我这儿却各不相同:一个声音咩咩地叫,另一个是尖叫,还有一个是咆哮。噢!'

"他打了个颤,我看着他站起来,仿佛一只手稳稳地从上边揪着他的头发,把他拉出了座椅。他慢慢地往上站起——站直了,当他的膝头挺住不动,那手也放开了他时,他又站着晃了起来。在他说'他们叫起来了'的时候,他的脸,他的动作,乃至他的声音,都带有一种可怕的宁静——我不由自主地侧耳倾听那喊声的余音,通过寂静造成的虚假效果,可以直接听到那种声音。'船上有八百人哪,'他说,那可怕的茫然凝视使我靠在椅背上动弹不得,'八百个活人哪,而他们却喊叫着让一个死人跳下去逃命。"跳,乔治!跳啊!噢,跳啊!"我站在一旁,手放在吊艇架上。我很安静。天已是漆黑一团。你既看不见天也看不见海。我听到旁边的救生船一再发出砰砰的撞击声,此外下面有一阵子再没别的声音,但是我下面的大船上却充满了人们的谈话声。突然间船长吼道:"我的天哪!飑云!飑云!推开!"随着第一声咝咝的雨声,随着第一阵狂风吹来,他们尖叫着:"跳,乔治!我们会接住你!跳啊!"大船慢慢地往下栽;雨就像海崩一样浇在船身上;我头上的帽子也吹飞了;我的呼吸也给憋回到嗓子眼里去了。我恍若在一个塔尖上,听到又一声疯狂的尖叫,"乔——嗷——治!噢,跳呀!"大船在我脚下沉下去,沉下去,先是船头……'

"他沉思着将手举到脸部,手指做着捡拾的动作,好像有蜘蛛网在纠缠着他,以后他望着伸开的手掌足足有半秒钟,突然说道——

"'我跳了……'他缩住口,眼神躲闪着。……'好像是。'他又说。

"他那清澈的蓝眼睛转向我,可怜兮兮地瞪着,看着他站在我面前,哑口无言又很难受的样子,我被一种虽有智慧却无可奈何的悲哀感压抑着,同时杂有老年人在小孩子惹的祸事面前无能为力的那种感到好笑而又深切的怜悯。

"'看起来是这样了。'我喃喃道。

"'我完全没有意识到这一点,直到我往上看时才发现。'他急切地解释道。那也是可能的。你得像听遇到麻烦的小男孩一样听他说。他不知道。不知怎的,事情就发生了。这种事绝不会再发生。他跳下去时,身体有一部分压到了别人,而后落在划手的座位上。他觉得他左侧所有的肋骨一定都断了;然后滚翻过来,模模糊糊地看到他刚遗弃的大船耸立在他之上,红色的舷灯在雨中闪着光,显得很大,有如透过一层雾看到的山崖峭壁上的一团火。'大船似乎比一堵墙还高;像一座悬崖般高耸在小船之上……我当时但愿能死掉,'他哭道,'没有回头路了。我仿佛跳进了一口井——跳进了一个无底深洞……'"

第 十 章

"他将手指绞在一起,又把它们分开。这是大实话:他的确跳进了一个无底深洞。他从一个他再也攀不上去的高度上跌了下来。小船那时已往前划过大船的船头。当时天太黑,他们互相瞧不见,而且雨也让他们睁不开眼,将他们淹得半死。他告诉我,那就像被洪水冲着通过一个岩洞一样。他们用背对着飑云;船长似乎拿着一支桨抵在船尾,使小船保持着领先大船的位置,有两三分钟,随着一团漆黑中的一股激流,好像世界的末日来临了。大海发出嗞嗞声,'像二万只开锅的水壶'。那是他打的比方,不是我的。在我想来,第一阵狂风刮过之后,就没什么风了;他自己在审问时就承认,那天晚上大海根本没有掀起什么风浪。他在船头蹲下,偷偷往后瞥了一眼。他只看见高高挂着的桅顶灯射出一道黄黄的暗淡的光,模糊得就像就要消逝的最后一颗星星。'看到它还在那儿,我吓坏了。'他说。他就是这么说的。他吓坏了,是因为想到淹没那些人的过程还没有结束。他无疑希望那可恶的事越快完结越好。小船上谁也没吱声。在黑暗中,它好像在飞驶,但是它当然也走不了多快。接着,那阵骤雨扫到前面去了,那巨大的、惹人心烦的、嗞嗞作响的噪音随着那阵雨远去而消逝了。除了小船两侧水花轻溅的声音,听不到任何声响。

什么人的牙打战打得厉害。一只手碰到了他的背。一个微弱的声音说道,'你在哪儿?'另一位颤声喊起来,'它完了!'他们都一起站起来,向船后看去。他们一点光也看不到了。一切都黑漆漆的。一阵稀疏冰冷的细雨打在他们脸上。小船微微晃了晃。那人的牙打战打得更快了,停了停,两次想开口都没成功,第三次那人才止住颤抖,说出要说的话,'正——正——是时——时候……不——不。'他听出轮机长的声音没好气地说,'我看见它沉下去了。我恰好回过头去看了看。'风几乎完全停了。

"他们在黑暗中看着,头半转向风吹过来的方向,好像料定要听到哭喊声似的。起初他庆幸夜幕遮住了那景象,使他看不见,接下来,知道有这么一回事,却什么也看不见、听不到,却显得多少是一场可怕的不幸之中最大的不幸。'很奇怪,不是吗?'他喃喃着中断了一下他不连贯的叙述。

"这在我看来并没有多奇怪。他必定是在不知不觉中相信,现实不会像他的想象所臆造出来的恐怖那么糟糕,那么令人痛苦,那么骇人听闻,那么会报复,连一半都不到。我相信,在这最初的时刻,他的心被这一切痛苦折磨着,他的灵魂知道八百条生命在夜间被突然而剧烈的死亡抓住时那所有的恐惧,所有的惊慌,所有的绝望加起来的那种滋味,否则他为什么要说,'我好像觉得,我必须跳出那条该死的小船,游回去看看——有半英里——还要远些——不管多远——到原来那个地点……'为什么会有这个冲动?你们看出这里面的意义了吗?干吗要回到原来那个地点呢?干吗不在旁边淹没呢——如果他的意思是淹没的话?为什么要回到原来那个地点去看看——好像他的想象需要靠确实弄清一切都已结束来得到宽慰,死才能带来解脱?我想你们谁也不会做出另外的解释。那是透过迷雾的那种异乎寻常、激动人心的一瞥。那是一种非同寻常的流露。他说了出来,好像那是一个人所能说的最自然不过的事。他将那冲动压了下去,然后就意识到那种寂静。他对我提到了这一点。大海的寂静,天空的寂静,汇合成无边无际的一片死一般的寂静,围绕着这些遇救的、悸动着的生命。'在小船里一根针掉下来的声音你都能听得见。'他说,嘴唇怪怪地一噘,好像一个人在讲述某种极动人的实情时在竭力控制自己的情感。一片寂静!只有造就了他的上帝才晓得他心里对这寂静做何感想。'我想这世上再没有哪一处能这么静了,'他说,'你简直分不出大海和天空;什么也看不见,什么也听不到。没有一线光芒,没有一个形状,没有一点动静。你简直可以相信,每一点干燥的陆地都已沉到海底;除了我和小船上这帮叫花子,世上所有的人都已淹死了。'他靠向桌子,指节夹在咖啡杯、酒杯和雪茄烟头之间。'我好像相信这一点。一切都完了——全完了……'他深深叹了一口气……'和我一道。'"

马罗突然坐直了,猛地使劲扔掉他的方头雪茄烟。它就像个点着火的玩具火箭一样拖着一道红色的轨迹穿进那帷幕似的爬藤了。谁也没有动一动。

"嘿,你们猜怎么着?"他突然兴奋起来,叫道。"他对自己难道不是很老实吗,不是吗?他的命得救了,却还是完了,因为他有脚却没有立足之地,有眼却看不见东西,有耳却听不到声音。彻底的毁灭——嘿!而当时一直仅仅是乌云遮住的天空,没有翻腾的大海,没有骚动的空气。仅仅是一个夜晚;仅仅是一片寂静。

"这情景持续了一会儿,然后他们突然不约而同地议论起他们的逃脱,闹哄哄的。'我一开头就知道那船会沉。''迟一分钟都不行。''真险哪,天爷!'他什么也没说,但是刚才已经停息的微风又回来了,一阵温和的气流渐吹渐强,大海的喃喃细语也加入到在那吓得不敢出声的片刻之后出现的这阵喋喋不休的议论之中。大船沉了!它沉了!这已无可怀疑。谁也没有办法。他们一遍一遍重复着同样的话,好像他们停不了口。从来没有怀疑过它会沉。灯光都没了。没错。灯光都没了。不能再有别的指望了。它得完蛋……他注意到,他们讲话的口气,就好像他们遗弃的不过是一条空船似的。他们认定大船从一开始就挺不了多久。这似乎使他们得到了某种满足。他们互相安慰说,大船挺不了多久的——'就像个熨斗似的栽下去'。轮机长说,在下沉的时候,桅顶灯'就像一根你扔掉的点燃的火柴一样'掉下去了。听到这话,副轮机长歇斯底里地大笑起来。'我真高——高——兴,我真高——高——兴。'他的牙继续'像电动报警器似的'响着,吉姆说,'而且他一下子又哭了起来。他像个小孩子似的哭号着,哭得抽抽噎噎地,啜泣着,"噢,天哪!噢,天哪!"他会安静片刻,又突然开始,"噢,我可怜的胳膊!噢,我可怜的胳——呃——膊!"我恨不得把他打倒。他们有些人坐在船尾座。我只能看出他们的形状。各种声音钻进我耳里,含含糊糊,哼哼唧唧。所有这一切似乎很难忍受。我也很冷。而我什么事也做不了。我想,如果我动的话,我就会从船边翻下去,而且……'

"他的手偷偷摸索着,碰到了一只酒杯,又突然缩回去,好像碰到了一块烧得通红的煤炭。我轻轻推了推那酒瓶。

'你不再来点儿?'我问。他气愤地看着我。'你难道以为我不让自己振作一下,就能把要讲的事告诉你吗?'他问道。那班周游世界的人已经睡了。只剩下我们俩,和一个模模糊糊的白色人形立在阴影里,在我们的注视之下,谦卑地往前探了探,犹豫了一下,又悄没声地退走了。天已很晚了,但是我并没有催促我的客人。

"他在这孤单哀伤的境地中,却听到他的同伴们骂起什么人来了。'你刚才怎么不往下跳呢,你这疯子?'一个谴责的声音说道。轮机长离开了船尾座,听得出他正在往前爬,好像怀着对'这个前所未有的最大傻瓜'的敌意。船长坐在桨旁边,从那儿粗粝刺耳地喊出伤人的形容词。听到那声咆哮他抬起头来,听到了'乔治'这个名字,同时在黑暗中有一只手打到他的胸部。'你还有什么话说,你这傻子?'有人问道,带有一种理直气壮的愤怒。'他们是在说我呢,'他说,'他们在骂我——骂我……用的是乔治这个名字。'

"他停顿了一下,瞪着眼,努力微微笑笑,移开视线,又接着说下去。'那个小个子副轮机长把头凑到我的鼻子底下,"怎么,是那个该死的大副呀!""什么!"船长从小船那一头吼了起来。"不!"轮机长尖声叫道。他也停下来,看看我的脸。'

"风突然离开了小船。雨又开始下起来,夜色中,四处又响起了大海接纳阵雨时所发出的那种柔和、连贯、略略有些神秘的声响。'他们一开始也吓了一跳,说不出话来,'他不紧不慢地叙述着,'而我又能对他们说什么呢?'他踌躇了片刻,努了努劲,又说下去。'他们骂我骂得很难听。'他的声音低下去,如同耳语一样,又时不时突然高上去,由于轻蔑的情绪而激昂起来,好像他是在谈见不得人的丑事。'别管他们骂我什么,'他冷冷地说,'从他们的声音里我能听出恨意。这也好。他们不能原谅我也在那条小船里。他们恨这个。这使他们发疯……'他大笑,又突然止住……'但这也使我没——看! 我正交叉着双臂,坐在小船舷边的扶手上! ……'他轻捷地坐在桌边上,将双臂交叉起来……'就像这样——看见啦? 稍微往后一倒,我就完了——步其他人的后尘。往后倒一点儿——就一点儿——一点儿。'他皱起眉头,用中指的指尖敲着额头,'这念头一直在这儿,'他说得很动情,'一直——那个念头。而那雨——又冷又密,冷得就像融化了的雪水——还要冷——浇在我薄薄的棉布衣服上——我这辈子也不会再那样冷了,我知道。天也是黑黑的——全是黑的。没有一颗星,哪儿都没有一点光。那条乱糟糟的小船之外什么也没有,那两个家伙在我面前尖声急噪,就像一对下流的杂种狗冲着一个被赶上树去的贼。叫! 叫! 你在这儿干什么? 你是好样儿的! 是了不起的正人君子,了不起得搭把手都不肯。不再恍恍惚惚的了,啊? 悄悄溜进来了? 是不是? 叫! 叫! 你不配活着! 叫! 叫! 他们两个一起比着看谁叫得更响。另一位则从船尾透过雨低低地吠着——看不见他——听不清——他说的一些脏话。叫! 叫! 划——噢——噢——噢——噢! 叫! 叫! 听他们叫倒也挺甜蜜;使我活下来了,我告诉你。它救了我的命。他们就这么叫着,好像要用那噪音把我赶下船去……我不知道你还有足够的勇气跳下去。这儿不需要你。假如我知道是谁的话,我早就把你扔出去了——你这臭小子。你把那个人怎么样了? 你哪儿来的勇气跳的——你这胆小鬼? 我们仨是怎么了,没把你扔下船

251

去?……他们上气不接下气;海上的阵雨也过去了。然后什么也没有了。小船周围什么也没有,连一点动静也没有。想看我掉下船去,他们?我的魂儿啊!我想假如他们只要保持安静的话,他们本来会如愿以偿的。把我扔下船去!他们会吗?"试试看吧。"我说。"我赌两便士。""你还不值那么多呢。"他们一起叫起来。天那么黑,只有他们中有谁动起来时,我才有把握看清他。老天爷!我但愿他们试一试。'

"我不由得惊叹,'这事太不寻常了!'

"'还不坏——呃?'他说,好像有些震惊。'他们自作主张地认为,我为了某种原因把那蠢货干掉了。我怎么会?我又上哪儿去知道会出这种事?我不是不知怎的到了那小船里的吗?到了那小船里——我……'他嘴唇周围的肌肉不自觉地收缩成一副苦相,撕开了他平时表情的面具——某种剧烈、短促、明亮的东西,好像一道闪电,让人在刹那间看透一块云团里的秘密旋纹。'我是上了小船了。我分明是同他们在一起——不是吗?一个人被逼得做出那样一件事——还得负责,难道不可怕吗?对他们拼命呼唤的那个乔治,我又知道什么呢?我记得我看见他蜷缩在甲板上。"谋杀犯,胆小鬼!"轮机长一个劲儿地这么骂我。他似乎想不起别的词儿了。我不在乎,只是他太闹了,惹我心烦。"住嘴。"我说。听到这话,他铆足了劲儿发出一阵令人讨厌的喊叫。"你杀了他了。你杀了他了。""没有,"我喊道,"但是我会马上杀掉你。"我跳起来,他往后倒在一块座板上,砰然发出一声巨响。我不知道这是怎么回事。太黑了。大概是想往后退一步吧。我站着没动,面向船尾,那个不幸的小个子副轮机长哀声说道,"你不会打一个断了一只胳膊的人吧——你还自称是君子呢。"我听到沉重的脚步踢踏声——一下——两下——还有呼哧带喘的咕噜声。另一个畜生正向我走来,他的桨碰着船尾一直在响着。我看着他移动,很大,很大——就像你在雾中,在梦中见到的人一样。"来吧。"我叫道。我本想猛地将他扑倒,就像一捆旧绳子。他却停下来,喃喃自语了一番,就回去了。也许他听到起风了。我却没听到。那是我们遇上的最后一阵狂风。他回到他的桨那儿。我很抱歉。我本会试着去——去……'

"他把他弯曲的手指伸开又并拢,他的双手急切而又残酷地颤动着。'镇定,镇定。'我喃喃说道。

"'啊?什么?我没激动。'他抗议道,深受伤害的样子,胳膊肘猛地一动,把那个白兰地酒瓶也打翻了。我往前一冲,使我的座椅在地板上擦出声来。他跳下桌子,好像背后有一个矿爆炸了,他在落地之前半转过身子,然后蹲下,让我看到一对惊恐的眼睛,还有两个鼻孔旁边的一张发白的脸。然后是一副紧张不安的神情。'实在抱歉。我怎么这么笨啊!'他非常苦恼地低声说道,此时洒出来的酒发出的刺鼻气味突然间包围了我们,给夜色的清冷黑暗平添了一种低级饮宴的气氛。餐厅中的灯都已熄灭;我们的蜡烛在长长的走廊里孤零零地发出微光,一根根柱子连上面的三角顶和柱冠都变成了黑色。在闪闪的星光下,港口办事处那高高的基角远远地隔着那片空地显得很分明,好像那堆阴沉的建筑也滑过来,要看一看,听一听。

"他做出一副冷漠的神气。

"'我敢说,我现在不如我当时镇静。当时我对一切都有准备。有些微不足道的事……'

"'你在那条小船里倒是过得挺快活的啊。'我说。

"'我是有所准备的,'他重复道,'在大船上的灯灭了以后,小船上什么都可能发生——世界上的任何事——而且这世界也聪明不到哪儿去。我感到这一点,我挺高兴。天也够黑的。我们好像很快就被封闭在一个空荡荡的坟墓里的人似的。对世上的任何事都不关心了。谁也没发表意见。什么事都无关紧要了。'在这场谈话中,他第三次刺耳地大笑起来,但是没有人会疑心他仅仅是喝醉了。'没有恐惧,没有法律,没有动静,没有眼睛——就连我们自己的也看不见,直到——至少直到日出。'

"我被他话中所暗示的真实性打动了。在宽阔的大海上一条小小的船里,是会有些古怪的。在死神的阴影下降生的生命似乎也笼罩在疯狂的阴影下。当你的船背弃了你时,你的整个世界好像也背弃了你;就是那造就了你、制约过你、关照过你的世界。就好像在深渊中飘荡、接触到无穷的那些人的灵魂由于过度的英勇、过度的荒唐或者过度的邪恶而得到了释放。当然啦,同信仰、思想、爱情、仇恨、观念甚至物质事物的直观形态一样,有各种各样的人,就有各种各样的船难事故,在这件事中,有某种下贱的成分,造成了那彻底的孤立——周围环境有一种邪恶,将这些人与其他人类完全隔绝开来,他们的行为标准从未经过哪怕是一次邪恶可怕的玩笑的考验。他们跟他发火,因为他是个半心半意的逃兵;他把对整个这件事的憎恨都集中在他们身上;他宁可为他们强加给他的这个讨厌的机会痛痛快快地报复一番。一条荡在公海上的小船当然会把潜藏在心底里的各种思想、情绪、感觉和情调中的非理性全引出来。海上的那场灾难弥漫着那种荒唐的下作,他们没打起来,一部分原因也是由于这种荒唐的下作。全是威胁,全是煞有介事的虚张声势,从头到尾都是做假,是魔鬼在极度的蔑视中策划出来的,魔鬼真正的可怕总是在胜利几乎就要到来的时候被人们的坚定不移所挫败。我等了片刻,才问,'那么,出了什么事呢?'真是白问。我已经知道得很清楚了,根本不指望得到一个令人振奋的举止的慈悲,暗示疯狂和恐怖的恩典。'什么也没有,'他说。'我是认真的,但他们只是瞎说一气。什么也没发生。'

"朝阳升起的时候,他和刚跳下小船时一样,还站在船头上。多么持久的准备!他的手里还握着舵柄,握了一夜。他们想往船上装舵时,就把舵掉到船外了,我想大概是他们在小船上忙上忙下,同时干着好多事情,好让小船离开大船的时候,不知怎么把那舵柄踢到前边去了。那是一条长长的、很沉的硬木头,显然他紧握着它握了有六个钟头。你们不能说这还不是有所准备吧!你们能想象吗,他默默地站了半夜,脸迎着阵阵急雨,眼睛瞪着暧昧的人形,注意着哪怕是模糊的动作,竖起耳朵捕捉着船尾座偶尔传来的低低细语。这是出于勇敢的坚定呢,还是出于恐惧的作用?你们怎么看?最起码这耐性也不能否认。或多或少防卫了六个钟头;六个钟头严阵以待一动不动,其间小船随着风向的变化慢慢地划着,漂着;海平静了,终于沉睡了;云从他的头上飘过;天从无边无际的漆黑无光变成阴沉发光的穹宇,闪着更为明亮的光辉,渐渐消逝在东方,在天顶却变成苍白;遮住船尾那低垂的星星的那些黑乎乎的人形显出了轮廓,浮现出来;现出肩膀、脑袋、脸、五官——面对着他,阴沉地瞪着,头发蓬乱,衣衫褴褛,在白色的黎明中眨着他们的红肿眼皮。'看上去他们就好像醉倒在阴沟里有一个礼拜了。'他形象地描述着;接着他含含糊糊地说,日出的情形预示那一天会很平静。你们知道,无论说到哪里,总要提到天气,这是水手的习惯。而在我这方面,他含糊说出的几个词足以使我看到太阳的下半截跃出了海平线,一个巨大波纹的颤动,传遍了目力所及的广阔海域,仿佛海水战栗起来,产生了这个光球,此时最后一阵轻风将空气搅动了一下,发出一声轻松的叹息。

"'他们肩并肩坐在船尾,船长在当中,像三只肮脏的猫头鹰,瞪着我。'我听出他说话的口气含着恨意,它将一种腐蚀性化入普通的词汇,就像一滴强烈的毒液滴入一杯清水;但是我却老想着那个日出。我可以想象,在清澈无云的天空下,这四个人囚闭在没有人烟的大海上,那孤零零的太阳不顾这一点生命的迹象,沿着苍天清朗的曲线上升,仿佛要从极高处热切地注视宁静的海洋反射出来的自己的辉煌似的。'他们从船尾向我大喊,'吉姆说,'好像我们是一起的亲密朋友。我听见他们喊了。他们乞求我通情达理一些,放下那块"大得吓人的木头"。我干吗要这样干呢?他们并没有伤害过我——不是吗?没有损害……没有损害!'

"他的脸通红,好像他不能把肺里的空气排出来似的。

"'没有损害!'他爆发了。'我倒请你评评看。你能明白的。你难道不能吗?你看出来了——是不是?没有损害!老天呀!他们还要怎么干?噢,是的,我非常清楚——我跳了。当然。我跳了!我告诉过你我跳了;但是我跟你说,他们为人太过分了。那就是他们干的事,明摆着,就好比他们伸出来一个挽钩,把我拉了上去。你难道看不出来?你必定看出来了吧?那好。说吧——直截了当地说。'

"他那双不安的眼睛盯着我的眼睛,带着疑问,带着乞求,带着挑战,带着哀求。就是要了我的命,我也不由得含含糊糊地说:'你已经受过审判了。''太不公平了,'他急速地拦住我的话头,'一半机会都没给我——和那样一帮人在一起。这会儿他们又友好起来了——啊,这该死的友好!亲密的朋友,同船共事的。都在一条船上。尽量利用它吧。他们并没有别的意思。他们一点也不在乎乔治。乔治在最后关头回到他的舱位去找什么东西了,结果陷在那儿了。那家伙分明是个傻瓜。很糟糕,当然啦……他们眼望着我;他们的嘴唇动着;他们在小船的那头摇头晃脑的——他们三个;他们招着手——向我。干吗不呢?我难道没跳下来?我什么也没说。我想说的事还找不出字眼来表达。假如我当时开了口,我只会像个牲口那样叫起来。我在自问我什么时候才会醒来。他们大声催促我到船尾去,安安静静地听船长要讲什么。傍晚之前我们保证会被别的船救起来——我们正在运河的航道上;此刻西北方向就有烟了。

"'看到这隐隐约约的烟迹,这道低低的棕色烟雾带,透过它你可以看到海和天的分界线,这使我极为震惊。我冲他们喊道,我站在原地也能听得很清楚。船长开始骂人,声音像乌鸦一样粗哑。他可不打算为了让我听见而扯着嗓门说话。"你是不是害怕他们在岸上听见你的话?"我问道。他对我怒目而视,好像要把我撕成碎片。轮机长劝他迁就迁就我。他说我的脑子还不是很清楚。船长就从船尾站起来,像根厚厚的肉柱——然后就讲——讲……'

"吉姆还是若有所思的样子。'怎么?'我说。'他们一致同意编什么故事,跟我有什么相干?'他不管不顾地叫道。

'他们爱怎么说就怎么说好了。那是他们的事。我知道怎么回事。他们编的事可以叫别人相信,可不能改变我对这事的了解。我由他去说,去争论——去说,去争论。他说啊说得没完没了。突然间我觉得我的两腿站不住了。我不舒服,很疲乏——乏得要死。我丢掉那舵柄,转身背朝着他们,在最前边那个座板上坐下。我受够了。他们冲我喊,想知道我是不是都明白了——难道不对吗,每一个字不是都对吗?对,对,天哪!就照他们的方式吧。我头都没回。我听见他们在一起商量。"那蠢驴什么也不会说。""啊,他够明白的。""随他去吧;他不碍事。""他能干什么?"我还能干什么?我们不是都在一条船上吗?我尽力听而不闻。那烟已在北边消逝了。周围是死一般的平静。他们从船上的水桶里喝了点水,我也喝了。后来他们煞有介事地在船沿上展开了船帆。我可不可以担任瞭望?他们爬到船帆下面,离开了我的视线,谢谢上帝!我觉得很累,很累,精疲力尽,好像打我出生那天起我就没睡过一个钟头的觉似的。由于阳光闪烁,我看不见海水。时不时地他们当中的一个会爬出来,站起来,四下望望,又爬回下面去。我可以听见船帆下一阵阵的鼾声。他们之中真有人能睡着。至少其中一个能睡着。我可不能!四周全是光亮,光亮,小船似乎掉在了光里面。我不时感到很惊奇,因为我竟坐在一块船座板上……'

"他开始在我的座椅前用相等的步子踱来踱去,一只手插在裤袋里,头若有所思地垂着,每隔好大一阵工夫,他的右臂就抬起来做个姿势,似乎要把一个无形的入侵者赶开。

"'我想你大概以为我要疯了吧,'他换了个口气说起来。'你尽可以这么想,如果你还记得我把我的帽子丢了。太阳从我光光的脑袋上一路从东边爬到西边,但是那天我不会有什么损害,我想。太阳不会让我发疯……'他的右臂挥开这个疯狂的念头……'它也不会杀掉我……'他的胳膊又赶走一个阴影……'那全在我自己。'

"'是吗?'我说,无法表达对这个新转折的惊奇,我望着他,有那么一种感觉,我想假如他脚跟一转,就展现出一副全新的面孔来,那感觉也不过如此。

"'我没有得脑膜炎,我也没有倒下来死掉,'他继续说道,'我对头顶上的太阳一点也不在乎。我在冷静地思考,就像任何坐在树阴下思考的人一样。那个油乎乎的畜生一样的船长从帆下伸出他那个头发剪得短短的大脑袋,猜疑的眼睛死盯着我。"天杀的!你会死掉的。"他咆哮着说,又像只乌龟一样缩了回去。我看见他了。我听见他了。他却没有打断我。我当时正想着我不会死。'

"他经过我时,注意地瞥了我一眼,试图探出我的想法。'你是说,你正在暗自思考着你究竟要不要去死?'我尽量用一种深不可测的口气问道。他点了点头,并没有停步。'是的,我独自坐在那儿的时候就想到了这一点。'他说。他又走了几步,走到他想象中来回走动的尽头,而当他转过身子,走回来时,他的两只手都深深地插在口袋里。他走到我的座椅前停住,俯视着。'你难道不相信吗?'他非常好奇地询问道。我感动了,庄严宣称,凡是他认为适合告诉我的,我都准备毫不怀疑地相信。"

第十一章

"他歪着脑袋,听我说完,透过包着他的活动的那层雾的一道裂缝,我对他的真相又瞥见了一眼。昏暗的蜡烛在玻璃球里啪啪作响,我只有凭着这点光看着他;他的背后是有着清朗星光的黑暗的夜色,那排成一层层往后退去的星星的遥遥闪烁将人的目光引向更深的黑暗;然而一个神秘的光却似乎向我显示出他孩子气的脑袋,好像他的青春就在那一刻焕发了一下,又熄灭了。'你能这样听我讲,真是难得的好人,'他说,'这使我好过起来。你不知道这对我意味着什么。你不知道……'他似乎不知说什么才好了。这是看得很清楚的一瞥。他是个你喜欢在你周围看到的那种年轻人;你喜欢想象自己曾经也是那样的年轻人;他们的相貌就会使你想起这些你以为已经逝去、灭绝而且冷却了的幻想,这些幻想好像被另一团火焰重新点燃了一样,深深地,深深地在什么地方引起躁动,发出一道光……热!……是的;我那时瞥见了他一眼……这不是最后一次那样的一瞥……'你不知道处在我这种地位的人得到别人的相信意味着什么——像这样跟一位长者倾诉衷肠。理解人是这么困难——多么可怕的不公平——这么艰难。'

"雾再次逼近。我不知道在他看来我有多老——而且有多智慧。没有我当时感觉的一半老,也没有我自知无用的智慧的一半多吧。再没有别的行当像干航海这样,那些已经下海沉浮的人的心总是向着峭岸边上的青年,他目光灼灼地望着广阔海面上的闪光,而那闪光不过是他自己充满火热的目光的反射罢了。驱使我们每一个人走向大海的期望中,有如此宏伟的渺茫,有如此光荣的无限,有如此美丽的冒险奢望,所以它们本身就是犒赏,也是惟一的犒赏!我们得到的——算了,我们不会谈论这一点;但是我们当中有谁能忍住不笑呢?再没有别的生活像这样,幻想和现实差得这么远——没有别的生活像这样,开头全是幻想——而幻灭又这样快——屈服也这样彻底。我们难道不是在开头都有同样的意愿,到末了都有同样的觉悟,带着同样受到珍视的光荣的记忆度过那可诅咒的倒霉岁月吗?当某种沉重的戳刺达到至深处时,会发现这种联系很密切,也就不足为奇了;在同行的情谊之外,还感到一种更宽泛的感情——那种把大人和孩子拴在一起的感情——的力量,也不奇怪。他在那儿,在我面前,相信年龄和智慧可以弥补真实的痛苦,使我瞥见他自己是个在困境中的年轻人,那是一种窘到极点的困境,是老人们一面藏住微笑,一面要对其庄重地摇头的那种困境。而他还在思考着死亡——这该死的!他竟然找出那个问题来思谋,是因为他以为虽然他逃了命,但生命的一切荣耀都在那个夜晚随着那条船一起沉下去了。还有什么比这更自然的!以一切的良知大声地呼唤同情,这够悲惨的,也够滑稽的,而我又在哪一点上比我们其余的人强,要拒绝可怜他呢?就在我看他的时候,雾再次浓起来,他的声音说道——

"'我当时很迷惑,你知道。那是那种人们料不到会碰上

的事。比如说,就不像是一场战斗。'

"'是不像。'我承认。他看上去变了,好像突然间成熟了。

"'谁也说不清。'他喃喃道。

"'啊!你说不清。'我说,由于我们之间发出的一声轻叹而感到宽慰,那轻叹就像夜间一只鸟飞过。

"'是啊,我是说不清,'他勇敢地说,'就有点像他们编的那个拙劣的故事。并不是撒谎——但也不是真话。那是某种……谎言一下子就可识破。这件事的是非之间还不到一页纸的厚度。'

"'你还想怎么的?'我问;但是我想我说的声音很低,他都没听到我说的话。他继续他的争论,好像人生就是一个由崎岖道路组成的网络,而道路之间都隔着深沟。他的声音听上去倒还有理性。

"'假定我没有——我是说,假定我坚持待在那条大船上呢?好吧。再待多久?就算一分钟吧——半分钟好啦。来吧。在三十秒钟之内,就像当时看上去挺肯定的那样,我就会从船上掉下去;你认为我不会碰到什么就抓住什么吗?——桨啦,救生圈啦,木格栅啦——随便什么吗?你以为我不会吗?'

"'然后被人搭救。'我插了一句。

"'我本来是这么想的,'他反驳道,'结果超出了我的意思,当我'……他抖得好像要吞咽某种很难吃的药似的……'跳——'他挣扎着说出了口,那紧张劲儿就像是空气的波动传来的,使我的身子在座椅上都一激灵。他低垂的眼睛又把我盯住。'你不相信我吗?'他叫道,'我发誓!……该死的!你把我引到这儿来谈话,而……你必须信!……你说过你肯信的。''我当然相信。'我用一种毋庸置疑的口气说道,这使他冷静下来。'原谅我,'他说,'假如你不是个正人君子,我当然也不会把这一切都对你说了。我应该晓得的……我也——我也——也是个君子啊……''是啊,是啊。'我连忙说。他正视着我的脸,然后又慢慢收回了视线。'你现在明白我当时到底为什么没有……没有那样了结了吧。我并不打算被自己的所作所为吓住。不管怎样,即使我坚持待在大船上,我也会尽全力来争取获救的。大家都知道有人漂了几个小时——在大海上——然后被人救了起来,也没糟到哪儿去。我可能会比别的许多人坚持得更久。我的心脏没有任何毛病。'他将右拳从口袋里抽出来,在胸口打了一下,发出的声音在夜里听来就像闷着的爆炸声。

"'是没有。'我说。他沉思起来,两腿稍稍分开,下巴垂着。'一根头发的宽度,'他含含糊糊地说,'彼此之间还不到一根头发的宽度。而当时……'

"'在半夜里是难以看到一根头发的。'我插话道,有点儿不怀好意。你们难道不明白我说这一行当的休戚与共是什么意思吗?我对他感到痛心,仿佛他欺骗了我——我!——把我要保持我开头的幻想的极好机会骗走了,仿佛他把我们共同生活中的光彩的最后一点火花也抢走了。'所以你就撤离了——立即就撤了。'

"'是跳了,'他尖锐地纠正我,'跳了——记住,'他重复道,我对那既分明又隐晦的意图感到纳闷。'好吧,是的!也许我当时看不见。但是在那条小船上我有的是工夫,有的是亮光。而且我也能够思考了。当然没人晓得,但是这并没有使我好过些。你也得相信这一点。我不想谈这些的……不……是的……我不要说谎了……我想谈来着:我想的就是这个——就是这样。你以为你或者任何人可以叫我谈哪,如果我……我现在——我现在不怕讲出来了。我那时也不怕思考。我直面此事。我不打算逃跑。起初——在夜里,若不是这帮家伙我可能就……不!凭老天爷起誓!我不打算给他们那种满足。他们已经够可以的了。他们编造了一个故事,据我所知,他们也相信了它。但是我知道真相,我会重新生活,把它忘掉——我独自生活,就我自己。我不想对这么不公平的事屈服。它到底证明了什么呢?我是伤透了心了。对生活都感到厌恶——实话告诉你吧;但是以——以——那样的方式逃避生活,又有什么好处呢?那不是办法。我相信——我相信它会——它会毫无——毫无结果。'

"'他一直在走过来走过去的,但是说了最后一个字,他突然转过身对着我。

"'你相信什么?'他凶巴巴地问。接下来是一个停顿,我突然感到自己被一种深切无望的疲劳所压倒了,仿佛他的声音把我从一个梦境中惊醒,在梦中我正在浩渺的太空中漫游,太空的无垠搅扰着我的灵魂,耗竭了我的体力。

"'……会毫无结果。'过了一小会儿,他在我的上方又固执地低声说。'不!直面它——单单为了我自己——等待下一次机会——再看看,那才是堂堂正正的……'"

第十二章

"周围凡听力所及之处都是万籁俱寂。他朦胧不清的情感在我们之间变幻着,好像给他的挣扎搅乱了,而在这虚无的帷幔的裂隙中,在我圆睁着的眼睛看来,他显得轮廓清晰并且充满了模糊的恳求,就像图画中的一个象征性的人物。夜间清冷的空气似乎躺在我的四肢上,就像一块大理石一样沉重。

"'我明白。'我喃喃地说,与其说是为了别的理由,不如说是为了向我自己证明我还能够打破我的麻木状态。

"'就在日出之前,"阿文德尔号"把我们救了起来,'他忧郁地说,'直对着我们驶来。我们只需要坐等。'

"停顿了好大一阵,他才说:'他们讲了他们的故事。'然后又是那种压抑的静默。'到那时我才知道我已经下了什么样的决心。'他补充道。

"'你什么也没说呀。'我耳语般地说。

"'我又能说什么呢?'他问道,声音同样地低……'轻微的震荡。将大船停驶。确定损坏情况。采取措施在不造成恐慌的情况下放下救生船。在第一条小船下水时,大船在风浪中沉下去了。像铅一样沉了……还有什么会比这更清楚'……他垂下了头……'而且更可怕呢?'他的嘴唇抖动着,同时他直盯着我的眼睛。'我已经跳了——不是吗?'他有些慌乱地问道。'为了这,我得重新活一次。这个故事倒并不相干。'……他双手交叉握了一下,向着苍茫左右望了一望:'这好像是在欺骗死者。'他结结巴巴地说。

"'结果并没有人死掉。'我说。

"听到这话,他离我而去。我只能这样叙述这件事。过了片刻我看见他的背紧靠着栏杆。他在那儿站了一会儿,仿佛是在赞赏着夜的纯洁与宁静。下面花园中一些开着花的灌木透过潮湿的空气散发出浓郁的香气。他又急步回到了我跟前。

"'而那也没有关系。'他说,口气之固执你怎么想象都不为过。

"'也许没关系吧。'我附和着。我开始觉得他对我来说太过分了。毕竟我又知道什么呢?

"'死也罢,没死也罢,我是不能逃脱的,'他说,'我得活啊;是不是?'

"'好吧,是啊——如果你那么想的话。'我嘟囔着说。

"'当然啦,我很高兴,'他不经意地说,心思全在别的事情上,'就是那件事的曝光,'他缓缓地说道,并且抬起了头,'你知道我听到那消息后的第一个念头是什么?我安心了。我安心了,听说了那些喊声——我告诉过你我听到喊声了吗?没有?好吧,我听到了。喊救命……随着那阵微风吹过来的。我以为是想象呢。而我简直不能……多笨哪……别人没听到。我后来问过他们。他们都说没有。没有?而就在那时我还听到那喊声!我本应晓得的——但是我没想——我只是听。非常微弱的叫声——日复一日。然后这儿的那个小个子混血儿过来了,对我说了。"'帕特纳号'……法国炮舰……

成功地拖到亚丁……调查……海事公所……水手之家……你的食宿都安排好了!"我跟他走了,而且我享受到了那种安静。这么说,本来没有什么喊声。是想象。我不得不相信他。我再也听不到任何声音了。我也纳闷我竟能忍受了那么久。当时情况也正越来越糟……我是说——那声音越来越响。'

"他陷入沉思。

"'而我什么也没有听见!好吧——就算是这样吧。但是灯光呢。灯光确实灭了!我们没看到灯光。那儿没有灯光了。假如有的话,我是会游回去的——我会回去,一路大喊——我会求他们让我上到大船上去……我会有我的机会的……你怀疑我?……你怎么知道当时我是什么感觉?……你有什么权利怀疑?……我本来几乎就要那样做了——你明白吗?'他的嗓门低了下去。'当时却一点亮光也没有——一点亮光也没有,'他悲哀地抗辩道,'你难道不明白吗,假如有亮光的话,你就不会在这儿看见我了?你看见我了——所以你怀疑。'

"我摇头否认。当时小船离开大船不会超过四分之一英里,却看不见大船上的灯光了,这个问题引起了很多议论。吉姆坚持说,在第一场阵雨过去之后,就什么也看不见了;其他人也对'阿文德尔号'的船员们肯定了这一点。人们当然都是摇头笑笑。在法庭上,坐在我旁边的一位老船长白胡子蹭着我的耳朵,悄声说:'他们当然要撒谎。'其实谁也没撒谎;就连轮机长讲的桅顶灯像你扔掉的一根火柴一样掉下去了的话也不是撒谎。至少不是故意撒谎。一个以自己的方式生活着的人在这样的情况下,在匆忙之中回过头去偷偷看一眼时,很可能会从眼角瞥见一星浮动的火花。尽管是在目力所及的范围之内,他们也看不见任何光亮,而他们对此只能有一种解释:大船已经沉了。这是明摆着的事,也令人安慰。预见到的事这么快就来临了,这证明了他们的匆忙是对的。难怪他们不再寻找别的解释。然而真相却很简单,布莱尔利一提出来,法庭就不再纠缠这个问题了。你们大概还记得,大船已经被停住了,躺在那儿,船头朝着那晚行驶的航向,船尾高高地翘起,船头两边压得很低,埋到水里,因为前舱都进了水。由于如此失态,当那飑云稍稍打到它的船舷后部时,船头就一下子迎着风摆过来了,好像它抛了锚似的。大船的位置这么一变,从小船往下风处看去,大船上的灯就是很快就全灭了的样子。即使还看得见它们,那也很可能是一种无言的乞求的效果——它们的闪烁淹没在云层的黑暗中,会具有人眼一瞥的神秘力量,能唤起懊悔和怜悯的情感。它会说,'我在这儿——还在这儿'……就算是最受人嫌弃的人的眼,又能比这多表达到哪儿去呢?但是大船却背朝着他们,仿佛不屑他们的命运:它已经转过去了,身负重载,固执地瞪视着空旷的大海上的新危险,它奇怪地渡过了这场危险,在一所拆船厂里寿终正寝,好像它命里注定该在许多重锤的打击下莫名其妙地了此一生。命运为那些香客准备了什么样的各种收场,我无法说;但是在最近的将来,也就是第二天早上九点钟的样子,却带来了一艘从留尼旺回国的法国炮舰。舰长的报告已公之于众。看到一艘汽船头倒栽在平静而朦胧的海面上,很危险地漂着,他就稍稍偏离了航道,看看到底是怎么回事。有面旗子,倒挂着,在主斜桁上飘着(那船上管事的倒还晓得在光天化日之下发出求救信号);但是厨师们还照旧在前边的烹饪间备餐。甲板上挤得满满的,活像羊圈:沿着栏杆靠的都是人,舰桥上也是人挨人挤得没一点空;几百双眼睛瞪着,炮舰并排靠上来的时候,听不到一点动静,仿佛一道符咒把那么多嘴唇全给封上了。

"那个法国人打了招呼,却得不到一个明白的回答,通过他的双筒望远镜,他看清楚甲板上的人群不像是害瘟疫之后,便决定派出一只小船。两位船员上了汽船,听了船上管事的人诉说,还试图同阿拉伯人交谈,却还是弄不明白:不过那紧急状态的性质当然还是够明显的。他们还颇为震惊地发现,有个白种人已经死了,很安宁地蜷缩在舰桥上。'被这具死尸弄糊涂了'①,很久以后在悉尼,我有一天下午非常偶然地在一个也算是咖啡馆的地方遇到一位上了年纪的法国中尉,他这样告诉我的,他对那件事还记得非常清楚。我可以顺便提一下,这件事确实具有非凡的力量,无论记忆力多差,无论时间过了多久,它也不会被遗忘:它似乎以一种怪诞的活力活在人们的心里,活在他们的舌尖上。我就有那种颇可怀疑的快乐常常与之相遇,在多年以后,在千万里之外,它出现在最不相干的谈话中,从最不沾边的暗示中冒出来。今晚上它不就在咱们之间钻出来啦?而我是这里惟一的海员。只有对我来说,它才成为回忆。而它却成了话题了!但是如果两个互不相识的人都知道这事,那么他们无论在这地球上的什么地方碰上了,在他们分手之前,他们注定会谈起这件事的。我以前从没见过那个法国人,谈了一个钟头之后,我们这辈子也不会再有什么来往了:他似乎也并不健谈;他是个安安静静的大块头,穿一身皱巴巴的制服,昏昏欲睡地坐在一个平底无脚玻

---

① 原文为法文。

璃杯前,杯里倒得半满的是某种黑乎乎的液体。他的肩章已经有点失去了光泽,他那刮得干干净净的脸颊挺大,泛着病态的黄色;他看起来很像个爱吸鼻烟的人——你们不知道吧?我倒不是说他真吸鼻烟;但是那习惯跟那种人挺相配的。谈起这话都是由他隔着桌子递给我一叠《国内新闻》开始的,我还不想要来着。我说,'谢谢'[1],我们谈了几句无关紧要的话,突然间,我还不知不觉的呢,我们就已经聊起它来了,他正给我讲着他们'被那具死尸弄得有多糊涂'。原来他是那上过汽船的两名船员之一。

"我们坐的那个地方,人们可以喝到各种外国饮料,都是留给来访的海军军官们的,他呷了一口那黑乎乎的药一样的东西,那味道可能也不会比加水的黑果覆盆子酒难喝到哪儿去,同时他用一只眼睛盯着那大酒杯,轻轻摇了摇头。'不可思议——你想想看'[2],他说,口气奇特地既漠不关心又带有沉思的意味。我很容易想象出对他们来说这事有多么不可思议。炮舰上没有一个人的英语足够领会汽船上管事的人所讲的事。而且那两个船员周围吵吵得厉害。'他们拥向我们。在那个死人周围[3]围了一圈,'他描述着。'我们只好去听那吵得最凶的。这些人自己就开始骚动起来了——真的[4],那样一群暴民——你不明白吗?'他突然很富理性地插了一句。至于那个间壁,他已向他的舰长建议说,最安全的办法就是别去管它,那间壁看上去都凶多吉少。他们马上[5]在船上找了两条钢缆,拖上'帕特纳号'——船尾朝前——而在当时的情况下,这也算不得笨法子,因为舵已经高出水面太多了,对控

---

[1][2][3][4][5] 原文为法文。

制航向已没有多大用处,而且这么一来也减轻了对那个间壁的压力,他不动声色而伶俐地解释说,间壁当时的状况需要极当心。我禁不住认为①,我的这位新相识想必在大多数这样的处置中都有一定的发言权:他看起来是个靠得住的船员,不再很活跃了,而且在某个方面也挺像水手的,尽管他坐在那儿的时候,肥厚的手指交叉着轻放在他的肚子上,令你想起那些吸鼻烟成瘾、安安静静的乡村牧师,耳朵里灌满了一代代农民的罪孽、苦难和悔恨,而他们脸上那平和单纯的表情又像是一层面纱,罩住了痛苦和烦恼的神秘。他应该穿一身磨出了丝的黑色教士长袍,扣子一直扣到他丰满的下巴,而不是穿着那身带肩章、有铜扣的长外套。在他继续对我讲的时候,他宽大的胸膛有节奏地起伏着,他说那真是件鬼差使,以我的海员资历②,我无疑③能够体会到。说完这句话,他身子稍稍向我这儿靠了靠,努起他那刮得干干净净的嘴唇,吐出一口气,轻轻发出一声嘘声。'幸亏呀,'他接着说道,'大海平静得就像这桌面,也没风,和现在这儿差不多。'……这地方给我的感觉是实在闷得难受,而且太热;我的脸直发烧,仿佛我还是年轻那会儿,还会难为情,会脸红似的。他们指出了他们的航向,他继续说道,那自然④,是到最近的英国港口,到了那儿他们的责任就算完了谢天谢地⑤……他又稍稍鼓了鼓他那胖胖的两颊……'因为,注意⑥,我们拉着那船时,始终有两个军士拿着斧子守在钢缆旁边,准备砍断钢缆,使我们摆脱牵引,一旦那条汽船……'他慌乱地垂下了他那厚重的眼皮,使他的意思明白到不能再明白……'你又能怎么办呢!人也只能尽力

----

①②③④⑤⑥ 原文为法文。

271

而为罢了①。'有好一阵子他设法使他那笨重不动的身躯摆出一副听之任之的神态。'两个军士——三十个小时——一直在那儿。两个!'他重复道,右手往起抬了抬,伸出两个指头。这绝对是我看见他打的第一个手势。它使我有机会'注意到'他的手背上有一道星状的伤疤——显然是一次枪伤的结果;而且,好像这个发现使我的目光更锐利了似的,我还看到了一道旧伤的缝合线,从太阳穴下面一点开始,一直到头侧花白短发的下面才看不见——大约是矛的擦伤或马刀砍的。他又交叉起手,放在肚子上。'我一直在那条——那条——什么船上,我想不起来了②。'啊!"帕特纳号"。就是这个名字③,"帕特纳号"。真可笑,人就这么健忘。我在那条船上待了三十个钟头……'

"'真的!'我叫起来。他还是凝视着他的手,努了努嘴唇,不过这次却没有发出嘘声。'那是个正当的判断,'他冷静地扬了扬眉毛,说,'就是应该留一个船员好好照看一下④'……他懒懒地叹了口气……'也好和牵引船进行信号联络——明白吗?——还有诸如此类的事。至于其他,那也是我的意见。我们把我们的救生船都预备好,随时可以下水——我在那条汽船上也采取了一些措施……总之⑤!人都是尽力而为。那是个挺微妙的位置。三十个钟头。他们给我弄了点吃的。至于酒嘛——你想去吧——一滴也没有。'他那懒洋洋的态度和脸上恬静的表情并没有多大变化,但他却能以某种非同寻常的方式传达出那种深深厌恶的念头。'我——你知道——吃饭要是没有酒——那真是白在世

①②③④⑤ 原文为法文。

上走。'

"我恐怕他会详详细细地发发牢骚了,因为虽然他的四肢动也没动一下,脸上也没有表情,但他却让人意识到这个回忆使他有多难受。但是他似乎全忘了。他们把拖来的船交给了他所谓的'港口当局'。它在那样的平静中被接收,这平静很使他吃惊。'人们可能会以为他们每天都有这么一个可笑的发现①呢。你们真特别——你们这些人。'他评论道,背靠着墙,看上去就像一袋粗碾过的麦粉一样不能做出任何表情。当时那港口正好有一艘军舰和一艘印度海军的汽船,他并不掩饰他对这两艘船放救生船疏散'帕特纳号'上的乘客的效率表示赞赏。他那呆板的神情实在什么也掩饰不了:那神情倒有那种神秘的,几乎是奇迹般的力量,以无法看出来的手段造成了鲜明的效果,那是最高境界的艺术的最后的话。'二十五分钟——表就在手里——二十五分钟,一分都不多。'……他松开了手指,又交叉起来,手却一直没从肚子上挪开,这比他惊讶地把双臂伸向天空更有无数倍的效果……'那伙人全都②上了岸——带着他们那点儿家什——谁也没留下,只有一队水手③和那具有趣的尸首④。二十五分钟。'……他眼睛向下,头微微歪向一边,似乎故意在舌尖上品味着一件漂亮活儿的滋味。他用不着再多表现;就能说服人相信,得到他的赞同是非常值得的,然后他又恢复了他那种难得打断的动也不动的姿态,继续告诉我说,因为奉命尽快驶往土伦,他们两小时后就离开了,'因此⑤我生活中的这段插曲⑥还有许多依然模糊的情节。'"

①②③④⑤⑥ 原文为法文。

第十三章

"说了这些话之后,他态度也没变,就,姑且这么说吧,消极地陷入了一种沉寂的状态。我陪着他;突然间,不过并不仓促,好像是约定的时间到了一样,他稳健沙哑的声音又从他那种一动不动的姿态中响起,他说,'我的天哪①,时间过得真快!'这是再平常不过的一句话了;但是这话一出口,我正好在那一刹那有了一种顿悟。我们半闭着眼睛,有耳不闻,有脑不思地生活着,这太奇怪了。也许这并没什么不好;可能正是这种乏味,才使生活对数不清的大多数人来说这么有过头,这么受欢迎。尽管如此,我们当中可能很少有人从来没有经过一次这样难得的时刻,即我们看到,听到,明白了这么多——一切——在稍纵即逝的片刻——然后我们又回到我们那欣欣然的昏昏然之中。他讲话的时候我抬起眼来,我看着他,就好像我以前从来没见过他。我看到他的下巴垂到胸前,外套皱皱巴巴,看到他交叉的双手,看到他一动不动的姿势,这一切都如此奇怪地暗示着,他简直就是一直被留在那儿了。时间确实过得很快:时间追上了他,又跑到前面去了。它把他毫无希望地甩了,留下几样可怜的礼物:铁灰的头发,晒黑的脸上

---

① 原文为法文。

那沉重的疲乏,两道伤疤,一副失去了光泽的肩章;是那种稳当可靠的男子汉,他们是伟大声名的原料,是那种埋葬在丰功伟绩的基础之下、下葬时并无鼓号齐鸣的一个微不足道的生灵。'我现在是"胜利号"(这是当时法国太平洋舰队的旗舰)上的少尉。'他说道,肩膀离开了墙两英寸,算是自我介绍。我从我这边的桌子这儿略略鞠了鞠躬,告诉他,我现在指挥着一艘商船,正停泊在拉什卡特湾。他'留意过'那船——一条挺漂亮的小船。他以他那不动声色的方式说得很客气。我甚至觉得他客气到歪了歪头来恭维我,一边明显地喘着,一边重复道,'啊,是的。一条漆成黑色的小船——很漂亮——很漂亮①。'过了一会儿,他慢慢地扭过身子,朝向我们右手的那扇玻璃门。'一座乏味的城②。'他说道,眼望着大街。那天很晴朗;狂风正从南边刮来,我们可以看见男男女女的过路人被风吹到了路边,马路对过的房子朝阳的一面也被风高高卷起的阵阵尘土弄得模糊不清了。'我上了岸,'他说,'想伸伸腿,可是……'他没说完,又深深地陷入他的静默。'请你——告诉我,'他沉重地走过来,又说起来,'这件事到底是怎么回事——究竟③怎么回事?真奇怪。比如说,那具死尸——等等。'

"'还有活着的人哪,'我说,'更奇怪了。'

"'没错,没错,'他似让人听见又非让人听见地赞同道,然后,仿佛经过了深思熟虑,又喃喃道,'显而易见。'我毫不费力地跟他讲了这桩事中最引起我兴趣的那些情节。就好像他有知情权似的:他难道没有在'帕特纳号'上待了三十个钟

---

①②③ 原文为法文。

头吗——他难道不是接了别人的班,姑且这么说吧,他难道不是'尽力而为'了吗?他听着我说,看上去更像个牧师了,而且还——可能是由于他的眼睛垂着的缘故吧——带有那种虔诚专注的神情。他有一两次扬了扬眉毛(但是没有抬起眼皮),就好像要说'魔鬼!'还有一次他冷静地喊道,'啊,呸!'声音很低,当我讲完时,他又故意撮起嘴唇,吹了声悲哀的口哨。

"假使是其他任何人,那就可能是厌倦的表示,是冷漠的象征;但是他有他的玄妙,能使他的一动不动显得好像深有所感,而且充满了宝贵的想法,就像鸡蛋里有肉一样。他最后说的不过是一声'很有意思',说得很客气,声音低得有如耳语。我还没从失望中缓过劲儿来,他又说,不过好像是自言自语,'是这么一回事啊。是这么一回事啊。'他的下巴似乎从胸前垂得更低了,他的身子似乎更沉重地压在座位上了。我正要问他是什么意思时,他整个人却颤抖起来,好像是预备好的,就像还没感到刮风,却在静止的水面上看到了一个隐约的波纹似的。'这么说,那个可怜的青年是和其他人一起跑掉了。'他说道,带着一种严肃的宁静。

"我不知怎么搞地微笑起来:在我的记忆中,在与吉姆的事有关的谈话中,这是我惟一的一次真正的微笑。但是关于这件事这么简单的一句话用法语一说听起来就滑稽了……'和其他人一起跑掉了'①,这位少尉说。我突然开始赞赏起此人的鉴别力来。他马上就看出问题了:他的确抓住了我所关切的惟一的一件事。我感到我好像是在以内行的观点来看

---

① 原文为法文。

待此案。他那镇静成熟的沉着是掌握了事实的专家才会有的,对他们来说,人们的苦恼不过是儿戏。'啊!年轻人,年轻人,'他纵容地说,'毕竟一个人不会因此而死掉。''因什么而死掉?'我很快地问。'因为恐惧。'他说明了他的意思,又呷了口酒。

"我看得出来,他受过伤的那只手剩下的三根手指头是僵硬的,不能分开各自独立地活动,所以他拿酒杯时只好笨拙地一把抓。'人永远有恐惧。人可以谈,但是……'他又笨拙地放下酒杯……'恐惧,恐惧——你瞧——总在这儿。'……他碰了碰他胸前靠近一颗铜纽扣的地方,吉姆捶着胸抗议说他的心脏没毛病时,捶的也正是那个地方。我想我大概是做出了有不同意见的样子,因为他坚持说,'是的!是的!人们谈哪,人们谈哪;这都不错;但是到头来,谁也不比谁更聪明些——也不比谁更勇敢。勇敢!这总是要看看的。我已经渡过我的难关了[①],'他说,镇静严肃地用着这句俚语,'在世界各地;我见识过勇敢的人——著名的人!算了吧![②]'……他不在意地喝着酒……'勇敢——你想啊——在服着现役——一个人不得不勇敢——这行当需要这样[③]。不是吗?'他跟我讲起道理来。'好吧[④]!他们每一个人——我是说他们每一个人,如果他是个诚实的人——听好了[⑤]——都会承认,谁都有弱点——有弱点——即使是我们当中最棒的——也有会把一切全放弃的时候[⑥]。只要你活着,就得承认这个真理——你明白吗?在某些特定条件一起起作用的时候,恐惧是一定会临头的。可怕的恐惧。即使对那些不相信这个真理的人,

---

①②③④⑤⑥　原文为法文。

恐惧也同样存在——害怕他们自己。绝对是这样的。相信我。是的。是的。……到了我这把年纪,人就知道他在说什么了——见鬼①!'……他说了这么多,身子却没动,好像他就是个抽象智慧的扬声器,但是说到这儿,他开始缓缓地转动自己的大拇指,以加强他那种超然的效果。'这是显而易见的——真的②!'他继续说道;'因为,不管你下了多大的决心,甚至一场单纯的头痛或一次消化不良③就足以……就拿我来说吧——我就可以为证。好吧④!我,就是在跟你讲话的我,曾经……'

"他喝干了杯中的酒,又去转动手指了。'不,不;人不会因此而死掉,'他最后还是说了出来,当我发现他不打算往下讲他个人的轶事时,我非常失望;因为这不是那种,你们晓得,那种你可以逼着他非讲不可的事,就更令人失望。我默默地坐着,他也是,好像没有比这更使他高兴的事了。就连他的大拇指这会儿也不动了。突然间他的嘴唇动了起来。'正是这样,'他平和地继续说道。'人生来就是胆小鬼⑤。这是个难题——真的⑥!不然那可太容易了。但是习惯——习惯——必要性——你明白吗?——别人的眼睛——瞧⑦。人得面对这些。接下来还有旁人的榜样,他们并不比你强到哪里,却一副冠冕堂皇的样子……'

"他的声音打住了。

"'那个年轻人——你会看到——没有一点这样的诱因——至少在当时没有。'我评说道。

"他宽恕地扬起眉毛:'我没这么说;我没这么说。谈到

---

①②③④⑤⑥⑦　原文为法文。

的这个年轻人想必也有顶好的气质——顶好的气质。'他重复道,有点儿喘。

"'我很高兴看到你采取了一种宽容的看法,'我说,'他自己对这件事的感觉是——啊!——还有希望,而且……'

"他两脚在桌子底下蹭来蹭去,打断了我的话。他抬起那双沉重的眼皮。抬起,我是说——再没有别的词可以形容出那种稳稳当当不慌不忙的动作——终于完全睁开来给我看。我面对着两个细细的灰圈,像两个小小的钢环围着深黑的瞳孔。从那庞大身躯发过来的锐利视线让人觉得极有效率,就像一柄战斧上的锋刃。'抱歉。'他小心翼翼地说。他举起右手,身子往前摇了摇。'请允许我……我主张,人可以很清楚地知道,人的勇气不是凭空而来的①。这没有什么可不安的。多知道一点真相不应当使人活不下去……但是荣誉——荣誉,先生!……荣誉……那才是真的——真的!什么样的生活才值得一过,当'……他以一种沉重的急促站了起来,就像一只受惊的公牛从草地上爬起……'当没有了荣誉的时候——嘿,比方说吧②——我说不出什么意见。我说不出什么意见——因为——先生——我对此毫不知情。'

"我也已经站了起来,因为都想表现出极客气的样子,我们反倒相对无言了,就像壁炉台上的两只磁狗。这家伙!他戳穿了肥皂泡。等待着人家发言时那种徒劳的病态也潜入我们的谈话中来了,使我们的谈话成了空洞的声音。'很好,'我说,不安地笑笑,'但是难道就不能让它不被发现吗?'他做出立即要反驳的样子,但是当他说的时候又变了卦。'这个,

---

①② 原文为法文。

先生,对我来说是太妙了——我无从谈起——我连想都不想。'他脱了帽子沉重地鞠了鞠躬,他用那只受过伤的手的拇指和食指夹着帽檐,将帽子拿在跟前。我也鞠了鞠躬。我们一起鞠的躬:我们非常多礼地将脚向后一退相互鞠着躬,而一个脏兮兮的侍者在一旁不以为然地看着,好像他付了费来看表演。'伙计。'那法国人说。又是嚓的一声。'先生'……'先生。'……玻璃门在他粗壮的背后关上了。我看见从南边刮来的那股狂风抓住了他,赶着他顺风跑,他的手抱着头,肩膀紧绷着,外套的后摆给风吹得直打他的腿。

"我又坐下来,孤独而且丧气——对吉姆的案子感到丧气。如果你们奇怪在过了三年多以后,这件事何以还实实在在地缠着我,那么你们就得知道,我就在最近还见过他。我直接从萨玛郎来,在那儿我装了一船货,要运到悉尼去:这是一桩极乏味的生意,——这里的查理会说是我的一笔合理交易——在萨玛郎我看到了吉姆。他当时正在给德·荣做事,是经我推荐的。在水上兜生意的人。'我的水上代表',德·荣这样称呼他。你们无法想象出一种更缺乏安慰,更不能投以迷人的火花的生活模式了——除非是推销保险生意的人。小鲍勃·斯坦顿——这儿的查理很了解他——就有过那番经历。他后来在'西弗拉号'海难时为了救一位侍女淹死了。你们可能还记得,那是一个雾蒙蒙的早晨,两艘船在西班牙沿海相撞了。所有的乘客都井井有条地给放到救生船里,推离了大船,这时鲍勃却又驶回来,爬回到大船上去找那女孩儿。她是怎么给丢下的我说不上来;不管怎样吧,她完全糊涂了——不肯离开大船——死死地抓住栏杆。这场角力从那些小船上可以看得很清楚;但是可怜的鲍勃在干商船的时候就是最矮的大副,而我听人家说,那女人穿着鞋有五英尺十英寸高,而且还像马一样壮实。这样两个人就拉过来拉过去,那不幸的姑娘一直尖声叫着,鲍勃只是偶尔喊一声,让他的救生船离大船远着点。一个水手后来告诉我,他回忆的时候还藏着微笑,'先生,完全就像一个淘气的小小子在和他妈妈打架。'还是这个老家伙说,'最后我们看得出来,斯坦顿先生已经放弃拖曳那个女人了,只是站在那儿看着她,像是看守着。我们后来想,他一定是算计着也许水一冲上来,就会渐渐把她从栏杆边冲走,他就可以救她了。我们为了保命,不敢靠上去;过了一会儿,那艘老态龙钟的大船右舷一倾斜,就突然沉下去了——扑通一声。这样沉底儿可真可怕。我们再没见什么东西上来,无论活的还是死的。'可怜的鲍勃上岸来生活这一阵全是为了一桩爱情纠纷,我相信。他天真地希望他已经永远和大海一刀两断,而且肯定他已经享有地球上所有的福气了,但是最后却是拉生意。他在利物浦的一个表兄推荐他干了这一行。他曾经告诉过我们他干这一行的种种经历。他逗得我们笑到眼泪都流出来,而且对这个效果他也没什么不高兴,他身材矮小,胡子长到腰间,活像个土地佬,他会踮着脚尖在我们中间走着,说,'逗你们这帮乞丐笑笑倒好,但是一个星期那样干下来以后,我的不朽灵魂可萎缩到一粒干豌豆那么大了。'我不知道吉姆的灵魂是怎么适应他生活中的新环境的——我一直忙着给他找份工作好糊口——但是我相当肯定,他的冒险爱好是在忍受饥饿的痛苦了。在这份新职业中,当然没有可以满足这份爱好的东西。看到他干这个挺让人难受,尽管他以一种固执的冷静应付着,对此我必须给以充分赞扬。我看着他卑微地不停走着,总觉得这也是对他那些英雄梦的惩罚——对他好高骛远、眼高手低的惩罚。他太爱把自己想象成一匹光荣的赛马,如今就像沿街叫卖的小贩的驴子一样被贬到做苦工的地步,没有任何荣誉。他干得很不错。他把自己封闭起来,埋头苦干,决不说一句话。很好;实在很好——除了某些怪诞激烈的爆发之外,也就是当'帕特纳号'的案子抑制不住地又冒出来的可悲时刻。很不幸,在东方海域发生的那桩丑闻总是不能烟消云散。我从来不能感到我和吉姆的关系已经永远完结了,原因也在于此。

"那个法国少尉走了以后,我坐在那儿想着他,然而却没有联想到德·荣那清冷阴暗的工作间,前不久我们刚在那儿匆匆忙忙地握过手,我只是想到许多年前看到他的情景,在蜡烛的最后闪烁中,他单独和我在马拉巴旅馆长长的走廊中,他的身后是凉爽黑暗的夜。他的国家的法律可尊敬的利剑悬在他的头上。明天——还是今天?(我们分手时早已过了午夜了)——冷酷无情的警官在判定那桩攻击殴打案中的罚款和监禁刑期之后,就会拿起那可怕的武器,重击他已经低下的脖颈。我们夜间的交流很不寻常,就像和一个被判了刑的人最后一次守夜。他也是有罪的。他有罪——就像我一次又一次告诉自己的,有罪,而且完了;尽管如此,我还是希望他能够免于正式执行那些繁文缛节。我不想做出能够解释我为什么有这个愿望的样子——我不认为我解释得了;但是如果你们到现在还没有领会到,那我的叙述就一定是非常含糊了,要不就是你们太困了,没有抓住我话里的意思。我并不为我的道德辩护。我出于一时冲动,向他和盘托出布莱尔利逃避的计划——我可以这么称呼它——以所有那种原始的简单,这里并无道德可言。有卢比——绝对有,就在我的口袋里,很可尽他使用。啊！一笔贷款；当然是一笔贷款——如果介绍给一个人(在仰光)，可以给他找份工作……好啊！太乐意了。我在二层的房间里有笔，有墨水，有纸。就在我说话的时候，我已经迫不及待地开始起草那封信了：年、月、日，凌晨二点半……看在我们多年友谊的份上，我请求你给詹姆斯·某某某先生找一份工作，他是如此，这般……我甚至准备用那种笔调来写他。假使他没有获得我的同情，他自己也干得更好——他已经到了那种情绪的泉源了——他已经达到我的自我主义隐秘的感情了。我对你们毫不隐瞒，因为假若我要隐瞒的话，我的行动就显得比最可以有不明智举动的人还要不明智，而且——其次——你们明天就把我的诚挚和其它过去的教训一道都忘掉了。在这桩交易中，笼统地说也好，准确地说也好，我都是无可责备的人；但是我的不道德的微妙意图被那罪犯道德的单纯击败了。他无疑也是自私的，但是他的自私有个更高的起点，有更崇高的目标。我发现，我就随便说好了，他热切地想经历那行刑的典礼；我没有多说，因为我觉得在争论中，他的青春会重重地把我击倒：我已经停下来，开始怀疑的事，他却还相信着。在他没有表达出来的，还没成形的希望的狂热中，有某种美好的成分。'全部清除！无法思考了。'他说着，摇了摇头。'我想帮你个忙，为此我既不要求也不期待你的感谢，'我说，'你可以在方便的时候还这笔钱，而且……''您太好了。'他喃喃地说，头也没抬。我仔细打量着他：在他看来，未来想必是渺茫得可怕；但是他并不迟疑，好像他的心脏确实没有什么毛病似的。我感到气愤——这在那晚已不是第一次了。'整个这桩倒霉事，'我说，'就够惨的了，我觉得，像你这样的人……''是的，是的。'他耳语了两次，眼睛盯着地板。这真令人痛心。光从下照着他,我看得清他颊上的汗毛,他脸上光滑的皮肤下热血涨得发红。信不信由你们,我真觉得这令人痛心。它激起了我的残忍。'是的,'我说,'请允许我承认,我完全无法想象你能指望从这样舔尝渣滓得到什么好处。''好处!'他在沉静中嘟囔着说。'我要想象得出,我就该死。'我愤愤地说。'我一直在尽力把一切的一切都告诉你。'他缓缓地继续说道,仿佛在默想着某种无法回答的问题。'但是毕竟这是我的烦恼。'我开口要反驳,却突然发现我的全部自信都丧失了;而且好像他也放弃了我,因为他就像一个半出声地思考的人一样自语道:'走掉了……进了医院了……他们谁也不肯面对这件事……他们!……'他的手轻轻动了动,表示了轻蔑的意思。'但是我得把这件事料理完,我不能逃避,否则……我一点也不要逃避。'他沉默了。他凝视着,好像被缠住了。他那无意识的脸反映出稍纵即逝的轻蔑、绝望、决断的表情,——交替反映出来,好像一面魔镜会反映出一下子就滑过去的怪异形状。他活在骗人的鬼魂的包围之中,在严峻的幽灵的包围之中。'啊!胡说,我亲爱的伙计。'我开口道。他做了个不耐烦的动作。'你好像不明白。'他尖锐地;然后眼睛眨也不眨地看着我,'我可能是跳了船了,但是我不逃跑。''我并不是想得罪你,'我说,又傻傻地加了一句,'比你棒的人有时也发现走为上策。'他满脸通红,而我在慌乱中差点儿叫自己的舌头给噎住。'也许如此,'他终于说道,'我还不够棒;我逃不起。我一定要把这件事干到底——我现在就干着呢。'我从椅子里站起来,觉得全身都僵了。那沉默令人窘迫,为了结束这场面,我想不出更好的词来,只能说:'没想到这么晚了。'用一种很虚的口

气……'我恐怕你对此已经腻烦了吧,'他粗鲁地说,'实话告诉你'——他开始四下寻找他的帽子——'我也有同感。'

"好嘛！他拒绝了这惟一的帮忙。他把我的援助之手打到一边去了；他此刻就要离去,栏杆外面的夜色好像沉静地等待着他,仿佛他已被圈定成了它的猎物。我听到他的声音。'啊！在这儿呢。'他找到了他的帽子。有几秒钟我们两人都犹豫着。'你准备做什么,以后——在……'我声音低低地问。'鬼混,想怎么混就怎么混。'他粗鲁地轻声回答。我又有几分恢复了机智,认为最好还是不把它当回事。'请记住,'我说,'在你走之前,我非常愿意再见到你。''我不知道如何阻止你。那该死的事是不会让我隐形的,'他非常痛心地说,——'没有这样的运气。'然后,在我们分手的时候,他又让我看到了一场可怕的混乱,又是结巴,又是不知所措,表现出可怕的犹豫。上帝宽恕他——也宽恕我！他那想入非非的脑瓜子又想象着我可能难于同他握手了。这简直难以用语言来形容。我相信我突然冲他喊起来,如同你们喊一个你们眼看着要从悬崖上走下去的人一样；我记得我们的声音提高了,他的脸上浮现出一个苦笑,在我的手上用力地一握,又是一声紧张的大笑。蜡烛急促地爆裂了几下,灭了,这事终于完了,随之一声呻吟在黑暗中向我飘来。他不知怎地走掉了。夜吞没了他。他笨得厉害。厉害。我听到他的靴子踏着碎石发出的轧轧声。他在跑。绝对是在跑,却无处可去。而他还不到二十四岁。"

第 十 四 章

"我只睡了一小会儿,匆匆吃过早饭,稍稍犹豫了一下便放弃了每天清晨例行的上船之行。这真是大错而特错,因为尽管我的大副在各方面都很出色,但是他如果没有在预期的时间收到他老婆的来信,就会胡思乱想,会因愤怒和妒忌而焦虑不堪,无心抓工作,逮着谁跟谁吵,不是在他的舱里哭泣就是大发脾气,只差没逼得全体船员哗变了。这情形一向在我看来是无法解释的:他们已经结婚十三年了;我曾经看到她一眼,而老实说,我真看不出一个男人何以为这么一个没什么吸引力的人绝望到陷入罪恶的地步。我不知道我没把这个看法告诉可怜的塞尔芬是不是做错了:此人给自己造成了一个人间小地狱,我也间接地受其所害,但是某种无疑是虚假的保持一团和气的念头阻止了我。海员的婚姻关系是个很有意思的课题,我可以告诉你们很多例子……然而不是在这儿,也不是在现在,因为我们讲的是吉姆——他可没结婚。假使他想象中的良心,或者他的骄傲,假使灾难性地伴随着他的青春的所有那些四处游荡的鬼魂和严肃的幽灵不让他逃离断头台的话,我,当然不能被怀疑是这样的伴侣,却也不可抗拒地有心去看看他的头滚下来的情景。我去了法院。我没有指望怎样动心或受到启发,也没指望多感兴趣或多害怕——虽然只要人还要活下去，时不时地多受到一番惊吓就是一种有益的惩戒。但是我也没有料到会这样难受。对他的惩罚令人痛心之处在于那种冰冷、下作的气氛。罪行的实际意义在于它打破了人居社区的信仰，从这个观点来看，他并不是一个下作的叛贼，但是对他的处决却很不光明正大。没有高高的断头台，没有大红的刑衣（他们在塔山上有大红刑衣吗？他们该有的），没有为他的罪孽感到恐怖、为他的命运感动得流泪的充满敬畏的群众——没有阴沉的报应气氛。我一路走过，有的是明朗的阳光，一种辉煌，热烈得让人不能安宁，大街上满是一块块乱糟糟的颜色，好像是坏了的万花筒：黄色，绿色，蓝色，耀眼的白色，棕色的没有遮掩的裸露的肩膀，有着红色罩篷的牛车，身子是土褐色、头是黑色的一连本地步兵穿着满是尘土、系着鞋带的靴子行进着，一个身着剪裁得很紧的阴森制服、扎着黑色皮带的本地警察以东方式的可怜眼神抬头看着我，仿佛他的移民精神过分地受到了那个无法预见的——你们管它们叫什么呢？——下凡天神——化身的折磨。在院子里一棵孤零零的大树的树阴下，与那桩殴打案有关联的村民们满有诗情画意地坐在一起，看上去就像一部东方游记中一幅关于野营的彩色平版印刷图画一样。在前景中只少了应有的一缕烟和吃草的驮畜。一堵上面什么也没写没画的黄色墙壁从后面耸起，高过那棵树，反射出强烈刺目的光。法庭阴沉沉的，似乎更显空荡。在那暗淡的空间的高处，那些风扇很短促地摇来荡去，摇来荡去。随处可以看见一个披着块布的人影，被光秃秃的墙壁一衬，显得很矮，他们一动不动地待在一排排空凳子之间，好像全神贯注在虔诚的静穆中。那个被人打了的原告是个脸色像巧克力颜色的大胖子，头剃得光光的，肥胖的胸膛露着一半,鼻梁上有一个黄亮亮的种姓标记,他虚张声势地坐在那里一动不动:只是他的眼睛在闪烁,在阴郁中转动着;鼻孔在他呼吸时剧烈地一张一翕。布莱尔利跌坐在他的座位上,看上去已经垮了,好像他这一夜都在细煤渣铺的跑道上全力冲刺似的。这位虔诚的帆船船长显得很激动,动作也显得不安,好像很难抑制住要站起来、力劝我们祷告并悔过的冲动。法官的脑袋在梳理得很整齐的头发下面显出细嫩的苍白,很像一个毫无希望的病人的头,已经过洗涤梳理,在床上靠着。他把花瓶挪到一边——那是一束紫花,夹杂着长在长长的茎秆上的粉红色花朵——双手紧抓着一长页蓝色的纸,溜眼看了一遍,小臂撑在桌子边上,然后以一种平稳、清晰、漫不经心的口气大声念了出来。

"天哪!不管我有多傻,想到了断头台和人头落地的情景——我向你们保证,实际情况比砍头还是糟得没了边儿。围绕这一切有一种到了最后关头的沉重感,那是随着斧子落下就有了安宁和安全的希望所减轻不了的。这些程序有着死刑判决所包含的一切冰冷的报复性,有着流亡判决所包含的一切残酷性。那天上午我就是这么看待这件事的——即使现在,我似乎还是觉得对一桩普普通通的事看得那样夸张,还是有一点不可否认的真理在其中的。我当时对这事的感觉有多强烈,你们就可想而知了。也许就为这个缘故,我才不能够承认这件事已经完结。这事老是缠着我,我总是渴望听到对它的意见,好像它实际上还没解决似的:个人的意见——国际的意见——天哪!比如那个法国人的意见。他本国的意见是以没有丝毫热情而且是明确的措辞表达出来的,那是一台机器也会用的措辞,如果机器会说话的话。法官的脑袋被那张纸挡住了一半,他的眉毛就像雪花石膏。

"摆在法庭面前的有好几个问题。首先是那艘船各方面的状况是不是很好,可以胜任那次航行。法庭发现它不是。第二个问题,我记得是截止到出事时,对那条船的操作是否恰当,是否被给以海员应有的关切。他们对此说'是的',天晓得为什么,然后他们宣布说,没有证据表明事故的确切原因。可能是碰上了一个漂浮物。我就记得大约在那个时候,有一条载着一船油松走外洋的挪威籍小帆船被宣布失踪了,正是那种船会在风浪中翻个,底朝天地漂上好几个月——那是一种在海上徘徊的吃人鬼,专在黑暗中绞杀船只。这样的游尸在北大西洋是够常见的,海上的一切恐怖都与之有关——雾、冰山、存心捣鬼的死船,还有持续时间很长的邪恶的狂风,那狂风像吸血鬼一样缠住人不放,直到人精疲力竭,绝了希望,感到自己只剩下一具空壳。但是在那边——在那些海域里——类似出于一个怀有恶意的天神的一种特意安排的事故却很罕见,除非它的目的是干掉一个辅机工,让吉姆受比死还难过的痛苦,这种事就显得是一种毫无意义的恶作剧。有了这个想法,我就分了心了。有一阵我意识到法官在讲话,不过只是听见声音而已;但是过了一会儿那声音就形成了清晰的字句了……'完全不顾他们应尽的职责。'那声音说。下一句话不知怎么我又没听到,然后是……'在危险的时候抛弃了托付他们照顾的生命和财产'……那声音平平地继续下去,然后停住了。白色的额头下,一双眼睛从那张纸的边缘上方无神地扫了一眼。我赶紧找吉姆,好像我期望他消失似的。他非常安静——但是他在那儿。他坐在那儿,脸色粉红,人很端正,神情极其专注。'因此……'那声音加重了语气又开始了。他的嘴唇半张开,眼睛瞪着,急切地等待着桌子后边的那个人的话。这些话由风扇造成的风吹入静寂之中,而我,因为注视着这些话在他身上产生的影响,只听到了判词的片言只句……'法庭……古斯塔夫·某某,船长……德国人……詹姆斯·某某……大副……证书取消。'一阵寂静。法官已经放下那张纸,侧身靠着椅子的扶手,同布莱尔利聊了起来。人们开始往外走;还有人在挤进来,我也往门口走去。到了外面我站住了,当吉姆走向大门从我身边经过的时候,我拉住他的胳膊,把他留了下来。他看我的神色使我很不安,好像他的处境该由我来负责似的:他看着我,仿佛我体现着生活的罪恶。'都结束了。'我结结巴巴地说。'是的。'他声音低沉地说。'现在谁也别……'他的胳膊挣脱了我抓着他的手。他走了,我望着他的背影。那是一条长街,过了好久我还看得见他。他走得很慢,而且两腿有点叉开,好像他难以走得笔直。就在我快要瞧不见他的时候,我觉得他好像绊了一下。

"'失足落海的人哪。'一个深沉的声音在我身后说道。我转过身来,看到一个我略微认识的人,一个西澳大利亚人;名叫彻斯特。他也正望着吉姆。这家伙胸围好大,粗糙的脸红扑扑的,刮得干干净净,上嘴唇上留着两撇铁灰色的翘胡子,像金属丝一样密密的。他采过珍珠,营救过遇难船只,做过生意,还捕过鲸,我相信;用他自己的话来说——一个人在海上所能干的一切的一切,除了海盗。南北太平洋是他本来的狩猎场;但是他流浪了这么远,就是在找一艘便宜的船好买下来。最近他发现了——他是这么说的——某地有个鸟粪构成的岛,但是要接近它很危险,而那里的情况甚至抛锚也不能算是安全。'棒得就像金矿一样,'他会赞叹说。'就在沃尔波尔礁的中间,如果你果真在不到四十英寻①的地方找不到可以泊锚的地方,那又怎么样?还有飓风。但那是第一流的货色。跟金矿一样棒——更棒!可是那帮傻瓜谁也不想看到这一点。我就找不到一个船长或是船主走近那个地方。所以我决心自己来运这天赐的东西。'……他要汽船就是干这个的,我知道他当时正跟一家袄教的公司就一艘九十马力、在海上已经过了时的旧双桅帆船谈判得热火朝天。我们见过几次面,交谈过。他很知情的样子望着吉姆。'痛心了?'他轻蔑地问。'很痛心。'我说。'那他没出息。'他评论道。'干吗这么大惊小怪的?一小块驴皮罢了。那玩意儿从来还没成就过一个人。是怎么回事你就得怎么看——要不然,你最好马上就放弃。你在这个世界上就不会做任何事。看看我。我早就什么事都不往心里去了。''是啊,'我说,'你把事都看透了。''我但愿看到我的合伙人过来了,那才是我想看到的,'他说,'认识我的合伙人吗?老罗宾逊。是的;那个罗宾逊。你不认识吗?那个臭名昭著的罗宾逊。这家伙那时候走私的鸦片和猎获的海豹比现在活着的任何一个无拘无束的家伙都多。他们说,他曾经乘帆桅船驶往阿拉斯加,当时雾浓得只有老天爷才能把人一个个分辨出来。这个天见愁的罗宾逊。他就是这么个人。他跟我一起干那笔鸟粪买卖。这是他这辈子碰上的最好的机会了。'他把嘴唇凑近我的耳朵。'吃人的家伙吗?——是啊,多少年以前,他们就给他起了这个外号。你还记得那故事吧?在

---

① 海上计程单位,一英寻等于六英尺。

斯图尔特岛西侧有一条船遇难了;对啦,他们七个人上了岸,好像他们相处得不是很好。有的人对什么事都发脾气——不知道如何在逆境中争取最好的结果——看不清事情的本来面目——本来面目呀,我的伙计!那么后果如何呢?明摆着!烦恼,烦恼;就好像不敲打脑袋都不可能;那也是活该。那种人只有到死的时候才最有用。那故事说,女王陛下的沃尔夫连号舰的小船发现他跪在海草上,赤裸裸地就像他刚生出来时一样,还唱着赞美诗之类的调子;当时正落着微雪。他等到小船距岸只有一桨之遥的时候,才站起来跑掉。他们在大石头间上蹿下跳地追了他一个钟头,直到一个水手扔了块石头,正好打中了他的耳后,打得他失去了知觉。就他一个人吗?那当然。但是就和那猎海豹的帆桅船的故事一样;天知道故事里的是是非非是怎么回事。小船上的人才不太过问那些事。他们给他裹了块船布,就尽快把他带走了,因为天就要黑了,又要变天,大船每隔五分钟就放炮催他们回去。三个星期以后他的身体就和原先一样好了。不管上岸以后人家编派了他什么,他都不为所动;他只是紧闭着嘴唇,任人叫骂。不去管别人骂他什么,失去了他的船,还有他的其它家当,就已经够糟的了。这种人正对我的脾气。'他举起胳膊,对下街的什么人打了个信号。'他攒了点儿钱,所以我不得不让他跟我合伙。不得不!把这样一个发现扔掉简直是罪过,而我自己的钱已经花完了。真让我心痛,但是我能看出是怎么回事,而如果我必须合伙——我想——跟任何人合伙,那还是同罗宾逊好了。我在旅馆吃完早饭时离开他到法院来,因为我有个想法……啊!早上好,罗宾逊船长……我的朋友,罗宾逊船长。'

"一位瘦削的长者,穿一身白麻布制服,头上戴一顶绿边太阳帽,由于年龄的关系颤巍巍地,快步蹭过了马路之后,走到我们这里,靠两手撑着雨伞柄站住。夹着星星点点琥珀色的白胡子软软地垂下来,直到腰际。他惊异地向我眨着他那满是皱纹的眼皮。'你好!你好!'他的声音尖细,但很和蔼,人有些摇晃。'有点儿聋。'彻斯特悄声说。'你就拖着他走了六千英里来买一条便宜汽船?'我问。'我一看见他,就是带着他绕世界转两圈也乐意,'彻斯特兴致勃勃地说,'那汽船会让我们发了,小子。整个该死的澳洲区所有的船长和船主一个个都是该死的傻瓜,这难道是我的错吗?有一回我在奥克兰和一个人谈了三个钟头。"派一艘船来吧,"我说,"派一艘船来。头一船货我分给你一半,免费白送——就为了开个好头。"他说,"即使地球上再没别的地方可以走船了,我也不会派船去。"真是十足的蠢驴,当然啦。岩石,湍流,没有抛锚的地方,只有靠在峭壁下,没有保险公司肯冒这个险,不明白他怎么能在三年之内把货上满。蠢驴!我几乎要朝他跪下了。"但是看看事情的本来面目嘛。"我说。"管他岩石还是飓风。就看看事情的本身嘛。那儿有鸟粪,昆士兰种甘蔗的人就会争着要——在码头上就会争起来,我告诉你吧。"……你拿傻瓜有什么办法呢?……"那是你的一个小小玩笑吧,彻斯特。"他说……玩笑!我都能哭出来。问问这儿的罗宾逊船长。……还有一个有船的主——惠灵顿的一个大胖子,穿了件白马甲,似乎以为我要行骗或干什么勾当呢。"我不知道你在找哪一类的傻瓜,"他说,"但是我此刻正忙着。再见。"我真想用双手抓住他,把他从他办公室的玻璃窗里扔出去,让他粉身碎骨。但是我没有。我还是温和得像个副牧师。

"想想吧,"我说,"还是再想想。我明天再来拜访。"他哼哼唧唧地说什么"整天不在家"。在楼梯上我苦恼得真恨不得把头往墙上撞。罗宾逊船长在这儿,可以告诉你。想想真是窝心,那么可爱的东西在光天化日之下躺在那儿白白地浪费——那东西能让甘蔗长得齐天高。昆士兰就发了!昆士兰就发了!在布里斯班,我去做最后一次努力,他们管我叫疯子。这些白痴!我碰见的惟一的明白人是拉着我转的车夫。我想他是个破落的富家子。嘿!罗宾逊船长?你记得我给你讲过我在布里斯班的那个车夫——记得吧?那家伙看事情很有见地。他一下子就看出来了。跟他谈话真是快事。一天晚上,在船主之间周旋了一天,我感觉很糟,就说,"我得喝他个一醉方休。来吧;我得喝他个一醉方休,不然我非疯了不可。""为您效劳。"他说;"去吧。"要不是他,我真不知道会干出什么来。嘿!罗宾逊船长。'

"他轻轻捅了捅他的合伙人的肋骨。'呵!呵!呵!'那老人笑起来,无目的地往下街望去,然后那悲哀、模糊的瞳孔又怀疑地偷偷看了看我。……'呵!呵!呵!'……他越发沉重地靠在伞上,垂下眼睛,望着地上。我用不着告诉你们,我已经有好几次想走开了,但是每次都被彻斯特抓住我的衣服,拦住了。'再等一分钟。我有个想法。''你究竟有什么鬼想法?'我终于爆发了。'如果你以为我会跟你合伙……''不,不是,小子。太晚了,如果你真这么想的话。我们已经有一条汽船了。''你们有的是汽船的鬼影子罢了,'我说。'作为开头就可以啦——我们没有什么花花架子。有没有,罗宾逊船长?''没有!没有!没有!'老人眼也不抬地哑声说道,他的脑袋因衰老而引起的颤动几乎剧烈得不能抑制。'我想你认识那个年轻人,'彻斯特说,冲着街上吉姆早已消失的方向点了点头,'他昨天晚上在马拉巴同你一起吃饭来着——这是我听说的。'

"我说那倒是真的,还说他也想好好地、体体面面地活着,只是目前他不得不节省每一个铜板——'要做这买卖用不了太多的钱!是不是,罗宾逊船长?'——他挺了挺胸,摸了摸那把又短又密的胡须,而声名狼藉的罗宾逊在他身旁咳嗽着,更紧地靠在那伞柄上,似乎随时会被动地倒下去,成为一堆老骨头。'你瞧,这老家伙有的是钱,'彻斯特悄声吐露着心曲,'我在准备启运那可恶的东西时就把钱都花光了。但是等一等,等一等。好日子就要到了。'……他似乎突然间对我做出的不耐烦的样子感到吃惊了。'噢,哎呀!'他叫道;'我正在给你讲前所未有的最大的事,而你……''我有个约会。'我委婉地说。'那有什么?'他带着真正的惊讶问道;'管它呢。''我现在正是没管它啊,'我说,'你是不是最好还是告诉我,你到底想干什么?''买下二十座那样的旅馆,'他低声冲自己吼道,'也让所有的小丑都住进去——再加二十倍。'他一下子抬起头来。'我想要那个年轻人。''我不懂。'我说。'他没用了,是吧?'彻斯特干脆地说。'我对此一无所知。'我抗议道。'怎么,你亲口告诉过我他很痛心,'彻斯特争辩道,'好吧,据我看来,一个家伙要是……无论如何,他不会有多大用处了;但是你看,我这儿正找人呢,我正好有个差使,挺适合他干的。我会在我的岛上给他一份工作。'他意味深长地点了点头,'我打算往那儿运四十名苦力——要是找不到,就得偷。得有人让他们干哪。噢!我是说正正当当地干:木头小屋,波纹形铁皮做屋顶——我知道霍巴特有个人会赊账六个月给我,让我买那些材料。我就这么干。用名誉担保。然后还有供水问题。我要到处转转,找个人赊给我半打二手铁水箱。盛雨水,啊?让他来管理。让他成为这帮苦力的最高老板。好主意,不是吗?你说怎么样?''沃尔波尔有时好几年都不下一滴雨。'我说,惊讶得都笑不出来了。他咬着嘴唇,似乎很烦恼。'啊,好吧,我会给他们安装点什么——或者把淡水运去好了。不谈这个了!那不成问题。'

"我什么也没说。我迅速地想象着吉姆站在一块毫无遮拦的岩石上,站在没膝的鸟粪中的情景,满耳是海鸟的叫声,头顶上是灼人的太阳火球;空荡荡的天,空荡荡的海都在颤动,在目力所及的地方一起因炎热而沸腾着。'就是我最大的敌人,我也不会劝他⋯⋯'我开口道。'你这是怎么回事?'彻斯特喊道;'我是说给他一份好薪水——就是说,一旦事情开张就给他,当然啦。就跟从一堆木头上滚下来一样容易。简直什么都不用干;腰带上别两把六轮枪。⋯⋯他肯定用不着害怕四十个苦力会干出什么来——有两支六轮枪,他还是惟一有武器的人哪!实际情况比看上去的还要好。我想让你帮我跟他谈谈。''不!'我叫起来。老罗宾逊阴郁地抬起他那昏花的眼睛望了一会儿,彻斯特无限鄙视地看着我。'这么说,你不肯劝他?'他缓缓地说道。'当然不肯,'我答道,愤怒得就像他要我帮忙谋杀什么人来着,'而且,我肯定他不会干。他的确很伤心,但是据我所知,他还没有疯狂。''他在这世上已经毫无用处了,'彻斯特大声道出他的想法,'他为我干正合适。只要你能看出事情是怎么回事,你就会看出这正是他适合干的事。此外……真是的！这是最光明、最稳妥的机会了……'他突然气愤起来。'我一定得有个人手。就是！……'他跺了跺脚,不快地笑了笑。'不管怎样,我可以保证那个岛不会在他脚下沉没——我相信在那一点上他有点特别。''再见。'我突兀地说。他看着我,好像我是个不可理解的傻瓜。……'得走了,罗宾逊船长,'他突然冲着那老人的耳朵叫起来,'这些袄教的家伙正等着我们去敲定那桩买卖呢。'他紧紧地抓住他的合伙人的腋下,把他转过去,带着他走了,然后又出乎意料地掉过头来怨毒地看了我一眼。'我是想好心帮他个忙。'他决然说,那神态和口气令我热血沸腾。'无可言谢——以他的名义。'我还嘴道。'噢！你真是鬼精灵,'他嘲笑道,'但是你和他们别的人一样。全让乌云遮住了。看你能和他做出什么来。''我并不知道我想和他做什么。''他不知道?'他急促地说;他的灰胡子气得竖了起来,他身边那个声名狼藉的罗宾逊支在雨伞上,背对着我站着,像一匹耗尽了气力的拉车的马一样耐心而沉静。'我还没发现过鸟粪岛。'我说。'我相信,就是拉着你的手把你领到那样一个岛上,你也不会认出来的,'他马上反唇相讥,'在这个世界上,你还是得先看到一样东西,然后才能利用它。得把它看透了,彻底看清,既不能看多也不能看少。''还得让别人也看到。'我暗暗刺了他一句,又瞥眼看了看他旁边那个驼背的人。彻斯特冲我哼了一声。'他的眼睛很不错——用不着你担心。你不是小狗。''噢,天哪,不是！'我说。'走吧,罗宾逊船长。'他冲着老人帽子的宽边下喊道,带有一种霸道的恭敬;那'天见愁'顺从地跳了一小跳。等着他们的是一艘汽船的鬼影子。那美丽小岛上的财富！他们组成了一对奇特的寻找金羊毛①的人。彻斯特悠闲地走着步,态度从容,身躯肥胖,不可一世;另一位则细细长长,憔悴不堪,佝偻着,挂着他的胳膊,不顾一切地急速挪着两条干枯的细腿走着。"

---

① 源出《希腊神话》。

第十五章

"我没有马上就开始寻找吉姆,只因为我真有一个约会,是个不能忽视的约会。然后呢,冤家路窄,在我代理人的办事处,我被一个刚从马达加斯加来的家伙绊住了,他非要跟我讲一个小小的计谋,可以做一笔大买卖。和牲口、子弹、还有一个什么拉沃那罗王子有关;但是整个这件事的要害却是某个海军上将的愚蠢——我想是彼埃尔海军上将吧。一切都以此为转移,而那家伙却找不到足够有力的字眼来表达他的信心。他那球状的眼睛从他的脑袋上凸出来,发出可疑的光,额头上有些疙瘩,长长的头发往后梳着,也没分个缝。他喜欢一句话,得意地一个劲儿地重复,'我的座右铭是,最低限度的冒险,最大限度的利润。怎么样?'他搞得我头都痛了,午餐也没吃好,可他倒白吃了我一顿;我一摆脱了他,就径直往水边走去。我一眼就瞧见吉姆靠在码头的栏杆上。他身边有三个本地船员为了争五个小钱正吵得不可开交。他没有听见我走来,但是一下子就转过身来,好像我的手指轻轻一触就把一个弹簧销松开了。'我正在看着。'他结结巴巴地说。我记不得我说了什么了,反正说得不多,但是他并没有为难就跟着我到了旅馆。

"他跟着我,就像个小孩一样乖,一副听话的样子,没有任何表情,倒好像他就在那儿等着我把他带走似的。我对他的顺从原本也不需要这么惊讶。在这个世界上,在这个对有些人来说如此之大而有些人却认为比芥子还小的地球上,他已经无处可——这让我怎么说呢?——没有退路了。对!退路——独守他的寂寞。他走在我身边,很平静,一会儿往这儿瞥一眼,一会儿往那儿瞥一眼,有一次还回过头去看一个西迪波依的消防员,他穿着常礼服和浅黄裤子,黑黑的脸膛闪着绸子般的光泽,就像一块无烟煤。然而我却怀疑他是否看到了什么,甚至怀疑他是否一直意识到我的陪伴,因为要不是我在这儿把他往左扯扯,在那儿把他往右拉拉,我相信他会不管东西南北一直往前走,直到被一堵墙或别的什么障碍物挡住了为止。我把他带到我的卧室,马上坐下来写信。这是世界上惟一一个地方(也许沃尔波尔礁除外——不过那地方可没这么近便),可以由他在那儿独自想心思,而不必受到其他芸芸众生的打扰。那件该死的事——照他的表述——并没有使他遁形,但是我的举动就好像把他当作无形的了。我一在椅子上坐下,就像个中世纪的抄写员似的伏到了我的写字台上,若不是握着笔的手在动,我一直保持着安静,生怕弄出响动。我不能说我害怕了;但是我的确保持着静止,仿佛房间里有什么危险,我这边只要有一点动的意思,就会激得那危险的东西向我扑来。屋里倒也没多少东西——这些卧室什么样你们也知道——一个四柱床架,上面挂着一顶蚊帐,两三把椅子,我正用着的写字桌,什么也没铺的光地板。一扇玻璃门通向楼上的游廊,他就面向着门站着,尽管有一切可能不受打扰,还是很不好过。黄昏降临了;我以最少的动作点燃了一根蜡烛,小心得就好像那过程都是违法的。无疑他很不好过,我也一样,甚至到了这种程度,我不能不承认,竟希望他见鬼去,或者至少到沃尔波尔礁上去。我有一两次也想到,也许还是彻斯特会有效地处理这种灾难。那个奇怪的理想主义者倒立刻找到了一个实用的办法——好像还是正确无误。这就足以使人疑心,他也许真能看出事情的真相,而在想象力差些的人看来,那些事都显得很神秘或者完全无望。我写啊写的;把我欠的信都回完了,我又接着写,写给没有任何理由指望从我这儿得到一封言之无物闲扯淡的信的人们。我不时斜眼偷看一下。他好像生了根似的站在那儿,但是一阵阵的寒颤滚过他的脊背;他的双肩会突然耸起来。他在挣扎,他在挣扎——看样子多半是因为喘不过气来。那些粗大的影子都是蜡烛笔直的火苗从一个方向打出来的,阴郁中似乎有了些知觉;在我偷眼看来,不动的家具都有着一种倾听的样子。我一边奋笔疾书,一边想入非非;尽管如此,每当我的笔写字的沙沙声停下一会儿、房间里完全陷入寂静时,我就痛苦地感到那种剧烈、骇人的怒号——譬如说海上的狂风——引起的思想上深深的不安和混乱。你们当中有些人可能知道我的意思,——那种夹杂着焦虑、痛苦、愤懑和某种怯懦的感觉潜进来——坦白承认这种感觉并不愉快,但是对一个人的忍受力却是一种无言的、特殊的褒奖。我并不是说忍受得住吉姆的感情压力有什么了不起;我满可以借写信来躲避;如果需要,我还可以给陌生人写信。突然间,正当我拿起一张新的信笺的时候,我听到一声微响,这是我们两人关起门来待在一起以后,在这房间的昏暗寂静之中传到我耳鼓里来的第一个声响。我还是垂着头,手却不动了。那些在病床前守护过的人在夜间看护的寂静中听到过这样微弱的声音,这是从病痛折磨着的躯体里,从疲倦的灵魂中发出的声音。他用力推开玻璃门,震得门上的玻璃直响;他走了出去,我屏住呼吸,侧耳倾听,却不晓得还指望听到什么。他实在是太把一种空洞的规则当回事了,而那在彻斯特严厉的批评看来,似乎根本不值得一个能够看到事情的本来面目的人在意。一种空洞的规则;无非是一块羊皮纸。罢了,罢了。至于那无法接近的鸟粪层,那完全是另一回事。一个人可以很理智地为之心碎。楼下的餐厅里隐约飘上来一阵很多人的声音,夹杂着银器和玻璃杯的丁当声;穿过敞开的门,我的烛光的外沿微弱地照在他的背上;再往外是一片黑暗;他站在一大片朦胧的边缘,像一个孤魂在一个阴沉无望的大洋之岸。大洋中有那个沃尔波尔礁——这是肯定的——是黑暗的虚空中的一点,是快要淹死的人的一根稻草。我对他的怜悯形成了这样一种想法,就是我不想让他的人在那个时刻见到他。我自己都觉得难堪。他的背不再因喘不过气来而抖动;他站得箭似的笔直,隐约可见而且一动不动;而这一动不动的意味沉到我的心底,像铅沉到水里,使我的心如此沉重,以至于有一秒钟我衷心地希望留待我做的惟一一件事就是出钱给他办葬礼。就连法律都不管他了。把他埋了会是多么轻而易举的善行啊!这会很符合人生的智慧,把凡是让我们想起我们的愚蠢、我们的弱点、我们的灭亡的事都赶出视野;包括一切与我们的效率作对的事——我们过去失败的记忆,我们永不终止的恐惧的暗示,我们已故朋友的躯体。也许他确实是太往心里去了。果真如此,那么——彻斯特的提议……想到此处,我又拿起一张新纸,毅然决然地写起来。在他与那黑压压的大海之间,除了我就什么也没有了。我有一种责任感。假如我说出话来,那个动也不动、正在难受的青年会不会跳入那苍茫之中——抓住那根稻草？我这才发现,有的时候要发出声音竟也如此为难。说出声的话有一种怪异的力量。见鬼,为什么不说出来呢？我一边继续写个不停,一边一个劲儿地自问。一下子,在那张没写字的白纸上,就在笔尖下,彻斯特和他那风烛残年的合伙人这两个影子鲜明而完整地闪入视野,大步流星,做出种种表示,好像是由某种光学玩具里再现出来的。我会看他们一阵子。不！他们太虚幻,太夸张了,走不进任何人的命运。而一句话却传得很远——非常远——通过时间发出破坏作用,正如子弹穿过空间运行一样。我什么也没说；而他呢,在外面,背向着光,好像被人类所有的无形的仇敌捆住了手脚,堵住了嘴巴,一动也不动,一声也不吭。"

第十六章

"我将看到他受人爱戴、受人信任、受人赞扬的时候就要到了,他的名字会带有一种传奇般的力量和神勇,仿佛他已成了英雄一类的人物。这是真的——我向你们担保;就和我此刻坐在这儿白白地谈论他一样真实。在他那方面呢,他也有那种才能,稍加暗示,就能看出他的愿望所在,以及他的梦想该是什么样,没有愿望和梦想,这世上就不会有情人,也不会有冒险家了。他在丛林里获得不少荣誉,还有一种理想淳朴的幸福(我不去说任何关于无辜的话),这于他和另外一个人在大马路上获得的荣誉和理想淳朴的幸福是一样地好。知足乐,知足乐——让我怎么说呢?——在哪儿都是就着一盏金杯一饮而尽:让你回味——只让你,而你尽可以使它令人沉醉。他是那种会痛饮的人,你们凭着以前发生的事就能猜出来。我发现他假使不是真的醉了,那至少也因为嘴唇上的灵丹妙药而喜形于色。他不是一下子就得到了它的。如你们所知,在可怕的船帆索具买卖人当中,有一个见习期,那期间他可遭了罪了,我也很担心——担心——担心我轻信了——你们可以这么说。我不知道我现在看到了他如此辉煌之后是不是就完全放了心。那是我最后一次见到他——很突出,很有号召力,然而又跟他所处的环境——跟森林中的生活,跟普通人的生活——十分和谐。我承认我被打动了,但是我必须对自己承认,这印象毕竟不能持久。他的孤立保护了他,像他这样优越的人只有他一个,又同自然有着密切的联系,而自然对于热爱她的人总是很容易相处的。但是我不能把他这种安全的形象保留在我的眼前。我总是回想起从我房间那扇敞开的门看到的他,当时他也许太把他失败的没什么大不了的后果当回事了。我当然很高兴,因为我的努力到底有了——一些好报——甚至有了一些光彩;但是我似乎不时感到,假使我没有把他与彻斯特那乱七八糟的慷慨建议隔开,对我心灵的安宁可能反而会好些。我不知道他那丰富的想象力会对沃尔波尔礁作何感想——那是在水面上最毫无希望地没人要的一块干地。我不大可能会听说得到了,因为我必须要告诉你们,那个彻斯特在某个澳大利亚港口把他那条早已不适合航海的两桅方帆汽船修补了一番之后,就带着总共二十二个水手驶入了太平洋,跟他的神秘命运可能有些相关的惟一的消息是,大约一个月左右之后有一场飓风,可能沿着它的航道吹过了沃尔波尔礁。这班探险家再没有一丝痕迹冒出来过;那鸟粪堆上没有传出一个声响。完了!在充满活力、性情急躁的海洋中,太平洋是最理智的了:冰冷的南极也能保守秘密,但是更像是以坟墓的方式在保密。

"在这种理智中,有一种幸运的一了百了的意味,这是我们大家多少都真挚地随时准备承认的——因为除此之外,还有什么使死的念头可以忍受?结束了!完了!这个有力的字眼将缠人的命运的影子驱除出生命之房。这正是——尽管我亲眼所见,尽管他信誓旦旦——我在回顾吉姆的成功时所没有感觉到的。哪里有生命哪里就有希望,此话不假;但是也有恐惧啊。我不是说我后悔我的所作所为,我也不想装出那以后我晚上都睡不着觉的样子;然而这个念头还是要冒出来,即他把他的丢面子看得这么重,而要紧的是罪过本身。在我看来,他不是——如果我可以这么说的话——那么容易看得清。不容易把他看清楚。而人们怀疑他自己也看不清自己。他有细腻的敏感,细腻的感情,美好的向往——一种升华了的、理想化了的自私。他是——如果你们允许我这么说的话——非常微妙的;非常微妙——也非常不幸。稍微粗糙一点的性格都不会忍受这痛苦了;它会不得不迁就自己——叹口气,咕噜一声,或者甚至哄笑一阵;更粗糙的性格则会刀枪不入般地不知不觉,完全没有趣味。

"但是他太有意思,或者是太不幸了,不能丢下不管,或者甚至丢给彻斯特不管。当我坐在我的房间里,面对那张信纸,而他挣扎着喘着气,还那么可怕地偷偷摸摸地喘的时候,我就感到了这一点;在他冲出去到游廊上,好像要投身下去——不过却没有——的时候,我就感到了这一点;他待在外面的那段时间,我越来越强烈地感到了这一点,当时他衬着夜色,在微弱的烛光映照下,仿佛站在一片阴沉绝望的大海岸边似的。

"一阵突如其来的沉重的轰隆声使我抬起头来。这阵噪音似乎滚过去了,突然间一道探究的强烈的光打在夜的盲目的脸上。那持续而炫目的闪烁似乎为时过久了。低吼的雷声渐响渐强,此时我看着他,清晰而又黑暗,牢牢地伫在一片光明的大海的岸边。在最灿烂的时刻,随着响到极点的一声炸雷,黑暗向后跃去,他就从我眩晕的眼前骤然消失,仿佛已被炸得粉碎。一声吓人的叹息飘过;愤怒的手似乎在撕扯着灌木丛,摇动着下面的树冠,猛撞着门,敲着窗玻璃,都沿着这楼房的正面面。他走进来,把身后的门关上,看见我正伏在桌前:我突然急切地想知道他会说什么,几乎都有些害怕了。'我可以抽支烟吗?'他问道。我推了推烟盒,头也没抬。'我想要——要——卷烟。'他喃喃地说。我的心情变得极度轻松。'等一下。'我愉快地咕哝着说。他这儿走几步,那儿走几步。'完了。'我听见他说。从海上远远传来一声闷雷,就像一声遇险的号炮。'今年的季风来得真早。'他闲谈似的在我身后什么地方说道。这鼓励了我转过身去,我刚写完最后一个信封就这么做了。他在房间当中贪婪地吸着烟,虽然听到了我转身的动静,他却有一阵子还是背对着我。

"'来吧——我应付得挺好,'他忽然转过身来,说道,'付出了一些代价——倒是不多。我不知道以后会怎么样。'他的脸没流露出任何情感,只是显得有点儿暗淡和浮肿,好像他一直憋着气似的。他勉强微笑了一下,又接着说了下去,我就无言地盯着他……'不过还是谢谢你——你的房间——那么方便——为一个——打断了腰的——家伙。'……雨在花园里淅淅沥沥地下着;一个水管(想必上边有个洞)就在窗外拙劣地模仿着号啕大哭的悲哀,可笑地抽泣着,汩汩地哀叹着,又被一阵阵急促的痉挛似的寂静所打断……'一处避难所。'他嘟嚷着说,住了嘴。

"一道逝去的闪电的亮光透过窗户的黑框冲进来,又无声地退去。我正在想着我怎么接近他最好(我不想再碰钉子了),他却笑了起来,笑声很短促。'现在比流浪汉也强不到哪去了'……烟头夹在他的手指间,无焰地燃着……'没有一个——一个,'他缓缓地说着,'然而……'他停住了;雨声大了一倍。'总有一天,人必然会碰到某种机会把一切全都捞回来。必然的!'他耳语般地说着,声音清晰,眼睛则瞪着我的靴子。

"我甚至不知道他这么希望重新捞回来的是什么,他想念得这么厉害的是什么。想必太了不得了,简直无法说出口。据彻斯特来看,不过是一张驴皮。……他探询地抬眼看着我。'也许吧。如果没有死得太早的话。'我从牙缝里喃喃地说,带有一种没有道理的憎恶。'别把它看得太重。'

"'天哪!我觉得好像没有什么能够伤到我,'他以一种阴沉的自信口吻说,'如果这件事不能把我打倒,那么就用不着害怕没有足够的时间——爬出来,而且……'他往上看着。

"这使我想到,那流浪者漂泊者的大军,就是由他这样的人来补充的,这些人堕落下去,沉沦到这世界所有的渊薮中。他一离开我的房间,那'一处避难所',他就会在那队伍中找到他的位置,开始走向那无底深渊的旅程。我至少不抱幻想;但也是我却在片刻之前还对言语的力量有如此把握,此时竟害怕开口,正好像一个人因为害怕失去一个滑溜溜的立脚点就不敢挪动一样。我们就是在试图掌握他人最隐秘的需要时,才洞察到人们是多么不可理解,多么摇摆不定,多么迷离,尽管他们和我们看到同样的星星,享受到同样的太阳的温暖。就好像寂寞是存在的一个艰苦而绝对的条件;我们所注目的血肉之躯在伸出的指头面前化了,只剩下反复无常、极度忧郁、总在逃避的精神,那是谁也看不见、抓不着的。就是因为害怕失去他,我才保持安静,因为我突然由于不可说明的力量省悟到,假如我让他滑到那黑暗中,那我永远都不会原谅自己。

"'好吧。谢谢——再次感谢。你真是——呃——非常——实在没有词来……非常!我不知道为什么,但是我肯定。假如整个这件事不是这样残忍地向我扑来,我恐怕我感觉不到应有的感激之情。因为从心底里……你,你本人……'他口吃起来。

"'很有可能。'我插了一句。他皱起眉头。

"'都一样,人得负责任。'他像只鹰一样看着我。

"'那倒也对。'我说。

"'好吧。我已经随着这事走到了头,我不想让任何人拿这事来责备我,而不——不——生气。'他握紧了拳头。

"'那才是你呢。'我微笑着说——够没笑意的,上帝知道——但是他威胁地看着我。'那是我的事。'他说。一种不屈不挠的坚决神情浮现在他的脸上,又消失了,像一个徒然掠过的影子。接下来的片刻,他看上去又像一个遇到了麻烦的挺可爱的好孩子,跟以前一样。他一下子扔掉了烟头。'再见。'他说,带有一种突然的急促,那是一个逗留得太久的人在看到一件急活等着他时才有的那种急促;然后有一两秒钟他一动也没动。滂沱大雨沉重地不断倾泻而下,那没有遏止、压倒一切的愤怒的声音使人想起正在坍塌的桥梁,连根拔起的树木,被破坏了的山岭等形象。没有人能挺胸挡住这巨大的急流,它似乎要打破和搅动这昏暗的沉寂,我们并不安稳地躲在其中,好像在一个岛上。那穿了洞的水管汩汩作响,时而噎住,时而吐出,还溅起水花,好像在讨厌地嘲弄着一个挣扎着求生的游水者。'正下着雨呢,'我规劝道,'而且我……''下雨也罢,天晴也罢。'他粗鲁地开了腔,又克制住自己,走到了窗口。'完全是洪水啊,'过了一会儿他喃喃道;他的额

头贴到玻璃上。'天也黑了。'

"'是啊,天很黑了。'我说。

"他以脚跟为轴转过身来,走过房间,而且都已经打开通往走廊的门了,我才从椅子上跳起来。'等等,'我喊道,'我想要你……''我今晚可不能再跟你一起用晚餐了。'他不客气地甩过来这句话,一条腿已经迈出了房门。'我丝毫没有打算请你的意思。'我喊着。听了这话,他把脚缩了回来,但是还是不信任地站在门口。我赶紧诚恳地恳求他别不讲理;让他快进来,把门关上。"

第十七章

"他终于进来了;但是我相信这主要还是下雨造成的;当时雨下得正猛,大有席卷一切之势,而在我们谈话的时候,雨就渐渐消停下来。他的态度非常冷静稳重;他的举止就像一个生性沉默寡言却有一定之规的人。我谈的是他物质方面的处境;谈话的惟一目的就是把他从堕落、毁灭和绝望中拯救出来,这都是很快就会向一个没有朋友、无家可归的人逼近的;我恳请他接受我的帮助;我说得很理智:而每当我抬起头来看到那张聚精会神的光滑的脸,看到那张脸是那么严肃而又年轻时,我就有一种不安的感觉,觉得我非但没有帮忙,反而成了他受伤的灵魂某种神秘的、无法解释的、难以理解的努力的一个障碍。

"'我揣度你打算照常在保护之下吃喝和睡觉吧。'我记得我恼火地说。'你说你不会碰那些该你所得的钱。'……他做出他那种人所能表现出的恐惧的样子。(作为"帕特纳号"的大副,还欠他三星期零五天的薪水。)'好吧,这都是鸡毛蒜皮,无论如何也没什么大不了的;但是你明天干什么呢?你往哪儿去呢?你总得活吧……''问题倒不在这儿,'他忍不住低声说了一句。我没理他,继续打消我所以为的过于敏感造成的那些踌躇。'无论从哪一方面着想,'我作着结论说,'你都得让我帮助你。''你帮不了的。'他说得非常简单而又温和,紧紧地抓住某种深沉的想法,我可以看出这想法就像黑暗中的一池水一样在闪动,但是要接近它,量出它的深浅则毫无希望。我打量着他那匀称的身材。'无论如何,'我说,'就我看得到你的地方,我都能帮得上忙。我并不想装出能帮更多忙的样子。'他怀疑地摇着头,却没有看我。我变得非常热情起来。'但是我能帮忙,'我坚持道,'我甚至还能做得更多。我正在这么做呢。我相信着你……''那笔钱……'他开了腔。'照我的话,你就配有人告诉你见鬼去。'我喊道,使劲儿做出生气的模样。他吓了一跳,微笑起来,我则痛痛快快地说起他来。'这根本不是钱的问题。你太浮浅了。'我说(同时我自己想:好吧,就这么说吧。也许他的确浮浅呢)。'看看我想让你带的这封信。我是在给一个我从没找他帮过忙的人写信,我写的就是关于你的事,用的措辞都是一个人只有在谈到最好的朋友时才会用的。我是在毫无保留地对你负责。我现在干的就是这个。说实在的,只要你稍微想一想这是什么意思……'

"他抬起头来。雨已经过去了;只是窗外的水管还在继续荒唐地一滴一滴淌着泪。房间里非常安静,所有的影子都在几个屋角挤成一团,远远地离开了那像把匕首形状的笔直地立着的蜡烛吐出的静静的火苗;过了一会儿,他的脸似乎充满了柔和的光辉,好像天已破晓,曙光初现似的。

"'天哪!'他喘着气说。'你真是高尚!'

"哪怕他突然向我伸出舌头来嘲笑我,我也不会感到这么羞辱。我自忖道——对于一种鬼鬼祟祟的行为,我真是咎由自取……他的眼睛闪亮闪亮直盯着我的脸,但是我在那光芒中看不出一丝嘲弄。他突然间全身发颤,就像由一根线操纵的平面木头人形。他举起双臂,又啪的一下放下来。他完全变成了另外一个人。'我从来没见过。'他喊道;然后突然又咬住了嘴唇,皱起了眉头。'我真是蠢到家了。'他语气敬畏,说得很慢。……'你是个好心人。'他接下来又声音低沉地哭起来。他抓住我的手,仿佛他刚刚才第一次见到这只手,又立刻放开。'怎么啦!这是我——你——我……'他结巴着,然后又恢复了他那种迟钝的、我可以说是执拗的态度,他又沉重地开了腔,'我真是个畜生,如果我……'接着他的声音好像中断了。'没什么。'我说。这种情感的流露几乎使我慌了手脚,透过它穿插了一种奇怪的得意。明摆着,我碰巧拉动了那根线;我并不十分明白那玩意儿的作用。'我现在得走了。'他说。'天哪!你已经帮了我了。不能坐着不动。这件事……'他带着迷惑的赞赏神气看着我。'这件事……'

"当然是这件事。十之八九我把他从饥饿中救了出来——那种古怪地挨饿,几乎没有例外都是同酗酒联系在一起的。就是这么回事。就那一点而言,我一点幻觉也没有,但是看着他,我真想知道,在刚才那三分钟之内,他显然已经深埋在心底的幻想到底是什么性质的。我已经把继续体体面面地认真生活的办法强塞在他的手里,包括得到习惯上的食物、饮料和住处,同时他那受伤的灵魂就像一只折断了翅膀的小鸟一样,可以双足跳着,扑腾着翅膀进到某个洞里,静悄悄地在那里虚弱而死。这就是我强加给他的:绝对是小事一桩;而且——看吧!——以把它接受下来的那种方式看,在昏暗的烛光里它却像个很大、很模糊,也许又很危险的影子。'我没有说出什么得体的话来,你不介意吧。'他冲口而出。'真是没什么可说的了。昨天晚上你已经帮了我很大的忙了。一直听着我说——你知道。请你相信我的话,我已经不止一次想过我的天灵盖会飞走……'他急急忙忙走起来——真是飞快地走——走来走去,双手塞在衣袋里,又使劲抽出来,猛地把帽子戴在头上。我真想不到他还可以这么满不在乎地轻快敏捷。我想到一阵旋风裹住的一片枯叶,同时一种神秘的领悟,一团无限的怀疑,把我压倒在座椅上。他一动不动地站着,好像被一个发现惊得呆住了。'你给了我信心。'他冷静地说道。'啊!看在上帝的分上,我的好伙计——别说了!'我恳求道,仿佛他伤害了我。'好吧。我现在就闭嘴,从此再不说了。不过还是挡不住我要想。……不要紧!……我会让大家看到的……'他匆匆走向门口,低下头停了停,又走回来,思忖着迈着步。'我过去总是想,如果一个人可以凭一块干净的石板改过自新……而现在你……用一种方式……是的……干净的石板。'我挥了挥手,他头也不回地大步走了出去;他的脚步声逐渐在紧闭的门后消失了——那是一个人走在明朗的阳光下时毫不犹豫的脚步。

"但是至于我,独对孤零零的蜡烛,我奇怪地无动于衷。我已不再年轻,不会在每一次转折都看出以好意或以歹意弄乱我们毫无意义的脚步的雄伟庄严。我微笑着想到,在我们两人当中,毕竟还是他有了光明。我感到悲哀。一块干净的石板,他说过来着?就好像我们各自的命运最开头的字不是用不能毁灭的文字刻在一块岩石的表面上似的。"

第十八章

"六个月之后,我的朋友(他是个玩世不恭、已经过了中年的单身汉,以怪僻出名,还拥有一家碾米厂)给我来信说,从我推荐的热情来看,我愿意听到稍微带点夸大的吉姆的优点。这些优点显然是一种安静、有效率的人的。'我到现在为止都不能在心里迁就任何一个我这样的人,所以直到现在我都是一个人住在一所房子里,就连在这样热得冒气的天气里,这样的房子对一个人来说也是太大了。我已经让他跟我住了一段时间。似乎我倒没犯错误。'读着这封信,我似乎感到我的朋友心里已经不止宽容了吉姆——而且开始有好感了。当然啦,他以一种很有个性的方式说出了他的理由。比如有一点,吉姆在那种天气里保持着他的新鲜劲儿。假如他是个姑娘的话——人们就可以说他正在盛开——羞羞答答地开着——像一朵紫罗兰,而不像某些粗俗的热带花朵。他在那房子里已住了六个星期了,还没有试图拍拍他的背,也没想称他'老小子',更没想让他感到自己像一块老掉牙的化石。他一点也没有那种惹人反感的年轻人的夸夸其谈。他脾气挺好,不大说自己的事,并不聪明,谢天谢地——我的朋友写道。然而看上去,吉姆倒还够聪明的,只是安安静静地欣赏他的机智,而在另一方面,又以他的天真使他感到好笑。'他身上还带着露珠呢,而由于我很明智地让他在房子里自己有个房间,跟我一起用餐,所以我自己也不觉得那么枯萎了。那天他想起来走过房间,不为别的,只为给我开一扇门;这使我感到比几年来离人类更近了。挺可笑的,不是吗?当然啦,我猜想有某种缘故——某种可怕的小困境——你知道得很清楚——但是如果我肯定那是可怕的罪恶,我也想象人们是可以原谅的。就我这方面来说,我敢说我无法想象他会有比抢劫果园更糟的罪过。果真是糟得多吗?也许你应该告诉我的;但是我们俩早就变成圣人了,所以你可能都忘了我们那会儿也作过孽了吧?也许有一天我不得不问你,那时我会期待着得到答复。在我对那件事有个大概的了解之前,我不想自己去盘问他。此外,现在问还太早。让他再给我开几次门吧。……'我的朋友就是这么写的。我高兴得要命——为吉姆发展得这么顺,为这封信的口气,也为我自己的聪明。我显然对我干的事很有把握。我看人看得不错,还有诸如此类的事。如果由此发生了什么出乎意料的事,发生了什么奇妙的事,那又怎么样?那天晚上,在我自己的船尾篷布的遮盖下我躺在一把甲板椅上(那是在香港口岸),我替吉姆打下了空中楼阁的第一块基石。

"我去了一趟北方,回来的时候看到我朋友又来了一封信等着我。我就先打开这封信。'据我所知,调羹并没有少,'第一行就这么写道,'我也没有足够的兴趣去打听。他走了,在早餐桌上留下一封挺正式的道歉的小条子,这不是冒傻气就是没心没肺。也许都有点儿——对我来说都是一回事。恕我直言,不然你还攒着几个神经兮兮的年轻人呢,我这个铺子已经关门大吉了,确确实实,永远永远。这是我最难以为之感到惭愧的怪癖。一点儿也别以为我会在乎;不过打网球的人都挺惋惜他的,为了我自己的缘故,我在俱乐部里编了一大套瞎话……'我把信扔到一边,开始在我桌上那堆信里找了个遍,直到看到了吉姆的笔迹。你们会相信吗?百分之一的机会!但是总是那第一百次机会!'帕特纳号'那位小个子副轮机长冒出来了,多少有点潦倒,找到了一份在那间碾米厂看机器的临时性工作。'我不能忍受那小畜生的套近乎。'吉姆从离他本来呆得好好的那个地方往南七百英里的一个港口写信来说道。'目前我在给埃格斯特朗和布雷克船索商号做事,做他们的——好吧——跑腿的,如果恰如其分地来说的话。作为介绍,我跟他们说了你的名字,他们当然知道你的大名,如果承蒙你为我写封信,说点好话,那么这工作就可以定下来了。'我已经完全被我空中楼阁的废墟碾碎了,但是我当然还是遵嘱写了信。那年年底前,我新签的租船契约使我走了那条线,我就有机会见了他一面。

"他仍旧在给埃格斯特朗和布雷克做事,我们相遇的地方他们称做'我们的会客室',也就是铺子外的门洞。他那会儿已经从一条船上回来了,他站在我对面,头低着,作好了吵一场的准备。'你还有什么好说的?'我们刚一握完手,我马上就开了腔。'就是我信里跟你讲的——再没别的了。'他固执地说。'那小子露了底了?'我问。'他抬头看看我,烦恼地笑了笑。'啊,没有! 他没有。他弄得好像这是我们俩之间的秘密一样。我每次去米厂,他都神秘兮兮得可恨至极;他会以一种恭敬的态度向我眨眼——简直就是在说,"咱们心照不宣嘛。"可憎地巴结着,套近乎——诸如此类的吧。'他一屁股坐到一把椅子上,眼朝下盯着他的双腿。'有一天碰巧只有我们俩,那小子居然有脸说,"好吧,詹姆斯先生"——在那儿人们都叫我詹姆斯先生,好像我就是那少爷——"我们在这儿又碰到一起啦。这可比那条旧船强呀——不是吗?"……这难道不可怕吗,啊?我看着他,他作出一副会心的神气。"别紧张,先生,"他说,"我碰到的君子我是看得出来的,我也知道君子会有什么感觉。不过我希望你会留我做这个差事。在帕特纳号那条老破船上,我也挺受罪的。"天哪!真是可怕。假使当时我不是刚刚听到丹佛先生在过道里叫我,我真不知道我会说出什么,做出什么来。那是该用午餐的时候了,我们一起穿过院子,穿过花园,走到平房那儿。他开始以他慈爱的方式来逗我……我相信他喜欢我……'

"吉姆沉默了一会儿。

"'我知道他喜欢我。这才让人这么为难。这么好的人哪!那天早上他的手滑到了我的腋下。……他也跟我很近乎。'他短促地笑了一下,下巴又垂到胸前。'呸!当我想起那个卑鄙的小畜生是怎么跟我说话的时候,'他声音颤抖地突然说起来,'我简直不敢想我自己……我想你大概懂得的……'我点了点头。……'更像个父亲。'他哭了起来;他的声音低了下去。'我本该告诉他的。我不能听之任之下去——我能吗?''怎么啦?'我等了一会儿,含含糊糊地说道。'我当时想还是一走了之为好,'他缓缓地说,'必须把这件事埋葬掉。'

"我们可以听见布雷克正在铺子里声嘶力竭地骂着埃格斯特朗。他们结交已有多年了,每天从店门打开的那一刻起到关店前的最后一分钟,人们总会听见小小个子、头发油滑发亮而又厚实得像防波堤一样、还有一双不开心而且又小又亮的眼睛的布雷克冲着他的合伙人不断地吼叫,带着一种严厉而哀伤的愤怒。那持续不停的责备声跟其他固定装置一样成了那地方的一个组成部分;就连陌生人也很快就完全不注意它了,至多也许会喃喃地说声'讨厌',或者突然间起身关上那'会客室'的门。埃格斯特朗是个骨瘦如柴、很不健谈的北欧人,一副忙忙碌碌的样子,长着一大把金黄色的胡子,他自己还是继续指挥着手下,验看着包裹,开出账单,或者在铺子里的站柜上写信,在那样的吵闹中照常做着他的事,就好像他是个十足的聋子。他偶尔会发出一声厌烦敷衍的'嘘'声,但那嘘声不会有一点作用,也没人指望它会有一点作用。'他们在这儿待我很好。'吉姆说。'布雷克是个小人,埃格斯特朗倒挺好的。'他很快地站起来,缓步走过去。立在窗前,朝瞄着锚地的一架三脚望远镜,把眼睛凑上前去。'那条船因为没有风走不了已经在港外呆了一早上,现在有了一阵微风,正在进港呢。'他耐心地说,'我得走啦,上船去。'我们默默地握了手,他转身要走。'吉姆!'我喊道。他回过头来,手还在锁上。'你——你把财富一样的东西扔掉了。'他从门那儿一直走回到我跟前。'这么好的老头子,'他说,'我怎么能够?我怎么能够?'他的嘴唇抖动着。'在这儿就没关系了。''啊!你——你——'我开口说,不得不找一个恰当的字眼,但是还没等我意识到没有一句骂人话是恰当的时候,他已经走掉了。我听见外面埃格斯特朗用深沉温和的声音高兴地说,'那是"撒拉·W·格兰格号",吉米。你得设法第一个上船;'布雷克马上插进来,像一只愤怒的白鹦鹉一样尖声叫道,'告诉船长他有一些邮件在我们这儿。那就会把他勾来。你听见了吗,你这个叫什么名字的先生?'而那里吉姆则答应着埃格斯特朗,声调很有些孩子气。'好的。我就来赛它一赛。'他似乎以那种寒碜的生意中有驶船的部分来慰藉自己。

"那趟航行我没有再见到他,但是在我下一次航行(我的契约期是六个月)中,我去了那家铺子。离门口还有十码远,就听见布雷克的责骂声,我进去时,他十分可怜地瞥了我一眼;埃格斯特朗则笑容满面地走上前来,伸出一只瘦骨伶仃的大手。'很高兴见到你,船长。……嘘……一直在想着你该回这儿来了。你说什么,先生?……嘘……噢!他呀!他已经离开我们啦。请到客厅里来。'……门砰的一声关上之后,布雷克扯着嗓门的喊声变弱了,好像一个气急败坏的人在旷野里的骂声。……'也给我们造成了极大的不便。很糟糕地利用了我们——我得说……''他上哪儿去了?你知道吗?'我问。'不知道。问也没用。'埃格斯特朗说,他胡子翘着,一副很愿意帮忙的样子,站在我面前,双臂笨拙地垂在身子两侧,一条细细的银表链成环状低低地挂在皱了起来的蓝色毛哔叽坎肩上。'那样一个人不会去什么特别的地方的。'听到这消息我非常关心,竟没有心情让他解释这话的意思,他就继续说了下去。'他离开了——让我想想——就在那天,有条汽船刚好载着从红海回来的朝圣客停在这里,它的推进器有两个桨叶都没了。离现在有三个星期了。''有人谈到过"帕特纳号"那桩案子吗?'我问,担心着那最糟糕的事。他吃了一惊,看着我,好像我是个巫师。'咦,是啊!你怎么知道?他们有些人在这儿谈到这事。有一、两个船长,有范洛机器行在港口的经理,还有其他两三个人,此外还有我自己。吉姆也在这儿,正就着一杯啤酒吃一块三明治;我们忙起来的时候——你瞧,船长——就没有时间吃一顿像样的午餐了。他就站在这张桌子旁边吃着三明治,我们其余的人围着那架望远镜看那艘汽船进港;不久范洛的经理就谈起了"帕特纳号"的那个头儿;他曾经给他修过船,他就此告诉我们那条船有多么破烂,以及从它身上已经赚了多少钱。他谈起它的最后一次航程,接着我们都七嘴八舌地谈起来。有的说这件事,有的又说另一件事——都没说多少——也就是你或者其他任何人都可能说的;还有些笑声。"撒拉·W·格兰格号"的欧布连船长,一个大块头,大嗓门,拿着根手杖的老人——他坐在这儿的这把扶手椅上听我们说——他忽然用手杖敲着地板,咆哮起来,"下流坯!"……把我们都吓了一跳。范洛的经理朝我们眨眨眼,问道,"怎么啦,欧布连船长?""怎么了!怎么了!"那老头子喊起来;"你们这帮土老帽儿笑什么?没什么好笑的。这是人性的耻辱——就是这么回事。我以被人看见跟这样的人同处一室而感到丢份儿。是的,先生!"他似乎和我对上了眼神,我不得不打打圆场。"下流坯!"我说,"当然啦,欧布连船长,我自己倒不在乎有他们在这儿,所以你在这间屋子里是很保险的,欧布连船长。再喝点儿凉的吧。""去你的饮料,埃格斯特朗,"他说,眼睛闪闪发亮,"我想喝的时候我会嚷着要的。我要撤了。这儿现在臭烘烘的。"听到这话,其他人哄堂大笑起来,跟着那老人走了出去。就在这时,先生,那个该死的吉姆放下他手里拿的三明治,绕过桌子走到我跟前;他那杯啤酒在那儿,倒得很满。"我走了。"他说——就像这样说的。"还不到一点半呢,"我说,"你尽可以先抽支烟。"我还以为他是说该下去干活了呢。等我明白他要干什么时,我的胳膊都抬不动了——原来是这样!那样的人可不是每天都能找得到的,你知道,先生;真是个训练有素的驶帆船的好手;不管什么样的天气,随时准备出海到几英里以外去接船。不止一次有位船长走进来,满脑子还想着这回事,说的第一件事就是,"你找来兜水上生意的那位简直是个不要命的疯子,埃格斯特朗。黎明时我正扯起短帆摸索着进港,迷雾里飞出来一条小船,直到我的船头下边,半船的水,浪花溅过主桅,两个吓坏了的黑鬼在船底垫板上缩着,一个大喊大叫的恶魔握着舵柄。嗨!嗨!接船啦!接船啦!船长!嗨!嗨!埃格斯特朗和布雷克的人是第一个跟你们说上话的!嗨!嗨!埃格斯特朗和布雷克!喂!嗨!去!踢那两个黑鬼——卷起小帆——当时正上来一阵飑云——冲上前去,喊着,对我叫着,让我扬起帆,他领我进港——不像人,倒像个魔鬼。我这辈子从没见过那样驾船的。不会是喝醉了——是吧?而且又是这么个安安静静、轻声细气的小子——上了大船,脸红起来像个姑娘⋯⋯"我告诉你,马罗船长,对于生船,只要吉姆出去,谁也甭想跟我们争。其他做水边生意的只能维持他们的老主顾,而且⋯⋯'

"埃格斯特朗显得动了真情。

"'唉,先生——就好像只要为公司捉住一条船,哪怕乘在一只旧鞋里出海一百英里他也不在乎似的。即使这买卖是他自己的,一切都还有待去做,他也不能干得更多了。而现在⋯⋯一下子⋯⋯这个样子!我自忖:"啊哈!要加薪哪——那才是麻烦所在——是不是?好吧,"我说,"用不着跟我那么大惊小怪的,吉米。你就说个数吧。只要在理就行。"他看着我,好像想把粘在喉咙里的什么东西咽下去似的。"我不能跟你们待在这儿。""你在开什么大玩笑?"我问。他摇了摇头,从他的眼神里,我就可以看出他的心已经走了,先生。所以我转向他,用很粗的话骂他,骂得他脸都青了。"你在逃避什么?"我问。"谁在找你麻烦?你怕什么?你还不如一只耗子懂事;耗子都不会离开一条好船。你还想在哪里找到个更好的泊位?——你这样,你那样。"我说得他看上去很难受,我可以告诉你。"这生意是不会沉的。"我说。他跳了一大步。"再见,"他说,像个勋爵一样对我点了点头,"你这个人一点也不坏,埃格斯特朗。请你相信我的话,如果你知道我的理由的话,你就不想留我了。""那可是你这辈子撒的最大的谎了,"我说,"我怎么想我自己知道。"他让我气得发疯,我不得不大笑起来。"你待在这儿把这杯啤酒喝完都不行吗,你这可笑的乞丐?"我不知道他到底怎么了;他似乎连门都找不到了;真逗,我可以告诉你,船长。我自己把那啤酒喝了。"好吧,如果你忙成这样,那就用你自己的酒祝你好运吧,"我说,"只是,你记住我的话,如果你把这个游戏继续这么玩下去的话,你很快就会发现这地球都不够大,盛不下你——话就到此为止。"他怒视了我一眼,就冲了出去,那张脸能把小孩子吓得够呛。'

"埃格斯特朗怨恨地哼了一声,用满是骨节的手指梳理了一把赤褐色的胡子。'那以后一直找不到一个那么好的伙计。在生意上除了担心,担心,担心,就没别的了。如果可以问一问,你可能在哪儿遇见过他吗,船长?'

"'他就是"帕特纳号"那次航程的大副,'我说,我觉得我不解释一下就欠他的。埃格斯特朗有好大一阵呆呆地不动,手指插进脸颊侧边的头发里,然后忽然爆发起来。'谁见鬼会在乎这个?''我敢说谁也不会。'我开口道……'那他到底是个什么鬼东西——不管怎样——要这么干?'他突然将左边的胡子塞进嘴里,惊讶地站着。'哎!'他惊呼,'我告诉过他,这地球都不够大,盛不下他的跳来跳去。'"

第十九章

"我把这两次遭遇详详细细地告诉了你们,让你们看看他在人生的新环境中是怎样对待自己的。这类事情还有很多,我两只手的手指都用上也数不清呢。

"它们的意图都同样带有高尚的荒唐色彩,这就使它们的无效显得深刻而且感人。抛开你每天要吃的面包,好让你的双手自由地跟一个幽灵格斗一番,这也许是一种无聊的英雄主义行为。以前就有人这么做过(虽然我们活着的人知道得很清楚,造就一个社会弃儿的,并不是由于提心吊胆的灵魂,而是由于饥饿的身体),而天天都吃饭并且还想天天都吃饭的人则为这种可称道的愚蠢行为鼓掌叫好。他的确是不幸,因为不管他多么拼命,他还是不能从那阴影下走出来。对他的勇气总有怀疑。驱除一件事实的幽灵是不可能的,这似乎是真理。你可以面对它或者躲避它——我还碰到过一两个人,他们会对他们熟悉的阴影眨眨眼。吉姆显然不是那种会眨眼的人;但是我永远也判断不清的是,他的行为究竟是在躲避他的阴影呢,还是在面对他。

"我用心观察,却只是发现,同我们所有行为的表征一样,这方面的差异细微得真是没法说。可以是一场格斗,也可以是一种战斗方式。在普通人看来,他就像一块滚动的石头,因为这是最可笑的一点;的确他过上一段时间在他流浪的圈子之内(其直径可以说有三千英里吧)就无人不知了,甚至是声名狼藉,就像一个生性古怪的人,全乡下都知道他一样。比如,在曼谷,他受雇于租船商兼做柚木生意的郁克兄弟公司,看着他守着他的秘密在大太阳底下奔波,真怪可怜的,而那秘密连河边最闭塞的家伙都知道了。他住的那家旅馆的老板尚伯格是个头发胡子乱蓬蓬的阿尔萨斯人,很有男子汉气概,却又不可遏制地要兜售当地所有丑闻的流言蜚语,他会双肘撑在桌子上,添油加醋地把故事讲给任何愿意就着更贵的酒吸收知识的客人听。'而且,你要当心,这是你能遇到的最上流的人,'他会这样慷慨地结束,'相当优越。'吉姆能在曼谷呆够整整六个月,经常光顾尚伯格那里的那些客人有多粗心,也就由此可见了。我看人们,完全陌生的人们,对待他就像对待一个乖孩子。他的态度很含蓄,但是就好像他的个人外观,他的头发,他的眼睛,他的微笑使他不论到哪儿都能交上朋友。而且,当然啦,他也不是傻瓜。塞格蒙·郁克(他是瑞士人),一个挺温和的人却给残酷的消化不良症毁了,他跛得厉害,每迈一步头都要摆小半圈,我就听见他很欣赏地说,像这么年轻的人,他还有'很大的容量呢',仿佛那不过是个体积的问题。'为什么不派他去北边乡下?'我急切地建议道。(郁克兄弟在内地有租界地和柚木森林。)'如果他像你所说的那样有能力,他很快就会有那份工作的。他的身体条件也很合适。他的健康状况一向很棒。''唉!在这个国家没有消化不良症可真是了不起啊。'可怜的郁克羡慕地叹了口气,偷偷看了看他那坏了的、凹下去的胃。我走开了,留下他在那儿沉思地敲着桌子,喃喃着,'这倒是个办法。这倒是个办法。'不幸的是,就在那天晚上,旅馆里发生了一件不愉快的事。

"我不知道我是不是责怪吉姆责怪得太厉害了,但是这件事实在令人可惜。就是那种酒吧斗殴那种可叹的事,打架的另一方是个长着斗鸡眼的丹麦人,那类人的名片写的都是莫名其妙的名字:暹罗皇家海军上尉。那家伙的台球自然是毫无希望,但是却又不想输给别人,我猜是这样。他喝多了点儿,打完第六盘以后就讨人嫌了,而且拿吉姆来取笑,说了些不敬的话。在场的人大都没听见说的什么,而听见的人似乎也被紧接着发生的事的可怕结果吓得够呛,究竟听到了什么也记不真确了。幸亏那个丹麦人会游泳,因为那屋子通着一个游廊,宽阔黝黑的湄南河就从下面流过。一船好像要去干什么偷偷摸摸的勾当的中国人,把暹罗国王的这位军官捞了上来,吉姆在午夜时分出现在我的船上,帽子也没戴。'那屋子里所有的人似乎都知道了。'他说,还没有从刚才的格斗中喘过气来。他一般对发生的事很抱歉,不过在这件事上,他说:'别无选择。'但是令他不安的是,发现人人都知道他的包袱里装着什么,尽管他一直把包袱扛在肩上到处走。这之后他自然不能再留在那地方了。到处都有人为了这种野蛮的暴力谴责他,认为真不像他那样高贵地位的人干出来的;有人认为他当时是可耻地喝醉了;也有人批评他不够圆通。就连尚伯格都很生气。'他是个非常好的年轻人,'他争论般地对我说,'但是那个上尉也是个一流的家伙。他每天晚上都在我的餐馆就餐,你知道。还有根台球杆也断了。我不能允许这种事。今天早上头一件事就是我过去向上尉道歉,我认为我已经为我自己把这事给了了;但是想想看,船长,假如谁都玩起这样的游戏来!好嘛,那人可能会淹死的!而这儿呢,我还不能跑到下一条街去买一根新的台球杆。我得写信到欧洲去订购。不,不!那样的脾气可不行!'……他对这件事真是痛心疾首。

"这在他的——他的退却中,是比较糟的一个事故。谁也不会像我对此那么悲伤;因为即使就像有人听到别人提起他时说的,'啊,是的!我知道。他在这儿可漂泊了好大一阵子。'那他在这过程中也多少避免了挨打受气。然而最近这件事却令我非常不安,因为如果他的极度敏感竟使他落到在下流酒馆吵闹的地步,那他就会失去他那个尽管令人恼怒却不得罪人的傻瓜的名声,而得到一个司空见惯的游手好闲者的称号。不管我多么相信他,我却禁不住想到,在这样的案例中,从名声到实际本身不过是一步之遥。我想你们会明白,那时我已经不会想到我要把他丢开不管了。我带他乘我的船离开了曼谷,我们的旅程很长。看到他畏畏缩缩地跟谁也不说话,真怪可怜的。一个海员,即便只是一个乘客,对船总是感兴趣的,总要带着好比画家在看另一个人的作品时的那种批判的欣赏来看他周围的海上生活。从这个表述的各方面意思看,他是'在船上';但是我的吉姆在大多数情况下都是藏在下面,仿佛他是个蹭船的。他这情绪也传染了我,我都不敢跟他谈业务上的事,而两个水手在一道航行时是会自然而然地谈起这样的事来的。我们整天整天不谈一句话;我感到极不情愿当着他向我的船员们发号施令。当我单独同他在甲板上或者在船舱里时,我们常常都不知道让眼睛朝哪儿看才好。

"我把他安顿在德荣那里,如你们所知,很高兴到底打发了他,可是也相信他的地位现在越来越无法容忍了。他已经失去了一些使他能够在每次摔倒之后重新回到他那种不妥协的立场的韧性。一天,到了岸上,我看见他站在码头上;锚地的水和远处的海连成一个光滑的、上升的平面,停泊在最外面的船只好像不动地驶在天上。他在等着他的船,那船正在我们脚下上小铺子来的货,准备给某艘就要出港的大船。我们彼此打过招呼之后,就都不做声了——并排站着。'天哪!'他突然说道,'这差使真要命。'

"他冲我笑笑;我得说他一般总能做出一个微笑。我没有回答。我非常清楚他并不是在指他的职责;他跟德荣干得很轻松。不过他一说出口,我还是完全相信了,那差使是要命。我看都没看他一眼。'你是否愿意,'我说,'彻底离开这边的世界;试着到加利福尼亚或者西海岸去?我可以看看能帮什么忙……'他有点轻蔑地打断了我。'那又有什么区别呢?'……我立刻觉得他是对的。不会有什么区别的;那并不是他想要的解脱;我似乎模模糊糊地看出他想要的,他在等待的是很难说清的——有点像一个机会的性质。我已经给了他很多机会,只不过都是给他赚口饭吃的机会而已。然而任何人还能做什么呢?这种状况使我感到很绝望,我又想起了可怜的布莱尔利的话,'让他爬到地底下二十英尺的地方,就待在那儿吧。'宁可那样,我想,也比在地面上等着那不可能的事强。但是人们即使对这样的事也没有把握。彼时彼地,在他的小船离开码头还不到三桨远的时候,我下了决心,当晚就去找斯坦因商量商量。

"这个斯坦因是个受人尊重的富商。他的'号子'(因为那是个号子,斯坦因商号,还有某种合伙人性质的伙计,照斯坦因的说法,他'照顾摩鹿加群岛那一带')在各岛间有很大的买卖,在最偏僻的地方也有很多贸易分行,收集土产。我急于找他商量倒不是因为他的财富和他的受人尊敬。我愿意把我的难处讲给他听是因为他是我所认识的人中最值得信赖的人。一种根本不知疲倦的、明智善良的温和的光好像照亮了他那光溜溜的长脸。脸上有道道深深的下垂的皱纹,而且脸色苍白,正是一个长期坐着过日子的人的脸——其实情况远不是这样。他头发稀疏,从宽大隆起的前额往后梳去。人们想象他二十岁时想必看上去就和他现在六十岁的模样一样了。那是一个学者的脸;只是几乎全白了的又浓又密的眉毛、和眉毛下面那坚决的探询的眼神,跟他的可以说是学者相貌不大相称。他高高的个儿,动作自如;他略微的佝偻,加上一副无邪的微笑,使他显出仁慈地随时要听你讲的样子;他长长的胳膊和那苍白的大手有着难得的从容姿势,是一种指点、示范的样子。我之不厌其详地讲到他,是因为在这副外表下,与一种正直放纵的性格相关联,这个人还具有一种精神上的无畏和肉体上的勇敢,若不是像身体的一种天然机能——比如说良好的消化机能——一样,完全是自己不自觉的话,简直可以称之鲁莽。人们有时说一个人自己掌握着自己的人生。这话如果用到他身上则还嫌不足;他在东方的早年间,他简直是在把人生当球耍。这一切都过去了,但是我了解他的生平,以及他走运的起源。他又是个相当著名的博物学家,也许我应当说他是个博学的收藏家。他的专长是昆虫学。他搜集的吉丁科和天牛科虫类——都是甲壳虫——那些可怕的小怪物,死了,动都不动了,看上去还那么恶毒;而他的那柜蝴蝶,在柜子的玻璃下,没有生命的翅膀依然美丽,好像在盘旋,这些收藏使他名声远播。这位商人、冒险家、有时还是一位马来苏丹的顾问(他提到他时,从来只称'我可怜的穆罕默德·邦索')

的名字,由于几蒲式耳的死昆虫而为欧洲的学者们所知晓,他们对他的生活和性格无从知道,而且当然也不想了解。我是了解他的,我把他当作倾听我诉说吉姆及我自己难处的最合适的人选。"

第二十章

"那天晚上很晚,我穿过一个堂皇但是空荡荡的、灯光非常昏暗的餐厅,走进他的书房。房子静悄悄的。一位上了年纪、样子很凶的爪哇仆人引我进去,他穿着制服式的白上衣,黄围裙,把房门推开之后,低低喊了声,'噢,老爷!'就走到了一边,神秘地不见了,好像他是个幽灵,只是专门为了听这趟差才显身片刻。斯坦因连座椅一起转过来,同时他的眼镜似乎也推到额头上去了。他以他那安静幽默的声音欢迎了我。那阔大的屋子里只有一个角落,就是放着他那张写字台的角落,由一盏有罩的台灯照得很亮,而那空阔的公寓里其余的地方就都融入了没有形状的幽暗中,就像个岩洞。四面靠墙都是窄窄的架子,架子上满是形状和颜色都一样的暗色的箱子,那些箱子倒没有从地板堆到天花板,而是有大约四英尺宽的样子,排成一条暗色的带状。甲壳虫们就埋在这里。还有间隔不等地挂着的木牌子。灯光照到其中的一块,用金字写的'鞘翅目'在庞大的朦胧中闪出神秘的光。装着蝴蝶标本的玻璃盒子在细腿的小桌子上排成三长溜。其中一个盒子被从原来的位置上挪开,放在书桌上,桌面上到处是长方形的纸条,那些纸条都给细密的字迹弄得黑乎乎的。

"'你看我——这个样。'他说。他的手悬在那盒子上,盒子里有一只蝴蝶孤零零地非常美地伸开古铜色的翅膀,宽度有七英寸多,翅上的白色纹理十分精致,还有一道很美的黄色斑点的边。'在你们伦敦,像这样的标本他们只有一个,然后——就没有了。我要把我的这个收藏留赠给我的故乡小镇。这是我的一部分。最好的一部分。'

"他从座椅上往前倾了倾,很注意地看着,下巴也伸到了盒子前边的上方。我站到他的背后。'妙啊。'他耳语般地说,似乎忘了我在场。他的经历很奇特。他生在巴伐利亚,二十二岁时曾积极参加过一八四八年的革命运动。因为安全受到了严重危害,他设法逃走了,起初躲在的里雅斯特一个穷共和党表匠那里。从那儿又到了的黎波里,带了一大堆廉价表去沿街叫卖——这样的开头实在说不上伟大,但是结果运气倒挺不错,因为他就在那儿碰到了一位荷兰旅行家——那人还挺有名气的,我相信,但是我记不得他的名字了。就是那位博物学家请他做助手一类的事,带他去了东方。他们有时一起有时分开地在群岛旅行了四年多,收集昆虫和鸟类标本。后来那位博物学家回国了,斯坦因无家可归,就留了下来,和他在西里伯斯内地——如果西里伯斯可以说有内地的话——旅行时遇到的一位老商人在一起。这位苏格兰老人是当时惟一被允许在那个国家住下的白种人,是瓦佐国元首的特殊朋友,那元首是个女的。我常常听斯坦因讲述那个微微有些半身不遂的老人如何把他介绍给了当地的宫廷,之后不久他又中了一次风,结果一命呜呼。他是个大胖子,有一把族长似的白胡子,身材雄伟。他走进聚集着全国所有的酋长、王公及头人的议政厅,女王斜卧在华盖下的一个高榻上,她是个胖胖的、满脸皱纹的妇人(讲话很随便,斯坦因说)。他拖着他那条腿,手杖重重地敲着,一手紧抓着斯坦因的胳膊,带着他直到卧榻旁。'看,女王,酋长们,这是我的儿子,'他用洪亮的声音宣布,'我跟你们的父亲做过生意,我死后,他将跟你们和你们的儿子做生意。'

"通过这个简单的仪式,斯坦因继承了这位苏格兰人的特殊地位和他全部的营业工具,连同一幢盖在全国惟一可以通航的大河岸边并且壁垒森严的房子。那以后不久,那位讲话非常随便的老女王死了,各种各样想争王位的人弄得国家大乱。斯坦因参加了小王子的一党,三十年后斯坦因提到他时,只称'我可怜的穆罕默德·邦索'。他们俩都成了无数勋业中的英雄;他们有过奇特的冒险,曾经在那苏格兰人的房中以区区二十个追随者抵抗整整一支军队的包围达一个月之久。我相信当地人至今还在谈论那场战争。与此同时,斯坦因从来没有放过一个机会,把他能经手的每一只蝴蝶或甲壳虫都据为己有。经过差不多八年的战争、谈判、假停火、突然爆发、和解、叛逆等等之后,就在似乎终于要确立永久和平的时候,他那'可怜的穆罕默德·邦索'在一次成功地猎鹿归来,兴高采烈地下马时,被暗杀在自己的皇宫门前。这件事使斯坦因的地位变得极不稳固了,但是假若不是他在随后不久又失去了穆罕默德的妹妹('我的公主爱妻。'他常常庄严地说)的话,他也许还会待下去,他跟她生了个女儿——母女俩在三天之内都死于某种传染性热病。这残酷的损失使他无法忍受,他离开了那个国家。他的人生的第一部分,冒险的部分,就这样结束了。以后的生活可大不一样,要不是他一直都在悲伤这个现实,那奇怪的部分想必就像一场梦一样了。他有一点儿钱;他又重新开始生活,若干年后,就有了一笔可观的财富。起初他在各岛之间旅行很多,但是年纪不饶人,近来他很少离开他那在城外三英里、有一个很大的花园、四周是马厩、办公室和许多仆人和食客住的小竹屋的宽大房子。他每天早上乘着他的轻便马车到城里去,他在那儿有一个办事处,有白种人同华裔的书记员。他有一个小小的由纵帆式帆船和本地船组成的船队,并且大规模经营岛上的土产。除此之外他就离群索居,不过并没有厌世,他与他的书籍和收藏相伴,将标本分类编排,跟欧洲的昆虫学家通信,为他的宝贝写描述性的目录。这就是这个人的历史,我就是来同他商量吉姆的情况,并不抱一定的希望。单单听听他会有什么意见,也是一种安慰。我非常急切,但是我尊重他在看一只蝴蝶时那种紧张而且近乎是狂热的专注,好像在这些脆弱的翅膀的铜色光辉中,在那白色的划痕中,在那华丽的斑点里,他能看到别的东西,看到一种虽然容易毁灭但却蔑视毁灭的形象,就像这些娇嫩而无生命的组织展示着一种死亡所无法损害的灿烂一样。

"'妙啊!'他重复道,抬起头来看看我。'看!这美丽——不过那没什么了不起的——看这精确,这和谐。而且如此脆弱!却又如此坚强!又这么精确!这就是大自然——巨大的力的平衡。每颗星星都是这样——每片草叶也是这样——在完美的平衡中,伟大的宇宙产生出——这个。这个奇迹;这个大自然的杰作——这个伟大的艺术家。'

"'从没听到一个昆虫学家会这样讲话,'我愉快地说,'杰作!那人该算什么呢?'

"'人很神奇,但却不是杰作,'他眼睛仍盯着玻璃盒子说,'也许这位艺术家有点儿疯狂了。呃?你怎么看?有时在我看来好像人们来来往往的地方并不需要他,并没有他的位置;要不然,为什么他哪儿都想去?为什么他东跑西颠地吵吵闹闹引起别人的注意,谈论星星,让草叶不得安宁?……'

"'还捉蝴蝶。'我插了一句。

"他微笑起来,躺倒在座椅上,把腿伸开。'请坐,'他说,'我在一个非常晴朗的早晨亲自捉到这个难得的标本。我兴奋极了。你不知道对一个收藏家来说,捉到这样一个难得的标本意味着什么。你不会了解的。'

"我在一把摇椅上轻松地微笑着。他的眼睛似乎越过了他正盯着的墙壁望向远处;他讲述起有一天晚上,一个传令兵如何从他'可怜的穆罕默德'那里过来,请他去'大载'——他这么称呼那宅子——那宅子距他的住处有九英里到十英里的样子,有一条只适合骑马而不适合走车的小路穿过一片农田通到那里,还经过东一块西一块的树林。次日清早,他拥抱了他的小艾玛之后,就离开了他那壁垒森严的房子出发了,留下他的'公主'妻子主管一切。他描述了她如何一直把他送到的门口,一边走,一边用手摸着他坐骑的脖颈;她身穿一件白色夹克,头上别着金发夹,左肩上斜挂着一条棕色皮带,皮带上挎一把左轮手枪。'她讲的都是女人们要讲的那些话,'他说,'告诉我要当心,尽量在天黑前回来,以及我这么单枪匹马地出去有多危险。我们还在打仗,所以国内很不太平;我的手下给房子装了防弹百叶窗,步枪都上了膛,她求我别为她担心。无论谁攻来,她都会守着那所房子,直到我回来。我高兴地笑了笑。我喜欢看到她这么勇敢、年轻而又坚强。我那时也很年轻。在门口,她握住我的手,使劲捏了捏,然后就退了回去。我勒住马,立马门外直到我听见身后的大门上了闩。当时我有一个大敌,一个大贵族——也是一个大流氓——带着一帮人在附近游荡。我的马小跑了四、五英里;夜里下过雨,但是雾已散去,散去——地面非常干净;躺在那里笑对着我,这么清新无邪——就像一个小孩子。突然有人放了一排枪——我觉得至少有二十发。我听见子弹在我耳边呼啸,我的帽子跳到我的后脑壳上。这是一个小小的诡计,你明白吧。他们设法让我可怜的穆罕默德派人找我,然后设下埋伏。我一下子明白了这一切,我想——这得用点手段。我的小马打了个响鼻,跳了起来,又站住,我慢慢倒向前去,头贴着马鬃。马又走起来,我用一只眼睛从马颈上方可以看见我左手的一片竹林前方罩着一团淡淡的烟云。我想——啊哈!我的朋友们哪,你们干吗不等够了时候再开枪呢?还不到时候①呢。噢,不!我右手握住我的左轮手枪——静静地——静静地。这些流氓毕竟只有七个嘛。他们从草地上爬起,将围裙撩起来,将长矛举过头顶挥着,彼此喊着要注意抓住那匹马,因为我已经死了。我让他们走到从这儿到房门这么近,然后砰砰砰开了枪——每开一枪还都瞄准一个目标。我瞄准一个人的背又开了一枪,但是没有打着。已经离得太远了。然后我独自坐在我的马上,干干净净的大地冲我微笑着,三个人的尸首就在那儿躺在地上。其中一个像狗一样蜷着,另一个仰面朝天,一只胳膊还遮着眼睛,好像要挡着太阳似的,还有一个慢慢地把腿伸开,蹬了一下,又蹬直了。我从马上很仔细地看着他,但是

---

① 原文为德文。

再没有什么动静了——一动也不动①——就这么动也不动了。在我望着他的脸,想看看还有没有活着的迹象时,我看到隐约像影子一样的什么东西掠过他的额头。那就是这只蝴蝶的影子。看看这翅膀的形状。这种蝴蝶飞得很高,而且飞得很有力。我抬眼望去,看见它正鼓翼飞去。我想——这可能吗？接着我就看不见它了。我下了马,继续走,走得非常慢,我牵着马,一手握着我的左轮手枪,眼睛上下左右四处搜寻！我终于看见它坐在十英尺开外的一小堆脏土上。我的心立刻狂跳起来。我把马放开,一手还握着我的左轮手枪,另一只手一把将我那柔软的毡帽从头上脱下。走一步。定定神。再走一步。扑！我抓住它了！当我站起身来时,我兴奋得直抖,抖得像一片叶子,当我展开了这些美丽的翅膀,确信我得到的是多么难得又是多么非同寻常地完美的标本时,我激动得头直晕,腿发软,只好坐到地上。在为那位教授采集标本的时候,我就极想自己拥有一个那种蝴蝶的标本。我走过很长的路,吃了很多苦；睡觉都梦见过它,而此刻我突然把它夹在我的手指间——给我自己的！用诗人的话来说(他把诗人说成'私人')——

> 如今我终于把它弄到了手,
> 在某种意义上它算是我的所有。②

他为了强调最后一个字,声音陡然降得很低,目光也慢慢从我的脸上缩回来。他开始忙着装一个长管烟斗,沉默着,然后,他的大拇指停在烟锅口上,意味深长地再次看着我的脸。

---

①② 原文为德文。

"'是的,我的好朋友。那天我什么欲望也没有了;我已让我最主要的敌人大为恼火;我年轻有力;我有友谊;我有女人的爱情(他把'爱情'说成'爱行'),我还有一个孩子,这使我的心非常充实——甚至我曾经睡梦中向往的也到了我的手中!'

"他划了一根火柴,发出很强的亮光。他那沉思的宁静的脸抽动了一下。

"'朋友,妻子,孩子。'他缓缓地说道,凝视着那小小的火焰——'卟!'火柴灭了。他叹了口气,又转向那玻璃盒子。那柔弱美丽的翅膀微微颤动着,仿佛他的呼吸使他的梦中尤物又有了片刻的生命。

"'这项工作,'他指着那些四散的纸片,以他通常的那种温和愉快的声音突然开口道,'正大有进展。我正在描述这个难得的标本……喏!你有什么好消息呀?'

"'实话告诉你吧,斯坦因,'我费劲地说,连我自己都惊讶怎么那么费劲,'我到这儿来是要描述一个标本……'

"'蝴蝶吗?'他问道,带有一种难以相信和幽默的热切。

"'绝没这么完美。'我答道,突然因种种疑虑而感到沮丧。'是个人!'

"'原来如此!'他喃喃道,转向我,微笑的表情严肃起来。然后他看了我片刻,慢声说道,'好吧——我也是个人嘛。'

"由这儿你们就可以了解他的为人了;他知道如何慷慨地鼓励你,使一个审慎的人在将要产生信心的边缘却犹豫起来;不过我即使犹豫,也不会犹豫很久。

"他盘腿坐着,听着我说。有时他的脑袋完全消失在喷出的大团烟雾中,只是从云团里发出一声同情的咆哮。我讲完后,他把两腿分开,放下烟头,双肘撑在椅子扶手上,很恳切地向我这儿探过来,指尖并在一起。

"'我非常理解。他很浪漫。'

"他为我给这桩病例下了诊断,起初我发现这事原来如此简单,不觉吃了一惊;我们的会晤确实很像一次医学临诊——斯坦因显得很有学问地坐在写字台前的一把安乐椅上;我焦虑地坐在另一把安乐椅上,面对着他,但是有点偏向一侧——这样问起来似乎就自然了——

"'那怎么办才好呢?'

"他举起一根长长的食指。

"'只有一个治法!只有一样东西可以使我们自身得到解脱!'那根指头落下来,重重地在写字台上敲了一下。他本已使这桩公案显得很简单了,这会儿这案子,如果可能的话,变得就更简单了——而且是毫无希望了。一阵停顿。'是啊,'我说,'严格说来,问题不在于如何治好,而是如何活下去。'

"他点头表示赞成,不过好像有点悲哀。'是的!是的![①]总而言之,用你们的大诗人的话来说:那才是问题……'他继续同情地点着头……'怎么个活法!啊!怎么个活法。'

"他站起来,指尖还戳着写字台。

"'我们想有这么多不同的活法,'他又开口道。'这只壮丽的蝴蝶找到了一小堆脏土,落在上面一动不动;可是人决不会待在他的粪堆上一动不动。他想要这样,他又想要这样……'他把手举起来,又放下去……'他想当圣人,他想当

---

① 原文为德文。

魔鬼——每次他闭上眼,就看到自己是个很可爱的家伙——可爱到他从来也担当不起……在梦里……'

"他放下玻璃盖子,自动锁一下子就锁上了,他双手捧起盒子,虔敬地把它拿开,放回原处,移出台灯明亮的光圈,走进比较昏暗的灯影里——最后走进什么也看不清的暗处。这效果挺古怪的——好像这几步路就使他走出了这个具体而让人迷乱的世界。他高高的身架仿佛被抢去了实质性的内涵,以屈身和模糊的动作无声无息地盘旋在一些无形物体的上空;远远地可以瞥见他神秘地忙着些不相干的事,他的声音从那里听来也不再那样尖刻了,似乎洪亮而庄重——因为距离远而显得柔和了。

"'就因为你不能总是闭上眼睛,才有了真正的麻烦——内心的苦痛——人世的苦痛。我告诉你吧,我的朋友,对你来说,发现由于你不够强,或者是不够聪明,而不能使你的梦想变为现实,这可不是好事。是的![①]……而你一向又是这么可爱的一个家伙!怎么回事?为什么?天哪![②]这怎么可能?哈!哈!哈!'

"在那些蝴蝶的坟墓间徘徊的那个影子狂笑起来。

"'是的!这可怕的事非常可笑。一个人生了下来,陷入一场梦,就像一个人掉进了大海。假如他和那些没有经验的人一样,竭力要爬出来,吸到空气的话,他就淹死了——是不是?[③]……不!我告诉你吧!出路就是把你自己交给这个具有破坏性的物体,在水里伸开你的手脚,让那深深的、深深的大海把你托起。所以如果你问我——怎么活法?'

[①][②][③] 原文为德文。

"他的声音一下子变得非常有力,好像在那边的黑暗中,他私下里听到了什么风声,有了灵感。'我会告诉你的!那件事也一样,只有一条出路。'

"随着他的拖鞋发出的一阵急促的窸窸窣窣声,他在较昏暗的灯影中现出身形,然后突然出现在台灯明亮的光圈中。他那只伸出来的手像一把手枪一样瞄着我的胸膛;他那双深陷的眼睛似乎要看透我,但是他那撅着的嘴唇却没吐出一个字,而且黑暗中看上去很有把握的那种严峻的得意神情也从他的脸上消失了。指着我胸膛的那只手放了下来,他一点点地又走近了一步,将那只手轻轻搭在我的肩膀上。有些事情,他凄然说道,也许永远讲不出口,只是他独自生活了这么久,有时他都忘记了——他忘记了。灯光破坏了在远处阴影中激励过他的自信力。他坐下来,两肘支在写字台上,揉搓着自己的额头。'可那是真的——是真的。沉到那个破坏性的东西里面去。'……他用一种压抑着的声调说,没有看着我,两手托着自己的脸。'那才是出路。追寻梦境,再追寻梦境——就这样——永远①——直到最后②……'他耳语般地说着他的信念,似乎在我面前开辟了广阔而又无常的一片,有如黎明时分——或者也许是黑夜即将来临的时候?——平原上的一道微明的地平线。人们没有胆量来确定;但那是一道迷人而又带有欺骗性的光亮,将那无法领会的朦胧的诗意投向陷阱——投向坟墓。他的生活在牺牲中、在慷慨赴义的热情中开始;他已经在各种各样的道路上,在奇奇怪怪的小路上走了很远,无论他追随的是什么,都从没有过摇摆不定,因此也没

---

①② 原文为德文。

有羞愧,没有遗憾。至此他都是对的。那才是出路,毫无疑问。可是尽管如此,人们在坟墓和陷阱间徘徊的那片大平原,在微明的光亮不可捉摸的诗意下仍然非常荒凉,中间全是阴影,周围有一圈明亮的边,仿佛是被充满烈焰的深渊包围了。当我终于打破了沉默时,要讲出的意见却是,谁也不会比他自己更浪漫。

"他慢慢地摇了摇头,之后就用一种耐心而探询的神气看了看我。这是耻辱,他说。我们像两个孩子似的坐在那儿,谈着,而不是一道谋划谋划,找个什么切实可行的办法——切实可行的药方——为那桩罪过——那桩大罪过——他重复道,露出一种幽默而放纵的微笑。即便如此,我们的谈话也没有变得更实际一些。我们回避说出吉姆的名字,好像我们尽量不在讨论中涉及人之常情似的,要谈到的也只是一个犯了错误的魂灵,一个正在受苦的无名幽灵。'哪!'斯坦因一边往起站,一边说道。'今晚你就睡这儿,明早我们再干点实在的……'他点亮了一盏两叉烛台,在前边领路。我们穿过一些空荡荡黑漆漆的房间,一路由斯坦因举着的烛光陪伴。这光亮沿着打了蜡的地板滑行,这一处那儿一处地扫过光滑的桌面,在一件家具的曲线上断断续续地跳荡,要么就是垂直地在远处的镜子里闪进闪出,此时便可以在片刻间看见两个人的身形和两团火焰的闪光,默默地悄悄越过一片水晶也似的太虚的深处。他慢慢地走着,领前一步,弯着身子表示客气,脸上有一种高深的、像是在聆听一样的宁静,夹杂着些许银丝的淡黄色长头发稀疏地披散在他微微低下的脖颈上。

"'他很浪漫——浪漫。'他重复道。'而这很糟——非常糟……倒也很好。'他补充道。'但是他是浪漫吗?'我问道。

"'没错①,'他说,握着烛台一动不动地站着,可是却不看着我,'显而易见!是什么使他由内心的痛苦认识了自己?又是什么使他由于你和我——而存在?'

"在那个时候,很难相信吉姆还在世上——他生于乡下牧师家,混迹在芸芸众生中,就像尘埃一样不起眼,物质世界上生死相冲突的要求使他沉默——但是他的不可毁灭的真实带着一种令人信服和不可抗拒的力量向我走来!我看见它活生生的,仿佛我们在穿过那些高大寂静的房间时,在转瞬即逝的灯光之间,在深不可测、清澈透明的深处,随着闪动的火苗,突然现出悄悄移动着的人影,我们已经更加接近了绝对真理,它就同美一样,在神秘的静止的水中躲避地漂流着,模模糊糊,半沉半浮。'他也许是吧。'我轻轻笑了一声承认道,没想到笑声还是引起了很大回响,于是我马上放低了嗓门;'但是我肯定你很浪漫。'他把头垂到胸前,灯举得高高的,他又走起来。'啊——我也活着呢。'他说。

"他走在我前面。我的眼睛跟着他的动作,但是我看见的却不是那商号的头头,也不是下午招待会的嘉宾,不是学术社团的通信会员,也不是款待偶尔来临的博物学家的人;我只看到了他的命运的真相,他懂得如何以不动摇的步伐来追随命运的脚步,他懂得人生在卑贱的环境中开始,在慷慨的热情中,在友谊、爱情、战争——在一切浪漫的崇高情感中——变得丰富。在我房间的门口,他转过来面对着我。'是的,'我说,好像在继续着一场讨论,'世上有那么多东西,你却痴痴地梦想着一只蝴蝶;但是当一个晴朗的早晨,你的梦如你所愿

---

① 原文为德文。

地临到你面前时,你没有错过那个大好机会。是吧？而他……'斯坦因举起他的手。'而你知道我曾错过多少机会;有多少次好梦临头我却丢掉了吗?'他遗憾地摇了摇头。'在我看来,有些梦本来会很好——假如我让这些美梦成真的话。你知道有多少吗？也许我自己都不知道。''不管他的梦美不美,'我说,'他却知道有一个他确实没抓住。''谁都知道一两个那样的梦,'斯坦因说,'烦恼就在这儿——大烦恼啊……'

"他在门口握了手,从举起的胳膊下望着我的房间里面。'好睡。明天我们得做点实实在在的事——实实在在的……'

"虽然他的房间在我房间的那一边,我却看见他从原路返回去了。他又回到他的蝴蝶那儿去了。"

第二十一章

"我想你们谁也没有听说过帕图森吧？"由于细心地点燃一只雪茄而静默了一阵之后，马罗又接着说起来。"这倒无关紧要；一夜之间向我们拥来的有一大堆天体，人类从来也没听说过，那是在人类活动的范围之外，除了对天文学家，对任何人也没有什么现实的重要意义，而天文学家就是凭头头是道地谈论天体的构造、重量、轨道——它的行为有什么不规则，光有什么错乱——来吃饭的，有点像散布科学的丑闻。帕图森就是这样。巴达维亚政府中的圈内人提起它都很了解，特别是关于它的不合规则和离奇之处，商界的人知道其名的人则很少，非常少。然而谁也没去过那里，我怀疑谁也不愿意亲自到那儿去，依我想来，就像天文学家一样，他会强烈地反对被送到一个遥远的天体去，在那里，离开了尘世的薪俸，看到一个不熟悉的天，他会不知所措。不过，天体也好，天文学家也好，同帕图森都没关系。到那儿去的是吉姆。我的意思只是让你们明白，假使斯坦因安排把他送到一颗最遥远的星球上去，变化也不会更大。他把他在尘世的缺点及他所得的那种名声都抛在身后，有一套全新的条件让他的想象力去施展。完全是新的，整个一个了不起。他也很了不起地把握住了它们。

"斯坦因比其他任何人都了解帕图森。我怀疑比政府人士了解得都多。我毫不怀疑他到过那儿,也许是在捉蝴蝶的年月,也许是以后,在他不可救药地试图使他生意场上肥得流油的莱碟也沾上点浪漫劲儿的时候。在群岛原来还没大开化时,他就没有几处没去过,那时为了提高道德——还有——好吧——也为了增加利润,灯光(甚至是电灯)都没有给带进群岛去。在我们谈论过吉姆后的第二天早上用早餐时,我讲到可怜的布莱尔利说过的话:'让他爬到地下二十英尺的地方,就待在那儿吧。'随后他提到那个地方。他抬起眼来看着我,带着一种很感兴趣的专注,好像我是一只罕见的昆虫。'这也可以做到啊。'他呷了一口咖啡,说道。'把他怎么埋起来。'我解释道。'当然谁也不愿这么做,但是看看他这个样子,这对他大概是最好的办法了。''是啊;他还年轻。'斯坦因沉思着说。'是现存的最年轻的人了。'我肯定道。'真好①。有个帕图森。'他以同样的口吻继续说道……

"我当然不知道那故事;我只能揣测帕图森曾经被用来作为某种犯罪、过失或者厄运的坟墓。对斯坦因则无可怀疑。惟一为他而存在过的女子便是他称为'我的公主妻子'的那位马来姑娘,如果偶尔说得详细些,则是'我的艾玛的妈妈'。他在谈到帕图森时讲起的那个女人是谁,我说不上来;但是通过他间接的暗示,我明白她是个受过教育、长得很漂亮的荷兰同马来的混血儿,有着一部悲惨的,或者也许只是一部可怜的历史,她最痛苦的一段无疑便是她与一位马六甲葡萄牙人的婚姻了,他在荷属殖民地某家商号里当过书记员。从斯坦因

---

① 原文为德文。

的话中,我感到这个人在不止一个方面不能令人满意,总起来说多少有些说不清道不明的,却又很令人不快。斯坦因委派他做斯坦因公司帕图森贸易站的经理,完全是为了他夫人的缘故;但是在生意上这个安排是不成功的,无论如何都对公司不利,如今那女人已经死了,斯坦因想把那儿的人手换换。那个葡萄牙人名叫柯涅柳斯,自己觉得劳苦功高,却没有受到善待,按他的能力他的地位该更高的。吉姆就是要去换这个人。'但是我想他不会离开那地方的。'斯坦因说。'这和我可没关系。只是为了那女人,我……但是我想会留下一个女儿的,如果他愿意留下,我就让他保留那所老房子。'

"帕图森是本地人管理的一个邦的一个偏远地区,主要殖民点也叫这名字。在距大海四十英里的河边一处地方,也就是看到第一片房屋的地方,可以看见一片森林的后面耸起的两座陡峭的山峰尖顶,彼此非常接近,只是给看起来好像很深的一道裂缝隔开了,好像某种巨大的冲击力劈开的。其实那中间的山谷不过是一个又窄又深的峡谷;从殖民点看去,就好像一座不规则的圆锥形小山裂成了两半,稍微分开了些,却又相倚着。在月圆之后的第三天,如同从吉姆房前的空地上看去的一样(我去拜访他时,他已经有了一幢很精致的本地风格的房子),那圆圆的月亮恰从这两片山的后面升起,它四散的光起初将这两大块黑沉沉地衬托出来,继而那近乎完美的圆盘泛着红光出现了,在裂缝的两半之间向上滑升,一直浮到巅峰之上,仿佛以温和的胜利姿态逃离了大张着嘴的坟墓。'奇妙的效果,'吉姆在我旁边说道,'值得一看。不是吗?'

"他问这话,私下里有点骄傲的口气,使我莞尔,好像调出那独特的壮观景色也有他一手似的。他在帕图森做了多少事啊！那些事情会显得就像月亮星星的运动一样,超出他的控制。

"真是不可思议。斯坦因和我无心地使他跌入那里,无非是想使他有个了断;跟自己决裂,这可得弄明白,而那里的鲜明特色就是不可思议。那是我们的主要目的,不过我也承认,我也许有过另外的动机,那对我也有点儿影响。我正想回家待一阵子;也许我有意,我自己都不知道,在我走之前,把他打发掉——把他打发掉,你们要明白。我要回家去,而他却从那儿到我这儿来了,带着他痛苦的烦恼,还有模糊的要求,有如一个雾中人在重负下喘着气。我不能说我曾经很清楚地看见过他——直到今天,在我见过他最后一面之后,也不能这么说;但是在我看来,我对他了解得越少,就越要以那种怀疑的名义和他接近,那怀疑是我们的了解不可分割的部分。我对我自己的了解也多不到哪儿去。而当时,我再说一遍,我正要回家去——回到遥远的家乡,远到所有的炉石就像一块炉石一样,我们当中最卑贱的人也有权靠在这炉石边坐下。我们成千上万地在地球上面漫游,有的大名鼎鼎,有的默默无闻,却都是到海外挣得我们的名声,我们的金钱,或者仅仅是一片面包壳;但是在我看来,我们每一个要回家的人都像是要去报账一样。我们回去要面对我们的长辈,我们的亲戚,我们的朋友——我们所服从的人,我们所爱戴的人;但是,即使是这两种关系都没有的人,那些最自由,最孤独,最没有担当,失去了一切牵挂的人,——即使是那些对他们来说家乡不再有亲爱的面孔,不再有熟悉的声音的人,——即使他们不得不与留驻那块土地上的灵魂相会,在家乡的天空下,空气里,山谷中,山坡上,田野中,河流里和树林里——一个沉默不语的朋友、法官、激励者。随你们怎么说好了,要得到它的欢乐,要呼吸它的和平空气,要面对它的真理,一个人就必须带着干净的良心回去。这一切对你们来说可能似乎纯粹是感伤主义;而我们之中也确实很少有人有那个意志或能力,认真地透过熟悉的情感表面深入看看。那儿有我们所爱的姑娘,有我们敬重的男子汉,有亲情,有友谊,有机会,有欢乐!但是这个事实是不变的,你必须用干净的手来接触你的酬报,否则它就会在你握有它的时候变成枯死的树叶,变成荆棘。我想就是这些孤独的人,这些没有可以称为他们自己的家庭生活或温情的人,他们回去不是为了回到一个住处,而是要回到那块土地本身,去会见那脱离了躯体,成为永恒而且不可改变的灵魂——是那些人最理解家乡的严厉,家乡的超度能力,家乡要我们效忠、服从的世俗权利的恩泽。是的!我们没有几个人明白这些,但是我们都感觉到了,我说'都',没有例外,是因为感觉不到的那些人不算数。地球上的每一片草叶都有它汲取生命、汲取力量的地方;人也是这样扎根在大地上,从中在汲取生命的同时汲取信仰。我不知道吉姆明白多少;但是我知道他感觉到了,他模糊地然而却是强烈地感觉到需要一些这样的真理,需要一些这样的幻想——我不在乎你们称它什么,这没有多大区别,就是有区别也没什么意思。问题是,他的分量正在于他的情感。他现在绝不会回家了。他是不会的。绝不会。假使他能够绘声绘色地表现出来,他会一想到那个念头就发抖,而且让你也发抖。但是他不是那种人,尽管他以他的方式也是够有表现力的。在回家的念头面前,他会绝望地僵硬起来,不能动弹,垂着下巴,噘着嘴唇,坦率的蓝眼睛在皱起的眉头下目光暗淡,就像面对着什么不能忍受的事,就像面对着什么令人嫌恶的事。他那坚硬的脑壳里有着想象力,脑壳上一丛丛长着的浓密的头发恰好像一顶帽子。至于我,我可没有想象力(如果我有的话,如今我对他就会更有把握一些了),我也无意要暗示说,我曾想象过故乡的灵魂从都弗的白崖上升起,问我——一根骨头也没断地回来了,姑且这么说吧——可为我那个小兄弟做了什么了。我不会犯这样的错误。我当时非常清楚,他属于那些没人打听的人;我见过比他更强的人出了门,不见了,杳无音讯,也没有引起一点好奇或悲哀。故乡的灵魂,有如雄心勃勃的统治者,对无数生命是不理会的。流落他乡的人们好凄惨啊!我们只有在抱成一团时才存在。他却在某种程度上离了群;他没有抱团;但他强烈地意识到这一点,那强烈使他令人感动,正如一个人的生命比较热烈,才使得他的死比一棵树的死更感人。我正好近在身旁,我正好被打动了。就是这么回事。我关心他怎么去解脱。假如,比方说,他要是酗起酒来,那会使我痛心的。地球很小,我恐怕有一天会被一个醉眼蒙眬、肿着脸、污秽不堪的流浪汉拦住去路,这家伙的布鞋都没了底,衣肘都烂成了碎片,仗着是老熟人,张口就要借五块钱。你们知道这些稻草人从一个体面的过去向你走来的那种可怕的得意洋洋的举止,满不在乎地粗声粗气地说话,厚着脸皮躲躲闪闪地瞥眼看着——对于相信我们的生活中有休戚与共的团结的人来说,那些会面要比一个牧师看到死到临头都不悔悟的人还要难受。实话告诉你们,那是我能看到的对他和对我的惟一危险;但是我也不信任我缺乏的想象力。事情也可能会更糟,多少超出了我预见的想象力。他不会让我忘记他多么富有想象力,而你们的富有想象力的人无论朝哪个方向都荡得更远,仿佛在人生不安的停泊处,给他们的缆绳更长一些似的。他们的确如此。他们也爱喝酒。也许是我太担心了,就小看了他。我怎么能说得清？就连斯坦因,也只能说他很浪漫。我只知道他是我们当中的一个。而他凭什么要浪漫呢？我跟你们讲了这么多我自己的直觉和胡思乱想,因为关于他可以讲的简直太少了。对我来说他存在过,而且毕竟只是通过我,他对你们来说也还存在着。我牵着他的手把他领了出来；我把他展示在你们面前。我这平平常常的担心是不是没有道理？我说不上来——就是现在也说不上来。你们也许能知道得更清楚些,正像俗话说的,旁观者清嘛。无论如何,那些担心都是多余。他没有完蛋,一点也没有；恰恰相反,他发展得极好,像个骰子一样,而且以极好的形式直线发展,这表明他不仅能够爆发,而且也能够呆住。我应该高兴才是,因为这胜利也有我一份；但是我并不像我本来会预料的那么高兴。我问自己,他的突进是否真的把他带出了那团迷雾,他在那迷雾中的身形即使不大,也挺有趣的,还有漂浮不定的轮廓线——一个流离失所的人无法安慰地渴望着他在队伍中的卑微的位置。此外,还没有说出最后的话呢——可能永远也说不出来了。把话说完,这当然是我们结结巴巴讲那些话的惟一和永恒的意图,而要把话说完,我们的生命是不是太短促了？我已经放弃期望那些最后的话了,那些话只要能说出来,那响亮的声音就会震天动地。可是总是没有时间容我们说出最后的话——我们的爱情,我们的愿望、信仰、悔恨、屈从、叛逆的最后的话。想必天地是不能动的吧。我想——至少不是由我们这些对天地的真相了解得这么多的人来动的吧。我关于吉姆的最后的话可没有多少。我肯定他大获成功；但是讲起来,或者说听起来,就会打了折扣。坦率地说,我不信任的倒不是我的话,而是你们的心思。要不是我担心你们这帮家伙为了喂饱你们的身体,却搞得想象力贫乏,我会滔滔而言的。我并不是要冒犯谁;没有幻觉也是值得尊敬的——而且安全——而且有利可图——而且乏味。可是你们在你们的有生之年也会了解生活的强烈,了解鸡毛蒜皮的小事的冲击所产生的迷人的光芒,就像一块冰冷的石头打出的火花一样令人惊异——也一样短命,唉!"

第二十二章

"征服爱情、荣誉、人们的信心——征服的自豪,征服的力量,这是适合讲一段英雄故事的素材;只是打动我们的心的,都是这样一种成功的外在的东西;对吉姆的成功而言,是没有外在的东西的。三十英里的森林隔断了一个漠不关心的世界的视野,沿海岸线的白浪涛声淹没了那个名声。文明的溪流,好像在帕图森以北一百英里的一个海岬给分开了似的,一支流向东,一支流向东南,将岛上的平原和山谷,古老的树木和古老的人,都弃之不顾,孤零零的,正像一条汹涌奔腾的大河的两个支流当中的一个无关紧要、正在崩塌的小岛。你们在旧的航海记录中常常碰到这个国度的名字。十七世纪的商人们去那里买胡椒,因为在詹姆士一世时代的荷兰和英国冒险家的心中,追求胡椒的热情似乎就像爱情的火焰一样燃烧着。为了胡椒,他们什么地方都会去!为了一袋胡椒,他们会毫不犹豫地割断彼此的喉咙,会放弃他们的灵魂,不然他们对灵魂是如此呵护的:那种愿望有一种古怪的固执,使他们蔑视各种各样的死亡;未知的海域,讨厌而奇怪的疾病;受伤,被俘,饥饿,瘟疫,还有绝望。他们因此而伟大!天哪!他们因此而有了英雄气概;也因此而令人悲哀,因为他们也在热恋着和一成不变的死神做生意,死神夺去的生命是不分老幼的。

仅仅是贪欲就能让人如此执着,如此盲目地一味努力和牺牲,似乎无法让人相信。而那些以自己的身体和生命去冒险的人,确实是为着一点微不足道的报酬,冒着失去他们所有的一切的危险。他们的遗骨躺在远方的海岸上变白,这样财富才可能流到家乡活着的人那里。在我们这些没受过那么多苦的后来者看来,他们显得很伟大,不是作为贸易的代理商,而是作为一种记录在案的命运的工具,为了听从内心的呼声,血脉的冲动和对于未来的梦想,就冲入未知世界。他们很了不起;而且必须承认,他们随时准备着要这样了不起。他们得意洋洋地将这一点记录在他们所受的苦难中,在大海的风光中,在异国的风俗中,在堂而皇之的统治者的荣耀中。

"他们曾在帕图森发现很多胡椒,而且为苏丹的庄严和智慧所打动;但是,经过一个世纪时好时坏的往来之后,这个国家不知怎么似乎渐渐放弃了这桩生意。也许是胡椒资源已经枯竭了。不管是怎么回事吧,现在谁也不在乎了;光荣已经成为过去,现在的苏丹是个低能的年轻人,左手有两个拇指,从苦难的人民那里横征暴敛出一点数目不定、少得可怜的收入,还被他的许多叔叔伯伯偷走了。

"这些我当然都是听斯坦因说的。他把他们的名字都告诉了我,还简洁地描绘了他们每个人的生平和性格。他对当地各邦有充分的了解,有如官方报告一样,只是更为有趣得多。他不得不了解。他在这么多地方有生意,在有些地区——比如说在帕图森——他的商号是经荷兰当局特别许可,惟一在那里设有代理的公司。政府信任他的谨慎,大家明白他承担了一切风险。他雇佣的人也明白那一点,但是他显然也使他们感到值得去干。那天早上在早餐桌上他对我坦白之极。据他所知(最近的消息也有十三个月了,他说得很精确),生命和财产完全没有保障,那是正常情况。在帕图森有不少互相敌对的势力,其中一个就是阿郎酋长,是苏丹的叔伯中最坏的一个,他管理那条大河,正是他巧取豪夺,压榨得本地生长的马来人都快灭绝了,他们毫无自卫能力,连迁移走都没有办法——'因为说真的,'斯坦因说,'他们能走到哪里去,又如何走得掉呢?'无疑,他们甚至连走的愿望都没有。世界(被不可逾越的高山围着)已经在那生来高贵的人的掌握之中,而这个酋长他们是知道的:他是他们自己的皇家的人。我后来有幸见到过这位先生。他是个肮脏、矮小、无精打采的老家伙,长着一双邪恶的眼睛和一张不够标准的嘴,他每隔两个小时就要吞一丸鸦片,而且置通常的体面于不顾,头上帽子也不戴,头发散乱地一绺绺垂在他枯槁肮脏的脸旁。见客的时候,他就爬上一个狭窄的台子,那台子建在一个好像是破败不堪的谷仓一样的大厅里,用腐烂的竹子铺的地板,透过地板的道道裂缝,可以看见下面十二或十五英尺的地方一堆堆各种各样的弃物和垃圾堆放在房子底下。当我在吉姆的陪同下,礼节性地拜会他时,他就是在这么一个地方这个样子接待我们的。房间里大约有四十人,而下面大院子里的人也许有这里的三倍。在我们身后老是有人走动,来来往往,推推搡搡,窃窃私语。几个穿着色彩斑斓的绸子衣服的青年远远地怒目而视;大多数人则是奴隶和卑微的附庸,他们半裸着,穿着褴褛的围腰,沾满了灰和泥点,肮脏不堪。我从来没有见过吉姆这么庄重的样子,这么沉着,有点莫测高深,令人印象深刻。在这些黝黑脸膛的人中间,他那高大挺拔的身躯配上白色的衣衫,一簇簇闪光的淡色头发,似乎吸收了透过那阴暗大厅紧闭的百叶窗钻进来的所有的阳光,那大厅的墙是草席做的,屋顶则是茅草铺的。他显得不仅是另一类的人,而且本质就不一样。若不是他们看到他从一条独木舟上走上来的话,他们会以为他是从云端里降临到他们头上的。然而,他确实是乘着一条很不规则的独木舟来的,坐在(双膝并拢,坐得很直,生怕把那玩意儿弄翻)——坐在一个洋铁箱上——那是我借给他的——膝盖上抱着把海军式的左轮手枪——是我分手时送给他的——由于上天的插手,或许是由于某种荒唐固执的念头,他就是那样,要么就是完全出于本能的精明,他决定带上那支枪却不装上子弹。他就这样上了帕图森河。没有比这更无聊却又更不安全,更过分地漫不经心,更寂寞的事了。真奇怪,这样听天由命给他的一切行为都投下一种逃亡的色彩,好像是冲动的、不假思索的开小差——一下子就跳进那个未知世界。

"正是那漫不经心给我的印象最深。斯坦因和我,打个比方说吧,有欠礼数地把他举起来抛过墙去的时候,对墙那边可能会是怎样的情形,我们都不大了然。当时我只是想让他消失掉。斯坦因的性格则足以使他带有一种情感上的动机。他有着一个还掉(以实物吧,我想)那笔他从没忘记的旧债的念头。他确实终生都对来自英伦三岛的人特别友好。不错,他已故的恩人是个苏格兰人——甚至名字都叫亚历山大·麦尼尔——而吉姆却来自老远的特威德南边;然而在六七千英里以外,大不列颠虽然绝不会缩小,可是用缩短了的线条来显示,即使在它自己的子民看来,这样的细枝末节也没什么要紧了。斯坦因是可以原谅的,而他所暗示的意图又是这样慷慨,以至于我极恳切地请求他暂时保一保密。我觉得,不应该让对个人利益的考虑来影响吉姆;甚至不应当甘冒产生这种影响的风险。我们不得不对付另一种现实。他要的是一处避难所,那就应当提供一处免除了危险的避难所——别无其它。

"在其它所有的问题上,我对他都十分坦率,我甚至(我当时是这么认为)夸大了那桩事的危险性。其实我还是没说够分量;他在帕图森的第一天几乎成了他的末日——要不是他如此不管不顾,或者说对自己如此严厉,要是他屈尊将手枪装上了子弹的话,那可真成了他的末日了。我还记得,当我向他说明我们为他的隐退所安排的完美的计划时,他那固执却又疲倦的听天由命的神态是如何渐渐转变成惊讶、感兴趣、不可思议,以及孩子气的热切。这是他一直在梦寐以求的一个机会。他想不到他有什么值得我……如果他明白他何以受到如此恩惠,那就毙了他……而且是斯坦因,商人斯坦因,他……但是他当然还得向我……我打断了他。他话都说不连贯了,而且他的感激又引起了我无法解释的痛苦。我告诉他,如果他因为这个机会而要特别感激谁的话,那就感激一位他从来没听说过的苏格兰老人好了,他多年前就已去世,关于他,除了粗门大嗓及一种粗野的诚实而外,人们已不记得什么。实在是没有人可以接受他的感谢。斯坦因不过是将他自己在年轻时得到过的帮助传给一个年轻人罢了,我所做的也无非是提到了他的名字。听到这话,他脸红了,手指捻着一小块纸片,羞怯地说,我总是对他很信任。

"我承认是这么回事,停了停我又说,我希望他能够以我为榜样。'你以为我没有吗?'他不安地问道,又喃喃地说,一个人首先得有点机会;然后他兴奋起来,声音响亮地声明,他绝不会让我后悔我对他的信心,这一点——这一点……

"'别误会,'我打断了他的话,'你可没有本事让我对任何事后悔。'后悔是不会有的;但是即使有,那也全是我自己的事;另一方面,我希望他明确地理解,这个安排,这个——这个——试验,是他自己的事;对之负责的只有他,并无其他任何人。'为什么?怎么啦,'他结巴起来,'这正是我……'我请求他别犯傻,他却显得更加糊涂了。他是在堂堂正正地让他自己活不下去。……'你是这样看么?'他心绪不宁地问道;但是过了片刻又很信任地说,'可我还是在继续朝前走的。不是吗?'跟他真没法儿生气;我不由得微笑了,并且告诉他说,在过去,像这样继续朝前走的人所走的路子,就是变成一片荒原上的隐士。'见他隐士的鬼!'他带着迷人的冲动评说道。他当然不介意一片荒原。……'对此我很高兴。'我说。那就是他要去的地方。他会发现那里够可爱的,我斗胆向他担保。'会的,会的。'他热切地说。他已经表现出一种愿望,我不为所动地继续说,就是退隐,还把门砰然关上……'我是这样吗?'他打断了我,一阵奇怪的阴郁好像一片过眼烟云的阴影,似乎把他从头到脚包了起来。他毕竟还是极有表现力的。精彩之极!'我是这样吗?'他痛苦地重复了一遍。'你不能说我对这事有多大抱怨。而且我也可以照这样干下去——只是,该死!你给我指了条出路。'……'很好。通过。'我插了一句。我可以庄严地向他许诺,那扇门在他走后会紧紧关上。无论他的命运如何,都不会有人在意,因为那个国家尽管烂到那步田地,看来还不至于干预到他。一旦他到了那儿,对外面的世界来说,他就好像从来没有存在过一样。他除了两片脚底板,再无别的立足之处,所以他首先要找到安身的地方。'从来就没存在过——是这样,天哪!'他低声地自言自语道。他的眼睛盯着我的嘴唇,闪闪发亮。如果他对形势已经彻底了解,我肯定他最好还是跳上他能看到的第一辆马车,赶到斯坦因家去听他的最后指示。我还没有说完,他就冲出了房间。"

第二十三章

"他直到第二天早上才回来。他被留下来用晚餐,并且过夜。从没见过斯坦因先生这样棒的人。他兜里有一封给柯涅柳斯的信("就是要被开掉的那家伙。"他解释说,得意的情绪暂时收敛了一下),他还高兴地亮出了一枚银戒指,就是本地人用的那样的,已经磨得很薄了,雕镂的痕迹已很模糊。

"这是他给一位叫多拉明的老家伙——是那儿的一个头面人物——一个大人物——的介绍信,他是斯坦因先生在那个国家的一个朋友,他那些冒险生涯都是在那儿度过的。斯坦因先生称他为'战友'。战友挺好的。不是吗?斯坦因先生的英语说得真是呱呱叫,是吧?他说他是在西里伯斯①学的英语——在那么个地方!太有趣了。是不是?他说话是带点口音——有点鼻音——我会注意不到?那个叫多拉明的给了他这枚戒指。他们最后一次见面分手时,交换了礼物。有点儿表示永久的友谊的意思吧。他说这挺好的——难道我没说好吗?当那个穆罕默德——穆罕默德——什么名字来着遇害时,他们为了宝贵的生命不得不突然匆匆忙忙逃离那个国家。我当然知道那个故事啦。好像是极卑劣

---

① 印度尼西亚苏拉威西岛的旧称。

的勾当,不是吗?……

"他就这么说啊说的,忘了他的盘子,刀叉就拿在手里(他来的时候我正用午餐),脸色微微泛红,眼睛暗了很多,这在他正是兴奋的表征。那戒指是信物一样的东西——("真像你在书上看到过的某些事情一样。"他很欣赏地插进来这么一句)多拉明就会尽力为他帮忙。斯坦因先生在某个场合曾经救了那家伙的命;纯属偶然,斯坦因先生说,但是他——也就是吉姆——对此却自有见解。斯坦因先生就是这样一种人,总是注意寻找这样的偶然。不要紧。偶然也好,故意也好,对他的需要可是太有好处了。已经一年多没有消息了;他们自己之间无休无止地闹得不可开交,那条河也关闭了。这,可太不方便了;但是,别担心;他会设法找个空子钻进去。

"他亢奋地喋喋不休地说着,使我深受撼动,也几乎使我害怕。他就像一个有了一个长长的假期,期待着快乐的热闹的孩子,在假期的前夕话特别多。一个大人竟有这样的心理状态,又是在这样的场合,这当中真有些反常,有点疯狂,有些危险,也不牢靠。我正要规劝他对世事严肃些,他却扔下了刀叉(他已经吃上了,或者干脆说不知不觉间囫囵吞着),在盘子四周找寻起来。戒指!戒指!那鬼东西在哪儿……啊!在这儿呢。……他的大手一把将它攥住,一个个试遍了所有的衣袋。天哪!这玩意儿丢了可不行。他对着拳头沉重地默想着。有那东西吗?要把这宝贝儿挂在他的脖子上!他马上着手进行,掏出一根绳子(看上去就像一根棉线鞋带)来挂那东西。得!这就行了!那就麻烦了,如果……他似乎第一次看见了我的脸色,这才使他安静了一点儿。我也许没有意识到,他以一种天真的严肃神情说道,他对那信物看得有多重。那意味着一个朋友;有朋友可是好事。他对此是有所认识的。他意味深长地冲我点点头,但是见我对此没有反应,他便用手托着头,默默地坐了一会儿,沉思地玩弄着桌布上的面包屑……'把门砰然关上,这话说得真好。'他叫着,跳起来,开始在屋里踱来踱去,他肩膀的姿势,头的转动,一味头朝前走而不很平稳的步伐,使我想起那天晚上他也是这样踱着,自我表白着,解释着——随你们怎么说好了——但是,说到底,还是活着——在我面前,在他自己的那小团乌云下面活着,以所有他不觉察的精明活着,这种精明能够从悲伤的源泉汲取安慰。他此刻的情绪也是一样,一样却又有些不同,就像一个情绪无常的伴侣,今天带你走的是正道,明天以同样的眼睛,同样的步子,同样的冲动,却把你无望地领上歧途。他的步态倒挺有把握的,他那飘忽不定的暗淡的眼神却似乎在为什么东西寻找地方。他一只脚的脚步声听起来比另一只的要响些——可能是他的靴子有毛病——这就给人一个奇怪的感觉,好像他的步法中有一个无形的停顿。他的一只手深深地插在他的裤兜里,另一只手突然在头顶上挥起来。'把门砰然关上!'他喊道。'我一直在等着那个。我会表现出来的……我会……我准备应付任何该死的事。……我一直在梦想着它……天哪!退隐。天哪!这到底也是运气呀。……你等着吧。我会……'

'他无所畏惧地甩了甩头,我承认,在我们的交往中,这是我第一次,也是最后一次,看出我自己出乎意料地对他感到彻底的厌恶。干吗说这些空话?他以僵直而沉重的步伐在房间里走来走去,可笑地挥着他的胳膊,还时不时地摸摸前胸衣服里面的那只戒指。一个被任命为在一个没有生意可做的地方当贸易代理的人,哪儿来的这种得意劲儿? 凭什么要蔑视天下? 对待任何事业,这种心境都不合适;这种心境不仅对他不恰当,我说,对任何人都不恰当。他直直地站着,高高在我之上。我是这么想吗? 他问道,毫无温顺的意思,却带着一种微笑,在那微笑里我似乎突然看出某种无礼来。但是我可比他大二十岁呢。青春就是无礼;这是青春的权利——有其必要性;它不得不坚持自己的权利,而在这充满了怀疑的世界上,对自己权利的一切坚持都是一种蔑视,一种无礼。他走了开去,到了远处一个角落,走回来时,打个比方说吧,他转过来就要把我撕碎。我这么说是因为我——就连我这个对他好得都没了边的人——就连我也记得——记得——关于他的——那桩——发生过的对他不利的事。何况还有其他人——还有这——这个世界呢? 他想退隐,一门心思想退隐,想待在圈外,又有什么奇怪——天哪! 而我还在谈论恰当的心境!

"'不是我,也不是这个世界记得,'我叫道,'记得的是你——你。'

"他并没退缩,而是热烈地继续说下去,'忘掉一切事,一切人,一切人。'……他的声音低了下去。……'除了你。'他补充道。

"'不——把我也忘掉——如果有帮助的话。'我也低声说道。这之后我们有一阵子都沉默不语,也没精神,仿佛精疲力竭了。然后他又泰然说起来,告诉我说,斯坦因先生已经指示他等一个月左右,看看他能不能留在那里,然后他再着手给自己盖一座新房子,以避免'无谓的开销'。他的用语真有趣——斯坦因的用语。'无谓的开销'是挺不错的……留下吗? 那有什么! 当然啦。他要坚持呆住。只要让他进去——

就这么回事;他保证他会待下去。绝不出来。待下去挺容易的。

"'别冒傻气了,'我说,由于他的口气吓人而感到不安,'假如你活得够长久,你会想回来的。'

"'回来干吗?'他心不在焉地问道,眼睛盯着墙上挂钟的钟面。

"我沉默了一会儿。'那么,就是说永远不回来了?'我说。'绝不。'他做梦般地重复道,也没看着我,然后突然活动起来。'天哪!都两点了,我不是四点启航吗?'

"这倒是实情。那天下午斯坦因的一艘双桅船要离港西行,人家指点他就搭乘这艘船,只是没有下达过延期开船的命令。我想斯坦因是忘记了。他急急忙忙去取他的东西,我就上了我的船,他答应在他去外锚地的路上去那里找我。他按时出现了,非常匆忙,手里还拎着一个小小的皮旅行包。这可不行,我就把我的一只据说是不透水,或者至少是防潮的旧洋铁箱给了他。他办理交接的手续只是简单地将他那只旅行包里的东西统统倒出来,有如你把一袋小麦倒空一样。在倒出来的那堆东西里,我看见有三本书;两本是小开本,深色的封皮,还有一本厚厚的绿色夹金的大部头——价值半克朗的合订本《莎士比亚全集》。'你还看这个?'我问。'是的。给人安慰的上品。'他急促地说。这种欣赏使我惊讶,但是当时可没有时间谈论莎士比亚了。小舱室的桌子上放着一把重型左轮手枪和两小匣子弹。'请把这个带上,'我说,'它可能会帮助你待下去。'这些话刚一出口,我就看出它们包含的意思有多冷酷。'可以帮助你进去。'我懊悔地更正道。然而他却没有被含糊隐晦的意思所烦恼,他殷殷向我表示感谢,马上就跑开了,又回过头来高喊再见。我在船舷听见他催促他的水手划走的声音,从船尾舷窗往外望去,我看见小船在后面打着转转。他坐在小船里,身体前倾,用声音和手势激励着水手们;由于他手里一直握着那把左轮手枪,又似乎把枪对着他们的脑袋,我永远忘不了那四个爪哇人吓坏了的面孔,他们拼命地划动着,很快就划出了我的视野。然后我转过身来,一眼就看见小舱室的桌上那两匣子弹。他忘了带上它们了。

"我命令我的小艇立即上人;但是吉姆的桨手由于觉得他们船上有了那么一个疯子,他们的生命处于千钧一发的境地,所以划得飞快,两船之间的距离才走了一半,我已经看见他爬上船栏杆了,还看见人们把他的箱子也递了上去。双桅船所有的船帆都放松了,主帆则已竖好,绞盘正开始丁零作响,我就在此时登上了那艘船的甲板:那船长四十岁左右,是个矮小敏捷的混血儿,穿一套蓝色的法兰绒衣服,眼睛很活泼,圆圆的脸呈柠檬皮色,一撮稀疏的唇须在他厚厚的暗色嘴唇边垂下,他自得地笑着走上前来。我后来发现,尽管他外表上自满自足,很愉快,他的性情却是忧郁的。在回答我的一句提问时(当时吉姆到底下去已经有一会儿了),他说,'噢,是的。帕图森。'他要把那位先生送到河口,但是'绝不上去'。从他嘴里流出来的英语似乎出自一个疯子编的字典。假如斯坦因先生有意要'上去',那么他就会'心怀敬畏地'——(我想他是要说恭敬地——不过鬼才知道)——'心怀敬畏地提出反对,为了货物的安全起见。'如果反对被置之不理,他就会提出'辞呈'了。他上次航行到那里是在十二个月以前,虽然柯涅柳斯先生由于当时的情况使'河口的贸易成了陷阱和泡影','为了抚慰'阿朗酋长和其他'要人'而'上了许多贡',可是他的船顺河而下的时候,沿途还是受到'无动于衷的帮派'从树林里开火袭击,使他的船员们'从暴露四肢到静静地躲藏起来',那艘双桅船差点在河口沙洲的沙滩上搁浅,在那里它'会遭到人力无法抗拒的毁灭'。回忆此事时愤怒的嫌恶,对自己流畅叙述的自豪——他对自己的叙述也很注意地倾听呢——争相表现在他那宽阔单纯的脸庞上。他时而向我作不豫之色,时而冲我笑逐颜开,并且满足地看到自己的辞令有无法否认的效果。暗淡的蹙额迅速地掠过平静的海面,那双桅船的前中帆挂上船桅,主帆在船的中间,似乎在那些被人利用做工具的人中间不知所措了。他咬着牙进一步告诉我说,那酋长是个'可笑的土狼'(想不到他怎么会知道土狼这个词);而另外某个人则比'鳄鱼的眼泪'还要虚伪许多倍。他一面注意着前面船员的动作,一面滔滔不绝地说下去——把那地方比成'长期不受悔罪而变得贪婪的野兽的兽窟'。我想他的意思是不受惩罚。他喊道,他无意'故意展示自己,引起抢劫'。起锚的水手们在拉动时拖着长音的喊叫停止了,他的声音也降低了。'帕图森真是够瞧的了。'他用力地结束了谈话。

"我后来听说,他曾经太不小心,被人用一根藤索套着脖子绑在酋长房前竖在一个泥坑中的柱子上。他就在那样有害于身心的情况下呆了大半个白天和一整夜,但是有一切理由相信,那件事不过是开个玩笑罢了。我想,他有一阵陷入了那可怕的回忆中,又吵架般地对那个来到船尾舵轮那儿去的水手讲话。当他再次转向我的时候,就说得心平气和,没有火气了。他会送那位先生到巴图克林的河口(帕图森镇"坐落在里面",他说,"还有三十英里远")。在他眼里,他接着说道——一种厌烦疲倦却又坚信的口吻取代了他刚才滔滔不绝的发泄——那位先生已经'与一具死尸相差无几'。'什么?你说什么?'我问。他做出一种凶恶得令人吃惊的样子,惟妙惟肖地模仿出从背后袭击的动作。'已经像人扔掉的尸体了。'他解释道,那种令人难受的自负神气,正是他这类人在表现出他们想象中的聪明之后所特有的。我看到吉姆在他背后默默地对我微笑着,并抬起一只手,阻止了我已到唇边的惊呼。

"然后,在那个混血儿煞有介事地喊出他的命令时,在帆桁吱吱嘎嘎地转动,沉重的吊杆升起来时,单剩下吉姆和我朝向主帆的下风处,彼此紧紧握了握手,匆匆最后交换了几句话。我心里在对他的命运感到有兴趣的同时,一直还存在一种怨恨,此刻我的心摆脱了那种无聊的怨恨情绪。那个混血儿的荒唐话,使吉姆此行的悲惨凶险,要比斯坦因小心的叙述更具现实性。在那种情况下,我们交往中一直存在的那种拘礼便在我们的谈话中消失了;我相信我叫过他'好小子',他在一些吞吞吐吐表示感谢的话中加了'老家伙'几个字,好像他冒的风险抵销了我的岁数,使我们俩在年龄上在感情上都更为平等。有那么一刻真正深刻的亲密,出乎意料而又非常短促,有如对某种永久性、某种救助性的真理的一瞥。他打起精神安抚起我来,仿佛他倒是我们俩当中较为成熟的一个似的。'没事儿,没事儿,'他很快地说,而且很有感情,'我一定会照顾好我自己的。是的;我不会去干任何冒险的事。一点儿该死的险都不冒。当然不冒。我是要待下去的。你别担心。天哪!我觉得简直什么也触动不了我。怎么啦!这是从倒霉交上的运气呀。我可不会糟蹋这样一个大好机会!'……一个大好机会!好吧,这是大好,但是机会也是人为的,我又怎么会晓得?正像他所说的,就连我——就连我也记得——他的——对他不利的倒霉事。这是实情。对他来说,最好是一走了之。

"我的小艇落在了双桅船的后边,我看见他在船尾,独自映在西斜的阳光里,将帽子高举过头顶。我听见一串不大真切的喊声,'你——将会——听到——我的——消息。'听到我的消息,还是接到我的信,我不知道是哪一个。我想一定是我的消息吧。他脚下的海面的闪光弄得我眼太花,都看不清他了;我命里注定永远也看不清他;但是我可以向你们担保,绝没有人可以'与一具死尸相差无几',就像那个满口胡言的混血儿说的。我可以看见那个小人的脸,形状和颜色都如同一个熟南瓜,从吉姆肘下的什么地方钻了出来。他也扬起了手臂,仿佛是要往下推。但愿这不是真的!"

第二十四章

"帕图森沿海(我在近两年以后才看到)笔直而阴暗,面对着一个雾茫茫的大洋。在覆盖着低低的山岩的树丛和爬藤浓绿的枝叶下,露出几条红色的小径,有如铁锈的瀑布倾泻而下。多沼泽的平原在河口展开,一眼就可以看见广阔的森林那边呈锯齿状的峰峦。在目力所及的远处海面,一串形状暗淡而细碎的小岛突现在永不消散的阳光照耀下的薄雾中,就像一堵被大海冲破的断墙残壁。

"在与海相连的巴图克林河岔汊的河口处,有一个渔村。那条河已经封锁了很久,当时又通航了,我搭乘的斯坦因的那条小小双桅船趁着三次潮汐溯流而上,总算没有暴露给'无动于衷的帮派'的枪击。如果我可以相信渔村那位上了年纪的村长的话,这样的情况已经属于古老的历史了,村长则是上船来充当引水员之类的角色的。他跟我(他所见到过的第二个白种人)谈得很知心,而他谈的多半是他所见过的第一个白种人。他称他为吉姆爷,他谈到他时的口气,由于奇怪地夹杂着亲昵与敬畏而显得很特别。他们村里人是在那位爷的特别保护之下,足见吉姆没有遭人忌恨。假如他曾经告诉过我,我会听到他的消息,这倒完全是实情。我正在听到他的消息。已经有一个故事说,潮水涨了两个钟头之后,他才得便溯流而上。这位健谈的老人亲自操纵着独木舟,也对这现象感到惊奇。而且,他们一家出尽了风头。他的儿子和女婿在划桨;不过他们只是没有经验的年轻人罢了,他们没有注意到那小舟的速度,直到他把这令人惊异的事实向他们指出来。

"吉姆来到那个渔村,是件幸事;但是对他们来说,如同对我们许多人一样,幸事的来临总是以恐怖为先导的。自从最后一个白种人光顾那条河之后,已经过了许多代了,那传说都已湮灭。这种人的露面就令人不安,他突如其来地到了他们中间,强硬地要求带他去帕图森;他的坚持令人惊惶;他的慷慨却又惹人起疑。这是个闻所未闻的要求。没有先例。酋长对此会怎么说?他会怎么处置他们?为此商议了大半夜;可是又很怕那陌生人一生气,马上就会有危险,所以最后还是准备了一只怪怪的独木舟。独木舟驶走时,女人们悲哀地尖叫起来。一位无所畏惧的老巫婆还骂了这个生客。

"他坐在独木舟里,我跟你们说过的,就坐在他的洋铁箱上,在膝头抚弄着那支没装子弹的左轮手枪。他怀着戒心坐在那儿——再没有比这更累人的——就这样他进入了这片他注定要在这儿以他的美德出名的国土,他的名声从内地青青的山峦一直传到沿海白带般的浪涛。在第一处转弯,他就看不到大海和它那永远起伏不息、平而复起的滚滚波涛了——那波涛正是人类奋争的写照——迎面而来的,则是不可摇撼的森林,它们深深扎根于土壤之中,挺拔向上迎着阳光,永远在它们古老传统的朦胧的力量中,就像生活本身。而他的机会也像一位东方的新娘一样,蒙着盖头坐在他的身边,等待着主人的手来揭开。他不也是一个朦胧而有力量的传统的继承人吗!然而,他却告诉我说,他此生从没有像在那独木舟中那样感到如此压抑和疲倦。他动都不敢动,最多只是偷偷摸摸般地去把那漂在他两只鞋子之间的半个椰子壳捞起来,小心翼翼地从舟外盛些水。他可体会到一大块洋铁箱的盖子坐上去有多么硬了。他有着英雄般的体魄;但是在那次旅途中他有好几次感到阵阵晕眩,在发晕的间隙,他又迷惑地呆想太阳在他背上晒起的泡该有多大了。为了解闷,他便往前看,想猜出他看见躺在水边的那团泥乎乎的东西究竟是段木头呢,还是条鳄鱼。只是他很快就不得不放弃了。真没劲儿。老是鳄鱼。其中有一只鳄鱼扑咚一下爬进河里,差点儿掀翻了独木舟。不过这种激动马上就过去了。接着,在一段又长又空旷的河段,他非常感谢一群猴,它们一直下到河边,在他路过时侮辱般地喧嚣着。他就这样接近着伟大,这伟大和任何人所达到的一样纯正。他盼得日落的心思占了上风;同时,他的三个桨手正准备执行把他交给酋长的计划。

"'我想必是累得都迟钝了,要不就是打了一会儿盹儿。'他说。他发觉的头一件事,就是独木舟正在靠岸。他马上就察觉到森林已经落在后边,比较高的地方第一批房屋历历在目,左边有一道木栅栏,他的几个水手一起跳到岸上一块低地,撒腿就跑。他本能地随着他们跳了下去。起初他以为自己由于某种难以想象的原因被抛弃了,但是他听到激动的喊声,一道门摇摇摆摆地开了,很多人拥出来,拥向他这边。与此同时,一艘满载着全副武装的人的小船出现在河里,向他那条空荡荡的独木舟靠过来,由此堵住了他的退路。

"'我非常吃惊,也就无法很冷静——你不知道吗?假如那支左轮手枪装了子弹的话,我会打死什么人的——也许两三个呢,那我可就完了。偏偏它没装子弹……''为什么没装?'我问。'反正我也不能跟全体人民开战,我也不能好像贪生怕死似的往他们那儿走。'他说,瞥了我一眼,隐隐露出他那执拗的愠怒。我克制住,没有向他指出,他们不可能知道船舱里实际上已经出空了。他总得以他自己的方式满足自己。……'无论如何,子弹是没装上,'他愉快地重复道,'所以我就站着不动,问他们怎么了。此举似乎把他们震得目瞪口呆。我看到这伙贼人中,有几个正搬着我的箱子走掉。那个长腿老无赖卡西姆(我明天就把他指给你看)跑出来,大惊小怪地对我说,酋长要见我。我说,'好吧;我也正想见见那酋长呢,我就那么走进了那道门,就——就——我就这么来啦。'他大笑起来,然后又出人意外地加重了口气,'你知道这里面最棒的是什么吗?'他问。'告诉你吧。那就是了解到这一点:假如我被干掉了,吃亏的可是这个地方啊。'

"他在他的房前这样对我讲,就在我提到过的那天晚上——在这之前,我们望着月亮在山间的裂隙中浮走,像一个精灵从坟墓中升腾出来;它的光泽洒下来,清冷而苍白,宛如死去的阳光的幽灵。月光中有种萦绕心怀的东西;具有脱了躯壳的灵魂的一切冷峻,又有某种不可思议的神秘。它与阳光相比——阳光,你们怎么说都可以,是我们赖以生存的一切——就像回声之于声音:那情调究竟是讥诮还是伤感,让人迷惑而混乱。它抢走了一切形态的物质——那毕竟是我们的领域——剥夺了它们的实质,仅仅给了影子以一种不祥的真实。而影子在我们周围是非常真实的,但是在我身旁的吉姆看上去非常结实,好像任何东西——哪怕月光玄奥的力量——也不能使他在我的眼前脱离他的真实形态。也许的确什么也触动不了他,因他已经经历过黑暗力量的攻击而生存下来。万籁俱寂,一切都是静止的;甚至在河面上月光也沉睡了,仿佛是在一塘池水上。正是高潮到来的时刻,片刻的静止加重了地球上这个迷失的角落的孤寂。沿着宽阔明朗却没有波纹和闪光的河边,挤满了房屋,映在水里,成了一排拥挤、模糊、灰色、银色的形状,混杂在团团黑影当中,就像一群幽灵似的形状飘忽不定的生物,争先恐后地吮吸着一条幽灵似的没有生命的溪流。红色的光东一点西一点地在竹墙里闪烁,透着暖意,好像一颗活的火星,意味着人类的爱心,意味着庇护所,意味着安息。

"他向我坦白说,他常常看着这些微弱温暖的光一个个地熄灭,他喜欢看到人们在他的眼皮底下睡去,相信着明天的安全。'这儿很太平,啊?'他问道。他没有雄辩地论说,但是随后所说的话似乎意味深长。'看看这些人家;没有一家不信任我的。天哪!我告诉过你,我会待下去的。问问他们,无论是男是女还是孩子……'他停顿了一下。'反正我好歹还不错。'

"我马上说道,他到底找到了那一点。我又说,我一向对此深信不疑。他摇了摇头。'你一向?'他轻轻按着我胳膊肘上边的臂膀。'好吧,那——你可就对了。'

"在那低低的感叹里,有得意与骄傲,几乎也有敬畏。'天哪!'他喊道,'只要想想这对我来说意味着什么。'他又按住我的胳膊。'你还问过我想不想离开。老天呀!我!想离开!尤其是现在,在你告诉了我斯坦因先生的事以后……离开!凭什么!我怕的就是这个。那恐怕——那恐怕比死还难受。不——我说话算话。别笑。我必须感到——每天,每当

我睁开眼睛——我是受到信任的——谁也没有权利——你难道不知道？离开！上哪儿去？为什么？想得到什么？'

"我已经告诉过他（这确实是我此行的主要目的），是斯坦因的意思，马上把房子连同做生意的现货给他，只是有某些并不难办的条件，好让交易完全正规而有效。起初他鼻子开始喷气，又要冲动。'让你的神经过敏去见鬼！'我喝道。'根本不是斯坦因。给你的是你为自己挣下的。不管怎样，留着你那些话给麦尼尔讲去吧——等到你在另一个世界遇见他的时候。我但愿那不要来得太早……'他不得不接受我的意见，因为他得到的一切，包括信任，名声，友谊，爱情——这一切使他成为主人，也使他成了俘虏。他以主人翁的眼光看待那夜晚的太平，看待那河流，那房屋，那森林永存的生命，那古老人类的生活，那片国土的秘密，他自己内心的骄傲；但是正是这一切又占有了他，使他在思想的最深处，在血液最轻微的跳动中，在生命的最后一息，都是它们的。

"那是值得骄傲的事。我也骄傲——为了他，如果不是对这笔交易令人难以置信的价值这么有把握的话。真妙啊。我比较看重的，并不是他的无畏。我对它看得很轻，真有些怪：仿佛这种事太寻常了，算不得事物的根本。不。更打动我的，倒是他表现出来的别的才能。他证明了他把握生疏局面的能力，他在那方面的思维领域才智敏捷。还有他的胸有成竹！了不起。这一切在他来得有如一只受过良好训练的猎犬所具有的敏锐的嗅觉。他不是滔滔而言，但在这种与生俱来的沉默中有一种尊严，在他结结巴巴地讲出的话中有一种高尚的严肃。他仍然有老是爱红脸的老毛病。不过，他不时吐出来的一个字、一句话也会表明，他对于那使他确信自己恢复了名誉的工作感情有多么深沉,多么郑重。他之所以似乎以一种强烈的自我主义,以一种居高临下的柔情热爱着那里的土地和人民,原因就在于此。"

第二十五章

"'这就是囚禁了我三天的地方。'他喃喃地对我说(就是在我们去拜访酋长的时候),当时我们正漫步走过吞古·阿郎的庭院,穿过仆从们发出的一种充满敬畏的喧闹。'这地方真脏,是吧?当时我什么吃的也得不到,除非我大吵大闹地要,然后也只是一小碟米饭和一条比刺鱼大不了多少的煎鱼——他们真混蛋!天哪!我饿得悄悄在这臭烘烘的围墙之内找着吃的东西,那些流浪汉有的还把他们的杯子直推到我的鼻子底下。你那把著名的左轮手枪我一接到命令就乖乖地交了出去。很高兴能去掉那玩意儿。我手里拎着把空着枪膛的能射击的铁家伙走来走去,看上去像个傻瓜似的。'就在那当儿,我们来到了酋长面前,他对从前捉拿过他的人毫不退缩,严肃而又客气。啊!好庄严啊!想起来我就好笑。但是当时我也被深深打动了。声名狼藉的老吞古·阿郎禁不住流露出害怕的神色(不管他喜欢讲多少他少年气盛的故事,他可不是英雄好汉);与此同时,在他对待他从前的俘虏的态度中,有一种渴求信任的神情。看!即使在有人对他恨之入骨的地方,他还是受到信任的。吉姆——从我所能明白的他们的对话看——在借着给他上课来改善局面。一些穷苦的村民在去多拉民家的路上遭到了袭击和抢劫,他们带着几块树胶或蜂蜡,想用来换米的。'做贼的就是多拉民。'酋长冲口而出。愤怒似乎震动着那老而羸弱的躯体。他痛苦得在草垫上怪怪地翻来扭去,指手画脚地表达着他的情绪,摇动着他的须子缠在一起的拂尘——那是表示愤怒的一个重要的象征。我们周围的人全瞪大了眼睛,低垂着下巴。吉姆开讲了。他坚决而冷静地详细阐述了一通这样的道理,即谁也不应当被阻止诚实地为自己和自己的孩子争取食物。那一位坐在那儿就像个裁缝坐在自己的裁衣台前,双掌各抚一膝,头低着,透过披散在眼前的灰白头发直盯着吉姆。吉姆讲完后,室内鸦雀无声。人们似乎连大气都不喘了;谁都不出声,直到老酋长微微叹了口气,抬起眼睛,扬了扬头,很快地说,'你们听着,我的子民们!再也不许闹这些小把戏了。'这道法令在深深的寂静中被接受了。一个块头相当大的男子,显然是个亲信,眼睛透着聪明,黝黑的宽脸尽是骨头,态度活泼而殷勤(我后来才得知他就是刽子手),他用一个铜托盘给我们献上了两杯咖啡,这是他从一位低级侍者手里接过去的。'你用不着喝,'吉姆非常快地低声说道。我起初没明白他的意思,只是看了看他。他呷了一口,泰然自若地坐着,左手端着那碟子。我有片刻工夫觉得特别生气。'见哪门子的鬼哟,'我悄声说道,亲切地向他微笑着,'你让我冒这样一种无聊的险吗?'我当然也喝了,什么动静也没有,他也没有任何表示,之后我们差不多马上就告辞了。当我们由那个伶俐活泼的刽子手陪同走下庭院,要回我们的小船时,吉姆说他很抱歉。这当然是绝无仅有的机缘。他自己倒没有想到有毒药。那是最不可能的事。他被——他向我保证说——认为是无比地有用,远胜于危险,所以……'但是酋长怕你怕得厉害。这是谁都能看出来的。'我争论道,我承认口气中不无几分愠怒,同时一直在焦急地注意着有没有可怕的肠绞痛之类病痛的发作。我恶心得要命。'假如我要在这儿做些善举,保持我的地位,'他在小船里挨着我坐了下来,说,'我就非冒这个险不可:我至少一个月喝一次。很多人放心让我干这个——替他们干。害怕我!不错。他怕我,很可能就是因为我不怕他的咖啡。'然后他让我看栅栏北面一个地方,那里好几根木桩的尖头都折断了。'我到帕图森后的第三天,就是打这儿跳过去的。他们到现在还没往那儿安新桩子。跳得好啊,啊?'过了一会儿,我们就经过了浑浊的小溪口。'我的第二跳是在这儿。我得助助跑,来完成这个飞跃,但还是差一点儿。我以为我会把这身皮都留在那儿了。挣扎的时候丢掉了鞋子。我一直在暗自思忖,像这样陷在泥里,要是给那要命的长矛刺一下,可就惨了。我还记得我在那泥里扭动的时候觉得有多恶心。我是说真的恶心——就好像我咬了什么腐烂的东西似的。'

"这就是当时的情景——机会跑到他的身边,跳过那道鸿沟,陷在泥里挣扎……依然蒙着面纱。你们明白吧,仅仅是他的不期而至挽救了他,使他没有立即被乱剑杀死,投入河中。他们捉住他,却像捉住了一个幽灵,一个鬼魂,一种神秘的征兆。是吉是凶?怎么处置?与他修好是不是为时过晚?是不是最好还是刻不容缓地把他干掉?但那之后又会出什么事?可怜的老阿郎思来想去,难以定夺,几乎要发疯。议事会几次中断,顾问们手忙脚乱地走向门口,又到外面的游廊去休息片刻。据说,有一位竟跳到楼下——我看高度有十五英尺——摔断了腿。帕图森的总督言行怪异,比如,在每次热烈的讨论中,他都要说一些夸大的狂言,同时越说越激动,总要以手握一把短剑飞离他的位子而结束。不过,除了这样的插曲,有关吉姆的命运的商讨却是日夜都在进行。

"在这期间,他就在院子里踱来踱去,有的人回避着他,其他人则瞪着他,但是所有的人都注意着他,而他实际上在听任那里第一个大大咧咧拿着一枚铜币的肮脏不堪的人摆布。他占据了一个行将倒塌的小茅棚栖身;污秽腐烂的物质的臭气使他非常难受:不过他似乎没有倒胃口,因为——他告诉我说——在那段该死的日子里他老是饿。受议政厅的委派,'某个大惊小怪的蠢驴'不时会出来跑向他,甜言蜜语地进行令人惊异的审问:'是不是荷兰人要来夺取本国?那个白人是否愿意顺河而下,打道回府?到这样一个悲惨的国度来,目的何在?酋长想知道,那位白人能否修理一只表?'他们还真给他拿出来一只新英格兰造的镍钟。纯粹出于难以忍受的无聊,他忙起来,试着让那闹铃又闹起来。显然他是在他的茅棚里这样忙碌着的时候,才恍然悟到他其实处在极端危险的境地。他扔掉那东西——他说——'好像一块热土豆',又急急忙忙走了出去,一点儿也不知道他要干什么,或者说他到底能干什么。他漫无目的地溜达着,走过一所几根柱子支撑着的摇摇欲倒的小谷仓之类,他的目光落在那木栅的断头木桩上;然后——他说——简直是未假思索,也没动一点感情,他立即开始逃亡,仿佛在实施一个已酝酿了月余的计划。他若无其事地走开,好让自己痛痛快快地跑起来,当他掉过头来时,有某位显贵由两个长矛手侍候着,近在他的肘弯处,正要提问。他'就从他的鼻子底下'开始逃跑,'像鸟一样'一跃而过,在那一边落地时跌了一跤,震动了全身的骨头,脑袋都好像裂开了。他当下就爬起身来。他当时什么也没有想;他惟一的记忆——他说——就是一声大叫;帕图森第一批房屋在他面前四百码开外;他看到了那条小溪,就那么着机械地加快了脚步。大地在他脚下简直就像飞也似的向后掠去。他从最后一块干地腾空而起,觉得自己在空中飞过,又毫不吃惊地觉得自己直挺挺地落在一块极其柔软而且极其黏糊的泥岸上。只是在他试图移动双腿却发现动弹不得时,用他的话说,'他才清醒过来'。他开始想到那'要命的长矛'。其实,想到木栅栏里面的人得先跑到大门口,再下到船只登陆处,进到船里,绕过突入水中的一块尖地,他可比他想象的领先多了。此外,正是落潮,小溪都没有水了——你们也不能说它干了——他其实能安全好一阵子,没有任何危险,也许除非是射程非常远的枪击。高一些的硬地在他面前约六英尺远。'我想,我在那儿也一样得死。'他说。他拼命伸手乱抓,却只是在胸前聚起一堆可怕的冷冰冰亮闪闪的污泥——直堆到他的下巴底下。他觉得他好像在把自己活埋掉,然后他疯狂地手脚乱动起来,用拳头把泥朝四下乱击。泥巴落在他的头上,脸上,糊住他的眼睛,飞进他的嘴巴。他告诉我说,他突然回想起那个院子来,就如同你想起一个多年前你曾快乐地生活过的一个地方一样。他向往着——这是他说的——再回到那里去,修理那只钟。修理那只钟——就是那个念头。他费了好大劲儿,剧烈地抽泣着,喘息着用劲儿,使劲儿使得好像眼珠子都要从眼窝里崩出来,让他成了瞎子,劲儿用到极处,在黑暗中化成一股极有力的大劲儿,使脚下的大地开裂,使它摆脱他的四肢——他感到自己在软弱无力地爬上河岸。他伸直了躯体躺在坚硬的地上,看到了光明,看到了青天。然后他有了一种幸福的念头,想到他要睡觉了。他会说,他的确真的睡觉了;他睡了——也许睡了一分钟,也许睡了二十秒,或者只睡了一秒钟,但是他清清楚楚地记得那剧烈的痉挛般的一惊,他就醒了。他仍然一动不动地躺了一会儿,然后爬起来,从头到脚都是泥,他站在那儿,寻思方圆几百英里就剩下他孤身一人了,孤零零的,别指望任何人的帮助、同情和怜悯,俨然一只被追捕的动物。第一批房屋离他不到二十码远了;一个吓坏了的妇人想抱走孩子的拼命尖叫又让他吃了一惊。他就穿着短袜急速地直朝前走去,身上沾满了厚厚一层污泥,简直就没个人样。他走过了到住宅区的一大半距离。女人们手脚比较快,四散奔逃,男人们动作慢些,只是丢下了手里拿着的东西,垂着下巴,呆若木鸡。他是个飞来的吓死人的东西。他说,他注意到小孩子们为了逃命,一头摔趴下了,小小的肚子着地,两脚乱踢。他在一面坡上的两幢房子间转来转去,拼命爬上一个用伐倒的树木筑成的工事(那时候帕图森没有一个礼拜不打仗的),冲过一道篱笆,进了一块玉米地,那儿有一个吓坏了的男孩朝他扔了一根棍,却慌不择路,一下子撞进好几个吓坏了的男人怀里。他只有勉强喘过气来的份儿,上气不接下气地叫道:'多拉明!多拉明!'他记得被人半抱半拉地上到坡顶,在棕榈和果树环绕的一片宽阔的场地被拥到一个魁梧的男子面前,那人沉沉地坐在一把椅子上,周围闹腾得无以复加。他笨拙地在污泥和衣服里摸索出那枚戒指,却发现他突然仰面躺倒下,也不知是谁把他打倒的。他们不过松开手没扶他——你们不知道吗?——而他就站不住了。在坡下,乱放了一阵枪,住宅区的房顶上则响起了一片不甚清楚的惊异的喧嚣。但是他却没事儿。多拉明的人正在大门处设置屏障,又往他的嗓子里灌水;多拉明的老夫人,满怀关心和怜悯,尖声指使着她的姑娘们干这干那。'那位老太太,'他柔声说道,'为了我忙成一团,简直把我当成了她的亲生儿子。他们把我放上一张奇大无比的床——她的高级床——她擦着眼睛跑进跑出,轻轻拍着我的背。我那样子想必是可怜极了。我就像根木头似的躺在那儿,也不知躺了多久。'

"他似乎很喜欢多拉明的老夫人。她那方面对他也有一种慈母般的关爱。她的脸圆圆的,是栗色的,很柔和,满脸细细的皱纹,大大的嘴唇是鲜红色的(她孜孜不倦地嚼着槟榔),眼睛眯着,眨着,透着慈祥。她没有片刻的消停,忙忙叨叨地责备着、不停地指示着一大群有着明朗的棕色面孔和大大的端庄的眼睛的年轻姑娘们,她的女儿们、仆人们和女奴们。你们知道这些户人家是怎么回事:一般很难说出他们的差别来。她很瘦削,就连她那用宝石钩环系紧的宽大的外衣,也显出瘦来。她那黝黑的脚光着,套在中国出产的黄色草拖鞋里。我曾亲眼看到她轻快地来回走动,极其浓密的灰白长发披在双肩。她说出来的话朴实而精明,她出身高贵,脾气古怪而专断。在下午,她会坐在一把非常宽大的安乐椅里,面对着她丈夫,透过墙上开的一个很宽的大洞凝目望去,能将住宅区和那条河看得很远。

"她姿势不变地盘腿而坐,而老多拉明却正襟危坐,仪表庄重,仿佛一座山端坐在一片平原之上。他不过是商人阶级出身,但别人对他表现出来的尊重,以及他的举止的威严,却让人觉得非常了不起。在帕图森,他是第二大势力的首领。来自西里伯斯的移民(约有六十来户,加上从属人员等等,能凑出二百来个'佩马来短剑'的男子)多年前就推举他当了他们的头领。那个种族的人聪明,有事业心,爱报复,但是比其他马来人更仗义,而且受到压迫就不平。他们形成了酋长的反对党。争吵当然都是为了贸易。这是引起那些宗派斗争,引起那些让这里那里的住宅区充满硝烟、战火、枪声和尖叫的突发事件的首要原因。一座座村庄被焚毁,男人们被拖入酋长的围栏里,因为没有同他而是同别人做了生意而遭受杀害或折磨。在吉姆到达前的一两天,就在后来受到他特别保护的那个渔村,好几户的户主被酋长的一伙长矛手赶下了悬崖,因为他们被怀疑在为一个西里伯斯商人采集可食用的鸟窝。阿郎酋长以本国惟一的贸易商自居,谁若打破这种垄断,便得受死刑的处罚;然而他的贸易思想同最普通的抢劫方式很难区别开来。他的残忍和贪婪仅仅受到他的怯懦的限制,他害怕西里伯斯人组织起来的力量,只是——直到吉姆到来之前——他的畏惧还不足以让他安静下来。他通过自己的属民来打击他们,自以为是正确的,值得同情。这局面由于一个流浪的陌生人,一个阿拉伯混血儿,弄得复杂化了,我相信他纯粹是出于宗教的立场,煽动内地的部落(按吉姆自己的叫法,是丛林中人)起来造反,并在那两座山之一的顶峰为自己建了一个带防御工事的营盘。他居高临下地看着帕图森镇,就像一只老鹰盘旋在家禽场上空,只是他将空旷的原野弄得一片荒芜。整村整村地没了人烟,只剩下那些变黑的柱子在流着清水的河岸边腐朽,编墙的草,盖房顶的叶子,一根根一片片弃落水中,倒有了一种自然腐败的奇怪效果,好像它们原本是一种从根上就发生病变的植物形态。帕图森的两大派系都不能断定这帮人最愿意打劫哪一派。酋长和他的勾结似有若无。而一些布吉斯的居民已厌倦了无休无止的朝不保夕,心里有一半倾向于请他来。他们当中比较年轻一些的,开玩笑般地建议说,'把阿里警长和他的野人请来,把阿郎酋长驱逐出境。'多拉明颇费了力气才制止了他们。他也越来越老了,虽然他的影响不见消减,局面却渐渐由不得他了。当吉姆匆匆逃离了酋长的木围子,出现在布吉斯人首领的面前,拿出那枚戒指时,情况就是如此,所以说起来,他是受到了那个社区由衷的接待。"

第二十六章

"多拉明在他那个种族里是我所见过的最出众的人。他的块头对马来人来讲,算是硕大了,但是他看上去并不单单是胖;他显得仪表庄重,魁梧雄壮。这个静止不动的躯体,穿着华贵的料子,彩色的丝绸,金织的锦绣;这颗硕大的脑袋,裹着红金相间的包头;那扁平的大圆脸上,沟壑纵横,满是皱纹,还有两道半圆的深重纹沟,从宽大严厉的鼻孔两侧起,把厚厚的嘴唇围起来;咽喉就像头公牛的;浓重的皱起的眉毛笼罩着圆睁着的骄傲的眼睛——这一切构成一个整体,让人一见便再也不能忘记。他那冷淡安静的外表(他一旦坐下,任何一个肢体便难得一动)也像是一种尊严的展现。人们从来不曾记得他提高过嗓门。他的声音是沙哑而有力的低语,轻轻隔了层纱,仿佛从远处传来。他走动时,两个矮小结实的年轻人搀着他的肘部,他们赤着上身,下边穿条白围裙,后脑勺戴着顶黑色小帽;他们会慢慢扶他坐下,然后站到他椅子背后,直到他想站起来。他想站起来时,就会慢慢转过头来,好像很费力的样子,先往右转,再往左转,于是他们就在他的腋下扶住他,搀他站起来。尽管如此,他却没有一点儿跛;恰恰相反,他所有笨重的动作都像是在显示一种强大从容的力量。人们普遍以为,有关公共事务他都同他夫人商量;但是据我所知,从没有人听到过他们交谈过一个字。当他们隆重地坐在那宽大的墙洞旁边时,也是默然无语。透过暗淡下去的光,他们可以看见下面广阔的森林,幽暗的沉睡着的深绿色大海,沿着那紫色的山脉起伏不停;那条河闪光的曲折处就像一个银箔制就的巨大的字母S;房屋组成的棕色带子随着河两岸的地势走动,耸立在近处的树梢之上的那两座山下。他们形成了奇妙的对照:她是轻盈、娇小、瘦削、敏捷、有点像女巫,举止中有一种做母亲的瞎操心;而他呢,面对着她,庞大而笨重,像一尊雕刻得很粗的石头人像,稳重不动之中有某种既宽宏大量又残忍无情的气派。这两位老人的儿子是个最出色的青年。

"他们晚年才得到这孩子。也许他实在没有他看上去那么年轻。一个十八岁就已然做了父亲的男人,到了二十四、五岁上也就不那么年轻了。当他走进那间画着道道、铺着精巧的地毯,高高的顶棚蒙着白被单布,那对老夫妻由毕恭毕敬的随从们围着,隆重地坐在那儿的大房间后,他会直朝着多拉明走去,吻他的手——那手是那一位庄重地向他伸出来的——然后他会从父亲面前走过去,站到他母亲的座椅旁边。我想他们喜欢他喜欢得不得了,但是我从来没有看到他们公开瞥过他一眼。那的确都是公共场合。那房间一般来说挤满了人。问候和告别的庄严程式,以手势、面部表情和低声耳语所表达的深深的尊重,简直无法形容。'实在是值得一看哪。'我们在回去的路上渡过那条河时,吉姆对我说。'他们都好像是一本书里的人,是不是?'他得意洋洋地说。'丹·瓦利斯——他们的儿子——是我生平最好的朋友(除了你)。就是斯坦因说的好"战友"。我挺走运的。天哪!那次我还剩最后一口气的时候,一头栽到他们当中,就挺走运的。'他垂

首默想,又精神焕发地说:

"'当然啦,我并没有躺在上面睡大觉,不过……'他又顿住了,'运气似乎就撞上我了,'他喃喃道,'我突然明白了我要干什么……'

"无疑那是不期而然地撞上他的;并且也是通过战争来的,这很自然,因为撞到他身上的力量正是建立和平的力量。只有在这个意义上,强权才往往是公理。你们不要以为他马上就找到了他的路。他来到这儿时,布吉斯社区正处于一种很危急的境地。'他们都很害怕,'他对我说——'人人自危;而我是看得没法再明白了,他们如果不想一个接一个地拜倒在无论是酋长还是那个浪荡警长的脚下,他们就得马上有所作为。'可是光明白这一点还是白搭。他有了主意以后,还得透过恐惧和自私的壁垒,将他的想法灌输给涣散的人心。他终于将他的想法灌进去了。还是白搭。他还得筹划出方法来。他还真筹划出来了——一个大胆的方略;而他的使命才完成了一半。他还得以他自己的信心去激励许多以种种见不得人和荒唐的理由而缩在后边的人;他得平息那些愚蠢的嫉妒,打消各种没有理智的不信任感。假若不是借重多拉明的权威,和他儿子的极大热情,他就会一事无成。丹·瓦利斯,那个出类拔萃的青年,头一个相信了他;他们之间的友情,是棕色人种和白种人之间那种奇特、深刻而罕见的友情,在这里,种族的差异似乎由于某种神秘的同情心使两个人更亲近了。说起丹·瓦利斯,他的本族人都很自豪,说他和白种人一样懂得如何打仗。这倒是实情;他有那种胆量——不妨说是在野外的胆量——但是他也有欧洲人的头脑。你有时会碰到他们就像那样,你会惊讶地意外发现一种熟悉的思想转换,一种毫不含糊的见识,一种不达目的不甘休的劲头,一种利他主义。丹·瓦利斯个子很小,但是身材匀称得令人称羡,气宇轩昂,举止文雅而又平易,性情就像清澈的火焰。他那暗黑的脸,配上又大又黑的眼睛,动起来时富有表情,静下来时若有所思。他天性安静;坚定的目光,讥讽的微笑,彬彬有礼从容不迫的态度,似乎正在暗示着深藏的巨大智慧和力量。这种气质令往往只注重表面的西方人开了眼,使他们看到罩在无记载的时代的神秘中的那些种族和国土所隐藏的种种可能性。他不仅信任吉姆,而且理解他,我坚信这一点。我说到他,是因为他让我倾倒。他的——假使我可以这样说的话——他的带有讽刺神情的恬静,同时他对吉姆的抱负的明智的同情,很吸引我。我似乎看到了那友情的开端。如果吉姆是带头人,那一位就已经倾倒了他的领路人的心。事实上,作为领头人的吉姆无论从哪种意义上说,都是个俘虏。土地、人民、友情、爱情,都像妒忌的保护人一样看着他的身子。每一天都给那奇怪的自由脚镣加上一环。随着我一天天对这故事了解得越来越多,我对此感到确信不疑。

"那故事!我难道没听说过那故事?在行军时,在露营时,我都听过那故事(他带我在乡下搜寻看不见的猎物);在那双峰当中的一峰之顶上,我听了好大一段那故事,那最后一百英尺左右我是手脚并用爬上去的。我们的护卫(我们经过的一个又一个村庄都有志愿者跟随我们)当时在半山腰的一块平地上扎了营,在寂静无风的夜晚,木柴的烟气带着沁人心脾的香气从下面扑鼻而来。声音也传向高处的我们,清晰而又不露痕迹的明朗真是奇妙。吉姆坐在一棵伐倒的树干上,掏出他的烟斗开始抽烟。新长出来的嫩草和灌木正往上蹿;

在一大片荆棘枝条的下面有着防御工事的遗迹。'一切都是从这儿开始的。'他静静地沉思了很久之后,说道。隔着一个沉郁的悬崖有二百码以外的另一座山上,我看到一排高高的烧黑了的木桩,凄凉地随处显示出——阿里警长那攻不破的营盘的遗迹。

"然而这营盘还是被攻破了。那就是他的主意。他把多拉明的旧炮在山顶上架起来;是两尊装七磅重炮弹的铁炮,都生了锈;还有许多小型黄铜加农炮——流行的加农炮。但是如果铜炮代表着财富,那么在不顾一切地填满了炮口时,它们也可以在短距离内狠狠地打上一下。问题是要把它们运上山去。他指给我看他在什么地方系过缆绳,说明他怎样临时用一段挖空的木头装在削尖的木桩上转动,做成了一个粗糙的绞盘,用他的烟锅指点出那工事的轮廓。上山的最后一百英尺是最难走的。他以自己的脑袋担起了成功的责任。他诱导参战者努力工作了一整夜。沿着山坡从上到下按间隔点起了大火,火光熊熊,'但是在这上面,'他解释说,'用绞盘往起升的那伙人只好在黑暗中赶快干活。'从山顶上,他看到山坡上的人动来动去,就像辛勤工作的蚂蚁一样。他自己那天晚上就像松鼠似的不停地上蹿下跳,沿线边指挥,边打气,边监督。老多拉明叫人把他连同他坐的扶手椅抬上山来。他们把他放在山坡上的一块平地上,他坐在那儿,恰在一堆大火的火光映照下——'了不起的老家伙——地道的老首领,'吉姆说,'那双锐利的小眼睛——膝头上还放着一对巨大的旧式燧发手铳。那玩意儿真棒,乌木的,镶了银,枪栓很漂亮,枪口就像老式大口的散弹短程枪。好像是斯坦因送的——交换那枚戒指,你知道。以前是好人老麦尼尔的。只有天晓得他是怎把它们弄到手的。他坐在那儿,手也不动,脚也不动,他身后是一堆干柴烈火,他身边则有很多人匆匆忙忙地来来去去,呐喊着,拖曳着——而他则是你所能想象出来的最庄严、最堂堂正正的老人了。假如阿里警长纵容他那帮凶狠之徒攻打我们,让我的人四下逃窜,他可就没多少机会了。呃?无论如何,他上到那里,就是准备万一有什么差错,就不惜一死。绝没有错!天哪!看到他在那儿——像块岩石,我真感到惊心动魄。但是警长必定是以为我们都疯了,根本不屑来看看我们在干什么呢。谁也不信能干成。好嘛!我想,即使是那些拖曳过、推动过、辛苦流汗修成了这工事的那些伙计们,都不相信能干成!我把话撂在这儿,我想他们都不相信……'

"他笔直地站着,攥着那根只冒烟不着火的荆柴,唇边浮着微笑,稚气的眼睛闪着光。我在他脚边的一个树墩上坐下,大地在我们脚下伸展,大片的森林在阳光下郁郁苍苍,像海一样起伏不平,而蜿蜒的河流的闪烁,星星点点的灰色村落,以及东一块西一块的空隙,就像点缀在连绵不断的树梢组成的黑暗波涛之间的光明小岛。正在孕育的阴沉,笼罩着这片广阔而单调的风景;光照在上面,就好像掉入深渊。大地吞没了阳光;只有在远处,沿着海岸,那空荡荡的大海在蒙蒙雾气中平滑而光润,似乎成为一堵钢的墙壁升起来,与天空连在一起。

"我和他在那儿,高高地在他那具有历史意义的山顶上,沐浴在阳光下。他俯瞰着森林,俯瞰着世俗的阴沉,俯瞰着古老的人类。他就像在一座柱基上立起来的塑像,以他执着的青春代表着永不衰老的那种人的力量,也许还有美德,那是从阴沉中显露出来的。我真不懂他何以总是在我眼里显出象征的色彩。也许这正是我对他的命运感兴趣的真正原因。我不知道,对他而言,记住那使他的生命有了一个新的方向的事件是否公平,但是就在那一刻我记得非常清楚。那就像光明中的一个阴影。"

第二十七章

"传说已经赋予他超自然的力量。是的,据说,有许多股绳子被聪明地绞在一起,有一个奇怪的装置,由许多人用力转动,每一门炮都缓缓地滚过灌木林,上了山,就像一只野猪用鼻子在草丛中开路一样,不过……最聪明的人都会连连摇头。这一切当中大有玄机,毫无疑问;不然绳索和人的胳膊的力量是哪儿来的呢?事物中,有一种桀骜不驯的灵魂,必须用强有力的魔法和咒符来克服。老苏拉就是这样——他是帕图森一户非常令人尊敬的户主——有一天晚上我曾和他安安静静地聊了一晚。然而,苏拉也是个职业的男巫,周围多少英里地内,凡有播种和收割稻谷的场合,他无不到场,好制服万物中那顽固的灵魂。他似乎认为这一行是最辛苦的,也许物体的灵魂要比人的灵魂更顽固。至于偏远村庄中那些质朴的村民,他们信以为真地说(如同世界上最自然的事情一样),吉姆是把这些炮背上山的——每次背两门。

"这传说会使吉姆烦恼得直跺脚,并且会无奈地笑着叹道,'对这样愚蠢的叫花子,你能怎么样呢?他们会半宿半宿地不睡觉,说那些无聊的废话,谎扯得越大,他们就越喜欢。'你们可以从这种恼怒中,看出他周围的环境对他的微妙影响。这也是他俘虏身份的部分表现。他对那传说所持否定态度的真诚挺好笑的,末了,我说,'我的好伙计呀,你别以为我会相信那些话吧。'他很吃惊地看了看我。'啊,不!我没那么想。'他说,并且放声大笑起来。'反正,不管怎样,炮是在那儿了,日出时分一齐打响。老天爷!你真该看到那弹片横飞的景象。'他叫道。丹·瓦利斯在他身边,静静地微笑着听他讲,听到这儿,他低垂了眼皮,轻轻搓了搓脚。显然,架炮的成功使吉姆的人有了信心,以致他竟斗胆将大炮交给了两位年长的布吉斯人管理,他们曾经见过一些战斗场面,他自己则加入了已隐藏在峡谷中的丹·瓦利斯和突击队一伙。午夜过后,他们开始往上爬,爬了有三分之二的路程,便伏在湿漉漉的草丛中,等待太阳出来,那是他们约定的信号。他告诉我,他是以何等不耐烦的焦躁心情注视着黎明的迅速到来;又说,奔忙劳碌又爬山,弄得浑身发热,这一来他感到冰凉的露水冷透骨髓;还说,他担心等不到进攻的时间,他就会像一片树叶一样发起抖打起颤来。'那是我生平过得最慢的半个小时,'他说道。在他头顶的天上那静静的屏障渐渐地打开了。遍山坡散布的人们蹲伏在黑暗的岩石间和滴着露水的灌木林里。丹·瓦利斯平卧在他身边。'我们互相看了看。'吉姆说,轻轻地把手放在他朋友的肩上。'他冲我笑笑,要多愉快有多愉快,而我的嘴唇却不敢动一动,生怕会由此颤个不住。我说的可是真话,真的!当我们隐蔽起来的时候,我就浑身大汗淋漓了——所以你可以想象……'他声明说,而我也相信,他对结果并不担心。他只是担心他能不能克制住这颤抖。对结果怎样他并不在乎。不论发生什么情况,他必定要到达那山顶之上,并且待在那里。对他来说是不可能有回头路的。那些人绝对信赖他。只信赖他!哪怕是他的空话……

"我记得说到这儿,他停顿了一下,眼睛盯着我。'据他所知,他们从来还没后悔过,'他说,'从来没有。他但愿他们永不后悔。与此同时——真倒霉!——他们养成了把他的每一句话奉为金科玉律的习惯。我简直无法想象!怎么啦?就在前不久的一天,一个他生平从没见过的老糊涂从多少英里外的一个村子跑来找他,只是想问问他该不该同他老婆离婚。这是事实。正经话。就是那类事……他都不会相信。我信不信哪?蹲在游廊上嚼着槟榔,唉声叹气,满地乱吐,这么待了一个多钟头,在他带着那个解不开的谜出来之前,伤心得就如同办丧事似的。那种事可不像看上去那么可笑。那家伙说什么来着?——好老婆?——是的。好老婆——老是老了;于是讲起了一个乱七八糟的关于铜壶的挺老长的故事。一起生活了十五年——二十年——也说不清了。总之是好久好久了。好老婆。有时打她几下——不厉害——就几下,那时她还年轻。不得已啊——为了他的面子。如今她老了,却突然去把三把铜壶借给她姐姐的儿媳妇,而且开始每天都对他破口大骂。他的敌人都嘲笑他;他脸上一点光彩都没有了。壶丢得一干二净。为此大吵了一番。对那种故事也无法测出深浅;就告诉他先回家去,答应他我会亲自来处理此事。这事真叫人好笑,但也是最不好办的麻烦事啊!要走一整天穿过森林,再花一整天来哄好多傻头傻脑的村民,弄清事情的曲直。这事可是有可能闹出人命来的。每个傻瓜不是和这一家就是和那一家站在一边,村里有一半人都会拿起碰巧在手边的家什和另一半人拼命。这是真话!不是开玩笑!……而不是去管他们的庄稼。当然还是把他那该死的壶拿回来了——让所有各方都平息下来。解决这场纠纷倒没什么麻烦。当然没有啦。在这个国家,只消弯弯他的小指头,哪怕最不共戴天的争吵,也能平息下来。麻烦的是要认清事情的真相。至今也不能肯定他对所有各方是否都很公平。这使他不安。还有那谈话!天哪!简直好像是没头没尾。宁可去攻打二十英尺高的老围子,不管是哪一天。真是!比起另外那行当来,就跟小孩儿家的把戏似的。也花不了那么多工夫。嗳,是啊;总的来看,是挺可笑的——那傻瓜看起来老得都可以当他爷爷了。但是从另一个观点看,这可不是开玩笑。他的话就决定了一切——自从打垮了阿里警长之后。一种可怕的责任哪,'他重复道,'不,说真的——玩笑归玩笑,假使那是三条人命,而不是三把该死的铜壶,那也是一样的……'

"就这样,他说明了他在战争中获胜的道义影响。那真是很大的影响。它使他从争吵走向和平,从死亡深入到人们最内部的生活中;但是这片土地的阴郁在阳光下扩散,保持着其不可思议的、世俗的宁静状态。他那清新的青春的声音——他竟流露不出多少历经风霜的痕迹来,真是特别——轻盈地荡漾着,掠过森林那不变的面孔,就像在那个寒冷的露水很重的早晨那些大炮的声音一样,当时他对世上万物都不在意了,一心只想恰如其分地控制住他身上的寒颤。当第一缕阳光从这些不可动摇的树梢上斜照过来时,随着沉重的爆炸声,一座山的峰顶便隐在白色的烟雾中,另一座则爆发出一阵令人惊异的叫嚣声,厮杀声,还有愤怒的、惊讶的、惊慌的喊声。吉姆和丹·瓦利斯率先够到了木桩。流行的说法是,吉姆的一个指头一碰,就把那门推倒了。他当然急于否定这份功劳。整个围子——他会坚持对你解释说——就很不结实(阿里警长主要是依赖那不可接近的地势);而且,不管怎说,那围子已经被打得七零八落了,只是凭着一种侥幸,才维持在一起。他用肩膀往围子上撞去,像个小傻瓜似的,结果一头栽了进去。天哪!要不是丹·瓦利斯,一个满脸麻子、刺着文身的流浪汉就会用他的长矛将他钉在一块木板上,那可就像斯坦因的一只甲虫标本了。第三个进去的人好像是吉姆的贴身仆人唐·伊塔姆。这是个从北方来的马来人,流浪到帕图森的一个陌生人,硬被阿郎酋长扣留下来,在一艘他专用的船上当桨手。他抓住头一次碰上的机会脱身逃走,在布基人居民当中找了个暂时栖身的避难所(只是吃的东西实在太少了),之后便依附了吉姆。他的皮肤很黑,脸扁扁平平的,眼睛往前凸着,流着黄水。他对他的'白人老爷'忠心耿耿得有点过分,几近狂热。他就像个跟谁也不来往的影子,寸步不离地跟着吉姆。每逢有重大场合,他就会跟着主人亦步亦趋,一手按着他的剑柄,一边用挑衅似的而又含有沉思的目光使老百姓远远地不敢接近。吉姆派他作了他那只部队的头头,所以全帕图森都把他作为一个很有势力的人来尊重,极力要讨他欢心。在打那围子的过程中,他以他那有条不紊的凶猛厮杀而大出风头。突击队来得如此迅速——吉姆说——尽管守备敌人很惊慌,但'在围子里还是经过了五分钟的肉搏,直到有个大傻瓜放起火来烧那大树枝和干草搭的棚屋,我们才都不得不为了逃命散开了。'

"敌人好像是彻底地垮了。多拉明正在半山腰上一动不动地在他的座椅上守候着,硝烟缓缓地在他的头顶上散去,他得到这消息时深深地咕噜了一声。当得知他的儿子安然无恙,正率领追击时,他没再作声,却极吃力地想要站起来;他的侍从们急忙去扶他,恭恭敬敬地把他扶起来,他则十分威严地挪到一块树阴下,躺下来睡觉,身上盖了一条白色的被单。在帕图森,人们欣喜若狂。吉姆告诉我说,在山上,他转过身来,背朝着围子和围子里的余烬,黑灰和半烧焦的尸体,他可以看见河两岸那些房屋之间的空地上,一次又一次突然拥满了一股沸腾的人流,转眼间又空空荡荡。他的耳朵隐约听得见下面锣鼓喧天;人群狂热的欢呼化为阵阵隐隐的咆哮,传入他的耳中。许许多多的旌旗在飘动,就像白色、红色、黄色的小鸟在棕色的屋脊中间飞舞。'你想必很欣赏这场面吧。'我喃喃说道,感到一种同情的冲动。

"'真是……真是壮观哪!壮观哪!'他大声喊道,双臂向外伸去。这突然的动作吓了我一跳,仿佛我看到他向着阳光,向着莽莽苍苍的森林,向着钢铁般的大海,暴露了他胸中的秘密。我们脚下,那镇子以流畅的曲线躺在一条河的两岸,河中流水似乎已经睡去。'壮观哪!'他第三次重复道,声音低如耳语,是说给他自己听的。

"壮观!那无疑是壮观的;成功印证了他的话,被征服的土地任他踩在脚下,人们盲目的信任,他从战火中获得的自信,他取得成就之后的孤独。这一切,如同我警告过你们的,用嘴说出来,就变小了。我不能用单纯的言语来向你们传达对他那完全彻底的孤立的印象。当然啦,我知道不管怎么说,在那里他那种人只有他一个,但是他天性中尚未可知的一些品质使他和环境如此接近,这孤立似乎只是他的力量反衬出来的效果罢了。这孤独使他的身材显得更高了。目力所及的范围内,没有一样东西可以和他相比,仿佛他是那种特殊人物,他们只能用他们名气的大小来衡量;而他的名气,记住,是许多天的长途跋涉之后得到的最伟大的事。你得划桨、撑篙、徒步走很长的路,精疲力尽,穿过丛林,这才能越过名气的声音所达不到的地方。名气的声音不是我们大家都知道的那种声名狼藉的女神的大吹大擂——不事喧哗——也不响亮。它在没有历史的土地那静寂和阴郁中定下调门,在那土地上,他的话日复一日被奉为惟一的真理。这声音和那宁静的性质有几分相同,它伴着你穿过那宁静达到未被探测的深处,在你的身边老是让你听到,穿透心扉,传到远处——在低声诉说的人们的唇边,染上奇妙而神秘的色彩。"

第二十八章

"被打败的阿里警长逃出了国境,没再抵抗,当悲惨的被逐的村民们开始爬出丛林,回到他们破败的家园时,是吉姆和丹·瓦利斯商量着,任命了那些头头脑脑。就这样他成了这片土地上实际的统治者。至于老阿郎酋长,他最初的恐惧真是没边没际。据说那山头被攻克的消息传来时,他脸朝下一头扑倒在他大议政厅的竹地板上,一动不动地躺了整整一天一夜,发出一些窒闷的声音,可怕极了,以致没有人敢走到一杆长矛的长度以内靠近他平卧的身体。他已经看得见自己被不光彩地赶出帕图森的情景,惶惶如丧家之犬,衣服被剥得精光,没有了鸦片,没有了他的女人们,没有了随从,成了个不禁打的猎物,头一个上来的人就可以把他干掉。在阿里警长之后就该轮到他了,而谁能抵抗得了由这样一个魔鬼率领的进攻呢?我去拜访他时,他还能活着并保持着这样的权威,这的确多亏了吉姆的公平观念。布吉斯人极想算清旧账,不露声色的老多拉明心中企望着看到他的儿子成为帕图森的统治者。在我们的一次会面中,他有意让我瞥见了这隐秘的野心。再也没有比他的态度中那带着尊严的小心翼翼更精细的方式了。他本人——他开头便宣称——已经在他年轻时运用了他的力量,可是他现在已上了年纪,也倦了……他的身材气宇轩昂,傲慢的小眼睛射出精明探究的光,令人禁不住联想到一头狡猾的老象;他那宽大的胸脯缓缓地一起一伏,有力而且规则,就像平静的大海的波动。他声称,他也对吉姆爷的智慧有无限的信心。只要他能得到一个允诺!一个字就够了!……他的呼吸安静下来,他的声音低沉,很像一场就要完结的雷暴最后的挣扎。

"我试图岔开话题。这很难办到,因为不消说,吉姆有了权力;在他的新领域内,生杀予夺,似乎没有他说了不行的。但是,我再说一遍,那和我做出注意倾听的样子时想到的一个念头是没法比的,那就是,他似乎终于快要能驾驭自己的命运了。多拉明为国家的前途而忧虑,我则被他的转换话题所打动。上帝把土地放在哪儿,它就在哪儿;但是白种人——他说——他们到我们这儿来了,待上一阵子就走了。他们走掉了。被他们留下的那些人不知道何时才能盼到他们回还。他们回到自己的故土,回到他们自己人那里去了,所以这一位白人也会……听到这儿,我不知道是什么诱使我奋力说出'不,不'。这种冒失的不得体是显而易见的,因为多拉明的脸完全转向了我,他脸上的表情凝固在道道深深的皱纹里,一成不变,就像一个巨大的棕色假面具,他深思着说,这的确是好消息;然后就想知道为什么。

"他那娇小的兼有慈母和女巫气质的妻子坐在我的另一边,蒙着头,盘着腿,透过那个大窗洞往外凝视。我只能看见一束飘忽不定的灰白头发,一个高高的颧骨,还有尖尖的下颏微微咀嚼的动作。她的视线并没从伸向群山的浩瀚森林移开,只听她以怜悯的声调问我,他这样年轻,却离乡背井,流浪到这么远的地方来,经过这么多的危险,这究竟是为什么?他在故国难道没有家,没有自己的亲人了么?他难道没有年迈的母亲,会永远记得他的面容?……

"我完全没料到有此一问。我只能含糊其辞,莫名其妙地摇摇头。后来我才充分意识到,我在力图摆脱这困境时,样子显得好狼狈啊。然而,从那一刻起,那位老土著首领变得沉默寡言了。我恐怕他不大高兴,我显然给他提供了思考的缘由。真够奇怪的,就在那一天晚上(那是我在帕图森的最后一晚),我又一次面对同样的问题,面对无法回答的吉姆命运的原委。这使我不能不谈谈他的爱情故事。

"我想你们都以为这故事你们自己也能想象得出来吧。这样的故事我们听到得太多了,我们大多数人一点也不相信它们是爱情故事。我们多半把它们看成是机缘巧合:热情高涨的种种插曲,或者也许只是青春和诱惑,最后注定被遗忘,即使经历过柔情和遗憾的现实。这种看法多半是对的,也许这回也是……但我却不知道。要讲这个故事,绝非想当然那样容易——假使常规的观点够充分的话。这个故事表面上和其他故事十分相似;然而对我来说,从它的背景上却可以看得见一个女子忧郁的形象,一个埋葬在孤坟中的冷酷的智慧的影子,紧闭着嘴唇,渴求地、无助地盼望着。我一天清晨散步时走近过那坟墓,那坟墓本身是个不怎么规则的棕色土墩,基座用白色的珊瑚块镶成一道齐整的边,周围是一圈劈开的小树苗做成的篱笆,不过树皮还留在上面。细嫩的柱子顶部,围着用叶和花编成的花环——那些花儿都是新鲜的。

"因此,无论那影子是不是我的想象,我总能指出有一个没被遗忘的坟墓这个意味深长的事实。如果我再告诉你们,是吉姆自己动手造就了那个朴素的篱笆,你们马上就会看出那区别来,那是这故事独特的一面。在他对另一个人的婚约的怀念和爱恋中,有某种他特有的严肃天性。他很有良心,一种带有浪漫色彩的良心。无法形容的柯涅柳斯有个夫人,这位夫人终其一生,除了她的女儿以外,再没有其他伴侣、知心好友和朋友。那可怜的女人是怎么嫁给那可怕的马六甲的葡萄牙人的——在同她女儿的父亲分手之后——还有那分手是什么原因造成的,究竟是有时可以是很慈悲的死神呢,还是由于毫无怜悯之心的习俗造成的,这对我来说可是个谜。就我从斯坦因(他知道的故事那么多)无意间的谈吐里听到的一星半点来看,我相信她不是个寻常女性。她的生父是白种人;当过大官;是个天赋很高,才华横溢的人,不是那种呆板得只以成功为意的人,一生往往在潦倒中了结。我想她想必也缺乏那种可以补拙的呆板——她的生涯在帕图森结束了。我们共同的命运……因为哪儿有那么个男人——我是说真正有情感的男人——不会模糊地记起在志得意满之际,却被某个比生命更宝贵的人或物抛弃的经历?……我们共同的命运以一种特别的残酷套住了女人们。它并不是像主人一样责罚,而是施加持久的折磨,仿佛是要满足一种隐秘的、无法平息的私怨。人们会以为,它是奉派来做尘世的主宰,却谋求报复那些最接近于超脱尘世的谨慎的人;因为只有女人能够不时在她们的爱情中加入一种明白到让人吓一跳的因素——一种超出尘世的情致。我惊奇地问自己——在她们看来,这世界是个什么样子呢——究竟有没有我们所知道的形状和物质,有没有我们所呼吸的空气呢?有时我想入非非地以为,那必定是个非理性的崇高境界,因她们冒险的灵魂因骚动而沸腾,又为所有可能的风险和克己的光荣照耀得光辉灿烂。然而,我又怀疑这世上的女人非常之少——不过我当然明白人类之多及两性在数目上的平等——仅此而已。但是我确信那母亲的女人气质,和那女儿看上去的差不多。我禁不住暗自给这两个人画像,起初是那位少妇和那孩子,然后是老妪和少女,惊人的相似,时间的飞逝,森林的屏障,围绕着这两个孤独生命的寂寞和骚乱,她们交谈的每一个字都浸透了悲哀的意味。虽然没有多少事实,但是我想一定有许多涉及内心最深处的感情的私房话——遗憾——恐惧——预感,无可怀疑:这类预感,那年轻的并不完全理解,直到年长者去世之后才理解——而吉姆也来了。那时我确信她懂的已经不少了——还不是样样都懂——懂得最多的似乎是恐惧。吉姆称呼她的那个词意思是宝贵的,是宝石的意思——珠宝。挺美的,是不是?而他就什么都行。他能应付他的幸运,因为他——归根到底——必定应付过了他的厄运。他叫她珠宝;他叫这个名字就跟他可能叫过'珍妮'一样,你们不知道吧——带有一种丈夫的、家常的、平和的效果。我第一次听到这个名字是踏进他的院子十分钟之后,当时他差点儿没把我的胳膊甩脱臼,他飞也似的奔上台阶,在笨重的屋檐下的门口开始了一种兴高采烈的孩子气的躁动。'珠宝!噢,珠宝!快!来了朋友了,'……他忽然从昏暗的游廊里偷眼看了看我,又恳切地喋嚅着说,'你知道——这——不是瞎说——没法告诉你,我欠了她多少情——所以——你明白吧——我——简直就好像……'他慌张急切的耳语被打断了,因为房内一个白色形状轻快地动了一下,隐隐发出一声惊叹,一张稚气却很有活力而且眉清目秀的脸,一瞥深沉而又专注的目光透过里面的阴暗向外张望了一下,就像鸟儿从窠里向外探望一样。这名字当然让我为之心动;但是直到后来我才把它同我在路上听到一个令人吃惊的传闻联系起来,那是在帕图森河南岸二百三十英里靠海边的一个小地方。我搭乘的斯坦因的双桅船停在那儿,要收集一些土产,我上了岸,极其惊讶地发现,这穷乡僻壤居然也有个三等常驻副公使助理,一个大胖子,脑满肠肥的,老是眨眼,是个混血儿,嘴唇油亮,还向外翻着。我看见他四肢伸开,仰面躺在一把藤椅上,扣子也没扣,样子很讨厌,冒着热气的头顶上盖了张不知是什么植物的大绿叶,另一张叶子拿在他手里,他懒懒地当扇子一样挥动着……去帕图森吗?是啊。斯坦因的贸易公司。他知道。有许可证。不关他的事。现在那儿没那么糟糕了,他不经意地说着,然后又拖长了声音说,'那儿去了个白种人的流浪汉,我听说……啊?你说什么?是你的朋友?原来如此!……那是真有这么一个家伙了——他到底要干什么?就这么找去了,这流氓。啊?我可说不准。帕图森——他们在那儿杀人哪——跟我们可不相干。'说到这儿他打住了,呻吟起来。'噢!老天哪!这么热!这么热!好吧,那么,这故事里可能也有点儿东西,毕竟嘛,而且……'他闭上一只极其讨厌的迟钝的眼(眼皮还在继续颤动),却用另一只眼睛恶狠狠地瞥视着我。'看这儿,'他神秘兮兮地说,'如果——你明白吗?——如果他真把什么好东西弄到了手——绝不是你们的绿玻璃块儿——明白吗?——我可是政府官员——你告诉那混蛋……啊?什么?你的朋友?'……他继续优哉游哉地在那椅子里晃……'你是这么说过来着;那倒是这么回事;我很高兴给你透点信儿。我想你大概也想从中捞一把吧?别打岔。你去告诉他,我已经听说这回事儿了,不过还没向政府禀报。还没有。懂吧?干吗要禀报呢?啊?如果他们放他活着离开国境的话,告诉他上我这儿来。他最好还是当心点儿。啊?我答应什么问题都不问。悄悄地——你明白吧?你也一样——你也会沾我点儿光。小小劳你点儿驾。别打岔。我是个政府官员,却没有禀报。这是公事。明白吗?我知道有些好人,会买任何值得一买的东西,给他的钱可以比这无赖这辈子见过的都多。我知道他这种人。'他两只眼睛都睁开了,死死地盯着我,而我则站在那里极其诧异地俯视着他,自问着他究竟是疯了,还是喝醉了。他大汗淋漓,气喘吁吁,虚弱地呻吟着,抓搔着,神态自若得可怕,我简直不堪再看下去,所以也等不得去一探究竟了。第二天,我随便同当地那个小衙门里的人谈了谈,才发现一个故事正缓缓地沿着海岸线传播着,说的是一个神秘的白人在帕图森得到了一种与众不同的珍宝——据说是一块大极了的翡翠,是无价之宝。翡翠似乎比其它任何宝石都更能吸引东方人的想象力。人们告诉我,那白种人得到它,一方面靠的是他神奇的力量,一方面靠的是狡猾,他从远方一个国度的统治者那里得到了它,然后就立刻逃之夭夭,狼狈不堪地来到了帕图森,却以他极端的、似乎是无可制服的凶暴把那里的老百姓都吓住了。告诉我这些事的人大都认为,那宝石可能是很不幸的——就像苏加达纳苏丹那块著名的宝石一样,从前曾给那国家招致无数战争和不尽的灾难。也许就是那块石头——有人会说。确实,关于一块奇大无比的翡翠的故事,同到那群岛的第一个白人的故事同样古老;而对它的信念又如此执着,不到四十年前,荷兰官方还正式查询过它的真相。这样一块珠宝——一位老者这样向我解释,他给当地那可怜的小酋长当书记员之类,我从他那儿听到的奇异的吉姆神话最多;这样一块珠宝,他说,边说边冲我眯起了他那可怜的半瞎的眼睛(他出于敬意,坐在小屋的地板上),最好的保存办法就是藏在一个女人的身上。然而却不是每个女人都可以藏得。她必须年轻——他深深叹了一口气——而且对爱情的诱惑无动于衷。他怀疑地摇了摇头。但是这样一个女子似乎确有其人。他听说有个身材挺高的姑娘,那个白种人对他很尊重,很关心,凡是出房门都有人侍候着。人们说,几乎天天可以看见那白人跟她在一起;他们公然并肩而行,他将她的手臂挽在他的臂下——压在他的身侧——就像这样——那样子太不寻常了。这也可能是瞎说,他承认道,因为任何人这样做都确实太奇怪了;另一方面,无可怀疑,她戴着那白种人的珠宝,就藏在她胸前。"

第二十九章

"这说的是吉姆婚后每晚散步的情景。我作为第三者加入已不止一次,每次都很不痛快地知道柯涅柳斯偷偷地跟在附近,奇怪地扭着他的嘴,好像他不断地在咬牙切齿,他老是觉得他当父亲的宗法地位受到了伤害。但是你们可曾注意到,在电报电缆和邮船航线的终点三百英里以外,我们文明的憔悴的功利主义谎言在枯萎并凋亡,行将为纯粹的想象活动所取代,那想象有艺术作品的空洞,常常又有其魅力,有时也有其深藏不露的真实?浪漫单单选中了吉姆——这才是这故事的真实部分,别的都是以讹传讹。他没有把他的珠宝藏起来。事实上,他为之极其自豪。

"我现在才省悟到,总的说起来,我只见过她很少几面。我记得最清楚的就是她的肤色均匀而呈橄榄色的苍白,她那浓密的、闪着光泽的蓝黑色头发,在一顶鲜红色的小帽子下面蓬蓬松松地披散下来,她把那帽子在她那端庄的头上戴得很靠后。她的动作自由自在,很有把握,她害起羞来,脸上就泛起红晕。吉姆和我谈话时,她会走来走去,不时飞快地瞥眼看看我们,所过之处,都留下一种优雅动人的印象,并且清楚地暗示着她的关注。她的举止展现出一种羞怯和泼辣的奇怪结合。每一个美丽的微笑都随即为一种沉默、压抑的焦虑神色所取代,好像想起了什么永无终止的危险,就把那笑容吓跑了。有时她会同我们一起坐下,小手的指节将她柔软的脸颊压出一个个微涡,她会听我们谈话;她那清澈的大眼睛会盯着我们的嘴唇看,仿佛每个说出声来的字都有个有形的样子似的。她母亲教过她读书写字;她又跟吉姆学了不少英文,她讲起英文来有趣极了,和他一样吞音,声调也和他一样孩子气。她的柔情就像扑腾着的翅膀一样盘旋在他头上。她完完全全生活在他的思维里,以致他的一些外在形态也成了她的,她的动作,像伸胳膊、转脑袋、瞥眼瞧人的样子,都让人想到他。她戒备的爱有一种紧张,几乎凭感觉就能洞察到;它仿佛确实在周围空间的物质中存在着,像一种特别的香气包围着他,又像一个颤动、柔和、热情的音符一样停留在阳光里。我想你们大概以为我也很浪漫吧,那可错了。我给你们讲的,是对一段青春的冷静的印象,是我撞上的一段奇怪不安的浪漫经历。我很感兴趣地观察了他的——这么说吧——好运的功效。他得到了带有嫉妒成分的爱,但是她为什么嫉妒,嫉妒什么,我可说不上来。那土地,那儿的人,那森林,都跟她串通一气,警惕地防备着他,带着一种离世、神秘和死把住不放的神气。没有通融的余地;他被囚禁在他的权力所造就的自由中,而她呢,虽然随时都准备把她的头给他做踏脚凳,却毫不松动地守卫着她的战利品——仿佛他很难保管似的。那个唐·伊塔姆在我们的旅途中紧跟着他的白人老爷大步前进,头往后仰着,雄赳赳的,全副武装,俨然土耳其皇帝的卫兵,带着短剑、砍刀和长矛(此外还扛着吉姆的枪);就连唐·伊塔姆都老实不客气地端起了毫不妥协地监护的架势,好像个不讲情面、忠于职守的狱卒,乐于为他的俘虏献出自己的生命。在我们熬到很晚都不睡的那些个晚上,他那静悄悄、朦胧胧的身影会在游廊里走过来走过去,脚步一点动静都没有,不然我抬起头来,就会意外地看见他笔直地呆立在阴影里。一般情况下,他过一会儿就会一声不响地消失了;但是当我们起来时,他就仿佛从地底下冒出来似的,一下跳近我们,准备接受吉姆可能要发出的任何命令。我相信,那姑娘不等我们道过晚安分手之后,也决不会去睡觉的。透过我房间的窗户,我看见她和吉姆一起悄悄地出来,靠在粗糙的栏杆上——两个白色的身影挨得非常近,他的手臂挽着她的腰,她的头靠在他的肩上。他们柔和的喃喃低语传入我的耳鼓,清晰,温柔,在夜的寂静中带有一种冷静的哀婉情调,就像一个人在用两种语调自己同自己沟通。后来,我在床上,在蚊帐里辗转反侧时,我肯定听到了轻轻的咯吱声,隐约的呼吸声,还有一个小心翼翼地清嗓子的声音——我就知道唐·伊塔姆还在巡夜呢。虽然蒙那位白人老爷的恩典,他在那园里有一幢房子,也'娶了老婆',近来还托福生了个孩子,但我相信,至少我逗留期间,他每天都是在游廊里睡觉的。要让这个忠诚而无情的仆人开口说话,真是难极了。就连对吉姆本人的答话也是戛然而止的短句子,仿佛是在抗议一样。他似乎是在表示,谈话不是他的事。我听到他自动说出的最长的一句话,是一天早上,他突然向院子伸出手去,指着柯涅柳斯说,'那个耶稣的信徒来了。'我想他不是在同我说话,虽然我就站在他的身边;他的目的似乎是要唤起全天下的愤怒和注意。接下来一些含含糊糊关于狗和烤肉香的暗示,又使我觉得异常恰当。那院子是一块宽敞见方的空地,让阳光烤得热得发亮,柯涅柳斯沐浴在浓烈的阳光里,缓缓地挪过来,完全可以看清,那样子真是无法形容,偷偷摸摸,神秘兮兮,鬼鬼祟祟地溜进来似的。他使人想起一切令人厌恶的事。他那缓慢吃力的移动很像一只讨厌的甲壳虫在爬行,只有两条腿在极其费力地挪动,而身子却平稳地游动。在我想来,他是尽量笔直地朝着他要去的地方走的,但是由于一个肩膀朝前,他的前行似乎也显得偏斜了。人们常看到他在茅屋间慢慢地绕来绕去,仿佛是在跟踪着一种野兽的遗臭;经过游廊前面时,偷偷往上瞥几眼;然后就从某个棚屋的拐角处不慌不忙地消失了。他似乎和这地方没有关系,这表明吉姆荒唐的疏忽,或者说是他根本不在乎,因为柯涅柳斯在某个本来可能最后叫吉姆致命的事件中,扮演了一个很可怀疑的角色(这是最保守的说法)。事实上,它倒给他增了光。但是一切都为他添彩;这也是他的好运的嘲弄吧,他曾经对好运道过分在意,此刻他似乎吉星高照了。

"你们必须了解,在他到来之后,他很快就离开多拉明的地盘了——事实上,对他的安全来说,离开得太快了,而且当然啦,也是在战事发生许久以前。在这方面,他是受到了责任心的驱遣;他得去照顾斯坦因的生意,他说。难道他能不去吗?为此,他完全不顾个人的安危,渡过河去,和柯涅柳斯住到了一起。后者在时局纷乱之际是如何设法生存下来的,我说不上来。毕竟,作为斯坦因的代理,他想必总有办法受到多拉明的保护;而且他总有办法逃过所有致命的复杂局面,同时我毫不怀疑,不论他被迫采取了什么路线,他的行径总带有卑鄙的印记,那就像这个人的印章一样。那是他的特性;他从骨子里和外表上都卑鄙,就好像其他人的外表带有慷慨、高贵或值得尊敬的气质一样。他天生的禀性,渗透了他的一切行为、脾气和情感;他的发怒显得卑鄙,微笑也显得卑鄙,连悲伤都显得卑鄙;他的礼貌和愤怒同样显得卑鄙。我肯定他的爱情必定是所有情感中最卑鄙的一种——可是你能想象一个令人恶心的虫子在恋爱么?而他的可厌也是卑鄙的,卑鄙得简直就连一个令人恶心的家伙站到他的旁边都会显得高贵起来。无论这个故事的后景还是前景都没有他的位置;人们只是看到他在故事的边缘蠕动,神秘兮兮的,肮脏得很,玷污了它的青春和天真的芬芳。

"他的地位无论如何都只能是极其悲惨的,然而他可能发现了其中的便宜也未可知。吉姆告诉我,他最初受到的接待,真是最友好的情感的卑鄙展现。'那家伙显然高兴得忘乎所以了,'吉姆鄙夷地说,'他每天早晨都向我扑来,握住我的双手——去他的!可我从来都不能确定有没有早饭吃。如果我三天能吃上两顿饭,那我就觉得自己真是无比幸运,而他每个星期还让我签一张十元钱的账单。说他相信斯坦因先生不会让他白养活我。好吧——他简直是让我白养活呢。他又把这归咎于那个国家的动荡局势,作出好像要把他的头发扯下来的样子,一天二十次求我原谅,最后我只好安慰他别担心。真让我恶心。他的房子半个房顶都塌下来了,整个一副烂糟糟的样子,露出一束束干草,每堵墙上都有破席子的边边角角在摆动。他尽力说明,在过去三年的贸易中,斯坦因先生欠着他的钱,但是他的账本都撕了,有的账丢了。他试图暗示说,那是他亡妻的过错。这令人作呕的混蛋!最后,我不得不禁止他根本不要提到他的亡妻。那会使珠宝哭起来。我无法发现所有贸易货物的下落;仓库里除了老鼠,什么也没有,那些老鼠在牛皮纸和旧麻袋的垃圾堆之间过得倒是非常愉快。各方面的消息来源都向我保证说,他有很多钱,埋在某个地方,但是当然从他那里什么也掏不出来。我在那间破房子里过的是最悲惨的生活。我尽量履行我对斯坦因的职责,但是别的事也要我分心。当我逃到多拉明那里时,老阿郎酋长害怕了,把我所有的东西都还给了我。是拐弯抹角地还的,神秘得不得了,通过一个在这儿开了间小铺子的中国人;但是我刚一离开布吉斯人的住宅,和柯涅柳斯住到了一起,就有人公开传言,说酋长决心不久就派人把我干掉。真开心,是不是?而如果他果真下了决心,我也看不出有什么可以阻止他。最糟糕不过的是,我禁不住感到,我无论对斯坦因还是对我自己,都没有什么好处。噢!真是糟透了——那整整六个星期。'"

第三十章

"他进一步告诉我说,他不知道是什么使他流连不归——但是当然啦,我们可以猜到。他深深地同情那个无依无靠的姑娘,在那个'下流、怯懦的混蛋'的掌握之中。显然柯涅柳斯让她过着一种可怕的生活,只差没有实实在在地虐待了,我想他还没有这个胆量吧。他硬要她喊他父亲,而且'还要恭恭敬敬地——恭恭敬敬地',他会尖叫着嚷嚷,冲着她的脸挥动着一个黄色的小拳头。'我是个值得尊敬的人,而你是什么东西?告诉我——你是什么?你以为我会把旁的什么人的孩子养大,而连一点尊敬都得不到吗?我让你叫,你该高兴才是。来——说,是的,父亲……不说?……你等着。'说着他就会开始骂那死去的女人,直到那姑娘双手抱着头跑掉。他便追她,冲进来冲出去,围着房子跑,在那些茅屋之间跑,把她赶到某个角落,她就在那儿双膝跪下,捂着耳朵,然后他就站得远远的,在她背后用肮脏不堪的语言一口气骂上半个钟头。'你母亲是魔鬼,惯于骗人的魔鬼——而你,也是魔鬼。'他会在最后一次爆发中尖声叫着,拾起一块土坷垃或者抓起一把泥巴(房子周围有好多泥巴),塞到她的头发里。不过,有时候她竟会充满蔑视地毫不退让,在沉默中与他对峙,她的脸色阴沉而且皱成一团,只有不时进出的一两个词会让他跳起来,被刺得痛苦不堪。吉姆告诉我说,这些场面真可怕。这确实是在一片荒野之地遇见的怪事。这样一种微妙的残酷局面没完没了,真令人心惊——只要你们想想看。值得尊敬的柯涅柳斯(马来人叫他因奇涅柳斯,还作出一副怪样子,那意思可就多了去了)是一个非常失意的人。我不晓得他在考虑婚姻时曾经为自己企盼过什么;但是很明显,多年来为所欲为地偷盗,贪污,私自挪用,以最适合他的任何方式干这些勾当,斯坦因贸易公司的货物(只要他能让他的船长们把货带到那儿,斯坦因就毫不踌躇地继续供应)似乎对他来说,还不足以抵挡他献出那光荣的名字的牺牲。吉姆恨不得狠揍柯涅柳斯一顿;而另一方面,这些场面如此痛苦,如此可憎,他又宁可躲到听力所及的距离之外,以免那姑娘伤心。他们留下她在那里,烦恼不安,哑口无言,绷着铁青绝望的脸,不时抓住自己的胸膛,然后吉姆就懒洋洋地靠上去,难过地说:'现在——来吧——真的——有什么用呢——你得尽量吃点儿呀。'或者给她一些这样的同情表示。柯涅柳斯会不断地偷偷溜过门口,穿过游廊,再回来,跟鱼一样无声无息,瞥过来带着恨意、狐疑和狡诈的目光。'我可以阻止他的勾当,'吉姆有一次对她说,'只要你说句话。'你们知道她怎么回答的吗?她说——吉姆令人难忘地告诉我——假如不是她看透了他自己也是个很可怜的人,她会有勇气用自己的双手把他干掉的。'想想看!一个可怜的姑娘家,几乎还是个孩子,竟被逼得说出那种话来。'他恐惧地惊叹着。要把她不光从那个下流坏手里救出来,而且要把她从自身救出来,似乎是不大可能的!倒不是他太可怜她了,他肯定地说;那只不是怜悯;只要那样的生活继续下去,他的良心就好像不得安宁。若

415

离开那个家,就显得是可耻的逃脱。他终于明白了,即使逗留的时间长一些,也没什么好指望的,无论是账目还是钱款,反正任何事情的真相都别想弄清楚,但他还是待下去了,惹得柯涅柳斯几乎要撒野,我不会说他发疯。与此同时,他感到周围正暗暗集结起种种对他不利的危险。多拉明已经两次派了个可靠的仆人来郑重地告诉他,为了他的安全起见,他什么都不能干,除非他再次渡过河,同当初一样和布吉斯人生活在一起。各种各样的人都来找他,往往是在深更半夜,来向他透露暗杀他的阴谋。有人要毒死他。有人要在浴室里打死他。有人正安排下圈套,要从河里的一只小船上开枪把他击毙。这些通风报信的人个个都自命为他顶好的朋友。那简直——他告诉我——足以让一个人永远不得安宁。这种事有些是极有可能发生的——不,大概吧——但是那些胡编的警告只能使他感到他的周围、四面八方都在暗中进行着致他死命的诡计。再没有比这更能震撼他最坚强的神经了。最后,有一天夜里,柯涅柳斯亲自出马了,他做出极惊慌而又诡秘的神情,用庄严而又阿谀的腔调,宣布了一个小小的计划,这计划只要花一百元钱——或者甚至只要八十元;咱们就说八十元好了——他,柯涅柳斯,就会找到一个稳妥可靠的人,偷偷把吉姆送过河去,安然无恙。现在没别的法子了——如果吉姆对他的生命有一点点顾惜的话。八十块钱算什么?小意思。一笔微不足道的款子。而他,柯涅柳斯,还得留下来,那是绝对要同死神打交道的,以证明他对斯坦因先生的年轻朋友的忠诚。看着他那卑鄙的丑态——吉姆告诉我——真是难以忍受:他揪住头发,捶打胸脯,双手按着腹部摇来摇去,而且实际上还做出流下了眼泪的样子。'你的血就要溅到你自己的头上了。'他终于尖叫一声,冲了出去。柯涅柳斯这番表演,究竟有多少真诚在里面,倒是个耐人寻味的问题。吉姆向我承认,那家伙出去之后,他就没合过眼。他仰面躺在铺在竹子地板上的一块薄薄的席子上,无所事事地试图分辨出光溜溜的橡子,倾听破败的茅草窸窣的响声。透过屋顶的一个破洞突然看见一颗星星在闪烁。他头昏脑涨;但是,不管怎么说,他就是在这个晚上把攻克阿里警长的计划考虑成熟的。他在无望地调查斯坦因的事务时,只要一有空闲,就思考这个计划,但是他的那个念头——他说——是一下子突然出现的。他仿佛看到了大炮架到了山顶上。他躺在那儿,觉得很热,也很兴奋;睡意早就没有了。他一跃而起,赤脚走到外面的游廊上。默默地走着走着,他遇上了那姑娘,一动不动地靠着墙,好像是在守夜。以他当时的心情,看见她没睡,听见她急切地低声询问柯涅柳斯会在哪里,他都不感到惊奇。他只是简单地说,他不知道。她轻轻叹了口气,向村庄窥探。一切都很安静。他满脑子想着他的新主意,真是一门心思,所以禁不住马上向那姑娘一五一十全倒了出来。她听着,轻轻地拍了拍手,柔和地悄声说出了她的称赞,但是显然一直都很戒备。看来他一向都把她当作知己——而在她那一方面,无疑她能够而且也确实给过他很多关于帕图森事务的有用的暗示。他不止一次肯定地对我说,他从来没有发现自己比那天晚上更需要她的建议。无论如何,他正在彼时彼地详详细细地向她解释他的计划,这时她按了按他的胳膊,就从他身边消失了。然后柯涅柳斯从什么地方冒出了来,看到吉姆,赶紧闪到一旁,仿佛他被枪打中了似的,随后又在黑暗中站得笔直。最后他小心翼翼地走上前来,就像一只多疑的猫。'那儿有几个渔夫——带着鱼,'他声音发颤地说,'卖鱼呢——你明白吧。'……当时想必是凌晨两点钟——这个钟点会有人卖鱼!

"然而吉姆却放过了这句话,根本想也没想。他满心想着别的事,此外他什么也没有看见,什么也没有听见。他茫然地说了声,'唔!'根本心不在焉,又从立在那儿的一个大水罐里喝了口水,把柯涅柳斯一个人留在那儿陷入某种莫名其妙的情感里——他竟用双臂抱住游廊那虫蛀的栏杆,好像他的两腿已撑不住了——而他径自又进了屋,躺到他的席子上去思考起来。渐渐地,他听到了蹑手蹑脚的脚步声。脚步声停住了。隔墙传来一阵颤抖的低语声,'你睡了吗?''没有!怎么啦?'他的回答反应很快,外面猛地动了一下,然后又是一片寂静,好像那悄声说话的人给吓着了。吉姆对此极其烦恼,他莽莽撞撞地跑出来,柯涅柳斯轻轻尖叫了一声,沿着游廊逃到台阶处,抱住了一根断了的扶手栏杆。吉姆非常奇怪,便远远地叫住他,问他到底在搞什么名堂。'你考虑过我跟你讲的事了吗?'柯涅柳斯问,这些话他说得很费力,就好像一个发烧的人在打寒战。'没有!'吉姆火冒三丈地喊。'我没考虑,也不想考虑。我打算就住在这儿,住在帕图森。''在——在这儿你——会没——没命的。'柯涅柳斯回答道,依然剧烈地颤抖着,都快没声了。整个表演真是又荒唐又可憎,吉姆简直不知道他是该笑好呢,还是该生气好。'在你滚蛋之前我是死不了的,你放心好了,'他高声喊道,怒火中烧,却又很想放声大笑。他做出半正经的样子(他正为自己的想法激动着呢,你们知道),又继续喊道,'我是刀枪不入!把你们最下作的手段也使出来吧。'鬼影似的柯涅柳斯远在那边,不知怎的好像成了吉姆一路上遇到的所有烦恼和困难的化身,令人憎恶。他爆发了——连日来他的神经已经操劳过度——他骂出了各种难听的话——骗子、说瞎话的、讨厌的流氓：事实上，真是失了常态。他承认他什么也不顾了，真有点忘乎所以——哪怕整个帕图森也休想吓走他——用威胁、夸张的口气声称他将叫他们所有的人按照他的调子跳舞，听命于他，等等。完全是信口雌黄，荒谬绝伦，他说。想起来他的耳朵根都发烫。他准是多少有些发神经呢……正跟我们坐在一起的那位姑娘冲我很快地点了点她那小巧的头，微微皱了皱眉，说，'我听见他说那些话来着。'她带着一种孩子气的庄重。他大笑起来，涨红了脸。最后制止了他的，他说，是远在那边那个模糊的人影的寂静，彻底的死一般的寂静，似乎崩溃了一样吊在那里，挂在栏杆上，奇怪地一动也不动。他回过神来，突然停止了叫骂，对自己感到极其惊讶。他望了一会儿。没有动静，一点声音也没有。'简直就好像我在那儿大喊大叫的时候，那家伙已经死了似的。'他说。他自己感到十分羞愧，二话不说就匆匆进了屋，一头又躺下了。不过这场爆发似乎对他倒挺有好处，因为他后半夜睡得好香，像婴儿似的。他有好几个星期都没这么睡上一觉了。'但是我可没睡。'那姑娘插嘴道，一只胳膊肘撑在桌上，托着她的腮。'我看着呢。'她的大眼睛忽闪忽闪的，转了转，然后就专注地盯着我的脸看。"

第三十一章

"你们可以想象我听得是多么有兴趣。这一切细节的意义,二十四小时以后才看出来。第二天早上,柯涅柳斯对夜里发生的事提也没提。'我想你还会回到我这可怜的家里来吧,'他乖戾地喃喃说道,在吉姆跨进独木舟,要去多拉明的村庄时,鬼鬼祟祟地走上前来。吉姆只点了点头,看都没看他一眼。'你以为那很有趣呢,没错。'那一位用一种酸溜溜的腔调喃喃说。吉姆和那位老首领待了一天,向布吉斯社区的头面人物大讲积极行动的必要性,这些头面人物被召集来,就是听这番宏论的。他高兴地回忆起他当时是如何雄辩,富有说服力。'那次我设法使他们挺起了腰杆,没错。'他说。阿里警长的最后一次袭击席卷了居民区的外围,属于镇子里的一些女人也被掳到山寨里去了。前一天还有人在市场上见到阿里警长的密探们,披着白披风,耀武扬威趾高气扬地走来走去,吹嘘着酋长同他们主人多有交情。其中一个站到前面,在一棵树的树阴下,靠着一把步枪长长的枪筒,劝告人们祈祷并悔过,奉劝他们把他们当中所有的陌生人统统杀掉,他说,他们当中有些人是异教徒,另一些人更糟——是披着穆斯林外衣的撒旦的儿孙。据报告,听众中有好几个是酋长的人,他们高声表示赞许。普通老百姓陷入了极度的恐惧。吉姆对他那一天的工作感到非常高兴,在日落前又渡过河来。

"由于他使布吉斯人义无反顾地对行动作出了承诺,并且以他自己的脑袋为成功作了担保,所以他很是得意,心情也轻松了,因此绝对要尽力对柯涅柳斯客客气气的。但是柯涅柳斯的反应却是欣喜若狂,几乎让他受不了,他说,真没法听他那假装出来的尖细笑声,看他蠕动着身子,眨着眼睛,突然握住他的下巴,低低地伏在桌子上,迷乱地凝视着。那姑娘没有露面,吉姆早早地就撤了。当他站起来道晚安时,柯涅柳斯跳起来,把椅子也碰倒了,一下子就看不见了,好像是要去捡他掉下来的什么东西。他是从桌子底下哑着嗓子道的晚安。吉姆惊奇地看着他耷拉着下巴又钻了出来,傻呵呵地瞪着惊恐的眼睛。他抓住桌子边。'怎么啦?你不舒服吗?'吉姆问。'是的,是的,是的。我犯胃绞痛了,痛得厉害。'那一位说;吉姆认为,那完全是实情。如果真是这样,那么从他默默观察的动作来看,那就是一种还不够完美的冷漠无情的卑鄙表现,为此人们不得不对他表示叹服。

"不管怎么样吧,吉姆的睡眠被一个梦扰得很不安宁,他梦见黄铜一样的苍天回响着一个巨大的声音,向他呼唤着,醒来!醒来!声音如此洪亮,以至于尽管他决心要继续睡下去,他实际上还是醒了。映入他的眼帘的,是毕毕剥剥燃烧着的熊熊大火的红光烧到半空中。一团团黑黑的浓烟盘绕在某个幽灵的头上,那是非尘世的生灵,全身雪白,脸上的神情凄厉、紧张、焦虑。过了一、两秒钟,他认出那是那姑娘。她伸直了手臂,高举着一把达马胶燃的火把,以一种执拗、急切的单调声音重复着说道,'起来!起来!起来!'

"他猛地跳起来;她马上将一把左轮手枪塞到他手里,那是他自己的手枪,本来挂在一颗钉子上,不过这一次可上了子弹了。他默默地将它握紧,在火光照耀下有些昏乱,眼睛直眨。他不知道他能为她做什么。

"她飞快地问他,声音很低,'用这个你能对付四个人么?'讲到这儿,回想起他彬彬有礼的敏捷劲儿,他笑了起来。看来他大为显摆了一番。'当然啦——不在话下——当然啦——请吩咐吧。'他还没有彻底清醒,在这非常情况下,还注意到要非常有礼貌,要表示他不容置疑、忠心耿耿的机敏。她离开了房间,他跟着她;在过道上,他们惊动了一个老婆子,她有时帮家里做做饭,虽然她已经衰老得连人家说话都听不大懂了。她爬起来,蹒跚地跟在他们后面,瘪着嘴咀嚼着。在游廊上,一张属于柯涅柳斯的帆布吊床碰到了吉姆的胳膊肘,轻轻摇荡起来。吊床里空荡荡的。

"帕图森这个分店,和斯坦因贸易公司的所有贸易站一样,原来由四座建筑组成。其中两所只剩下两堆木桩,折断的竹子、烂草,上面东倒西歪惨兮兮地靠着四根硬木的角柱;不过主要的库房倒还戳在那儿,正对着代理人的家。那是座长方形的棚屋,是泥土盖成的;一头有一扇结实的木板做的宽宽的门,门上的合页至今还没掉下来,一面山墙上有一个方孔,算是窗户,还安着三根木条。那姑娘在走下那几级台阶之前,转过脸来,匆匆说道,'你睡着以后,会有人来袭击你的。'吉姆告诉我说,他体验到一种受骗的感觉。又是那些老话。对这些想要他命的企图,他都厌倦了。他已经受够了这些警报了。他对它们感到恶心。他对我说,他因为那姑娘骗了他而生她的气。他跟着她是因为觉得她需要他的帮助,此刻他厌恶得简直有心转身回去,一走了之。'你知道吗,'他深沉地评论说,'我真以为当时整整有好几个星期我都不是我自己了。''哎,哪儿的话呀。你还是你自己嘛。'我忍不住反对道。

"但是她还是很快地往前走,他跟着她进了院子。院子的篱笆早就倒了;邻居的水牛会在早上不慌不忙缓步走过这片空地,深深地打着响鼻;丛林也已经侵入到这里了。吉姆和他的姑娘在丛生的杂草中停了下来。他们站在火光里,火光将周围衬托成一片浓浓的黑暗,只是他们的头顶上才有一片灿烂的星光。他告诉我,那是一个美丽的夜晚——很凉爽,因为河上吹来一阵微风。他似乎注意到那夜的美是友好的。要记住,我现在给你们讲的可是个爱情故事啊。一个可爱的夜晚,那似乎向他们发出的都是柔和的抚爱气息。火把的光焰不时地摇曳着,像一面旗子发出呼啦啦的响声,有一段时间,那是惟一的声音。'他们在仓库里守着呢,'姑娘悄声说,'他们在等着暗号呢。''谁来发暗号?'他问。她摇了摇火把,火把冒出许多火星之后,炽烈地燃烧起来。'只因你睡得那么不安稳。'她继续低声说道,'我也看着你睡来着。''你!'他惊叫起来,伸长了脖子四处探望。'你以为我只在今晚上才看着哪!'她说,带着一种失望的愤怒。

"他说,他好像当胸挨了一击。他的呼吸困难了。他觉得他这一向真有点野蛮得可怕,同时他又感到悔恨、感动、幸福、得意。这,我得再次提醒你们,可是个爱情故事;你们从这种愚蠢的举动中就可以看出来,那可不是令人讨厌的愚蠢,这些过程中的愚蠢倒是怪崇高的呢,他们站在火光里,好像是故意到那儿的,说那些话,好来开导藏在暗处的杀手们。但凡阿里警长的暗探们有——照吉姆的说法——哪怕一点点胆量,这会儿也该冲出来了。他的心在怦怦地跳——倒不是因为害怕——但是他似乎听见草的窸窣响动,他敏捷地走到火光照不到的地方。有个黑漆漆的、看不大真的东西很快地掠出视线之外。他声音有力地喊出来,'柯涅柳斯!噢,柯涅柳斯!'接下来是深深的寂静:他的声音似乎没有传出二十英尺以外。那姑娘再次站到他的身边。'快跑!'她说。那老妇人正走过来;她佝偻的身影在火光的边缘一瘸一拐地跳动;他们听到她的喃喃语声,还有一声轻轻的、呻吟般的叹息。'快跑!'那姑娘激动地又重复了一遍。'他们现在害怕了——这火光——这些声音。他们知道你现在醒了——他们知道你身高力大,无所畏惧……''如果我真是这样就好了,'他刚开口,但是她打断了他。'是的——今天晚上!但是明天晚上会怎么样?后天晚上呢?大后天晚上——还有以后很多很多晚上?我能老这么看着吗?'一声抽泣使她哽咽了,这使他感动得无法用语言形容。

"他告诉我,他从来没感到如此渺小,如此无力——至于勇气,他想,那有什么用处?他是如此无助,连逃跑似乎也没用:虽然她一个劲地悄声说着,'到多拉明那儿去到多拉明那儿去。'简直是狂热的坚持,但他意识到,对他来说,没有一处庇护所能使他躲开那种孤寂,那种使他的危险增加了一百倍的孤寂——除了她。'我想,'他对我说,'如果我从她身边走开,那才算是一切都完了。'只是因为他们不能老是待在那院子当中,所以他决心到仓库去瞧个究竟。他让她跟着他,想都没想到她会有不同意见,就好像他们已结下了不解之缘。'我无所畏惧——是吗?'他从牙缝里含含糊糊地说。她拽住了他的手臂。'等着,听到了我的声音再说。'她说,然后手擎着火把,轻盈地跑过拐角。他独自留在黑暗中,脸冲着门:没有一点动静,没有一丝气息从另一侧传来。那老婆子从他身后什么地方发出一声沉闷的呻吟。他听到那姑娘调门很高、近乎尖叫的一声喊叫。'快!推吧!'他用力猛推;门吱呀一声沉闷地响着摇晃开了,在一团火红的、摇曳的光亮下暴露出里面低矮的、地牢一般的景象,使他极其惊讶。一团乱糟糟的浓烟在地板中间的一个空木板条箱上盘绕,一堆烂布和稻草好像要扬起来的样子,但只是在穿堂风中无力地抖动着。她已经通过窗户的板条缝将火把塞了进来。他看见她裸露着的圆滚滚的手臂僵直地伸着,像个铁托架似的稳稳地擎着火把。一堆烂糟糟的旧草席堆得像个圆锥形,远远地占着一个角落,几乎快堆到了屋顶,屋里就这些东西了。

"他对我解释说,他对此失望之极。他的坚韧不拔已经受过如此众多的警告的考验,几个星期以来,这么多关于危险的暗示包围着他,他但愿能碰到某种真正的现实,某种确凿的东西来获得解脱。'这样至少三两个钟头就可以将气氛澄清一下了——如果你明白我的意思的话,'他对我说。'天哪!连日来我胸中好像堵了块石头。'现在他终于以为他会捉住什么了,结果——什么都没有!没有踪影,没有任何人的一点迹象。当门猛地打开的时候,他已经举起了自己的武器,但是此刻他的胳膊又放下了。'开枪!自卫呀。'外面那姑娘用一种令人痛苦的声音喊道。她因为在黑暗中,胳膊又从那小洞里伸进来挡住了肩膀,所以看不到里面的情形,她又不敢把火把缩回来跑开。'这儿什么人也没有!'吉姆鄙夷地叫着,他有心迸发出一阵怨恨愤怒的大笑,但却没有笑出声来:他正要转身走开时,却发觉他的目光正和那草席堆中的一双眼睛对视。他看到眼白移动的闪光。'出来!'他愤怒地大喊,心中又有点疑惑,然后一个面孔黑黑的脑袋,一个没露出身子的脑袋,在那堆垃圾里奇怪地同身子分了家的脑袋,皱着眉头死盯着他。接下来,整个草席堆都动了起来,随着一声低哼,一个人纵身而出,向吉姆扑过来。在他后边,那堆席子似乎也跳跃飞舞起来,他的右臂抬起来,臂肘弯着,伸出的拳头中露出一把短剑的钝刃,稍稍举过他的头顶。他的腰部紧紧地裹着一块布,被他棕色的皮肤一衬,更显得白得耀眼;他那赤裸的身体闪闪发光,仿佛湿漉漉的。

"吉姆注意到了这一切。他告诉我,他正体验到一种彻底解脱的感觉,一种大仇得报的快意。他故意不马上开枪,他说。他等了大约十分之一秒,等那汉子又走了三大步——等的时间未免太长了些。他等着,只为了那种愉快,就是要对自己说,那家伙死定了! 他绝对有把握,有信心。他放他过来,因为那没什么关系。不管怎样,他都死定了。他注意到那张脸上那乍开的鼻孔,睁大的眼睛,极度热切的表情,然后他开了枪。

"在那有限的空间,子弹的炸裂声真是令人惊愕。他往后退了一步。他看见那家伙脑袋猛地一抬,双臂往前一扑,便丢掉了短剑。他事后判定,子弹是从他的嘴里打进去的,微微朝上,从后脑壳上方穿了出去。那汉子借着冲力还直往前撞,他的脸突然咧得变了形,两手张开在身前摸索着,仿佛瞎了一般,额头异常可怕地猛然碰到地上,差点儿碰到吉姆光着的脚趾头。吉姆说,这一切,他连最小的细节都没放过。他发现自己很镇静,气也消了,再没有怨恨,没有不安,好像那个人的死补偿了一切。那地方渐渐充满了火把带来的黑烟,烟雾中,一动不动的火焰烧得血红,没有一点闪动。他坚决地走进去,迈过那死尸,又把左轮手枪瞄准了那一头另外一个模模糊糊的赤裸的人影。正当他要扣动扳机时,那人用力扔掉一把又短又重的长矛,服服帖帖地一屁股蹲下来,背冲着墙,双手紧握,抱着两腿。'想活命吗?'吉姆说。那个人没作声。'你们还有多少人?''还有两个,老爷。'那家伙非常轻声地说,迷惘的大眼瞪着左轮手枪的枪口。于是又有两人从草席堆下爬出来,夸张地摊开他们空空的双手。"

第三十二章

"吉姆占据了一个有利的位置,把他们拴成一串赶出了门洞:这期间,那火把一直握在一只纤纤小手里笔直地照着,简直没什么颤动。那三个人很听话,一声不响,机械地挪动着。他把他们排成一行。'把胳膊挽起来!'他命令道。他们于是臂挽着臂。'谁要是先把胳膊抽回来,或者回过头来,就打死谁,'他说,'向前走!'他们便直僵僵地一齐迈步出去;他跟在后面,那姑娘走在旁边,穿一身拖地白长袍,一头乌发直垂到腰际,被光照着。她直挺挺地摇晃着,好像脚不着地似的在滑动;惟一的响声就是那丝袍的窸窣声和长长的草叶的飒飒声。'站住!'吉姆喊道。

"河岸很陡;一股很新鲜的空气在上升,光照在平滑而黑暗的水边,水泛着泡沫,却没有涟漪;左右两边房屋的形状一齐跑到房顶鲜明的轮廓下面。'代我向阿里警长致意——我会亲自去的。'吉姆说。三个脑袋没有一个动一动。'跳!'他雷一般地吼道。三声飞溅声,溅起一股水花,一股水流飞起,几个黑乎乎的脑袋剧烈地上下来回动了几下,然后就不见了;但是极响亮的急促的呼吸声和喷水声还在继续,渐渐弱了下去,因为他们还在拼命往水里钻,生怕一分开就挨枪子儿。吉姆转向那姑娘,她一直很安静也很专注地看着。他的心脏似乎突然间变大了,大得他的胸膛都装不下了,堵在他的嗓子眼儿里。可能就因为这个原因,他才这么半天都没说话,她回报给他一个凝视之后,伸开手臂一挥,将燃烧着的火把扔进河里。红红的烈焰拖着一道长长的光,划过夜空,带着恶毒的嗞嗞声沉下去了,沉静柔和的星光毫无阻碍地倾泻在他们身上。

"他没有告诉我,当他终于恢复了声音之后,他说了些什么。我想他不见得会滔滔不绝地讲。世界一片寂静,夜的气息笼罩着他们,那样的夜似乎是专为庇护温情而创造的,有时候,我们的灵魂仿佛摆脱了黑暗的包围一样,以一种极精细的敏感发出光来,使某些寂静比语言更加明晰。而那姑娘,他告诉我,'她有点儿累坏了。兴奋——你可知道。反应。想必是太难为她了——所有那一类的事情。而且——而且——真该死——她很喜欢我,你看不出来吗……我,也……当然并不知道……脑子里从来就没这根弦……'

"他说到这儿,站起身来,开始有点激动地走来走去。'我——我爱她爱得要命。我简直没法形容。当然啦,谁也没法形容。当你明白了,当有人使你天天都明白了你的存在对另一个人来说是必要的——你瞧,是绝对必要的,那你就会对你的行为有不同的看法了。我就是有人使我感到了这一点的。真奇妙。但是只要想想她一向过的是什么日子啊。简直是太可怕了!不是吗?而我在这儿发现了她是这个样子——就好比你可能是出去散散步的,却突然碰上某个人在一个孤零零的黑暗地方要淹死了一样。天哪!刻不容缓哪。嗳,这也是一种责任……我相信我当得起……'

"我得告诉你们,那姑娘在这之前就走开了,只留下我们俩自己聊。他拍了拍胸脯。'是的!我感到了这一点,但是我相信我当得起我的一切命运!'他就有那种本事,不管他遇到什么事,他都能找出一种特别的意义来。这是他对他的爱情的见解;带有田园诗风味,有点庄严,也很真实,因为他的信念带有所有年轻人不可动摇的严肃性。那之后不久,在另一个场合,他对我说,'我在这儿才待了两年,而现在,我敢说,我不能设想我还能在别的地方生活。哪怕想一想外面的世界,也会让我心悸;因为,你看不出来吗,'他继续说,低垂着眼睛看着他的靴子忙着把一小块干了的泥巴彻底擦去的动作(我们正在河岸上散步)——'因为我还没有忘记我是怎么来到这儿的。还没有!'

"我尽量不看他,但是我认为我听到了一声短促的叹息;我们默默地转了一两个弯。'凭我的灵魂和良心说,'他又开了腔,'如果这样一件事也可以忘记,那么我想我就有权利从我的心里把它抹去。问问这儿的任何一个人……'他的声音变了。'难道不奇怪吗,'他以一种温和、近乎渴求的声音继续说,'所有这些人,所有这些愿意为我做任何事情的人,都决不可以叫他们明白?决不!如果你不信任我,我也不能告诉他们。这似乎总有点困难。我很蠢,是不是?我还能想要什么?如果你问他们谁勇敢——谁真诚——谁公道——他们肯把性命托付给谁?——他们会说,吉姆爷。而他们决不能知道那真正的,真正的真相……'

"这是我最后一天跟他在一起时,他对我说的话。我没放过一声喃喃低语;我感到他准备再多说些,离事情的根本已经不能再近了。太阳凝聚的光将地球缩小成一颗飘浮不定的尘埃的微粒,此刻太阳已沉到森林的后面,从猫眼石一样的天空中散射下来的光,似乎给一个既无阴影又无光辉的世界投下带有一种沉着深思的伟大的幻景。我不知道为什么听着他讲话,我竟这般清晰地注意到河水和天空的渐渐变暗;夜色不可抗拒地缓缓来临,默默地罩在一切看得见的形体上,抹去了那些轮廓,将那些形状埋得越来越深,就像一个稳稳当当的无法触摸到的黑尘的瀑布。

"'天哪!'他突然开了腔,'有些日子,人也会太荒唐,什么事都对付不了;只是我知道我能告诉你我喜欢什么。我讲到跟它了结的话——跟我脑后的那该死的事……忘记……我死都不知道是怎么回事!我会默默地想起它来。它到底证明了什么呢?什么也没有。我想你不以为然吧……'

"我低声咕噜了一句,表示抗议。

"'不要紧,'他说,'我也知足了……差不多吧。我只要看看走过来的头一个人的脸,就会重新得到我的信心。不能让他们明白我心里是怎么想的。那又怎么了?来吧!我干得还不坏嘛。'

"'不坏。'我说。

"'但是都一样,你不会愿意要我上你自己的船去干吧——呃?'

"'去你的!'我叫道。'别这么说。'

"'啊哈!你瞧,'他喊道,安静地对我作出洋洋得意的样子,'只是,'他继续说,'你倒试试看把这事儿讲给这儿的随便什么人。他们会以为你是傻子,是说瞎话的,或者更糟。所以我还受得了。我为他们做了一两件事,但这是他们对我的回报。'

"'我亲爱的朋友,'我叫道,'你对他们而言,应该是一个永远解不开的谜。'随后我们俩都沉默了。

"'谜,'他重复道,然后抬起眼睛,'好吧,那我就永远待在这儿吧。'

"太阳落山以后,黑暗似乎浮在每一阵微微吹过的轻风之中逼向我们。在一条栽着树篱的小径中央,我看见唐·伊塔姆竭力克制、形容枯槁、十分注意、看上去只有一条腿的侧影;越过黑暗的空间,我的眼睛看出某个白花花的东西在屋顶支柱的后边来回移动。一俟吉姆带着紧步他后尘的唐·伊塔姆开始了他晚间的巡逻,我便独自走到房子那边去了,而且出乎意料地发现自己竟被那姑娘拦住了去路,她显然正等着这个机会。

"很难告诉你们,她到底想从我这里逼出什么。显然这很简单——世界上最简单而不可能办到的事;比方说吧,就好像确切地形容一朵云彩的形状一样。她想要一种担保,一个声明,一个承诺,一个解释——我不知道该如何称呼它:这东西并没有名目。在凸出来的屋顶下一片黑暗,我所能看见的,只有她袍子那流动的线条,她那鹅蛋形的小脸的苍白轮廓,还有她的牙齿的洁白光泽,以及她那双大大的眼睛在朝向我时的忧郁的顾盼,那里面似乎有一种隐隐的波动,就像你将凝视的目光投向一口深不可测的井底时,想象着你能看出来的那种波动。在那儿移动的那是什么?你问自己。是失明的鬼怪,还是仅仅是一道来自宇宙的消失了的光?这使我想到——别笑——尽管万物皆有不同,在她那稚气的无知中,她比向路人提出那个孩子气的谜语的司芬克斯还要不可思议。她被带到帕图森时,眼睛还没睁开呢。她在那儿长大;什么也没见过,什么也不知道,对任何事都没概念。我问过我自己,她究竟是不是确定其它任何事物的存在。她对外部世界到底形成了什么认识,在我是无从设想:她对那里的居民所了解的,无非是一个遭到了背叛的妇人和一个邪恶的蠢货。她的恋人也是从那边来的,具有不可抗拒的诱惑力;可是如果他回到这些似乎总要把自己人拉回去的不可思议的地区,她又会怎么样呢？她的母亲在临死前,曾含着泪警告过她这一点……

"她牢牢抓住了我的胳膊,我刚一停下,她就赶紧把手缩了回去。她既大胆又畏缩。她什么都不怕,可是深深的变化不定和极端的奇怪现象却把她绊住了——一个在黑暗中摸索的勇敢者。我就属于这随时都可能会把吉姆拉回去的未知因素。我倒像是深知那其中的性质和意图似的——很了解一种使人感到威胁的神秘性——也许是被它的力量武装起来了吧！我相信,她以为我一句话就能把吉姆从她的拥抱中突然带走;我很冷静地相信,我在同吉姆长谈时,她提心吊胆,苦恼万状;那是实实在在而又难以忍受的剧烈痛苦,假如她灵魂的愤怒赶上了那痛苦所造成的可观的局势的话,那痛苦真能驱使她策划暗杀我的阴谋。这是我的印象,我能告诉你们的也就是这些了:我逐渐明白了整个这件事是怎么回事,而且越来越清楚,我被一种缓慢的、令人难以置信的惊奇震住了。她使我相信她,但是我这两片嘴却说不出一个词来传达这一切的效果——那仓促而激烈的耳语,那柔和激烈的语调,那突然喘不过气来的停顿和那轻舒玉臂的动人的动作。她的手臂垂下了;那幽灵似的身子像一棵苗条的树一样在风中摇曳,苍白的鹅蛋脸耷拉下来;无法看清她的容貌,眼睛中的黑暗深不可测;两只宽大的衣袖在黑暗中抬起,就像展开的翅膀,她静静地站着,双手捧着她的头。"

第三十三章

"我深受感动:她的年轻,她的无知,她的娇美,实在具有一朵野花般的纯朴的妩媚和稚嫩的活力,她的悲声倾诉,她的无依无助,几乎以她自己无可理喻却又出乎天然的恐惧的力量打动了我。她和我们大家一样,害怕那未知的因素,而她的无知又使那未知的领域显得无穷的大。我就代表着那个未知的领域,代表着我自己,代表着你们这些家伙,代表着那个既不关心吉姆又丝毫不需要他的整个世界。要不是想到他也属于她所害怕的那个神秘的未知领域,要不是想到无论我代表了多少,却代表不了他,我本来是有足够的准备来对这世上芸芸众生的冷漠负责的。这样一想,我倒犹豫了。无可奈何的痛苦化作一声喃喃低语,从我的嘴唇发出。我张口申辩说,至少我上这儿来并没有把吉姆带走的意图。

"那我为什么来呢?她轻轻动了动,又像一尊大理石雕像一般,在夜色中静立不动了。我尽量简洁地解释:友情,生意;如果说在这件事情上我有什么愿望的话,那倒是宁可看到他待下去……'他们老是离我们而去。'她喃喃道。她虔诚地用花朵围起来的坟墓发出的悲哀的智慧的气息,似乎以一声轻微的叹息吹过……无论什么,我说,都不能把吉姆和她分开。

"我现在确切不疑地这样相信;我当时也这样相信;根据种种情况只可能得出这样的结论。当她以自言自语般的口吻低声说出,'他这样向我发过誓'时,这就确定得不能再确定了。'你问过他吗?'我说。

"她走近了一步。'没有。从来没有!'她只求过他,要他离去。这是那天晚上,在河岸上,他杀了那个人之后——在她因为他那样地看着她,便将火把扔到水里之后。天亮了,而且当时危险也过去了——过去了片刻——片刻工夫。然后他说,他不会把她丢给柯涅柳斯。她坚持让他走。她要他离开她。他说,他不能——那是不可能的。他说这番话时,发起抖来。她感到他在颤抖……人们无须多少想象力便能想见那场景,几乎能听到他们的耳语。她也是为他担心哪。我相信,她当时只把他看成命中注定要成为危险的牺牲品的人,而她对危险要比他更明白。虽然他仅仅凭着自己的存在就掌握了她的心,充满了她的思想,占有了她所有的爱,但是她还是低估了他成功的机会。显然,大约在那个时候,所有的人都倾向于低估他的机会。严格地说,他似乎也没有什么机会。我知道,柯涅柳斯就是这么看的。他向我承认过这些,以掩饰他在阿里警长企图干掉那个异教徒的阴谋中所扮演的不光彩的角色。现在看来可以肯定的是,就连阿里警长本人对那个白种人有的也只是轻蔑。要谋杀吉姆,我相信主要也是由于宗教的原因。一个单纯的出于虔诚的行动(而且至此为止是大大值得褒奖的),否则就没有什么意义了。柯涅柳斯就同意这后一部分意见。'尊贵的先生啊,'他抓住他设法单独和我在一起的惟一一次机会,卑鄙地争辩说——'尊贵的先生啊,我怎么知道呢?他是谁?他有什么本事让人信服?斯坦因先生派那样一个孩子来跟一个老伙计说大话,是什么意思?给我八十块钱,我就乐意救他。只要八十块钱。那个傻爪干吗不走?我能为了一个陌生人让自己挨打吗?'他心烦意乱地在我面前卑躬屈膝,巴结着弯下了身子,两手悬在我的膝前,仿佛他就要抱住我的双腿。'八十块钱算什么?一笔微不足道的数目,给的是一个无依无靠的老头子,他被一个死了的女魔头毁了一辈子。'说到这儿,他哭起来。但是这是后来的事,我先说了。那天晚上我并没有碰见柯涅柳斯,我在同那姑娘讲完了以后才见到他的。

"当她敦促吉姆离开她,甚至离开那个国家时,她是无私的。她想的首先是他的危险——即使她也想救自己——也许是无意识的;但是再看看她所得到的警告,看看从最近过去的生活的每一刻中所汲取的教训,她的全部记忆的中心就是这段生活。她倒在他的脚下——她这样告诉我——就在那儿,在那河边,在谨慎的星光中,星光除了大片大片静静的影子,无垠的苍宇,什么也显示不来,在宽阔的河面上微微地抖动,使河面显得像海一样辽阔。他把她扶了起来。他扶起她来,她也不再挣扎。当然不。有力的臂膀,柔和的声音,还有一个可以让她那可怜孤独的小脑袋依靠的结实的肩膀。她需要——无限地需要——这一切,为了痛楚的心,为了迷乱的思想——青春的激励——必不可少的一刻。你们要什么呢?谁都明白——除非他无法明白太阳底下的任何事。所以她心满意足地被扶起来——被搂着。'你知道吧——天哪!这是认真的——绝不是逢场作戏呀!'吉姆在他家的门口急吼吼地低声说道,神色不安而且关切。我对逢场作戏不甚了了,但是在他们的浪漫史中没有任何无忧无虑:他们在一个人生灾难的阴影下走到了一起,好像骑士和少女相遇在鬼神出没的废墟间,彼此山盟海誓。星光对那个故事来说可真够好的,光这么弱,又这么遥远,照出来的影子都不成形,却又照出了河的对岸。我那晚的确从那个地方望了望那条河;河水寂静地滚滚流过,黑漆漆的就像冥河;第二天,我走了,但是我不大可能忘记,当她恳求他趁还来得及快离开她时,她所要拯救的是什么。她告诉了我那是什么,态度很沉静——她当时情绪太亢奋了,单纯的激动已打动不了她了——她的声音在朦胧中和她半隐半现的白色身影一样安详。她告诉我说,'我不想哭泣而死。'我以为我没听清呢。

"'你不想哭泣而死?'我跟着她重复道。'就像我母亲。'她随声应道。她白色的身影丝毫也没有动一动。'我母亲临死前,哭得痛不欲生。'她解释道。不知不觉中,一阵不可思议的沉静似乎在我们周围从地下升起,好像夜里一股洪水在静静地漫上来,毁灭着熟悉的情感标志。一阵突然的恐惧,对深不可测的未知因素的恐惧,向我袭来,我仿佛感到我在水中站不住脚了似的。她继续解释说,在最后的时刻,只有她在她母亲身旁,她却不得不离开病榻之侧,去用她的背顶住门,好将柯涅柳斯拒之门外。他很想进来,一个劲儿地用双拳擂门,只是偶尔停一下,沙哑着嗓子喊道:'让我进来!让我进来!让我进来!'在一个远远的角落,在几层草席上,一个奄奄一息的女人早已说不了话,也抬不起胳膊来了,她把头摇来摇去,手无力地动着,似乎是在吩咐——'不!不!'而那顺从的女儿便竭尽全力用肩膀抵住门,望着。'泪水从她的眼睛里流出来——然后她就死了。'那姑娘用一种镇静的单调声音结束道,那单调的声音及那场景被动无奈的恐怖,比其它任何

437

的一切,比她白色如雕像般的一动不动,比单纯的语言,更深深地扰乱了我的心。它的力量迫使我忘掉了存在的概念,忘掉了我们每个人为自己搭的庇护所,以便危险的时候匍匐其下,就像一只乌龟缩进自己的壳里。有一瞬间,我看到世界似乎陷入了广泛而阴沉的混乱,同时确实由于我们不倦的努力,对一些小小的方便做出安排而使世界依然像人们所能设想的那般阳光灿烂。不过——那只是片刻:我还是立即就回到我的壳里去了。人们不得不然——你们不知道吗?——虽然在这黑暗念头的纷乱中,我似乎把我在这范围之外想了一两秒钟才想起的那些话都忘得干干净净。不过这些话我很快又想起来了,因为话也属于光明与秩序的庇护概念,那是我们的避难所。在她轻柔地低声说出下面这番话之前,我的话就预备好了。她说,'我俩单独站在那里的时候,他发誓说他决不离开我!他对我发誓来着!'……'你有可能——你!不相信他吗?'我问,真诚地带着谴责的意味,真正地感到吃惊。她为什么竟不能相信?因此才有这样极度的猜忌,才有这样固执的恐惧,仿佛这种猜忌和恐惧恰是她爱情的保障。真是可怕。出于那种诚实的爱,她应该为自己修建一个扑不灭的和平的栖身之所才是。她没有那种知识——也许是没有那种技能吧。夜急速地降临了;我们所站的地方已变得漆黑一团,所以她动也没动,就像个冲动而恶作剧的精灵那捉摸不定的形态,渐渐隐去了。突然间,我再次听到了她宁静的耳语,'别的男人也发过同样的誓。'这就像是对某些充满了忧伤和敬畏的思想的评判一样。她又说道,还是尽可能放低了声音,'我父亲就发过誓。'她停了停,悄没声地吸了一口气。'她的父亲也发过。'……这就是她知道的事情!我立刻说道,'啊!但是他可不像那样的人。'看来她不想反驳这话;不过过了一会儿,那奇特的梦一般在空中飘荡的宁静的低语又悄悄钻进了我的耳朵。'他为什么不一样呢?难道他更好吗?难道他……''我以我的名誉担保,'我插嘴道,'我相信他是的。'我们把声调压低到一种神秘的程度。在吉姆的工人们的茅草棚之间(他们多半是从警长的围子里所解放出来的奴隶),有人尖声叫着拖着长音唱起了一支歌。河对岸一大堆火(我想是多拉明那里的)化成一团熊熊火球,在夜空中完全是孤零零的。'他比别人更真诚吗?'她喃喃道。'是的。'我说。'比其他任何人都真诚。'她用缠绵的重音重复道。'这里没有任何人,'我说,'会想到怀疑他的话——谁也不敢——除了你。'

"我认为,听了这话她动了一下。'更勇敢。'她换了个腔调继续说道。'恐惧绝不会把他从你身边赶走。'我有点紧张地说。那支歌在一个尖音上戛然而止,接下来远处又有好几个声音在谈话。吉姆的声音也在其中。她的沉默使我吃惊。'他在跟你讲什么?他跟你讲过什么吧?'我问。没有回答。'他告诉过你什么来着?'我不依不饶地问。

"'你想我能告诉你吗?我怎么会知道?我怎么会明白呢?'她终于大喊起来。又是一动。我相信她在绞着她的双手。'有件什么事,他永远也忘不了。'

"'对你来说,这样倒好些。'我忧伤地说。

"'是什么事呢?是什么事呢?'她那哀恳的腔调中,用了一种特别的乞求的力量。'他说他原来一直很担心。我怎么能相信这话?我是个疯女人吗,竟能相信这话?你们都记着什么事!你们都回想起那件事。是什么事呢?你告诉我!这是什么事呢?这事还没完——还是已经过去了?我恨它。它好残忍。它有没有脸,有没有声音——这个灾祸?他看得见它吗——他听得见它吗?也许在他的睡梦里,在他看不见我的时候——然后就爬起身来,走掉了。啊!我决不会原谅他。我母亲曾经原谅过——但是我,决不!那会不会是一个标记——一声召唤?'

"那是一个奇妙的经历。她不信任他的不安的睡眠——她似乎以为我能告诉她为什么!这样一来,一个可怜的人,为一个幽灵的魅力所诱惑,可能不得不尽力从另一个鬼魂那里得到另一个世界所掌握的秘密,那是对一个脱离了躯体而迷失在这个世界的情网之间的灵魂的秘密。我所站立其上的地面似乎就在我脚下溶化。而这又是如此简单;但是,如果被我们的恐惧我们的不安激起的精灵不得不在我们这些不幸的魔术师面前担保彼此的矢志不渝,那么我——在我们这些活生生的人当中的独一份——对这样一个任务的无望已不寒而栗。一个标记,一声召唤!这样的表述,说明了她是多么无知。几个字!她怎么会知道这几个字的,她怎么会说出这几个字的,我无法想象。女人在感到压力的时刻会发现灵感,而那些时刻对我们来说仅仅是可怕、荒唐和无能为力的。发现她毕竟还有声音这一点,就足以使心充满敬畏了。假使一块被摈弃的石头喊出声来,也不见得是更伟大而又更可怜的奇迹了。这几个荡漾在黑暗中的声音使这两条蒙昧中的生命在我的心里充满悲剧的意味。不可能让她明白。我默默地对我的无能为力感到懊恼。还有吉姆,也是——可怜鬼啊!谁会需要他?谁会记得他?他有了他想要的。到此刻,就连他的存在可能也已被淡忘了。他们掌握了他们的命运。他们好悲惨哪。

"她在我面前一动不动,显然是有所期待,而我的作用就是从健忘的阴影的领域来为我的兄弟说话。对我的责任和她的悲伤,我都深为感动。我但愿不惜一切,只要有力量来抚慰她脆弱的灵魂,那灵魂在不可克服的无知中折磨着自己,像一只小鸟在奋力扑打着一个鸟笼的残忍的铁丝。再没有比说上一声'别怕!'更容易的了。但再也没有比这更困难的。我真不知道,人怎样才能消除畏惧呢?你怎样射杀一个穿过心头的幽灵,砍去它鬼一般的头,抓住它鬼一般的喉咙呢?那是一种你做梦时闯进去的事业,也是你乐于披着湿漉漉的头发,四肢全都颤抖着要逃避的。那子弹还没打出去,刺刀还没有铸就,那个人还没生出来呢;就连那长了翅膀的含有真理的字眼也像铅块一样掉在你的脚下。为了这样一个不顾死活的遭遇,你需要一支施了魔法上了毒药的箭,还是在谎言里浸过的,那谎言太巧妙了,这世上简直找不到。一个梦里才有的事呀,我的爷们儿们!

"我开始心情沉重地祈祷,同时也有一种愠怒的愤懑。吉姆的声音突然间以一种严厉的口吻提高了,从院子那头传过来,责怪着河边某个蠢笨的闯了祸的家伙太大意。没有任何东西——我清晰地嘟囔着说——在她热切地幻想出来的那个未知世界里,不会有任何东西能抢走她的幸福,无论是活的还是死的都没有,没有脸,没有声音,也没有权力,能够把吉姆从她身边夺走。我吸了口气,她轻柔地悄声说道,'他这么告诉我来着。''他跟你说的是真话,'我说。'没有任何东西。'她叹着气说道,又突然转向我,口气紧张得几乎听不见:'你为什么从外边到我们这儿来?他常谈起你,谈得太多了。你使我担心。你——你想要他吗?'我们匆匆的低语中悄悄潜入了一种激烈。'我再也不会来了,'我激愤地说,'我并不想要他。谁也不想要他。''谁也不么。'她重复道,口气有些怀疑。'谁也不。'我肯定地说,感到自己由于某种奇怪的激动而摇晃起来。'你认为他强壮,聪明,勇敢,伟大——那你为什么又不相信他诚实呢? 我明天就走了——事情也就了结了。不会再有那里来的一个声音打扰你了。你不了解的这个世界太大了,犯不着去想念他。你明白吗? 太大了。你已经把他的心攥在你的手里了。你必定感觉到这一点。你必定了解这一点。''是的,我知道的。'她说了出来,硬硬的,一动不动,好像一座石像也可以说悄悄话似的。

"我感到我什么也没有干。而我想做的又是什么呢? 我现在也不大确定了。当时我被一种说不上来的热情所激动,仿佛面临着什么伟大而必要的任务——那是那个时刻对我的精神和情感状态的影响。在我们所有人的一生中,都有来自外界的这样的时刻,这样的影响,无法抗拒,无法理解——仿佛是由星球的神秘组合带来的。如我对她所说的,她拥有了他的心。她有这个,还有别的一切——只要她能够相信。我不得不告诉她的是,在整个世界里,没有人需要他的心,他的思想,他的手。这是一种共同的命运,然而无论说到谁,似乎都很可怕。她无言地听着,此刻她的寂静好像是一种不可克服的怀疑的抗议。对森林以外的世界,她需要担心什么呢? 我问道。在人烟稠密的那个浩渺的未知世界的芸芸众生中,我安慰她说,只要他活着,绝不会有任何对他的召唤或记号。绝不会。我失去了自制力。绝不会! 绝不会! 现在回想起来,我还奇怪我怎么表现出那样一种固执的激烈。我有了那种终于掐住了那鬼怪的喉咙的幻觉。全部实际情形也的确留下了一种梦一般的详尽而令人惊异的印象。她为什么要害怕？她知道他是强壮的，真实的，聪明的，勇敢的。那全都不错。当然不错。他还不止这些呢。他伟大——不屈不挠——而这世界却不需要他，遗忘了他，甚至不愿意知道他。

"我住了口；笼罩着帕图森的寂静是深沉的，在河中间的什么地方，一只桨撞击着一条独木舟的船侧，发出微弱干涩的响声，似乎使那寂静显得无边无际了。'为什么？'她喃喃道。我感到了人们在奋力打斗时的那种恼怒。那鬼怪正试图滑出我的掌握。'为什么？'她重复道，声音高了些，'告诉我！'我还在困惑，她却像个被宠坏了的孩子似的跺起脚来。'为什么？说啊。''你想知道吗？'我怒气冲冲地问。'是的！'她喊道。'因为他并不够好。'我粗野地说。在片刻的停顿中，我注意到对岸的火熊熊燃烧起来，将闪亮的光环映得好大，恍若一个吃惊的凝视，又突然缩成一个针尖大的红点。当我感到她的手指抓住我的小臂时，我才知道她离我有多近。她没有提高声音，但却在声音中倾注了无限的尖刻的轻蔑、痛苦和绝望。

"'这正是他说过的话……你撒谎！'

"最后两个字，她是用当地土话朝我喊出来的。'听我说完嘛！'我恳求道；她颤抖着喘过气来，推开了我的胳膊。'谁也不是，谁也不是足够好的。'我以最大的恳切开口道。我可以听到她抽泣着费劲地喘着气，可怕地越喘越急促。我垂下了头。有什么用呢？脚步声越来越近；我没再说话，悄悄溜掉了……"

第三十四章

　　马罗摇晃着把两腿分开,很快地起来,有点磕磕绊绊的样子,好像他在冲过空地之后被人卸了下来似的。他背靠着栏杆,脸朝着一大溜排放得乱七八糟的长条藤椅。趴在藤椅上的那些身子似乎被他的动作所惊动,摆脱了那种蛰伏状态。有一两位受了惊一般地坐了起来;东一点西一点地仍有一只只雪茄烟的红光闪动;马罗看着他们全体,眼神颇像一个刚从极度遥远的梦中回归的人。有人清了清嗓子;一个沉静的声音满不在乎地鼓励道:"怎么啦?"

　　"没有什么,"马罗微微动了一下,说道,"他已经告诉过她了——没有别的。她不相信他——就这么回事。至于我自己,我不知道我该兴高采烈还是该感到抱歉才算得公正、恰当、得体。在我这方面,我不能说我相信什么——确实直到今天我也不知道,可能永远也不会知道。但是那可怜鬼自己又相信什么呢? 真理终归要获胜的——你们不知道真理是伟大的并且①嘛……是的,当真理有机会的时候。无可怀疑,是有法则的——同样在掷骰子的时候也有个法则在制约着你的运气。人们的公仆并不是公理——而是偶然、冒险和运气——

---

① 原文为拉丁文。

这耐心的时间的同盟——是这些掌握着一种匀称而审慎的平衡。我们两人当时说过同样的话。我们都说了真话呢——还是我们其中的一个说的是——还是我们俩都没说真话?……"

马罗停顿了一下,双臂交叉抱在胸前,又换了个腔调说——

"她说我们撒谎。可怜哪。好吧——咱们就凭运气吧,它的同盟军就是时间哪,是急不得的,而它的敌人是死亡,却又等不得。我已经往后缩了——有点儿胆怯了,我得承认。我试着跟恐惧本身搏斗来着,却被它摔倒了——那是当然。我只成功地暗示了某种神秘的暗中勾结,一个无法解释又不可思议的使她永远不明真相的阴谋,更增添了她的苦闷。而这又是由于他的行为,由于她自己的行为轻易、自然、不可避免地引起的!这就好像向我展示了无情的命运的捉弄,而我们正是命运的牺牲品——也是它的工具。想到那姑娘,我留下她一动不动地站在那儿,真让人心惊;吉姆穿着沉重的系带子的靴子,脚步沉重地走过,也没看见我,他的脚步声有一种命中注定的意味。'怎么?没有灯光!'他说,声音很响,显得很惊讶。'你们在那黑地里干什么呢——你们俩?'我想他马上就看见了她。'喂,姑娘!'他高兴地喊道。'喂,小子!'她应声答道,胆量令人惊讶。

"他们通常彼此就是这么打招呼的,她那高昂但却甜蜜的声音故意带了点嗲,煞是有趣、俏皮,颇显稚气。它使吉姆很高兴。这是我最后一次听他们这样亲热地互相招呼,我心里不由打了个冷颤。那边是那高昂甜蜜的声音,那俏皮的努力,那嗲气;但这一切似乎过早地消失了;那顽皮的招呼听起来就像是一声呻吟。太他妈可怕了。'你跟马罗干什么来着?'吉姆正在问着;然后又说,'走了吗——他已经?怪了,我竟没碰见他……你在那儿吗,马罗?'

"我没有回答。我不想进去——无论如何还不到时候呢。我实在是不能答应啊。在他叫我的时候,我正通过一扇通向一片新清理出来的空场的小门,逃之夭夭。不;我还不能面对他们哪。我低着头,沿着一条人们踏出来的小径匆匆走着。那空地慢慢升高了,几棵大树已被伐倒,树下的灌木已被砍掉,草也烧了。他有心在那儿开辟一个咖啡园。那座大山耸起了它的双峰,在初升的月亮皎洁的黄光里,呈现出墨黑色,似乎把阴影投在了为那个试验而准备的空地上。他准备尝试的试验可多了去了;我赞赏他的精力、他的魄力和他的精明。此刻这世上再没有比他的计划、他的精力和他的热情更不实在的了;我抬起眼睛,看见部分月亮的光透过深深的谷底的灌木射下来。有一瞬间,看上去仿佛那个光滑的圆盘从它在天上的位置掉到了地上,滚到了那绝壁底下;它升起的运动就像是悠闲的反弹;它摆脱了树枝的纠缠;某棵生长在山坡上的树伸出光秃秃的歪七扭八的枝条,横挡着月亮的脸,造成一道黑色的裂缝。月亮仿佛是从一个岩洞里将它平平的光投向远处,在这凄清的月食般的光里,伐倒了树木的树桩矗立着,非常幽暗,沉重的影子从四面八方落到我的脚下,有我自己的影子,也有我的小径对过那用鲜花装点起来的孤坟的影子。在暗淡了的月光里,交织起来的花朵呈现出对人的记忆来说颇显奇异的形态,色彩也使眼睛不能辨认,仿佛它们都是些特殊的花朵,谁也没有采摘它们,它们也不是生长在这个世界上,却注定只用于死者。它们浓郁的芳香荡漾在温暖的空气中,使空气变得浓重,就像烧香时的烟气。一块块雪白的珊瑚围着幽暗的坟堆发亮,就像用漂白的骷髅编成的花圈,周围的一切是如此安静,当我站住不动时,这世上的一切声响、一切运动,似乎都终止了。

"那是一种伟大的和平,仿佛这地球本是一个坟墓,而我站在那儿,有片刻想的多半是活着的人,他们被埋葬在人类所不知道的遥远的地方,却依然注定要分担人类悲惨或者说可笑的苦难。也要分担人类高贵的奋斗吧——谁知道呢?人心大得能装下整个世界。要承担这副担子是够豪勇的,可是撂下这副担子的勇气又在哪儿呢?

"我想我必定是陷入一种伤感的情绪中了;我只知道我站在那儿的工夫够长的,长到足以使那种彻底孤独的感觉完全把握了我,以至于我最近所看到的一切,所听到的一切,甚至于人类的语言本身,似乎都成了过眼烟云,不复存在了,仅仅在我的记忆里活得稍稍长久而已,就好像我是人类中的最后一个。这是一种奇怪而忧郁的幻觉,像我们所有的幻觉一样,是在半知半觉的状态下产生的,我怀疑这幻觉仅仅是对遥远的不能达到的真理的看法,只能模模糊糊地看到。这的确是地球上的一个被人丢弃、被人遗忘、无人知晓的地方;我已经透过它模糊的表面看到了底下;我感到,当我明天永远地离它而去时,它就会不知不觉地不复存在,而仅仅生活在我的记忆中,直到我自己也湮没无闻。我现在对我就有那种感觉;也许正是这种感觉怂恿着我把这个故事讲给你们听,好把它的存在,它的现实传给你们——这是在那片刻的幻觉中揭示的真理。

"柯涅柳斯打破了这幻觉。他像野兽一样蹭地一下从那空地的一个凹陷处长着的长草中蹿了出来。我相信他的家正在附近什么地方腐烂,虽然我从没看见过他家,也没有走到那么远,往那个方向去。他顺着小径直向我奔来;他的脚套在肮脏的白鞋里,在黑黑的地上一闪一闪的;他停住奔跑,开始在那炉筒式的高帽子下面悲鸣,摇尾乞怜。他那干瘪的小小肉体被一套黑色双幅毛料西服吞没了,完全消失了。那是他假日和盛典时才穿的行头,这提醒了我,这已经是我在帕图森度过的第四个星期天了。在我逗留期间,我一直隐约地感觉到,如果他能单独把我和他拉到一起,他就想和我说些知心话。他徘徊着不肯离去,那酸溜溜的黄黄的小脸上带着一种热切乞求的神色;但是他的胆怯却使他却步不前,正如我天生不愿同这样一个讨厌的家伙打交道一样。尽管如此,若不是别人瞧一眼就连忙溜掉的话,他还是能达到目的的。他会在吉姆严厉的凝视下,在我自己的凝视下溜掉,我的凝视是尽量的冷漠,就连唐·伊塔姆乖戾、不可一世的一瞥也会使他溜掉。他老是在溜,无论什么时候看见他,他都是在偷偷摸摸地挪动,脸靠在肩上,不是发出一声不信任的嗥叫,就是一副忧愁、可怜、默默无语的样子;可是,再做作的表情也掩藏不住他骨子里的这种与生俱来的不可救药的卑鄙,就好像一套精心组合的衣服掩藏不了身体的可怕畸形一样。

"我不知道这是不是由于我在不到一个钟头以前在和一个恐惧的幽灵的遭遇战中,一败涂地,萎靡不振的缘故,反正我让他抓住了我,竟没有反抗。我是命里注定要听人家的私房话,面对那些无法回答的问题的。这令人难受;但是那个人的样子所激起的轻蔑,那种没有道理的轻蔑,又使这种事容易忍受了一些。他不可能有多大关系。没有任何事情会有关系了,因为我已确定,我惟一关心的吉姆已经终于掌握了他的命运。他告诉过我,他很满足……近乎满足吧。这比我们大多数所敢于说的还要进一步。我——一个有权利认为自己够好的人——都不敢。我想你们在座的诸位也一样都不敢吧?……"

马罗停顿了,仿佛在期待一个回答。谁也没说话。

"很不错,"他又开始了,"但愿谁也不知道,因为只有某种残忍、渺小、可怕的灾难才能把真理从我们当中挤出来。但是他是我们当中的一个,而他就能说他满足了……差不多满足了。只要想想看!差不多满足了。人们几乎会因为他的灾难羡慕他了。差不多满足了。在这之后,一切都无关紧要了。谁怀疑他,谁信任他,谁爱他,谁恨他,都无关紧要——尤其是恨他的还是柯涅柳斯。

"然而这毕竟是一种认识。你们要判断一个人,可以根据他的敌人,也可以根据他的朋友,而吉姆的这个敌人是这样不堪,凡是体面人都不会愧于承认他是自己的敌人,然而也不会因此太抬举了他。这是吉姆的看法,我也有同感;但吉姆在一般情况下对他是不屑一顾的。'我亲爱的马罗,'他说,'我感到如果我一往无前,什么也碰不了我。我确实是这么想的。现在你在这儿待的时间也够长的了,各方面情况看得也够多的了——坦率地说,你不认为我很安全吗?这都取决于我自己,而且,天哪!我对自己很有信心呢。他所能做的至多不过是把我杀了,我想。我一点也不相信他会干得出来。他不会的,你知道——即使我亲自把上了子弹的步枪递给他,让他杀了我,再转过身去背对着他,他也不会。他就是那样一种东西。假定他愿意——假定他能够啊?那——那又怎样?我并

449

不是为逃命才到这儿来的——是不是？我到这儿来,是要背水一战,我是要留在这儿的……'

"'直到你相当满足的时候为止,'我插嘴道。

"当时我们正坐在他的小船尾部的顶棚下面;二十把桨像一支桨那样一闪一闪的,一边十把,击打着河水,溅起一朵水花,在我们背后,唐·伊塔姆默默地左探探右探探,往下直盯着河水,专注地在这段最长的激流中把握好这长长的独木舟。吉姆低下头,我们最后一次谈话似乎就要永远完结了。他是在给我送行,要一直送到河口。那艘双桅船已在前一天离开了,好趁着退潮顺流而下,而我又多留了一夜。现在他就在送我。

"吉姆因为我提起柯涅柳斯,有点儿生我的气。其实我并没有说什么。这个人太微不足道,构不成什么威胁,虽然他是满腔憎恨,无以复加。他每说两句话,就称我一声'尊敬的先生',在他跟着我从他'亡妻'的坟墓走到吉姆的院门时,就贴着我的胳膊肘哀鸣。他声称自己是最不幸的人,一个牺牲品,像条虫子似的被碾得粉碎;他恳求我看看他。我真不想转过头来这么办;但是我从眼角还是能看见他那卑躬屈膝的身影跟在我的身后滑动,而此时悬在我们右手上方的月亮似乎宁静地幸灾乐祸地看着这情景。他试图解释——正如我跟你们说过的——他在那值得纪念的一夜的那些事件中所起的作用。那不过是一个权宜之计。他怎么能知道谁会占上风？'我本来会救了他的,尊敬的先生！我只要八十块钱就会救了他。'他用悦耳的声调争辩说,在我身后紧跟着我。'他自己救了自己,'我说,'而且他已经原谅了你。'我听到一种窃笑声,便掉过头去看着他;他立刻就好像拔腿要跑的样子。

'你笑什么?'我一动不动地站着,问道。'别上当了,尊敬的先生!'他尖声叫道,似乎完全控制不住他的感情了。'他救了自己!他什么也不知道,尊敬的先生——什么也不知道。他是谁?他在这儿想要什么——这个大贼?他在这儿想要什么?他蒙蔽了所有的人;他蒙蔽了你啦,尊敬的先生;但是他蒙不了我。他是个大傻瓜,尊敬的先生。'我轻蔑地笑了,转过身去,又继续走起来。他紧跑着跟上我,在我身边用力低声说道,'他在这儿不过是个小孩子而已——就像个小孩子——一个小孩子。'我当然是不屑一顾,看到时间很紧迫,因为我们正走近那个竹篱笆,它在烧黑了的新清理出来的空地上光闪莹莹的,他开始说到要害了。他开始时做出了卑鄙的痛哭流涕的神态。他巨大的不幸影响了他的头脑。他希望我大度地忘记他说的话,不是别的,正是他的烦恼使他说出这些话的。他说这些话,什么意思也没有;只是尊敬的先生不知道被毁坏、被打碎、被蹂躏的是什么啊。在这番开场白之后,他接近了他心里牵挂的事,但是说的方式是这么不着边际,东一锒头西一棒子的,又是这么吞吞吐吐的,所以我听了好久都没明白他到底要说什么。他想让我替他向吉姆求情。似乎也是关于钱上的事。我一次又一次地听到这样的字眼,'有节制的物品——适当的礼物'。他似乎是在声称某样东西的价值,他甚至带着某种热情说到假如一个人被抢走了一切,那生命也就没有价值了。我当然是一言不发,但是我也没有堵上耳朵。这些事的关键对我来说倒渐渐明朗起来,他认为他有权得到一笔钱,作为对那姑娘的交换。他抚养她长大成人。她还不是他亲生的孩子。操了多少心,吃了多少苦——现在人也老了——适当的礼物。如果尊敬的先生肯帮忙说句话……我一动不动地站着,好奇地看着他,我想大概他是恐怕我以为他在巧取豪夺,便急忙自行做出让步。考虑到立刻就付给的一笔'适当的礼物',他宣称他会愿意承担照顾那姑娘的责任,'无须其他任何物品——等到到了那个先生该回家的时候'。他那张黄脸就好像挤成了一团似的,全皱起来,表达着最焦虑、最热切的贪心。他声音诱人地哀诉道,'没有别的麻烦了——天然的保护人——一笔款子……'

"我站在那儿,感到惊奇。那种事在他来说,显然是个职业了。我突然在他那摇尾乞怜的态度中发现了一种胸有成竹,好像他一辈子都是这么自信地做交易似的。他必定是以为我在不偏不倚地考虑他的建议呢,因为他变得就像蜜一样甜了。'每个先生到了回家的时候都给一些物品的。'他拐弯抹角地说起来。我砰地关上了那扇小门。'如果是这样的话,柯涅柳斯先生,'我说,'永远不会有那种时候的。'他用了好几秒钟来琢磨这话。'什么!'他简直是尖叫起来。'怎么啦,'我从我所在的门这边继续说道,'你没听他自己这么说过吗?他永远都不会回家的。''噢!这太过分了。'他喊道。他不再称呼我'尊敬的先生'了。有好一会儿他非常安静,然后不带一点儿谦卑的痕迹低声地开了腔。'永远不走——啊!他——他——他从鬼晓得什么地方来到这儿——来到这儿——鬼晓得为了什么——来践踏我直到我死——啊——践踏,'(他轻轻踩了踩双脚)'就像这样践踏——谁也不知道为什么——直到我死……'他的声音几乎听不见了;一声轻微的咳嗽打扰了他;他上前走近篱笆,放低了声音以一种知己而且可怜的腔调告诉我说,他不愿意被践踏。'忍耐——忍耐。'他喃喃道,击打着自己的胸膛。我对他已经笑够了,但是没料到他竟冲我狂笑起来。'哈！哈！哈！我们走着瞧！我们走着瞧！什么！想偷我的？偷走我的一切！一切！一切！'他的头垂到一边的肩膀上，双手轻轻握在一起，垂放在面前。人们会以为他以超乎一切的爱珍惜着那姑娘，以为由于最残忍的掠夺，他的精神被摧毁了，他的心也碎了。突然间他抬起了头，吐出一个无耻的字眼。'就像她的母亲——她就像她惯于欺骗的母亲。一模一样。她的脸也像。她的脸。魔鬼！'他的额头顶住篱笆，就以那个姿势用葡萄牙语说出了一连串的威胁和可怕的骂人话，说得有气无力断断续续的，夹杂着悲惨的控诉和呻吟，随着肩膀的起伏发出来，好像他突然患了致命的急病。这真是一场无法表述的怪异而卑劣的表演，我急忙走开了。他试图在我身后嚷嚷什么。一些贬低吉姆的话吧，我相信——不过声音并不太高，我们离那房子太近了。我听清楚的只是：'不过是个小孩子而已——一个小孩子。'"

第三十五章

"但是第二天早晨,在那条河遮住帕图森的房屋的第一个拐弯处,这一切便完完全全地从我的视野中消失了,连同其色彩、图案和意义,就像一幅凭幻想在画布上创作的画,经过长长的构思,你却在最后掉转头弃之而去。它在一种不变的光里,动也不动地留在记忆中,没有褪色,生命也被遏制了。有野心,有恐惧,有憎恨,也有希望,它们都留在我的心里,正如我当初的所见一样——强烈,好像永远停留在对它们的表达中。我已经转身弃那幅画而去,就要回到那个世事更迭、人物变迁、光线摇曳的世界去,那里的生活在一条清澈的小溪中流淌,无论是流过污泥还是流过石头。我可不打算一个猛子扎进去;让我的脑袋一直露出水面就够我忙活的了。但是至于我留下来的,我却不能想象会有任何改变。庞大而慷慨的多拉明和他那小小的慈母般的女巫妻子,一起凝望着那片土地,悄悄孕育着他们做父母望子成龙的梦想;吞古·阿郎形容枯槁,焦头烂额;智勇双全的丹·瓦利斯怀着他对吉姆的信心,目光坚定,友好地冷嘲热讽;那姑娘陷入了她惊恐而又带有猜疑的崇拜;唐·伊塔姆乖戾却又忠诚;柯涅柳斯在月光下将前额顶在篱笆上——我对他们都确定不疑。他们历历在目,恍若是在魔术师的魔杖下。但是把这一切组合起来使之围着他转的那个人物——那个人活着,但我对他却不能确定。没有一个魔术师的魔杖可以使他在我的眼睛底下停住不动。他是我们当中的一个。

"如我已经告诉你们的,吉姆在我回到他已弃绝的那个世界的第一段旅途中陪伴着我,这段路途有时似乎穿过了人迹未至的荒野的心脏地带。空旷的河段在高高的太阳下闪亮;在高墙般的植被之间,炎热在河水上打盹儿,而奋力划着的小船则穿过了那似乎已安定在高高的大树的阴凉下浓密而又温暖的空气前行。

"即将到来的分手的阴影已经在我们之间造成了一个巨大的间隔,我们说话说得很费劲儿,好像要逼着我们低低的声音越过一个辽阔而且还在增加的距离似的。舟行如飞;我们互相紧挨着,在停滞不动酷热异常的空气中热得发昏,污泥的气味,沼泽的气味,物产丰饶的大地的原始气味,似乎刺着我们的脸;直到突然到了一个转弯处,仿佛远远有一只巨手举起了一块沉重的幕布,猛然打开了一个巨大的入口。光本身似乎抖动了,我们头上的天变宽了,一声远远的低语传进我们的耳鼓,一阵清爽笼罩了我们,充溢了我们的肺叶,加速了我们的思维,我们的血液,我们的遗憾——而正前方,森林靠着大海深蓝的脊背沉了下去。

"我深深地吸了口气,我深爱那开阔的海平线的辽阔,深爱那似乎随着生活的辛劳,随着一个无瑕的世界的精力而振荡的不同的气氛。那姑娘是对的——那里面是有一种迹象,有一声召唤——对它,我生命的每一根纤维都有回应。我让我的目光穿过空间遨游,就像一个被松了绑的人,伸开他曾被捆得紧紧的四肢,跑啊,跳啊,回应着自由的激扬。'这是光荣的!'我喊道,然后我看了看我身边的那个罪孽深重的人。他坐在那儿,头垂到胸前,说,'是的。'眼睛都没抬一抬,仿佛惟恐看到对他的浪漫的良心的谴责会大大地写在视野所及的青天上。

"那天下午最琐碎的细节我都还记得。我们在一块白色海滩登陆。海滩背后是一个低低的山岩,陡坡上长着树,蔓藤从坡顶一直披到坡底。我们下面是一马平川的大海,是一种宁静而浓烈的蓝色,稍稍向上倾斜着直伸向同我们的眼睛等高的线一样的海平线。闪烁的大浪沿着幽暗的海面轻轻鼓荡,就像被微风追逐的羽毛一样轻快。一连串断断续续又很庞大的岛屿正对着宽阔的入海口,以一页淡淡的玻璃似的水面忠实地反映着海岸的轮廓。在无色的阳光里,一只通体黑色的孤鸟在高高盘旋,在同一个地方落下来又冲上去,翅膀轻轻摇动着。一堆破破烂烂满是油烟不堪一击的席棚由一大堆弯曲的乌木颜色的高架支撑着,栖息在它们自己的倒影上。一艘小小的黑色独木舟由两个通体黑色的小小人影从那些席棚之间划出来,那两个人特别卖力,下力击着淡淡的水;那独木舟似乎是在一面镜子上痛苦地滑行。这堆凄惨的棚屋就是夸耀自己受到白人老爷特别保护的渔村,那两个划船过来的人便是老村长和他的女婿。他们上了岸,踏着白色的沙子走向我们,干瘦干瘦的,颜色呈深棕色,仿佛在烟里熏干了似的,裸露着的肩膀和胸膛的皮肤上有块块灰斑。他们的头上包着肮脏的但是缠得却很讲究的头巾,老者马上就口若悬河地诉起苦来,伸出一只细长的胳膊,昏花的老眼信任地紧盯着吉姆。酋长的人是不会跟他们善罢甘休的;他的人在那边那些小岛上拣的许多乌龟蛋就召来了麻烦——他隔着一只胳膊的距离靠在桨上,用一只皮包骨头的手指向大海。吉姆头也没抬地听了一会儿,最后温和地告诉他且等等。他待会儿再听他讲。他们顺从地退了退,盘腿坐了下来,把桨横放在他们面前的沙滩上;他们眼睛的银色闪光耐心地追随着我们的活动;辽阔的大海的浩渺,海岸的寂静,从北到南越出了我的视线,构成了一个巨大的现实,注视着我们这四个孤零零地在一条光闪闪的沙地上的侏儒。

"'麻烦的是,'吉姆阴郁地说,'世世代代以来,那边那个村子里这些靠打鱼为生的叫花子们一直被视为酋长的私人奴隶——那个老浪荡子怎么也想不到……'

"他停顿了一下。'想不到你已经改变了这一切。'我说。

"'是的。我改变了这一切。'他声音忧郁地喃喃说道。

"'你已经有过你的机会了。'我进一步说。

"'是吗?'他说道。'啊,是呀,我想是这样吧。是的,我找回了自信心——一个好名声——然而有时候我却希望……不!我将固守我得到的一切。不能再有任何奢望了。'他把胳膊冲大海一挥。'无论如何不能从那儿再指望什么了。'他在沙子上跺了跺脚。'这就是我的限度,因为差一点都不行。'

"我们继续在沙滩上踱来踱去。'是的,我改变了这一切,'他接着说道,一边斜眼看了看那两个耐心地蹲在那儿的打鱼人,'但是只要想想看,假如我离开了,会怎么样呢?天哪!你难道看不出来吗?地狱都宽松了。不!明天我就去碰碰运气,和那愚蠢的老吞古·阿郎喝咖啡,我要为这些烂乌龟蛋没完没了地大惊小怪。不。我不能说——够了。永远不能。我必须走下去,永远走下去,坚持我的目的,确保任何事情都不能触动我。我必须忠于他们对我的信任,才感到安全并且——并且'……他竭力想找出一个字眼来,似乎要在大海上找到它……'能保持接触'……他的声音突然低沉下去,成了一种喃喃低语……'和那些我也许永远再见不到的人接触。譬如说,和——和——你。'

"他的话使我深感惶恐。'看在上帝的分上,'我说,'别抬举我了,我亲爱的伙计;只是自己要当心哪。'我对那个掉队者感到了一种感激,一种爱,他的眼睛单单挑中了我,使我在一群微不足道的芸芸众生中保持着身份。说到底,这又有什么可夸耀的呢!我转过发烫的脸;低垂的落日光闪闪的,暗淡下去,颜色深红,就像是从火中抢出的一小块正燃烧的炭,在低垂的落日下,浩渺的大海以其无限的寂静去承受那火球的接近。他两次欲言又止:最后,好像他找到了一套表达方式——

"'我将会很忠诚,'他安静地说,'我将会很忠诚的。'他重复了一遍,并没看我,但却第一次让他的眼睛在水面上四下扫视,在落日的火焰下,海水的蓝颜色已经变成了暗淡的紫色。啊!他很浪漫,很浪漫。我想起斯坦因说过的一些话。……'沉浸在破坏性的因素里!……追随着梦想,再度追随着梦想——就这样——老是这样——直到最后①……'他很浪漫,但是同样也很真实。谁能够说得清,他在那西边的霞光里,看到的是怎样的形态,怎样的幻象,怎样的面孔,怎样的宽恕呢!……一艘小船离开了那艘双桅船,缓慢地移动着,两只桨有节奏地击着水,向着沙岸划来,将我接走。'不过还

---

① 原文为拉丁文。

有珠宝。'他说,穿过大地、天空和海洋的巨大的寂静,这寂静完全掌握了我的思想,以致他的声音竟使我吃了一惊。'还有珠宝。''是的。'我喃喃道。'我无须告诉你她对我来说意味着什么。'他顿了顿。'你都看到了。她到时候就会明白的……''但愿如此。'我插了一句。'她也信任我。'他沉思着说,然后换了个口气。'不知咱们何时能再次相见?'他说。

"'再也见不到了——除非你能出来。'我答道,回避着他的目光。他似乎并不惊讶;有好一阵子,他非常安静。

"'那就再见啦,'他说,又停顿了一下,'也许这样倒好。'

"我们握了握手,我向小船走去,那小船的船头在沙滩上,正等着。双桅船的主帆已经升起,船首的三角帆迎着风,船身在紫色的海上腾跃;船帆略染了些玫瑰色。'你会很快就再次回家吗?'正当我的腿跨过小船舷边扶手的时候,吉姆问道。'还要一年左右吧,如果我还活着的话。'我说。船首柱脚擦着沙子发出刺耳的声音,船漂起来,湿漉漉的桨一闪一闪的,浸到水里,一下,两下。吉姆在水边,提高了嗓门。'告诉他们……'他开口道。我向水手们示意停止划桨,诧异地等待着。告诉谁呢?沉没了一半的太阳正对着他;我在他默默看着我的眼睛里,看到了太阳的红红闪光……'不——没有什么。'他说,轻轻挥了挥手,让小船离去。直到我爬上双桅船,我没再向岸上看一眼。

"这时太阳已经落下去了。薄暮笼罩着东方,沿海变成了黑色,将它那阴沉的墙壁无限地延伸——那墙壁似乎正是夜的堡垒;西边的海平线成了一大片金红的烈焰,烈焰中浮着一大团孤零零的云,暗淡而且静止不动,在下面的水面上投下了一个板石似的阴影,我看到海滩上的吉姆注视着双桅船渐渐变小,全速前进。

"我刚走掉,那两个半裸的渔民就起来了;他们无疑在向那白人老爷倾诉他们卑微、凄惨、备受压迫的生活,他无疑是在倾听,把那倾诉当成他自己的事,因为那不正是他的一份运气么——'来自"去"这个词'的运气——那种他向我保证他担当得起的运气?我应当认为他们也挺有运气,我肯定他们的固执也当得起这运气。在我望不见他们的保护者之前,他们皮肤黝黑的身体早就在黑暗的背景中消失了。他从头到脚都是白色,衬着他背后的夜的堡垒,衬着他脚下的海,他一直清晰可辨,机会在他身边——仍然蒙着纱。你们怎么说?是不是仍然蒙着纱呢?我不知道。对我来说,那在岸边和海的寂静中的白色身影,似乎站在一个巨大的谜的腹心。暮霭正从他头上的天空很快地消退,那条沙滩已经在他的脚下沉没,他自己显得不比一个孩子大——然后就只有一点,一个小小的白点,似乎要把一个暗淡下来的世界剩下的全部光明都抓住……突然间,我就看不见他了。……"

第三十六章

　　马罗用这些话结束了他的叙述,他的听众马上就在他茫然沉思的凝视下四散离去。人们或三三两两或孤孤单单地飘下游廊,一刻也没有耽搁,一句评论都没有,好像那个不完整的故事的最后的形象,它的不完整本身,以及那讲述者的腔调,都使讨论显得徒劳,评论也不可能。他们每个人都好像带走了自己的印象,而且像是带走秘密似的把这印象带走的;但是在这些听众中,只有一个人会听到这故事的结局。那结局在两年多以后追到了他的家里,是裹在一个厚厚的邮包里,地址是马罗端正而见棱见角的笔迹。

　　这个受到特别对待的人打开邮包,看了内容,然后把它放下,走到窗前。他的房间在一幢极高的大楼的最高一层,他的目光可以越过一块块明净的窗玻璃看得很远,就像是从一座灯塔的灯楼向外瞭望。座座屋顶的坡面光闪闪的,高低错落的深色屋脊一个接着一个,没有尽头,仿佛阴沉而没有巅峰的海浪,而在他脚下的城市深处,升腾起一种混乱不休的嘈杂声。教堂的塔尖,数不胜数,漫无规律地分散在四处,像是在一个满是浅滩却没有通道的迷宫上的座座灯标一样耸立着;下得正猛的雨同冬日傍晚正在降临的昏暗搅在一起;一座塔楼上的大钟隆隆作响,报着时刻,发出巨大刻板的轰鸣,在中心处有一种高频的震颤般的呐喊。他拉上了那沉重的窗帘。

带灯罩的台灯的光睡着,好像一个有棚的池塘,他的脚步在地毯上悄无声响,他四处游荡的日子结束了。再没有越过山岭,穿过河流,跨过海浪去热烈地探寻那一直未被发现的国度时,如希望般无边无际的海平线,便再没有那如庙宇般肃穆的森林里的微明或薄暮了。正在报时呢!再也没有了!再也没有了!——但是那打开的邮包在灯下又唤回了以往的声音,以往的景象,和以往那真切的意味——一大堆变得模糊的面孔,乱糟糟的低低的声音,在那远方的海岸上,在炽热而不能给人以慰藉的阳光下,正在逝去。他叹了口气,坐下来披览。

起初他看见三个各不相同的封套。好多变黑的纸页紧紧地用别针别在一起;一张散开的淡灰色方纸上寥寥写了几个字,笔迹他以前从来没见过,还有一封马罗写的作解释的信。从这封信里又掉出一封信,因为时间久远已经变黄,折叠处也已破损。他把那信捡起来,放在一边,转过来看马罗的信,先匆匆看了开头几行,随即又克制住自己,从容地继续看下去,好像一个人在以缓慢的脚步和机警的眼睛接近那一瞥之下的一个未被发现过的国度。

"……我想你还不至于已经忘了,"那信上说道,"只有你在讲述他的故事的过程中,自始至终对他表示了兴趣,虽然我记得很清楚,你不想承认他已经掌握了自己的命运。你曾经预言说,他对已经获得的名誉,对自己给自己指定的任务,对出自怜悯和年轻的爱情感到厌倦和嫌恶,这会给他带来灾难。你说过你非常了解'那种事',同它虚幻的满足,还有不可避免的欺骗性。你还说过——我想起来了——'把你的生命牺牲给他们——'（他们是指所有棕色、黄色或黑色皮肤的人类）'就好比把你的灵魂出卖给一个野蛮人'。你争辩说，'那种事'只有当基于对我们自己种族的理想的真理坚信不疑时，才可以忍受，才能够持久，秩序和伦理发展的道德就是以这个真理的名义建立起来的。'我们需要它的力量作后盾。'你曾经说。'我们需要对它的必要性和公正性有一种信仰，好使我们对生命牺牲得值当而清醒。若无这种信仰，牺牲仅仅是忘却，奉献之路也无非是彻底毁灭之途了。'换言之，你认为我们是当兵的就必须打仗，否则我们的生命就不值钱。可能吧！你应该知道的——这么说可没有恶意——你曾经单枪匹马地闯进一两个地方，又很聪明地撤出来，没伤一根毫毛。然而关键在于，在这人世间，吉姆除了跟他自己，再不跟别人打交道，问题是他在最后有没有向一种比秩序和进步的规律更有力量的信仰让步。

"我什么也不能肯定。也许你可以判断——等你看完以后。毕竟——俗话说的'云山雾罩'——倒也很在理呢。要把他看得很清楚是不可能的——特别是我们还是通过别人的眼睛看他最后一眼的。我毫不犹豫地将我所知道的有关那最后一幕的一切都告诉你，如他曾经所说，那最后的一幕已经'临到他头上'。人们诧异这或许是不是那至高无上的机会，那最后的令人心满意足的考验，我一直怀疑他在等待着这个机会和考验，当时他还没有构思给这无瑕的世界的留言。你记得吧，当我最后一次离开他时，他问起我是否会很快回家，并突然在我身后喊道，'告诉他们！'……我等了等——我承认，是出于好奇，同时也满怀希望——只听得他又喊道，'不。没什么。'当时这就完了——以后也不再有什么了；不会有留言,除非我们每个人都能根据事实的语言各自做出解释,而事实的语言往往比最狡猾的文字组合还令人迷惑。他果真又作了一次发表意见的尝试;但是那也失败了,如果你看看封在这里的那张灰色大信纸,就能看出来。他想写来着;你注意到那平庸的笔迹了吗?寄信处写着'帕图森城堡'。我想他已经实施了他的意图,把他的家变成了一个防御工事。那是个出色的计划:一道深沟,土墙顶上是一道木栅栏,所有的转角处都在平台上架了炮,广场的每一面都扫射得到。多拉明已同意给他装备枪炮;所以他那一派的每个人都会知道有个安全的地方,一旦有突发的危险,每个忠诚的党徒都可以在这里集结。这一切都显示出他的先见之明,他对未来的信念。他所谓的'我自己的人'——从警长那里解放的俘虏——会以他们的草棚和堡垒城墙下的小小地面工事成为帕图森的一个独特的区域。在那里面,他会自命为一个不可征服的主人。'帕图森城堡'。没有日期,如你所见。对于那么多天中的一天来说,一个数字和一个名字又算得了什么呢?要说出他在抓住笔的时候心里想的是谁,也是不可能的:斯坦因——我本人——整个世界——或者仅仅是一个孤独的人面对自己的命运发出的无目的、吃惊的呐喊?'一件可怕的事发生了。'他写道,然后第一次扔掉笔;看看这些字底下的那个活像个箭头的墨点。过了一会儿,他又努力了一把,重重地潦草地又写了一行,仿佛写字的手是铅做的。'我现在必须马上……'笔画乱了,这回他干脆不写了。再没别的了;他看到一个宽阔的海湾,一眼望不到对岸,声音也传不过去。我能理解这一点。他被那无法解释的事压倒了;他被他自己的个性压倒了——那是他尽了他最大的努力要掌握的命运所赐。

"我还寄给你一封旧信——一封很旧的信。这是在他的文件箱里发现的,保存得很仔细。是他父亲写的,根据日期你可以看出他必定是在加入'帕特纳号'几天之前收到这封信的。因此这也必定是他收到的最后一封家信了。这些年来他一直珍藏着它。那善良的老牧师很喜爱他当海员的儿子。我在信里这儿看一句,那儿看一句。除了爱,没别的。他告诉他'亲爱的詹姆斯'说,他的上一封长信非常'诚恳而且有意思'。他不愿意他'苛刻或匆忙地对人做出判断'。信有四页,都是平易的道德规劝和家事。汤姆已经'受了圣职'。嘉莉的丈夫'亏了钱'。这老先生继续心平气和地信任着天意和宇宙间既定的秩序,但是也很明白它小小的危险和它小小的慈悲。人们几乎能看得见他,头发灰白,清朗宁静,在他那放了一排排的书、陈旧却舒适的书房里,那正是他不可侵犯的庇护所,四十年来,他在那里一遍又一遍真诚地进行他对信仰和道德以及关于生活的准则和死亡的惟一正当方式的例行的小小思考;他在那里写了那么多的布道文稿,他此刻就坐在那里,同他远在地球那一边的儿子谈话。但是距离又算得了什么呢?全世界的美德都是一回事,而且只有一个信仰,一种可以想见的生活准则,一种死亡的方式。他希望他'亲爱的詹姆斯'永远不要忘记,'一个人,一旦屈服于诱惑,当即便有完全堕落和万劫不复的危险。因此要下定决心,无论出于什么动机,决不做你认为是错误的事。'此外还有一些关于一只爱犬的消息;一匹'你们所有的男孩过去都常骑的'小马已经老得瞎了眼睛,不得不把它射杀。这老先生求天保佑;母亲和当时在家的所有的姑娘们都送上她们的爱……不,经过这么多年,摆脱了他温存的掌握的那封发黄的破损了的信里,实在没有什么内容。这封信从未得到回复,但是谁又能够说出,他可能同所有这些形态恬静而没有色彩的男男女女交谈过什么呢——他们聚居在世界的那个安静的角落,那角落就像坟墓一样没有危险或争斗,一成不变地呼吸着不受纷扰的诚实的空气。他,这么多事'就这么临到'他头上的人,竟属于它,似乎很令人惊异。什么事都没临到他们头上;他们从不会不知不觉地上人家的当,从来不会被人找上门来去同命运格斗。他们现在都在这儿,被那位父亲温和的闲话召来了,所有这些和他骨肉相连的兄弟姐妹们,瞪着清澈而无意识的眼睛,我似乎看见他终于回来了,不再仅仅是一个极其神秘的事物中心的一个白点,而是一座全身像,旁若无人地耸立在他们未受打扰的影子当中,样子严厉而浪漫,但是一直一言不发,无精打采——云山雾罩的。

"从附在这里的几页纸里,你可以找到最后那些事件的故事。你必须承认,它的浪漫超出了他童年时代最狂妄的梦想,然而在我想来,这其中还有一种深刻而且让人害怕的逻辑,仿佛单凭我们的想象,就能在我们身上释放出一种压倒一切命运的力量。我们思维的轻率报应到我们自己头上;玩剑者将丧身剑下。这令人吃惊的冒险中,最令人吃惊的便是它的真实,它逼上前来,就像一个不可避免的后果。这种事,有些是非发生不可的。你自己重复一下这话,同时惊异这样一种事竟会好端端发生在前年。但是它已经发生了——也不用争论它的逻辑了。

"我在此为你把它记下来,仿佛我是个见证似的。我的信息七零八碎,但是我已把它们拼凑在一起,而已有的这些信息也足够拼成一幅明明白白的图画了。我不知道他自己会怎样叙述它。他已跟我讲过那么多的心里话，有时似乎他马上就会进来，用他自己的话来讲这个故事，声音漫不经心却又充满感情，举止随随便便，有一点迷惑，有一点厌烦，有一点伤心，不过偶尔也能以片言只字使人瞥见他的本来面目，那是有意识地专门去看时，永远看不到的。很难相信他再也不会来了。我再也听不到他的声音，再也看不到他晒成粉红色的光滑的面孔了，那额头上还有一条白道，充满青春的眼睛由于激动而深沉到呈现出一种深不可测的蓝色。"

第三十七章

"一切都始于一个叫布朗的汉子的一桩惊人之举,他在三宝颜附近的一个小海湾神不知鬼不觉地偷出来一条西班牙双桅帆船。在我发现那家伙之前,我所知道的很不完整,但是最意想不到的是,我的确在他傲慢的灵魂咽气之前几个小时到了他跟前。所幸的是,他在喘病发作的间歇,愿意而且能够谈话,只要一想到吉姆,他那备受疾病折磨的躯体便带着恶意的兴奋扭来扭去。他这样高兴,是因为他想到他'终于报复了那个自命不凡的叫花子'。他对自己的作为心满意足。如果我想知道,我只好忍受他那双眼角布满鱼尾纹的凶恶的眼睛深陷的瞪视;我就这样忍受下来了,心想,邪恶的某些形态是多么近似于疯狂啊,它出自强烈的惟我独尊,逆反心理又为之火上加油,将灵魂撕得粉碎,给身体平添了反常的活力。这故事也暴露出可鄙的柯涅柳斯深不可测的狡猾,他那卑鄙强烈的憎恨像是微妙的灵感一样起了作用,指出一条正确无误的报复之道。

"'我一眼看到他,当即就看出他是个怎样的傻瓜。'奄奄一息的布朗喘着气说。'他也算条汉子!见鬼!他是徒有其表。好像他就不能直截了当地说出,"别碰我的战利品!"去他的!那倒还像条汉子!让他优越的灵魂扯淡去!他把我抓到那儿——可是他又没有足够的鬼胆把我干掉。他不配!就那么把我放了,好像我不值他踢一脚似的!……'布朗拼命挣扎着要喘口气……'骗局……把我放了……所以毕竟还是我干掉了他……'他又喘不上气来……'我料到我会死在这事上,但我现在死也安逸了。你……你听好……我不知道你姓甚名谁——我愿意给你五英镑,如果——如果我有的话——为了那消息——不然我就不叫布朗……'他可怖地狞笑……'绅士布朗。'

"他一边深深地喘着气,一边说出这些话,一双蜡黄的眼睛从为病容所毁的棕色长脸上鼓突出来,瞪着我;他抖动着左臂;椒盐色的乱蓬蓬的头发几乎垂到大腿处;一条又脏又破的毯子盖在他的腿上。我是通过那个好管闲事的旅馆老板斯考伯格在曼谷找到他的,那老板知心地为我指点了方向。看上去,某个虚度光阴、酒醉灯迷的流浪汉——和一个暹罗女子生活在本地人当中的一个白种人——以为,在这个大名鼎鼎的布朗绅士最后的日子里为他提供庇护所,是一种莫大的特权。当他在那破烂的茅屋里,可以说,为他的生命的每一分钟挣扎着同我谈话时,那暹罗女子光着粗大的两腿,板着愚蠢粗糙的面孔,坐在一个黑暗的角落里面无表情地嚼着槟榔。她不时站起来,把一只鸡从门口吆喝走。她一走起来,整个茅屋都直晃。一个长得挺丑的黄皮肤小孩,赤着身子,肚子挺大,活像个邪教小神,站在长榻脚头,手指放在嘴里,深深地平静地打量着那垂死的人,都望得出神了。

"他发烧似的说着;但是一个词说到半截,也许就有一只无形的手掐住了他的喉咙,他便带着一种怀疑而悲愤的表情无言地看着我。他似乎很担心我会等得不耐烦,一走了之,丢

469

下他和他那没有讲出来的故事,和他没有发泄出来的欢欣。他当晚就死了,我确信,但那时我已经再没有什么要知道的了。

"布朗的事就姑且说到这儿吧。

"在这之前八个月,在来三宝垅的路上,我照常去看斯坦因。在那房子的花园那面,游廊上一个马来人羞涩地向我打招呼,我记起在帕图森吉姆家见到过他,他和其他布吉斯男子一起,时常在晚上来,没完没了地谈他们打仗的往事,议论国是。吉姆有一次给我把他指出来,说他是个可敬的小生意人,有一条走外海的本地小船,当初'攻打寨子时'大显身手,'是最棒的之一'。看见他我倒不十分惊讶,因为任何敢于冒险走这么远上三宝垅来的帕图森商人都会找到斯坦因家。我还了他一个招呼,就走过去了。在斯坦因的房间门口,我碰上另一个马来人,认出他是唐·伊塔姆。

"我当即问他在那儿有何公干;我忽然想到吉姆可能来造访了。我承认我为这个想头而高兴,而激动。唐·伊塔姆看上去好像不知道说什么是好。'吉姆爷在里面吗?'我不耐烦地问。'不在,'他嗫嚅着说,头垂下去片刻,然后带着突然的急切说,'他不肯打。他不肯打呀。'他重复了两次。由于他看来再也说不出什么别的来,我便把他推到一边,走了进去。

"个子高高而有些佝偻的斯坦因独自站在房间中央一排排蝴蝶标本箱之间。'啊! 是你吗,我的朋友?'他说,悲哀地透过眼镜望过来。一件宽大的土褐色羊驼呢大衣扣子也没扣,直垂到他的膝部。他头上戴一顶巴拿马草帽,苍白的脸颊上有了深深的沟纹。'现在说吧,出什么事啦?'我紧张地问。

'唐·伊塔姆在那儿呢……''来看看那姑娘吧。来看看那姑娘。她在这儿呢。'他说,动静显得不太热心。我试图阻住他的话头,但他以温文尔雅的固执不理会我急切的问题。'她在这儿,她就在这儿,'他非常焦躁地重复道,'他们是两天前到的这儿。一个像我这样的老头,又是个生人——你看①——也无能为力……这边走……年轻人的心总不肯宽恕。……'我看得出,他苦恼到了极点……'他们身上的生命的力量,残酷的生命的力量……'他喃喃道,领着我在房里到处走;我跟着他,陷入闷闷不乐又很气愤的揣想。在起居室门口他挡住了我的路。'他很爱她吧,'他询问着说,我只点点头,感到失望得要命,自己都不放心自己会说出什么来。'真可怕呀,'他嘟囔着说,'她听不懂我的话。我只是个陌生的老头。也许你……她认识你。跟她谈谈吧。我们不能就这样听之任之啊。告诉她原谅他吧。这真可怕呀。''没问题。'我说,因为摸不着头脑而有些懊恼;'但是你已经原谅他了吗?'他怪怪地看着我。'你会听说的。'他说,然后打开房门,一把将我推了进去。

"你知道不知道,斯坦因的大房子和那两间巨大的接待室没有住人也不能住人,干净,冷清,尽是亮闪闪的东西,看上去好像从来没经人眼看过似的?最热的天里,它们也挺凉爽的,走进这些房间,就好像走进一个擦洗过了的地下岩洞。我穿过一间,在另一个房间里我看到那姑娘坐在一张很大的桃木桌子的尽头,她的头抵在桌上,脸藏在手臂中。打蜡的地板仿佛一层结了冰的水,模模糊糊地映出她的身影。藤帘子放

---

① 原文为德文。

了下来,透过外面树叶造成的奇怪的绿荫,吹过来阵阵强劲的风,使长长的窗幔门帘飘来荡去。她白色的身形似乎是雪勾勒出来的;一个大烛台的悬垂水晶在她头顶上滴答作响,有如闪闪发光的冰柱。她抬起头来看着我走近。我感到浑身发冷,好像这些阔大的房间一向就是绝望的冷冰冰的寓所似的。

"她马上就认出我来,我刚刚停下脚步,低下头来看她时,就听到:'他离开我了,'她静静地说,'你们总是离开我们——为了你们自己的目的。'她的脸绷着。生命的全部热度似乎都退去了,退到她胸膛中某个不可接近的点内。'同他一起死倒还会容易些。'她继续说道,微微做了个疲倦的姿势,好像要放弃那不可思议的东西。'他不会的!那好像是一种盲目——而当时和他说话的是我;站在他眼前的是我;他一直看着的也是我!啊!你狠心,奸诈,没有真心实意,没有古道热肠。你们怎么会这么邪恶的?还是你们都疯了?'

"我抓起她的手,没有反应,我放下它时,它便垂下去,垂向地板。那种比眼泪、哭喊和责备来得还要可怕的冷漠,似乎使时间和安慰都不起作用。你感到无论你说什么,都传不到那个载着寂静和使人麻木的痛苦的座位。

"斯坦因刚才说,'你会听说的。'我的确听到了。我从头听到尾,惊讶、敬畏地听着她一成不变的疲惫的音调。她抓不住对她所给我讲的事情的真实感觉,她的怨恨使我充满了对她——也有对他——的怜悯。她讲完了以后,我还脚底生根似的站在那地方。她用胳膊撑着,瞪着严厉的眼睛,风阵阵吹过,那些水晶在绿色的浓荫中一个劲儿地滴答作响。她继续耳语般地自言自语道:'而他还在看着我!他能够看到我的脸,听到我的声音,听到我的悲伤!当我习惯于坐在他的脚下,我的面颊贴着他的双膝,他的手放在我的头上时,那可诅咒的残忍和疯狂已经在他心里,等待着那一天了。那一天来到了!……日落前,他就再也看不到我了——他被弄得又瞎又聋又没有怜悯心,和你们所有的人一样。他休想从我这儿得到一滴眼泪。决不会,决不。一滴眼泪也没有。我不会流的!他从我这儿走掉了,就好像我比死还糟糕。他逃走了,好像是被他在睡梦中看到或听到的什么该死的事情赶走的似的……'

"她眼睛怔怔的似乎竭力要追寻一个男人的身形,那男人是被一个梦的力量生生从她的怀抱中拽走的。我默默地鞠了一躬,她却毫无表示。我乐得逃之夭夭。

"当天下午,我再次看到她。离开她之后,我就去找斯坦因,在屋里却找不到他;我便溜达出来,满脑子的苦恼念头驱使着我进了花园,斯坦因的那些赫赫有名的花园,在他那些花园里你可以找到热带低地所有的草木。我沿着改造过的河道,在那个点缀风景的池塘附近一条有树阴的板凳上坐了好久,池塘那儿一些剪了翅膀的水鸟正在那儿闹哄哄地扎猛子,戏水。我身后木麻黄树的树枝轻轻地不断地摇动着,使我想起故乡无花果树的飒飒声响。

"这凄凉而无休止的声响同我的沉思默想倒也般配。她说,他是被一个梦从她身边赶走的——没有人能给她一个现成的答案——对这样一种越轨似乎是无可饶恕。然而人类本身不就是在盲目地向前推进中,在过分残忍和过度献身的黑暗道路上,受着其伟大和力量的梦所驱使的么?说到底,对真理的追求又是什么呢?

"当我起身回到房子时,我透过树叶的缝隙看到斯坦因那土褐色的外衣,不久,在小路的转弯处,我碰到他在和那姑娘一起散步。她的小手搁在他的小臂上,在他那顶巴拿马草帽宽宽的平边下,他俯首向她,头发灰白,慈父一般,带着热情侠义的屈尊俯就。我站到了一边,但他们却停住脚步,面向着我。他的凝视折向他脚下的地面;那姑娘挺直了身子,微倚着他的臂膀,一动不动、黑而清澈的眼睛越过我的肩膀向远方凝望。'真可怕啊①,'他喃喃道,'可怕!可怕!这叫人怎么办呢?'他似乎是要引起我的兴趣,可是她的年轻,还有悬在她头上的漫长岁月,对我来说更有吸引力;突然间,甚至在我意识到没什么可说了的时候,我发现自己还是在为了她的缘故为他申辩。'你一定要饶恕他。'我决断地说,我自己的声音在我听来好像闷闷的,消失在一片没有反应、充耳不闻的苍茫中。'我们都想得到宽恕。'过了一会儿,我又说。

"'我做了什么了?'她问道,只是嘴唇在动。

"'你老是不信任他。'我说。

"'他和别人都一样。'她慢声说道。

"'和别人不一样。'我争辩道,但是她继续平稳、不露声色地说——

"'他虚伪。'斯坦因突然插了进来。'不!不!不!我可怜的孩子!……'他拍了拍她被动地放在他袖子上的手。'不!不!不虚伪!真的!真的!真的!'他试图望穿她那张石头般的脸。'你不明白。啊!为什么你不明白呢?……可怕呀,'他对我说道,'总有一天她会明白的。'

"'你能解释解释么?'我问,死盯着他。他们又继续走

---

① 原文为德文。

起来。

"我望着他们。她的袍子拖在地上,乌黑的头发松松地垂落下来。她挺直腰杆步履轻盈地走在那个高大男人的身旁,他那没有身段的长袍从有些佝偻的肩头褶纹笔直地耷拉下来,他的脚挪动得很缓慢。他们在那片杂树林(你可能还记得的)的那边消失了,那片杂树林中一起长着十六种不同的竹子,在懂行的人眼里都能分辨出来。在我看来,那片萧萧竹林的精致秀美很令我倾倒,加之尖尖的叶子和羽毛样的竹冠,轻盈、活泼、妩媚,有如那无忧无虑恣意纵情的生活的一种音响。我记得停在那儿看了许久,就好像一个人在听得到一种温存的低语时,要徘徊不前一样。天色是珍珠般的灰色。那是热带难得一见的阴天,在这样的天气,不免种种回忆都会涌上心头,想起别的海岸,想起别的面孔。

"当天下午我乘车返回城里,带着唐·伊塔姆和另外那个马来人,在那场灾祸的迷乱、恐惧和忧郁中,他们就是乘他那艘走外海的小船逃脱了的。这事的打击似乎已经改变了他们的本性。她的热情化为石头般的冰冷,而乖戾寡言的唐·伊塔姆却几乎成了饶舌的人。他的乖戾也被克制成令人不解的谦卑,好像他在一个极高的时刻看到了一种有力的魅力遭了败绩。那个布吉斯商人是个腼腆犹疑的人,话不多,但讲得很清楚。两人显然都被一种深不可解的奇异的感觉,被接触到一种不可思议的神秘压倒了。"

写到那儿,就是马罗的签名,信到此结束。那位得到特权的读者捻亮了灯,孤零零地在城里那片波浪般起伏的屋顶之上,像个海上看守灯塔的人,他又回过来看那一页页上写的故事。

第三十八章

"我已经告诉过你,一切都始于那个叫布朗的汉子,"马罗的叙述第一句就是这样开头的,"你一向在西太平洋漂泊,必定听人说起过他。他是澳大利亚沿海引人注目的恶棍——倒不是常有人在那儿看到他,而是由于在那些给故乡来访者讲的无法无天的生活的故事中,他屡屡被提到;这些故事讲的是他从约克角到伊顿湾的事,其中最平和的,如果讲的是地方,也能把人吓死。他们也决不会不让你知道,他被认为是一个从男爵的儿子。就算是这样吧,他肯定是在早期淘金的岁月里,从家乡一条船上开了小差,几年之后便作为波利尼西亚这一群或那一群岛的制造事端的人成了人们谈论的话题。他会绑架当地人,他会把某个孤独的白人商人剥得只剩下他贴身穿的睡衣,当他抢劫了那个可怜虫之后,他很可能还要邀请他到海滩上用短枪决斗——就这些事情来说,这本来会是够公道的,要不是那个被抢的人此时已吓得半死了的话。布朗是个末世海盗,够遗憾的,和他那些更出名的早期榜样一样;但是和他那些同时代的海盗兄弟不同,像'精英海耶斯'或甜言蜜语的皮斯,或者那个喷香水、蓄着长长的胡须、穿戴得像个花花公子、人称'肮脏的迪克'的那个流氓等等,他对自己的倒行逆施脾气傲慢,对一般人类,尤其是对他的牺牲者,怀有激烈的轻蔑。其他人只是庸俗贪婪的野兽,而他却似乎是受某种复杂的动机所驱使。他抢劫一个人,好像仅仅是为了显示他看不上那家伙,他会枪击或伤害某个安安静静本本分分的陌生人,一种野蛮的带有报复性的急切足以吓坏最不安分的亡命之徒。在他的鼎盛时期,他有一艘武装的三桅帆船,水手由当地的卡纳卡人和逃亡的捕鲸人混合组成,他还吹嘘,我也不知有多少真实成分,说他暗地里受到椰肉商中最受尊敬的一家商号的资助。后来他跑掉了——据说——是和一个传教士的老婆,一个来自克拉彭那边的非常年轻的女子,她在一度狂热之际嫁给了那个温和爽朗的家伙,突然却又移居到美拉尼西亚去了,多少有点迷失了她的方向。那是个暗淡的故事。在他带她走的时候,她病了,就死在他的船上。据说——这是这故事里最奇异的部分了——俯看着她的尸体,他竟爆发出一阵阴郁而激烈的悲伤。那之后不久,他的运气也没了。他在马莱塔岛附近的某处撞了礁石丢了船,销声匿迹了一段时间,仿佛他同她一起沉没了似的。接下来再听人说起他,是在努库希瓦,他在那儿买了一条不再为政府服役的旧的法国双桅船。他在买下那条船时有什么值得称道的开拓性远见,我可说不上来,但是显而易见,由于高级代表、领事、战舰和国际管制,南太平洋越来越烫手,已容不下他这样的先生了。显然他必定是把他的活动场所转移到更远的西边去了,因为一年之后他在马尼拉湾一桩亦庄亦谐的买卖中扮演了一个令人难以置信的鲁莽、却并不很占便宜的角色,其中的主要人物是一位侵吞公款的总督,和一位潜逃的出纳;那之后他似乎就在他那条腐朽的双桅船上在菲律宾兜来兜去,同逆运搏斗,直到最后,沿着他命定的航线,驶入吉姆的历史,成了黑暗势力的一个盲目的帮凶。

"据讲述他的故事说,当一艘西班牙巡逻快艇捉住他时,他只是在企图为那些乱党运几条枪。果真如此,那我就不明白他在棉兰老岛南边的沿海干什么了。不过,我相信,他是在沿海敲诈当地的村子呢。主要的一点是,那艘快艇派了一个卫兵上了船,命他一起向三宝颜驶去。在路上,不知是什么原因,两艘船都得去拜访这些西班牙新殖民区中的一个——那是从来都不会有什么结果的——那里不仅有一个文官在岸上管事,而且在小海湾里还有一艘又好又结实的沿海行驶的双桅船抛了锚停在那里;这艘船在各方面都比他自己那艘强,布朗下定决心要偷。

"他真是命运不济——这是他亲口告诉我的。他以凶残好斗的不屑,欺侮了这世界二十年,到头来这世界在物质的好处方面让他什么也没有得到,除了一小袋银元,那银元被藏在他的小舱房里,'连魔鬼都嗅不出放在哪儿'。仅此而已——绝对如此。他对他的生活感到厌倦,也不畏惧死亡。但是这个凭着一种刻毒嘲弄的莽撞而兴之所至便拿自己的生存做赌注的人,却对监禁怕得要命。只要一想到有被囚禁起来的可能,他就有一种没有来由的、冷汗淋漓的恐怖,神经紧张,血都化成了凉水——那种恐怖,迷信的人在想到被精灵缠住了的时候才会感到。就这样,那个上船来对俘虏进行初步调查的文官热情地盘问了一整天,天黑以后才上岸,裹在一件斗篷里,小心翼翼地不让布朗那小小的家私在那口袋里弄出响声来。后来,作为一个说话算话的人,他设法(我相信就在第二天晚上)以某个特殊的急碴儿将那艘政府的快艇支使走了。因为快艇的艇长不能宽宥一班俘虏来的水手,于是他在离开之前，为所欲为地拿走了布朗那艘双桅船上所有的帆篷，直到最后一块破布都不放过，并且还很小心地将他的两条小船拖到两英里外的海滩上。

"但是在布朗的水手中，有一个所罗门岛人，年轻时遭人绑架，被送给布朗，他是那帮人中的顶尖人物。那家伙泅水到了那艘近海船——有五百码左右——带着一条绞船索的末端，那条绞船索是为此目的而把船上的全部索具解下来拼成的。水很平滑，海湾很暗，'就像一条母牛的内脏'，布朗描述说。那所罗门岛人用牙咬着绳头爬上了船甲板。那艘近海船的船员——都是塔格拉人——正在岸上当地人的村里寻欢作乐呢。留下守船的两个人突然醒来，看见了那魔鬼。他两眼闪光，在甲板上像闪电一样迅疾地跳跃着。他们双膝跪倒，害怕得浑身瘫软，画着十字，喃喃祈祷。那所罗门岛人用他在甲板厨房里找到的一把长刀，也没打断他们的祈祷，先劈了头一个，又劈了另外一个；他又用同一把刀耐心地锯起那根缆绳来，直到它突然间在刀刃下啪的一声断开。然后，在海湾的寂静中，他发出一声谨慎的呼喊，布朗的人这期间一直在暗地里窥望着，并且在满怀希望地竖起耳朵听着，此时便开始轻轻地从他们那头拉那根绞船索。不到五分钟，两条双桅船就并到了一起，轻轻一震，桅杆发出咯吱咯吱的响声。

"布朗那伙人刻不容缓地转移，带着他们的武器和大量的弹药。他们一共有十六个人：两个私奔的水兵，一个瘦长的从一艘美国战舰开小差的家伙，两个质朴的金发斯堪的纳维亚人，一个多种族的混血儿，一个温文尔雅的中国人，是做饭的——其余的就是没有什么特点的南洋老土了。他们谁都不在意；布朗使他们为他的意志所折服，对绞刑满不在乎的布朗正在逃离一个西班牙监狱的幽灵。他没有给他们时间把足够的给养换过船来;风平浪静,空气中饱含露水,当他们迎着海边一阵微弱的轻风扬起风帆时,发潮的帆布纹丝不动;他们那艘旧双桅船似乎自己轻轻脱离了那艘偷来的船,与黑沉沉的海岸一起,悄然滑入黑夜。

"他们脱身了。布朗对我详细叙述了他们直下望加锡海峡的过程。那是个令人伤心的玩命的故事。他们又缺吃的又缺淡水;他们登上好几条本地人的船,从每条船上都捞了点。因为是偷来的船,布朗当然不敢驶入任何港口。他没有钱买任何东西,没有可以给人看的证明文件,也没有足以使人相信的谎言能使他再次脱身。一艘挂着荷兰国旗的阿拉伯三桅帆船,一天夜里在停泊的时候受到袭击,交出来一点肮脏的大米,一捆香蕉,和一桶淡水;接连三天雾蒙蒙的东北风把这艘双桅船吹过了爪哇海。浑浊的黄浪使这伙饥饿的歹徒湿了个透。他们看见了一些邮船在它们预定的航线上行驶;经过了一些根基很好的家乡船只,那些船边的铁已经锈蚀,正在浅海抛锚,等待着天气的变化或潮流的转换;一艘有两根细细的桅杆、白净而整洁的英国炮舰,曾远远地驶过他们的船头;还有一次,一艘船桅粗笨的黑色荷兰小型快速炮舰隐约朝他们的方向逼近,在迷雾中行驶得十分缓慢。他们溜了过去,没有被看见,或者说没有被理会,一伙满脸病容的彻头彻尾的不法之徒饥火中烧,惶惶不可终日。布朗的意思是往马达加斯加去,根据并不完全是虚妄的道理,他指望到了那儿,可以在塔马塔夫把那艘双桅船卖掉,希望没有什么问题,或者也许为它弄到一些多少是伪造的文件。然而他还没能驶入穿越印度洋的长长的航程,食品就不够了——淡水也不够了。

"他也许听说过帕图森——或者也许他只是碰巧看见那名字的小小字母写在海图上——可能那是一个土邦某条河上一个颇大的村落的名字,毫无防范,远离人们常走的海路,也远离海底电缆的终点。他以前也干过那种事——以做生意的方式;此刻这却绝对是出于必要,是生死攸关的问题——或者毋宁说是自由的问题。出于自由的需要!他断定会得到给养——阉牛啦——大米啦——甜薯啦。那帮可怜的家伙直舔嘴。也许能勒索到一船土产——谁知道呢?——还有丁当作响的真正钱币!这些首领和村里的头人们,有的真能让人想怎么诈就怎么诈。他告诉我,他宁可烤他们的脚趾头,也不要受到阻挠。我相信他的话。他的手下也相信他。他们没有大声鼓噪,只是闷声不响,但是却如狼似虎地做好了准备。

"运气在天气方面倒是很帮他的忙。几天的平静本来会给那艘双桅船带来难以形容的恐惧的,但是借助陆上和海上的微风,在离开巽他海峡后不到一个星期,他已经在巴图克林河口外抛锚了,距那渔村只在手枪的射程之内。

"他们十四个人挤在双桅船的那条长舢板里(那舢板一向用来装货,挺大的),开始溯河而上,还留了两人看守双桅船,留下的食物足够十天饿不死。潮流和风向都很帮忙,一天刚过午,那条扬着破烂船帆的大白舢板迎着微微的海风一点一点驶入帕图森流域,十四个各式各样的稻草人般的水手操纵着它,饥饿地瞪视着前方,手指拨弄着廉价步枪的枪栓。布朗思量着他这番突如其来的出现会引起的惶恐。他们趁最后一次涨潮驶入;酋长的寨子没有动静;河两岸头几间房子似乎都已人去屋空。可以看见几条独木舟在上游全速逃窜。布朗对那地方之大很感惊异。到处是深深的寂静。风沉落在房屋之间;撤了两把桨,船逆水停下,意在趁居民们还没有想到要抵抗时,进入并占据镇子的中央。

"然而,巴图克林那渔村的头头似乎已经设法及时发出了警报。当那艘长舢板驶到和礼拜堂并排的地方时(那是多拉明建的:是一幢有山形墙的建筑,屋顶花饰是雕刻的珊瑚),礼拜堂前面的空地上都是人。响起了一声呐喊,接着沿河到处敲响了锣声。从上面的某一点,发射了两枚小小的六磅重的黄铜炮弹,弹丸跳跃着落到空荡荡的河面上,在阳光里激起一股股闪光的水柱。在礼拜堂前,一群人叫喊着放起排枪,横扫过河的激流;一阵不规则的轰隆隆的连珠炮从两岸向舢板上打去,布朗的人则回报以狂乱而迅速的枪击。桨已经收入船中。

"那条河在满潮时,潮流的变化来得非常快,那艘船在中流,几乎被烟雾包了起来,开始船尾朝前向后漂去。两岸的烟雾也都很浓,化为一道平平的条纹在那些屋顶的下面,好像你看见一朵长长的云切断了山坡。一阵乱哄哄的作战时的呐喊,震颤的锣声,深沉的鼓声,愤怒的吼声,砰砰的排枪射击声,组成一片可怕的喧嚣,在这片喧嚣声中,布朗狼狈但却又稳稳当当地坐在舵柄旁,对那些竟敢自卫的人涌起满腔的憎恨和愤怒。他手下有两个人受了伤,他看到他的退路被几条小船在镇子下面切断了,那几条小船刚从吞古·阿郎的寨子里驶出来。一共有六条,都载满了人。正当他这样被围困之际,他看出了那条小溪的入口(就是吉姆在水浅时跳过去的那条)。当时水已漫到了河沿。他们操纵着长舢板,驶进小溪,上了岸,反正,长话短说吧,他们在距寨子大约九百码的一个小山丘上扎下营来,事实上,他们从那里掌握了对寨子的主动权。小山丘的山坡光秃秃的,但是山顶上倒还有几棵树。他们便把这些树砍倒做胸墙,在天黑前他们已经基本上挖好了工事,掩蔽起来;与此同时,酋长的船仍在河里,奇怪地保持着中立。日落时分,河边和沿岸路上双排房屋之间亮起了许多火把,火光照出了屋顶、一丛丛细长的棕榈树和密密层层的果树林的黑色轮廓。布朗下令将他所处位置周围的草烧掉;一圈低低的稀薄的火焰,在缓缓升起的烟雾下,迅速沿山坡蔓延下去;随处都有干燥的灌木丛着了火,发出一声高亢恶意的咆哮。这把大火为这一小伙人的步枪清理出一个射击区,在森林的边缘和小溪泥泞的岸边才渐渐熄灭。在山丘和酋长的寨子之间,一块潮湿的洼地长着一条茂密的丛林,在那一边阻住了那把大火,只是竹节爆裂,毕剥作响。天色阴沉,光滑柔软似天鹅绒,布满了星星。暗下来的大地上,低低蔓延的草把还静静地冒着烟,直到一小阵微风吹来,才吹得一切灰飞烟灭。布朗期待着一俟潮水再次涨到足以使切断他退路的那些战船进入小溪的程度,对方就会发起攻击。无论如何,他断定对方有意要夺走他的长舢板,它就躺在山下,像一块黑黑高高的木块在微微发亮的潮湿泥泞的平地上。但是河里的船没有任何动静。越过寨子和酋长的房子,布朗看见那些船映在水面的光。它们似乎停泊在河对过。其它浮动的光正在水里移动,从这边到那边过去又过来。在河的上游,远到河湾处,还有灯光一动不动地闪烁,照在房屋长长的墙上,在更远处,也有些灯光星星点点地在内地。就他的目力所及,大火的逼近显现出房屋和屋顶。那是个大得了不得的地方。这十四个不要命的入侵者平趴在伐倒的树木后边,抬起下巴,俯看着那镇子的骚动,那似乎向上游延伸了数英里,拥满了成千愤怒的人们。他们彼此没有交谈。他们不时听到一声响亮的大喊,或者从很远的什么地方放出的一声冷枪。但是在他们的位置周围,一切都是静止、黑暗、寂静的。他们似乎被遗忘了,仿佛使所有的人都保持着清醒的那种激动同他们毫不相干似的,仿佛他们已经死了。"

第三十九章

"那一夜的事件都具有一种重大的意义,因为它们造成了一种局面,这种局面直到吉姆回来之前,一直没有改变。吉姆去内地已经有一个多星期了,指挥第一次反击的是丹·瓦利斯。那个勇敢而又聪明的青年("他知道如何以白人的方式打仗")希望在他的控制下解决问题,但是他的人对他来说太过分了。他不具备吉姆的种族威望和不可战胜、超乎自然的力量的名声。他不是那种永无止境的真理和永无止境的胜利的看得见摸得着的化身。尽管他受人敬重,受到信任,受到爱戴,但他仍然是'他们'当中的一个,而吉姆则是'我们'当中的一员。此外,那个白人本身就是可资依赖之人,凛凛不可侵犯,而丹·瓦利斯却可以被杀死。那些没有说出来的想法支配了镇子里头面人物的意见,他们主张在吉姆的城堡里聚会,对这次紧急变故进行商讨,好像指望着要在那个缺席的白人的住处找到智慧和勇气似的。至此为止,布朗匪帮的射击挺准,或者说挺走运,已经造成守方六人伤亡。受伤者躺在游廊上由妇女们照料着。在最初的警报拉响之后,镇子下面的妇女和儿童就被打发到城堡里来了。在那里指挥的是珠儿,很得力也很振奋,受到吉姆'自己人'的服从,他们离开了他们在寨子下面的小小居住区,来组成这个守备部队。难民拥挤在她周围;在事件的整个过程中,直到那灾难性的结局,她都表现出一种非凡的勇武的昂扬。丹·瓦利斯第一次得到危险的警报,当即去找的就是她,因为你必定知道,吉姆是帕图森惟一有一个火药库的人。他一直通过通信与斯坦因保持着亲密的关系,斯坦因已经从荷兰政府得到特别授权,向帕图森出口五百小桶(一桶在十加仑以下)火药。弹药库是一个用粗木搭的棚子,整个用土盖住,吉姆不在的时候,那姑娘拿着钥匙。在当晚十一点在吉姆的餐厅里举行的议事会上,她支持瓦利斯关于立即采取积极行动的建议。我听说,她在那张长桌子的上首吉姆那空荡荡的座椅旁边站起来,发表了一篇好战的、充满激情的讲演,当时赢得了聚在那里的头人们赞许的嗡嗡声。老多拉明已有一年多没出自家门了,这次也费了好大劲儿要人抬了过来。他当然是那里的首领了。议事会议的气氛很不宽容,老人的话则会起决定性的作用;但是依我看来,他非常清楚他儿子炽热的勇气,因此不敢说出那决定性的话。缓一缓的意见占了上风。一个叫哈基·萨曼的人滔滔不绝地指出,'这些残暴凶狠的人反正是自寻死路。他们会在他们的山上没吃没喝地饿死,不然就会试图再次夺取他们的小船,被小溪对岸的伏兵射杀,再不然,他们就会突围到森林里,一个个地死在那里。'他争辩说,采用适当的策略,就能消灭这些心怀叵测的陌生人,而无须冒战争的危险,他的话很有分量,尤其是对帕图森镇里的人。令镇里的人心里不安的,是酋长的船未能在决定性的时刻行动。代表酋长出席会议的是颇有外交才干的卡西姆。他不大开口,微笑地倾听着,非常友好却又莫测高深。开会期间,报信儿的不断地来,几乎隔几分钟就来一趟,报告入侵者的进程。荒诞夸张的谣言满天飞:在河口有一艘大船,有大炮,人也多多了——有一些白人,其他的都是黑皮肤,一副嗜血的模样。他们正乘着更多的船只前来,要把一切生灵杀得精光。一种临近不可名状的危险的感觉影响了普通百姓。有个时候,院子中的女人中间一片惊慌;尖声喊叫;没头苍蝇似的乱撞;孩子们哭喊着——哈基·萨曼出来让她们安静了下来。接着城堡的一个哨兵向河里某个移动的物体开了一枪,险些伤到一个村民,他正撑着一条独木舟把他家的女人送来,还有他家最好的家什和十几只家禽。这引起了更大的混乱。与此同时,吉姆家里的商讨还在进行,就当着那姑娘的面。多拉明怒容满面,沉重地坐着,依次望着那些发言者,像只公牛似的缓缓吸着气。他一直没说话,直到卡西姆宣称,酋长的船只要被召回,因为需要人手保卫他主人的寨子。丹·瓦利斯当着他父亲的面不愿发表意见,尽管那姑娘以吉姆的名义恳请他把话讲出来。她恨不得立即就把这些入侵者赶出去,所以主动把吉姆的亲兵交给他。他只是瞥了多拉明一两眼,然后摇摇头。最后,到散会时,已经决定应当坚守最靠近小溪的几所房子,以取得对敌船的控制权。倒不打算对那条船本身公然进行干预,好诱使山上那伙强盗上船,届时指挥得当的开火无疑会干掉他们一多半。为了截断可能剩下来的那些人的逃路,也为了防止他们有更多的人上来,丹·瓦利斯奉多拉明之命,带领一批武装的布吉斯人下到帕图森下面十英里的河里的某一点,在那儿的岸上扎营结寨,用独木舟阻断水流。我从来也不相信多拉明担心新的有生力量的到来。我的看法是,他的行为仅仅是受到他让儿子免除损害这个心愿的支使。为了防止对方冲入镇子,白天将开始在左岸的街道尽头修筑街垒。这位老首领宣称他有意亲自在那儿督阵。在那姑娘的监督下,立即开始分发火药、子弹和盛放爆炸品的容器。还要派好几个报信儿的分头去找吉姆,他的确切去向谁也不知道。这些人是黎明时出发的,但是在这之前卡西姆已经设法同被围困的布朗联络上了。

"那位很有手腕儿的外交家,也是酋长的心腹,在离开城堡回他主人那儿去的时候,发现柯涅柳斯不声不响地在院子里的人群中开溜,便带他上了自己的船。卡西姆自己有个小算盘,想让他当翻译。这样一来,快到早晨的时候,布朗正琢磨着他那万分危急的处境,却听得满是沼泽杂草丛生的凹地传来一声亲切、颤抖、扭曲的声音叫着——还是用英语——要求准许上去,要有人身安全的许诺,说是有要事相商。他高兴坏了。只要有人对他讲话,他就不再是被人追猎的野兽了。这些友好的声音立刻解除了警惕戒备的那种可怕紧张,就好像好多盲人不知道致命的打击会从何而来。他装出一副极不情愿的模样。那声音自称'是个白人。一个可怜的破败了的老人,已在此处住了多年'。一团湿冷的雾气弥漫在山坡上,他们相互又喊了几个回合之后,布朗叫道,'那就上来吧,但是注意,只许一个人!'其实——他告诉我,回想起他的无助愤怒得扭曲起身子——这倒没什么区别。他们连眼前几码之外的东西都看不见,再怎么样的阴谋诡计也不会使他们的处境更糟到哪里去了。柯涅柳斯身穿平日穿的一身破衣烂裤,赤着脚,头戴一顶边儿都破了的软草帽,一点一点模模糊糊地出现了,忐忑不安地走到防御工事边上,犹犹豫豫地停下来窥探着倾听。'过来!包你没事。'布朗喊道,他手下的人都瞪眼看着。他们生还的全部希望突然间集中在那个潦倒卑鄙的新来者身上,他在深深的寂静中笨拙地从一棵伐倒的树干上爬了过去,颤抖着,以他那副没有好气的满脸狐疑,环顾着这伙胡子拉碴、满心焦虑、毫无睡意的亡命之徒。

"同柯涅柳斯推心置腹地谈了半小时,布朗算是开了眼,对帕图森的内部事务有所了解了。他立刻警醒起来。可能性有的是,巨大的可能性;但是在他详细讨论柯涅柳斯的建议之前,他要求送一些吃的上来,作为一种信任的保证。柯涅柳斯走掉了,动作迟缓地往酋长营盘的这一面爬下山去,耽搁了一会儿,酋长手下的几个人上来了,运来数量不足的大米、辣椒和干鱼。就这也比一无所有强多了。随后柯涅柳斯也陪着卡西姆返回来了,他趋步向前,神情完全是兴高采烈深信不疑的样子,穿着凉鞋,从头到脚都裹在深蓝色的被单里。他矜持地同布朗握了手,三个人便走到一边商量。布朗的人恢复了信心,正彼此拍着脊背,一边向他们的首领投去会心的眼色,一边忙着准备做饭。

"卡西姆非常讨厌多拉明和他的布吉斯人,但是他更憎恶眼下的新秩序。他想到这些白人同酋长的仆从联手,就能够在吉姆回来之前向布吉斯人发起进攻并打败他们。然后,他推断,镇里的人肯定会纷纷叛逃,那个保护穷人的白人的统治便会结束。这之后就可以对付这些新盟友了。他们不会有朋友的。这家伙完全能够看透性格的差异,见识过足够多的白人,知道这些新来的人都是为他们的社会所不容的人,是没有了祖国的人。布朗保持着一种严峻而且琢磨不透的态度。他最初听到柯涅柳斯要求准许上来的声音时,那只不过带来了有一个逃跑的空子的希望。还不到一个钟头,他脑子里又充满了别的想头。出于一种极端的需要,他到那儿去偷吃的,可能还要偷几吨橡胶或树脂,也许再偷点儿钱,却发现自己陷

489

入了致命的危险。此刻,在卡西姆提出这些建议之后,他又开始想着把这整个国家偷到手了。某个混账的家伙显然已经做出过那类事——而且还是单枪匹马地干的。虽然不能干得很圆满。也许他们能够一起干——把一切都榨干,然后悄悄地一走了之。在他和卡西姆谈判的过程中,他开始意识到人家还以为他在河口外面有一艘大船,有好多人手呢。卡西姆殷切地恳求他,让这艘大船和他众多的枪炮和人员刻不容缓地溯河而上,来帮酋长的忙。布朗道出了他的意愿,在这个基础上,谈判在互相不信任的气氛中进行。在整个上午,客气而又活跃的卡西姆三次下山去和酋长磋商,又急急忙忙大步流星地回到山上来。布朗一边讨价还价,一边想起他那艘破败不堪的双桅船,狞笑着感到一种快意,那艘船里除了一堆垃圾什么都没有,却被当成一艘武装的兵舰,一个中国人和一个一瘸一拐的从前在列武卡港口码头区干苦力的人,竟代表了他的全部兵力。下午,他又得到少量食物,对方还答应给他一些钱,还给了他的手下一些席子,好让他们给自己有点遮盖。他们躺下来,鼾声大作,不再受炙人的太阳的曝晒;但是布朗却没遮没挡地坐在一棵伐倒的树干上,目不暇接地贪看着那镇子和那条河的景色。这儿可抢的东西可多了去了。柯涅柳斯在那营地里已经熟到家了,他就在近旁谈着,指点着那些位置,提出些建议,按照他自己的概念讲着吉姆的性格,以他自己的方式对最近三年的事件评头品足。布朗表面上很冷漠,望着别处,但却专注地听着每一个字,只是无法弄清楚这个吉姆到底是怎样的一个人。'他叫什么名字来着?吉姆!吉姆!这对一个人的名字来说,可还不够啊。''他们在这儿称他吉姆图安,'柯涅柳斯轻蔑地说,'就和你们可能会称他吉姆爷一样。''他是什么人?从哪儿来的?'布朗问道。'他是个什么样的人?他是英国人吗?''是的,是的,他是英国人。我也是英国人。是马六甲的。他是个傻瓜。你所要做的,就是把他干掉,然后你就是这儿的大王了。一切都属于他。'柯涅柳斯解释说。'我想,不久之后,也许就能叫他同什么人分享了。'布朗微微提高了嗓门儿评论道。'不,不。还是你一有机会就干掉他比较妥当,然后你就可以随心所欲了。'柯涅柳斯还要恳切地坚持。'我已经在这儿住了很多年,我现在是在给你一个朋友的忠告啊。'

"这样交谈着,贪婪地看着帕图森的景色,那是他暗下决心要变为自己的囊中物的,布朗度过了大半个下午,他手下的人则一直在休息。就在那一天,丹·瓦利斯的独木舟群从离小溪最远处的河岸下面一条接一条地偷偷驶去,沿河而下,封锁河口,切断他的退路。布朗对此毫无察觉,而在日落前一个钟头爬上山来的卡西姆又特别留意地不让他知道。他想让那白人的兵舰溯河而上,他恐怕这消息会使他泄气。他非常急切地要布朗'传下令'去,同时主动提出派一个可靠的信差,为了更保密起见(按他的解释),这个信差可以由陆路走到河口,将'命令'传达到船上。布朗想了想,认为最好还是这么办,便从他的袖珍笔记本上撕下一张纸,在上面简单明了地写上,'我们正顺利进行。大事待举。扣下此人。'卡西姆选来跑这趟差的那个有些木讷的小伙子倒是很尽忠职守,得到的回报却是,被那个从前做苦力的和那个中国人猛然推了一把,头先朝下,栽进那艘双桅船的船舱,他们紧接着就急忙盖上了舱盖。他后来的下落布朗没说。"

第四十章

"布朗的目的是同卡西姆的外交周旋,好争取时间。如果真要做一笔交易,他禁不住地想,那个白人才是可以打交道的人。他不能想象,这样一个家伙(他毕竟一定是聪明透顶,才能让当地人那样听命于他)会拒绝帮助,那会帮他杜绝不得不迟缓、小心翼翼、危险的欺骗勾当的,这都是作为惟一可能的行为准则强加给一个单枪匹马的人的。他,布朗,愿意给他这个力量。没有人会对此踌躇。一切都会达成一种明确的谅解。他们当然会分享啦。想到那儿竟有个城堡——已经是他的囊中之物了——一座真正的城堡,还有大炮(这是柯涅柳斯告诉他的),他就兴奋不已。只要让他进去一次,他就……他会提出最谦恭的条件。当然也不会太低下。看来那个人也不傻。他们会像兄弟般地合作,直到……直到时机成熟,吵上一架,一枪就全部解决问题了。怀着抢劫者冷酷的焦躁,他恨不得现在就跟那人谈起来。这片土地似乎已经归他所有,可以任他宰割,压榨,然后抛弃了。在这期间,还得耍耍卡西姆,首先是为了食物——其次还为了有条内线。不过主要还是为了一天接一天地得到些吃的。此外,他也不反对为了酋长而开战,给那些曾以枪击来迎接他的人一个教训。他心里充满了好战的欲望。

"我很抱歉,不能用布朗自己的话把这段故事讲给你听,这故事我当然主要是从布朗那儿听来的。那个被死神掐住喉咙的人把他的思想一览无余地展现在我面前,在他断断续续而又激烈的话语中,有一种对他的目的不加掩饰的残忍,对他的过去有一种奇怪的报复态度,对他反对全人类的意志的正当性有一种盲目的信仰,那种情绪里有某种东西,可以诱使一群流浪刺客的首领骄傲地称自己为上帝之鞭。作为这样一种性格的基础,这种天生浑噩的残暴无疑因失败、厄运和近来的穷困潦倒,以及因他发现自己所处的绝境而激发得更强烈了;但是在所有这一切中最引人注目的是,在他筹划那充满陷阱的联盟时,在他已经在内心里确定了那个白人的命运,并且以一种专横随意的方式同卡西姆勾结时,人们已能够看出他的真正意图,那几乎是不由自主地要恣意破坏那座曾公然反抗过他的丛林城镇,要看到全镇尸积如山,为烈火所吞没。听着他那毫无怜悯之心却又上气不接下气的声音,我可以想见他当时是怎样从山上望着那镇子,想象着在那里奸杀掳掠的景象的。最靠近小溪的部分是一种没有人迹的样子,但其实每一幢房子里都藏着几个全神戒备的全副武装的人。在那一片杂有一小块一小块低矮浓密的灌木、坑洼、一堆堆的垃圾,其间还有人踩出来的小径的荒地的那一头,一个孤零零的看上去很小的人悠悠荡荡地走了出来,走进荒凉的街道入口,街道两旁一直到街道尽头,建筑物都是紧紧关闭,黑暗而没有生气。也许有个逃到河对岸的居民又回来取什么家常用品。显然他自以为很安全,因为离小溪那边的那座山那么远。他走得很悠闲。布朗看见了他,立刻把那个美国逃兵叫到他身边,他起着某种副指挥的作用。这个瘦长而动作自如的家伙走上前来,板着面孔,懒洋洋地拖着他的步枪。当他明白了要他做什么时,一个杀气腾腾而又自负的微笑露出了他的牙齿,使他泛黄的像皮革一样的脸上出现了两道深沟。他以神枪手而自负。他一膝跪地,将枪稳稳托住,透过一棵伐倒了的树的没有打杈的枝丫瞄准,开枪,然后马上就站起来看。远处的那个人朝枪响处转过头来,又往前走了一步,似乎又犹豫起来,然后猛然双手双膝着地倒了下去。在随着那声尖锐的枪响而来的寂静中,那位神枪手目不转睛地望着那猎物,揣想着,'那边这头浣熊的健康再也不会让他的朋友们牵肠挂肚了'。可以看到那人的四肢在他的身子下边急促地动着,竭力要手脚并用地跑掉。在那空荡荡的地方响起了众多慌乱惊讶的喊叫。那人仆地倒下,再也不动了。'这是让他们看到我们的厉害,'布朗对我说,'让他们深深感到暴死的恐惧。我们要的就是这个。他们是二百对一地跟我们干,这下可有的让他们想上一整夜了。他们过去谁也想不到枪会打这么远。那个属于酋长的叫花子蹑手蹑脚地下了山,眼睛都要从头上突出来了。'

"在他向我讲这话时,他试图用一只颤抖的手擦去他青紫的嘴唇上薄薄的唾沫。'二百对一。二百对一呀……引起恐怖……恐怖,恐怖,我告诉你……'他自己的眼睛都快瞪出眼眶了。他往后倒去,骨瘦如柴的手指在空中抓着,又坐起来,弯着身子,毛发凌乱,斜眼瞪着我,活像民间传说中的人面兽,在凄惨可怕的痛苦中大张着嘴,在这样发作之后才又能讲出话来。有些情景是叫人永远也忘不了的。

"再往下说呢,为了吸引敌人的火力,确定出可能会沿着小溪隐藏在丛林里的团伙的位置,布朗命令那个所罗门岛人下山到船上拿一把桨来，就好像你打发一只长毛犬到水里去捞一根棍子似的。这没能奏效，那家伙回来一路也没在任何地方遭到任何人开枪。'连鬼都没有。'有几个人发表意见道。这可'不振（正）常'，那个美国佬说。此刻，卡西姆已经走了，印象非常深刻，也很高兴，还很不安。为了奉行他的曲线政策，他已经派人去给丹·瓦利斯送信，警告他当心那艘白人的大船，他已经得到情报说，这艘船就要溯河而上了。他将其实力说得尽可能的小，竭力劝他去阻住它的航程。这种两面派的手段倒是符合他的目的，即分散布吉斯人的兵力，靠打仗来削弱他们。另一方面，他在那一天当中传话给聚集在镇中的布吉斯人首领，安慰他们说，他正在设法诱使入侵者退走；他往城堡捎的信则是恳切地替酋长的人要火药。吞古·阿郎在会见大厅里的枪架上生锈的那二十来支老式滑膛枪已经好久没有补充弹药了。山上与酋长朝廷之间的公开交往使所有人都人心惶惶。已经开始有人说，人们早该确定站在哪一边了。很快就会血流成河，之后很多人会大难临头。每个人都确信明朝会有的秩序与和平生活的社会组织，那是吉姆亲手建起的大厦，似乎在那一晚就要倒塌成沾满血腥气的废墟了。较为贫穷的人已经往丛林中安身，要么就逃到河上游去。好多上层社会的人认为有必要去向酋长献殷勤。酋长的小伙子们粗鲁地把他们推来推去。老吞古·阿郎因为害怕和没有主张几乎都失魂落魄了，他不是保持阴沉的沉默，就是怒骂他们竟敢空着手来：他们告辞的时候都吓坏了；只有老多拉明把他的同胞聚拢在一起，不折不扣地按他的谋略行事。他高坐在临时搭建的寨子后面的一把大椅子里，以深沉的隐隐似雷鸣般的声音发号施令，在四下流传的谣言中不为所动，俨然一个聋子。

"黄昏降临了,先是掩盖了那个死者的尸体,死者一直平躺着留在那里,两臂伸开,如同钉在了地上,然后旋转的夜之球平滑地滚过帕图森,停了下来,将无数世界的光洒在大地上。在镇子裸露的部分,大火沿着惟一的街道再次熊熊燃烧起来,从远处到更远处将正在掉落下来的屋顶那直直的线条呈现在他们的瞪视中,夹灰墙的碎片在混乱中成了杂乱的一堆,东一处西一处都有一整座茅草棚在一组高高的木桩垂直的黑色线条上,在火光中升腾;而由这动荡的火焰一块块地映照出来的所有这些住宅的线条,都似乎摇曳不定曲曲折折地沿河而上,直至陆地腹心的阴暗之处。在极度的寂静中,一连串的大火无声无息地映出许多阴影,那寂静则延伸到山脚下的黑暗中;但是河对岸,除了城堡前的河边有一堆孤零零的篝火外,一片漆黑,向空中散发出一种越来越甚的震颤,那可能是无数只脚踏在地上发出来的,也可能是许多人声的嗡嗡,还可能是远处一个巨大的瀑布的垂落。布朗向我承认,就是在那时,当他转过身来背朝着他的手下,坐在那里望着这一切时,尽管他目空一切,尽管他有无情的自信,他还是产生了一种感觉,感到他终究是把脑袋往一堵石头墙上撞去了。假如当时他的船是在漂着,他相信他势必会力图偷偷跑掉,撞撞大运,看他能不能顺河长驱直下,会不会在海上饿死。他会不会跑得了都很成问题呢。然而他并没有一试。又过了一会儿,他又转了念头,想冲进镇子里,但是他看得很清楚,到头来,他会发现自己在火光通明的街道上,他们会像狗一样被人从屋子里射杀。他们是二百比一呀——他想着,与此同时,他的手下团团围着两堆还在冒烟的灰烬,大声咀嚼着最后几把香蕉,烤着几块山芋,为此他们还得感谢卡西姆的外交呢。柯涅柳斯坐在他们中间,愠怒地打着瞌睡。

"然后一个白人想起有些烟草留在船上了,而且为所罗门岛人安然无恙的先例所鼓舞,说他要去取那烟草。听了这话,其他人都摆脱了沮丧。当向布朗请求时,他轻蔑地说,'去吧,滚你的。'他并不以为在黑暗中到溪边去会有什么危险。那人迈腿跨过树干,随即消失了。片刻之后,听到他爬进船里,又爬了出来。'我拿到了。'他叫道。接着,就在那山脚下,一道光闪,一声枪响。'打中我了。'那人喊道。'当心,当心哪——我被打中了。'当下所有的步枪都开了火。那座山就像座小火山,向夜空喷着火和噪音,当布朗和那美国佬以责骂和拳打制止了惊慌失措的射击时,从溪边飘过来一声幽深倦怠的呻吟,接下来又是一声悲叹,那伤心欲绝的悲哀像是某种毒药,使血管里的血变得冰凉。然后,在小溪那边的什么地方,一个强有力的声音说出好几个清晰但确无法明白的字眼。'谁也不许开枪。'布朗喊道。'那是什么意思?'……'你们山上的听得见吗?你们听得见吗?你们听得见吗?'那声音重复了三次。柯涅柳斯翻译过来,然后又提示回答。'说吧,'布朗叫道,'我们听得见。'随后,那声音以传令官中气十足的洪亮声调高声说起来,在模模糊糊的荒地边缘来回移动,声称在生活在帕图森的布吉斯人和山上的白人以及同他们在一起的那些人之间,没有信义,没有同情,没有话好讲,也没有和平。一片丛林发出瑟瑟响动;却不料响起了一阵枪声。'真他妈的傻。'那美国佬嘟嘟囔囔地说,烦恼地将枪托往地上一戳。柯涅柳斯又翻译过来。山底下那受伤的人又喊了两声,'把我抬上去吧!把我抬上去吧!'然后又继续呻吟着抱怨起来。他下山时倒是一直趴在烧黑了的土地上,以后又猫着腰爬进船里,所以还是够安全的。看起来在找到烟草后,他高兴得忘乎所以了,从船里跳出来时越了位,就是这么回事。那艘白船位置很高,又很干燥,把他突现出来;那一段的溪水不过七码宽,恰巧就有个人埋伏在对岸的树丛中。

"他是通达诺的布吉斯人,最近才来到帕图森,和下午被打死的那个人是亲戚。那著名的远距离射击确实吓坏了那些目击者。那个人在绝对安全的情况下被打倒了,朋友们看得清清楚楚,他倒地时唇上还带着笑意,而他们从这一行径中似乎看到了一种恶意,从而激起了一股切肤之痛般的愤怒。他这位亲戚叫西-拉巴,当时正跟多拉明在几英尺外的寨子里。你既了解这帮人,你就得承认,那家伙自告奋勇在黑暗中单枪匹马地去传那口信,还是显示出了一种非同寻常的勇气。爬过那片开阔地,他已经向左偏去,发现自己正在那条船的对面。布朗的那个人高声喊叫时,他吓了一跳。他坐起来,枪也上了肩,待那人一跳出来,暴露无遗时,他便拉动了扳机,将三颗边缘不整齐的子弹就近直射入那可怜虫的腹部。然后他脸朝下平趴在地上,装作死了的样子,与此同时,一阵稀疏的铅弹打得靠近他右手的灌木丛瑟瑟直响;以后他就高喊着说完了他要说的话,弯腰曲背,始终隐蔽地躲藏着。说完最后一个字,他侧身一跳,蜷缩着躺了一会儿,之后安然无恙地返回家园,他那一夜名声大振,他的孩子们都不愿让那名声逝去。

"山上那伙不幸的匪徒垂着脑袋,眼看着那两小堆灰烬熄灭了。他们颓丧地坐在地上,紧闭着嘴,耷拉着眼,听着下面他们那位同伙的动静。他是个壮汉,死得很艰难,呻吟声高一阵低一阵的,低得有如一种奇怪的私下诉说痛苦的调调。

有时他尖叫起来,然后,安静片刻,又会听到他神经错乱地发出一长串难以听得懂的怨言。他没有一刻消停。

"'那有什么用?'布朗有一次动也没动地说了一句,那是在看到那美国佬低声骂着准备下山时说的。'倒也是。'那逃兵也说道,无可奈何地作罢了。'对这里受伤的人来说,可鼓不了气啊。只是他的叫嚷看来会使其他所有的人对往后的事想得太多了,船长。''水呀!'那受伤者以异常清晰有力的声音喊道,然后声音又低了下去,成了微弱的呻吟。'啊哟,水呀。有水就成。'另一位忍耐顺从地嘟囔着自言自语。'要不了多一会儿就会有很多的。正涨潮呢。'

"潮水终于涨起来了,将痛苦的怨诉和哭喊都平息下去,将近黎明时分,布朗面向帕图森手掌托着下巴坐着,俨然一个人瞪视着一座山那不能攀援的一侧的样子,这时他听到远远在镇里的什么地方传来一门发射六磅重铜炮弹的炮短促的轰响。'这是什么?'他问在自己身边的柯涅柳斯。柯涅柳斯听了听。沉闷的呼啸声从城市的上空顺河滚滚而下;一面大鼓开始咚咚擂响,其它的鼓都应和起来,很有节奏,隆隆直响。在半边黑暗的镇里,星星点点的灯光开始闪烁,而火光照亮的另一半则响起深长的嗡嗡声。'他已经来了。'柯涅柳斯说。'什么?已经?你肯定吗?'布朗问道。'是的!是的!肯定。听那热闹劲儿。''他们干吗那么闹?'布朗又问。'高兴呗,'柯涅柳斯嗤之以鼻说,'他可是个大人物,不过那也一样,他并不比一个孩子多懂多少,所以他们才闹腾得那么厉害,好让他开心,因为他们不知道更好的办法。''哎,'布朗说,'怎么接近他呢?''他会来同你谈的。'柯涅柳斯宣称。'你这是什么意思?难道逍遥地走到这儿来不成?'柯涅柳斯在黑暗中用力点了点头。'是的。他会径直上这儿来,跟你谈。他就像个傻瓜。你会看到他是怎样一个傻瓜的。'布朗还是难以相信。'你看着吧;你看着。'柯涅柳斯再三说道。'他不害怕——他什么都不怕。他会来命令你别招惹他的子民。谁也不许招惹他的子民。他就像个小孩子。他会径直来找你的。'唉!他太了解吉姆了——那个'卑鄙的小人',布朗跟我提到他时就这么说他。'是的,一定是这样,'他热情地一个劲儿说,'然后,船长,你就叫那个拿枪的大高个儿朝他开枪。你只要打死他,就会把所有的人都吓倒,往后你想怎么对付他们就怎么对付他们——想拿什么就拿什么——想什么时候走再走。哈!哈!哈!好啊……'他急不可待地几乎手舞足蹈起来;而布朗回过头去看他时,看到他手下的人在毫无怜悯之心的晨曦映照下,被露水浸得透湿,坐在营地冰冷的灰烬和垃圾之间,憔悴,瑟缩,衣着破烂。"

第四十一章

"直到最后一刻,天一下子在他们面前大亮了,西岸的火还烧得又亮又旺;于是布朗看到,在一堆一动不动地待在突前的房子之间的五颜六色的人影中,有一个穿西服、戴钢盔、浑身雪白的汉子。'那就是他;看哪!看!'柯涅柳斯激动地说。布朗的人全都一跃而起,瞪着无神的眼睛挤在他身后。那群色彩鲜明脸膛黝黑的人和他们当中的那个白色人影在观察着那个山丘。布朗看见一些赤裸的手臂举起来遮着眼睛,还有一些棕色的手臂在指指点点。他该怎么办?他四下望望,四周对着他的森林围住了这个战场,而这是一场不平等的竞争。他再次看了看他的部下。鄙夷,倦意,生的欲望,再尝试一个机会——为另外一个坟墓——的愿望,在他的胸中挣扎。从那人影所呈现出来的轮廓看,他似乎觉得那边那个受到这块土地一切势力支持的白人正用望远镜观察他的阵地。布朗从圆木上跳起来,扬起手臂,手掌朝外。那五颜六色的一群人紧围住那个白人,一退再退,他才摆脱了他们,独自慢慢走来。布朗一直站在那圆木上,直到吉姆在一丛丛荆棘中时隐时现,快要走近那小溪;这时布朗跳下来,走下山去,在小溪的这一边迎接他。

"他们相会了,我想那里离吉姆一生中第二次拼命一跳的地方不很远,也许正是那地方——那一跳使他跳进了帕图森的生活,跳入人们的信赖、爱戴和友爱。他们隔溪相对,注目相望,试图彼此有所了解之后再开口。他们的目光中势必表达了他们的势不两立;我知道布朗头一眼见到他,就恨上吉姆了。不管他可能有过怎样的希望,也马上烟消云散了。这不是他指望要见到的人。他为此而恨他——他身穿方格法兰绒衬衫,袖子从肘部剪掉,一把灰胡子,凹陷的脸被太阳晒得黢黑——他从心眼里诅咒对手的年轻和自信,诅咒他清澈的眼睛和从容的举止。那家伙比他强得太多了!他看上去不像愿意帮忙的人。他那方面一切都占上风——财产、安全、权势;他所在的一边有着压倒一切的力量!他不饥饿,也不绝望,而且他好像一点也不害怕。就连吉姆衣着的整洁,从雪白的钢盔到帆布裹腿和擦得锃亮的皮鞋,都有某种东西,在布朗阴郁恼怒的眼里,似乎属于他在初涉人生之时就蔑视和反对的。

"'你是谁?'吉姆终于发问,声音一如往常。'我叫布朗。'那一位高声回答;'布朗船长。你叫什么?'吉姆却似乎置若罔闻,停了一停,继续安详地问道:'你是为什么到这儿来的?''你想知道吗?'布朗怨毒地说,'这很好回答。饥饿。你又是为的什么到这儿来的呢?'

"'这话使那家伙激动起来,'布朗说,向我叙述着那两个人之间这次奇怪的谈话的开场,那两人仅仅隔着一条小溪泥泞的河床,但却是站在那个包罗全人类的人生观的两个极端——'这话使那家伙激动起来,脸涨得通红。太了不起了,问都问不得,我想。我告诉他,如果他把我看成可以任凭你们摆布的死人,那他实际上一点也好不了多少。山上就有我的一个人,始终把枪瞄着他,只等我给一个手势。这也没什么可大惊小怪的。他到这儿来,完全是他自愿。"让咱们一致承认,"我说,"咱们都是死人,再在这个基础上,平等地谈话好了。在死神面前我们都是平等的。"我说。我承认,我在那儿就像被夹子夹住了的老鼠,但我们是被逼到这份儿上的,即使是被夹住的老鼠,还能咬一口呢。他立即抓住了我。"假使你等到老鼠死掉之后才走近夹子,就不会挨咬。"我告诉他,那种游戏对他这些土著朋友来说,倒是够好的,但是我本来还以为他太白了,纵使对老鼠也不会如此。是的,我本想跟他谈谈的。不过不是为求我活命。我的那帮人——好吧——他们的秉性——不管怎么说,都是和他自己一样的人。我们对他的指望,无非是以魔鬼的名义来理论理论。"他妈的,"我说,他则像个木桩子似的呆呆站在那里,"你总不想天天到这儿来,借助你的望远镜,数数我们能站得起来的还有多少人吧。来吧。要么带着你那伙牛鬼蛇神过来,要么让我们出去,到广阔的大海上去饿死,看在上帝的分上!你也曾经是白人,尽管你夸口说这是你的子民,你和他们一条心。你是吗?为此你究竟得到了什么;你到底在这儿发现了什么,这么宝贵?啊?也许你不想让我们到这儿来——是不是?你们是二百个对一个。你不想让我们到这开阔地来。啊!我跟你把话说在前头,不等你们动手,我们就先给你们玩儿个样子看看。你讲到我攻击安分守己的人民是懦夫行为。他们安分守己关我什么事,我就为了不生事,都快饿死了?但是我可不是懦夫。但愿你也不是。带着他们来吧,要么看一切恶魔的分上,我们还会设法把你们半个镇子的安分守己的人同我们一道在烟雾中送到天上去的!"'

"他的样子可怕极了——向我叙述着这一切——这个备受折磨骨瘦如柴的人,身子缩成一团,脸抵着膝盖,在那破败的茅屋里一张凄惨的床上,抬起头看着我,一副恶毒的得意洋洋的神气。

"'我就是那么对他说的——我知道说什么。'他又开口道,起初羸弱无力,但是越说越起劲儿,变化速度之快令人难以置信,最后激烈地直抒他的轻蔑。'我们不会走到森林里去,像一串活骷髅似的游荡,一个接一个地倒下,在没有死透之前,听任蚂蚁在我们身上横行。噢,不!……"你不配有更好的命运。"他说。"那你又配什么呢?"我冲他喊起来,"我看你是藏匿在这儿,满嘴都是你的责任啦,无辜的生命啦,你的鬼职责啦,你配什么?你对我的了解,比我对你的了解多得到哪儿去?我到这儿来是为了吃的。你听见了没有?——填饱肚子的吃的。而你到这儿来是干什么的?你到这儿来的时候,要的是什么?我们并不要求你别的,只要求跟我们打一仗,要不就让开路,让我们哪儿来的还回哪儿去……""我现在就跟你打好了。"他说,还扯扯他的小胡子。"我会让你朝我开枪的,欢迎。"我说。"这地方对我来说,跟别的地方一样都是个挺好的超生之处。我对我的厄运感到厌倦。但是这也太容易了。我还有同舟共济的部下——而且,看在上帝的分上,我可不是那种跳出是非圈,弃他们于该死的危难中不管不顾的人。"我说。他站在那儿想了一会儿,然后想知道我究竟干了什么("在那外面。"他说,头往下游方向摆了摆),被人追赶得这样。"我们会面,难道就是为了把彼此的生平讲给对方听吗?"我问他。"那就你先说吧。不说?那好,我肯定也不想听呢。那你就闷在心里吧。我知道不会比我的强。我是过来人——你也是,别看你讲起话来,好像你是那些人中的一分子,长着翅膀,好来来去去而沾不着这肮脏的土地似的。好吧——是肮脏。我可没有翅膀。我到这儿来,是因为我这辈子怕过一次。想知道怕的什么吗?怕监狱。那可吓着我啦,这可以告诉你——如果对你有好处的话。我不会问你是什么吓得你跑到这个人间地狱来的,你在这儿似乎倒捞到了不少好东西呢。那是你的运气,这是我的命——有乞求赶快赐我一枪的特权,要么就一脚把我踢开,由我自己去饿死。"'……

"他那衰弱的身体得意得直抖,那得意之情如此热烈,如此确定,又如此恶毒,连茅屋中等待着他的死神似乎都被赶跑了。他疯狂自爱的躯体从褴褛的衣衫和穷困潦倒中腾起,有如从坟墓的阴森恐怖中腾起一样。他当时对吉姆说了多少谎,此刻又对我说了多少谎——他一向对自己又说了多少谎,那可真没法说了。虚荣总要对我们的记忆玩弄些离奇的把戏,种种感情的真实都需要某种借口来维系其生存。以乞丐的面目站在另一个世界的门口,他已经抽过这个世界的耳光,向它吐过唾沫,从他种种恶行的根上就把一种无限的侮慢和叛逆强加于它。他征服过他们所有的人——男男女女,蛮夷之人,做生意的,流氓,传教士——还有吉姆——那个脸色健壮的叫花子。我并不嫉妒他在死神发话时依然得意,这几乎是死后的幻觉,以为他已把全世界都踩在了脚下。当他以那种不堪入目、令人嫌恶的痛苦向我大吹大擂的时候,我禁不住想到那次关于他最辉煌的时代的令人好笑的谈话,当时有一年多的光景,接连好多天都能看到绅士布朗的船漂浮在一个小岛附近,那小岛的边缘绿树衬着蔚蓝,一个白色的海滩上点缀着一个黑点似的教堂;而在岸上的布朗绅士正在向一个浪漫的姑娘施展他的魔力,那姑娘对美拉尼西亚来说是太过分了,同时又显出大有希望皈依她丈夫的样子,那可是不得了的皈依。人们不止一次听到那可怜的汉子表示出这个意愿,即要使'布朗船长有一种更好的生活方式'……'将布朗先生引向光荣'——就像一个斜眼的流浪汉有一次说的——'只是让他们那些高高在上的人看看,一个西太平洋的商船船长是个什么模样。'也正是这个人,带着一个垂死的女人逃跑出来,泪洒在她的遗体上。'行动就像个大孩子,'他当时的大副永远不知疲倦地告诉人家,'这当中有什么趣事,就是让病怏怏的卡纳卡斯人把我踢死,我也不知道。唉,诸位!他把她带到船上时,她已经病得认不出他来了;她就那么躺在他的铺上,可怕的亮闪闪的眼睛直瞪着那横梁——然后她就死了。我猜想一定是什么劳什子讨厌的热病吧……'我回想起所有这些故事,而他呢,一边用一只铅灰色的手去擦他那缠成一团的胡子,一边从他那咯吱作响的病榻上告诉我,他是如何同那种混账、有洁癖、老虎屁股摸不得的家伙周旋,攻他的心,最后制服了他。他承认那家伙是吓不倒的,但是总有办法的,'同大路口一样宽的办法,让你进去,撼动他那不值两便士的灵魂,撼得他灵魂出窍,上下翻个儿——看在上帝的分上!'"

第四十二章

"我想他至多也许就望了望那条笔直的道路罢了。他似乎为他所看到的感到困惑,因为他不止一次中断了他的叙述,惊叫起来,'他差点儿就从我那儿溜掉了。我看不出他是谁。他是谁呢?'他狂乱地瞪视我片刻之后,就继续讲起来,兴高采烈,冷嘲热讽。现在在我看来,这两个人隔着那条小溪的对话是最不共戴天的决斗,对此只有命运女神知道其结局,并冷眼旁观。不,他没有搅得吉姆灵魂出窍,不过,假如那个完全不受他摆布的灵魂没有充分品尝出那场角力的苦处,那我可大错而特错了。他已弃绝了的那个世界还在派探子到他的隐遁之地追寻他。虽说他是从'那外面'来的白人,他可不认为他够资格在那外面生活。这就是临到他头上的一切——威胁、震惊,他的工作所面临的危险。我想,吉姆偶尔说出的寥寥数语里,渗透了这种悲哀的、半是怨恨半是无奈的心情,才让布朗在解读他的性格时那么困惑。一些伟大的人之所以伟大,多半在于他们有本事看出他们想当作工具使唤的那些人堪为他们所用的实力究竟如何,而布朗好像也确实很伟大,具有一种邪恶的天才,能找出他的牺牲者身上最优秀和最薄弱的环节来。他向我承认,吉姆不是那种靠屈从就能打动的人,因此他很注意表现得像条汉子,面对厄运、非难和灾祸毫不惊慌失措。走私几条枪也不是什么大不了的罪过,他指出。至于来到帕图森,谁有权利说他不是来行乞的?这里牛鬼蛇神一样的人从河两岸放手向他攻击,并没有停下来问个明白。他说这话真是厚颜无耻,因为真情是,多亏丹·瓦利斯采取了有力行动,才防止了最大的灾祸;因为布朗明明告诉过我,他一看到那地方的规模,当即就暗下决心,一旦他有了立脚点,就立刻四处放火,首先是把视线所及的一切活物统统射倒,以使当地人害怕和恐怖。由于力量的对比如此悬殊,这是他有一线机会达到目的的惟一办法——他是在一阵剧咳中辩解的。但是他没有把这些告诉吉姆。至于艰苦和饥饿,他们都经历过,这些都是很实在的;只要看看他那伙人就够了。他尖声打了个呼哨,使他的人全亮了相,在圆木上站成一排,全身一览无遗,好让吉姆能看清他们。至于杀了那个人吗,事情已经做出来了——得,也就算了——不过难道不是这场战争,血淋淋的战争——造成的困境?而且那家伙被打死得挺干净利落的,子弹穿胸而过,不像他手下那个现在还躺在小溪中的可怜鬼。他们听着他挨了六个钟头才死掉,内脏都被不规则的弹丸撕毁了。无论如何这也是一命抵一命吧。……而这一切都是以一个被厄运一再驱策,对自己往哪儿跑都不在乎了的人的那种厌倦和不顾后果的神气说出来的。他以某种粗鲁绝望的坦率问吉姆,他自己——就在现在——是不是就不明白,当'到了走投无路,要救自己一条命的时候,一个人就不在乎别人是怎样的情形了——三个人也好,三十人也好,三百人也好'——这时,仿佛有个魔鬼悄悄在他耳边提示。'我使他有些失态了,'布朗向我夸口道,'他很快就不再向我那么义愤填膺了。他只是站在那儿,无话可说,像要打雷似的那么阴沉沉地看着——不是看着我——而是看着地上。'他问吉姆,难道他此生就没有想得起来的亏心事,对一个试图一有机会到手就赶紧逃出该死的地狱的人竟如此苛刻——等等诸如此类的话。在这粗鲁的谈话中,也有一条脉络,微妙地提到他们共同的血统,揣想他们有共同的经历;还令人作呕地暗示他们有共同的愧疚,有不能为外人道的心事,它就像一条纽带,将他们的思想和心连在一起。

"布朗最后全身伸展着躺下,从眼角看着吉姆。吉姆站在他那一边的小溪岸上思考着,用柳条抽打着他的腿。视野之内的房子都很静,仿佛一场瘟疫把它们扫荡得连一点人生的气息都没有了;但是里面有很多无形的眼睛转向了那两个隔溪相对的人,一条搁浅了的白船,还有一个半身陷入泥沼的第三个人的尸体。在河上,独木舟又活动起来,因为自从那个白人老爷回来之后,帕图森又恢复了它对于人世社会的稳定的信心。河的右岸,房屋的平台,沿岸碇泊的木筏,甚至作浴室的茅屋顶上,都满是人,他们远在听力所及的范围之外,甚至也在视力所及之外,他们却竭力越过酋长的寨子,向小山望去。森林那宽阔而不规则的环带被河的光泽分割成两处,在那环带之内是一片寂静。'你答应离开这个海岸吗?'吉姆问。布朗举起手,又放下,似乎是把一切都放弃了的样子——听天由命吧。'还交出你们的武器?'吉姆追问。布朗坐起身来,瞪着河对岸。'交出我们的武器!除非你们来从我们僵硬的手里夺过去,决不。你以为我被吓疯了么?噢,不!除了船上还有几杆后膛枪外,那武器和我身上的这些烂布就是我在这世上剩下的一切了;我还想在马达加斯加卖掉这些东西呢,如果我能走那么远的话——我会一路挨船乞讨的。'

"吉姆对此未置一辞。最后,他扔掉了手里拿着的柳条,仿佛自言自语般地说:'我不知道我有没有这个权力。'……'你不知道!你刚才还要我交出武器呢!那倒也好。'布朗叫道。'假定他们对你说一套,对我却做出另一套。'他明显地平静下来。'我敢说你有这权力,否则所有这些谈话还有什么意义呢?'他继续说道。'你到这儿来是为了什么?是打发白天的光阴吗?'

"'很好。'吉姆在长时间的沉默之后突然抬起头来说。'你们要么干干脆脆走路,要么干干脆脆打一场。'他掉转头,扬长而去。

"布朗连忙站起身来,但是他直到看见吉姆消失在头几幢房屋之间才上山去。他再也没有看到他。回山的路上,他碰见柯涅柳斯正垂头丧气地走下来,头搭在两个肩膀之间。他在布朗面前止住脚步。'你为什么不杀了他?'他以一种尖酸不满的声音责问道。'因为我还有比那更好的招数呢。'布朗觉得好笑,微笑着说。'不会!决不会!'柯涅柳斯一个劲儿地抗议。'不会的。我在这儿已住了多少年了。'布朗好奇地抬头看了看他。对于那地方的生活而言,反对他的武装有很多派;那些事他永远也不会发现。柯涅柳斯没精打采灰溜溜地朝河边走过去。他正在离开他的新朋友们;他以一种愠怒的固执接受了这一系列事件令人失望的转向,那郁郁不乐的固执似乎使他那小小的蜡黄老脸更紧地缩在一起;当他走下山时,他还斜眼东瞅瞅西看看,从来没有放弃他已拿定的主意。

"这以后,事情毫无阻碍地迅速发展,从人们的内心深处流泻,如同从一个黑暗的源泉流泻,我们看见吉姆在他们中间,多半是通过唐·伊塔姆的眼睛。那姑娘的眼睛也注视着他,但是她的生活和他的太纠缠不清了:中间还有她的热情,她的惊异,她的愤怒,而尤其重要的是,还有她的恐惧和她决不宽恕的爱情。在那个和别人一样不明就里的忠实仆人身上,则只有忠心耿耿在起作用;对他的主子的忠心和信仰如此强烈,就连惊讶都被克制了,成为一种对一次神秘的失败的悲哀的接受。他的眼睛只盯着一个人看,在一切迷惑的困扰中,他仍然保持着他守护、服从、关心的神态。

"他的主人同那些白人谈完话回来了,慢慢地向街上的寨子走去。看到他回来,人人都兴高采烈,因为他走后,每个人都很担心,不仅害怕他会被打死,也担心他会有别的意外。吉姆走进一幢房子,老多拉明就在那儿休息,他和这位布吉斯人首领单独在一起待了好久。他无疑在那时和他讨论了下面要采取的步骤,但谈话时没有别人在场。只有唐·伊塔姆尽可能靠近门口,听到他的主人说,'是的。我会让大家都知道这是我的意愿;但是我在所有其他人之前先跟你,而且只跟你说了,多拉明啊;因为你知道我的心,我也知道你的,还有你心里最大的愿望。你也很清楚,我没有别的想法,只是为人民的利益着想。'然后他的主人就掀开门帘走了出去,而他,唐·伊塔姆瞥见里面的多拉明坐在椅子里,两手放在膝上,看着两脚之间。这之后他就随他的主人到了城堡,布吉斯人和帕图森居民的头面人物都已被召集到那里商讨。唐·伊塔姆很希望打上一仗。'不就是再夺一个山头吗,有什么大不了的?'他遗憾地感叹道。然而,镇子里很多人却希望,这么多勇士在准备作战的情景,会诱使这帮贪婪的陌生人不战而退。如果他们走了,那可是好事。由于吉姆的到来在黎明前已经被城堡放的炮和那里敲大鼓的鼓点搞得人人皆知,笼罩着帕图森的恐惧被打破了,消退了,有如冲上岩石的浪潮一样消退了,留下激动、好奇和无止无休的揣测的沸腾泡沫。半数的人为了防御起见已经被赶出了他们的家,住在河左岸的街上,拥挤在城堡的周围,随时准备看到他们被抛弃的在受到威胁的河岸上的住家升起熊熊火焰。人们普遍渴望看到事情尽快解决。通过珠儿的照料,食物已经分发给了难民。没有人知道他们的白人要干什么。一些人议论说,情况比阿里警长那次战争还要糟。那时很多人并不在乎;现在则每个人都会受损失。独木舟在镇子的两部分之间来来往往地活动,受到人们颇感兴趣的关注。一对布吉斯人的战船停泊在溪流中间,保护着那条河,每艘船的船头都飘着一缕青烟;船上的人正在做午饭,这时吉姆在会见了布朗和多拉明之后,过到河对岸,从他城堡的水闸进了城堡。里面的人拥在他身边,他几乎连家都不进去。他们在这之前没有看见他,因为夜里他到了以后,只和那姑娘交谈了几句,她是专为此下来到浮动码头上的,然后他立刻就到对岸会合首领和战士们去了。人们在他身后高喊着问候的话。一位老太太疯狂地挤到前面,以责备的口气吩咐他要当心她的两个跟着多拉明的儿子,不要让他们伤在那伙强盗手里,引起一片哄笑。好几个旁观者试图把她拉开,但是她挣扎着喊叫道,'放开我。这是干什么呀,穆斯林们?这样笑可不合适啊。他们那帮嗜血成性只想杀人的强盗难道不残酷吗?''随她去吧,'吉姆说,随着一片寂静突然降临,他缓缓地说,'所有的人都将是安全的。'那一大片叹息声和表示满意的响亮的嗡嗡声还没有完全安静下来,他就进了家门。

"毫无疑问,他已拿定主意,要布朗没有阻碍地回到海上去。他的命运遭到反叛,逼着他提早行动。他第一次不得不在直言不讳的反对面前肯定自己的意思。'说的很多,我的主人起初一直沉默,'唐·伊塔姆说,'天黑下来了,我在长桌上点燃了蜡烛。首领们坐在两边,夫人则一直站在我主人的右手。'

"当他开始发言时,罕见的困难似乎只是更加不可动摇地坚定了他的决心。那些白人现在正在山上等着他回话。他们的首领已经用他同种人的语言跟他说过话,把许多用其它任何语言难以解释的事情都说清楚了。他们都是些有过失的人,苦难已经使他们分不清是非了。确实,已经失去了不少生命,但是为什么还要再搭上更多的生命呢?他对他的听众,那些聚在一起的人民首领,宣称,他们的利益就是他的利益,他们的损失就是他的损失,他们的哀伤就是他的哀伤。他环顾四周一张张严肃倾听的面孔,告诉他们要记住他们曾经并肩战斗和工作过。他们了解他的勇气……说到这儿,一阵嗡嗡声打断了他……还有他从来没有欺骗过他们。他们已经在一起住了多年。他以巨大的爱情爱着这块土地和住在这里的人民。如果允许这些长着胡子的白人撤走,对他们的任何伤害他都会以自己的生命来补偿。他们都是作恶的人,但是他们的命运也很不幸。他给过他们恶意的建议没有?他的话给人民带来过苦难没有?他问道。他相信,最好放这些白人和他们的追随者们一条生路。这是一个小小的礼物。'我,一个你们考验过并且一向发现是真诚的人,请求你们放他们走。'他转向多拉明。这个老头人一动不动。'那么,'吉姆说,'请丹·瓦利斯,你的儿子、我的朋友,进来吧,因为在这件事里,我将不担任指挥。'"

第四十三章

"在他椅子后面的唐·伊塔姆宛如遭了雷击一样。这番声明引起了巨大的震撼。'放他们走,因为就我所知,这是最好的办法,而我的知识从来没有欺骗过你们。'吉姆坚持道。一片沉默。在院子的黑暗中,可以听到许多人压低嗓门的窃窃私语和你推我搡的闹哄哄的声音。多拉明抬起他沉重的脑袋,说,人心难测有如伸手擎天,但是——他同意。其他人也纷纷发表了自己的意见。'这是最好的办法','放他们走人吧',等等。但是他们大多数只是说,他们'相信吉姆爷'。

"这种对他的意旨表示赞同的单纯形式中,包含着影响局势的全部关键;他们的信条,他的真理;还有对那种忠诚的证言,那忠诚使他在自己眼里堪与那些从不落伍的无瑕的人相媲美。斯坦因的话,'浪漫!——浪漫啊!'似乎在那些遥远的地方回荡,那些地方现在决不会放弃他,把他让给一个对他的缺点和美德都无动于衷的世界,让给那在巨大悲痛和永远分别的迷惑中,拒绝为他洒一点同情的泪水的炽热而缠绵的感情。打从他在最近三年的生活中,只凭着真诚来反对人们的愚昧、恐惧和愤怒度日的那一刻起,他在我眼里就已不再是我最后一次看见他的那个样子了——笼罩在阴沉的海岸和暗淡的海上所遗留下的全部朦胧的光中的一个白点——但却在他灵魂的孤寂中更加伟大而可怜,那孤寂即使对最爱他的她来说,也一直是一个残酷而不可解的谜。

"显然他对布朗并没有不信任;没有理由怀疑那故事,那种粗鲁的坦率,接受他行为的善恶原则及后果的那种男子汉气概的诚挚,似乎都证实了其真实。但是吉姆不知道,那个人的妄自尊大几乎是不可想象的,当他的意志受到反抗和阻挠时,那自负就会使他怀着一个被违拗了的专制君主怒气冲冲和睚眦必报的怒火,疯狂起来。但是如果吉姆对布朗没有怀疑,那他显然也很不安,希望不会发生什么误会,以免也许导致冲突和流血。就因为这个原因,那些马来头领们一走,他就要珠儿给他弄些东西吃,因为他要离开城堡,到镇子里去指挥。她劝他不要去,因为他太疲乏了,对此,他说,要是出了什么事,他永远都不会原谅自己。'我要对这块土地上的每一条生命负责。'他说。他起初有点心绪不宁;她亲手服侍他,从唐·伊塔姆手里接过盘子和碟子(是斯坦因送给他的餐具)。过了一会儿,他觉得轻松了一些;对她说,她得在城堡里再坐镇一夜。'没有我们的觉好睡了,老丫头,'他说,'我们的人还没有脱离危险呢。'后来他又开玩笑说,她是他们当中最出色的好汉。'如果你和丹·瓦利斯照你们的心愿做了出来,那帮可怜鬼今天没有一个还会活着。''他们很坏吗?'她靠在他的椅子上问。'人有时做的事很糟糕,但比起别人来,也坏不到哪儿去。'他犹豫了一下说。

"唐·伊塔姆跟着他的主人到了城堡外的浮动码头上。夜色清朗,却没有月亮,河的中间很暗淡,两边河岸下面的河水映照着很多道火光,'有如斋月的夜晚。'唐·伊塔姆说。战船在黑暗的河道中静静地漂移,也有的抛了锚,一动不动地

515

浮着,激起一阵很响的声浪。那一夜,对唐·伊塔姆来说,在独木舟里划了太多的桨,又跟在他主人的脚后走了太多的路:他们脚步沉重地高一脚低一脚走过街道,那儿正烧着火堆,走到镇郊的岛内深处,那儿一小伙一小伙的人正守卫在他们的地里。吉姆爷发出号令,都得到了服从。最后他们走到酋长的寨子,那晚上正由吉姆手下派出的一队人把守。老酋长那天一清早就带着他的大部分女人逃走了,逃到他在一条支流上靠近一个丛林村寨的一所小房子里。留下来的卡西姆参加了议事会议,以他那殷勤活跃的神态为头一天的外交辩解。对他的反应相当冷淡,但他却设法保持住了他的微笑,他安详的警觉,并且在吉姆郑重地告诉他,他提议当晚由他自己的人驻守那寨子时,卡西姆还做出了极高兴的样子。散会之后,人们听到他在外面招呼着一个个正要离开的首领们,以洪亮而感激的声调说起酋长虽不在,但酋长的财产却得到保护了。

"约莫十来个吉姆的人列队走进。那寨子扼守着溪口,吉姆打算留在那儿,直到布朗从下面过去。在栅栏墙外一点杂草丛生的平地上,点起了一堆火,唐·伊塔姆为他的主人安放了一张小马扎。吉姆告诉他尽量睡一觉。唐·伊塔姆找到张席子,在不远处躺下了;但是他睡不着,尽管他知道在那一夜结束前,他还有一段很重要的路程要赶。他脸色忧伤。每当他的主人走近他时,唐·伊塔姆就装出睡着了的样子,不愿意他的主人知道他在受到注意。最后,他的主人站定脚步,俯视着躺在那里的他,柔和地说,'到点啦。'

"唐·伊塔姆当即起身,作好准备。他的任务是下到河里,领先布朗的船一个钟头以上,最后地并且是正式地告诉丹·瓦利斯,允许那帮白人通过,不要骚扰他们。吉姆不放心把这任务交给其他任何人。出发前,唐·伊塔姆索要一个信物,这更多地是出于形式(因为他在吉姆身边,这早已使他尽人皆知了)。'因为老爷,'他说,'这口信很重要,我捎的可是你确实说的话。'他的主人先把手伸进一个衣袋里,然后又伸进另一个,最后从食指上取下他已经戴习惯了的斯坦因的那枚银戒指,把它给了唐·伊塔姆。当唐·伊塔姆离开去执行他的任务时,布朗在山上的营地漆黑一团,只是透过那些白人砍倒的一棵树的树枝闪现出一小点微光。

"傍晚时分,布朗已经收到吉姆的一个折叠纸条,上面写道,'放你一条阳关道。你的船趁着早潮一漂起来,你就赶紧动身吧。让你的人当心点。这条溪两岸的丛林和寨子里都是全副武装的人。你不会有机会的,不过我也不相信你想流血。'布朗读罢纸条,将它撕得粉碎,然后转向带信来的柯涅柳斯,嘲弄地说,'再见,我卓越的朋友。'那天下午,柯涅柳斯一直在城堡里,在吉姆的房子周围鬼鬼祟祟的。吉姆挑选他来送这个字条是因为他能讲英语,布朗又认识,不大可能被其中一个人的某个紧张的错误打死,而要是一个马来人在黄昏时走近,也许就难以幸免。

"柯涅柳斯在送过纸条后却没有走开。布朗正坐起来,俯看着一小堆火;其他所有的人则正在躺下去。'我可以告诉你一点你想知道的事。'柯涅柳斯没好气地嘟囔着。布朗没有理会。'你没有干掉他,'那一位继续说道,'为此你又得到了什么呢?你本可以把布吉斯人洗劫一空,再从酋长那儿弄到笔钱,而现在你却一无所获。''你最好还是从这儿滚蛋。'布朗咆哮道,看都没看他。但是柯涅柳斯却让他俯到他身边,对他耳语起来,话说得飞快,不时还碰碰他的胳膊肘。

他所要说的,先是让布朗坐了起来,还骂了一声。他只不过告诉他,丹·瓦利斯的武装队伍就在河下游。起初布朗感到自己完全被出卖了,遭到了背叛,但是片刻的思索又使他相信,不会有蓄谋的诡计。他什么也没说,过了一会儿,柯涅柳斯以完全漠然的口气说,这条河还有一个出口,他对那条路很熟悉。'知道一下也好。'布朗说,同时竖起了耳朵;柯涅柳斯便开始说起镇里的情况,把会上说的话全重复了一遍,用一种一成不变的低音在布朗的耳边聊着,那声调就好像你在一群酣睡的人中间讲话,却不想吵醒他们似的。'他以为他已经使我完全无害了,是吧?'布朗声音极低地嘟囔着……'没错。他是个傻瓜。一个小孩子。他到这儿来,抢了我的生意,'柯涅柳斯继续以单调而低沉的声音说道,'他使所有的人都相信了他。但是如果出了什么事,人们不再相信他了,他还会往那儿去?在那河的下游等着你的那个布吉斯人丹,船长,正是你刚来时把你赶到这山上来的那个人哪。'布朗索然地说,避开他也一样,柯涅柳斯则以同样超然沉思的神态宣称,他知道一段回水道,其宽度刚好容得布朗的船经过瓦利斯的营地。'你得悄悄地,'他好像事后想起来似的说,'因为有一个地方我们紧靠在他的营地后面通过。靠得非常近。他们是贴着岸边扎营,他们的船也拖到了岸上。''哦,我们知道如何像老鼠一样悄没声的;不用担心。'布朗说。柯涅柳斯约定,如果他引导布朗出去,就要把他的独木舟拖上。'我得赶快回去。'他解释说。

"黎明前两个小时,从最边远的瞭望哨传话到寨子里说,白人强盗正在下山,往他们的船上去。顷刻之间,从帕图森的这头到那头,每一个武装起来的人都警惕起来,然而河两岸仍然很静,要不是正在燃烧的火突然爆出模糊的闪光,整个镇子都已沉睡,倒像是在太平时期一样。浓雾低低地笼罩着水面,形成一种虚幻的灰光,什么也照不出来。当布朗的长船滑出小溪,驶入河道时,吉姆正站在酋长寨子前那个凹下去的地方——那正是他头一次在帕图森登岸之处。一个影子朦胧地出现了,在灰暗中移动,孤零零地,块头儿很大,却又老是在躲避着别人的视线。从那影子发出低低的谈话声。挨着舵柄的布朗听到吉姆镇静地说:'一条阳关道。只要雾没散尽,你最好还是靠潮流吧;不过雾一会儿就消了。''是的,一会儿我们就会看清楚了。'布朗答道。

"三四十条汉子把滑膛枪预备好,站在寨子外面,屏住呼吸。他们当中有我在斯坦因的游廊上看到的那条普劳船①的布吉斯人船主,他告诉我,那条船紧擦着那凹下去的一点掠过,有一刻工夫似乎变大了,像座山似的高耸其上。'如果你认为值得在外面等上一天,'吉姆喊道,'我会设法送些东西给你——阉牛啦、山芋啦——只要我能搞到的。'那影子还在继续移动。'好的。就这么办吧。'一个声音说,在雾中虚无而又沉闷。很多人都在注意倾听,但没有一个人明白那些话是什么意思;随后布朗就和他那帮人乘着他们的船漂走了,幽灵似的渐渐隐没,一点声响都没有。

"就这样,在雾中隐没的布朗出了帕图森河的弯道,挨着柯涅柳斯在那条长船的船尾座上坐着。'也许你会得到一只小阉牛的,'柯涅柳斯说。'哦,是的。阉牛。山芋。如果他这么说了,你就会得到。他一向说到做到。他偷走了我所有

---

① 印度尼西亚一些普通敞甲板小艇的一种,靠帆、橹或桨行驶;尤指一种轻快帆船,约长三十英尺宽四英尺,首尾同样向上弯曲,可向任何方向张帆行驶。

的一切。我想你喜欢小偷牛胜过打劫很多人家吧。''我劝阁下还是管住自己的嘴巴为好,不然这里可能会有人把你扔出船外,扔到这该死的雾里去。'布朗说。船似乎停住不动了;什么也看不见,就连旁边的河都看不见,只有水雾飞起,凝结之后滴落到他们的胡须上和脸上。怪怪的,布朗告诉我。他们个个都觉得自己仿佛独自一人在船上漂着,被一种几乎看不出来的疑心追逐着,疑心有很多幽灵在叹息,在喃喃低语。'要把我扔出去,就你?可我倒要知道我在哪儿来着,'柯涅柳斯含糊不清地说,很有些暴躁,'我在这儿住了好多年了。''那也到不了能把像这样的雾看穿的程度。'布朗说,懒洋洋地往后靠在那没用了的舵柄上,胳膊来回摇着。'是啊。没到那程度。'柯涅柳斯恨声说道。'那倒是很有用的。'布朗作着评论。'我是不是要相信你蒙着眼睛也能找到你说起的那段回水啊,就像这样?'柯涅柳斯咕噜了一声。'你是不是累得划不动了?'沉默了一会儿,他问。'不是,看在上帝分上!'布朗突然间吼道。'把你那儿的桨亮出来吧。'雾中响起敲击的巨响,过了一会儿,那响声平静下来,变成看不见的大长桨摩擦看不见的桨座发出的有节奏的嚓嚓声。此外没有任何变化,若不是桨叶轻微的击水声,布朗说,那简直就像是在云层中划动一辆气球车。那之后柯涅柳斯再没开口,除非抱怨着叫什么人从他的独木舟淘水出去,那独木舟就拖在长船的后边。雾渐渐变白,前面也能看见了。向左,布朗看见一片黑暗,仿佛他是在看退去的黑夜的背影。突然间,一根满是树叶的粗大树枝出现在他的头顶,而那些细枝的梢头滴着水,动也不动,紧靠在旁边柔软地垂曲着。柯涅柳斯一言不发,从他手里接过了舵柄。"

第四十四章

"我不认为他们又在一起说过话。船进了一个狭窄的岔道,用桨叶抵住正在坍塌的河岸向前推进,夜色阴沉,仿佛巨大的黑色翅膀在迷雾上伸展开来,使树梢上都充满夜的深沉。头上的树枝透过阴沉的雾洒下大滴大滴的水。柯涅柳斯喃喃叨咕了一声,布朗便命令他的人装上子弹。'在我们被干掉之前,我要给你们一个机会跟他们扯平,你们这帮倒霉鬼,'他对他那帮人说,'当心别白白扔了这机会——你们这帮狗。'对那番话的回应是一阵低沉的吼声。柯涅柳斯则对他的独木舟的安全表现出过分的关切。

"在这同时,唐·伊塔姆已经到达了他的目的地。雾耽搁了他一会儿,但是他稳稳地划桨,紧贴着南岸。天色渐明,就像磨光的玻璃球发出的一道亮光。河两边的岸上各有一个黑点,在这黑点中可以看出模糊的柱形和高高在上纵横交错的树枝的影子。水面上的雾依然很浓,但仍有人在严密监视,因为当唐·伊塔姆接近营地时,白茫茫的雾气中现出两个人影,还有人向他怒声呵斥。他回答之后,一条独木舟很快便靠上前来,他同划船的人互相通报了一些消息。一切顺利。麻烦已经过去。然后独木舟里的人松开了抓着他小船舷边的手,转瞬间就不见了踪影。他继续向前,直到听到水面上传来安详的声音,又在这时正在散去并且在旋动的雾气下看到一片沙地上烧着许多小火堆的光,映着高而稀疏的树木和丛林。那儿又有一个岗哨,因为他又受到了盘问。他高喊出自己的名字,又最后划了两下桨,将他的独木舟划到沙滩上。那是个很大的营地。人们三五成群地蹲伏着,压低了声音在这清晨闲谈。一缕缕细细的青烟缓缓地盘绕在白色的雾气之上。在地上搭起的小草棚都是给首领们盖的。滑膛枪堆成一座座小小金字塔,长矛则一根根插在靠近火堆的沙地里。

"唐·伊塔姆摆出一副很重要的样子,要求引他去见丹·瓦利斯。他发现他白人老爷的朋友躺在一张竹榻上,外面搭了一个盖着席子的木棚屋。丹·瓦利斯已经醒了,一堆明亮的火在他的睡榻前烧着,他的睡榻很像一个粗陋的神龛。老头人多拉明的这个独子亲切地回答了他的问候。唐·伊塔姆先把那枚担保送信人所言俱实的戒指交给他。丹·瓦利斯用胳膊肘撑着身子,让他说出所有的消息。开场白用了一句套话,'消息都很好。'唐·伊塔姆传达了吉姆的原话。根据所有首领们的一致意见,白人们就要离开,并且允许他们从这条河顺流而下。在回答一两个问题的过程中,唐·伊塔姆又报告了上次会议的经过。丹·瓦利斯专注地从头听到尾,一边玩弄着那枚戒指,最后把它戴在自己右手的食指上。听他把要讲的话都说完了之后,他让唐·伊塔姆退下去吃点东西,休息休息。下午返回的命令立即下达了。这之后,丹·瓦利斯又躺下来,睁着眼,他的贴身侍从们则在火边为他预备饭,唐·伊塔姆也在火边坐下,跟那些凑上来听镇里最新情况的人谈天。太阳正在吞没雾气。主河道一直处在密切监视之下,因为预计白人的船随时会从那里出现。

"就在这时,布朗实行了他对这个世界的报复,在二十年目无王法不顾后果地恃强凌弱之后,这个世界竟不肯为一个普通强盗的成功对他表示敬意。这个行径具有冷血的凶残,却在他临死前使他得到安慰,像是想起了一件不可征服的挑战行为。他让他的人偷偷在岛的另一侧,和布吉斯人的营地相对的地方登了岸,然后率领他们横穿过去。经过一番短促但却是悄然无声的厮打,在登岸的一刻就想溜走的柯涅柳斯只好同意带路,拣一条草最稀疏的路径走。布朗用一只巨大的拳头将他两只瘦骨嶙峋的手一把握在他背后,不时猛力向前推他。柯涅柳斯像条鱼似的默不作声,卑劣然而忠实地向着他的目的,在他眼前,已模模糊糊地看到这个目的就要实现了。在这片树林的边缘,布朗的人隐蔽着四下散开,等待着。营地从这一头到那一头一目了然地呈现在他们面前,而且没有人朝他们这边看。甚至做梦也没有人会想到,这些白人竟能知道在这个岛的后面有这么一条窄窄的河道。当他断定时机已到时,布朗便叫道,'让他们尝尝吧。'十四发子弹一起射响。

"唐·伊塔姆告诉我,人们惊讶之极,在第一排枪射过之后,除了被打死打伤的,好半天没有一个人动一动。然后一个人尖叫起来,在那声尖叫之后,所有人的喉咙都发出惊异而又恐惧的狂呼乱叫。盲目的惊慌使这些人成群结伙乱乱哄哄像一群怕水的牲口一样沿着河岸跑来跑去。有几个随后跳进河里,但大多数只是在打了最后一排枪之后才跳下去。布朗的人朝这群人放了三次枪,布朗是惟一露面的人,他叫骂着,'瞄低点!瞄低点!'

"唐·伊塔姆说,至于他自己,打从放头一排枪起他就明白是怎么回事了。虽然没挨着枪子儿,他还是像死了一样扑倒在地,不过眼睛却睁着。听到第一阵枪声,斜卧榻上的丹·瓦利斯就一跃而起,跑出去到了空旷的河岸上,正好被第二阵射击的一颗子弹打中了前额。唐·伊塔姆看见他伸开双臂,然后倒下。这时,他说,他才感到极度的恐惧向他袭来——在那之前却没有。那些白人退走了,和他们来的时候一样——看不见了。

"布朗就这样同邪恶的命运清了账。注意,即使在这样可怕的爆发中,也有一种作为一个伸张正义的人的优越感——这抽象的东西——包含在他普普通通的欲望的表皮之下。这不是一场庸俗奸诈的屠杀;这是一个教训,一个应得的报应——表现出我们的天性中某种模糊而可怕的属性,我恐怕它距我们所愿意设想的表层并不很远。

"这之后,那些白人走了,走得唐·伊塔姆都看不见了,似乎一下子就从人们的眼前消失得无影无踪了;那艘双桅船也跟偷来的赃物一样不知去向。但是有人传说,一个月后,在印度洋上有一艘货轮拣到一条白色的长船。船上有两个晒蔫了的活骷髅,全身泛黄,眼睛没神,说话就像耳语,他们承认一个第三个人的权威,那人自称名叫布朗。他声称,他的双桅船载了一船爪哇糖向南去,却破了一个大洞,就在他脚下沉没了。船上六个人,只剩下他和他的两个同伴幸存。那两个人在救了他们的货轮上死了。布朗则活到我见过他之后,我可以证明,他把他的角色一直扮演到最后。

"然而,似乎他们在离去时,忘记解下柯涅柳斯的独木舟了。一开始打枪,布朗就放柯涅柳斯走人了,还踢了他一脚作为临别的祝福。唐·伊塔姆从死人堆里爬起来之后,看见那个耶稣信徒正在岸边的尸体和行将熄灭的火堆之间上蹿下跳。他发出低声的呐喊。突然间,他冲进水里,将一条布吉斯人的船死命地往水里拉。'这以后,直到他看见我,'唐·伊塔姆叙述道,'他一直站在那儿望着那条沉重的独木舟,摇着脑袋。''他后来怎么了?'我问道。唐·伊塔姆瞪着我,右臂作了一个富有表情的姿势。'我打了两枪,爷。'他说。'当他看见我走近时,他猛地趴倒在地上,大喊大叫,又踢又蹿。他就像只吓坏了的母鸡一样尖叫,直到他感到刀尖抵住了他;然后他就不动弹了,躺在那儿瞪着我,这时他的生命也从他的眼睛里消散了。'

"把这事了结之后,唐·伊塔姆没有停留。他明白第一个把这可怕的消息带到城堡去的重要性。当然,丹·瓦利斯的队伍中还有不少幸存者;但是在极度的恐慌中,一些人泅水到了对岸,还有一些人狂奔进了丛林。事实上,他们都不大知道是谁实施的那次打击——是不是有更多的白人强盗来了,他们是不是已经完全占领了这个地方。他们把自己想象成一桩莫大的奸计的牺牲品,最终必然是死路一条。据说有一些小团伙直到三天之后才进来。然而,有几个试图立刻就回到帕图森,那天早上在河里巡逻的独木舟中,有一条正好在袭击开始的时刻看见了营地。千真万确,那条船上的人起初跳了下去,泅水到了对岸,但是过后他们又回到了船上,满怀恐惧地向上游驶去。唐·伊塔姆比这些人早了一个钟头。"

第四十五章

"当唐·伊塔姆疯狂地划着桨,进入镇里时,那些女人们拥在房屋前的平台上,张望着企盼丹·瓦利斯的小小船队返回。镇里一派节日气氛;岸边随处可见手中仍拿着长矛或枪的男子成群结队或者在走动,或者在站着。中国人的铺子早就开张了;但是市场却是空空荡荡的,仍设在城堡角落的一个哨兵看出是唐·伊塔姆,便呼唤里面的人。城门随即大开。唐·伊塔姆跳上岸,一头跑了进去。他碰见的第一个人就是正从屋里走下来的那姑娘。

"唐·伊塔姆乱了方寸;呼哧带喘,嘴唇颤抖,眼神癫狂,在她面前站了好一会儿,仿佛突然着了魔障似的。然后他很急促地冲口而出:'他们打死了丹·瓦利斯,还打死了好多人。'她拍了下手,劈头一句话是,'关上那些门。'城堡里的人多半已经各自回家了,但是唐·伊塔姆催促几个留在里面值班的人去关。当其他人跑来跑去的时候,那姑娘就站在院子当中。唐·伊塔姆从她身边经过时,她绝望地哭喊道,'多拉明啊。'他再次走过时,便很快顺着她的思路应道,'是的。但是帕图森的火药全在我们手里呢。'她抓住他的胳膊,指着屋子,颤抖着悄声说道,'叫他出来吧。'

"唐·伊塔姆跑上台阶。他的主人正在酣睡。'是我,唐·伊塔姆,'他在门口喊道,'带着十万火急的消息。'他看见吉姆在枕头上翻了个身,睁开了眼睛,他便立刻爆发了。'爷,今天真是个邪恶的日子,是个可诅咒的日子啊。'他的主人用胳膊肘撑起身子来听他讲——正像先前丹·瓦利斯一样。然后唐·伊塔姆便讲起他经过的一切,竭力想把故事讲得有条有理,称丹·瓦利斯为'小主公',说:'小主公于是叫来他的水手头儿,说,"给唐·伊塔姆弄点儿吃的吧。"'——这时他的主人已经下了地,看着他,神情极其不安,以致话又咽在他的嗓子眼儿里了。

"'说吧,'吉姆说,'他死了吗?''愿您长寿啊,'唐·伊塔姆哭喊道,'那是最残酷的奸计。他听到第一排枪声就跑了出去,倒下了'……他的主人走到窗前,一拳打在百叶窗上。屋里亮了起来;然后他声音稳重但是急切地说开了,命令他集合一只船队立即前去搜索,去找这个人,去找那个人——派人送信;他说着说着又坐到床上,止住话头,匆匆系上鞋带,又突然抬起头来。'你干吗还站在这儿?'他问,脸涨得通红。'别浪费时间。'唐·伊塔姆没有动。'饶恕我,爷,可是……可是……'他结巴起来。'怎么?'他的主人高声喊道,面目可怖,身子向前倾,双手紧抓住床沿。'您的奴才出去到那些人中间,可不大安全了。'唐·伊塔姆迟疑了片刻说。

"于是吉姆明白了。为了一次冲动的一跳这么一个小问题,他已经从一个世界隐退了,而今这另一个,也是他亲手造就的,又在他头顶塌下来,破灭了。他的仆人出去到他自己的人中间都不安全!我相信,就在那一刻,他决定以他想到的能够反抗这样一场灾难的惟一方式来与这场灾难抗衡了;但是我知道的只是,他一言不发,走出房间,在长桌前坐下,他习惯于坐在这张桌子的上首管理他那个世界的事务,天天颁布确实活在他心中的真理。黑暗势力真不应当两度抢走他的和平。他像个石头人似的坐在那儿。毕恭毕敬的唐·伊塔姆暗示要准备防卫。他所爱的姑娘进来跟他说话,但是他作了个手势,这无言地乞求别出声的动作把她吓住了。她走了出去,到了游廊里,坐在门槛上,仿佛要用她的身体保卫他,以免外界危险的侵害。

"他的脑海中闪过了怎样的念头——怎样的回忆?谁能知道?一切都完了,曾经有一次未能忠于职守的他,再次失去了所有的人对他的信任。我相信,就是在那时,他想写点什么——给某个人——却又放弃了。孤独正把他包围起来。人们曾经把自己的生命托付给了他——仅仅为了那信任;而正如他所说的,永远,永远也不能使他们理解他。在外面的那些人没有听到他任何动静。后来,快到傍晚时,他来到门口,招呼唐·伊塔姆。'怎么?'他问。'大家哭得很厉害。也很气愤。'唐·伊塔姆说。吉姆抬头看着他。'你都知道?'他喃喃道。'是的,爷,'唐·伊塔姆说,'您的奴才的确知道,门都关上了。我们将不得不打了。''打!为什么?'他问。'为了我们有活路。''我已经没有活路了。'他说。唐·伊塔姆听到那姑娘在门口叫了一声。'谁知道呢?'唐·伊塔姆说。'凭着大胆和用点心机,我们甚至也许逃得出去。人们的心里也怕得很。'他走了出去,模模糊糊地想到船只和公海,只留下吉姆和那姑娘在一起。

"我真没心肠在这里把她给我讲的她在那儿度过的那一

个多钟头,这样的一幕幕场景都记下来,她为了拥有自己的幸福,奋力争取他。他究竟是否怀抱着希望——他有过什么期待,他有过什么想象——都无法说清了。他宁折不弯,随着他固执的孤寂越来越甚,他的精神似乎从他生命的废墟上升起。她冲着他的耳朵大喊'打!'她无法理解。没有什么可打的。他准备用另一种方式证明他的力量,征服这悲惨的命运本身。他来到院子里,在他身后,她披头散发,神色狂乱,气喘吁吁,跟跟跄跄地跟了出来,靠在门边。'把门打开。'他命令道。随后,他转向他那些待在里面的手下人,准他们放假回家。'待多久呢,爷?'其中一位怯怯地问。'待一辈子。'他以一种冷峻的声调说。

"在迸发的哭声和哀号像从打开闸门的悲痛之城吹出的一阵狂风一样掠过河面之后,一片肃静笼罩了全镇。但是私下流传的谣言却满天飞,使人们的心里充满惊恐和怀疑。那帮强盗正乘着一艘大船卷土重来,带来好多生力军,任何人在这块土地上都不会有藏身之地了。人们的心里弥漫着一种彻底的没着没落的感觉,就像在闹地震时一样,他们悄声诉说着自己的疑虑,彼此望着,好像是在某种可怕的凶兆面前。

"当丹·瓦利斯的遗体被抬进多拉明的村庄时,太阳正向森林沉去。四个人抬着他的尸体,尸体上很讲究地盖了块白单子,那是那位老母亲派人送出去,在门口接她儿子回来的。他们把他放在多拉明的脚下,老人一动不动地坐了很久很久,双手各抚一膝,朝下看着。棕榈树的叶子轻轻摇动,果树的树叶则在他头顶抖着。他的人没有一个不在那里,都是全副武装,这时老首领终于抬起了眼睛。他的眼睛慢慢地扫过人群,仿佛要搜寻一张没有到场的面孔。他的下巴又一次垂到胸前。很多人的窃窃私语声同树叶轻微的嚓嚓声混杂在一起。

"把唐·伊塔姆和那姑娘带到三宝垅的那个马来人也在场。'并不像很多人那样气愤。'他对我说,只是对'人的命运的突兀,就像蓄着雷霆的乌云一样悬在人们的头上'感到震惊和不可思议。他告诉我,当盖着丹·瓦利斯尸体的白布在多拉明示意下揭开时,这位他们常常称作白人老爷的朋友的人就一览无遗地躺在那里,没有什么改变,眼皮微启,像是就要醒来似的。多拉明又往前倾了倾,仿佛在寻找掉在地上的什么东西。他的眼睛细细查看着尸体,从脚看到头,可能是在寻找那伤口吧。伤口在额头,很小;没有人讲话,这时有个旁观者蹲下来,从那僵冷的手上摘下那枚银戒指。他默默地把它捧到多拉明面前。看到那熟悉的信物,人群中掠过一阵惊慌恐怖的嗡嗡声。老首领瞪着它,突然从胸膛深处发出一声凶猛的大叫,一声痛苦愤怒的咆哮,同受伤的公牛的吼叫一样有力,他的愤怒和悲哀之大之深,无须言语就可以清楚地看出,这就引起人们心里巨大的恐惧。这之后有一段时间极其寂静,其间四个人又把那尸体搬到一边。他们把尸体放到一棵树下,就在那一刻,随着一声长长的尖叫,那户人家所有的女人一起嚎啕大哭起来;她们以尖声哭喊来表示哀悼;太阳正在落下,在尖声哀号的间歇,两个老人用高声吟唱的声音单独吟诵起可兰经。

"大约就在此时,吉姆正靠着一个炮架,看着那条河,然后转过身来背朝着房子;那姑娘在门口,就像跑着跑着一下子站住了一样喘着气,望着院子那头的他。唐·伊塔姆站在离他主人不远的地方,耐心地等待着可能会发生的情况。突然

间,似乎陷在静静的沉思中的吉姆转向他,说,'是该结束了。'

"'爷?'唐·伊塔姆说,迅捷地走上前去。他不知道他的主人是什么意思,但是吉姆刚一动,那姑娘也动起来,走下来到了空荡荡的院子当中。似乎看不见家里的其他任何人。她的步子微微有些不稳,走了大约一半,她就叫起吉姆,他显然又平和地注视起那条河来。他回过头来,背靠着炮身。'你打不打?'她哭喊道。'没有什么可打的,'他说,'并没有损失什么。'说着,他朝她靠近了一步。'你逃不逃呢?'她又哭叫道。'无处可逃。'他说,突然停下,她也站住,沉默着,眼睛贪婪地看着他。'那你是要去的了?'她说得很慢。他低下了头。'啊!'她惊呼道,偷眼望着他,'你不是疯了,就是虚伪。你还记得那天夜里,我求你离开我,你说你不能吗?说那不可能!不可能!你还记得吗,你说你决不离开我?为什么?我没有求你答应我什么。你没待请求就答应了——想想看。''够了,可怜的姑娘,'他说,'我不配有人要。'

"唐·伊塔姆说,他们谈话时,她会高声笑起来,傻头傻脑地,就像是一个受到上帝谴责的人。他的主人把双手放到头上。他和平日一样穿戴齐整,只是没戴帽子。她突然止住了笑。'最后再问一次,'她威胁般地喊道,'你要不要自卫?''没有什么可以碰到我。'他说,仿佛是卓尔不群的惟我独尊的最后一次闪烁。唐·伊塔姆看见她的身子从站的地方向前倾去,张开双臂,向他飞奔而去。她一头扑到他的怀里,紧紧搂住他的脖子。

"'啊!但是我就要这样抱住你,'她喊道……'你是我的!'

"她伏在他肩头抽泣着。帕图森上空天色血红,寥廓,像开了口的血管一样流荡着。奇大无比的太阳赤红赤红,缩在树梢之间,下面的森林则呈现出黑暗冷峻的面孔。

"唐·伊塔姆告诉我说,那天晚上,天色都显得愤怒而可怖。我很相信此话,因为我知道,就在那天,一场暴风在沿海六十英里内经过,虽然在那地方空气至多不过缓缓动了动罢了。

"突然间,唐·伊塔姆看见吉姆抓住了她的手臂,试图摆脱她双手的搂抱。她便吊在两只手上,头向后仰去;头发都碰到了地面。'过来!'他的主人招呼道,唐·伊塔姆帮着让她放松。很难把她的手指掰开。吉姆向她俯下身子,真诚地看着她的脸,然后一下子就跑向浮动码头。唐·伊塔姆跟着他,可是一回头,他看见她已经挣扎着站了起来。她跟在他们后面跑了几步,然后重重地倒下,双膝跪在地上。'爷!爷!'唐·伊塔姆喊道,'回头看看哪';但是吉姆已经上了一条独木舟,站着,手里拿着桨。他没有回头看。独木舟漂离岸边时,唐·伊塔姆刚好来得及爬进舟里。那姑娘当时在水闸门口,双膝跪倒,双手紧握。她就这样以一种恳求的态度待了一阵,才一跃而起。'你虚伪!'她在吉姆身后尖声叫道。'原谅我吧。'他喊道。'决不!决不!'她回敬道。

"唐·伊塔姆从吉姆手里拿过桨,他坐着,由他的老爷划桨,可不大合适。他们到了对岸后,他的主人就不许他再跟过来了;但是唐·伊塔姆还是远远地跟着他,走到通往多拉明那个村庄的山坡。

"天色正越来越黑。东一处西一处都有火把闪烁。他们遇见的人似乎都充满敬畏,急忙闪到一边,让吉姆过去。从上面传来女人们的哭声。院子里全是武装的布吉斯人和他们的跟随者,还有帕图森人。

"我不知道聚了这么多人到底意味着什么。这些准备是为了打仗,为了复仇,还是为了击退一场威胁中的入侵呢?过了很多天,人们才不再战战兢兢地注意那些蓄着长胡子、衣衫褴褛的白人是不是回来了,他们永远无法明白这些人同他们自己的白人究竟是什么关系。即使对那些单纯的心灵,可怜的吉姆仍然是包在云雾里。

"孤独、庞大而凄凉的多拉明坐在他的扶手椅里,膝上放着一对用打火石点放的手枪,面对着一群武装的人。当吉姆出现时,有人一声惊叹,所有的脑袋都一起转了过去,然后人群就左右分开,让出一条小巷,他就在人们规避的目光中走过。人们的窃窃私语跟着他;一片嗡嗡声:'所有的孽都是他造的。''他有魔力。'……他听到了这些话——也许!

"当他走进火把照亮之处时,女人们的哭声戛然而止。多拉明头也不抬,而吉姆默默地在他面前站了一会儿。然后他向左看了看,就朝那个方向慎重地挪了几步。丹·瓦利斯的母亲蹲伏在尸体的头部,乱蓬蓬的灰白头发遮住了她的脸。吉姆慢慢走上前去,望着他的亡友,掀开那白布单,又一声不吭地放下。他又慢慢地走了回来。

"'他来了!他来了!'人们交头接耳,发出一片嗡嗡声,他朝着那传出这声音的地方挪动了一下。'他曾经说用他的脑袋担保的,'一个声音高叫。他听到这话,便转向人群。'不错。是用我的脑袋担保。'有几个人向后缩了缩。吉姆在多拉明面前等了一会儿,然后轻声说道,'我是怀着悲痛来的。'他又等了等。'我是做好了准备,手无寸铁地来的。'他重复说道。

"那位身躯庞大的老人垂着他宽大的前额,像一头驾着车轭的牛,使了使劲站了起来,还抓住膝上那对用打火石点放的老式手枪。从他的喉咙里发出咕噜咕噜的、窒息的、非人性的声音,他的两个侍从在后面扶住他。人们注意到,刚才他掉在自己大腿上的那枚戒指落到了地上,滚到那白人的脚旁,可怜的吉姆低头扫了一眼那个吉祥物,它曾在这与那白色的浪花相接的森林围墙之内,在这片沿海的范围内,为他打开名誉、爱情和成功之门,而这块地方在西斜的太阳下,俨然是夜的堡垒。多拉明挣扎着站稳了脚跟,同扶着他的两个人一起形成了一个摇摇晃晃颤颤巍巍的小团体;他的小眼睛显示出一种疯狂的痛苦和怒气冲冲的表情,射出一道凶狠的光,旁观者都注意到了;然后,正当吉姆光着脑袋,直僵僵地站在火把通明之处时,多拉明一面直看着他的脸,一面用左臂重重地紧抱住那个低着头的青年的脖子,从容地举起右臂,将子弹射入他儿子的朋友的胸膛。

"多拉明刚一抬手,就在吉姆身后倒退着散开了的人群,在枪响之后又一拥而上。他们说,那白人环顾左右,向所有的脸发出一道骄傲而毫不畏缩的光。随后他把手放在嘴唇上,向前仆倒,死了。

"一切就这样结束了。他在一团云雾中逝去,内心仍然深不可测,被人遗忘却没有被人宽恕,而且太过浪漫。即使在他童年的想象最狂妄的岁月里,他也看不出这样一种非凡的成功会是这样的诱人!因为很可能就在他投出最后那一瞥骄傲而毫不畏缩的目光的短暂时刻,他看到了那机会的面孔,那机会就像一个东方的新娘,戴着面罩,来到他身边。

"但是我们却可以看见他,一个无名的征服了名声的人,在他崇高的自我主义的示意和召唤下,挣脱了一份妒忌的爱的臂膀。他从一个活生生的女人身边走开,去庆祝他和一个影子似的理想行为的无情结合。他满意了没有——相当满意了没有,现在,我奇怪?我们应当知道。他是我们当中的一个——我曾经不是有过一回,像个被招来的魂,站起来,担保他永恒的坚定不移么?我这样到底是不是大错特错了呢?如今他已不复存在,但有些天,那个真实的活生生的他却带着一种巨大的压倒一切的力量来到我跟前;而凭我的名誉起誓,也有这样的时刻,他从我眼前经过,像一个脱离了躯体的精灵,在这尘世间的种种情感中茫然不知所措,随时准备忠心耿耿地为了他那个阴影中的世界的主张牺牲自己。

"谁知道呢?他走了,内心深不可测,而那可怜的姑娘则在斯坦因家中过着一种无声无息、了无生趣的生活。斯坦因近来已经见老了很多。他自己也感到了这一点,常说他正'准备离开这一切;准备离开……'同时他伤感地朝他的蝴蝶们挥挥手。"

一八九九年九月——一九〇〇年六月

"外国文学名著丛书"书目

第 一 辑

书 名	作 者	译 者
伊索寓言	〔古希腊〕伊索	周作人
源氏物语	〔日〕紫式部	丰子恺
堂吉诃德	〔西班牙〕塞万提斯	杨绛
泰戈尔诗选	〔印度〕泰戈尔	冰心 石真
坎特伯雷故事	〔英〕杰弗雷·乔叟	方重
失乐园	〔英〕约翰·弥尔顿	朱维之
格列佛游记	〔英〕斯威夫特	张健
傲慢与偏见	〔英〕简·奥斯丁	王科一
雪莱抒情诗选	〔英〕雪莱	查良铮
瓦尔登湖	〔美〕亨利·戴维·梭罗	徐迟
欧·亨利短篇小说选	〔美〕欧·亨利	王永年
特利斯当与伊瑟	〔法〕贝迪耶	罗新璋
巨人传	〔法〕拉伯雷	鲍文蔚
忏悔录	〔法〕卢梭	范希衡 等
欧也妮·葛朗台 高老头	〔法〕巴尔扎克	傅雷
雨果诗选	〔法〕雨果	程曾厚
巴黎圣母院	〔法〕雨果	陈敬容
包法利夫人	〔法〕福楼拜	李健吾
叶甫盖尼·奥涅金	〔俄〕普希金	智量
死魂灵	〔俄〕果戈理	满涛 许庆道

1

书 名	作 者	译 者
当代英雄	〔俄〕莱蒙托夫	草 婴
猎人笔记	〔俄〕屠格涅夫	丰子恺
白痴	〔俄〕陀思妥耶夫斯基	南 江
列夫·托尔斯泰中短篇小说选	〔俄〕列夫·托尔斯泰	草 婴
怎么办？	〔俄〕车尔尼雪夫斯基	蒋 路
高尔基短篇小说选	〔苏联〕高尔基	巴 金 等
浮士德	〔德〕歌德	绿 原
易卜生戏剧四种	〔挪〕易卜生	潘家洵
鲵鱼之乱	〔捷〕卡·恰佩克	贝 京
金人	〔匈〕约卡伊·莫尔	柯 青

第 二 辑

荷马史诗·伊利亚特	〔古希腊〕荷马	罗念生 王焕生
荷马史诗·奥德赛	〔古希腊〕荷马	王焕生
十日谈	〔意大利〕薄伽丘	王永年
莎士比亚悲剧五种	〔英〕威廉·莎士比亚	朱生豪
多情客游记	〔英〕劳伦斯·斯特恩	石永礼
唐璜	〔英〕拜伦	查良铮
大卫·科波菲尔	〔英〕查尔斯·狄更斯	庄绎传
简·爱	〔英〕夏洛蒂·勃朗特	吴钧燮
呼啸山庄	〔英〕爱米丽·勃朗特	张 玲 张 扬
德伯家的苔丝	〔英〕托马斯·哈代	张谷若
海浪 达洛维太太	〔英〕弗吉尼亚·吴尔夫	吴钧燮 谷启楠
哈克贝利·费恩历险记	〔美〕马克·吐温	张友松
一位女士的画像	〔美〕亨利·詹姆斯	项星耀
喧哗与骚动	〔美〕威廉·福克纳	李文俊
永别了武器	〔美〕欧内斯特·海明威	于晓红

书 名	作 者	译 者
波斯人信札	〔法〕孟德斯鸠	罗大冈
伏尔泰小说选	〔法〕伏尔泰	傅 雷
红与黑	〔法〕司汤达	张冠尧
幻灭	〔法〕巴尔扎克	傅 雷
莫泊桑中短篇小说选	〔法〕莫泊桑	张英伦
文字生涯	〔法〕让-保尔·萨特	沈志明
局外人 鼠疫	〔法〕加缪	徐和瑾
契诃夫小说选	〔俄〕契诃夫	汝 龙
布宁中短篇小说选	〔俄〕布宁	陈 馥
一个人的遭遇	〔苏联〕肖洛霍夫	草 婴
少年维特的烦恼	〔德〕歌德	杨武能
德国,一个冬天的童话	〔德〕海涅	冯 至
绿衣亨利	〔瑞士〕戈特弗里德·凯勒	田德望
斯特林堡小说戏剧选	〔瑞典〕斯特林堡	李之义
城堡	〔奥地利〕卡夫卡	高年生

第 三 辑

埃斯库罗斯悲剧二种	〔古希腊〕埃斯库罗斯	罗念生
索福克勒斯悲剧二种	〔古希腊〕索福克勒斯	罗念生
欧里庇得斯悲剧二种	〔古希腊〕欧里庇得斯	罗念生
神曲	〔意大利〕但丁	田德望
西班牙流浪汉小说选	〔西班牙〕克维多 等	杨绛 等
阿拉伯古代诗选	〔阿拉伯〕乌姆鲁勒·盖斯 等	仲跻昆
列王纪选	〔波斯〕菲尔多西	张鸿年
蕾莉与马杰农	〔波斯〕内扎米	卢 永
莎士比亚喜剧五种	〔英〕威廉·莎士比亚	方 平
鲁滨孙飘流记	〔英〕笛福	徐霞村

书 名	作 者	译 者
彭斯诗选	〔英〕彭斯	王佐良
艾凡赫	〔英〕沃尔特·司各特	项星耀
名利场	〔英〕萨克雷	杨 必
人性的枷锁	〔英〕威廉·萨默塞特·毛姆	叶 尊
儿子与情人	〔英〕D.H.劳伦斯	陈良廷 刘文澜
杰克·伦敦小说选	〔美〕杰克·伦敦	万 紫 等
了不起的盖茨比	〔美〕菲茨杰拉德	姚乃强
木工小史	〔法〕乔治·桑	齐 香
恶之花 巴黎的忧郁	〔法〕波德莱尔	钱春绮
萌芽	〔法〕左拉	黎 柯
前夜 父与子	〔俄〕屠格涅夫	丽 尼 巴 金
卡拉马佐夫兄弟	〔俄〕陀思妥耶夫斯基	耿济之
安娜·卡列宁娜	〔俄〕列夫·托尔斯泰	周 扬 谢素台
茨维塔耶娃诗选	〔俄〕茨维塔耶娃	刘文飞
德国诗选	〔德〕歌德 等	钱春绮
安徒生童话选	〔丹麦〕安徒生	叶君健
外祖母	〔捷〕鲍·聂姆佐娃	吴 琦
好兵帅克历险记	〔捷〕雅·哈谢克	星 灿
我是猫	〔日〕夏目漱石	阎小妹
罗生门	〔日〕芥川龙之介	文洁若

第 四 辑

一千零一夜		纳 训
培根随笔集	〔英〕培根	曹明伦
拜伦诗选	〔英〕拜伦	查良铮
黑暗的心 吉姆爷	〔英〕约瑟夫·康拉德	黄雨石 熊 蕾
福尔赛世家	〔英〕高尔斯华绥	周煦良

书　名	作　者	译　者
月亮与六便士	〔英〕威廉・萨默塞特・毛姆	谷启楠
萧伯纳戏剧三种	〔爱尔兰〕萧伯纳	潘家洵　等
红字　七个尖角顶的宅第	〔美〕纳撒尼尔・霍桑	胡允桓
汤姆叔叔的小屋	〔美〕斯陀夫人	王家湘
白鲸	〔美〕赫尔曼・梅尔维尔	成　时
马克・吐温中短篇小说选	〔美〕马克・吐温	叶冬心
老人与海	〔美〕欧内斯特・海明威	陈良廷　等
愤怒的葡萄	〔美〕斯坦贝克	胡仲持
蒙田随笔集	〔法〕蒙田	梁宗岱　黄建华
悲惨世界	〔法〕雨果	李　丹　方　于
九三年	〔法〕雨果	郑永慧
梅里美中短篇小说选	〔法〕梅里美	张冠尧
情感教育	〔法〕福楼拜	王文融
茶花女	〔法〕小仲马	王振孙
都德小说选	〔法〕都德	刘　方　陆秉慧
一生	〔法〕莫泊桑	盛澄华
普希金诗选	〔俄〕普希金	高　莽　等
莱蒙托夫诗选	〔俄〕莱蒙托夫	余　振　顾蕴璞
罗亭　贵族之家	〔俄〕屠格涅夫	陆　蠡　丽　尼
日瓦戈医生	〔苏联〕帕斯捷尔纳克	张秉衡
大师和玛格丽特	〔苏联〕布尔加科夫	钱　诚
茨威格中短篇小说选	〔奥地利〕斯・茨威格	张玉书　等
玩偶	〔波兰〕普鲁斯	张振辉
万叶集精选	〔日〕大伴家持	钱稻孙
人间失格	〔日〕太宰治	魏大海

第 五 辑

书 名	作 者	译 者
泪与笑　先知	〔黎巴嫩〕纪伯伦	冰　心　等
华兹华斯 柯尔律治 诗选	〔英〕华兹华斯 柯尔律治	杨德豫
济慈诗选	〔英〕约翰·济慈	屠　岸
汤姆·索亚历险记	〔美〕马克·吐温	张友松
大街	〔美〕辛克莱·路易斯	潘庆舲
田园三部曲	〔法〕乔治·桑	罗　旭　等
金钱	〔法〕左拉	金满成
果戈理小说戏剧选	〔俄〕果戈理	满　涛
奥勃洛莫夫	〔俄〕冈察洛夫	陈　馥
谁在俄罗斯能过好日子	〔俄〕涅克拉索夫	飞　白
亚·奥斯特洛夫斯基戏剧六种	〔俄〕亚·奥斯特洛夫斯基	姜椿芳　等
复活	〔俄〕列夫·托尔斯泰	草　婴
静静的顿河	〔苏联〕肖洛霍夫	金　人
谢甫琴科诗选	〔乌克兰〕谢甫琴科	戈宝权　任溶溶
维廉·麦斯特的学习时代	〔德〕歌德	冯　至　姚可崑
叔本华随笔集	〔德〕叔本华	绿　原
艾菲·布里斯特	〔德〕台奥多尔·冯塔纳	韩世钟
豪普特曼戏剧三种	〔德〕豪普特曼	章鹏高　等
铁皮鼓	〔德〕君特·格拉斯	胡其鼎
加西亚·洛尔卡诗选	〔西班牙〕加西亚·洛尔卡	赵振江
你往何处去	〔波兰〕亨利克·显克维奇	张振辉
显克维奇中短篇小说选	〔波兰〕亨利克·显克维奇	林洪亮
裴多菲诗选	〔匈〕裴多菲	孙　用
轭下	〔保〕伐佐夫	施蛰存

书　名	作　者	译　者
卡勒瓦拉(上下)	〔芬兰〕埃利亚斯·隆洛德	孙　用
破戒	〔日〕岛崎藤村	陈德文
戈拉	〔印度〕泰戈尔	刘寿康